**문학과 과학** Ⅱ

인종·마술·국가

**엮은이**

**황종연**(黃鍾淵, Hwang Jong-Yon) 동국대학교 교수

**지은이**

**김철**(金哲, Kim Chul) 연세대학교 교수
**이철호**(李喆昊, Lee Chul-Ho) 동국대학교 교양교육원 교수
**손유경**(孫有慶, Son You-Kyung) 서울대학교 교수
**차승기**(車承棋, Cha Seung-Ki) 성공회대학교 동아시아연구소 HK교수
**허병식**(許炳植, Huh Byung-Shik) 동국대학교 문화학술원 연구교수
**조형래**(趙亨來, Cho Hyung-Rae) 명지대학교 강사
**이학영**(李學榮, Lee Hak-Young) 홍익대학교 강사
**김종욱**(金鐘郁, Kim Jong-Uk) 서울대학교 교수
**이수형**(李守炯, Yi Soo-Hyung) 명지대학교 교수
**서희원**(徐熹源, Suh Hee-Won) 동국대학교 문화학술원 연구원
**김성연**(金成姸, Kim Sung-Yeun) 연세대학교 비교사회문화연구소 전문연구원
**정종현**(鄭鍾賢, Jeong Jong-Hyun) 성균관대학교 동아시아학술원 HK연구교수
**신지영**(申知瑛, Shin Ji-Young) 일본 쓰다주쿠대학교 강사
**한민주**(韓敏珠, Han Min-Ju) 홍익대학교 강사

# 문학과 과학 II 인종·미술·국가

**초판 인쇄** 2014년 2월 20일 **초판 발행** 2014년 2월 28일
**엮은이** 황종연 **펴낸이** 박성모 **펴낸곳** 소명출판
**출판등록** 제13-522호 **주소** 서울시 서초구 서초동 1621-18 란빌딩 1층
**전화** 02-585-7840 **팩스** 02-585-7848 **전자우편** somyong@korea.com **홈페이지** www.somyong.co.kr

값 37,000원

ISBN 978-89-5626-976-4 94810
    978-89-5626-977-1 (세트)

이 도서의 국립중앙도서관 출판시도서목록(CIP)은 서지정보유통지원시스템 홈페이지(http://seoji.nl.go.kr)와 국가자
료공동목록시스템(http://www.nl.go.kr/kolisnet)에서 이용하실 수 있습니다.(CIP제어번호: CIP2014006640)

# 문학과 과학 II

## 인종·마술·국가

### Literature and Science in Korea II
#### Race, Magic and the State

황종연 엮음

소명출판

# 염상섭의 대위법

마르코 폴로 이래 수많은 선교사, 무역상, 여행자의 행렬을 만들어 내며 유럽인을 종종 한없는 공상에 빠뜨리던 중국은 17세기를 거치는 동안 유럽사회에서 열렬한 모방과 숭배의 대상이 되었다. 그 상류계급의 물질생활의 많은 양상들, 실내 벽지와 가구, 장식용 공예품, 누각과 석탑, 정원 등에는 중국 추수 경향이 두드러졌다. 유럽문화사에서 중국 취미(chinoiserie)라고 불리는 그 몽환적이고 장식적인 로코코풍의 중국 문물 패러디는 그 아시아의 대국이 유럽인에게 대단히 매혹적이었음을 알려준다. 유럽의 청나라 숭배자 중에는 의장과 예술의 달인뿐만 아니라 과학과 철학의 천재도 있었다. 후자 중 하나가 라이프니츠이다. 삼십년 전쟁의 참담한 영향 아래 성장기를 보낸 그는 신학적, 정치적 분쟁으로부터 그의 시대의 사회를 구제할 새로운 사상 정립에 심혈을 기울였고, 그 사색의 일환으로 우주를 구성하는 무수한 실체들 즉 단자들 모두가 실은 모두 신이 현현하는 주요 방식인 '예정 조화'를 이루도록 작동한다는 이론을 펼쳤다. 중국의 예수회 선교사들의 보고를 비롯한 다수의 저작을 통해 중국인의 사유에 접한 그는 자신이 추구한 조화와 평화의 철학이 중국사상과 통한다고 보았다. 유럽의 군주들이 프로테스탄트들을 박해한 것과 대조적으로 강희제가 가톨릭 포교를 허용한 것은 종교상의 관용에 있어서 중국이 만방의 전범이 된다는 그의 믿음을 보증해주는 듯했다. 그는 1699년에 『중국의 최근 뉴스』라는 책을 엮어내며 붙인 서문에서 그의 시대에 이르러 "인간 수양과 세련"은 "우리 대륙의 양극," 즉 유럽과 중국에 집중되게 되었다고 주장했다. 유럽과 중국은 문명의 수준에 있어서 서로 대등하며, 우열을 따지면 수리 과학 면에서 유럽보다 우월한 반면 시민 생활의 계율 면에서는 중국이 유럽을 능가한다고 판정했다.

그러나 유럽과 중국이 대등하다는 생각은 바로 라이프니츠의 시대에 발흥한 유럽사상의 급진 계열, 즉 계몽사상의 조류 속에서 쇠퇴를 겪게 된다. 계몽사상의 반우상(反偶像), 탈신화(脫神話) 성향을 대표한 사상가 중에도 중국애호가는 있었다. 볼테르는 중국 취미에 빠졌던 젊은 시절에 그의 상상 속에서는 중국적이었던 모티프를 이용해서 유럽의 종교적 광신을 공격했고 기독교가 없어도 도덕이 가능하다는 주장을 폈다. 원대의 잡극 〈조씨고아(趙氏孤兒)〉에 매료되었던 그는 그 텍스트의 여러 유럽어 번역과 번안에 그 자신의 개작을 보탰다. 〈중국의 고아〉(1755)라는 그의 연극용 버전은 원작을 크게 바꾸어 배경을 춘추전국시대에서 몽고족 통치하의 원대로 옮겼고, 주제의 핵심을 멸족의 위기를 겪은 조씨 가족 고아의 원수 갚기에서 칭기즈칸에게 도덕적 감화를 미쳐 그 무도한 정복자를 참다운 군주로 변화시킨 중국인 부부의 미덕으로 고쳤다. 그러나 중국문명에 대한 평가에서 볼테르는 라이프니츠보다 훨씬 유보적이었다. 그는 라이프니츠가 중국을 열렬하게 찬미하는 중에도 지나치지 않은 중국의 약점, 즉 과학에서의 낙후 상태에 주의를 기울였다. 고대부터 과학적 연구에 열성적이었던 중국인이 유럽인보다 수세기 이상 뒤져서 최근에야 겨우 천문학, 수학, 화학 등을 제대로 공부하기 시작한 사태, 그리고 중국인이 문명의 진보에 핵심적인 기술 — 인쇄술, 나침반, 화약 — 을 오래전에 발명했음에도 유럽인이 그것을 수중에 넣어 완전하게 발전시키는 동안 그것을 단지 신기한 물품으로 취급한 사태에 당혹감을 표시했다. 그는 중국인이 세계에서 가장 공정하고 관후한 문명을 가졌지만 과학과 기술에는 소질이 없다고 공언했다.

18세기 유럽인이 중국인과 자신들을 비교하면서 중국인의 과학적 성취의 정도에 주목한 것은 극히 자연스러운 일이었다. 당시 유럽에서는 과학혁명이라는, 한 역사가의 표현을 빌리면, 서양의 기독교화 이후 서양사의 가장 찬란한 사건이 충격을 미쳐 정신적, 물질적 삶의 모든 영역에서 엄청난 혁신이 이루어지고 있었기 때문이다. 아이작 뉴턴이 물리 과학의 여러 영역에서 채택한 경험적, 수학적 방법은 18세기 초엽 유럽 대륙의 가장 명석하고 창의적인 사람들 사이에서 확고한 동조자를 얻었고 뉴턴의 발견과 조화를 이룬 자연철학의 수립은 그들의 가장 중대하고 야심적인 기획이 되었다. 계몽사상가들은 과학의 여러 분야에서 발견이 이루어짐에 따라 자연에 대한 지식에 획기적 변화가 일어났다는 사실을 명확하게 의식하고 있었다. 『백과전서』의 초대 편집자 중 한 사람인 달랑베르는 "지구에서 토성에 이르기까지, 천계의 역사에서 곤충의 역사에 이르기까지 자연 철학은 혁명화되었다. 그리고 지식의 거의 모든 영역이 새로운 형태를 취했다"고 썼다. 유럽사의

18세기는 눈부신 발명의 시기이기도 했다. 뉴코멘의 증기기관, 존 케이의 플라잉 셔틀, 아크라이트의 수력방적기, 와트의 개량된 증기기관 등등, 나중에 산업혁명이라고 불리게 되는 과정에서 주요 역할을 하게 되는 일군의 기술 혁신이 그 세기 중에 이루어졌다. 그처럼 과학과 기술을 가히 혁명적으로 진전시키면서 유럽인은 인간 문명에 대한 사유 방식에서 의미 깊은 변화를 보였다. 종교나 도덕을 중심으로 문명을 이해하고 평가하던 관습에서 벗어나 과학적, 기술적 성취를 문명의 척도로 삼기 시작한 것이다.

18세기 중반 영국에서 시작된 산업혁명이 서부 유럽과 북부 아메리카로 확산되고 전기 이용과 기계 설비 같은 혁신으로 더욱 활기를 얻는 동안 과학과 기술은 서로 밀접한 관계를 가지게 되었다. 신흥 산업국가, 특히 독일은 과학 연구를 광범위하게 이용하여 산업을 발전시켰다. 경제적 이익을 둘러싼 기업 간, 국가 간 경쟁이 치열해짐에 따라 다수의 과학자 직원과 선진화된 실험실은 주요 산업 기관의 필수 부분이 되었다. 과학과 기술은 자연 세계의 비밀을 알아내고 그 세계의 자원을 이용하려는 체계적인 노력 속에서 단단하게 결합했고 유대교-기독교 전통 속의 인류중심주의를 우주의 물리적 사실로 만드는 듯했다. 유럽인과 미국인은 그들의 물질적 성취가 모든 산업화 사회에서 증식을 거듭하고 생활의 모든 국면에 보급됨에 따라 서양문명의 독특성을, 그리고 그들이 관찰한 바에 따르면, 우월성을 더욱더 의식하게 되었다. 유럽의 제국적 오만을 배양한 과학기술 이데올로기에 관한 책『인간의 척도로서의 기계』에서 저자 마이클 에이더스가 상술한 바대로, 유럽인은 과학과 기술에서의 진보가 유럽을 과거 및 현재의 다른 모든 문명과 구별되게 하는 주요 특질일 뿐만 아니라 비유럽사회들을 평가하고 분류하고 차등하는 가장 의미 있는 기준이기도 하다고 보았다. 게다가 19세기 유럽 제국의 건설에 관여한 행정가, 기업가, 선교사들은 유럽이 기계와 과학에 통달했기 때문에 유럽의 지구 지배는 당연한 사태라고 믿었으며 그들의 제국 팽창이나 식민 정책을 인류 세계 전역에 걸친 문명 보급 사업이라고 여겼다. 유럽인 스스로 문명화의 사명이라고 불렀던 그 제국주의 이데올로기는, 에이더스에 따르면, 유럽 중류계급 출신의 지식인들, 학교 교육을 받고 직업 경력을 쌓으며 습득한 과학기술 지식으로 권위를 획득한 지식인들 가운데서 특히 열렬한 제창자, 지지자, 전파자를 낳았다. 이른바 자립적 개인(self-made individual) 유형인 그 지식인들은 과학과 산업 발달을 기준으로 아프리카인과 아시아인의 야만인적 이미지를 만들어내고 그들에 대한 유럽인의 통치가 가져올 문명화의 혜택을 강조하느라 광분하기를 주저치 않았다. 벼락출세자 신드롬이라고 불리기에 족한 그 중류계급 및 하류계급 특유의 증후는 그 계급 출신의 지식인, 탐험가, 행정가, 기업가, 기술자들이 아프리카와 아시아에서 유럽이 벌인 사업에 갈수록 많은 책임을 지게 됨에 따라 제국의 휘브리스와 하나가 되다시피 했다.

아시아 지역에서의 유럽 출현이, 가장 경이롭고 위협적인 측면에서 보면, 과학적, 기술적 힘의 현시였음은 주지하는 바와 같다. 1853년 7월 일본을 미국과의 교역과 친선 관계로 끌어내는 임무를 띠고 에도만으로 향한 매슈 페리 제독은, 자국의 이익을 위해 해외 원정에 나선 19세기 서양의 군인 엘리트가 대개 그랬듯이, 자신이 서양문명의 혜택을 일본에 수여하는 인도적 행위를 한다는 확신을 가지고 있었을 뿐만 아니라 자국이 보유한 우월한 물질적, 기술적 힘의 시위가 일본을 자국의 요구에 복종시키는 가장 효과적인 수단임을 알고 있었다. 자신의 동기가 도덕적으로 선한 만큼 무력을 사용해서 일본과의 협상을 끝내도 무방하다고 생각한 그는 1854년 2월에 그가 공언한 바대로 다시 항해해서 에도만으로 들어갔다. 이번에는 당시 세계에서 가장 위력적이었던 전함을 여덟 척 끌고 가서 아무런 곤란 없이 수 주 만에 그의 사명을 완수했다. 페리의 일본 원정 중 유명한 에피소드의 하나는 조약 체결 직전에 공식적으로 선물을 교환한 일이다. 페리가 필모어 미국 대통령을 대신해서 에도막부에 증여한 선물 중에는 실물 1/4 크기의 증기기관차와 모르스 유선전신기가 포함되어 있었다. 미국의 기술과 산업의 기적을 과시하려는 의도로 제공되었음에 틀림없는 그 물품에 일본인은 비상한 관심과 열광을 보였다. 그 현대적 기계 장치에 맞먹는 물건을 내놓지 못한 일본인은 선물 교환에 이어진 연회에서 그들의 외국인 손님들을 접대한다는 취지로 장한(壯漢)들을 불러 모아 스모 경기를 벌이게 했다. 지비 샌섬이 그의 『서양 세계와 일본』에서 서술한 바에 따르면, 미국인들은 그 레슬러들의 힘에 경탄할 수밖에 없었지만 그 공연을 야만적이라고 생각했다. 그들은, 마치 그들의 미국인적 특색을 자랑하듯이, "기계가 근육을 이긴다는 그들의 국민적 신념"을 입증한 증기기관차 모형으로 주의를 돌렸다.

일본 원정 당시 페리 제독과 그의 미국인 부하들의 사고를 지배하고 있었을 인간 / 짐승, 문명 / 야만, 기계 / 근육의 개념 대립이 미국과 일본의 차이를 정확하게 파악하기 위한 수단으로서 전혀 쓸모가 없었음은 굳이 말할 필요가 없다. 페리 함대의 출현 이전에 발달된 실용 학문과 제조 기술의 토착적 전통을 가지고 있었을 뿐만 아니라 서양문명에 대해 다른 어떤 비서양민족보다 많은 정보를 가지고 있었던 일본은 서양 헤게모니 하의 전 지구적 국민국가 체제에 진입함과 동시에 산업국가로의 발전을 위한 자기혁신에 놀라운 열성으로 매진했다. 그 자기혁신을 위한 노력의 중심에는 당연히 서양 과학기술 학습이 있었다. 일본사회의 광범위한 계층에 서양식 문명화에의 열정을 불어넣은 후쿠자와 유키치의 유명한 저서 『서양사정』(1866)은 19세기 서양인이 자신들의 문명을 이해하고 현창하던 방식을 상기시킨다. 그 책의 속표지에는 증기기관차, 증기선, 유선전신 비행기구(飛行氣球) 등이 그려져 있고 그 위에 "증기제인전기전신(蒸氣濟人電氣傳信)" 여덟 자가 기입되어 있다. 후쿠자와는 서양문명을 "증기"와 "전기"의 문명으로, 자연의 기술적 지배를 특징으로 하는 문명으로 보았던 셈이다. 더욱이 그는 서양인의 기술적 힘이 특별한 종류의 "궁리"에서 비롯된다는 사실을 간파했으며, 그러한 궁리의 모범으로 물리학을 장려했다. 자연의 법칙을 발견하고 이용하여 인간의 자유를 확장하려는 노력을 그는 그의 『문명론의 개략』에서 서양의 인류 중심적 자연관에 동조하는 듯한 논법으로 지지하기도 했다. 그가 주로 자연 통제와 이용을 용이하게 하는 효과에 치중해서 과학을 이해한 방식은 "인간 보편의 일상 용무에 가까운 실학"이 바람직한 학문이라는 그의 견해와 통한다. 흥미로운 것은 그의 실학 권유가 실용주의 성향이 강한 일본 재래의 학문관을 이어받은 측면과 함께 입신출세주의가 유행했던 메이지시기 일본사회의 요구에 화답한 측면을 가지고 있다는 것이다. 사실, 그는 "독립자존"이라는 표어를 만들어내며 자립을 꿈꾸는 개인을 영웅화한, 중류계급적 가치와 신념의 웅변적 표명자였다.

아시아의 작은 나라 조선이 근대 주권국가로의 자기변혁을 도모하기 시작하면서 일본은 조선에 대해 위협적이면서 동시에 교사 같은 존재가 되었다. 조선을 지구 범위의 국민국가 질서 속으로 구인한 것도, 주권이 견고한 아시아 지역 국가의 가능성을 보여준 것도 일본이었다. 러일전쟁의 결과에 접한 조선인에게 메이지 일본의 서양화 기획의 유효성은 의심할 여지가 없었다. 최남선이 일본 유학에서 돌아와 착수한 활자 미디어를 통한 교화(敎化) 사업은 일본식 계몽 문화를 모델로 삼았다. 그 다분히 영웅적인 사업은 거칠게 말해서 조선의 문명 개발을 목적으로 하는, 좀 더 구체적으로는 서양 및 일본 문명의 중심 가치와 신념을 조선인의 마음속에 육성하는 작업이었다. 그는 그 가치와 신념이 물질세계를 인간 마음대로 통제하는 기술과 연관되어 있음을 착오 없이 인지하고 있었다. "文明이란 何오. 物質上으로 總言하면 自然力 征服의 謂니, 곧 造化에 대한 人類의 戰爭이요, 人의 智勇으로써 自然의 城寨를 襲破하여 天藏地秘를 鹵獲 利用함이라"고 믿었으며, 그래서 현대에 있어서 국가를 보호하고 유지하는 최대의 중심 세력은 "정치가도 아니요, 군인도 아니요, 실로 剖析臺상에 毫芒을 審究하고 試驗管 중에 造化를 舞弄하는 과학자"라고 주장했다. 그는 또한 정신상으로 말하면 문명은 "剛勇" 즉 "문명 진보에 堪耐, 優勝할 만한 向上精進的 剛力과 求眞不退的 勇氣"의 발로라고 생각했다. 과학기술의 발전은 그 강용, 또는 진보에의 의지와 불가분의 관계에 있다. 그는 에디슨이 발명가로서 위대한 업적을 쌓은 비결이 그의 엄청난 정력과 강기였다는 사실을 들어 이것을 주장했다. 출생이 아니라 실력에 의해 사람의 귀천이 정해지는 시대를 환영한 최남선에게 에디슨 같은 '자립적 개인'은 이상적 인간이었다. 여기서 우리는 최남선이 새무얼 스마일즈의 『자조론』을 역술하여 자신의 출판사에서 간행했다는 사실을 상기하게 된다. 빅토리아시대 엔지니어 평전 전문이었던 저자가 저술한 그 자주독행(自主獨行)의 위인 일화를 포함한 인간계발서는 산업 생산의 요구에 들어맞는 신체 규율과 노동 윤리를 전파하여 산업 기획가와 그 밖의 신흥 중류계급 벼락출세자의 바이블이 되었다. 1870년에 출간된 나카무라 마사나오의 『서국입지편(西國立志編)』, 최남선도 자신의 번역에 이용한, 그 『자조론』의 일본어 번역본은 메이지 일본 국민 형성에 커다란 영향을 미쳤다고 알려져 있으며 그것을 애독한 사람 중에는 훗날 과학자, 기술자, 기업가로 성공하게 되는 청년이 무수히 많았다. 그 중 한 사람이 일본의 발명왕이자 도요타 그룹의 창시자인 도요타 사키치다.

한국에 있어서 서양 과학기술의 수용과 변용은 그 전 지구적 맥락에 초점을 맞추어 고찰하면 결국 한국이 서양 헤게모니에 스스로를 순치시킨 과정이었다. 그것은 물질 통제의 지적, 기계적 수단들을 강구하는 방식이라는 면에서, 좀 더 근본적으로는 자연에 대해 인간을 관계시키는 방식이라는 면에서 과학혁명과 산업혁명을 속성하고자 도모한 과정이었다. 과학기술 학습과 개발은 서양 헤게모니하에서 한국이 생존을 위한 긴절한 과제, 즉 국민국가 건설과 산업 자본의 축적이라는 과제에 직면함에 따라 지상(至上)의 국민 사업이 되었다. 개인에게 부와 힘을 약속한 그 사업은 한국사회의 중류 및 하류계급에서, 그리고 학교와 기업에서의 교육을 통해 대다수의 수행 인력을 확보했다. 과학적 사고, 발명의 재능, 공작(工作) 수완, 근로 정신, 규율된 신체 등은 국민 일반에게 요구되는 덕목이 되었다. 과학-기술-산업의 연환(連環)을 모태로 출생한 자조(自助)적 개인은 국민의 영웅이 되었고, 벼락출세는 국민의 꿈이 되었다. 한국의 과학기술사 서술은 서양 헤게모니에 순응한 한국인의 의식을 전혀 문제 삼지 않거나 심지어 무반성적으로 발양하는 경향이 있다. 한국인이 이룩한 과학상의 발견과 기술상의 성취를 이야기하는 경우에는 자조적 개인의 로맨스 형식을 띠곤 한다. 가난한 집안에서 태어나 불굴의 용기와 초인적 노력으로 성공한 과학자, 기술자, 발명가의 이야기에서는 『자조론』의 메아리가 지겹도록 들려온다. 한국의 자본가와 기업가에게는 도요타 사키치의 라이프 스토리가 삼성 그룹의 창시자 이병철에게 그랬듯이 교훈과 용기를 줄지 모른다. 그러나 한국 과학기술사의 로맨스적 서술은 그 주제에 대한 성숙한 이해에 별로 도움이 되지 않는다. 그것은 과학기술이 한국사회에 초래한 정치적, 사회적, 문화적, 환경적 결과에 대한 엄중한 인식하에서, 한국인의 과학기술 경험 전체에 대한 균형 잡힌 고려하에서 사유되어야 한다. 특히 서양 과학기술 발생의 사상적 근원이 되었고 또한 서양 과학기술이 한국으로 전파됨과 동시에 이식된 서양 기원의 관념들 — 인류중심주의, 물질숭배주의, 제국적 휘브리스, 개인주의 신화 등을 경계하는 자리에서 사유되어야 한다.

그런 점에서 한국문학에서 과학기술이 다루어진 방식은 교훈적이다. 예컨대 염상섭의 『사랑과 죄』를 보자. 저자는 20세기 전반 조선인 일반이 친근한 동시에 실제적이라고 느꼈을 법한 과학의 한 분과인 의학에서 소재를 얻었다. 소설의 메인 플롯을 추동하는 문제의 하나인 지순영의 출생에 관한 진실 — 식민지 조선의 혼탁한 도덕 때문에 가려진 진실은 경성 대한병원 의사의 학식 덕분에 밝혀진다. 조선의 문제적 상황을 종종 병리 현상으로 취급하고 있는 이 소설에서 의학의 메타포적 기능은 분명하다. 조선인의 정치적 갱생을 위해 사회주의자 김호연이 암약하는 장소는 아예 세브란스병원으로 되어 있다. 『사랑과 죄』는 사회 변혁에 대한 조선인 인텔리겐차들의 희망이 과학기술적 이성에 대한 믿음과 긴밀하게 연결되어 있었음을 암시한다. 그러나 이것이 전부는 아니다. 소설 서두에는 홍수로 한강철교가 무너지자 경성 주민이 구경하러 떼 지어 남대문 밖으로 나간다는 이야기가 나온다. 한강철교는 물론 대한제국기에 경부철도가 부설되면서 한강에 최초로 놓인 다리다. 그 다리의 붕괴는 조선의 기술에 대해 뭔가를 말하고 있지만 그것을 그렇게 진지하게 생각하는 인물은 작중에 단 한 명도 없다. 그것은 그저 비상한 사건일 뿐이다. 더욱이 조선신궁 앞 신작로 공사에 동원된 조선인 인부들은 수해 입은 사람은 안중에 없이 구경거리를 찾아 나선 경성 주민을 비난하던 끝에 강물이 종로까지 밀려들어 전부 쓸어버리면 차라리 좋겠다고 한다. 이 저주는 철교와 신작로 건설 기술에 대한 논평은 전혀 아니지만 기술을 둘러싼 어떤 특수한 사회 환경을 상기시킨다. 기술을 가리키는 한자 공(工)이 땅[土]을 평평하게 한다는, 즉 땅을 간다[耕]는 뜻의 글자라는 사실이 시사하듯이, 전통적으로 기술이 일정한 토지와 합체되어, 다시 말해 그곳에 살고 있는 사람들의 생활 및 문화와 결합되어 존재했다면 그러한 상태는 서양과 일본의 기술이 조선인의 의사와 상관없이 조선인의 토지에 이식되면서 사라진다. 조선인 인부들은 신종 공사에 참여하고 있으나 그 공사 기술과 유기적 관계가 없는 조선 지역의, 제국주의자의 숙어를 빌리면, 토인이다. 염상섭은 그들의 풍자와 악담을 전달하는 대목에서 식민지에

서의 기술에 대해 말하는 서발턴의 목소리를 들려준다. 요컨대『사랑과
죄』는 식민지 조선에서 과학기술이 경험된 양상, 즉 그 민중적 기반에서
유리되어 한편으로는 계몽과 갱생에 연결되고 다른 한편으로는 압제와
동원에 연결된 양상을 통합적으로 보여준다. 과학기술 경험의 양면적이
고 모순적인 양상들의 대위법적 재현에 성공한 셈이다.

　이 책에 실린 논문들은 한국 과학기술에 대한 역사적, 비판적 이해
에 유용한 증언, 일화, 관념이 한국 근대문학 텍스트에 얼마나 풍부하
게 들어 있는가를 입증한다. 제1부는 한국 근대소설 텍스트 속의 사건,
장면, 발화, 인물이 과학기술의 정치적, 사회적, 문화적 결과들과 긴밀
하게 결부되어 있음을 알려준다. 일본 체질인류학의 이데올로기적 효
과라는 문제에 주목한 김철은 그 효과의 하나를 일본 제국 질서를 안
정시키는 인종주의적 시선의 보편화에서 찾는다. 일본인과 조선인 모
두에게 공유된 그 시선 아래 제국신민의 아이덴티티에 유해하다고 색
출되고 배제된 모든 신체를 김철은 크리스테바를 따라 앱젝트(abject)라
고 부른다. 김철이 염상섭의 「만세전」과 김사량의 「천마」에서 읽어내
고 있는 것은 식민지 조선인으로 구체화된 앱젝트가 그를 배출하는 섭
젝트(subject)의 시선에 응수하는 방식, 인종주의적, 제국주의적 섭젝티
비티의 위치를 불안하게 하는 방식이다. 이철호는 과학적 지식의 도입
에 따라 미신으로 간주된 샤머니즘이 신소설 이후 한국소설에 다시 출
현한 사태에 관심을 기울인다. 그의 설명에 따르면 이해조의 경우 계
몽 이성의 자기철회에 따른 억압된 것의 귀환, 김동리의 경우 서구 근
대성의 초극을 위한 기획이라는 의미를 띠는 그 사태는 과학의 타자로
서의 샤머니즘이 한국인의 상상 세계에서 차지하는 특별한 위치를 상

기시킨다. 한국 근대문학이 과학과 비과학 사이의 모호한 지대를 거처로 삼았다고 한다면 이것은 아마도 이기영 소설의 지적 기반에 대해서도 얼마간 정확한 묘사일 것이다. 손유경이 『고향』에 그려진 농촌 마을의 경관과 노동하는 여성에 초점을 맞추고 젠더 무의식이라는 가설에 따라 그 소설을 다시 읽은 바에 의하면 이기영은 이른바 과학적 세계관에 입각한 리얼리즘을 지지했으나 작품의 실제에서는 그 세계관으로 정렬되지 않는 충동과 공포의 표현에 경도되었던 작가이다. 차승기는 일본의 신흥재벌 니혼질소가 식민지 정부와의 협업 구조 속에서 사실상 창출한 도시 흥남과 그곳 특유의 요새화한 공장의 세계를 재구성하고 아울러 그 세계가 일본의 패전 후 북한과 일본에서 존속된 양상을 검토한다. 그의 논의에서 일본 제국의 붕괴 이전과 이후에 발표된 이북명의 흥남 배경 단편들은 그곳에 성립된 기술-자본-국가의 삼위일체 체제하의, 아감벤적 의미에서의 생의 형식에 대한 통찰의 단서를 제공한다.

제2부와 제3부의 논문은 대체로 서양 과학의 영향 아래 한국문학에 출현한 새로운 현상을 대상으로 삼고 있다. 제2부 논문들은 문학과 과학 사이의 긴장 관계에 대한 관심을 공유한다. 허병식은 서양 과학이 한국 근대문학에 미친 영향의 예로 객관주의를 들고 넓은 범위의 작가들에게서 그것을 둘러싼 상반된 태도 — 오늘날의 과학철학에 따르면 극복할 필요가 있는 오해 — 를 검출한다. 조형래는 『신문계』를 중심으로 과학이라는 용어가 오늘날의 그것과 같은 의미를 가지며 정착된 상황을 상세하게 기술하고 문학과 과학이 대립적이면서 또한 보완적인 관계로 동시에 개념화되었다는 주장을 편다. 과학적 사물관에 대한 일

종의 성찰로서 김동인 소설을 읽은 이학영은 김동인이 과학적 예측과 합리적 통제를 넘어선 카오스적 복잡성을 인간사의 차원에서 직관했지만 그 복합성에 관한 그의 소설은 낭만적 주체성의 관념에 의해 크게 제한되어 있었음을 지적한다. 제3부의 논문들은 과학에 대한 관심이 한국소설의 새로운 장르, 주제, 인물을 발생시킨 주요 원인 중 하나였음을 입증한다. 김종욱은 『해저 2만 리』와 『인도 왕녀의 5억 프랑』의 한국어 번역 출판을 중심으로 20세기 초반 한국의 쥘 베른 수용 양상을 검토하면서 한국 과학소설 형성의 초기 단계에서 과학에 대한 열광과 제국주의 비판이 결합되어 있었음을 알려준다. 이수형의 논문은 성에 대한 병리학적 담론이 권위를 가졌던 지적 상황 속에 김동인 소설을 배치하고 그 작중인물에게 나타나는 성적 상상의 히스테리적 구조를 밝혀냄으로써 신경(nerves)과 서사(narratives)의 내통(內通)이 한국 근대소설 독해의 유용한 코드임을 증명한다. 이수형과 비슷하게 병리학적 지식이 한국소설의 주요 원천이었다고 보는 서희원은 『탁류』의 서사를 지배하는 몰락의 논리의 중심에 작중인물들이 공통으로 앓고 있는 매독 같은 질병이 자리 잡고 있음을 강조한다.

제4부는 한국에 과학이 수용되고, 이해되고, 보급된 방식을 문학을 넘어 문화 실천과 제도의 넓은 영역 속에서 논의한다. 여기 실린 논문들은 한국 과학사와 과학교육사의 특수 사건들을 사례로 삼아 한국과학의 사회사 혹은 문화사의 중요한 물음 — 과학의 특권화와 과학자의 영웅화라는 행위가 어떤 정치적, 이데올로기적 동기에 따라 통상화되었는가, 과학문명의 스펙터클화 혹은 대중문화화는 어떻게 배제-통합의 정치와 결합했는가, 과학 지식의 보급은 어떤 종류의 인간 주체 생

산에 관여했는가 하는 등의 물음에 대해 각자 방식으로 응답한다. 김성연은 파브르의 『곤충기』가 동아시아 삼국에 수용된 과정을 사실적으로 확인하고 그 책이 저자의 의도와 무관하게 그 삼국의 정치적, 문화적 세계에서 담당한 역할을 설명한다. 그녀가 논증한 바에 따르면 그 곤충들의 서사시가 동아시아에서 그토록 인기가 있었던 이유 중 하나는 생물계의 법칙이 혁명의 이유나 도덕의 근거가 된다고 믿은 풍조, 다분히 생물학주의적인 풍조와 관계가 있다. 정종현은 농학자 우장춘의 성공이 제국 일본 및 해방 이후 한국 양쪽의 국가 권력과 밀접하게 연관되어 있었음을 지적하면서 우장춘의 생애를 애국애족의 한국인 서사 하나에 복속시키려는 시도에 이의를 제기한다. 우장춘 우상화의 여러 사례에 대한 검토를 통해 그가 확인하고 있는 것은 내셔널리즘이든, 인터내셔널리즘이든 국민국가의 요구에 따르는 정치적 상상력이 과학자의 이미지 산출의 핵심 인자가 되어 있는 한국적 상황이다. 신지영의 논문은 일본 제국의 박람회라는, 그 제국의 과학적, 산업적 문명을 현시하는 장치가 조선이라는 식민지를, 이어 조선 내부의 지방을 어떻게 주변화했는가를 고찰한다. 약 30년에 걸쳐 열린 세 번의 박람회와 그것을 둘러싼 일화를 검토한 이 논문은 그 주변화의 기제 속에 인종주의가 반복적으로 작동했다는 주장을 편다. 일제시대 어린이 대상 과학교육 기법을 연구 주제로 삼은 한민주는 그 대중적 과학 이미지 생산의 주요 영역에서 과학이 그 자체의 권위를 위해 마술을 발명하는 동시에 퇴치하는 양상을 분석한다. 또한 과학적으로 사고하고 공작하는 아동 지능의 육성이 제국의 유토피아적 환상에 복무하는 인간 주체의 생산과 결부되어 있음을 입증한다.

이 책은 작년에 출간된 동일 시리즈의 첫째 권과 마찬가지로 엮은이가 설계와 추진 책임을 맡은 '한국 근대문학과 과학의 관련양상' 공동연구의 결과를 모은 것이다. 한국연구재단의 재정 지원을 받은 그 공동연구의 제2차년도 기간에 연구단 단원인 서희원, 이수형, 이철호, 정종현, 조형래, 차승기, 허병식, 한민주는 각자 분담한 연구 수행의 중간 결과를 정례 콜로키움을 통해 보고했으며 그 단원의 다수는 동국대학교 문화학술원에서 주최한 학술회의(2013.2.1~2)에서 최종 연구 결과를 발표했다. 공동연구의 취지에 어울릴 뿐만 아니라 향후 연구에 도움이 되는 유익한 논문을 내놓은 단원들의 노고에 위로의 뜻을 표한다. 학술회의에는 연구단 소속이 아닌 학계의 동료 여섯 분도 참가해서 논문을 발표해주었다. 어떤 대목에서는 연구단원들의 발표보다 훨씬 박력 있게 연구과제의 핵심에 다가간 발표를 해준, 그리고 발표한 논문을 이 책에 수록하는 데에 기꺼이 동의해준 그 동료 모두에게 고맙다는 인사를 하고 싶다. 특히 일본 교토대 체류 중에 축적한 조사와 연찬의 성과를 그 학술회의에서 공개하셔서 그 행사의 보람을 높여주시고 연구단을 응원해주신 김철 교수님께 우정과 경의를 담아 감사드린다. 김종욱 교수님은 귀중한 개인 연구 논문을 이 책에 전재할 수 있도록 허락해주셨다. 너그러운 협조에 사의를 표한다. 엮은이가 공동연구 책임자로서 발표한 논문은 부득이한 사정으로 여기에 싣지 못함을 덧붙여 알린다. 끝으로 소명출판 박성모 사장님의 변함없는 지원에 감사드린다.

2014년 2월
황종연

# 차례

# 제1부

## 과학과 그 타자

# 비천한 육체들은 어떻게 응수(應酬)하는가

## 산란(散亂)하는 제국의 인종학(人種學)

김 철

## 1. 제국의 인류학과 비천한 육체들

해부학자인 의학박사 구보 다케시[久保武]가 조선인에 대한 체질인류학적 연구를 시작한 것은 1907년 대한병원(大韓病院) 교육부의 해부학 교수로 부임하면서부터였다. 1913년에 그는 조선인 병사 651명, 기생 200명에 대한 신체 측정조사를 수행했다. 그리고 조선총독부 경성의학전문학교의 해부학 교수로 자리를 옮긴 1915년부터는 조선인 사체(死體)를 대상으로 '인종해부학적 연구'에 전념했다. 그의 연구결과는 「朝鮮人の人種解剖學的研究」라는 제목으로 1915년부터 1921년까지 『조선의학회잡지(朝鮮醫學會雜誌)』에 총 23회에 걸쳐 게재되었다. 구보 다케시가 남긴 이 방대한 분량의 논문들이 현재 우리가 입수할 수 있

는 가장 이른 시기의 조선인에 대한 체질인류학적 연구물이다.[1]

"방부제 처리를 하지 않은 양호한 피부와 모발을 재료로" "피부는 36 군데를 잘라서 현미경적(顯微鏡的) 절편(切片)을 만들고" "모발은 장모 (長毛), 단모(短毛) 등의 종별로 나누고" "근육도 방부처리 안 한 것을 일일이 계측하고" "내장은 소화기, 호흡기, 비뇨기, 생식기를 일일이 그 크기와 중량을 측정하고" "혈관, 순환기, 신경계통도 측정하여" "조선 인의 해부학·체질인류학의 대성(大成)을 기했다"[2]고 스스로 기염을 토한 이 연구의 결과를 그는 다음과 같이 총괄하고 있다.

　　골격의 중량은 조선인이 일본인보다 무겁다. 근육계통은 일본인이 조선 인보다 우수하다. 피부와 피하지방은 조선인이 비교적 크다. 소화기와 호 흡기는 조선인이 다소 크고 특히 소화기가 현저히 크다. 순환기, 신경중추 기는 일본인이 우수하다. 이러한 결과는 조선인의 일반생활 상태와 대조 해 보면 잘 어울리는 것이다. 조선인이 활동적이지 못한 것은 근육계통의 발육이 빈약하고 피하지방이 많은 것도 그 원인일 것이다. 조선인이 항상 거칠고 소화가 잘 안 되는 음식을 많이 먹는 것은 이 민족의 소화기 발달이

---

1)　조선인을 대상으로 한 신체 계측은 부산에 근무하던 일본군 군의관 고이케 마사나오(小池正 直)가 20세부터 50세까지의 조선인 75명의 신체를 계측한 것(1887)이 최초라고 알려져 있 다. 그러나 그 결과는 남아 있지 않다. 小濱基次, 「朝鮮人の生體計測」, 『人類學·先史學講座』 第4卷, 雄山閣, 1938. 이듬해인 1888년에는 고가네이 요시키요(小金井良精)가 네 개의 조선 인 두개골을 대상으로 그 계측 결과를 발표하였다. 今村豊, 「朝鮮人の體質人類學に關する文 獻目錄」, 『人類學·先史學講座』 第7卷, 雄山閣, 1938. 일본에 인류학회가 결성된 것이 1884 년, 최초의 인류학 학술지인 『동경인류학회잡지』가 창간된 것이 1886년임을 감안하면, 상 당히 이른 시기부터 조선인에 대한 체질인류학적 연구가 진행되었음을 알 수 있다. 구보 다 케시에 관한 가장 최근의 본격적인 연구는 Hoi-eun Kim, "Anatomically Speaking : the Kubo incident and the paradox of race in colonial Korea", *Race and Racism in Modern East Asia*, Brill, 2013.
2)　久保武, 「朝鮮人の人種解剖學的研究」, 『現代之科學』 7권 1호, 1919. 2, 82면.

특히 현저함을 생각게 한다. 인체 중의 고등기관인 신경중추기 및 순환기가 비교적 작은 것은 지적 방면에 커다란 결함이 있음을 보여준다.[3]

이 글의 목표는 '행동이 느리면서 아무 음식이나 잘 먹고 지적으로는 큰 결함을 지닌 조선인'이라는 동물적 이미지를 최첨단의 '과학'으로 보증하는 이 해부학자의 인종주의, 더 나아가, 모든 형태의 인종주의를 단지 비난하거나 폭로하는 데에 있는 것이 아니다. 나는 이 글에서, 19세기 이래 제국주의 국가들의 팽창과 더불어 급속히 발전한 인류학 = 인종학 = 체질인류학[4]이라는 이 근대 과학이 일본 제국에 수용된 이후 그것이 제국 / 식민지 주민들의 자기 및 타자 인식에 일으킨 효과에 대해 검토해 보고자 한다.

특히 나는 인종 문제와 관련하여 일본인 식민자와 조선인 피식민자 상호 간에 끊임없이 존재했던 어떤 공포와 불안에 관해 말하려고 한다. 인종적 자기동일성을 구축하기 위한 하나의 학적 체계로서의 인종학에 필연적으로 수반되는 분류 / 위계화(位階化) / 포섭 / 배제의 메커니즘은, 비록 그것이 식민자에 의한 절대적이고도 압도적인 폭력에 의해 수행되었던 것은 사실이었지만, 식민자와 피식민자 양쪽 모두에 언제나 심각한 긴장과 불안, 나아가서는 공포를 야기하는 것이었다. 나는 식민자와 피식민자 모두가 의도하지도 바라지도 않는 이 불안과 공

---

3) 위의 글, 85면.
4) 이 글에서는 인류학(Anthropologie), 인종학(Rassenkude), 체질인류학(Physikalish anthropologie)이라는 용어를 특별히 구분하지 않는다. 제2차 세계대전 이후 인류학이 그 연구의 중심을 문화인류학(Kultur anthropolgie)으로 이동하기 전까지 인류학은 인간의 고유한 체질적 현상, 즉 인종표징(人種標徵)에 따라 과학적으로 인종을 분류하고 증명하는 '인종학'을 의미했고, 그것은 곧 체질인류학을 가리키는 것이었다.

포가 '안전한 사회'[5]를 향한 지배 권력의 집요한 노력을 붕괴시키는 '구멍'으로서 우리가 주목해야 할 지점임을 강조하고자 한다.

이 글에서 나는 우선 일본에서의 체질인류학의 전개를 서술하고 그 것이 식민지 조선인을 대상화하는 방식에 관해 말하고자 한다. 그다음에 식민자와 피식민자 모두에게 널리 공유된 인종학적 시선이 어떻게, 그들 사이의 경계를 보다 확고하고 분명한 것으로 만들려는 애초의 의도와는 정반대로, 그 경계를 항상 흔들고 위협하는 긴장과 불안의 원천이 되었는가 하는 점을, 주로 염상섭의 소설 「만세전」과 김사량의 소설 「천마」를 통해 보이고자 한다.


## 1) 육체의 사물화

신경중추기관이나 순환기의 물리적 크기를 지적 능력과 결부시키는 구보 다케시의 예에서 보듯, 사람의 키, 피부, 눈의 형상과 색깔, 코나 귀의 모습, 두개골의 크기, 뼈의 길이와 무게, 혈액형, 내장의 크기, 머리털이나 음모(陰毛)의 형상 등과 같은 신체적 요소들을 기준으로 인종을 분류하고 그 인종들 사이의 우열을 판별하는 체질인류학은 다이쇼기 이후 일본 인류학의 주류로 자리 잡았다. 전전(戰前) 일본을 대표하는 인류학자의 일인이었던 교토제대의 기요노 겐지[淸野謙次]가 이끄는 '기요노 인류학 연구실[淸野人類學硏究室]'은 새로운 과학적 통계 방법을 도입함으로써, 일본 최초의 인류학자로 불리는 쓰보이 쇼고로[坪井

---

5) Michel Foucault, trans. David Macey, *Society Must Be Defended*, New York : Picador, 2003.

正五朗] 이래의 호사가적 박물학 수준의 인류학 연구에 획기적인 과학적 근거를 마련하는 동시에 일본 인류학 연구의 중심지가 되었다.[6] 여기서 기요노 겐지의 한 논문을 통해 체질인류학의 '과학성'과 '정치성'이 어떻게 구축되는가를 보기로 하자.

메이지[明治] 연간 '독부(毒婦) 삼총사'의 하나로 세간의 주목을 끌었던 '다카하시 오덴(高橋お伝)'은 본부(本夫)를 살해하고, 이어서 정부(情夫)와 짜고 다른 남성을 살해한 죄로 1879년 29세로 사형당한 여성이다. '메이지의 독부(毒婦)'로 불린 그녀의 이미지는 사후 수십 년에 걸쳐 수많은 풍문, 소문, 이야기 등을 통해 완성되고 소비되었다. 가나가키 로분[假名垣魯分]의 『高橋阿傳夜叉譚(다카하시 오덴 야차 이야기)』는 오덴이 죽은 해에 바로 출판되어 판을 거듭하면서 현재까지도 이와나미 서점이 발간한 『신일본고전문학대계』의 한 권을 이루고 있고, 그 밖에도 『其名も高橋, 毒婦の小傳東京奇聞』을 비롯해 그녀를 소재로 한 수많은 소설, 연극, 영화, 그림, 노래 등이 만들어져 '오덴'이라는 이름은 일본 대중의 뇌리 속에 '독부(毒婦)', '요부(妖婦)', '음부(淫婦)'의 표상으로 깊이 자리 잡았다.

1932년 4월에 창간된 인류학 학술지 『ドルメン(dolmen, 고인돌)』에는 기요노 겐지가 창간호부터 5회에 걸쳐 연재한 「오덴 음부 고[阿傳陰部考]」[7]라는 논문이 있다. "병리학의 태두이며 인류학의 권위자"로 소개

---

6) 전전 일본 인류학의 전개에 관한 통찰력 있는 설명은 坂野徹, 『帝國日本と人類學者 1884〜1952年』, 勁草書房, 2005; 坂野徹, 「清野謙次の日本人種論」, 『科學史・科學哲學』11호, 東京大學, 1993. 또한 인류학의 역사와 식민주의와의 연관에 관한 깊이 있는 분석은 冨山一郎, 「國民の誕生と'日本人種'」, 『思想』845호; 竹澤泰子 편, 『人種概念の普遍性を問う』, 人文書院, 2005; 山室信一, 『思想課題としてのアジア』, 岩波書店, 2001; Tessa Morris-Suzuki, "Ethnic Engineering, Scientific Racism and Public Opinions Surveys in Mid-century Japan", *Positions* 8, 2000.

된 기요노 겐지는 이 논문에서 오덴의 음부가 "육군 군의학교 병리학 교실에 알콜과 포르말린액에 담겨 진열되어 있다"는 정보를 전한다. 오덴의 처형 직후 그녀의 음부를 도려내어 보관한 이 표본은 '군의학교의 보물'로 불리는데 참관자가 꽤 많은 인기물이라는 것이다. 「오덴 음부 고」는 이렇게 진열된 오덴의 음부를 정밀하게 측정하고 그 결과를 제시하고 있는데, 이 논문의 첫 문단은 통계와 수치(數値)의 객관성을 앞세운 이 과학이 어떤 전제 위에 서 있는가를 매우 선명하게 보여주고 있다.

남녀의 (음)부의 형상은 (…중략…) 인종학적으로 많은 특징을 보인다. (…중략…) 범죄인류학적으로 보면 범죄의 필연성의 일부분은 실로 (음)부에 깃들어 있는 것은 아닐까 생각한다. (…중략…) 지나인은 간부(姦婦) 음부(淫婦)를 벌할 때, 그 성적감각이 가장 뚜렷한 (음핵)에 부젓가락을 넣어 그것을 태워 잘라내 버린다고 하는데, (음)핵은 원래 남자의 음경에 상당하는 것이기 때문에 그것의 발육이 왕성한 부인은 그러므로 (성욕)이 왕성할 것이니까 부인의 (성욕)을 진정시키기 위해서 (음핵)을 없앤다는 것은 어느 정도 유효할 것이라고 생각한다. 이 점에 있어서 음부(淫婦)의 (음)부를 연구하는 것은 다소 흥미 있는 것이다.[8]

---

7) 清野謙次, 「阿傳陰部考」, 『ドルメン』, 1932.4.
8) 위의 글, 49면. 여기서 괄호 속에 든 단어는 검열을 두려워한 편집자가 미리 삭제한 것이다. 따라서 원문에는 공백으로 남아 있다. 주로 '음부', '음핵', '소음순', '대음순' 등 여성 성기와 관련된 단어들과 '성욕', '성기' 등의 단어들이지만, 필자 스스로도 말하듯이, 앞 뒤 문맥상 충분히 짐작할 수 있는 단어들이다. 이 '자진 삭제'가 독자의 관음증을 더욱더 강력하게 유발하는 것임은 말할 것도 없다.

논문의 도입부에서 드러나는 전제는 명백하다. 그것은 육체의 특정한 부분이 인간의 성격이나 행동, 능력 등과 직접적으로 연관된다는 체질인류학의 기본적 전제이다. 체질인류학의 연구는 이러한 전제를 입증하기 위한 과학적 방법 및 도구의 개발, 그리고 그것을 통해 확보된 자료와 데이터의 축적들로 이루어진다. 기요노 겐지의 이 논문은 그러한 체질인류학의 방법을 전형적으로 보여주고 있다.

모두 5회에 걸쳐 연재된 이 논문에서 기요노는 1회부터 4회까지의 내용을 오덴의 일생을 자세하게 설명하는 것으로 채운다. 앞서의 『오덴 야차 이야기』나 『동경기문』의 내용을 발췌하여 그가 설명하는 바에 따르면, 오덴의 왕성한 음욕은 "어머니로부터 유전된 것"이다. 그녀의 용모는 "옥(玉)을 무색케 하고 이슬이 흐르는 듯"했으나 "그 난잡함에 혀를 내두르고 기가 질려서 미워하지 않는 자가 없었다." 이팔청춘 시절부터 도박을 즐겨 도박장에서 만난 남자와 눈이 맞아 고향을 떠났으나 남자가 나병에 걸리는 바람에 매음에 나서고 마침내 남자를 살해한다. 오덴은 다시 만난 남자와 함께 어떤 상인의 돈을 사취하고 그를 살해하여 체포되어 형장의 이슬로 사라졌다. 아름다운 용모, 유전적으로 타고난 음욕, 도박과 사기, 살인까지도 서슴지 않는 표독함. 치명적인 매혹과 공포를 동시에 간직한 요부(妖婦) 오덴의 이미지는 알코올과 포르말린 액 속에 담겨 '고정된' 그녀의 음부와 함께 독자의 뇌리에 깊이 박힌다.

논문의 마지막 회에서 기요노는 마침내 해부학자로서의 모습을 드러낸다. 5페이지에 걸친 마지막 회 논문의 대부분은 오덴의 성기 각 부분의 길이와 크기를 측정하고 그 결과를 제시한 것이다. 결론은 "오덴의 사형 이후 유포된, 오덴의 음부가 크다는 풍설"이 사실임이 확인되었다는 것이다. 오덴의 음란함은 오로지 그녀의 음부, 즉 남달리 거대한 성기의 크기와 왕성하게 발육된 성기의 각 부분으로부터 비롯되었다는 것이 이 연구의 결론이다.

> 어쨌든 오덴의 소(음순)은 길이, 높이, 두텁기가 크다. 그래서 (음)핵의 발육도 양호하고, 그 포피도 대단히 양호하게 발육되어 있다. (⋯중략⋯) 자궁 질부(膣部)의 발육도 양호하다. 이상의 부분은 어느 것이나 (성)감각 신경의 분포영역이며 그 부분의 발육이 좋으면 (성)감각이 강함을 의미하는 것으로 생각해도 지장은 없을 것이다.[9]

여성의 음탕함(남성의 음탕함이 아니라)과 여성 성기의 크기를 직결시키는 이 순환론적 모순(오덴은 음탕하다. 왜? 성기가 크니까. 오덴의 성기는 크다. 왜? 음탕하니까)과 이 논문을 읽는 남성 독자의 음란한 관음증을 가려주는 것은 어지러운 통계와 수식, 온갖 의학용어 등으로 가득 찬 '과학'이라는 외피이다. 문제로 삼아야 할 것은 이 과학이 구축되는 방식이다.

체질인류학 안에서 인간의 몸은 피, 뼈, 털, 피부, 내장, 두개골, 뇌 등등의 요소로 분해되어 식물이나 광물의 표본처럼 실험과 관찰을 위한 하나의 '재료' 즉, 자연적 물질로 화한다. 정신 및 의식과 결합함으로써만 육체일 수 있는 인간의 육체에서 유기적 전체성과 정신성을 모두 제거하고 그것을 하나의 파편적 무기물(잘린 피부 조각, 도려진 장기들,

---

9) 清野謙次, 「阿傳陰部考」, 『ドルメン』, 1932.7, 48면.

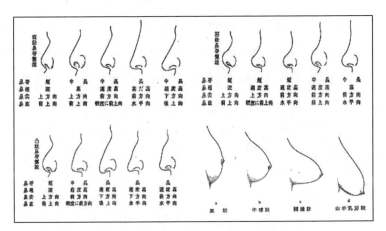

그림 1. 콧등의 형상 및 유방의 형상 분류(출처 : 小山榮三, 『人種學』, 岡書院, 1929).

포르말린 액 속에 들은 여성 성기, 두개골, 턱뼈, 다리뼈, 음모(陰毛), 머리털, 뇌 ……)로 환원하는 것이다. 이 파편들을 정교하게 측정하기 위한 갖가지 도구들, 계산의 방식들, 분류를 위한 약품들과 기법들이 각각의 재료에 적용되고, 그 결과는 방대한 통계와 자료로 축적되어 특정한 인간 집단을 다른 집단과 구분하는 강력한 과학적 근거가 된다.

　체질인류학의 과학성은 피부색이나 신장, 눈, 코의 모양과 같은 가변적(可變的)이고 주관적인 신체 특징들을 객관적이고 불변적인 표지로 확정하려는 이러한 시도 가운데 성립되는 것이다. 그리하여 피부나 눈의 색깔, 모발의 형상, 코나 입의 형상 등 차이의 경계를 정할 수 없는 곳에 경계선을 긋고 명명(命名)함으로써 그 차이들은 분명한 경계를 지닌 것으로 가시화된다(〈그림 1〉).

　그러나 단순히 경계를 긋고 차이를 분명하게 하는 것으로 일이 끝나는 것은 아니다. 체질인류학의 중요한 목표 중의 하나는, 정신성이 제거된 채 파편적 무기물로 화한 육체 위에 다시 정신성을 새겨 넣는 것이다. 사물화한 육체의 파편 위에 새롭게 정신성을 새겨 넣는 이 과학은 그러므로 일종의 물활론(animism)이라 할 것인데, 이 물활론적 과학 안에서 예컨대 근육이나 내장은 육체적 민첩함이나 지적 능력을 담고 있는 사물로, 피부색이나 두개골의 크기, 뇌의 무게는 지능지수를 보여주는 직접적 징표로, 성기는 성욕 및 성적 능력의 저장소로 화하는 것이다.[10]

## 2) 육체의 양화(量化)

그러나 체질인류학의 과학성이 끊임없이 불안하고 취약하다는 것도 명백한 일이다. 프랑스인, 브루타뉴인, 로마인, 이탈리아인을 다른 인종으로 구분하는 신체적 경계선을 확정할 수 있을까? 피부, 눈, 모발 색깔의 차이를 가지고 스웨덴인, 바덴인, 영국인을 구별하는 것이 가능할까? 머리의 크기가 지능과 상관있음을 입증할 수 있을까? 인종분류에 관한 최초의 과학적 연구를 개척하여 '인류학의 아버지'로 불리는 블루멘바하(J.F. Blumenbach) 이래 유럽인류학의 역사는 그러한 구별과 입증이 가능하다는 신념 아래 전개되었다. 한편, 경성제대의 해부학

---

10) 고야마 에이조[小山榮三]의 『人種學(總論), (各論)』(岡書院, 1929)은 인종학의 역사와 그 연구결과를 집대성한 방대한 분량의 백과사전 같은 저술이다. 이 책의 한 장은 "인류학적 징표와 지능은 상관관계에 있다"는 전제 아래 '인종심성(人種心性)'에 관한 유럽인류학의 연구 성과를 설명하고 있다. 이에 따르면, "短頭型 1인에 대해 長頭型 3인의 천재가 있다." "바하, 괴테, 섹스피어, 바그너, 루터, 나폴레옹이 長頭型이었다." "지식 계급은 일반 주민보다 長頭가 많고 도시인은 농촌인보다 長頭型이 많다." "밝은 색[明色] 피부 집단(백인)의 평균 지능이 어두운 색[暗色] 피부 집단(유색인)의 평균 지능보다 높다."

교수로서 식민지 조선에서의 체질인류학 연구를 이끌었던 이른바 '경성학파'의 이마무라 유타카[今村豐]와 우에다 쓰네키치[上田常吉], 그리고 그 제자들의 필생의 노력 역시 조선인의 체질인류학적 특성을 규명하고 일본인과의 인종적 차이를 확정하는 데에 바쳐졌다.

그러나 한국인, 일본인, 중국인 등의 차이를 생래적(生來的)-생물학적 차이로 실체화하려는 이 과학은 자주 곤경에 부딪힐 수밖에 없었다.[11] 더 나아가 그러한 신체적 차이를 지능이나 성격, 정신적 능력 등과 결부시키기 위해서는 또 다른 과감한 논리적 비약이 필요했다. 그러므로 그 논리적 비약 다시 말해, 취약한 과학성을 보충하기 위한 다양한 기술의 개발이 요구되는 것도 필연적인 일이었다. 예컨대, 체코의 혈청학자 얀스키(Jan Janský)에 의한 네 가지 혈액형의 발견(1907)은 인종분류의 과학성에 대한 믿음을 크게 향상시키는 사건이었다. 그것은 피부나 모발 색깔 같은 가변적이고 주관적인 신체 요소가 아니라 혈액과 같은 불변적이고 객관적인 신체 요소를 기준으로 인종의 과학적인 분류가 가능할 것이라는 신념을 심어주었다. 허쉬펠트(Magnus Hirschfeld)의 혈액형을 기준으로 한 '인종지수'는[12] 인종분류의 가장 유

---

11) 우에다 쓰네키치는 조선인과 일본인의 체질을 비교한 연구의 결론에서 "인종으로서는 조선인은 극히 일본인에 가깝다. 그 양자의 사이에 확실한 경계가 없을 정도"라고 토로한다. 上田常吉, 「朝鮮人と日本人との體質比較」, 『日本民族』, 岩波書店, 1935. 이마무라 유타카와 그의 제자들에 의한 조선인 신체측정에 대한 방대한 논문들은 정교하고 복잡한 수식과 도표, 각종 자료 들로 채워져 있지만 결론은 흔히 생략되거나 극히 소략한 형태로 측정 결과를 요약하는 것으로 끝나기 일쑤다.

12) 허쉬펠트가 개발한 '인종지수'는 $I_1 = A+AB/B+AB=1$의 공식으로 전 인구 중 A형과 B형의 숫자를 기준으로 그 인종의 순수성을 측정하는 방식이다. $I_1$이 1보다 크면 A형의 순수성이 강하고 1보다 작으면 B형의 순수성이 강하다. 이 인종지수의 지리적 위치와 분포를 파악함으로써 인류의 이동경로를 추정할 수 있다는 것이다. 혈액형에 따라 개인의 기질이나 성격을 분류하는 것도 널리 행해진 방식인데 그것은 '민족성 지수'라는 공식을 낳는다. $O+B/A+AB=A/p$가 그 공식인데 이 수치가 1보다 작으면 타동성이 강하고 소극적, 내향적이고 1보다 크면 능동적, 적

력한 과학적 방법으로 환영받았고,[13] 그 밖에도 인종별 혈액의 반응을 검사하기 위한 시약(試藥)의 개발, 신체 측정의 정확성을 기하기 위한 갖가지 도구들의 개발 등 인종학을 엄밀한 자연과학으로 정립하기 위한 수많은 시도들이 이루어졌다.

그러나 인간 집단 사이의 모호한 경계선을 분명하게 하고, 그들 사이의 우열관계를 확실하게 함으로써 '인종'을 생물학적 실체로 가시화하는 데에 가장 유력한 방법은 "거대한 규모로 데이터를 수집하고 분석한 뒤에 그것을 수량화(quantify)" 하는 것, 다시 말해 "가능한 대로 많은 인간을 대상으로 가능한 대로 많은 증거를 수집하고 그 결과를 최대한으로 수량화"하는 것이었다.[14] 조선인 1명과 일본인 1명의 신체적 차이는 아무 의미가 없지만 100명이 되면 의미가 있는 것으로 보인다. 표본 집단이 크고 비교대상이 많을수록 사소한 차이도 중대한 의미를 지닌 것이 되기 때문이다. 예컨대, 구보 다케시가 1910년대에 조선인과 일본인의 신체를 측정했을 때에 비교의 대상으로 삼았던 사체(死體)는 조선인 92명(남 81, 여 11)명 및 일본인 15명이었는데, 전신의 각 기관을 모두 측정할 수 있었던 것은 조선인 사형수 남자 1명과 일본인 사형수 남자 1명뿐이었다(나머지는 병사자로서 모두 해부되어 장기만이 남았

---

극적, 외향적이다. 어째서 그러한지에 대한 설명은 물론 없다. 일본은 이 수치가 전 세계에서 가장 낮다. 미국 백인 1.10, 독일인 1.13, 영국인 1.16이며 조선인은 1.22인데, 일본인은 0.82, 북미 인디언과 필리핀인은 5.37이다. 小山榮三, 앞의 책.

13) 식민지 조선에서도 혈액형 연구를 통한 체질인류학적 연구가 활발하게 진행되었다. 대표적인 것으로 佐藤武雄 외, 「朝鮮人の血液型」, 『犯罪學雜誌』, 1925.11; 桐原眞一・白麟濟, 「日, 鮮, 支人間の血淸學的人種係數の差異」, 『朝鮮醫學會雜誌』, 1925.5; 古川竹二, 「血液型による氣質及び民族性研究」, 『教育思潮研究』, 1927 등이 있다. 이 문제에 대한 자세한 연구는 정준영, 「피의 인종주의와 식민지 의학—경성제대 법의학교실의 혈액형 인류학」, 『醫史學』 21권 3호, 2013.

14) Tessa Morris-Suzuki, *op.cit.*, p.505.

다). 따라서 그가 조선인은 "일반적으로" 일본인보다 신장이나 체중이 "다소 크다"고 말할 때[15] 그 신뢰도는 문외한의 눈에도 그다지 높아 보이지 않는다.

1934년 『조선의학회잡지』에 실린 「朝鮮人ノ體質人類學的研究」는 94페이지에 달하는 방대한 분량의 논문으로, 이마무라 유타카와 우에다 쓰네키치가 이끄는 경성제대 해부학 교실이 1930년부터 32년 사이에 조선의 전 지역에서 수행한 조선인의 신체측정 결과에 대한 보고서이다. 이 논문의 첫머리에서 필자들은 구보 다케시의 기존 연구의 문제점을 세 가지로 지적한다. 첫째, 구보가 측정한 조선인들이 특정한 직업, 즉 기생이나 군인들에 편중되어 있다는 것. 둘째, 특정한 지역에 편중되어 조선 전역을 포괄하지 못했다는 것. 셋째, 생체측정에 관한 '근대적인 계산'을 거치지 않았다는 것이다.[16]

이러한 지적에서 분명해지는 것은, '보다 많은 지역에서, 보다 많은 인간을, 보다 정교하게 측정하고 수량화'한다는 원칙이다. 이 원칙은 체질인류학의 전 역사에서 단 한 번도 의심되지 않았다. 그리하여 이 방대한 논문은 무수한 데이터와 정교하고 복잡한 수식들, 일반인으로서는 접근 불가능한 온갖 '근대적인 계산'으로 그 내용을 채우는데(〈그림 2〉), 그것이 이 연구에 뭔지 모를 '과학적' 위엄과 신뢰를 부여하는 원천이 될 것임은 분명하다.

그러나 이렇듯 방대한 데이터에도 불구하고 결론은, 다른 많은 논문

---

15) 久保武, 앞의 글. 구보는 박사논문에서 자신이 총 3,425명의 조선인을 측정했다고 밝혔다. Hoi-eun Kim, *op.cit.*, p.419.
16) 荒瀨進 외, 「朝鮮人ノ體質人類學的研究」, 『朝鮮醫學會雜誌』 24권 1호, 1934, 60면.

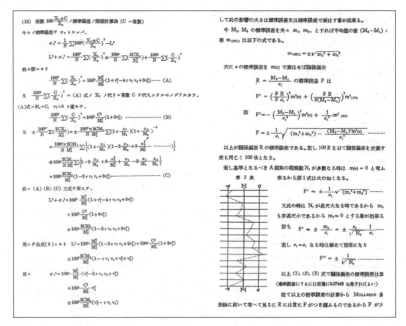

그림 2. 체질 인류학에 '과학적 위엄'을 부여하는 정교하고 복잡한 수식들
(출처 : 왼쪽 : 今村豊, 島五郎, 「種族差の信用度」, 『人類學雜誌』, 1933,
오른쪽 : 荒瀨進 外, 「朝鮮人ノ體質人類學的研究」, 『朝鮮醫學會雜誌』, 1934).

들에서도 언제나 그렇듯이, 아예 없거나 단순히 측정치의 '차이'만을
간단히 언급하는 정도로 지극히 무미건조하다. 그러므로 1935년에 우
에다가 조선인과 일본인의 체질비교를 총괄하면서 "교토의 두골(頭骨)
은 용산(龍山)의 그것과 극히 유사하다", "인종으로서는 조선인은 극히
일본인에 가깝다", "長身長種은 조선반도에서 쥬코쿠를 거쳐 긴키에
본거를 잡았다"[17]라고 말할 때, 그 결론은 메이지 이래 일본 인류학자
및 해부학자들이 축적한 방대한 자료들, 예컨대 앞서 구보의 연구나
도리이 류조(鳥井龍藏)가 조선총독부 '사료조사'의 일환으로 1912년부터

17) 上田常吉, 앞의 글.

1916년까지 행한 조선인 2,980명에 대한 조사,[18] 그리고 그 자신이 중심이 된 경성제대 해부학 교실의 조선 및 만주에서의 방대한 생체측정의 데이터를 딛고 선 것이니만큼 감히 반박하기 어려운 객관적 실증성의 무게를 담고 있는 것이었다.

이렇듯, 육안으로는 판별할 수 없는 미세한 차이가 수천 명, 수만 명을 대상으로 한 측정과 복잡하고 정교한 계산을 거쳐 숫자로 표시될 때, 그 숫자상의 차이는 누구의 눈에나 명백한 커다란 차이, 어떤 의미를 갖는 차이로 각인된다. 문제는 이 차이에 어떤 의미를 부여하는가이다. "보이지 않는 것을 보이게 하는 통계의 마술"은 신체적 차이만을 가시화하는 데에 그치지 않는다. 그것은 가령 "당신은 일본인이 서양인보다 우수하다고 생각합니까?"라는 주관적 질문과 "당신은 운전면허가 있습니까?"라는 사실에 관한 질문을 동일한 의미의 맥락 속에 놓인 것으로, 그리고 그 의미가 수량화될 수 있는 것으로 간주함으로써 우리로 하여금 "수천 명의 마음을 동시에 들여다 보는듯한 느낌을 갖게 하는 것이다."[19]

체질인류학의 비약은 이 마술을 발판으로 삼는다. '오덴(お伝)의 음란함'이라는 검증될 수 없는 주장은, 각 인종별 여성 성기의 크기에 대한 비교표와 오덴의 성기에 관한 자세한 수치들을 통해 마치 오덴의

---

18) 도리이 류조의 '사료조사'와 일본인류학자들의 조선인 신체계측에 관한 자세한 정리는 최석영, 「일제의 '조선인' 신체에 대한 식민지적 시선」, 『한림일본학』 9호, 한림대 일본학연구소, 2004 참조. 이 글에 따르면, 도리이 류조의 이 조사는 당시의 조선인구 13,832,376명의 0.02%에 해당하는 것이었다. 도리이 류조는 이 조사의 결과 조선인의 체격과 기타 풍습에 관한 3만 8천 장에 달하는 방대한 유리건판 사진을 남겼다. 이 사진들은 현재 한국의 국립중앙박물관에 보관되어 있다.

19) Tessa Morris-Suzuki, *op.cit.*, pp.519~520.

음란성의 정도가 숫자로 확인되는 듯한 사실성의 감각을 안겨준다. '한국인', '중국인', '일본인' 등으로 불리는 사람들의 신체측정 결과를 담은 방대한 도표와 수치 들은[20] 그렇게 불리는 사람들의 집단이 어떤 명백한 생물학적 차이를 지닌 인종적 실체로서 존재하는 듯한 느낌을 갖게 한다. 더 나아가, "학자, 고급관리 등의 계급에서는 두뇌의 중량이 1,400g 이상 되는 사람들이 57%임에 반해, 일용직 노동자, 하인, 문지기 등의 계급에서는 26%이다", "혼혈아는 백인보다 평균 지능이 낮다", "시각, 청각의 반응시간은 최하급 인종에서 가장 빠르고 가장 문명된 인종에서 가장 길다"[21]는 등의, 서로 연결될 수 없는 주장과 진술 들이 곧바로 결합할 수 있었던 데에도 통계와 수치를 무기로 내세운 이 학지(學知)의 '과학성'이 자리 잡고 있었던 것이다.

### 3) 비천한(abject) 육체들

가능한 대로 많은 인구(人口)의 신체를 가능한 한 널리 관찰하고 측정하는 것을 목표로 삼는다는 점에서 체질인류학은 현대 생-정치(bio-politics)

---

20) '한국인', '일본인'이라는 관념적 범주를 먼저 설정하고, 그 범주에 따른 신체측정을 통해 그들을 생물학적 차이를 지닌 '인종'으로서 정의하고자 하는 인종학의 방법론적 전도(顚倒)는 이 학문의 '과학성'을 처음부터 흔드는 것이다. 신체의 차이는 모든 개인들에게도 있고, 모든 집단에도 있다. 표본의 숫자가 많든 적든 '차이'가 발생하는 것은 당연하다. 그러나 이 '차이'는 '한국인(종)과 일본인(종)의 차이'가 아니다. 그것을 '한국인(종)과 일본인(종)의 차이'라고 말할 수 있으려면, 그 차이가 모든 개인 사이의, 모든 집단 사이의 차이와 완전히 다른 것이라고 말할 수 있어야 한다. 물론 그것은 불가능하다. 1938년 현재 272건에 이르는 조선인에 관한 체질인류학적 연구 논문들은 그 불가능을 향해 가는 도로(徒勞)의 현장을 보여주고 있다. 今村豊, 「朝鮮人の體質に關する文獻目錄」, 앞의 책.
21) 小山榮三, 앞의 책.

의 중요한 동반자가 된다. 더 나아가 그것은 신체적 특질과 정신적 능력과의 상관관계에 대한 믿음을 바탕으로 육체와 정신을 통제, 개조, 변형, 조작할 수 있는 대상으로 삼는다는 점에서 현대적 관리 및 규율 체제의 기술적 이데올로기를 제공한다. 타카시 후지타니의 말을 따르면, "생-정치 체제하에서 인종주의는 누가 살아야 하고 누가 죽어야 하는지를 결정한다."[22]

이 인종주의의 과학적 기반인 체질인류학의 세계에서 모든 사회적 관계는 보는 자와 보이는 자의 관계로 환원된다. 권력은 시선(視線)으로부터 나온다. 카메라의 렌즈, 인체측정기, 해부도구가 '벌거벗은 생명'을 응시하고, 측량하고, 파헤치고, 절단한다. 렌즈의 저편에 선 자는 보이지 않는다. 해부대 위에 메스(scalpel)를 들고 선 해부학자의 모습도 마스크로 가려져 있다. 추악하고, 역겹고, 무시무시하고, 위험하기 이를 데 없는 '비천한(abject) 육체'만이 공공연히 가시화(可視化)된다. 측정기 앞에 놓인 신체는 말할 수 없다. 시체는 말할 것도 없고, 주로 경찰과 군대를 앞세워 진행되었던 생체측정에서 '비천한 육체'는 오로지 '침묵하는 타자'일 뿐이다. 그들의 신체는 수집되고, 분해되고, 측정되고, 분류되고, 최종적으로는 조사자에 의해 '재현'된다. 어떻게? 그리고, 왜?

주지하는바, '인종'을 분류하고 그 인종들 사이의 위계를 설정하는 인류학은 국민국가 내부의 집단적 동일성을 창출해서 '우리', 즉 '국민'을 탄생시키는 하나의 '내러티브'다.[23] 이 내러티브가 성립되기 위해서는

---

22) Takashi Fujitani, *Race for Empire : Koreans as Japanese and Japanese as Americans during World War* II, Berkely : University of California Press, 2011, p.39.

우리와 대비되는 '그들', 즉 '야만'이나 '미개'가 발견되거나 만들어져야 함은 말할 것도 없다. 도미야마 이치로(冨山一郎)는 홋카이도의 '미개인' 아이누가 어떻게 그리고 무슨 필요에 의해 구성되었는지를 명료하게 설명하고 있다. 그에 따르면, '미개인' 아이누는 '일본 식인종론'으로부터 기인한다. 일본 인류학에 가장 큰 영향을 끼친 미국인 모스(E.S. Morse)는 1877년 한 패총의 발굴 결과 일본 고대에 식인 풍습이 존재했다는 설을 발표했다. 이 난처한 곤경을 벗어나기 위해 일본인류학은 "아이누인에게서 석기시대인을 발견함으로써 '식인종'을 타자로서의 '미개'로 집어넣고, 그 타자와 구분되는 '일본인'의 자기동일성을 확립하는 것으로 시작되었다." 다시 말해, "석기시대의 '미개'는 아이누에 객체화되어, 타자성을 띤 '미개'의 '아이누'로서 표상되었다. 아이누는 석기시대 유적과 마찬가지로 영원한 '미개'로서 역사를 잃은 존재"가 되고 "그 한편에서 '일본인'은 '개화'라는 역사를 획득"[24]하게 되는 것이다.

아이누인을 석기시대의 시간 속에 고정시킴으로써 '일본인종'과 다른 '이인종(異人種)'으로 분류하는 방식이 지리적 경계를 따른 것이라면, 다른 분류의 방식도 존재했다. 예컨대, 중세 이래의 피차별 부락민이었던 이른바 '에타(エタ, 穢多)'가 그러했다. 이들은 홋카이도나 오키나와처럼 일본 본토와 멀리 떨어진 지역에 거주하는 존재들이 아니었다. 그럼에도 불구하고 초기 일본인류학은 이들을 '이인종', '타국인(他國人)'으로 분류함으로써 그들을 '일본인종'의 경계선 밖에 위치시켰다. 사카노 도루의 설명에 따르면, 그것은 "봉건적 신분제도가 붕괴하고

---

23) 坂野徹, 앞의 책.
24) 冨山一郎, 앞의 글, 43면.

사람들이 평준화되어 '국민'으로 재편성되는 과정에서 일어난 일"이었다. 다시 말해, '에타'를 '이인종'으로 설정했던 일본 인류학의 밑바탕에는 "종래의 신분제도 아래서 '에타'라는 사회적 표징으로 위치 지워졌던 사람들이 '우리'와 같은 수준으로 편입되는 것에 대한 저항감"[25]이 있었다는 것이다.

위의 사례는 인류학적 시선에 의한 포섭과 배제가 반드시 지리적 분할선, 혹은 제국 / 식민지의 경계만을 따라 진행되는 것은 아님을 보여준다. 물론 일본 인류학의 전개는 제국의 영역 확장을 따라 새롭게 개척된 식민지나 지배지역에서의 '야만'과 '이인종'을 발견하는 것으로 채워졌지만, 동시에 또 다른 분할선, 즉 국민국가 내부에서의 사회적 관계를 반영하는 것이기도 했다. 물론 그것은 일본 인류학만의 독특한 성격은 아니었다. 새로운 '국민'의 탄생과 동시에 거기에서 배제되는 '난민', 김항의 표현을 빌면, "식민지배의 본원적 축적을 폭로하는 담지자들, 즉 식민지배의 뿌리이기에, 식민지배의 존립을 가능케 하는 초월적 근거"[26]로서의 '난민'의 발생은 전 지구적 현상이기 때문이다. 인류학의 인종 분류는 이 국민 / 난민의 출현을 정확히 반영하고 있는 것이다.

그렇다면 인류학이 발견한, 아니 만들어 낸 이 '난민'들은 누구인가? 앞서 살폈던 '오덴(お伝)'을 상기하자. 사회적 천민들 예컨대, 창녀, 기생, 부랑아, 범죄자, 신체불구자, 기형, 혼혈아, 정신이상자 및 이와 비

---

25) 坂野徹, 앞의 책, 37면.
26) 김항, 「인민주권과 파르티잔 공공성 ─ 「만세전」 재독해」, '사상의 형상, 병문(屛門)의 작가 새로운 염상섭 문학을 찾아서', 성균관대 동아시아학술원 주최 학술대회, 2013.1.17~1.18.

슷한 부류가 인류학자의 카메라와 신체측정기 앞에, 해부학자의 메스 아래 가장 먼저 놓인다. 여기에 식민지의 토인들, 원주민들이 추가된다. 그들은 내팽개쳐진, 뿌리 뽑힌, 토(吐)해진 존재들이다. 나는 크리스테바(Julia Kristeva)를 따라 그들을 '앱젝트(the abject)'라고 부를 것이다. 그러나 이들은 그냥 배제되거나 버려지지 않는다. 그들은 보는 자의 자기동일성을 위해 필수불가결한 존재, 사실은 보는 자 자신으로부터 토해진 존재들이다. 억압된 것이 회귀하듯이, 그들은 어느 순간 보는 자를 되비춘다. 어떻게?

## 2. 산란하는 시선들

주지하듯이, 근대 자연주의 및 리얼리즘 예술은 근대 자연과학 특히 인류학적 상상력을 토양으로 싹트고 만개했다. 그리고 그 배경에는 진화론이 있었다. 생명과 육체에 관한 이해를 신적 섭리로부터 자연적 / 기계적 질서의 세계로 이동시킨 데에 진화론의 결정적 기여가 있었음은 말할 것도 없는 일이거니와, 인간의 새로운 자기이해, 즉 인류학이 학문으로서의 지위를 얻는 것도 진화론 없이는 불가능한 일이었다.[27)]

---

27) 그러나 여기서 다윈의 진화론과 스펜서류의 사회진화론은 엄격히 구분되어야 한다. 진화의 시간성에서 어떤 내적필연성이나 의미를 읽어내려는 시도를 거부한 다윈과는 달리, 사회진화론자들은 '문명을 향해 나아가는 단계로서의 시간', '진화의 과정을 초래하고 '완수'하는 시간'의 개념을 진화론과 결합시킴으로써 다윈의 이론을 도구화하고, 사회의 발전 및 진

그 세계에서 작가는 '인간-짐승'의 "수성(獸性), 완력, 폭력을 활사(活寫)" 하는 "영혼과 육체의 해부학자",[28] 즉 인류학의 학도가 되었다.

'인간-짐승'이란, 크리스테바의 말로 바꾸면, 이쪽저쪽의 사이에 있는 자들(the in-between), 뭔가 알쏭달쏭한 자들(the ambiguous), 이것저것 뒤섞인 자들(the composite), 즉 앱젝트(the abject)이다.[29] 더럽고, 역겹고, 징그럽고, 무시무시한 이 폐기물들은, 나와 대칭됨으로써 궁극적으로 나를 어떤 동질성의 세계, 의미의 세계로 인도하는 '대상(object)'이 아니라, 철저하게 버려진(abject) 사물이다. 똥, 오줌, 고름, 피, 토사물처럼 역겹고 구역질나는 이 앱젝트들은 실상은 내 존재의 '경계(border)'이다. 살아있는 존재로서 내 육체는 그 오물들이 쏟아지는 지점까지만 살아 있을 것이기 때문이다. 따라서 이 경계선의 저쪽은 시체다. 나는 이 오물들을 쏟아낼 때까지만 살아있을 것이며 마침내 아무것도 남아 있지 않는 순간 내 육체는 그 경계선을 넘을 것이다. 그러므로 "오물과 시체는 내가 살기 위해서 끊임없이 밀어내야 할 것들을 적나라하게 보여준다"[30] 시체야말로 앱젝트의 극한이다.

앞서 언급했듯이, 앱젝트는 나를 어떤 동질성으로 인도하는 '대상'이 아니다. 그것은 "정체성을, 체제를, 질서를 교란하는 것"[31]이다. 그것

---

보의 이념을 시간성 안에 배치할 수 있는 과학적 프레임을 발견했다. 인류학이 그 프레임 위에 구축된 과학임은 말할 것도 없다. 이 점에 관한 자세한 설명은 Johannes Fabian, *Time and the other : how anthropology makes its objects*, Columbia University Press, 1983.

[28] 황종연, 「자연주의와 그 너머」, '사상의 형상, 병문(屛門)의 작가 새로운 염상섭 문학을 찾아서', 성균관대 동아시아학술원 주최 학술대회, 2013.1.17~1.18.

[29] Julia Kristeva, trans. Leon Roudiez, *Powers of Horror : an Essay on Abjection*, Columbia University Press, 1982, p.4.

[30] *ibid.*, p.3.

[31] *ibid.*, p.4.

은 마치 시체가 존재의 한계를 드러내 보여 주듯이, 체제의 마지막 경계 선을 표시한다. 정체성이 모호한 자들은 정체성의 한계를 표시하는 존재로서 밀어내야 할 것들이다. 범죄자들도 마찬가지이다. 범죄의 수법이 야비하고 잔인하면 할수록 '인간―짐승'으로서의 그들은 체제가 보호해야 할 최후의 선을 드러낸다. 이들이 존재하는 한, 법과 질서는 끊임없이 교란될 것이며 그 취약성은 여지없이 폭로될 것이다. 그러므로 체제와 질서가 살기 위해서는 이 오물들을 끊임없이 배설해 내지 않으면 안 된다. 식민지의 주민 역시 제국의 체제를 교란하는 범죄자, 또는 적어도 잠재적 범죄자로서 조사, 감시, 격리되어 최종적으로는 경계 밖으로 밀려난다. 오물이 처리되듯이. 그러니까 우선 필요한 것은 경계선에 선 자들(the in-between), 안팎이 뒤섞인 자들(the composite), 즉 앱젝트 (the abject)를 찾아내고, 정의하고, 그리고 밀어내는 것이다.

식민지의 원주민이야말로 제국의 체제와 질서, 그리고 자기동일성의 기반을 흔드는 확실한 앱젝트이다. 그들을 어떻게 분류하고 정의하고 처리할 것인가, 하는 문제는 제국의 사활이 걸린 문제이다. 피식민자를 좇는 식민자의 집요한 시선. 무수한 분류와 경계(border)의 선으로 촘촘히 짜인 시선의 그물이 식민지 원주민의 육체 위에 쉴 새 없이 던져진다. 도망칠 곳은 없다. 시체가 되어서도 그는 여전히 식민자의 시선 아래 놓인다. 살아서는 말할 것도 없다. 어떻게 할 것인가? 염상섭의 「만세전」(1924)은 그 시선의 그물 아래 포획된 자들의 동정(動靜)을 낱낱이 기록하는 또 하나의 지리지(地理誌), 박물지(博物誌)이다.

## 1) 「만세전」 — '비천한 육체'에서 '비천한 육체'로

이 지리지가 누구의 시선에 의해 작성되었는가는 여전히 많은 논란 거리를 낳는 문제이다. 귀향의 여정(旅程) 가운데 민족의 현실과 운명을 뼈아프게 자각하는 식민지 지식인의 반성적 시선을 읽어내는 관점이 있는가 하면, 다른 한편에는 동족(同族)을 바라보는 주인공의 박물지적 시선 자체가 식민자의 편견을 내면화한 결과이며 작가의 계급적 한계를 드러낸 것이라는 지적이 있다. 그러나 나는 이 두 가지의 관점이 크게 대립하는 것이라고 생각하지 않는다. 왜냐하면 시선에 관한 한, 그는 언제나 그 두 가지를 동시에 지니고 있기 때문이다. 요컨대, 그는 식민자나 피식민자 중 어느 하나인 것이 아니라, 동시에 그 둘인 자, 말 그대로, 사이에 서 있는 자(the in-between), 정체가 모호한 회색분자(the ambiguous)인 것이다. 이것은 물론 염상섭의 소설에 대해 흔히 말해지는 시선의 '객관성' 따위와는 아무 상관이 없는 말이다. 아니 그는 '회색분자'로서의 그의 주관성, 경계의 저쪽으로 밀려 날 위험에 처해 있는 앱젝트로서의 그의 주관성에 철저하고 집요하다. 「만세전」은 그 주관성의 시선을 따라 진행된다. 그것을 따라가 보기로 하자.

다음의 진술은 특히 주목할 만하다.

> 東京서 下關까지 올 동안은 일부러 일본 사람 행세를 하려는 것은 아니라도 또 애를 써서 조선 사람 행세를 할 필요도 없는 고로, 그럭저럭 마음을 놓고 지낼 수가 있지만[32]

'일본 사람 행세도 조선 사람 행세도 할 필요 없이 마음 놓고 지낼 수 있는 것'은 물론 그의 외모가 일본 사람과 구분되지 않기 때문이다. "東京서 下關까지 올 동안", 즉 '내지'에 있는 동안 그는 남의 시선으로부터 자유로울 뿐 아니라 다른 사람을 관찰하고 주시하는 시선의 주체가 된다. 고향으로부터의 전보를 받고 귀향을 준비하는 소설의 첫 장면에서 그는 동경 시내의 전차에 앉은 승객들의 "노역(勞役)과 기한(飢寒)에 오그라진 피부가 뒤틀린 얼굴"을 쳐다보면서, "사람이란 동물의 공통한 성질"인 남을 "주시하는 관습"(22면)에 대해 긴 상념을 늘어놓기까지 한다.

그러나 그가 일방적으로 타인을 주시할 수 있는 것은 거기까지이다. 내지를 벗어나는 순간, 즉 시모노세키 연락선의 대합실에 들어서는 순간 그는 "어느 틈에 눈치를 채"고(34면) 다가온 형사의 시선에 포획된다. 그러나 이인화는 일본인과 구분되지 않는 자신의 외모를 날카롭게 찍어내는 제국 경찰의 "눈치"가 단순한 눈치가 아니라, 식민지 원주민의 육체를 오랫동안 탐사한 인종학적 분류의 제도화된 시선의 결과임을 알 리가 없다. 예컨대, 제국의 경찰은 모호한 외모를 지닌 이 앱젝트들을 관리하기 위해 다음과 같은 은밀한 시선의 규칙들을 이미 준비하고 있었던 것이다.

1. 키는 내지인과 차이 없다. 자세는 곧아서 허리가 굽거나 새우등인 자는 적다.

1. 얼굴모양은 내지인과 다름이 없고, 머리털은 부드럽고 숱이 적으며,

---

32) 염상섭, 「만세전」, 『염상섭 전집』 1, 민음사, 1987, 47면. 철자법과 띄어쓰기는 현대표기법으로 필자가 고쳤다. 이하 이 소설의 인용은 인용문 말미에 인용 면수만을 표기한다.

얼굴에는 털이 적고 소위 '밋밋한 얼굴'이 많고 수염은 대체로 희박하다.

    1. 이는 어릴 때부터 소금으로 닦기 때문에 하얗고 충치가 적다.[33]

1913년 내무성 경보국(警保局)이 '내지인과 흡사해서 식별의 어려움이 있는' 조선인을 취체하기 위해 전국 경찰에 발송한 비밀문서 '조선인 식별자료'에는 모두 46개 항목의 '조선인 식별요령'이 기재되어 있는데, 중요한 것은 이런 식별의 요령이 실제로 얼마나 효과가 있는가 하는 점이 아니라, 이 시선이 식민지 주민의 육체를 파헤치고, 절단하고, 측정하고, 분류하는 인류학의 시선과 닿아 있다는 것, 그리고 그것이 하나의 제도로서 작동하고 있다는 점이다. 그리고 그러는 한, '일본 사람 행세도 조선 사람 행세도 할 필요 없이 마음 놓고 지낼 수 있다'는 이인화의 생각은 한낱 착각에 지나지 않을 것이다. 과연 이후의 모든 여정에서 그는 시종일관 경찰의 감시의 시선 아래 놓여 있다.

물론 이인화는 경찰의 시선만을 받는 것이 아니다. 내지를 벗어나 조선으로 들어서는 순간부터 그는 일본인, 조선인을 가릴 것 없이 그의 신체를 수상쩍게 바라보는 사람들의 시선과 마주치는 한편, 그 자신도 다른 사람들을 꼼꼼하게 주시하고 분별하기를 멈추지 않는다. 실로 「만세전」은 이렇게 교차하는 시선에 대한 주인공 이인화의 편집증적 민감함을 서사의 동력으로 삼는 소설이라고 할 수 있을 터인데, 나는 그 민감함이 주로 타자에 대한 인종학적, 골상학적 묘사로 이어진다는 점에 주목하고 싶다.

---

33) 朴慶植 편, 『在日朝鮮人關係資料集成』 第1卷, 三一書房, 1975, 28면.

저 유명한 연락선의 목욕탕 장면에서, 주인공은 옆에 앉은 일본인 승객들의 이야기를 엿들으면서 그들의 외모를 묘사한다. "온유하야 보이는 커─단 눈이 쉴 새 없이 디굴디굴 하는 검고 우악한 상(相)"에 "장대한 동색거구(銅色巨軀)"를 지닌 자는 "시골서 갓잡아 올라오는 촌뜨기"일 것이고, "암상스러운 눈"에 "남을 멸시하고 위압하려는 듯한 어투며, 뾰족한 조동아리"를 지닌 자는 "물어보지 않아도 빗노리匠이의 거간이거나 그따위 종류"(35면)임이 분명하다. 바로 직전에 일본인 형사의 취체의 시선 아래 놓여있던 그는, 마치 복수라도 하는 듯이, 일본인의 외모와 그로부터 연상되는 그의 직업을 분별해 봄으로써 "우열감(優劣感)의 노골적인 폭발"(47면)을 맛보는 것인데, 실로 이후의 모든 여정은 이 '우열감'이 골상학적 시선을 따라 어떻게 주조(鑄造)되는가를 보여주는 것이라고 해도 과언은 아니다.

목욕을 마치고 나온 탈의실에서 이인화는 "제 딴은 유창하게 한답시는 일어(日語)의 어조가 묻지 않아도 조선 사람이 분명"한 조선인 형사의 호출에 의해 조선인임이 드러나고, "여러 사람의 경멸하는 듯한 시선"을 받으면서 "어쩐지 기운이 줄고 어깨가 처지는 것 같"은(41~42면) 기분을 느끼는 것이다. 요컨대, '일본인 행세를 할 필요도 조선인 행세를 할 필요도 없는' 내지를 떠나자마자 그는 일본인과 조선인을 구분하는 시선 아래 놓이면서 극히 민감하게 그것에 반응하는 것이다. 식민지의 현관 부산에 도착하면서 그는 "육혈포도 차례에 못 간 조선 사람 순사보와 헌병 보조원의 눈"에 다시 부딪힌다. "될 수 있으면 일본 사람으로 보아 달라는 요구인지 기원인지를 머릿속에 쉴 새 없이 뇌이면서……."(50면)

물론 그의 기대는 이루어지지 않는다. 그는 동경에서가 아니라 돌아온 고향에서 '조선인'으로 적발된다. 그리고 "등에서는 식은땀이 주르르" 흐르고 "공포와 불안에 말이 얼얼하여졌다."(51면) 그의 기대가 잠시나마 이루어지는 것은 경부선 열차 안에서이다. 열차 안에서 그는 주위에 있는 승객들의 모습을 부지런히 주시하고 그들의 행색을 자세히 묘사한다. 그중에서도 '갓 장수와의 대화' 장면은 특히 흥미롭다. "정거장에 도착할 때마다 드나드는 순사와 헌병보조원"의 눈초리를 받는 그는 한편으로는 "갓에 갈모를 쓰고 우산에 수건을 매어두른 삼십 전후 촌사람"의 "광대뼈가 내밀고, 두꺼운 입술을 커다랗게 벌린 까만 얼굴"을 주시한다. 상대방도 그의 "얼굴을 뚫어지게 들여다 보"는데, 그것은 그가 "일본사람인가 아닌가 하는 염려"(76면) 때문이다. 결국 그를 일본인으로 오인하는 것은 제국의 권력이 아니라 제국의 법역(法域) 바깥의 존재, 식민지의 앱젝트였던 것이다.

이 갓 장수야말로 '체제를 위협하는 앱젝트', '질서를 교란하는 앱젝트'의 전형이다. 왜 머리를 깎지 않느냐는 이인화의 질문에 그는 이렇게 대답한다.

머리를 깎으면 형장(兄丈)네들 모양으로 내지어도 할 줄 알고 시체 학문도 있어야지요. 머리만 깎고 내지 사람을 만나도 대답 하나 똑똑히 못하면 관청에 가서든지 순사를 만나서든지 더 귀찮은 때가 많지요. 이렇게 망건을 쓰고 있으면 '요보'라고 해서 좀 잘못하는 게 있어도 웬만한 것은 용서를 해 주니까 그것만 해도 깎을 필요가 없지 않아요.(77면)

그림 3. 도리이 류조의 조선총독부 제1회 사료조사. 함남 원산 남자 6명의 체격측정(출처 : 국립중앙박물관).

　1902년에 대만 총독부 민사부에서 원주민 대책을 총괄했던 모치지 로쿠사부로[持地六三郎]는 "일본 제국의 법률 아래서 제국과 원주민은 아무런 관계가 없다"고 언명했다. 그들은 법 바깥의 존재였던 것이다. 모치지는 말한다. "항복하지 않은 생번(生蕃)은 사회학적 관점에서 보면 인간이지만, 국제법의 관점에서 보면 동물과 유사하다."[34] 이인화가 열차에서 만난 갓 장수는 말하자면, 조선의 '생번'이라고 할 만하다. 그는 '모자를 쓰고' '개화장(開化杖)이나 짚고' '머리를 깎고' '내지어에 능통한' '항복한' 생번이 아니라, 갓과 망건을 쓰고 머리도 깎지 않은 '길들여지지 않은 생번' 즉, '요보'인 것이다. 그는 제국의 법이 미치지

---

**34)** Robert Tierney, *Tropics of Savagery*, University of California Press, 2010, pp.45~46.

그림 4. 조선총독부 제3회 사료조사. 경남 고성 부인 6명의 체격측정(출처 : 국립중앙박물관).

않는 존재, 법 바깥으로 내쳐진 존재, "동물과 유사한" 존재인 것이다.

　서울로 올라가는 열차 안에서 이인화가 목격하는 것은 이 비루하고 남루한 '인간-짐승'들의 형상이다. 열차가 대전역에 잠시 정차했을 때 그는 결박을 지은 채 경찰관의 감시를 받고 있는 네댓 명의 죄수들을 발견한다. 이들이 어떤 종류의 범법자임은 알 수 없지만, 이인화가 그들을 바라보는 태도로 볼 때 그들이 어떤 의식적 범죄자, 예컨대 사상범 같은 것은 아님이 분명하다. "머리를 파발을 하고 핏덩이가 된 치마저고리의 매무새까지 흘러내려온 젊은 여편네"는 "부끄럽지도 않은지" 이인화를 "물끄러미 쳐다보다가 고개를 숙이었다." 그는 이들을 보고 "가슴이 선뜻하고 다리가 떨리었다. 모든 광경이 어떤 책 속에서 본 것을 실연(實演)해 보여주는 것 같"(83면)았다고 말한다. 보다시피, 그에게 있어 연민의 정서를 압도하는 것은 공포와 혐오이다. 밧줄에 묶인 이 '비천한 육체'들을 보면서 "어떤 책 속에서 본 것 같다"고 말할 때, 그는 제국의 질서가 책을 포함한 모든 수단을 통해 피식민자에게 끊임없이 환기하고 주지시켜 온(따라서 그에게는 매우 익숙한) 법과 비법(非法)의 경계, 그 경계 너머의 형상을 실물로 보고 놀라는 것이다(〈그림 3, 4〉). 다시 크리스테바에 따르면, 혁명이나 해방운동 혹은 자살테러처럼 장엄함을 수반하는 범죄는 앱젝트가 아니다. 교활하고 잔인한 파렴치 범죄가 진짜 앱젝트인데 그것은 그들이 법의 취약성(fragility)을 드러내기 때문이다.[35] 그러니까 그들은 교화나 교정의 대상이 아니라 경계 바깥으로 폐기해야 할 존재들, 법에 의해 포획되었지만 법 바깥으로 내팽개쳐진 존재들, '법의 관점에서는 동물과 유사한' 존재들인 것이다. 이인화의 공포는 거기에서 유래한 것이다.

이인화의 비관적 절망감은 여기에서 절정에 달한다. 흘러넘치는 앱젝트들 사이에서 그는 "무덤이다. 구데기가 끓는 무덤이다!"(83면)라는 저 유명한 절규를 내뱉는다. 식민지 현실의 처절함을 압축한 이 절규는 말 그대로 최후의 앱젝트, 즉 시체와 그 시체로부터 흘러내리는 오물을 가리키고 있다. 그럼에도 불구하고, 그의 절망은 이 앱젝트를 낳는 조건, 그리고 그것들이 모두 사라진 신생(新生)의 세계를 '진화론'의 관점에서 전망하고 있다는 점에서 체제의 전면적인 부정에 닿아 있는 것이 아니라, 앱젝트를 끊임없이 생산하고 밀어냄으로써 유지되는 체제의 안쪽을 향하고 있다.

---

[35] Julia Kristeva, *op.cit.*, p.4.

모두가 구더기다. 너도 구더기, 나도 구더기다. 그 속에서도 진화론적 모든 조건은 한 초 동안도 거르지 않고 진행되겠지! 생존경쟁이 있고 자연도태가 있고 (…중략…) 그러나 조만간 구더기의 낱낱이 해체가 되어서 원소가 되고 흙이 되어서 (…중략…) 망할 대로 망해 버려라! 사태가 나든지 망해버리든지 양단간에 끝장이 나고 보면 그 중에서 혹은 조금이라도 나은 놈이 생길지도 모를 것이다.(83면)

소설의 마지막 문장에서 그는 서울에서의 일을 마치고 동경으로 돌아가는 자신을 가리켜 "겨우 무덤 속에서 빠져 나가는"(107면) 것이라고 말한다. 우리는 동경으로 돌아간 이인화의 후일담을 알 수 없지만, 지금까지의 논의로 비추어 보아, 그가 과연 '일본인 행세를 할 필요도 조선인 행세를 할 필요도 없이 마음 놓고' 지낼 수 있었을 것인지는 의심하지 않을 수 없다. 1940년에 이광수는 수많은 이인화들에 대해 다음과 같이 썼다.

이제 와서 생각해 보면, 과거 30년 이래 반도인의 얼굴은 확실히 변했다. 변한 것은 얼굴만이 아니다. 옷맵시며 걸음걸이며 예절이며 생각이며 모두 변한 것 같다. 그것들이 모두 하나가 되어 얼굴이 변하는 결과를 낳은 것 같다. 젊은 사람일수록 구별이 되지 않는다. 여자 쪽이 더 알기 어렵다.[36]

'동화(同化)'를 요구하는 식민자 앞에 이광수는 '얼굴까지 변해 버린'

---

36) 李光洙, 「顔が変わる」, 『文藝春秋』, 1940. 11; 이광수, 이경훈 역, 『춘원 이광수 친일문학 전집』 2, 평민사, 1995, 140~141면.

피식민자의 모습을 들이댐으로써, 호미 바바의 말을 빌리면, "가장 교활하고 효과적인 전략의 하나인 모방(mimicry)", 즉 '비슷하지만 똑같지는 않은', '닮는 것이면서 협박'인 그런 전략[37]을 구사하고 있는 것처럼 보이기도 한다. 그것은 어찌 되었든, '변해 버린 반도인의 얼굴'을 관찰하는 그의 시선이 제국의 인종학적 프레임을 딛고 서 있다는 점은 주목할 필요가 있다. '조선인, 일본인의 얼굴을 구별할 수 없다'는 그의 주장, 혹은 '희망'은 제국 경찰의 '조선인 식별요령'을 부정하기보다는 정반대의 방향에서 정확히 반복하고 있는 것이다. 그리고 그것은 '비천한 육체'들로 흘러넘치는 '무덤 속 같은' 식민지를 떠나 온 수많은 이인화들을 여전히 제국의 인종학적, 골상학적 프레임 속에 배치하는 것이 된다. 얼굴이며 옷맵시가 아무리 바뀌어도 이 인종학적 프레임 안에 놓여 있는 한, 그들은 분류와 경계의 그물을 벗어나지 못할 것이며 앱젝트로서의 그들의 운명 역시 바뀌지 않을 것이다.

과연 그러했다. 이인화의 절규가 어김없는 현실이 되는 것은 그가 동경으로 돌아온 지 정확히 20년 뒤의 일이었고, 이광수가 위의 글을 쓰던 시기였다. '조선인 지원병제'(1938)와 '징병제'(1944)의 실시는 수많은 이인화들을 '구더기가 들끓는 무덤 속'으로 몰아넣는 것이었다. 무수한 분류와 경계의 그물로 촘촘히 짜인 제국 체제의 인종학적 배치 안에서, 그들은 앱젝트의 극한인 시체로 폐기됨으로써 체제를 살게 했다. 그리고 알다시피, 그 대가는 경계의 안쪽, 즉 체제 내에서의 삶에 대한 약속이었다. 식민지의 '비천한 육체'는 "죽어야만 살 수 있었다."[38]

---

37) 호미 바바, 나병철 역, 『문화의 위치(*The Location of Culture*)』, 소명출판, 2002, 4장.
38) 金杭, 『帝國日本の閾』, 岩波書店, 2010.

## 2) 비천한 육체들의 응수

앞서 언급했듯이, 근대 자연주의 및 리얼리즘 예술은 근대적 생-정치(bio-politics)의 충실한 동반자로서 이 비천한 육체들의 발견과 함께 탄생했다. 레이 초우(Rey Chow)는 현대 중국영화를 대상으로 원시주의의 문제를 고찰하면서, 서구의 '고고한' 모더니즘 예술 예컨대, 피카소, 고갱, 마티스, 모딜리아니 등의 화가들, 제임스 조이스, D.H 로렌스, 헨리 밀러 같은 작가들의 작품이 "비서양의 땅과 사람들을 원시화 함으로써 스스로를 근대화 되고 고도로 테크놀로지화 된 위치에 올려놓는 과정"[39]을 수행했다고 말한다. 그리고 이 예술적 야망에 깊이 연루되어 있던 것은 다름 아닌 인류학이었다는 사실도 지적한다. 그러나 그녀가 보다 힘주어 말하고자 하는 것은 다만 서양이 비서양을 착취하고 있다는 사실만이 아니다. 그녀가 주목하는 것은 이 '타자의 원시화'가 주로 여성의 섹슈얼리티를 통해서 이루어졌다는 것, 그리고 그것이 서양에 의해서만이 아니라 제3세계의 작가들에 의해서도 이루어지고 있다는 사실이다.

'제3세계'에도 유사한 원시화의 움직임이 있다. 여기에서 포착되는 원시적인 소재는 사회적으로 억압받는 계급, 특히 여성이며, 그것이 새로운 문학의 주요한 구성요소가 된다. 원시적인 것(서벌턴, 여성, 아동 등)을 포착함으로써 확실하게 중국 근대문학은 '근대적인 것'이 되었다고 말해도 좋다. 그러므

---

39) 레이 초우, 정재서 역, 『원시적 열정(*Primitive Passions : Visuality, Secuality, Ethnography, and Contemporary Chinese Cinema*)』, 이산, 2004, 42면.

로 우리는 다시 한 번 틀에 박힌 문학사의 서술 방식을 뒤집어 볼 필요가 있다. 근대중국의 지식인이 '계몽'되어, 억압받는 계급에 주목하고 자신의 글쓰기에 대변혁을 일으키려 했던 것은 아니다. 오히려 다른 세계의 엘리트나 지식인과 마찬가지로 근대중국의 지식인도 자기 자신의 문화적 생산물을 주체와 형식 두 측면에서 쇄신하고, 회춘시키고, '근대화' 하는 데에 일조하는 매혹의 원천을 혜택 받지 못한 사람들에게서 발견한 것이다.[40]

제3세계의 작가들이 서구의 작가들과 마찬가지로 '혜택 받지 못한 사람들', 지금 이 글에서의 용어로 말하자면, '비천한 육체들'애서 매혹의 원천을 발견하고 그들을 원시화함으로써 '새로운 근대문학'을 탄생시켰다는 이러한 지적은 한국의 근대문학에도 그대로 적용할 수 있을 것이다. 실로 식민지 조선의 근대문학은 이 비천한 육체들의 형상으로 흘러넘친다. 식민지의 남성-작가 엘리트들은 제국의 인류학적 지식이 제공한 시선을 통해 하층민, 범죄자(특히 여성범죄자), 불구자, 광인(狂人) 등의 비천한 육체를 형상화하고, 탈식민지의 한국문학사는 이 육체의 형상화를 민족주의 담론과 결부시킴으로써 비천한 것들의 심미화에 고정적 해석을 부여하는 '틀에 박힌 문학사 서술'을 계속해 왔다.

이혜령은 식민지소설에서 여성 섹슈얼리티의 형상화가 남성 엘리트들에 의해 어떻게 전유되는가를 꼼꼼하게 분석한 논문에서 그러한 '틀에 박힌 문학사 서술'을 통렬하게 전복시킨 바 있다. 그녀 역시 레이 초우와 마찬가지로, "본능이 지배하는 세계, 따라서 이성의 간지가 통

---

40) 위의 책, 43면.

용되지 않는 원시적 삶의 표상은 하층민을 통해서만 그려"지는[41] 한국 근대소설의 특징을 지적하면서, 그 비천한 육체들의 스펙터클화가 주로 남성 작가에 의한 여성 섹슈얼리티의 재현으로 나타나고 있음을 밝힌다. 나도향의 「뽕」, 「물레방아」, 김동인의 「감자」, 현진건의 「불」, 「정조와 약가」 등에서의 하층민 팜 파탈과 염상섭의 『사랑과 죄』, 『이심』 등에서의 신여성, 그리고 김유정의 「산골 나그네」, 「솥」, 「아내」, 「소낙비」 등에서의 하층민 매춘부들의 형상화를 분석하면서, 이혜령은 1920~30년대 한국소설에서 반복적으로 그려지는 여성들의 비천한 육체, "언제나 자연과 본능에 결박된 존재"로만 그려지는 이 여성들의 섹슈얼리티가 실은 "남성 엘리트의 억압된 욕망이 투사된 대상이기도 했다"[42]는 점을 지적한다.

중요한 것은 하층민의 육체나 여성 섹슈얼리티의 재현을 통한 남성성의 전유가 제국주의의 인종학적 시선과 맞닿아 있다는 것이다. 이혜령은 하층민 여성 팜 파탈을 형상화하는 남성 엘리트가 소설 속에 등장하지 않는다는 점을 들어 비천한 육체들이 어떻게 자연화되는가를 설명한다. 남성 엘리트는 작품 밖에서 자신의 시선을 보이지 않게 함으로써 "마치 자연 상태 그대로를 가장해 놓은 동물원의 보이지 않는 철창의 역할"을 수행한다는 것이다. 인류학자의 카메라나 해부학자의 메스처럼 말이다. 그 보이지 않는 시선이야말로 "문명의 원근법"이며 그 원근법에 따라 비천한 육체들은 "자연보다 더 자연 같은 존재로 붙박여 버렸다."[43] 말할 것도 없이 이것은 식민 지배자의 방식, 즉 식민

---

41) 이혜령, 「동물원의 미학」, 『한국소설과 골상학적 타자들』, 소명출판, 2007, 38면.
42) 위의 글, 31면.

지의 주민들을 원시화-자연화함으로써 자신 속에 깃들어 있는 충동들을 타자화하고 억압하는 한편, 자연 상태에 갇힌 '야만인'을 응시하면서 자신의 '문명인'으로서의 위치를 확인하는 제국주의의 인종학을 모방하는 것이다. 따라서 "비천함의 육화는 여성과 하층민을 통해서였음을 상기한다면, 폭로되어야 할 것은 식민 지배자만이 아니라 식민지의 남성 엘리트 자신이기도 하다."[44]

나는 위의 레이 초우와 이혜령의 해석에 전적으로 동의한다. 그러면서 나는 한 걸음 더 나아가 또 다른 질문을 제기하고자 한다. '비천한 육체'들은 언제나 보이기만 하는 존재인가? 그런 것이 아니라면, 카메라의 렌즈 너머, 해부학자의 메스(scalpel) 아래 침묵하고 있는 이 육체들은 보는 자의 시선에 어떻게 응수(應酬)할 수 있을까? 즉 자신을 응시하고, 측량하고, 파헤치고, 절단하는 카메라의 렌즈, 해부학자의 메스를 어떻게 되돌려 줄 수 있을까? 응시하는 자의 감추어진 시선을 어떻게 폭로할 수 있을까? 나아가, 끊임없이 앱젝트를 밀어냄으로써 경계선 안쪽의 아이덴티티를 강화하는 체제를 어떻게 교란할 수 있을까? '비천한 육체'들을 향한 시선을 어떻게 흩뜨릴[散亂] 수 있을까?

나의 의도는 '비천한 육체'들의 형상에서 어떤 적극적이고 능동적인 주체화의 계기를 찾아내어 그들을 또 다른 자기동일성의 범주 안에 가두어 놓는 데에 있지 않다. 권력의 시선 앞에 선 '비천한 육체'가 할 수 있는 일은 아무것도 없다. 그러나 가령 도리이 류조가 만주에서 촬영한 한 사진에서 보듯, 피사체로서의 앱젝트는 전혀 예상하지 않은 방

---

43) 위의 글, 38면.
44) 위의 글, 41면.

그림 5. 도리이 류조가 만주에서 촬영한 이 사진에서 중앙의 노인은 합장하는 듯한 모습으로 자신의 얼굴을 가리고 있다. 동경대 박물관의 설명에 따르면, "당시 인류학 조사에서 어려운 일은 사람들이 사진 촬영을 무서워해서 도망가 버리는 것이었다. 이 노인도 촬영이 두려워 엉겁결에 손을 들어 올렸을 것이다." 카메라 렌즈 앞에 세워진 앱젝트의 무의식적 반응이 렌즈 저 너머의 존재를 드러내면서 보는 자와 보이는 자의 경계를 순간적으로 흔드는 것처럼 보인다. 폭력이 시작되는 지점, 따라서 그 흔들림이 시작되는 원점, 우리는 그곳에 주의를 집중해야 한다. 이 사진은 나에게 그 지점의 상징처럼 보인다(출처 : 東京人總合硏究博物館データベース).

식으로, 의도하지 않은 방식으로, 이 인종 전시(展示)의 프레임을 만들고 있는 보이지 않는 시선의 존재를 드러낸다. 요컨대, 그는 '보이지 않는 동물원의 철창'을 구경꾼에게 순간적으로 환기하는 것이다. 앱젝트를 향한 폭력의 시선이 미세하게나마 균열의 징후를 갖게 된다면 그것은 아마도 이 환기의 순간으로부터일지도 모른다〈그림 5〉.

주목할 것은 이 순간이다. 똥, 오줌, 고름, 피, 토사물처럼 역겹고 구역질나는 이 앱젝트들은 내가 밀어내고 내가 뱉어낸 것들이며, 나의 동일성을 구축하기 위해 나로부터 배제된 것들이다. 그럼에도 불구하고, 아니 바로 그렇기 때문에, 그것은 언제나 경계 사이에 서 있고 나는 오염(汚染)의 위험성 앞에 놓여 있다. 낙인찍히고 분류됨으로써 그는

그림 6. 보는 자의 시선을 빨아들이는 무표정의 블랙홀. '인간-짐승'들의 육체에 부딪힌 식민자의 시선은 난반사(亂反射)되면서 그의 불안을 야기한다
(출처 : 東京人類合硏究博物館データベース).

경계 밖으로 밀려나는 동시에 그 존재 자체를 통해서 경계를 표시하는 기능을 한다. 이 기능은 체제에 없어서는 안 될 절대적인 것이다. 그러나 동시에 그는 체제(의 자기 동일성)에 구멍을 내는 / 낼 가능성을 지닌 보균자, 감염자로서 존재한다. 요컨대, 그는 배제되면서 포섭되고 포섭되면서 배제된다. 배제됨으로써 체제를 지키고, 지키면서 위협하는 이 순간(지점)이야말로 배제 = 포섭이 진행되는 순간(지점)이며 앱젝트가 탄생하는 순간(지점)이다. 그리고 체제와 앱젝트 양쪽 모두의 불안과 공포가 탄생하는 순간(지점)이기도 하다. 결국 앱젝트는 경계선 위에서 경계를 표시하면서 불안과 공포의 순간 속에 존재한다. 그가 없으면 경계도 없다. 그의 존재 때문에 체제는 안정되는 동시에 늘 불안하다.

앱젝트의 응수도 이 순간(지점)에 이루어진다. 보일 듯 말 듯한 작은 몸짓, 은밀한 눈빛, 길들여지지 않은 거칠음, 속을 알 수 없는 음흉함, 불안을 야기하는 침묵과 무표정, 항상적으로 떠도는 기묘한 불온의 징후들, '보이지 않는 철창' 안에 갇힌 앱젝트가 할 수 있는 것, 혹은 보여줄 수 있는 것은 그 정도이다. 그러나 그 모호함과 불투명이 보는 자를 당혹케 하고 불안하게 한다(〈그림 6〉). 이영재는 태평양 전쟁기에 제작된 프로파간다 영화 〈지원병〉(1940)을 분석하면서, 식민자에게는 도저히 이해되지 않는 피식민자의 '찡그린 무표정'에 대해 논한 바 있다.[45] 그녀에 따르면, "웃는지 우는지 알 수 없는 찡그린 얼굴로 일관한 배우의 무표정"은 일본의 한 영화 평론가에게는 해독 불가능의 고통만을 안겨 주는 것이었다. '식민지의 표상 공간 전체를 장악해 버린 이 무표정'이야말로, 내가 보기에는, 비천한 육체들이 보여주는 응수(應酬)의 한 양식이다.

그것은 마치 모든 빛을 빨아들이는 블랙홀처럼 보는 자의 시선을 삼켜 버린다. 그 무표정의 블랙홀 앞에서 보는 자의 시선은 갈팡질팡 흔들리고 피사체의 형상은 흐트러진다. 예컨대 다음과 같은 경우는 어떠한가?

겉으로는 아무렇지도 않은 듯했지만 일견 그렇게 보이는 험악한 인상, 의심 깊은 눈초리, 빈정거리는 미소를 참는 입매, 그리고 느러터진 동작, 가락인들에 대한 불신과 의혹의 어두운 그림자는 어디에서 온 것일까? 그것이 무력한 것이었을지언정 하나의 반항의 방법이었다는 것은 신라의 위정자가 아니더라도 쉽게 알아차릴 수 있는 것이었다.[46]

신라의 삼국통일 역사를 빗대어 대동아 공영권의 이상을 고취하는

---

45) 이영재, 『제국 일본의 조선 영화』, 현실문화, 2008, 61면.
46) 최재서, 이혜진 역, 「민족의 결혼」, 『최재서 일본어 소설집』, 소명출판, 2012, 235면.

최재서의 일본어 국책소설 「민족의 결혼」(1945)의 한 장면은 피식민자를 바라보는 식민자의 흔들리는 시선을 위와 같이 묘사한다. "험악한 인상, 의심 깊은 눈초리, 빈정거리는 미소를 참는 입매, 그리고 느려터진 동작." 길들여지지 않은 '인간-짐승'들의 육체에 부딪힌 식민자의 시선은 난반사(亂反射)되면서 그의 깊은 불안을 야기한다.

### 3) 「천마(天馬)」─'흐트러진 형상, 기분 나쁜 웃음'

이 난반사의 가장 독보적인 묘사를 나는 김사량의 「천마(天馬)」(1940)에서 읽는다. 소설의 내용으로 들어가기 전에, 작가와 소설의 신원(身元) 자체가 이미 앱젝트의 한 전형임을 주목해 보자. 일본 문단에 데뷔한 최초의 조선인 작가 장혁주와 함께 조선문학의 '정체성'을 묻는 자리에 김사량도 언제나 호출된다. 알다시피 장혁주와 김사량 및 그들의 일본어 소설은 식민지 기간 내내 '조선문학'과 '일본문학'의 사이에 (in-between) 있는 모호한(ambiguous) 존재로 배척되었다.[47] 제국의 작가들은 그들의 소설에서 머나먼 식민지의 원시성이 불러일으키는 야릇

---

[47] 장혁주와 김사량이 한국의 근대문학사에서 어떻게 표상되었는가 하는 점에 관한 고찰은 필자의 다른 논문을 참조할 것. 김철, 「두 개의 거울─민족 담론의 자화상 그리기」, 『식민지를 안고서』, 역락, 2009. 권나영 역시 앱젝트 개념을 사용하여 김사량의 이중언어 글쓰기가 작가와 텍스트, 그리고 제국의 비평가들에게 일으킨 '불안'에 대해 섬세하게 고찰한 바 있다. 그녀에 따르면, 김사량을 아쿠다가와 상의 후보로 선정했던 제국의 작가와 비평가들은 식민지문학을 일본문학에 동화시킴으로써 일본문학의 정전의 경계를 확정하는 한편, 식민지문학이 일본문학의 '순수성'을 오염시킬지도 모른다는 불안을 느끼고 있었다. 이 논문에서의 나의 문제의식은 "식민지 작가를 포함시키면서 동시에 배제하는 양가적인 제스처"와 그로부터 비롯된 식민자의 '불안'이라는 그녀의 분석에 크게 빚지고 있다. 권나영, 「제국, 민족, 그리고 소수자 작가」, 『한국문학연구』 37호, 2009.

한 에그조티시즘을 맛보는 한편, 제국의 언어를 모방하는 식민지 원주민의 서투른 발화에 경멸과 찬탄[48]이 뒤섞인 우월감을 표현하곤 했는데, 그것은 곧 그들의 소설이 일본문학의 외부에 위치한 이질적인 존재로 받아들여졌다는 뜻이기도 했다. 동시에 그들의 소설은 '조선문학'의 경계 밖으로도 밀려났다.[49] 탈식민지의 한국 사회에서 그들은 오랫동안 망각되거나 '매국노', '배신자', '변절자', '친일파'로 호명되었다. 그들은 존재의 한계 지점에 서 있는 모호한 자들, 정체성을 교란하는 자들, 경계 밖으로 밀려남으로써 내부의 동질성을 강화하는 역할을 하는(또는 해야 하는) 자들, 요컨대 앱젝트였던 것이다.

다른 하나의 사례를 덧붙이자. 1987년에 북한의 문예출판사는 김사량을 '혁명적 애국적 작가'로 재조명하면서 그의 작품집을 출판했다. 그 작품집의 해설에서 북한의 한 평론가는 김사량의 대표작 중 하나인 「빛 속에(光の中に)」에 "조선 인민의 비참한 모습이 그려져 있는 것은 부정할 수 없으나" 그 작품의 한계는 "혼혈아 소년 문제"를 다룬 것이라고 지적했다.

이 작품의 제한성은 혼혈아인 하루오 소년 문제를 작품의 기본 문제로 설정하고 있는 데서 드러난다. 이러한 문제의 설정으로서는 비통한 조선 민족의 운명을 잘 엮어 나갈 수가 없다. 왜냐하면 비통한 조선 민족의 운명

---

48) 파농은 "마신는 바나냐 잇서요"라고 서투른 불어를 구사하는 흑인에 대한 경멸과 "몽테스키외를 인용하는 흑인을 예외적인 존재로 둔갑시키는" 위선적 인종주의적 찬탄을 분석한 바 있다. 프란츠 파농, 이석호 역, 『검은 피부, 흰 가면』, 인간사랑, 1998.

49) 1936년 8월 잡지 『삼천리』의 한 특집 기사는 '조선문학은 조선 사람이, 조선 사람에게 읽히기 위하여 조선글로 쓴 것'이라는 정의 아래 "장혁주 씨가 동경 문단에 발표하는 작품은 조선문학이 아니다"라는 결론을 내린다. 보다 자세한 설명은 김철, 앞의 글.

문제는 일제에게 억압받고 착취받는 조선 사람들의 문제이지 하루오와 같은 **그런 혼혈아**에 대한 문제가 아니기 때문이다.[50](강조는 인용자)

김사량을 '혁명적 애국작가'로 복권하는 이 담론의 질서 안에서도 '혼혈아'의 자리는 없다. '혼혈아'는 피의 순수성, 민족의 정체성을 흐리는 전형적 앱젝트일 뿐이다. 따라서, '민족의 운명 문제'를 "그런 혼혈아"의 문제로 다룬 김사량 역시 혼혈아, 앱젝트일 터이다.

이 점에서 「천마」의 주인공 '현룡 = 겐류[玄龍]'의 이름은 특별한 주목을 요한다. 이 소설에 등장하는 일본인 및 조선인의 이름들, 예컨대 다나카[田中], 오무라[大村], 이명식[李明植], 문소옥[文素玉] 등의 '정체성이 분명한' 이름들에 비해, '玄龍'이라는 이름은 극히 모호하고 혼란스럽다. 이름만으로는 그가 조선인인지 일본인인지를 구별하기 어렵다. 일본인일 수도 있고 조선인일 수도 있지만, 어느 쪽이든 뭔가 어색하고 이상한 느낌을 준다. 이것도 될 수 있고 저것도 될 수 있으면서 동시에 이것도 아니고 저것도 아닌 존재, '현룡'의 이름 자체가 그런 혼혈적 존재, 앱젝트로서의 특징을 전형적으로 드러내고 있다.

소설은 경성[京城]의 유곽에서 밤을 지내고 '경성에서 제일 번화한 내지인 거리'를 향해 나가는 소설가 '현룡'의 어지러운 발걸음을 묘사

---

50) 장형준, 「작가 김사량과 그의 문학」, 『김사량 작품집』, 평양: 문예출판사, 1987, 10면. 이 평론에서의 "비통한 조선 민족의 운명을 잘 엮어나가지 못했다"라는 언급은 실은 "사소설 안에 민족의 비통한 운명을 한껏 직조해 넣은 작품"이라는, 사토 하루오의 아쿠다가와 상 심사평에 대한 반박이다. 권나영의 분석에 따르면, 사토 하루오의 이러한 비평이야말로 식민지 작가들에게 '식민지를 대표하면서 동시에 이국적인 것'을 쓰도록 요구하는 제국 문인들의 오만함과 식민주의적 의식이 그대로 드러나는 하나의 사례이다. 권나영, 앞의 글. 그러나 북한의 평론가는 사토 하루오의 그러한 비평에 대해 '민족의 운명 문제는 '혼혈아'로서는 그릴 수 없다'고 반박함으로써 구(舊)제국의 인종주의를 충실하게 계승하고 있다.

하는 것으로부터 시작된다.[51] 성병에 걸려 '안짱걸음'을 걷는 이 남성 지식인 작가를 묘사하는 "진드기", "빈대", "쥐새끼", "쓰레기", "들개" 같은 단어들은 이 위악적인 성격파탄의 인물을 가리키는 데에 반복적으로 사용된다. 주로 하층민과 여성을 통해서 '비천한 육체'들을 그렸던 식민지소설의 계보에서 보자면, 남성 엘리트 지식인의 이런 비루한 형상은 전례 없는 것이다.

그러니까 그는 지금까지 보아 온 앱젝트들과는 많이 다르다. 그는 지배자의 시선을 암담한 무표정으로 삼켜 버리는 말없는 원주민이 아니다. 무엇보다도 그는 "언어를 통해서가 아니라 육체를 통해서만 현현되는" 비천한 하층민으로서가 아니라 지배자의 언어를 지껄일 줄 아는 다루기 곤란한 지적 존재, 즉 프랑켄슈타인적 "괴물"로 나타나는 것이다.[52] 「만세전」의 갓 장수가 말한 "머리 깎고 내지어도 할 줄 알고 시체 학문도 있는" 이 "괴물"은 자신을 바라보는 시선을 아랑곳하지 않고 스스로 먼저 "나는 쓰레기다", "나는 빈대다"라고 소리 지른다. 그의 난행(亂行)과 기행(奇行)에 대한 혐오와 경멸의 시선은 그러나 자주 예상치 않은 방향으로 흩어지고 난반사된다.

조선의 문인들이 그를 "조선 문화의 끔찍한 진드기 같은 존재로 증오하고 배척하는" 이유는, 그가 거짓말과 허풍, 기괴한 행동을 일삼는 성격 파탄자라는 점에도 있지만, 그보다는 그가 "조선말로 창작하는 것은 진절머리가 나요. 조선말 같은 것은 똥이나 처먹으라지요. 아무

---

51) 金史良, 「天馬」, 『金史良全集』 1, 河出書房新社(김재용·김미란·노혜경 편역, 『식민주의와 비협력의 저항』, 역락, 2003). 이하 이 글에서의 인용은 한국어 번역본을 사용하며 인용문 말미에 인용 면수만을 표기한다.
52) 이혜령, 앞의 책, 18면.

튼 그건 멸망의 부적이라니까요"(253면)라는 등의 언사를 함부로 지껄이고 다닌다는 점에 있다. 그리하여 조선의 "문화인들은 서로 결속해서 그를 문화권 밖으로 몰아내기로 했다"(238면)는 것이다. 그렇게 그는 경계 밖으로 밀려나고, 그럼으로써 경계의 안쪽은 '결속'을 다진다. 그 안쪽은 물론 '조선의 문화'이다. '현룡 일파'를 비판하기 위한 모임에서 평론가 이명식은 조선어 창작의 위기 상황에 대해 열변을 토하면서 준엄하게 현룡을 꾸짖는다.[53] 현룡은 그런 이명식을 비웃고 이명식은 현룡을 향해 접시를 집어던진다. 현룡은 머리를 맞아 뒤로 넘어져서도 여전히 낄낄거리고 이명식은 상해죄로 검거되어 간다.

그런데 누가 누구를 응징한 것일까? 누가 누구를 '몰아낸 것'일까? 이명식과 현룡은 정말 전혀 다른 존재일까? 이명식을 어떤 존재의 '수퍼 에고'로, 현룡을 '이드'로 읽을 수는 없을까? 활달한 풍자와 유머와 아이러니로 묘사되는 현룡과는 달리, 극히 형식적이고 딱딱한 논설 문체로 일관된 이명식이 소설 무대에 잠깐 나타났다 사라진 이후 현룡의 자포자기적인 광분(狂奔)이 고삐 풀린 말처럼 무대를 채우는 것을 보면, 이 비천한 존재는 '수퍼 에고'의 통제를 벗어난 '이드'의 형상으로 읽힌다. 그런데, 그렇다면 누구의 '이드'인가?

"조선 사람들에게 버림받고" 일본인들에게까지 "버림받는다면 길바닥에서 죽을 수밖에 없"는(259면) 절박한 처지에 몰린 이 앱젝트는 자기

---

53) 이때 이명식의 발언 즉, "내지어로 쓰는 것을 좋아하지 않는 자나, 또 실제로 쓰지 못하는 이의 예술을 위해서는 이해심 있는 내지 문화인의 지지와 후원하에 좋은 번역기관이라도 만들어 소개하도록 힘쓰는 게 좋을 것 같네. 내지어가 아니면 붓을 꺾어야 한다는 것은 참으로 언어도단일세"(254면)라는 말은 김사량이 1940년 9월 「조선문화통신」에서 말한 내용의 일부이다.

를 주시하는 자들 앞에 매달리고, 애원하고, 화내고, 비웃고, 협박하고, 달아나고, 몸부림친다. 이 몸부림에 따라 피사체를 향한 시선도 이리저리 흔들리고 의도하지 않은 반사가 일어난다. 예컨대, 현룡은 '조선 문화'의 '정체성'을 강조하는 이명식과 그의 동료들의 혐오의 대상이 되지만, "동경 문단에서 활약"하는 김사량 자신의 배경, 그리고 이명식의 소설 내 발언이 김사량의 다른 글에서의 발언과 동일한 것을 알고 있는 독자의 시선으로 보자면, 현룡과 이명식의 싸움이 무엇을 의미하는 것인지는 혼란스러워진다. 한편, 현룡을 '조선 문화의 진드기'로 규정하고 그를 '몰아내기로' 결정한 '조선 문인'들은 어떤가? "내지 예술계에서 좀 알려진 사람이 오면 자못 조선 문인을 대표하는듯한 얼굴로"(250면) 서로 아첨 경쟁을 벌이는 이들은, 아침부터 숨을 헐떡거리며 내지에서 온 일본 작가를 찾아 헤매는 현룡과 다를 바 없는 존재들이며, "애국주의적" 정열에서도 서로 경쟁하는 처지이다. 결국, 현룡에 대한 경멸의 시선이 강하면 강할수록 그것이 그대로 그들에게 되비칠 것임은 자명한 이치다.

더욱 주목할 것은 일본 지식인들과의 관계이다. 일련의 사건으로 인해 현룡은 "조선 민중의 애국사상을 심화하기 위해 편집되는 시국잡지의 책임자"인 오무라로부터 당분간 절에 들어가 근신할 것을 명받고 전전긍긍하고 있는 상태다. "오무라에게까지 버림받는다면 길바닥에서 죽을 수밖에 없"다고 생각하는 그는 내지에서 온 작가 다나카에게 자신의 구명을 부탁하기 위해 하루 종일 그를 찾아 혼마치와 종로 일대를 헤맨다. 이 비굴한 앱젝트가 벌이는 어처구니없는 광태(狂態)를 좇다보면 마침내 그가 그토록 찾아 헤매던 "위세 좋은" 일본인들을 만나게 된다. 이 일본인들이 현룡을 벌레처럼 바라보는 것은 말할 것도 없다. 그런데 현룡을 대하는 이들의 태도에서 동시에 드러나는 것은 무지와 교만, 허세와 허영으로 가득 찬 그들 자신의 모습이다. "조선의 청년이라고 하는 것은 하나같이 겁쟁이인 주제에 빼딱한 근성이 있고 뻔뻔스러운 데다가 당파심이 강한 족속"(270면)이라고 말하는 "관립전문학교 교수" 쓰노이[角井]는 화자의 말에 따르면, "돈벌이하려는 속셈으로 조선에 건너온 일부 학자"의 하나로 "내지인 현룡이라고 할 만한 존재"(268면)다. "만주라도 가서 좀 돌아다니다 오면 다른 레테르도 붙어서 새로운 분야의 일을 할 수 있을지도 모른다고 생각"(269면)해서 조선에 들른 다나카는, "내지인과 마주할 때는 일종의 비굴함으로 조선인 욕을 줄줄이 늘어놓지 않고는 못 배기"는(270면) 현룡의 장광설을 듣고, "완전히 감동하여" "내지에 틀어박혀 있으면 황국문학밖에 할 수 없다는 것은 정말 맞는 말이다. 여기에 대륙사람들의 고뇌하는 모습이 있다. (…중략…) 그렇다. 이것이야말로 조선 지식계급의 자기반성이라고 내지에 알리자. (…중략…) 중국 사람은 알 수가 없다고 하는 자들은 어리석기 짝이 없다. 조선인을 불과 이틀에 파악한 이런 페이스라면 나는 나흘 정도에 알아내 보이리라"라고 마음속으로 외치면서 "절절한 기쁨을 느끼"(271면)는 인물이다. 오무라 역시 "시국을 똑바로 인식해야 한다"며 현룡을 훈계하다가 "자기 말솜씨에 감동하여" "우쭐거리며"(273면) 흥분하고 마는 인물이다.

비천한 '쓰레기' 현룡을 향한 경멸과 혐오의 시선이 불현듯 자기 자신의 벌거벗은 모습, 응시의 대상과 별로 다를 것도 없는 자신의 모습을 되비추는 순간. 작가는 그 순간을 예리하게 포착한다. 그러니까 조롱받고 밀려나는 것은 현룡만이 아니라, 그런 현룡을 바라보는 '조선 문인', '조선 문화', '조선 문화의 정체성'이기도 하고, '애국주의', '황국 문학', '내선일체'이기도 하고, '일본 문인', '일본인'이기도 한 것이다. 다음의 장면은 "조선 민족을 조사라도 하는 듯한 태도로"(270면) 현룡을 관찰하던 다나카가 뜻밖의 사태에 당황하는 모습, 그리고 그 뜻밖의 사태가 무엇으로부터 초래된 것인지를 직접적으로 묘사하고 있다.

> 현룡은 이때다 싶어서 그 옆으로 뛰어가 숨을 헐떡거리며
> "다나카 군"
> 하고 목에 걸린 듯한 목소리로 속삭였다.
> "오무라 군에게 날 좀 부탁해 줘. 절에 가지 않게 해 줘. 절에"
> 그 목소리가 너무나도 절망적인 슬픔에 떨리고 있었기 때문에 다나까는 놀라서 현룡의 얼굴을 쳐다보았다. 소름이 끼칠 만큼 **굳어 보이는 형상이 갑자기 흐트러지며 기분 나쁜 웃음**을 띠었다. (275~276면, 강조는 인용자)

'조선 민족을 조사하고 관찰'하던 이 식민자는 관찰 대상의 "형상이 갑자기 흐트러지며 기분 나쁜 웃음"을 보내는 순간 당황하고 놀란다. 지배자의 언어를 지껄이는 이 지적인 '괴물'은 더 이상 '고귀한 야만인'이 아니다. 이 '괴물'로부터 나오는 것은 음산함, 불쾌함, 밑을 들켜버린 듯한 난처함 같은 것이다. '자연보다 더 자연 같은 상태에 붙박여 있던' 이 '괴물'이 음산한 웃음을 띠면서 자신을 바라보는 순간, 관찰자의 시선은 흔들리면서 대상의 "형상이 갑자기 흐트러"지는 것을 경험한다. 그는 자신과 대상 사이에 가로놓인 '보이지 않는 철창'을 이 순간

보아버린 것인지도 모른다. 다시 말해, 그는 자신이 억압해 온 자신의 일부가 철창 저 너머의 존재로부터 되돌아 나오고 있음을 불현듯 깨닫고 당황하는 것인지도 모른다.

"기분 나쁜 웃음"을 흘리던 이 앱젝트는 어떻게 되었는가? 모든 시도가 수포로 돌아간 뒤, 그는 "나야말로 확실하게 죽어주지! 자동차와 전차 사이에 끼어 폭탄처럼 죽어주겠다!"라고 속으로 외치면서, 소설의 첫 장면에서와 마찬가지로, 신마치 유곽의 골목길을 헤맨다. 그는 "게토르를 감은 중학생과 전문학교 생도들이 가도 가도 끝없이 이어지고 뒤쪽에는 국방색 옷을 걸친 선생과 그 밖에 신문 잡지사의 사람이나 안면 있는 문인들"로 이루어진 신사(神社) 참배의 행렬이 "자기를 포위하고 쫓아올 것 같"은(279면) 질식감 속에서, 수만 명의 사람들이 자기를 향해 "센징! 센징!" 하고 떠드는 것 같은 환청과 환각에 시달리면서, "센징이 아니야! 센징이 아니라고!" 외치며 미로 같은 골목길을 헤매고 다닌다.

"이 내지인을 살려줘, 살려달라고!"

그는 숨을 헐떡거리면서 울부짖는 것이었다. 그리고 또 다른 집으로 뛰어가서 대문을 두들겨댄다.

"열어 줘. 이 내지인을 들여보내 줘!"

또 뛰기 시작한다. 대문을 두드린다.

**"이제 나는 센징이 아냐! 겐노가미 류우노스케다, 류우노스케다! 류우노스케를 들여보내 달라고"**(281면, 강조는 인용자)

경계 밖으로 내팽개쳐진 이 앱젝트는 실로 당돌하게도 경계 안쪽의 자기동일성의 신성한 상징(류우노스케)을 호명하면서 안으로 들어갈 것을 요구하고 있다. 페가수스(Pegasus, 天馬)는 '괴물' 메두사(Medusa)가 죽어야만 태어날 수 있다는 사실을 그는 알고 있었다. '센징'은 죽어서야 '내지인'이 될 수 있음을 그는 절망적으로 부르짖고 있었다. 앞에서 보았던 수많은 식민지의 앱젝트들처럼 그 역시 "죽어야만 살 수 있었다."

## 3. 나오며

폭력은 어디에서 시작되는가? 폭력은 모든 살아있는 존재들의 기본적인 조건이다. 생명이 폭력의 산물이라면 그것을 없애는 데에 주력할 것이 아니라, 그것이 실현되는 조건들, 다시 말해 '폭력이 예감되는 그 자리'[54)]에 모든 주의를 기울여야 한다. 예외적이고 비상한 사태로서의 폭력이 아닌 나날의 일상 속에 준비되고 실현되는 폭력에 대해 사유할 때, 우리는 식민주의의 폭력이 어째서 식민주의의 정치적 종식 이후에도 지속되고 있는지, 식민주의의 폭력에 대한 저항이 어째서 쉽사리 동일한 폭력으로 전화되는지를 이해할 수 있을 것이다.

폭력이 발화되고 실현되는 최초의 지점을 포착할 수 있다면 폭력에

---

54) 도미야마 이치로[富山一郎], 송석원 외역, 『폭력의 예감(暴力の豫感)』, 그린비, 2009.

대한 저항이 시작되는 (혹은 시작되어야 하는) 지점을 알아낼 수 있을 것이다. 타자와의 접촉의 첫 순간에 폭력의 징후는 어른거린다. 그러므로 우리가 눈여겨보아야 할 것은, 그 징후의 거대한 폭발 혹은 결과로서의 살육이나 학살의 현장이 아니라, 그것들이 배태된 최초의 장소이다. 그 장소에 서야만 우리는 비로소 '죽은 자를 대신해서 말하기'를 그치고 '죽은 자로 하여금 말하게' 할 수 있을 것이다. 어떻게 죽은 자의 말을 알아들을 것인가?

저 '인간-짐승'들의 "의심 깊은 눈초리, 빈정거리는 미소를 참는 입매, 그리고 느려터진 동작"[55]이 전하는 말들을 우리는 알아들을 수 있을까? 지배자의 시선을 빨아들이는 블랙홀 같은 무표정이 폭력의 질서에 일으키는 작은 균열의 가능성을 읽어낼 수 있을까? '한 입으로 두 말 하는' 복화술(複話術)[56]의 '괴물'들이 퍼뜨리는 미세한 감염(感染)의 흔적들을 찾아낼 수 있을까? 달리 말하면, 그것은 '혁명적 전복이나 불복종 행위 같은 능동적 역능의 장'이 아니라, 예상하지도 의도하지도 않았던 사소한 '위반'의 정치적 의미에 주의를 기울이는 것이다.[57] 근대 국가의 감시 및 관리-규율 체제가 국민의 신체와 감각을 새롭게 주조(鑄造)해낸다면, 규율의 '위반(가능성)' 역시 그들의 "삶과 자기 형성에 항상적으로 주어진 상황"[58]인 것이다. 그렇다면 "국가의 부당한 독점 체제에 구멍을 내는" "일종의 임계점"으로서의 사소한 '위반들', 그리고

---

55) 주 46) 참조.
56) 김철, 『복화술사들』, 문학과지성사, 2008.
57) 김예림, 「국가와 시민의 밤—경찰국가의 야경, 시민의 야행」, 『현대문학의 연구』 49호, 한국문학연구학회, 2013, 398면.
58) 위의 글, 380면.

그때 위반자가 느끼는 불안으로 인한 미열(微熱), 혹은 어떤 '서글픔'에 눈을 돌린다면, 우리는 이 폭력의 질서가 교란되는 어떤 지점을 찾아낼 수 있을지도 모른다. 다시 말해, "희미하여 잘 파악되지 않는 이 임계점을 관찰하기 위해서는 산재하는 위반의 '뜨뜻미지근한' 온도 혹은 허술해 보이는 위반자의 신체에 퍼진 미열(微熱)의 의미를 신중하게 되물어야 한다."[59] 폭력에 대해 숙고하는 것, 그 균열의 출발점을 찾는 것은 이렇듯 잘 보이지 않고 잘 들리지 않는 것들에 귀 기울이고 주의하는 것이다. 그런 점에서 우리는 어쩌면 또 다른 인류학자들일지도 모른다.*

---

59) 위의 글, 409면.
* 이 논문은 2013년 『사이 / 間 / SAI』 14집에 게재된 논문을 수정 · 보완한 것임.

# 사라진 귀신들

이해조의 「화의 혈」과 김동리의 「무녀도」 재론

이철호

## 1. 샤머니즘에 대하여

이해조의 「구마검(驅魔劒)」(1908)은 미신에 사로잡힌 나머지 가산을 탕진하고 마는 어느 부부의 이야기를 다루고 있다. 최씨부인은 대대로 무속을 숭상하는 지역 출신으로 집안의 대소사를 모두 "귀신의 농락"[1] 이라 맹신하는 인물이다. 처음에는 그에 응하지 않던 함진해도 결국은 무당 금방울과 임지관의 농간에 휘말려 파산을 면치 못하게 된다. 「구마검」은 단순히 이들의 몰락을 풍자하는 데 그치지 않고 샤머니즘의 세계를 노골적으로 탈신비화하는 방식으로 근대적 세계의 우위를 확증하고자 했다. 이를테면 함진해가 매료되는 임지관의 비범한 풍수관

---

1)　이해조, 「구마검」, 『韓國新小說全集』 2, 을유문화사, 1968, 88면.

은 이인(異人) 행세를 일삼는 시정잡배의 사기행각에 불과하며, 무당 금방울의 신통한 예지력도 실은 안잠자기 노파와의 내통이 아니고서는 불가능한 일이었을 뿐이다. 그처럼 모든 것이 "간흉한 할미의 죄"임을 일찌감치 간파한 함일청은 무속신앙이나 풍수설을 부정하면서 "조상의 백골이 어찌 자손의 영귀와 복록을 얻어주리요?"[2] 라고 의미심장하게 되묻는다. 무녀와 지관에게 철저히 농락당한 함진해 부부는 바로 그 함일청의 아들을 양자로 맞게 되면서 극적으로 변화된다. 양자의 극진한 간호로 건강을 회복한 최씨부인은 그 정성에 감복하여 "상등 사회에 참예할 만"한 품위를 갖추게 될 뿐만 아니라 그가 중학교와 법률전문학교를 거쳐 평리원 판사로 성공할 길을 적극적으로 열어준다. 그런 의미에서, 「구마검」은 무속신앙에 미혹되었던 우매한 민중이 근대적 개인으로 계몽되는 과정의 교본이라 할 만하다.

근대 계몽주의 혹은 합리주의는 인간이 현실적 한계를 넘어 어떤 영적 실재에 감응함으로써 가능하게 되는 이례적 사건들, 이를테면 예지몽, 신들림, 기적적인 치료 등을 조롱의 대상으로 만들어 놓는다. 즉 근대적 재편이란 전통적인 세계에서는 신성불가침의 영역으로 여겨졌을 법한 어떤 특정 언어, 관념, 실천 체계로부터 사람들을 분리해 고립된 개인으로 개종시키는 과정이라 해도 무방하다. 근대 세계로 포섭되는 과정에서 "우리가 배우는 바는 개인이 되는 것, 우리만의 의견을 갖는 것, 신과의 일대일 관계에 도달하는 것, 우리의 고유한 개종 경험을 얻는 것이다."[3] 「구마검」에서 전통적인 샤머니즘의 세계는 서술자의

---

2) 위의 글, 131면.
3) 찰스 테일러, 이상길 역, 「거대한 이탈」, 『근대의 사회적 상상—경제, 공론장, 인민주권』, 이

풍자적 시선에 의해 지속적으로 폄하되고 마침내는 근대적인 법체계 속으로 흡수되어 버린다. 어떤 면에서 무당이 위엄과 권능을 발휘했던 삶의 세계는 그를 응징하는 법관에게로 고스란히 양도되는 셈이다. 아직 근대적인 의미에서의 법체계가 완비되지 않은 조선에서 그 사회적 상상(imaginaries)을 가시화하는 최선의 방법은 법치주의의 합리성으로 결코 수렴될 수 없는 것, 곧 '샤머니즘적인 것'을 우선 계몽의 법정으로 소환하는 일이 된다. 다시 말해, 샤머니즘을 계몽의 공적(公敵)으로 타자화하는 가운데 서구 근대성은 그 권위와 정당성을 확보할 수 있다.

그럼에도 1930년대 중반 이후가 되면 바로 그 샤머니즘을 소재로 삼은 소설들이 재등장한다. 이 문제작들에서 샤머니즘은 '조선적인 것'의 전형으로 부각되고 근대문학의 딜레마를 해소할 중요한 원천으로 고평되기에 이른다. 이른바 조선주의 또는 동양주의 담론의 맥락에서 샤머니즘의 문학사적 복권이 지닌 의미가 활발히 논의되었으나, 이 글에서는 귀신론을 중심으로 샤머니즘 재현의 문제성을 재론해 보고자 한다.


## 2. 귀신 제사와 미신 숭배


「구마검」에서 함일청은 무속신앙의 폐해를 통탄한 후 앞서 언급한

---

음, 2010, 102면.

편지에 열 가지 잠언을 부기하고 있는데, 그중 하나가 공자(孔子)와 자로(子路)의 유명한 문답이라는 것은 흥미롭다. "사람을 능히 섬기지 못하거든 어찌 능히 귀신을 섬기며, 산 사람도 모르며 어찌 능히 죽은 자를 알리요? 귀신과 죽음은 성인의 말씀치 아니한 바니, 성인이 아니하신 말을 내가 지어내면 성인을 배반함이니다."[4] 귀신에 대한 주자의 논의에서도 조선 건국 이래로 부단히 지속된 귀신 제사 논쟁 속에서도 공자의 발언이 그 중심에 있었음을 상기한다면,[5] 이해조의 신소설을 '귀신 제사'를 둘러싼 저 오랜 논쟁 속에서 재독할 필요가 있다.

주자는 '귀신'의 현존에 관해 특유의 자연 철학적 해석을 개진한 바 있다. 귀신이란 우주자연에 편만한 "二氣의 良能"[6] 또는 "天地의 功用"[7]이라는 기존의 견해를 비판적으로 계승한 주자는 '이기의 양능'도 실은 '一氣의 운행[往來屈伸]'이라면서 사후 흩어진 기가 산 자의 기와 서로 "감응[感格]"하는 것이 제사의 본질이라고 했다.[8] 하지만 귀신에 대한 자연 철

---

4) 이해조, 「구마검」, 앞의 책, 132면.
5) 일례로, 남효온(南孝溫)도 "귀신의 이치가 심오하여 공자도 말씀하지 않고, 자로(子路)도 들어보지 못한 것이요, 정자(程子)나 주자(朱子)도 말하기를 주저한 것인데 나처럼 보잘것없는 말학(末學)이 어찌 말할 수 있겠는가"라며 「귀신론」의 서두를 시작한 바 있다.(『秋江集』 5 「鬼神論」. "鬼神之理深矣, 夫子所不語, 子路所未聞, 程朱之所僅言, 余虗莾末學, 可得而言之乎.") 이렇듯 공자와 자로의 문답에서 연원하는 귀신론의 전개에 관해서는 조동일, 「15세기 鬼神論과 귀신이야기의 변모」, 『한국의 문학사와 철학사』, 지식산업사, 1996; 고야스 노부쿠니, 이승연 역, 『귀신론』, 역사비평사, 2006 참조.
6) 『正蒙』 「太和」. "鬼神者, 二氣之良能也."
7) 『伊川易傳』 「乾」. "夫天, 專言之則道也 (…중략…) 則以形體謂之天, 以主宰謂之宰, 以功用謂之鬼神."
8) 『朱子語類』. "如祭祀報魂報魄, 求之四方上下, 便是皆有感格之理." 주자의 귀신론의 양상이 존재론적 차원에서 비롯해 인간의 심성론으로 안착되는 과정에 대해서는 김우형, 「주자학에서 혼백론의 구조와 심성론과의 관계」, 『정신문화연구』 105, 한국학중앙연구원, 2006 참조. 그런 면에서 제사란 실재하는 귀신과의 '외감(外感)'이라기보다는 '내감(內感)'의 성격이 우세하다.

학적 이해가 조령 제사의 당위성과 조화롭게 연관되지 못했다. 그것은 인간의 영혼을 음양의 기로 이해하는 한 해소 불가능하다. 기의 불멸성을 인정한다면 주자의 자연철학은 파탄에 직면하며, 반대로 제례를 합리화하기 위해서는 기에 전혀 다른 함의를 부여하지 않으면 안 된다. 귀신 제사의 종교성과 자연철학의 합리성이 서로 모순되는 사정은 김시습(金時習)이 남긴 귀신이야기에 얼마간 침윤되어 있다.[9] 꿈이나 환상을 통해 초월적 세계와 접속한 후 주인공이 현세를 등지게 되는 「용궁부연록(龍宮赴宴錄)」과 「남염부주지(南炎浮洲志)」의 결말은 한편으로는 명부(冥府), 선계(仙界), 용궁, 염부주 같은 음계(陰界)를 유가의 이념적 가치가 여전히 보존되는 세계로 이해하면서도 또 그에 못지않게 유가적 주체성의 가치를 훼손하고 있다. 즉『금오신화(金鰲新話)』나『용재총화(慵齋叢話)』,『기재기이(企齋記異)』등에 수록된 귀신이야기는 초월적 세계에 대한 동경을 끝내 저버리지 못하는 사대부의 분열된 의식세계를 보여준다는 점에서 문제적이다.

조선 전기만 하더라도 귀신이야기가 유가적 인식론에 일종의 균열을 일으켰으나, 그 같은 탈유가적 가능성은『설공찬전(薛公瓚傳)』파동을 계기로 점차 약화되어 결국 16세기 이후로는 완미한 유가적 주체를 지향하는 서사구조가 널리 재생산되기에 이른다.[10] 17세기를 대표하

---

9) 그 대표적인 예로 정출헌, 「15세기 鬼神談論과 幽冥敍事의 관련 양상」, 『東洋漢文學研究』 26, 東洋漢文學會, 2008, 436면 참조. 그에 따르면, "理氣哲學에 대한 믿음과 鬼神存在에 대한 미혹의 틈새" 속에서『금오신화』같은 "幽冥敍事"가 창작되었다. 그에 비해, 박희병은『금오신화』에 도저한 비극적 정조나 초월적 서사구조를 작가가 지닌 세계관의 반영이라기보다 그것이 장르관습과 서로 조응한 결과로 이해했다. 박희병, 「『金鰲新話』의 소설미학」, 『韓國傳奇小說의 美學』, 돌베개, 1997, 230~235면.
10) 조현설, 「조선 전기 귀신이야기에 나타난 神異 인식의 의미」, 『고전문학연구』 23, 한국고전문학회, 2003. 18~19세기 야담집에 수록된 귀신이야기가 유가적 지배이데올로기를 재강

는 야담집 『천예록(天倪錄)』에는 제례의 중요성을 강조하는 귀신이야기가 적지 않다. 조령이 선조의 무덤을 찾는 후손에게 현몽하여 지석(誌石)과 무덤의 위치를 알려주거나 또는 매장이나 이장 문제를 골몰하다 누군가에게 직접 부탁하고, 심지어는 자신의 생일날에 찾아와 젯밥을 요구하기도 한다. 이와 관련해 『천예록』의 저자는 "사람은 죽어서 영혼으로 남는다는 말은 참으로 맞다. 영혼이 백년 천년토록 흩어지지 않고 자손들과 대대로 서로 만나 볼기를 치기도 하고 가르침을 주기도 하여, 산 사람과 똑같"[11]다면서 조상의 묘를 만들 때 '지석'이 그처럼 중요하다고 일러준다. 이러한 일화들은 귀신이야기가 더 이상 주자학의 자연 철학적 인식론에 위배되는 것이 아니라 유교적 질서를 공고히 하는 데 유용하게 전유된 사례들이다. 임방은 제사의 대상이 되는 조령의 존재를 선택적으로 인정해야 했고, 그에 따라 모든 귀신을 허황한 괴력난신으로 치부할 수는 없게 되었다. 그렇다고 해도 학문적인 계보나 당론적 입장에 따라 복잡하게 착종된 유가의 귀신론은 조선사회 내부에서 좀처럼 해소될 수 없었다. 살아있는 인간처럼 말하고 행동하며 번민하는 귀신 형상은 그것이 아무리 제례를 합리화하는 데 전용된다 하더라도 유가의 의미체계 내에서는 여전히 낯선 타자이기 때문이다.

주자학의 귀신 제사는 18세기 중엽 이후 서학의 수용이 본격화되면서 새로운 상황에 직면하게 된다. '귀신'이나 '혼백'이라는 어휘를 통어

화하는 양상에 대해서는 최기숙, 「불멸의 존재론, '한'의 생명력과 '귀신'의 음성학」, 『열상고전연구』 16, 열상고전연구회, 2002 참조.
11) 임방, 정환국 역, 『천예록』, 성균관대 출판부, 2005, 207면.

하던 유학 담론의 권위가 전면적으로 부정될지도 모를 상황이 도래했다. 천주 신앙의 배후에는 무엇보다 창조주로부터 분유되고 사후에도 불멸하는 '영혼' 관념이 있었다. 천주학에서 말하는 '영혼'은 본래 라틴어 아니마(anima)의 역어로서 성리학의 '귀신'이나 '혼백' 개념과는 다르다. 즉 '천지창조(天地創造)'와 '영혼불멸(靈魂不滅)'에 기초한 천주학의 교리는 귀신 제사를 둘러싼 이기론적 해석의 오랜 딜레마를 무화시켜 버렸다. 예컨대, 19세기 후반 이기(李沂)와의 논쟁 속에서 선교사 로베르(A. P. Robert)는 사람이 죽으면 육신은 흙으로 돌아가고 영혼은 천당이나 지옥으로 가므로 영원히 이 세상에 되돌아올 수 없다는 점, 제사의 대상은 마땅히 유일신 천주가 되어야 한다는 점, 따라서 제사를 흠향하는 것은 조상이 아닌 조상을 가탁한 악마에 불과하다는 점을 들어 귀신 제사가 미신과 다를 바 없다고 비판했다.[12] 이에 조선의 지배세력은 가공할 만한 정치적, 물리적 탄압으로 응수했다. 수차례의 박해로 인해 마침내 기층 내부로 깊이 잠복해버린 천주학이 유가 담론에 끼친 역설적인 영향력을 인정하지 않는다 하더라도, 조선의 지배층이 유교식 통치의 근간을 이루는 귀신 숭배와 종묘 제례의 문제를 성리학 담론에 기대어 정당화할 길을 찾지 못한 상황에서 근대화에 직면해야 했다는 사실만큼은 분명해 보인다.

조선사회와 달리 일본의 경우에는 귀신론이 근대 신도 담론의 형성 과정에 적잖은 영향력을 행사했다. 고야스 노부쿠니[子安宣邦]에 따르면, 메이지 국체(國體) 사상의 원류에 해당하는 후기 미토학[水戶學]은

---

12) 금장태, 「海鶴 李沂와 佛人 神父 로베르의 儒學 西學 論辯」, 『조선 후기 儒敎와 西學』, 서울대 출판부, 2003, 314~317면.

오규 소라이[荻生徂徠]로부터 상당한 감화를 받았는데, 그중 귀신론 또는 제사론의 영향이 심중했다. "아직 사람을 섬기는 일도 잘하지 못하거늘, 어찌 귀신을 섬길 수 있겠는가?"라는 공자의 저 유명한 발언을 놓고 이토 진사이[伊藤仁齋]가 '차안(此岸)의 인륜적 삶'을 중시했다면, 오규 소라이는 '귀신 제사'의 중요성을 각별하게 강조했다. 즉 이토 진사이가 귀신의 이치에 관한 물음 자체를 비합리적이라 하여 배제했던 데 반해, 오규 소라이는 귀신 제사를 통해 비로소 인간 공동체가 존립 가능해졌다면서 귀신론이야말로 유가 담론에서 특권적인 지(知)의 위상을 차지한다고 역설했다. "성인이 아직 흥기하지 않았을 때, 백성은 흩어지고 계통이 없었다 (…중략…) 죽어도 장례지내는 일이 없었고, 죽고 나서도 제사지내는 일이 없었다. 鳥獸와 무리를 지어 죽고, 초목과 더불어 소멸했다. 백성은 이로써 복됨이 없었다. 아마 인도의 극치[人極]가 아닐 것이다. 그러므로 성인이 귀신[鬼]을 다스리고, 그것으로 백성을 통일하고, 종묘를 세워 여기에 모시고, 丞嘗을 만들어 제사지냈다 (…중략…) 성인의 가르침의 극치이다."[13] 그런데 성인의 권위에 의존해 귀신 제사의 정치적 타당성을 확증하는 입장은 일종의 주지주의적 유귀론으로서 "귀신이라는 존재를 성인의 예지 저편에 둠으로써 현실세계에서 귀신을 합리적으로 재단하려는 태도와는 다른 지의 특성"[14]을 보여준다. 무귀론적 입장을 지닌 이토 진사이처럼 귀신 제사를 유가의 통치 영역 바깥으로 완전히 배제하기보다는, 그것에 잠재된 사회 통합적 가능성의 원천을 적극 활용하려는 데 오규 소라이의 진의

13) 고야스 노부쿠니, 앞의 책, 60면에서 재인용.
14) 위의 책, 78면.

가 있었다. 그의 귀신론은 아이자와 세이시사이[會澤正志齋] 같은 후기 미토학의 정신적 후예들에 의해 메이지 국가신도의 근간을 이루게 된다. 예컨대, 중국 유학의 '성인(聖人)'이 미토학에서는 '천조(天祖)'로 번안되었고, 고대 중국의 '선왕의 도'에 버금가는 일본의 '신도'는 고대사적 시원으로부터 면면히 계승되어 온 것으로 재구성된다.[15] 즉, 인귀[祖考]와 천신[神]의 합일에 기반을 둔 제정일치적 통치 이념의 재발견을 통해 현재의 국가이데올로기는 그 역사적 합법성을 획득하게 된다.

이렇듯 메이지 일본과의 대비 속에서 고려해 보자면, 조선의 사대부는 유학의 오래된 화두인 귀신 제사의 문제를 유력한 방식으로 해소하지 못한 채 개항을 맞이해야 했다고 해도 과언이 아니다. 서양의 요구에 맞서 정체(政體)와 그 이념의 전통적 기반을 적극 활용할 수 없었던 구한말 집권 세력의 곤경은, 「구마검」에 형상화되어 있는 것처럼, 풍수(風水)와 점복(占卜) 사상을 하루아침에 미신으로 치부해버려야 하는 어느 구세대 가장의 당혹감과 크게 다를 바 없다. 이 같은 세계상의 급변은 무엇보다 '자연'을 대하는 태도의 근대적인 변화와 긴밀하게 맞물려 있다. 계몽의 이념이 신, 계시, 전통의 권위로부터 자유로운 개인, 자신을 둘러싼 세계를 명징하게 이해하고 운용할 줄 아는 합리적 개인을 지지한다면 자연은 더 이상 천리(天理)의 구현체일 수 없으며 따라서 그로부터 삶의 질서를 조율하는 어떤 정신적 원리를 기대하는 전통적인 신념은 심각한 위기에 봉착할 수밖에 없었다.

앞서 언급한 신소설 「구마검」에서 작가가 비판하는 대상이 전반부

---

15) 子安宣邦, 「祭祀國家日本の理念とその成立」, 『日本ナショナリズムの解讀』, 白澤社, 2007, 65~73면.

의 경우 '귀신 제사'라면 후반부는 '풍수사상'이다. 이해조는 임지관이라는 인물을 더할 나위 없이 파렴치한 사기꾼으로 묘사함으로써 풍수사상의 폐해를 신랄하게 비판할 뿐만 아니라 심지어 그러한 관념이나신앙 자체를 비과학적 태도로 격하시켜 버린다. 계몽의 시선에서는 땅에 대한 그 같은 마술적 감각은 이미 합리적 영역을 벗어나 있기 때문이다. 하지만 김우창에 따르면, 풍수사상은 "조선조 수도 서울의 계획과 건설, 개인의 주택과 음택의 선정 (…중략…) 시와 미술" 등에 심대한 영향을 미쳤다는 점에서 일종의 "문화적 에피스테메" 혹은 "구체의과학"이라 볼 만하다.[16] "명당은 동심원적으로 둘러싼 산들의 체계의복판인데, 산들은 이 복판을 보호하여 둘러서 있기만 하는 것이 아니라 그 너머로 퍼져나가는 산의 연맥들, 실재하든 상상만 되든 갈 수 없는 먼 곳, 지평의 너머까지 계속된다 (…중략…) 좋은 자리에는 항상산맥의 주된 지표로서 주산이 있어야 하고, 이 주산은 조산을 통해 성산인 백두산을 중심으로 일관된 체계를 이루고 있는 조선 반도의 전산맥들에 연결되고 다시 이것은 중국의 산맥 체계에 이어진다. 조산(祖山), 주산(主山), 조산(朝山)의 체제는 천자와 왕의 지배하에 있는 사회의

---

16) "근대 이전의 농업 사회에서 공적 토목 공사는 너무 클 수 없는 것이었다. 그리하여 완전한 공학적 창조에 기초한 이상적 도시보다는 지형에 적응하는 이상형의 모델—결국 풍경적인 토지 감각에 기초한 이상향의 모델은 여기에도 중요한 것일 수밖에 없었을 것이다. 이것은 위에서 말한 바와 같은 문화적 에피스테메의 특이한 구체성과도 관계 있는 것으로 생각된다. 농업 사회의 경제 규모와 그 구체적인 공간 감각과는 상호 작용의 관계에 있었다고 할수도 있을 것이다. 또는 농업 경제의 체제에서 추상적인 공간의 계획과 구체적인 감각은 하나의 발상의 근원에서 합치고, 이것은 디지털화된 사고보다는 유추적 사고 유형을 만들어내고, 추상적 사고의 차원에서도 레비-스트로스가 말하는 '구체의 과학'과 비슷한 사고방식에 따라 움직이는 것이라고 할 수 있다. 근대 이전의 한국에서 그러한 구체의 과학의 대표적인 경우는 풍수사상이다." 김우창, 「풍경과 선험적 구성」, 『풍경과 마음』, 생각의나무, 2006, 44~45면.

위계적 제도를 모방한 것으로 보인다."[17] 자연을 그저 신체적, 물리적 영역으로만 이해하지 않고 그 안에 어떤 심오한 형이상학적, 우주적 원리가 내재해 있다고 여기는 풍수설에서 그 핵심은 다름 아닌 가공의 (fictional) 메타포와 상상력인 셈이다.

명당의 구도를 이루는 조산이나 주산 같은 개념은 자연세계의 이치를 드러내는 유력한 표상체계의 일부이자 동시에 유가적 삶의 질서정연한 배치를 압축해 놓고 있다. 말하자면 자연세계에 대한 표상은 곧 하나의 사회가 지향하는 윤리적, 정치적 유토피아를 효과적으로 반영하고 있다. 자연에 대한 논의의 배후에는 그 사회의 이상향이 투영되어 있는 법이다. 중국의 산맥과 조선의 산맥 간의 연속, 천자와 조선 왕조의 조공질서, 군신과 백성의 조화로운 위계를 전근대의 풍수사상이 정당화하고 있는 것처럼, 계몽 이성이 합법화하는 근대적 세계상 역시 과학에 의해 발견되고 지배되는 자연의 이미지들 속에서 뚜렷한 원형을 이룬다. 당연하게도 '자연'이라는 대상은 그것을 바라보는 주체의 시각에 따라 전혀 이질적으로 파악되고 재현되기 때문이다. '풍수(風水)'로서의 자연은 물론 '네이처(nature)'로서의 자연과 다를 수밖에 없다. 하지만 계몽이성 중심의 근대 사회가 과학-기술적 지배를 정당화하기 위해 자연을 생명 없는 거대한 기계로 간주해 버렸듯이, 농사와 제례를 최우선시하는 조선 사회도 자연세계를 무엇보다 '풍수'로 표상함으로써 성리학적 체제의 정당성을 도모했다고 말할 수 있다. 그러니까 그 둘 사이의 차이 못지않게 유사성도 강조될 필요가 있다. 만일 자

---

17) 위의 글, 48~49면.

연세계가 근본적으로 이해 불가능한 영역이라면 계몽이성이 제공하는 지식만이 유독 보편타당할 리 없으며, 실은 그것도 주관적 감각과 상상력의 산물일 수밖에 없는 것이다.[18] 그럼에도 계몽주의의 서사적 전통은 창조적 원천으로서의 자연이나 '풍수'로서의 자연 모두를 배격한다. 자연은 자아와 세계의 기원일 수도, 그들이 지향하는 삶의 원형적 반영물일 수도 없다. 익히 알려진 대로, 근대라는 '사회적 상상'을 전면화하기 위해 계몽주의자들이 취한 최선의 방식은 자연을 성스럽거나 영험한 정령의 세계가 아니라 포획하고 고문하여 마침내 그 비밀을 알아내야 할 대상으로 전제하는 데 있었다.

그런 맥락에서, 과학에 의해 대상화된 자연을 형상화하기 위해 베이컨(F. Bacon)이 활용한 비유적 표현은 여전히 시사적이다.[19] 계몽 이성은 자신이 통제하고 지배하려는 대상을 수동적인 여성 이미지 속에 감금해 버린다는 점에서 일관되게 남성 중심적인 권력이다. '여성'으로서의 자연. 그러므로 「구마검」에서 미신 숭배로부터 헤어나지 못하는 인물들이 대개 여성이거나 또는 여성적인 이미지로 형상화된다는 사실은 우연일 수 없다. 함진해만 하더라도 평소 그가 '점복' 따위는 어리

---

18) 이종흡, 「근대 형성기의 역사세계와 자연세계」, 최재천 외편, 『지식의 통섭』, 이음, 2007, 45면.
19) "당신은 방황하고 있는 자연을 뒤좇아야 한다. 말하자면 사냥개처럼 추적해야 한다. 그래야만 당신이 원할 때 당신은 그녀를 원래의 장소로 다시 이끌 수 있을 것이다. 자연의 경이를 기록한 역사의 경우에, 나는 마술이며 주술이며 환영이며 점복 따위의 미신적인 해설들조차도 완전히 배제될 필요는 없다고 생각한다. (…중략…) 그러한 기술들을 사용하는 것은 비난받아 마땅한 일이지만 그것들을 주의 깊게 검토하면 (…중략…) 그러한 행위로 고발된 사람들의 죄과에 대한 참된 판결을 위해서만이 아니라, 자연의 비밀들을 더욱 더 드러내기 위해서도 유용한 빛을 얻을 수 있다. 진리의 심문을 유일한 목적으로 삼는 자라면 이러한 구멍들과 구석들로 비집고 들어가 꿰뚫기를 주저해서는 안 될 것이다." 위의 글, 48~49면에서 재인용. 장석만, 「개항기의 한국 사회와 근대성의 형성」, 김성기 외편, 『모더니티란 무엇인가』, 민음사, 1994, 267면 참조.

석은 행동이라면서 경멸해 마지않았던 여느 부녀자들과 결국 다를 바 없게 되며, 어느 시점부터는 집안의 대소사를 주관하고 결정하는 가부장의 권위마저 상실해 버리고 만다. 그 같은 상징적 거세(去勢)는 함진해를 농락하는 임지관의 경우에도 마찬가지여서 그 역시 철저하게 무당 금방울의 사주를 받아 움직이고 있을 뿐이다. 「구마검」의 결말에 이르러서야 가부장적 주권은 더 이상 미신을 신봉하는 여성들에 의해 침탈당하는 법 없이 평리원 판사 출신의 근대 남성 주체를 통해 극적으로 복권된다. 그녀들이 함 판사라는 근대적 남성의 위엄 앞에 결국 굴복하게 되는 마지막 장면이 의미심장한 것은 그 때문이다. "옳다, 이 년이 우리 집 결딴내던 년이로구나. 불문곡직하고 당장 그대로 엎어놓고 난장으로 죽이고 싶지마는 (…중략…) 네 몸에 형벌을 아니 당하려거든, 그년들이 네게 와 시키던 말도 낱낱이 고하려니와, 너의 간교로 그댁 속이던 일을 내가 이미 알고 있으니 잔말 말고 고하렷다."[20] 그것은 근대계몽기의 서사 장르 속에서 '귀신'이 사라진 이유이기도 하다. 여귀가 '억압된 것'의 귀환이라면, 계몽적인 화자가 그 같은 원혼들의 넋두리에 관대할 리가 없다. 계몽과 발전의 비전 속에서 '자연'의 훼손이 합리화되는 것처럼 '여성'의 운명 또한 그러하다. 예컨대, 「구마검」에서 자식을 잃은 여인의 슬픔은 공적 영역에서 철저하게 망각되는 대신에 그녀가 범한—혹은 과잉된 애도(哀悼)로서의—미신 숭배의 죄상은 근대 법정에서 낱낱이 심문받게 된다.

---

20) 이해조, 「구마검」, 앞의 책, 139면.

## 3. 되돌아온 귀신들

조선 사회의 귀신론으로부터 근대 국민국가 창출과 관련하여 담론적 활력을 기대하기란 어려운 일이었다. 그나마 유럽의 문물과 함께 수용된 천주학은 조선 후기 내내 음성화되면서 쇄국으로 이어질 수밖에 없었고, 유교의 귀신 제사는 근대 계몽기에 이르러 무속 신앙과 별반 다르지 않은 위치로 격하되어 버린다. 앞서 언급한 대로 「구마검」의 전반부가 주로 무속신앙에 심취한 최씨부인의 어리석은 선택에 집중되어 있다면, 후반부는 선조의 산소를 면례하기 위해 고명한 지관을 찾아 나섰다가 급기야 패가망신에 이르는 함진해에 초점이 맞추어져 있다. 즉, 이 소설에서 유교 제례가 한껏 희화화되기는 무속신앙의 경우 못지않다. 「구마검」에 묘사된 미신타파의 서사는 실은 당대 정치현실을 민감하게 반영한 것이다. 이 신소설의 결말부에서 거론되기도 한 '진령군'과 '수련'이라는 인물은 다름 아닌 명성왕후가 등용한 무속인들이었다는 점에서 「구마검」은 알레고리적 독법이 요구되는 텍스트이기도 하다.[21] 이렇듯 근대계몽기에 엄존했던 무속 세력과 그 정치적 야합을 비판하기 위해 「구마검」을 썼던 이해조가 이후의 다른 소설에서는 그 같은 반무속적 입장을 다소 모호하게 처리하고 있어 주목된다. 「화(花)의 혈(血)」(1911)에서 이해조는 샤머니즘적 현상들 — 죽은 영혼의 빙의(憑依)나 귀신의 형상을 묘사하는 데 있어 「구마검」의 전례

---

21) 이에 관해서는 최원식, 「李海朝 文學 硏究」, 『한국근대소설사론』, 창작과비평사, 1986, 96~99면의 상세한 고증을 참조.

를 따르지 않는다. 샤머니즘의 전통에 대해 가장 적대적이었던 「구마검」[22)의 저자가 불과 몇 년 사이에 오히려 이를 중요한 제재로 다루게 된 사정을 어떻게 이해할 것인가. 널리 알려진 대로, 이러한 변모는 국권상실 이후 이해조 소설이 보여준 통속화의 반증인가. 게다가 「구마검」의 경우 작가가 미신을 신봉하는 여성들에게 침묵을 강요하다시피 했던 데 비한다면 소외된 여성들, 심지어 그 원귀에게까지 예외적으로 발언권을 부여하고 있어 이채롭다.

「화의 혈」은 기생 선초가 이시찰이라는 난봉꾼에게 배신당해 자결하자 여동생이 언니를 대신해 그의 폭정과 패악을 폭로한다는 일종의 복수담이다. 이 소설에서도 물론 서술자는 유귀론적 믿음을 비판하는 계몽적 언설을 수차례 사용한다. "죽은 귀신이 있어 원수를 갚을 것 같으면 지금 누구니 누구니 하는 소위 재상들이 하나도 와석종신(臥席終身)을 못하고 참혹히 벌써 이 세상을 하직한 지가 오랬을 터"라고 하거나 갑작스러운 날씨 변화에 대해서도 "신학문에 유의한 터 같으면 그런 소리를 듣더라도 비오는 이치를 풀어서" 이해해야 온당하다고 말하는 대목이 그 예이다.[23) 특히 소설 종결부에서 기생 모란의 '빙의'가 실은 이시찰을 공개적으로 성토하기 위한 치밀한 계략의 일부임을 서술자가 밝히는 대목은 무속신앙에 대한 작가의 입장을 분명하게 대변해준다. 하지만 『화의 혈』에는 과학적 합리주의와 배치되는 장면들도 등장한다. 예컨대, 선초가 자결하던 날에 그 부모가 목격한 어린 모란

---

22) 「구마검」은 '주술적 세계관'에 대한 '과학적 세계관'의 우위, 곧 반미신(反迷信) 경향을 보여주는 대표적인 신소설로 평가된다. 이재선, 「개화기 소설의 문학사회학」, 이재선 외편, 『개화기 문학론』, 한국학술정보, 2002, 84~92면.

23) 이해조, 「화의 혈」, 앞의 책, 403 · 399면.

의 빙의만큼은 사실 그대로이며, 일찍이 임씨가 이시찰의 폭정에 의해 참수될 때에 "그 총소리가 땅! 하고 한 번 나자 임씨 원통한 귀신이 번 공중으로 불끈 솟아 이시찰의 머리 위로 빙빙 돌아다니는데, 이시찰이 고요한 밤에 홀로 자느라면 마음에 공연이 그 귀신 우는 소리가 두 귀에 들리는 듯"[24] 하다고 묘사한 부분은 유귀론적 신앙에 대한 전작에서의 혹독한 비판을 무색하게 만들어 놓는다.

우선 그것은 근대계몽기에 점화되었던 내셔널리즘의 기획이 좌초된 사정과 무관하지 않을 것이다. 알다시피, 이해조는 일련의 신소설을 통해 근대적 국민의 형상화에 주력한 바 있다. 신분과 재가(再嫁)의 사회적 금기를 넘어 한때 활빈당에 납치되기도 했던 과부와 혼인하는 권진사(『고목화(枯木花)』), 평양 출신의 평민과 기꺼이 결혼하는 북촌 명문가의 자제 이승학(『빈상설(鬢上雪)』), 또 시집간 지 몇 달 만에 청상과부가 되었다가 모진 수모를 견디고 마침내 자신을 연모해 오던 청년과 재혼하는 이태희(『홍도화(紅桃花)』) 등은 자유연애를 통해 근대적 국민으로 변모하는 비범한 인물들이다. '자유연애'와 더불어 '미신타파'의 서사 역시 이해조 소설을 관통하는 핵심이 된다. 이를테면, 『홍도화』의 상권에서 심상호와 극적으로 결합했던 이태희가 그 하권에서 예기치 못한 곤경에 처하게 되는 것은 애초에 귀신 모시는 일 때문에 시어머니와 반목함으로써 벌어진 일이다. 따라서 그녀가 근대적 국민으로 보존되기 위해서는 무속신앙에 기초한 재래의 삶과 대결하여 승리하지 않으면 안 된다. 「구마검」에 잘 예시되어 있듯이, 무속신앙은

---

24) 위의 글, 361면.

민중의 일상적 삶 도처에 뿌리내리고 있다.[25] 그러므로 금방울과 임지관을 응징한 후에 함 판사가 집안의 모든 무속적 흔적들, 예컨대 "벽장 다락 구석에 위해 앉혔던 제석, 삼신, 호구, 궁웅, 말명, 여귀 등 각색 명목과 터주, 성주" 등을 일소해 버리는 것은 계몽 권력에 마땅히 부과된 특권이자 소임이다. 그것은 마치 "우리나라 정치를 쇄신하여, 음양술객과 巫ㅏ 잡류배를 일병 포박"[26]하여 소탕하는 것과 다를 바 없는 일이다.

그런데 계몽의 기획을 성취하기 위해 이처럼 귀신 숭배를 근절하려 했던 이해조가 다른 한편 공자교(孔子敎)의 구상자이기도 했다는 사실은 주목된다. "종교에야 어찌 귀천과 남녀가 다르겠소? 지금이라도 종교를 위하려면 성경경전을 알아보기 쉽도록 국문으로 번역하여 거리거리 연설하고, 성묘와 서원에 무애의 농용하며, 가령 제사로 말할지라도 귀인은 귀인 예복으로 참사하고, 천인은 천인 의관으로 참사하고, 여자는 여자 의복으로 참사하여, 너도 공자님 제자, 나도 공자님 제자 되기 일반이라."[27] 신소설 작가 중 누구보다 왕성하게 미신과 무속신앙에 대해 비판적이었던 이해조가 공자교를 통해 근대 국민국가의 이상을 실현하고자 했다는 것은 우연이 아니다.[28] 그것은 어떤 면에서 귀신 제사, 즉 유가의 유귀론적 전통으로부터 사회 통합적 가능성

---

25) "세간 놓는데 손보기, 음식 보면 고수레 하기, 세 그릇 사면 쑥으로 뜨기, 쥐구멍을 막아도 土王 보기, 닭을 잡아도 터주에 빌기, 까마귀만 울어도 살풀이하기, 쪽제비만 나와도 고사지내기." 이해조, 「구마검」, 앞의 책, 91면.
26) 위의 글, 138면.
27) 이해조, 「자유종(自由鍾)」, 앞의 책, 154면.
28) 이해조의 공자교 구상이 지닌 문제성에 관해서는 한기형, 『한국 근대소설사의 시각』, 소명출판, 1998, 111~118면 참조.

을 발견했던 오규 소라이의 전례를 떠올리게 한다. 공자 숭배를 통해 새롭게 정치적 가능성을 모색했다는 점에서, 이해조의 선택은 근대적이면서 동시에 전근대적이다.

근대적인 법과 주권 개념이 중세 신학과 같은 전근대의 유산을 통해 성립된다는 역설은 근대계몽기나 이해조의 신소설에서도 여전히 유효한 셈이다.[29] 꿈과 현실, 유가적 세계와 탈유가적 세계 사이에서 방황해야 했던 전기소설의 주인공들이 그렇고, 일순간 정절을 유린당함으로써 영원히 유폐된 무수한 여귀들이 그러했듯이, 근대계몽기에 샤머니즘의 세계로 격리된 계몽의 타자들 역시 자신이 속한 권력 체계로부터 일방적으로 배제되면서 동시에 포획되어야 하는 존재들이다.[30] 그런 맥락에서, 「화의 혈」에 나타난 작가의 착종된 시선은 통속화의 방증일 수도 있지만, 동시에 계몽의 기획을 얼마간 철회함으로써 텍스트에 일어난 유의미한 균열이기도 하다. 즉, 기생 선초나 임씨는 계몽 이성에 의해 억압되었다가 되돌아온 귀신들이다. 부재하면서 현전하는 이들의 영혼에 대해 서술자가 합리적인 태도를 취하다가도 때로는 불가해한 현상으로 신비화하는 순간, 독자는 계몽 이성 혹은 근대 권력이 보여준 폭력의 잔여물들과 대면하게 되는 것이다.[31] 바로 이 지

---

29) 이와 관련하여, 천황제를 합법화하는 근대 일본의 헌법과 주권 개념을 이해하는 데 조르조 아감벤을 적용한 김항의 다음 논문을 참조. 「예외적 예외로서의 천황」, 『대동문화연구』 70, 대동문화연구원, 2010. 그중 "근대 고유의 특질이라 생각된 온갖 것들은 사실 전근대적 질서나 규범이나 관념의 차용 없이는 성립 불가능한 것"(같은 글, 404면)이라는 주장은 경청할 만하다.
30) 기독교가 근대적인 '종교' 개념을 통해 재래의 전통 신앙을 타자화하는 역사적 양상에 대해서는 장석만의 연구가 여전히 시사적이다. 장석만, 「開港期 韓國社會의 "宗敎" 槪念 形成에 관한 硏究」, 서울대 박사논문, 1992.
31) 「화의 혈」의 이시찰과 신대감이 실존인물을 모델로 삼았다는 최원식의 견해가 있다. 동학교도들을 무참히 살육하기로 악명 높았던 신정희와 이용태에 관해서는 최원식, 앞의 책,

점이 이해조의 신소설이 보여준 득의의 성과이다. 그리고 보면, 근대소설의 시작이라 고평되는 『무정』에서 이형식이 자신의 선택을 합리화하기 위해 박영채를 "낡은 여자" "구식 여자"로 규정하는 과정을 전후로 하여 그녀가 귀신의 형상으로 재현되는 것은 의미심장하다.[32] "영채의 얼굴에는 눈물이 흐르고 입술에서는 피가 흐른다 (…중략…) 영채의 얼굴이 귀신같이 무섭게 변하며 빠드득하고 입술을 깨물어 형식을 향하고 피를 뿌린다."[33] 물론 박영채는 죽지도 않고 심지어 이형식이 주도하는 내셔널리즘의 지평 속으로 편입되지만 과연 그녀는 살아있기나 한 것인가.

## 4. 샤머니즘의 재주술화

내셔널리즘의 기획 자체가 정치적으로 불가능해진 1910년 직후 샤머니즘을 누구보다 철저히 배제했던 이해조가 자신의 신소설에 원귀를 등장시켰지만, 그 뒤로 근대소설에서 귀신의 사실적 묘사나 재현의

---

133면 참조.

32) 이에 대한 기존의 상론으로는 백문임, 『춘향의 딸들, 한국 여성의 반쪽짜리 계보학』, 책세상, 2001, 132~133면; 차미령, 「『무정』에 나타난 사랑과 주체의 문제」, 『한국학보』 110, 일지사, 2002 참조.

33) 이광수, 『무정』, 문학과지성사, 2005, 176면. 그 외에 다른 구절도 참조. "영채는 노파의 팔을 잡으려 아니 하고 갑자기 얼굴이 새파랗게 변하며 하얀 이빨로 입술을 꼭 깨물어 새빨간 피를 노파의 얼굴에 뿌렸다. 노파는 이마와 뺨에 마치 끓는 물과 같이 뜨거운 핏방울이 튀어옴을 깨달았다."(같은 책, 213면)

예는 사실상 전무하다. 그런데 1930년대 중반을 전후로 샤머니즘을 전면화한 소설이 재등장하기에 이른다. 이 시기 샤머니즘의 근대적 재현을 대표하는 작가는 물론 김동리다.[34]

「나의 소설수업」(1940.3)에서 김동리는 기성세대, 특히 카프 계열 작가들로부터 근대문학의 주도권을 회수하기 위해 무엇보다 '리얼리즘' 자체를 재정의하고 있다. 주관과 객관 또는 내성(內性)과 세태(世態)의 분열에 대한 동시대 여러 작가의 고뇌와 크게 다르지 않은 범위에서 원론적인 물음을 제기하되, 당대로서는 상당히 진귀한 방식으로 이 딜레마를 해소하고자 했다. 상기한 문학사적 과제는 「신세대의 정신」(1940.5)으로 계승되면서 논의영역은 '리얼리즘'을 넘어 '근대성'의 문제로까지 확장된다.[35] 그에 의하면, 신문학사의 한 세대가 경과한 시점에서 자신을 비롯한 문단의 신세대가 당면한 곤경은 "歷史의 리듬" 곧 "傳統"을 갖지 못했지만 동시에 "外來의 思想이나 主義"에 함몰되는 과오를 되풀이해서도 안 된다는 딜레마에 있었다. 그 같은 인생의 "運命的 分裂"[36]을 어떻게 "有機的 하아모니"의 상태로 고양시킬 수 있는지에 문학작품의 성패가 달려 있는데, 김동리 자신이 「무녀도(巫女圖)」의 모화를 최상의 성과라 자부한 근거도 바로 여기에 있었다. 그에 따르면, 모화야말로 "人間의

---

34) 김남천은 근작 「황토기」를 염두에 두고, 김동리가 "민속적인 취미를 들고서 현대 문학의 패스포트를 삼으려" 한다면서 그 "몽환적이고 또 낭만조(調)가 흐르고 환기적(幻奇的)"인 경향이 비록 당대 독자에게 호응을 얻었다 해도 '민속'은 '풍속'처럼 문학적 개념이 되기에는 부족하다고 지적했다. 김남천, 「민속의 문학적 개념」, 정호웅 외편, 『김남천 전집』 2, 박이정, 2000.
35) 이 글은 식민지 말기의 세대론에 국한되지 않고, 해방 이후 김동석(金東錫)이나 김병규(金秉逵)와의 민족문학 논쟁은 물론 1959년 이어령(李御寧)과 벌인 실존주의 논쟁에 이르기까지 일관된 김동리 문학론의 원점에 해당하는 평론이다. 홍기돈, 『김동리 연구』, 소명출판, 2010, 164면.
36) 김동리, 「新世代의 精神—文壇 '新生面'의 性格, 使命, 其他」, 『文章』 제2권 제5호, 1940.5, 88면.

生命과 個性의 究竟" 추구에 있어서 하나의 "到達點"이다.[37]

    1936년 『중앙』에 발표한 「무녀도」는 「구마검」과 매우 인상적인 대비를 이룬다. 이를테면, 「구마검」의 함 판사가 무녀와 지관 무리를 응징하는 장면에서 열거되었던 집 안 구석구석 무속의 흔적들은 「무녀도」에 이르면 텍스트 내에서의 위상이 전혀 달라진다. 무당 모화가 기거하는 기와집은 "역한 흙냄새"를 풍기고 심지어 "뱀같이 길게 늘어진 지렁이와 두꺼비같이 늙은 개구리들이 구물거"릴 만큼 기괴한 형상이지만 그녀에게는 그 모든 것들이 신비롭고 영험하기 그지없으며, 게다가 이 소설의 서술자 역시 모화의 샤머니즘이 지닌 의미를 함부로 훼손하지 않는다. "그녀의 눈에는 때때로 모든 것이 귀신으로만 비친다는 것이었다. 그것은 사람뿐 아니라, 돼지, 고양이, 개구리, 지렁이, 고기, 나비, 감나무, 살구나무, 부지깽이, 항아리, 섬돌, 짚세기, 대추나무 가시, 제비, 구름, 바람, 불, 밥, 연, 바가지, 다라이, 솥, 숟가락, 호롱불…… 이러한 모든 것이 그녀와 서로 보고, 부르고, 말하고, 미워하고, 시기하고, 성내고 할 수 있는 이웃 사람같이 생각되곤 했다. 그리하여 그 모든 것을 '님'이라 불렀다."[38] 근대계몽기에 비해 텍스트를 둘러싼 상황은 이렇듯 급변되었다. 「구마검」에서 귀신, 무당, 무속의 존재는 일소되어야 마땅했으나 적어도 「무녀도」에서 샤머니즘은 더 이상 계몽의 대상으로 폄하되지 않는다. 오히려 그 반대다. 모화가 보여준 마지막 굿은 어떤 면에서 "예수교도들에게서 가지각색 비방과 구박을 받아" 내면서도 끝내 자신의 신앙을 굽히지 않은 이의 거룩한 순교라 해

---

37) 위의 글, 90면.
38) 김동리, 「무녀도」, 『무녀도』, 문학과지성사, 2004, 87~88면.

도 무방하다. 「무녀도」의 마지막 장면은 김동리 단편소설의 한 장관이

면서 동시에 그 세대가 상정한 민족 주체의 근대적 계보를 소설사의

측면에서 보강한다.[39]

　　그 가운데 한 여자가 돌연히,

　　"아, 죽은 김씨 혼신이 덮였군."

　하자 다른 여자들도,

　　"바로 그 김씨가 들렸다. 저 청승맞도록 정숙하고 새침한 얼굴 좀 봐라,

　그리고 모화네가 본디 어디 저렇게 예뻤나, 아주 김씨를 덮어썼구면."

　　(…중략…)

　　모화는 김씨 부인이 처음 태어났을 때부터 물에 빠져 죽을 때까지의 사

　연을 한참씩 넋두리하다가는 선악들의 젓대 피리 해금에 맞추어 춤을 덩싯

　거렸다.[40]

　이미 여러 연구자가 지적했듯이 모화의 죽음은 그 자체로 자연과 인

간의 원초적 합일을 상징한다. 예를 들어 "「무녀도」의 중심은 예수귀

신과의 싸움이 아니라 무당과 죽은 영혼이 일체화하고 무당의 육신과

정신이 춤과 소리로 승화"되는 데 있다는 해석,[41] "「무녀도」의 모화는

───

**39)** 김동리 문학사상에서 '모화'는 고대적 샤먼에 해당하는 '화랑'과 같은 계보에 속한다. '화랑'
표상이 대한제국기부터 해방 이후 군사정권기까지 내셔널리즘의 맥락에서 활용된 사례와
그 역사적 의미에 대한 논의로는 정종현, 「국민국가와 '화랑도'」, 황종연 편, 『신라의 발견』,
동국대 출판부, 2008 참조.
**40)** 김동리, 「무녀도」, 앞의 책, 112면.
**41)** 정호웅, 「강한 주체, 근본의 문학」, 김동리기념사업회 편, 『김동리 문학의 원점과 그 변주』,
계간문예, 2006, 176면.

자연으로 돌아가 하나가 될 수 있었다. 여기에 예수교가 가 닿지 못하는 깊이가 있다"는 해석,[42] 그리고 "모화와 낭이의 세계에서는 자연물과 인간, 무속과 그림, 침묵과 발화가 서로 갈등하지 않고 조화를" 이룬다는 해석[43]은 다소간의 입장 차이에도 불구하고 '자연과의 합일'이라는 김동리 소설의 미덕을 지속적으로 보존하는 데 기여해 왔다. 그러므로 마지막 굿판에서 모화의 춤을 휘감는 "시나위ㅅ가락이란, 사람과 밤이 한 개 호흡으로 융화되려는 슬픈 사향(麝香)이었다. 그것은 곧 자연의 리듬이기도 하였다." 김동리의 어법으로 표현하자면 그 같은 원초적 합일의 상태란 "世界의 呂律과 그 作者의 人間的 脈搏"[44]이 유기적인 조화를 이루는 경지이다. 요컨대, 그가 주관과 객관의 분열을 봉합하는 방식은 무엇보다 근대 서사장르에서 '사라진 귀신들'을 다시 불러들임으로써, 곧 샤먼이라는 초현실적 존재를 텍스트에 기입함으로써 비로소 가능해진다.

이해조에서 김동리까지 이른바 신문학사 30년의 시차를 두고 재연된 '귀신들림'의 문학적 재현이 의미하는 바는 과연 무엇인가. 김동리 소설에 헌정된 문학사적 평가나 신소설의 구성적 한계를 고려한다면 이러한 비교는 무모할지 모른다. 그럼에도 '근대소설'이 되기 위해 두 작가가 텍스트상에서 배제 / 선택한 것이 정확히 동일하다는 이 역설적 상황을 어떻게 이해해야 할 것인지 묻지 않을 수 없다. 「구마검」을

---

42) 홍기돈, 「김동리 문학을 이해하기 위한 몇 가지 코드」, 위의 책, 234면.
43) 김양선, 「1930년대 후반 소설과 미적 근대성의 지형」, 『1930년대 소설과 근대성의 지형학』, 소명출판, 2003, 153면.
44) 김동리, 「나의 小說修業－'리얼리즘'으로 본 當代作家의 運命」, 『문장』 제2권 제3호, 1940.3, 172면.

비롯한 수편의 신소설에서 이해조가 귀신, 무당, 무속의 존재를 지워 버린 것도, 그와 반대로 김동리가 「무녀도」 계열의 작품에서 그 같은 타자들을 불러들인 것도 문학의 '근대성'을 선취하기 위한 선택이었다는 점에서 다르지 않다. 좀 더 구체적으로 말해, '빙의' 즉 '귀신들림'의 문학적 재현이라는 측면에서 보면 「무녀도」는 그 문학사적 시차에도 불구하고 「화의 혈」과 동일한 계보에 있는 셈이다.

## 5. 미신과 과학

신문학사 30년이 경과한 시점에서 식민지 조선의 작가들이 직면한 딜레마가 샤머니즘을 통해 해소되리라 전망하는 김동리의 발상은 여러 면에서 문제적이다. 1930년대 후반 김동리 문학이 보여준 샤머니즘의 재주술화는 우선 낭만주의적 세계관의 복권을 의미하고,[45] 일본 근대 초극론의 혐의에서 자유롭지 못할 가능성이 농후할 뿐만 아니라,[46] 특히 귀신 담론의 오랜 전통을 재전유하여 내셔널리즘의 정신적 기초를

---

[45] 대표적인 논문으로는 천이두, 「허구와 현실」, 이재선 편, 앞의 책; 진정석, 「김동리 문학 연구」, 서울대 석사논문, 1993; 서재길, 「1930년대 후반 세대 논쟁과 김동리의 문학관」, 『한국문화』 31, 서울대 한국문화연구소, 2003; 이찬, 「김동리 비평의 '낭만주의' 미학과 '반근대주의' 담론」, 『현대 한국문학의 지도와 성좌들』, 월인, 2009 등에서 김동리 소설의 낭만주의적 측면을 강조했다.

[46] 김건우, 「김동리의 해방기 평론과 교토학파 철학」, 『민족문학사연구』 37, 민족문학사학회, 2008; 한수영, 「김동리와 조선적인 것」, 『사상과 성찰』, 소명출판, 2011 참조.

마련했다는 점에서 새삼 주목된다.[47] 김동리가 샤머니즘을 중요한 소설적 제재로 사용하기 시작한 1935년 무렵은 '심전개발(心田開發)'이 식민정책의 현안으로 급부상한 시기와 일치한다.[48] 즉 신사(神社) 정책의 일환으로 장려된 무속 연구의 부흥이 김동리 소설 창작의 배음을 형성하는 셈이다.[49] 기존의 연구 성과들이 지적했듯이 '무속을 통한 근대소설 창작'이라는 김동리의 작가적 선언 이면에서 식민통치의 효율성을 귀신 제사의 근대적 전유에서 발견했던 식민지 관료들의 잔영을 지워낼 수 없다. 그런데 샤머니즘을 통해 식민 지배를 강화하는 방식이 조선총독부가 주도한 정책상의 전략 가운데 그저 하나에 불과했던 것도 아니다. 샤머니즘을 다룬 소설의 창작동기를 회고한 글에서 김동리가 활용하고 있는 표현들은, 일본의 사상가들이 유럽과의 대결의식 속에서 보여주었던 정신주의의 수사를 다시 일본과의 관계 속에서 그대로 반

---

47) '화랑정신'을 기반으로 한 '통일신라' 표상은 소설구성 면에서는 '구경적 생의 형식', 현실정치 면에서는 국민국가의 중요한 고대적 원형이 된다. 곽상순이 이미 지적한 대로 "김동리가 주장하는 삶의 구경적 형식으로서의 소설은 따라서 통일성의 경험(신라 천 년의 황금시대)이라는 목표를 향해서 움직이는 열려 있는 탐구"인 까닭이다. 곽상순, 「모성적 전통지향의 소설화 혹은 정치적 보수주의의 문학화」, 김동리기념사업회 편, 앞의 책, 14면.

48) 1934년 4월 우가키 총독이 심전개발을 '민심작흥(民心作興)'이라는 정책적 차원에서 제안한 이후 최남선, 이능화, 무라야마 지준 등이 모여 조선무속에 관해 논의한 결과를 모아 『심전개발에 관한 강연집』(1936)이 발간되었다. 이 책에서 무라야마 지준은 "그것(조선 무속—인용자)을 상당히 정리하여 찾아 내려가면 어떠한 아름다운 보물이 거기에서 나올지 모른다"고 말하기도 했다. 최석영, 「1930년대 심전개발과 식민지지배」, 『일제하 무속론과 식민지권력』, 서경문화사, 1999, 137~144면; 靑野正明, 「朝鮮總督府の紳士政策と'類似宗敎'」, 『植民地朝鮮と宗敎』, 三元社, 2013, 175~185면 참조.

49) 이에 대한 최근 논의로는 박진숙, 「한국 근대문학에서의 샤머니즘과 '민족지(ethnography)'의 형성」, 『한국현대문학연구』 19, 2006 참조. 김동리 소설이 당대 식민이데올로기에 예속되었다기보다 '식민정책의 문학적 전유'를 통해 "대항 민족지"를 구성하려 했다는 박진숙의 주장과 다소 관점의 차이가 있으나 동일한 문제의식에서 김동리의 다른 단편을 추가적으로 검토한 신정숙, 「식민지 무속담론과 문학의 변증법」, 『사이 / 間 / SAI』 4, 국제한국문학문화학회, 2008도 참조.

복한 것이라 해도 무방하다.[50]

    당시의 침략자 일제는 우리 민족이 가진 모든 민족적인 것을 말살하려 들었다. (…중략…) 나는 처음부터 계기가 민족의 근원적인 얼과 넋을 찾는 데 있었기 때문에 미신으로 전락된 샤머니즘을 그대로 취할 수는 없었다. 그것의 종교로서의 본질과 기능을 살려야만 했다. 그러기 위해서는 다른 완성된 종교와 대비시키는 길을 취할 수밖에 없다고 생각했다. 여기서 나는 샤머니즘을 가장 날카롭게 미신으로 몰아붙인 기독교를 택하기로 했다.[51]

    샤머니즘의 복권은 적어도 두 가지 계기를 거쳐 가능해진다. 하나는 조선의 무속을 '미신'으로 폄하했던 기독교의 위상을 상대화하는 데 있다. 김동리는 계몽기 이후 조선사회에 거의 보편화된 기독교의 근대적 권능을 정면으로 부정하고, 반대로 "배타성이 강한 기독교"에 의해 조

---

50)  샤머니즘 곧 전통으로의 전회를 통해 근대 내셔널리즘을 완성하려는 정치적 기획은 널리 알려진 대로 '근대초극론'이라 범칭되는 사상적 조류와 맞닿아 있기 때문이다. 근대의 초극 좌담회의 참석자 중 하나였던 요시미치 요시히코(吉滿義彦)의 다음 발언이 그 한 예다. "혼의 공허를 느끼는 곳에서부터 '근대의 초극'이 시작되지 않겠습니까. 그때 혼은 문명과 기계에 통어되지 않으며, 영성이 일체를 제일의적(第一義的) 생(生)의 입장에서 통어합니다. 즉 저는 '근대의 초극'이 '혼의 개회(改悔)' 문제라고 봅니다. 동양과 서양에 상통하는 신과 혼이 재발견되어야 합니다. 거기에서부터 비로소 조국(祖國)의 심오한 종교적 전통과도 연결될 수 있다고 저는 믿습니다."(나카무라 미츠오 외, 이경훈 외역, 「근대의 초극」, 『태평양전쟁의 사상―좌담회 '근대의 초극'과 '세계사적 입장과 일본'으로 본 일본정신의 기원』, 이매진, 2007, 128면) '혼의 개회'를 통해 서구적 근대성이 극복 가능하다는 발상은 일본 내셔널리즘에만 특유한 것일 리 없다. 이를테면 김동리가 말하는 '샤머니즘의 정신'이란 바로 상기한 인용에서 요시미치 요시히코 같은 이들이 언급한 (일본적) '혼과 상통하는 것이다. 이를테면 '문명과 기계'에 속박되지 않는 '제일의적 생'으로서의 혼은 김동리가 말한 '구경적 생'과 동일한 정신사적 계보에 있다. 이철호, 「사실, 휴머니즘, 운명」, 『현대문학의 연구』 49, 한국문학연구학회, 2013 참조.
51)  김동리, 「나의 문학과 샤머니즘」, 『문학사상』 170, 문학사상사, 1986.12, 161면.

선 고유의 무속신앙이 "경멸과 증오의 대상인 미신"으로 전락했음을 뒤늦게 깨달았다고 말한다. 기독교에서 샤머니즘 담론으로의 인식론적 가치전도는 「무녀도」 같은 소설이 동양주의의 맥락에서 독해될 필요성을 다시금 환기한다. 다른 하나는 서구 근대성이 초래한 모순과 대립이 '샤머니즘'의 전통 속에서 해소 가능하다는 발상이다. 샤머니즘과 관련된 또 다른 에세이에서 김동리는 무속이 바로 "민족고유의 정신적 가치의 핵심"이자, 더 중요하게는 세기말적 과제 — 신과 과학, 자연과 초자연, 과학과 신비 등의 난제에 대한 가장 신뢰할 만한 처방임을 역설했다.[52]

김동리의 사유 속에서 '무속 = 미신 = 과학'이라는 호몰로지는 얼마든지 성립 가능하다. 어떤 면에서 무속신앙은 근대 이후 '미신'으로 폄하되었기에 그만큼 더 '과학적'일 수 있는 것이다. 샤머니즘을 '미신'으로 보는 기독교적 관점을 폐기처분하는 한편 오히려 그것이야말로 실은 '과학'이라고 주장하는 김동리의 발언 속에서 발견되는 것은 근대성의 문제로부터 벗어났다고 공언하지만 실은 그것에 더욱 강박되어 있는 자아의 음성이다. "여호와 신은 어디까지나 신비의 운무 속에 묻혀 있을지언정 과학적으로 해명하거나 논증할 수 없는 존재다. 이에 비긴다면 동양의 자연이나 천지신명은 과학적이다. 인간이 신에 의하여 창조되고, 신으로 돌아간다는 생각보다 자연(천지)에서 태어나고, 자연(천지)으로 돌아간다는 것은 얼마나 선명하고 과학적인가."[53] 다시 말해, 「무녀도」의 김동리는 역설적이게도 '무속'을 통해 '과학'으로 대표

---

[52] 김동리, 「무속과 나의 문학」, 『월간문학』 114, 1978.8, 151면.
[53] 김동리, 『나를 찾아서』(『김동리 전집』 8), 민음사, 1997, 94면.

되는 근대적 가치를 특권화한다. '모화'라는 조선 무녀의 신비로운 형상화를 통해 근대문학을 비로소 완성하게 되었다는 발언은 바로 그 같은 '귀신들림'의 재현 방식을 공유하면서도 근대성(국민국가 이데올로기)의 모순과 허구성을 폭로했던 1910년 이후 이해조의 작가적 음성과 사뭇 다르다. 만일 근대 문학이나 철학의 중요성이 개인과 공동체를 둘러싼 재래의 환상(illusion)을 부단히 탈신비화하는 데 있다면, 동일하게 '귀신들림'을 다룬 「화의 혈」과 「무녀도」의 경우 전자가 후자보다 '결여된 것'으로 속단하기 어려울 뿐만 아니라, 「무녀도」를 유럽문학 가운데 〈파우스트〉에 견주면서 '모화'를 "파우스트와 대체될 새로운 세기의 인간상"으로 추켜세우는 작가 자신의 평가로부터 거리를 두지 않을 수 없다.

'귀신'이라 부르든 '유령'이라 부르든 이 불가해한 타자와의 마주침이 문학텍스트에서 갖는 의미 중 하나는 그것이 개인으로 하여금 기존 관계의 상대화나 재구성을 가능케 한다는 점이다. 적어도 문학 안에서 '귀신들림'의 상태는 곧 그 개인이 어느 때보다 자신의 사회적, 정치적 관계를 직시하는, '귀신들리지 않음'의 상태이기도 하다. 유령이나 귀신이 경계를 넘어 서사적 관습 내부로 출몰한다는 것, 또는 자아와 분리 불가능한 상태가 된다는 것은 사회적으로 공인된 어떤 주체화의 관행에 의문을 제기하는 일이 된다.[54] 그런 의미에서 「무녀도」는 작가

---

54) 김동리처럼 유럽문학을 예로 들자면, 유령의 출몰로 시작되는 〈햄릿〉에서 주인공이 보여준 가장 비범한 선택은 선왕의 억울한 죽음에 대한 복수를 결행한 데 있는 것이 아니라 덴마크와 노르웨이, 포틴브라스와 자기 자신을 얽어매고 있는 복수의 고리를 과감하게 끊어버린 데 있을 것이다. 즉 작품의 결미에서 왕권을 적대국의 왕자에게 고스란히 이양하는 햄릿의 윤리적 결단은 '복수라는 문법 — 정의와 불의, 피해자와 가해자라는 도식이 지닌 환상을 폭로해 버린다. 작품 도입부에서 한 등장인물은 햄릿의 부친이 '합법적으로' 노르웨이 영

정신과 식민지 현실의 '변증법적' 저항이라기보다 그 예속관계의 공고화에 투항한 측면이 더 농후하다. 그의 텍스트 속에서 동양 / 서양, 정신 / 물질, 미신 / 과학의 위계는 더욱 확고해지기 때문이다. 다른 소설을 두고 한 말이지만, 김동리 소설에서의 무속이란 일종의 "패스포트"55)와 다를 바 없다는 김남천의 표현은 의미심장하다. 「무녀도」에 재현된 '무속'은 근대 세계에서 더 이상 통용 불가능한 것이 아니라 오히려 정반대였다.

두 작가는 샤머니즘(또는 귀신론)의 미학적 전유에 있어 뚜렷한 대비를 보여준다. 「구마검」을 비롯해 수편의 신소설에서 근대적 국민을 형상화하는 데 주력했던 이해조가 돌연 『춘향전』의 패러디를 시도했을 뿐만 아니라, 더욱이 귀신의 현존을 승인하는 서술자의 태도를 드러낸 부분은 재평가될 필요가 있다.56) 앞서 언급한 대로, 그는 전작들과 달리 「화의 혈」에서 기생 모란의 빙의 장면이나 임씨가 원혼이 되어 승

---

토를 획득했다고 공언하지만 실은 그 반대였다. 복수를 다짐한 햄릿은 어느 순간 그 냉혹한 진실에 직면해야 했을 것이다. 그처럼 선과 악, 합법과 불법, 삶과 죽음의 경계가 자명하지 않다는 사실을 구현하고 있는 상징적 존재는 물론 유령(귀신)이다.

55) 김남천, 「민속의 문학적 개념」, 정호웅 외편, 앞의 책, 294면.
56) 1910년 이후 이해조의 신소설에 대한 기존의 문학사적 평가는 '통속화'로 요약된다. 하지만 최근 들어 기존의 연구 경향에서 벗어나 이해조 문학을 복합적인 텍스트로 독해하려는 성과들이 적지 않다. 소영현은 이해조의 소설에서는 명백한 신구(新舊)의 대립이 부재하고 그 같은 대립이 선악의 대칭 구도와 동일시되지 않으며, 바로 그 다가치적(多價値的) 태도가 근대의 역동성을 재현할 수 있는 미덕임을 강조했다. 소영현, 「역동적 근대의 구체」, 『국제어문』 25, 국제어문학회, 2002, 311~312면. 또한 이희정에 의하면, 1910년 이후 이해조 신소설에 나타난 '권선징악적 구도와 친일적 모습은 그 시대적 상황과 『매일신보』라는 발표 매체를 함께 생각한다면 오히려 당시의 식민담론을 분열시키는 작용을 했다. 이희정, 「식민지체제 구성담론과 소설의 통속화 및 계몽지향」, 『한국 근대소설의 형성과 『매일신보』』, 소명출판, 2008, 97면. 그 밖에 배정상은 "『소학령』의 재외 공간은 서사 공간의 확장을 통해 균질한 네이션 체제에 균열을 일으키는 시도의 일단'이라고 고평하기도 했다. 배정상, 「이해조의 『소학령』 연구」, 『사이 / 間 / SAI』 5, 국제한국문학문화학회, 2008, 98면.

천하는 장면을 가능한 사실적으로 묘사하려 했고, 이는 무엇보다 계몽, 과학, 근대를 바라보는 인식론적 관점의 현격한 변화를 의미한다. 동학에 대해 부정적이었던 이해조가 바로 그 동학교도의 원혼에 대해 주의 깊은 시선을 보여준 것은 거듭 주목된다. 「화의 혈」에 등장하는 귀신은 내셔널리즘의 기획 아래 배제되거나 은폐된 주체의 형상이라는 점에서 계몽의 폭력 이면에 존재하는 잉여 그 자체다. 그에 비해, 김동리의 무녀와 그가 빚어내는 신비로운 무속의 세계는 근대 과학에 대한 일종의 물신숭배에 가깝다.[57]*

---

57) 이러한 종류의 물신숭배에 관해서는 슬라보예 지젝, 김성호 역, 『처음에는 비극으로, 다음에는 희극으로』, 창비, 2010, 133~138면 중 '서구 불교'에 대한 비판 참조.
* 이 논문은 2014년 『상허학보』 40집에 게재된 논문을 수정·보완한 것임.

# 재생산 없는 '고향'의 유토피아

손유경

## 1. 이기영과 『고향』간의 거리

이기영의 『고향』은 일제 시기 최고의 리얼리즘소설이자 농민문학의 수작으로 평가되어 왔다. 춘궁과 수재, 풍년공황으로 허덕이는 조선 농민의 비참한 삶을 생생하게 형상화했을 뿐 아니라 김희준이라는 문제적 인물이 등장해 노농동맹의 가능성을 이끌어냈다는 점에서 『고향』은 1930년대 리얼리즘문학의 최고봉이라는 문학사적 영광을 누려왔다.[1] 이기영이 『조선일보』에 『고향』을 연재할 무렵(1933.11.15~1934.9.21) 카프는 러시아발 사회주의 리얼리즘의 수용 여부를 놓고 열띤 논쟁을 벌이고 있었다. 임화와 김남천, 안함광 등이 이 논쟁에 가담했고 이기영 역시 이와

---

[1] 김윤식·정호웅, 『한국소설사』, 예하, 1993, 128~134면.

관련된 의견을 『동아일보』 지상에 발표한 바 있다. 이기영은 "과거의 우리들은 문학을 문학적 범주에서 소외하엿다"라고 비판한 뒤 "이데오로기와 리아리슴은 병립"해야 한다면서 사회주의 리얼리즘을 무비판적으로 수용해서는 안 된다고 주장한다.[2] 이어지는 글에서 그는 "엄정한 과학적 세계관만 가지면 훌륭한 예술을 창작할 것 같이 생각"해서는 안 되며 "형식과 내용을 이원론적으로 분리하랴는 것이 관념적 오류인 것과 같이 세계관과 예술창작방법도 분리해서 생각할 수는 없다"라고 단언한다.[3]

이기영은 작가가 '과학적 세계관'[4]을 가지는 것이 중요하다는 입장을 견지하면서도 창작이란 작가의 세계관과는 별개로 움직이고 구상되는 것이라는 인식이 비교적 투철했다. 카프의 각종 이론과 슬로건 아래에서 가위눌릴 뻔했다는 고백도 한다. "『소설작법』을 천만번 정독한다고 결코 그것으로 소설을 잘 쓸 수 잇스리라고 미더서는 안 될 일이다. (…중략…) 소설은 과학과 달러서 도식적 일양(一樣)적으로 규구준승(規矩準繩)을 꼭 그 금 안에 집어느을 수는 업기 때문"[5]이라는 지적이 눈길을 끄는 것은 이 때문이다. 그는 자신의 입지를 보다 이론적으

---

2) 이기영, 「창작방법문제에 관하야 (二)」, 『동아일보』, 1934.5.31.
3) 이기영, 「창작방법문제에 관하야 (三)」, 『동아일보』, 1934.6.1.
4) 이기영은 문예비평을 활발하게 한 편은 아니나, 이기영의 주요 비평텍스트에는 '과학적 세계관'이라는 용어가 거의 빠지지 않고 등장한다. 카프 비평의 당파성을 주장하는 대목에서도 어김없이 "과학적 세계관에 입각"해야 한다고 쓰고 있으며(이기영, 「문예적 시감 수제」, 『조선일보』, 1933.10.28) 카프 비평가들이 가담한 이론 투쟁의 공과를 언급하면서도 역시 "이론투쟁이 작가의 과학적 세계관과 XX적으로의 의식적 수준을 향상"시켰다고 표현한다. 이기영, 「문예평론가와 창작비평가」, 『조선일보』, 1934.2.3. 일제 시기 프로문학에서 '과학적 세계관'이 '과학적 (창작) 방법'으로 전환되어 가는 양상에 관해서는 차승기의 「사실, 방법, 질서-근대문학에서 과학적 인식의 전회」, 『한국문학연구』 42, 2012 참조.
5) 민촌생, 「문리, 문장, 수법-창작가로 나설 이에게 멧 말슴 (一)」, 『조선일보』, 1934.7.6.

로 다지기 위해 러시아 비평가 킬포친을 언급하기도 했다.

> 그러나 나는 정직히 고백하면 창작방법에 잇서 목적의식을 운운할 때부터 나의 창작실천은 그것을 소화하지 못하엿다고 말하고 십다. (…중략…) 물론 만흔 동지들은 그때마다 우수한 이론을 소개해설하고 비판함에 따라서 나 자신도 맛장구를 처왓지만 다시 창작의 붓을 들고 생각해 볼 때는 도모지 어떠케 써야만 할는지? 버젓한 슬로강을 노코도 마치 일모도궁(日暮途窮)한 여객과 가티 방향을 모르고 잇섯다. 참으로 어떠케 써야만 목적의식적이요, 변증법적 창작방법이랴? 지금 생각하면 나는 고만 이 슬로강에 가위를 눌리고 마럿든 것 갓다. (…중략…) 나는 지금 이 생각이 오히려 정당하다는 것을 킬 보-친의 이론에서 발견하고 더욱 자신을 굿게 한다. (…중략…) 별로 자신할 작품은 못되나마 그것(고향—인용자)을 쓸 때 나는 전에 업는 실감과 농촌에 대한 지식을 적지 안케 엇을 수 잇섯다.[6]

이기영의 이러한 견해를 "실로 의외의 주장이 아닐 수 없다"[7]라고 평가하는 것도 무리는 아닌데 그것은 『고향』의 작가 이기영이 카프문학사에서 차지하는 위상과 상징성이 그만큼 높고 크기 때문일 것이다. 이기영은 한설야와 더불어 창작의 빈곤이라는 카프의 뿌리 깊은 콤플렉스를 중요한 국면마다 적절히 해소해 준 카프의 기둥이었다. 이기영의 『고향』 덕분에 사회주의 리얼리즘 논쟁이 탁상공론화하지 않을 수 있었다는 문학사적 평가도 새삼 음미할 만하다.

---

6) 민촌생, 「사회적 경험과 수완—창작의 태도와 실제」, 『조선일보』, 1934.1.25.
7) 조남현, 『이기영—그들의 문학과 세계』, 한길사, 2008, 130면.

이 지점에서 문제가 되는 것은, 이기영이 비평사적으로 널리 알려진 '리얼리즘의 승리'론과는 조금 다른 맥락에서 카프의 과학적 세계관과 창작 방법 간의 간극 및 (부)조화를 공론화했다는 사실이다. 엥겔스의 발자크론에서 유래한 리얼리즘의 승리란, 작가의 세계관이 진보적이지 않더라도 작가가 "자유로운 심미적 정직성"[8]을 가지고 리얼리스틱한 방법으로 현실을 정확히 묘사하면 진보적 리얼리즘문학이 탄생한다는 것으로 요약된다. 그런데 이기영은, 작가의 세계관이 아무리 진보적·과학적일지라도 문학은 과학과 달라서 특정한 이론이나 슬로건이 창작의 새로운 길을 열어주지 못한다고 말한다. 이는 세계관에 대한 창작(방법)의 승리가 아니라 세계관과 창작(방법) 간의 본원적 무관함에 대한 작가로서의 고백이자 폭로가 아닐 수 없다. 이기영은 여기서 비평가가 아닌 '작가'로서 발언하고 있으며, 비평가들이 이론비평보다는 작품비평에 주력하는 것이 창작적 실천에 더 많은 기여를 할 수 있다는 그의 주장도 이러한 입장에서 나온 것이다. 이를테면 이기영은 사회주의 리얼리즘 이론비평에 몰두했던 일련의 비평가들이 『고향』의 문학적 성취를 사회주의 리얼리즘의 전형으로 의미화하는 데 동의하지 않는다. 그는 카프의 이런저런 슬로건에서 자유로워짐으로써 비로소 실감을 가지고 『고향』을 창작할 수 있었다고 서슴지 않고 말한다. 창작가인 자신은 과학적 세계관 앞에서 오히려 길을 잃을 수밖에 없었다고 밝힌 것은, 그에게 과학적 세계관이 자유로운 창작을 규제하는 도식으로 보였기 때문만은 아닐 것이다. 이러한 고백은, 과

---

8) 차봉희, 「마르크스와 엥겔스의 미학적 텍스트에 대한 입문」, 『루카치의 변증-유물론적 문학이론』, 한마당, 1987, 236면.

학적 세계관이라는 말로 집약되는 카프의 슬로건 자체가 실제 예술 창작 과정에는 실로 미미한 영향력밖에 발휘하지 못한다는 작가 나름의 우회적 고발일 수 있다.

이기영의 이러한 발언을 곱씹다보면, 과학적 세계관이나 창작 방법론 등이 대변하는 소위 '지도비평'적 담론의 범람 속에서 정작 창작을 담당한 작가들은 그러한 담론적 현실을 어떻게 체감하고 문제시했는가가 궁금해지지 않을 수 없다. 카프 비평가들이 사회주의 리얼리즘의 전범으로 고평해 온 이기영의 『고향』을 재론하려는 것은 이러한 소박한 의문에서 출발한다. 이런 맥락에서 이 글은, 자신은 과학적 세계관을 수용했지만 그것이 『고향』의 문학적 성패를 좌우한다고 생각하지는 않는다거나, 작가에게 새로운 창작 방법은 이론투쟁이 아닌 과거의 문학적 유산을 자양분 삼아 형성되는 것이라는 그의 문장들에 특히 주목했다.

『고향』의 널리 알려진 문학적 성취와 한계들 중에서 이 글이 초점화해서 살펴보려는 것은 원터의 경관 묘사와 노동하는 여성 인물의 형상화이다. 『고향』을 비롯한 이기영의 대표작들이 여성 인물을 매우 비중 있게 다룬다는 점은 널리 알려진 바인데 「부인의 문학적 지위」가 의미심장하게 읽히는 것도 이런 사실에서 연유한다. 많지 않은 이기영의 비평적 글쓰기 중에서 「부인의 문학적 지위」(『근우』 창간호, 1929.5)는 사회과학적 언설을 공적으로 구사하면서도 작가의 개인적 소양을 은연중 드러내는 대표적인 글에 속한다. 여성 인물의 창조라는 측면에서 가장 주목할 만한 성과를 보인 카프 작가 이기영에게 여성의 위치에 대한 '과학적 인식'과 여성 인물의 '문학적 형상화' 간에는 어떠한 접점들이 형성되어 있었는가? 이러한 질문에 답하기 위해 여기서는 「부인의 문학적 지위」에 드러나는 이기영의 여성 인식과 『고향』의 '젠더무의식'[9]을 겹쳐 읽고자 한다. 특정 텍스트의 젠더무의식을 논한다는 것은 작가 개인의 여성관의 한계를 드러내는 작업과는 다르다. 그것은, 여성이라는 타자에 대한 작가의 이론적 입각점을 고려하면서도 그것으로 환원되지 않는 자연 / 땅 / 유토피아 / 공상 / 여성 / 본성 등에 대한 무의식적 지향·의존 및 의식적 반발·거부의 양상들을 아울러 고찰하는 것을 뜻한다. 특정 문학텍스트는 작가가 이론·과학으로 알고 있는 어떤 지식을 배반하거나 그의 이론에서 결여된 지점을 대리보충하기도 하며 작가의 신념을 수사의 차원으로 후퇴시키기도 한다. 이러한 문제의식을 바탕으로 이 글에서는 이기영의 『고향』이 그리는 세계를 생명과 노동력의 재생산이라는 관점에서 재독하고자 한다.

---

9) 젠더무의식이라는 말은 여성학자 임옥희가 가부장제 이데올로기의 대안적 개념으로 도입한 용어이다. 가부장제 이데올로기는, 여성 문제는 자본과 계급뿐 아니라 젠더 문제이기도 하다는 것을 강조하기 위해 고안된 개념이나 21세기의 첨예한 여성 문제를 공론화하기에는 역부족이라는 지적이다. 이에 따라 임옥희는 "젠더 불평등은 없다 혹은 보이지 않는다고 주장하는 시대에도 어김없이 되돌아오는 무의식, 시대와 맥락에 따라 다양한 모습으로 귀환하면서 전이되는 무의식"을 뜻하는 젠더무의식이라는 용어를 제안한다. 임옥희, 「신자유주의 시대와 젠더무의식」, 『젠더와 문화』 4권 2호, 2011, 42~45면. 이 글은 프로문학비평가들이 원칙적으로는 마르크스주의적 여성해방론을 지지하면서도 그들의 작품에 부지중 드러내는 여성 / 자연 / 땅 / 유토피아 / 공상 등에 대한 무의식적 지향·의존과 의식적 반발·거부의 양상들을 설명하기 위해 이 개념을 시험적으로 원용한다.

## 2. 과학적 세계관이라는 브리콜라주

이기영이 쓴「부인의 문학적 지위」는 여성 문제에 대한 그의 인식을 엿볼 수 있는 흥미로운 글이다. '술＝여자＝문학'이라는 봉건적 도덕관을 비판하는 것으로 시작되는 이 글에서, 그는 술과 같은 '마성'을 지닌 것으로 여자를 취급하는 구래의 인습을 "악마의 삼위일체"라고 혹평한다. 이런 말을 하는 자들이 바로 "여자가 안이면 인간으로 출생할 수도 업는 남자"라는 점에 모순이 있다면서, 이는 인간이 노동을 천시하면서도 그 천한 노동의 힘으로 그들의 고귀한 생명을 유지하는 것과 마찬가지의 모순이라고 서술한다. 뒤이어 그는 엥겔스의 문장을 인용하면서 여성 억압의 물적 토대를 짤막하게 논한다. 여자가 "한갓 남자의 이익을 위하야 존재한 일개 '소유물'"로 전락한 것은 "'산아'와 '육아'가 부담되여" 마침내 "가정 속에 감금이 되어서 오즉 남자의 성욕만족의 도구가 되고 노예가 된" 까닭이다. 결국 부인과 노동자는 공통한 운명을 가졌으며 따라서 "노동계급이 해방되지 안코서는 부인해방도 바랄 수가 업"다고 결론 내린다. "푸로문학이 안이고서는 완전한 여성문학을 세울 수도 업"다는 것이다.[10]

1920년대『신여성』이나『근우』등의 잡지에서 전개된 여성 관련 담론은 엥겔스와 베벨 수용을 토대로 한 마르크스주의적 여성해방론이 주류를 이루었다. 계급해방이 여성해방의 지름길이라는 것을 골자로

---

[10] 이기영,「부인의 문학적 지위」,『근우』창간호, 1929.5, 63~66면.

한 논의가 대부분이었다. 주요 필자들은 생물학적 결정론에 맞서서 "문화의진보는 엇더한 한 사람의 인간이던지 일개의 게급이던지 한편의 성(性)을 다른 한편에 대해서 예속(隷屬)과 의속(依屬)의 상태에 매여둔 원인을 제해 업새는 데 잇"[11]다면서 "수천년 이래의 피압제자로 가정에만 속박되어서 체력과 지력의 진보발달될 기회를 완전히 쌔앗기고 잇섯든 여자에게 대하야 단순히 그의 현재만을 보아 그의 영원한 미래를 속단하려함은 너무도 모순된"[12] 것이라고 주장한다. 모계사회에서 부계사회로의 변천 과정을 설명한 엥겔스의 글이나, 남녀는 생리적 · 심리적으로 다르지만 이러한 차이가 결코 남녀 간의 사회적 · 정치적 불평등의 원인이 되어서는 안 된다고 한 베벨의 논의가 그런 주장들의 근거로 등장했다.[13] 이들은 여성이 공적 영역으로 진출하고 생산노동에 가담함으로써 여성해방을 이룰 수 있다는 입장을 일관되게 내세운다.

이기영의 「부인의 문학적 지위」도 기본적으로는 이러한 당대 담론의 자장에 놓여있다. 그러나 "여자의 뱃속에서 나온 남자"라든가 "여자가 안이면 인간으로 출생할 수도 없는 남자"들이라는 반복되는 수사는 그로부터 벗어난 일종의 돌출적 발언이다. 여자를 술과 같은 마취제나 유혹자 정도로만 취급하는 봉건사상의 잔재와, 여성의 세계사적 패배를 야기한 사유재산제를 비판하면서, 이기영은 여자의 '낳는 성'을 환기하고 있는 것이다.

---

11) 페-펠 연구생, 「부인의 지적능력 —해방사의 一이론」, 『신여성』 3권 5호, 1925.5, 9면.
12) 梁明, 「미래사회의 남녀관계 — 유물사관으로 본 부녀의 사회적 지위 (其一)」, 『신여성』 4권 3호, 1926.3, 12면.
13) 페-펠에서 연구생, 「남녀의 생리적 及 심적 소질의 차이」, 『신여성』 3권 8호, 1925.8.1, 27면.

'주색!' 그러타 인간은 '여자'를 술에 비유한다. '여자'는 술과 갓치 '마성'을 가젓다는 것이다. 그래 그들은 '주색'을 계신(戒愼)한다. 그들은 자질(子姪)에게 술을 삼가라고 훈계하고 여자를 삼가라고 훈계한다. 그런데 이것은 여자의 배속에서 나온 남자들이 하는 말이다. 여자보다 음란한 남자가 쏘ㄴ는 여자보다 술 잘 먹는 남자가 주색을 악마와 같다 저주하며 인간의 타락이 전혀 주색에 잇는 것처럼 생각하는 것이 얼마나 우습지 안은가? 더구나 여자가 안이면 인간으로 출생할 수도 업는 남자가 여자를 '요마시(妖魔視)'하면서도 그래도 여자하고는 잠간도 쩌러지기를 원통해하는 것이 남자란 말이다![14]

이기영이 엥겔스의 문장을 인용하면서도 여성의 생산노동 참여를 고무하기보다는 '낳는 성'을 근거로 여자도 남자와 같은 인류임을 강조한 데는 어떠한 맥락이 숨어있는 것일까? 위의 글에서 그가 재생산 영역과 여성 문제의 관계에 대해 본격적인 유물론적 고찰을 할 만큼의 진전된 사유를 펼치거나 한 것은 물론 아니다. 그러나 엥겔스의 유물론적 여성해방론이 이기영이라는 개인을 통해 어떻게 굴절되고 있는가를 탐색할 필요는 있다. 왜냐하면 이기영은 엥겔스의 입을 빌려 여성의 세계사적 패배를 언급하면서도, 여성이 생산에 참여함으로써 경제적 독립을 이루어야 한다는 마르크스주의 여성해방론의 수순을 밟고 있지 않기 때문이다. 실제로 이 글에서 이기영은 여성의 경제활동과 경제적 독립의 중요성에 대해서는 침묵한다. 대신 그는 모든 남성

---

14) 이기영, 앞의 글, 1929.5, 63~64면.

(인간)은 여성이 아니라면 태어나지도 길러지지도 못했을 것이라는 다분히 전통적인 여성의 이미지를 끌어들이고 있다. 그런 점에서 「부인의 문학적 지위」는 봉건적 여성관의 타파를 위해 과학적 세계관의 도입을 주장한 후 그 필연성을 강조하기 위해 다시금 전통적 여성상(낳고 기르는 어머니)을 환기하는 원환 구조를 띠고 있다. 이기영의 이러한 면모가 박승극으로 하여금 "그를 가리켜 맑스주의자라고 하기는 어렵다"라는 평가를 내리게 한 하나의 근거가 되었는지도 모른다.[15]

이처럼 이기영의 글에서 근대의 과학적 세계관과 전통적 세계관은 상호 배타적이기보다는 착종된 형태로 서로를 보완하는 양상을 띠고 있었다.[16] 엥겔스의 과학과 인본주의의 전통이 공존하는 그의 글에서, 여성해방을 위한 프로문학은 다음과 같이 '진정한 인간문학'이라는 다른 이름을 갖게 된다.

인간은 남녀양성으로 구조된 바에 문학상에서도 남녀양성이 표현되는 것이 당연한 일일 터인데 그들의 인생관에서는 여자는 인간계 외로 소외해 버리고 진정한 인간은 오즉 남자뿐인 것처럼 (…중략…) 생각했든 것이다.

---

15) 박승극, 「이기영 검토」, 『풍림』 6, 1937.5; 임규찬 · 한기형 편, 『카프비평자료총서 Ⅷ─작가론 및 작품론』, 태학사, 1990, 378면.

16) 유교와 마르크스주의의 공통된 지반으로 인간주의적 이상(humanistic ideal)을 꼽으면서 유학에 대한 연구가 마르크스주의를 풍부하게 할 수 있다고 본 V.G. Burov의 글 "Confucianism and Marxism"(『퇴계학보』 63, 1989, 268~269면)은 그 자체로 충분히 시사적이지만, 우리나라의 경우에는 고전문학과 전통문화에 소양이 깊었던 일군의 지식인-문인들이 사회주의 이념을 받아들이게 된 내적 계기에 대해 충분히 논의되지 않은 감이 있다. 중국의 '유교 사회주의'에 관한 연구는 꽤 많은 성과를 낸 것으로 보이나, 우리의 경우에는 심상훈의 「1920년대 경북 북부지역 유학적 지식인들의 사회주의 운동과 성격」, 『국학연구』 4, 2004 등과 같은 작업으로 제한되어 있는 것이 아닌가 한다. 충분한 자료 조사를 거치지 못한 채 내린 판단이므로, 차후 본격적인 연구사 검토를 통해 문제의식을 심화시키고자 한다.

(…중략…) 그러타면 문학에 잇서서도 남녀양성을 대등으로 취급한 문학이 진정한 인간문학이라 할 것이요 그것은 당연히 푸로문학이 되지 안어서는 아니될 것이다.[17]


이기영의 「부인의 문학적 지위」는 이처럼 기본적으로는 당대 마르크스주의적 여성해방론의 흐름에 놓여 있으나, 여성의 생산능력과 공적인 노동의 참여를 강조하기보다는 오히려 전통적 가치관에 기대어 여성도 남성과 같은 인간이라는 사실을 호소하는 데로 나아갔던 것이다. 그 결과 남녀양성을 대등하게 취급하는 프로문학이야말로 "진정한 인간문학"이라는 결론이 나온다. 이러한 맥락에서 볼 때, 이기영의 유년기를 특징짓는 전통문학 체험과 교양이 이후 그가 득의만면하여 내세우게 되는 과학적 세계관과 어떠한 접점을 형성했는가 하는 점은 별도의 고찰이 요구되는 문제가 아닌가 한다. 이기영은 모친을 여의고 나서 허기진 사람처럼 탐독했던 『조웅전』과 『사씨남정기』 같은 이야기책들이야말로 자신의 문학적 체험의 원형이자 창작의 동력임을 담담히 밝힌 바가 있다.[18] 창작의 신국면을 개척하기 위해서는 이론을 배울 것이 아니라 "소위 문학적 유산을 과거 현재의 모든 작가에게서 받어야겟다"[19]라는 그의 다짐에서도 과거 유산에 대한 그의 남다른 존경심이 묻어난다. "종래에 무시해왓든 창작 기술을 힘써 배워야"[20]

---

17) 이기영, 앞의 글, 1929.5, 65면.
18) 실제로 이기영은 어린 시절 당한 모친상이 자신이 문학으로 뛰어든 결정적 계기였다고 술회한다. 「문학을 하게 된 동기」, 『문장』 2권 2호, 1940.2, 6~7면. 이선옥에 의하면 이기영은 유교적 전통에서 성장했으며 모친을 일찍 여읜 후 모성(애)을 한층 동경하게 되었다고 설명된다. 이선옥, 『이기영 여성소설 연구』, 국학자료원, 2002, 41~47면.
19) 이기영, 앞의 글, 1934.6.1.

한다는 주장은 따라서 다음과 같은 반성을 수반할 수밖에 없었다.

　　그럼으로 나는 작가로서 생활력의 심화와 광대를 바란다. 어시호 문학적
　　시야를 넓히는 동시에 한편으로 작가적 수완을 기를 것이다. 나는 가급적
　　금년에 잇서서는 과거의 위대한 작품에서 소위 문학적 유산을 만히 섭취하
　　고 십다. 나는 뿌루문학이라고 그런 것을 읽기에 일부러 등한햇다는 것을
　　스사로 붓그러하기를 마지안는다.[21]

　　구소설에 심취했던 유년 시절에 대한 고백과, 앞으로 새로운 창작
방법을 개발하기 위해 설령 부르문학이라 할지라도 부끄러움 없이 섭
취하겠다는 다짐은, 작가 이기영이 선 자리를 '과학적 세계관'이라는
비평 용어의 경계 밖에서 다시금 바라보게 한다. 엥겔스와 어머니가
공존하는 그의 글에서, 이기영 자신이 지지한다고 밝힌 과학적 세계관
이란 어쩌면 이렇게 이질적인 여러 '유산들'의 브리콜라주가 아니었을
까. 이러한 논의의 연장선상에 장편소설 『고향』을 놓을 때 가장 먼저
눈에 띄는 사실은, 이 작품에서 거의 강박적으로 보일 만큼 반복되는
원터의 자연 묘사이다.[22] 다시 읽는 『고향』의 콘텍스트에는 작가의
유년기를 수놓은 전통 독물이나, 카프가 그토록 꺼려왔던 부르문학의
유산까지가 폭넓게 포함되어야 할지 모른다.

---

20) 위의 글.
21) 민촌생, 앞의 글, 1934.1.25.
22) 김병구에 의하면 『고향』에서 강박적일 만큼 반복되는 자연 풍경 묘사는 작가-서술자가 의식
　　의 층위에서 지향하려는 가치에 포섭되지 않는 무의식적 욕망의 흔적이다. 「이기영의 『고향』
　　론」, 『한국문학이론과 비평』 9, 2000, 164면.

## 3. 탐미적 리얼리스트의 농촌 응시

『고향』에서는 소설의 무대가 되는 원터의 풍경이 비중 있게 묘사된다는 점이 특이하다. 비참한 농촌 현실을 핍진하게 담아내려는 리얼리스트의 시선과, 바로 그 농촌을 아름다운 자연으로 대상화해 응시하는 탐미적 시선이 엇갈린다. 특히 방개, 음전, 갑숙과 같은 젊은 여성들과 원터의 자연 경관이 담론적으로 복잡하게 교차기입(transcoding)되는 양상을 보이는 여러 대목에서[23] 묘사를 행하는 작가-서술자의 시선의 쾌락이 뚜렷이 감지된다는 사실이 흥미롭다. 여기서는 『고향』 작가-서술자의 농촌 응시를 새로운 각도에서 접근하게 해 주는 통로로 『고향』의 신문 연재본에 실린 안석영의 삽화를 보조 텍스트로 활용하기로 한다.

『고향』이 연재된 『조선일보』에는 안석영이 그린 삽화가 매회 전면에 배치돼 있다. 우선 연재 초반부에 실린 〈농촌점경〉과 〈돌아온 아들〉만 보더라도, 여성화된 자연과 자연화된 여성의 모습이 한눈에 들어옴을 알 수 있다. 실제로 연재 1, 2회 삽화에는 정면을 응시하지 않고 다소곳하게 앉아 있는 여성의 얼굴이 클로즈업되다시피 하여 다른 풍경과 어우러진 채 자연의 일부처럼 묘사돼 있다. 누구인지조차 불명확

---

23) 경관을 음미하고 관찰하는 (남성)지리학자들이 구성하는 지리학 담론에서 경관은 종종 여성의 몸이나 자연의 아름다움으로 간주되었다. 각종 풍경화에서도 여성성과 자연은 시각적으로 교차기입되어 왔으며 이런 학문적·예술적 재현물 속에서 "여성은 계절이 되기도 하며 날씨가 되기도 하고, 낮이나 꽃이 되기도 한다." 이러한 관행을 가리켜 질리언 로즈는 '자연과 여성 간의 담론적 교차기입'이라고 명명한 바 있다. 질리언 로즈, 정현주 역, 『페미니즘과 지리학』, 한길사, 2011, 210~229면.

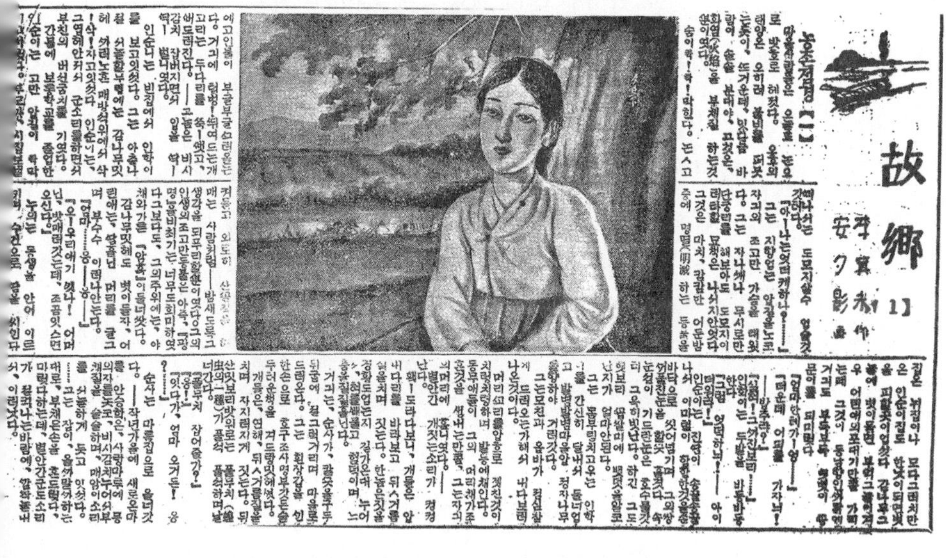

故鄕 【1】

李箕永 作 安夕影 畫

그림 1.

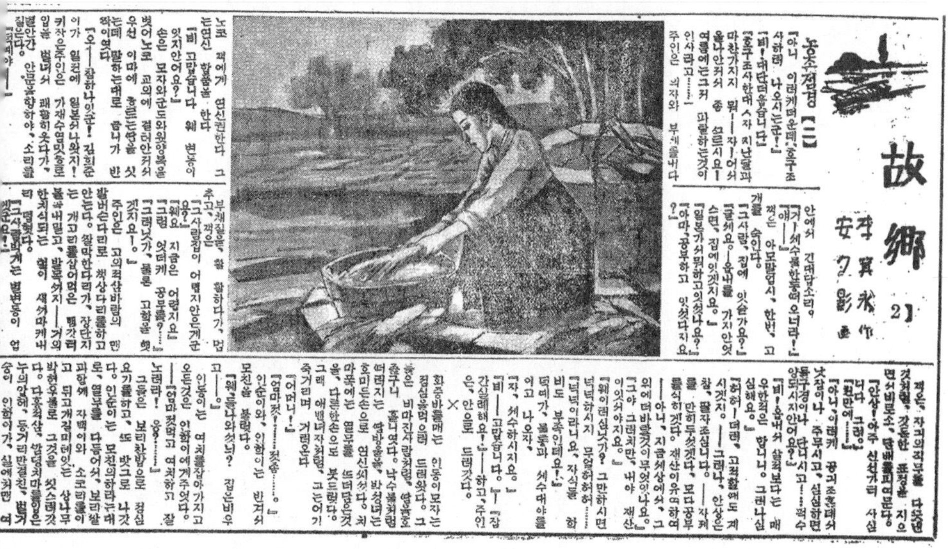

故鄕 【2】

李箕永 作 安夕影 畫

그림 2.

한 삽화 속 여성은 자연에 속한 채로 누군가의 응시를 한 몸에 받고 있다. 그러나 인동이 등장하는 다음 장면에서는 사정이 달라진다.

산밋흐로 잇는 원터동리는, 발서 그늘이 지고, 이집저집에서 이는 저녁 연기가, 동구압 대추나무가지에, 흰장막을 걸친 것처럼 얼키엿다. 해는, 만리재고개에서 최후의 발버둥을 치고 잇다. 락조(落照)는 한입 잔득 물은 피를 쑴은 것가티 …… 피방울은 봉화(烽火)재 연봉(連峰) 위로 도라가는 쪼각구름에도 풍긴 것처럼 점점이 혈색(血色)을 토한다. (…중략…) 인동이는 산모통이 언덕에서, 꼴을 비다가, 허리를 펴고 이러서서, 한울갓-저편을 처다보앗다. 처녀의 공단댕기 가튼 진홍색 한울빗과, 보라빗 저녁놀을 처다보자, 그는 고만 어린애처럼 조아서 입이 제절로 버러젓다.[24]

위의 연재본 삽화에 드러나는 것처럼 인동은 경관을 보는 주체로 형상화된다. 3회분 소설과 삽화 속의 인동이는 해 지는 하늘을 보면서 처녀의 댕기를 떠올리며 주체 못할 감각적 쾌락으로 빠져드는 반면, 1·2회분 삽화 속의 여성은 외부의 시선에 저항하지 않은 채 "다른 곳을 처다보고 있다."[25] 「돌아온 아들」의 김희준도 들판을 훑어 내리면서 시각적 쾌락을 만끽한다.

싸듯한 봄해는, 암닭의 보곰자리 속가티, 폭은하게, 대지를 둘너쌋다. 아물아물한, 먼 산이, 푸른아지랭이의 벨 — 을 쓰고 조으는 듯이, 한울 박게

---

24) 이기영, 「고향 3 − 농촌점경 三」, 『조선일보』, 1933. 11. 17.
25) 풍경화에서 여성은 늘 다른 곳을 쳐다본다. 노출을 감지하지 못하는 듯, 이 여성들은 관객의 시선에 저항하지 않는다. 질리언 로즈, 앞의 책, 230면.

그림 3.

둘너섯다. 모든 것이 양지를 향하야, ─마치 어린애가 어머니의 품안에 안겨서, 자모의 젖을 빨고 잇듯이, 일광의 가닥가닥을 물고 느러젓다. (…중략…) 희준이는, 뒤ㅅ동산에 안저서 지금 써나는 기차를 정신업시 바라보앗다.[26]

주목되는 것은, 연재 3회분과 12회분 삽화에 각각 담긴 인동과 희준의 모습이다. 응시 대상으로 손색없을 만큼 적당히 온순하면서 순응적

---

26) 이기영, 「고향 12─돌아온 아들 七」, 『조선일보』, 1933. 11. 29.

그림 4.

인 태도로 자연의 일부가 되어 있는 여성 인물과 다르게, 인동과 희준은 응시의 주체로 부족함이 없는 면모를 보인다. 등을 돌린 채 자연을 감상하는 인동과 희준은 독자-관찰자와 같은 곳을 바라보면서 그들에게 동일한 시각적 쾌락을 권유한다. 2회분 삽화의 여성(인순)은 자기 일에만 몰두하면서 자연과 하나가 되어 있지만, 3회분 삽화의 남성(인동)은 일손을 잠시 멈추고 경관을 감상하면서 자연을 대상화한다. 희준의 내면에서 흘러나온 '자모의 품에 안긴 아기'라는 표현은 이후에도 여러 차례 등장한다.

자연화한 여성과 여성화한 자연은 『고향』의 묘사 전체를 꿰뚫는다.

이를테면 자신의 소시민성을 비웃으며 자기는 폐인같이 아무 소용없는 인간이 된 것 같다는 자책에 빠져 있던 희준이 문득 음전이를 떠올리는 장면에서 음전은 석류열매에 비유되고 있다. "그런 때에 슬그머니 엇던 유혹은 독사처럼 머리를 처들엇다. ─ 음전이의 덜퍽진 엉덩이가 눈에 박힌다. 그는 야학을 가리칠 때마다 추파를 건네는 것 갓다. 엇던 때는 석류 속 가튼 니ㅅ속을 드러내고 우섯다. 그는 지금도, 그 생각을 하고, 몸을 쩌럿다. 그는 자긔 안해와 음전이를 대조해보았다."27) 못생긴 아내에 대한 원망과 증오는 음전이나 방개와 같은 농촌여성뿐 아니라 갑숙과 같은 인텔리 여성의 아름다운 외모에 대한 찬탄으로 더 깊어지는 양상마저 보인다. 『고향』에서 여성들은 남성의 시선을 받으면서 "계절이 되기도 하고 날씨가 되기도 하며 낮이나 꽃이 되기도 한다."28) 희준과 경호, 인동이, 막동이 들은 여기에 꾸준히 매혹된다. 야학에서 수업을 하던 중에 희준은 창문 밖 반달을 바라보다 "반달 형국으로 꾸부리고 안저서 무엇을 정신업시 쓰고 잇"29)는 음전의 자태에 매료된다.

51회분 삽화에는 무엇에 홀린 채 창밖을 내다보는 희준의 프로필이 인상적으로 담겨 있다. 다분히 복고적이며 향토적인 달(밤)의 에로티시즘에 대한 작가-서술자의 편향은 이후에 더욱 두드러진다. 방개와 인동의 정열적 사랑은 방개를 향한 인동이의 시선 묘사에 대부분 할애된다. "함함한 머리채! 달빛에 을비최는 하늘하늘한 인조견 치마 속으

27) 이기영, 「고향 13 ─ 돌아온 아들 八」, 『조선일보』, 1933.11.30.
28) 질리언 로즈, 앞의 책, 229면.
29) 이기영, 「고향 51 ─ 청년회 七」, 『조선일보』, 1934.1.21.

그림 5.

로 굼실거리는 응뎅이 …… 그리고 통통한 두 팔목 잘눅한 허리 ― 인동이의 시선은 마치 불뚱튀듯 방개의 몸뚱이 군대군대로 튀여박엿다."[30] 희준은 집에만 오면 송충이같이 혐오스러운 아내 때문에 화를 내다가도 어두운 달밤 밖으로 나오면 "딴 세계"에 온 듯한 황홀경에 취한다. 어둠에 광명을 비추는 달과 같은 존재가 되겠다는 결심도 해 본다. 집에서는 아내를 벌레 보듯 하다가 달빛이 품고 있는 대자연 앞에서는 선각자로서의 각오를 다지게 된다는 설정은, 음전이의 반달 같은

---

[30] 이기영, 「고향 58 ― 농번기 七」, 『조선일보』, 1934. 1. 30.

자태에 마춰되듯 홀리는 희준의 또 다른 면모와 겹쳐지면서, 과연 그가 진정으로 꿈꾼 것이 무엇이었는지를 되묻게 한다. 희준은 음전이나 갑숙에게 수없이 유혹되고 홀린다. 그럴 때마다 자책이 뒤따르지만 같은 일이 반복된다는 점에서 반성이나 각성으로서의 의미는 거의 없다고 해도 무방하다.

앞서 살펴보았듯이 이기영은 「부인의 문학적 지위」에서 여성 = 술 = 문학이라는 봉건적 '악마의 삼위일체' 공식을 깨뜨려야 한다고 역설했다. 여성을 유혹자 취급하면 안 된다는 것이 엥겔스까지 언급하는 그의 속내였다. 그런데 위의 분석에 나타나는 것처럼 정작 『고향』의 젊은 여성들은 한결같이 남성을 매혹하는 역할을 떠맡고 있다. 문제는, 달밤의 장면들이 연출하는 향토적 에로티시즘과 불가사의한 금욕주의가 『고향』의 서사를 동시에 전개한다는 점이다. 이를테면 방개-인동의 불륜에 가까운 애정 행각은 "불순한 충동의 정도를 지나쳐서 정화된 고운 정서를 느끼"게 된다는 식으로 한없이 미화되는 반면, 갑숙-희준 혹은 갑숙-경호가 대변하는 다른 한편에는 마치 불행을 연습하기 위해 사랑하는 듯한 인물군이 있다. 불행한 연애는, 강철처럼 단련된 각성한 여성 노동자와, 그 어떤 유혹도 견뎌낼 수 있는 고도로 이지적인 남성 지식인의 탄생을 위해 요구되는 필수적 서사 장치이다. 본능에 굴하지 않는 남성 주체의 탄생을 위해서는 반드시 강한 유혹이 도처에 도사리고 있어야 한다. 김희준이 최대한 자제력을 발휘해 자신의 자연적 본능을 문화적·영웅적으로 억누른다는 묘사를 반복하기 위해 『고향』 곳곳에는 아름다운 여성-자연이 배치된다. 『고향』의 여성은 남성과 동등한 위치에서 사랑을 나눌 수 있는 인간이 아니라 남성을 취하게 만드는 자연-대상이다. 갑숙은 옥희로 재탄생했지만 여전히 희준 앞에서 그녀는 매혹하는 자연-갑숙이다. 희준은 그녀를 바라보면서 걷잡을 수 없는 맹렬한 성적 충동에 시달리지만 이것을 훌륭하게 극복하는 것으로 묘사됨으로써, 거꾸로 옥희(갑숙)는 끊임없이 몸으로 환원되고 자연으로 소환된다. 소설 후반부에 희준이 갑숙의 몸짓 하나하나에 전율하면서 억제하기 어려운 정욕에 시달리면서도 그것을 동지애로 극복한다는 반복되는 설정은 대단히 작위적이며, 「부인의 문학적 지위」에서 피력되었던 이기영의 과학적 여성 인식('여성은 술이 아니다')이 가장 심각하게 훼손되는 대목이라고 할 수 있다.[31]

방개와 인동, 갑숙과 경호, 갑숙과 희준의 관계는 따라서 항상 어느 순간에 '멈춘다'. 『고향』의 젊은 남녀 인물들이 사랑을 해도 가정을 이루지 않거나, 혼인 이후에도 출산도 하지 않는 것은, 근본적으로 남성과 여성이 동등한 인간으로 친밀한 접촉을 나누는 사이가 아니라 시선의 주체와 시선의 객체로 엄격히 '분리'되어 있기 때문이라고 할 수 있다.

---

[31] 갑숙-희준의 관계를 이기영의 콜론타이즘 수용의 결과로 해석한 서정자에 의하면, 당시 콜론타이즘은 '붉은 연애'라는 말의 유행과 더불어 자유롭고 개방적인 성도덕 및 연애관을 의미하는 것으로 편향되게 수용됐다. 그러나 콜론타이가 기획한 '신여성'은 단지 유희적 연애에만 몰두하는 것이 아니라 종래의 가부장적 지배 체제를 거부하고 독립적인 정신과 의지로 자신의 권리를 위해 싸우는 여성으로, 『고향』의 갑숙에 콜론타이적인 신여성의 모습이 반영돼 있다는 것이다. 서정자, 「콜론타이즘의 이입과 신여성 기획」, 『여성문학연구』 12, 2004, 19~23면.

## 4. 노동의 위계화─생산의 쾌락, 재생산의 공포

김희준이 고향에 돌아온 지 3년이 경과하기까지의 긴 연재 기간 동안 『고향』에서는 출산을 한 여성이 없다. 땅에서는 곡물이 수확되고 공장에서는 물건이 생산되지만 새 생명은 좀처럼 태어나지 않는다. 원터 마을의 재생산노동은 멈추다시피 했다. 소설 중반부에 이르러 마을에는 두 쌍의 원앙이 탄생했지만 음전은 임신을 했다가 수재현장에서 사고로 유산했고, 방개는 남편에게 정을 느끼지 못해 늦게나마 공장노동자로서 새 삶을 시작한다. 갑숙은 경호와의 로맨스를 떠올리면서 임신의 공포에 자주 시달리고 재회 이후에도 이를 특히 염려하는데, 그녀는 연애를 통한 결혼이나 임신을 타락이나 파멸로 두려워하고 있다. 희준은 다산(多産)을 '돼지처럼 새끼 치는 일'로 폄하한다. 부호 권상철은 아이를 갖지 못해 경호를 자기 아들로 속여 키워왔던 터이다. 원터를 묘사할 때 작가─서술자는 자모의 품에 안긴 아이라는 수사를 즐겨 사용했지만, 정작 어머니들은 출산을 하기에는 늙었다. 「부인의 문학적 지위」에서 엥겔스의 이론까지 불러들였던 신성한 존재인 낳아주는 어머니는, 『고향』에 이르러 자모의 품이라는 수사적 차원으로 후퇴한다. 원터는 그야말로 재생산 없는 공동체처럼 보인다.

재생산이라는 용어는 매우 논쟁적인 다의적 개념인데, 재생산에는 다음과 같은 세 가지 서로 다른 의미가 있다. 첫째, 생산 시스템 그 자체의 재생산. 둘째, 노동력의 재생산. 셋째, 인간의 생물학적 재생산이 그것이다. 첫 번째는 주로 알튀세의 입장에 가깝고, 두 번째는 가사노동논쟁을 야기했으며, 세 번째는 물질의 생산과 인간의 재생산을 구별하면서 계급관계는 생산관계인 이상으로 재생산 관계임을 주장하는 일련의 입장과 관련된다.[32] 세 번째의 재생산 개념은, 단지 임신에서 출산까지의 생물학적 과정만을 의미하지는 않는다. 태어난 아이를 어른으로 키우는 전 과정이 재생산인데, 가부장제에 적합한 다음 세대를 키우기 위해 여성의 자발적 헌신을 동원하는 것에 가부장제의 성패가 달려있다고 이해되는 것이 보통이다. 문제는, 여성은 언제나 재생산자임과 동시에 생산자였으나, 산업사회만이 생산과 재생산의 성별 배당을 통해 여성의 재생산노동을 극대화하고 남성의 재생산노동을 극소화했다는 점이다.[33] 전통적 마르크스주의자들에 의하면 인간의 본성은 생식노동이 아닌 생산노동에 의해 변형되는데, 생식은 인간적 실천이라기보다는 동물적 행위에 가까우므로 여성은 남성에 비해 '덜' 인간적인 것으로 간주됐다. 즉 여성은 재생산 때문에 생물학에 의해 더 많은 영향을 받는 것으로 인식됐다.[34] 이처럼 마르크스주의는 기본적으로 인간의 재생산 문제에 대해 면밀하게 고찰하지 않았다는 점에서 이후 다각도로 비판을 받는다. 즉 계급해방이 곧 여성해방을 가져올 것이라는 마르크스주의 이론은 섹슈얼리티와 사랑, 출산 자체에 내재된 권력관계를 간과하고 그것을 비정치적 · 비역사적 영역으로 간주했다는 것이 이후 제기된 가장 핵심적인 비판이었다. 전통적 마르크스주의자들은 기본적으로 인간재생산을 역사적 변천을 겪지 않는 생물학적

---

32) 우에노 치즈코, 이승희 역, 『가부장제와 자본주의』, 녹두, 1994, 81~83면.
33) 위의 책, 93~99면.
34) 앨리슨 재거, 공미혜 · 이한옥 역, 『여성해방론과 인간본성』, 이론과실천, 1994, 86~88면.

행위로 보았다는 것이 이후 급진적 페미니즘이나 사회주의 페미니즘에 의해 공격받는 주요 원인이 된다.[35]

『고향』을 생명과 노동력의 재생산이라는 관점에서 바라볼 때 우선 주목되는 점은 이 작품이 재생산 문제를 남성의 본능적 정욕이라는 불가지한 변수에 맡겨 버렸다는 사실이다.[36] 자연 경관과 자연화한 여성의 몸 관찰에 탐닉하는 『고향』의 작가-서술자는, 음전과 방개, 국실, 복임 등이 수행하는 강도 높은 가내노동, 즉 생명과 노동력의 재생산 과정을 시야에서 놓치고 있다. 삶의 재생산이 의존하고 있는 고된 가내노동은 원터의 생산현장에서 벌어지는 계급 갈등이나 모순과 무관한 자연의 일부로 처리되고 있다. 이를테면 김희준에게조차 가족이라는 사회경제적 단위에 대한 사회경제적 인식이 결여되어 있다. 밖에서 자신이 한 일에 대해 "다시없는 만족을 느끼"던 그가 집으로만 오면 "지금까지 유쾌하던 기분이 금시로 사라"지는 경험을 하는 것은 그가 아내를 벌레 보듯 하기 때문이다. "그는 집에 내려올 적마다 아내의 보기 싫은 정도가 더해갔다. 서울서 매끈한 여학생들만 보다가 그 아내를 대해 보면 그것은 마치 송충이같이 흉측해 보일 뿐이었다." 희준이 가정을 지옥처럼 느끼는 것은 무엇보다도 그의 아내가 '매끈한 서울 여학생'들처럼 그의 시선의 쾌락을 충족시키지 못하기 때문이다. 그에게 아내는 반달 같은 음전이나 찔레꽃 같은 방개처럼 예뻐야 한다. 요컨대 원터의 높은 생산성("생산의 위대한 힘")은 생명과 노동력의 재생산에

---

35) 위의 책, 76~77면.
36) 우에노 치즈코에 따르면 마르크스는 노동력의 재생산을 본능이라는 정의내릴 수 없는 불가지한 변수에 맡김으로써 노동력 재생산의 조건을 시장 외부의 블랙박스로 내몰고 말았다. 우에노 치즈코, 앞의 책, 29면.

들어가는 박성녀와 국실, 음전, 방개, 그리고 복임 등이 수행하는 무임
노동의 이익을 보고 있으나, 서술자는 그것을 사회경제적 활동으로 포
착하지 않고 단순한 자연자원이나 널려 있는 아름다운 자연 경관처럼
그리고 있다.[37]

『고향』은 자연화한 재생산 영역의 여성들이 문화적 존재로 변신할
수 있는 유일한 기회를 열어놓는데 그것은 바로 이들이 여성 노동자가
되는 길이다. 원터의 자연 경관과 더불어 남성적 시선의 쾌락을 위해
존재하는 듯 보였던 방개와 갑숙은 생산현장으로 진출해 여직공이 된
다. 『고향』의 여성 인물들은, "재생산이 생산에 저촉된다는 무의식적
강박"[38]을 지닌 작가의 내면을 조명이라도 하듯이 불행한 연애·결혼
-지연된 출산-노동자로서의 각성이라는 정해진 경로를 따른다.[39] 인
순과 방개, 갑숙 등은 이렇게 해서 제사공장의 여공으로 저마다 새로
운 삶을 시작한다. 후반부로 갈수록 『고향』은 "생산의 위대한 힘"과 노
동의 거룩함을 예찬하는 방향으로 나아간다. 규칙적 노동으로 단련될
대로 단련된 의지를 갖게 된 옥희(갑숙)는 "물질을 생산하는 노동의 위
대한 힘"에 감격하는 인물로 재탄생한다. 그 이면에는 옥희의 몸에 "이

37) 마르크스가 놓치고 있는바, 여성이 자본주의에서 가장 중요한 상품인 '노동력'의 생산자이
자 재생산자였던 만큼 여성 착취야말로 자본주의 축적의 과정에서 가장 중심적 역할을 해
왔다고 할 수 있다. 이를테면 임금노동자의 착취는 가내 무임노동이라는 기둥 위에 세워진
것이다. 따라서 남녀 간 권력차를 극대화하는 자본주의 생산 체제는, 노동자의 생산과 재생
산에 들어가는 무임노동의 이익을 보면서도 그것을 사회경제적 활동이나 자본축적의 원천
으로 인정하지 않고, 자연자원이나 개인적 봉사로 신비화하는 체제를 말한다. 실비아 페데
리치, 황성원·김민철 역,『캘리번과 마녀』, 갈무리, 2012, 21면.
38) 우에노 치즈코, 앞의 책, 92면.
39) 이기영의 소설에 등장하는 여공의 대부분은 이와 비슷한 경로를 밟는다. 이 점에 관해서는
이미림,「이기영의 '여성해방' 소설 연구」,『여성문학연구』6, 2001 등의 많은 연구가 축적돼
있다.

상한 증후"가 생겨 그녀가 임신과 출산이라는 재생산의 회로에 갇히게 될 것을 두려워하는 작가—서술자의 무의식적 공포가 자리 잡고 있다. 음전의 유산이나 방개의 지연된 출산, 인순의 결혼 거부 등도 크게 다르지 않아 보인다.

『고향』의 세계에서 가내노동의 일환으로 이루어지는 농사일과 산업현장에서 이루어지는 공장노동 간에 엄격한 위계질서가 잡혀 있는 것도 같은 맥락에서 이해할 수 있다. 소설 초반부에 그려진 인동이의 불만은 여공이 된 인순에 대한 가족들의 편애였다. 자신을 "머슴 부려 먹듯 하면서도 아무렇게나 알면서" 인순에 관해서라면 사사건건 조바심을 내며 애틋해 하는 모친에게 인동은 서운함과 분노를 느낀다. 우에노 치즈코가 지적했듯이 가부장제에서 가내노동은 세대와 젠더 문제가 얽힌 갈등의 장이다. 쉴 새 없이 노동을 수행하지만 가정 안에서 그에 걸맞은 대접을 받지 못한다고 느끼는 인동은 어머니 박성녀와 더불어 가내 무임노동에 시달리는 젊은 세대이다. 인순을 향한 모친의 편애는 생산현장 노동자를 향한 작가—서술자의 흠모를 반영한다. 서술자는 몇 천 년 동안 쌓인 농민의 썩은 거름이 노동자를 탄생케 하였다면서 새로 알을 깨고 나온 "농민의 아들 노동자"가 늦잠에 취한 농민에게 새벽을 알린다며 추켜세운다.

이러한 위계적 상상력은 갑숙의 개명 및 변신 모티프에서도 두드러진다. 『고향』에서 갑숙은 옥희로 이름을 바꾸고 여직공이 됨으로써 그 존재 가치가 상승하는 것처럼 그려지고 있음에 틀림없다. 작가는 갑숙을 '공적'인 '생산'에 참여시킴으로써 그녀를 해방시켰다고 자부하는 듯하나 "여성에게는 시장에서 밖으로 나가는 것도 해방이 아니며 시장

안으로 들어오는 것도 해방이 아님"[40]을 새삼 떠올리지 않을 수 없다.

여기서 드는 의문은, 갑숙은(왜 노동자가 되어야 했는가보다는) 왜 희준과 같은 반열에 선 공동체의 지도자가 되지 못했는가 하는 점이다. 작가는 갑숙을 최고의 엘리트로 설정하고도 결국 그녀를 가정과 마을에서 횡포를 일삼는 아버지 안승학과 대결하는 주체로 갱생시키지 않고 아버지의 죄를 대속하는 희생양으로 처리("저 한 몸을 희생해서 그 많은 사람들을 구할 수가 있다면 저는 그런 부모의 자식된 죄를 대신해서라도 몸을 바쳐야 할 것 아니어요")하고 만다. 여러 측면에서 볼 때 갑숙의 변신은 플롯상의 개연성과 주제상의 설득력을 현저히 떨어뜨린다. 가령 개명과 출가로 이어지는 결단의 과정에서 갑숙의 내면은 전혀 묘사되지 않는다. 갑숙이나 희준 등이 공장이라는 공간에 대해 품은 막연한 동경("원체 그런 데가 좋습니다")이나, 여성주인공을 자신의 섹슈얼리티에 무지한 강철의 노동자로 만들 수밖에 없는 작가―서술자의 관점에는 과연 어떠한 젠더 무의식이 작용하고 있는가?

갑숙의 형상화와 관련하여 마지막으로 한 가지 덧붙일 것은 널리 알려진 고향의 대단원에 숨은 수수께끼이다. 『고향』 서사의 가장 큰 구멍은, 안승학이 도지 삭감을 거부하자 희준 등이 갑숙의 현재 신분과 경호와의 연애 사실을 들고 안승학을 협박하고 나서는 마지막 장면에 있다. 마름집의 가정사를 빌미로 삼았다는 것은 떳떳지는 못해도 매우 효과적인 협상의 마지막 카드였던 셈이다. 그러나 조금만 더 자세히 살펴보면, 소문은 이미 날 만큼 다 난 상황이었다는 사실을 알아차

---

40) 우에노 치즈코, 앞의 책, 33면.

릴 수가 있다. 즉 경호가 권상철의 자식이 아니라는 소문이나("모르는 사람이 없이 파다하였다") 경호와 갑숙이 연애를 한다는 소문("그 사람이 그 전에 마름 집 딸하구 연애했다지")이 퍼질 대로 퍼진 상황이었음에도 불구하고 그것이 협상의 마지막 카드로 기능했다는 데는 의아해지지 않을 수 없다. 이는 작가-서술자 자신이 '딸의 정조'와 '아들의 혈통'을 그 무엇과도 바꿀 수 없는 '집안 최대의 비밀'로 인식하고 있었다는 사실을 방증하는 것일지 모른다.

## 5.『고향』의 자리

지금까지 살펴본 것처럼 이기영의 과학적 여성 인식과 여성 인물의 문학적 형상화 간에는 일방적 환원이나 단순 비교가 불가능한 여러 겹의 마주침과 엇갈림이 존재한다. 이 글에서는 이기영의『고향』이 그리는 '고향'의 유토피아적 세계를 생명과 노동력의 재생산이라는 관점에서 재론하면서, 이러한 교착이 어디서 기원하는가를 탐색해 보았다. 과거의 문학적 유산에 대한 이기영 특유의 향수와 존경에 착안해『고향』의 콘텍스트를 넓혀본다면, 그가 수용한 '과학적 세계관'이란 이 모든 유산들, 즉 전통적 이야기책이나 동서양의 고전들까지를 포괄하는 일종의 브리콜라주가 아니었을까 생각하게 된다.

『고향』서사의 가장 큰 특징은 사랑하는 사람과 결혼한 커플이 없다

는 것이다. 희준은 본능(정욕)을 억누르는 것이 숭고한 동지애를 실현
하는 길이라고 되풀이하여 강조하지만 그가 정작 억압한 것은 본능이
아니라 유토피아를 향한 충동이었는지 모른다. '자모의 품'으로 그려
지는 원터의 아름다운 경관이 상징하듯 희준이 꿈꾼 것은 바로 그런
유토피아적 세계였다. 그러나 그는 과학과 의지의 이름으로 그것을 배
제하거나 억압하려고 한다. 여성의 몸에 대한 탐미적 관심은 이처럼
억눌린 것들이 회귀한 한 형태일 수 있으며, 그런 점에서 희준이 보이
는 불가사의한 금욕주의는 자연 / 땅 / 유토피아 / 공상 / 여성을 향한
작가 이기영의 무의식적 충동과 표리를 이룬다고 할 수 있다. 작가 이
기영은 '고향'에 여공을 탄생시킴으로써 생산의 위대한 힘과 여성의 경
제적 자립의 중요성을 리얼리스틱하게 묘파하는 듯하나, 재생산이 생
산에 저촉될지 모른다는 무의식적 강박과 '딸'의 정조 및 아들의 '혈통'
을 중시하는 작가 고유의 가치관으로 인해 결국 『고향』은 수수께끼 같
은 결말을 맞게 된다. 협박이 통하는 것은 협박하는 자와 협박당하는
자가 같은 가치관을 소유할 때에라야 가능하다. 이미 다 퍼진 소문을
막아야 한다는 역설적 상황에 의지하는 『고향』의 대단원에는 갑숙의
정조 문제와 경호의 혈통 문제를 최대 현안으로 중시하는 작가 자신의
가치관이 깃들어 있다.

　요컨대 『고향』은 「부인의 문학적 지위」에서 피력된 바 있는 이기영
의 여성 인식으로 환원되지 않는 고유의 젠더 서사를 창출한다. 이 소
설은 여성 인물들을 여공으로 갱생시키면서 이기영의 과학적 세계관
에 결여되어 있었던 '생산하는 여성'의 문제를 필요 이상으로 대리보충
하는 듯하나, 남성적 시선의 쾌락과 생산노동에 대한 과도한 의미부여

로 결국 생명과 재생산의 영역을 자연화한 본능의 영역에 가두어두는 효과를 초래했다. 「부인의 문학적 지위」가 그림자처럼 거느리고 있는 낳는 어머니에 대한 작가의 유토피아적 향수[41]가 재생산의 형상화로 이어지지 않고 단지 '자모의 품'이라는 수사로 후퇴한 것도 이와 관련돼 있을 것이다.

최근 들어 여성(문)학 분야에서 활발히 논의되고 있는 재생산의 위기 담론은 현장에서 바로 눈에 보이는 차별과 몰락뿐 아니라 현장 바깥에서 진행되는 생명·노동의 재생산 위기가 우리 삶에 어떠한 결과를 초래할 것인가라는 보다 근원적인 질문을 던지고 있다. 여성의 개인적 능력으로 지탱되어 온 재생산이 총체적 위기를 맞이하고 있는 지금 이곳에서, 당시로서는 가장 진보적인 여성 인물형을 개발한 이기영의 대표작을 치밀하게 재점검하는 작업은, 단지 이기영도 여성관에는 문제가 있는 진보적 작가였다는 것을 폭로하고자 함은 아니다. 생산하는 여성 노동자를 등장시킬 뿐 아니라 노농동맹의 가능성까지를 구현한 이기영의 『고향』을 생명과 노동의 '재생산'이라는 렌즈에 투과시킴으로써 우리가 얻거나 지향할 바는 과연 무엇일까? 앞서 살펴본 대로 이기영의 과학적 여성 인식(「부인의 문학적 지위」)에는 노동하는 여성에 관한 인식 틀이 존재하지 않았다. 다만 그는 다분히 휴머니즘적인 관

---

[41] "미래를 기획하는 인물들"의 노스탤지어가 원터 마을을 고향으로 새롭게 '구성'하고 농민들을 "야성미 넘치는 농촌 프로레타리아"로 '발견'하게 되었다는 설득력 있는 해석(김철, 「프로레타리아 소설과 노스탤지어의 시공」, 『한국문학연구』 30, 2006, 51~59면)과 더불어, 김병구는 이와는 조금 다른 관점에서 원터의 유토피아적 특성에 주목하고 있는데, 그에 따르면 김희준이 자연의 극복을 통해 새로운 공동체적 세계를 구축하고자 한다면, 원터 농민들에게는 자연과 하나가 된 유토피아적 세계를 향한 충동이 내재되어 있다. 김병구, 앞의 글, 164면.

점에서 여성도 존중받는 인간이어야 함을 역설했을 따름이다. 그러나 『고향』에 와서 그는 긍정적 여성 노동자 인물을 창조함으로써 당대 비평과 후대의 문학사에서 확고하게 자리를 잡게 된다. 이 같은 비약을 가능케 한 힘이, 실제로는 재생산이 생산에 저촉될지 모른다는 무의식적 강박에 연루되어 있었다는 점이, 작가 이기영의 특이성이자 문제가 아닐 수 없다. 심정적으로만 존재하는 여성에 관한 호의를 과학적 수준으로 끌어올리기 위해 이기영이 소설 창작 과정에서 감행했을 법한 의도적인 작업들 — 여성 인텔리와 농촌 여성을 동시에 여공으로 갱생시키는 작업 등 — 을 젠더무의식이라는 차원에서 재평가해야 하는 것은 이 때문이다. 『고향』의 작가 이기영을, 점차 심화되는 재생산의 위기를 야기한 공모자 내지는 책임자로 무조건 몰아세우는 것도 썩 바람직하지는 않지만, 그가 창작과 비평에 남긴 여러 모순된 사유와 고뇌의 흔적을 다시금 비판적으로 고찰하는 일은 반드시 필요하리라 생각된다.*

---

\*    이 논문은 2013년 『한국문학연구』 44집에 게재된 논문을 재수록한 것임.

# 자본, 기술, 생명

### 흥남-미나마타[水俣] 또는 기업도시의 해방 전후

## 차승기

## 1. 식민지 '기업도시'의 기술(technology)

"여보! 이거 영 딴판이 됐구려!"

그는 흘깃 아낙을 흡보며 눈이 둥그레졌다. 고향은 알아볼 수가 없게 변하였다. 변하였다니보다 없어진 듯했다. 그리고 우중충한 벽돌집, 쇠집, 굴뚝— 들이 잠뿍 들어섰다. "저게 무슨 기계간인가!"

"참 원, 저 검은게 다 뭐유? …… 아, 저 쪽이 창리(그들이 살던 곳)가 아니우?"

(…중략…)

검푸른 공장복에다 진흙빛 감발을 친 청인인지 조선 사람인지 일인인지 모를 눈에 서투른 사람이 바쁘게 쏘다닌다. 허리를 질끈질끈 동여맨 소매 기다란 청인들이 왈왈거리며 지나간다. 조선 사람이라고 보이는 것은 어울

리지 않는 감발을 치고 상투를 갓 자르고 남도 사투리를 쓰는 패뿐이다.[1]

　4년간의 간도 생활을 접고 고향으로 돌아온 창선과 그의 아내는 사라져버린 고향 앞에서 아연실색한다. 가난한 어촌 마을은 온데간데없고 거대한 공장지대로 변해버린 고향 땅엔 낯선 이방인들만이 오가고 있을 뿐이다. 창선은 고향 마을 전체가 10리가량 떨어진 구룡리로 이주했음을 알게 되고 그곳을 찾아 가족과 상봉하게 되지만, 터전을 잃은 이들의 삶은 더한층 척박해져 있었다. 구룡리에 커다란 축항(築港)을 건설하고 함흥으로 이어지는 큰 길과 학교, 우체국, 시장 등을 조성해 '제2의 인천'으로 만들어 주겠다는 공장 측과 당국의 말을 반신반의하면서 이주해 왔지만, 실상 그곳은 새로 들어선 공장을 **위해서만** 존재하는 일종의 '외곽'에 지나지 않았다. 친숙했던 장소를 박탈당하고 그 장소와 결합되어 있던 삶의 시간으로부터 추방당한 채 이식된 기계설비의 질서 = 명령(order)에 따르지 않을 수 없게 된 이들에게 "과도기의 공포와 설음"[2]이 몰려온다. 궁벽의 어촌 사람들에게 공포의 예감과 함께 '시대의 전환'을 몸으로 감지하게 만들면서 등장한 것은 다름 아니라 '조선질소비료주식회사(이하 '조선질소'로 약칭) 흥남공장'이었다.

　일본 국가와 자본에게 식민지는 인적·물적 자원의 단순한 공급처였을 뿐만 아니라 새로운 기술의 산업화를 시도하는 대규모 실험의 공간이기도 했다. 일본 제국주의 시기 초기부터 행정당국과의 긴밀한 협력 속에서 성장·확장해 간 일본의 재벌들은 특히 식민지에서 군·정·산

---

1) 한설야, 「과도기」, 『조선지광』, 1929.4, 170~172면.
2) 위의 글, 184면.

그림 1. 조선질소비료주식회사 흥남공장이 건설된 초기의 사진. 오른쪽 위 원 안의 사진은 공장 건설 이전의 모습
(출처: 『事業槪要』, 日本窒素肥料株式會社, 1930).

(軍·政·産) 결합체로서의 성격을 뚜렷이 드러냈다. 그들은 무소불위의 특권적 지위를 보장받고, ─ 일본 내지에서라면 제한적이었을 ─ 각종 제도적 혜택과 인적·물적 자원의 독점적 이용권한을 십분 누리면서 거의 걸림돌 없이 '착취'를 위한 기술적 효율성을 극단적으로 추구할 수 있었다. 식민지에서는, 인권 개념은 물론이거니와 노동자들에게 제공되어야 할 기본적인 임금, 위생, 후생복지 등의 노동조건에 크게 제약받지 않은 채, 또한 자연 착취 및 기술적 변형이 초래할 수 있는 환경 파괴 여부에 대해 전혀 염려할 필요 없이 이익 산출과 효율적 산업시스템 구축을 위한 고도의 기술 실험을 시도할 수 있었던 것이다.

이렇게 식민지라는 생산현장이자 실험실에서 독점적으로 막대한 이익을 회수해간 재벌 기업 중 가장 대표적인 것이, 여타의 일본 재벌들과 비교해도 압도적일 만큼 큰 규모의 투자를 통해 조선에 동양 제일의 콤비나트를 구성한 니혼(日本)질소비료주식회사(이하 '니혼질소'로 약칭)이다. 니혼질소의 대표 노구치 시타가우(野口遵, 1873~1944)는 조선 수전주식회사를 설립(1926년)해 조선 동북지방에 수력발전소 건설을 추진하고 흥남에 조선질소를 설립(1927년)해 질소비료를 대량 생산하기 시작한 이래 광업, 수산업, 임업, 운수업, 유통업, 건축업, 군수업 등 농업과 일반 소비재 생산을 제외한 거의 모든 산업부문으로 사업을 확장해 갔다. 그러나 식민지 조선에 있어 노구치와 니혼질소의 의미는 단순히 조선의 흥남 일대에 거대한 콤비나트를 건설하고 다양한 산업부문을 독점적으로 장악했다는 데 있다기보다는, 오히려 '흥남' 자체를 만들어냈다는 데 있다. 노구치는 흥남에 공업단지를 만든 것이 아니라 **도시**를 세운 것이다. 조선질소가 저렴한 비료의 대량 생산을 가능하게 할 에너지원의 심장으로서 부전강 등지에 수력발전소를 건설하고, 광범위한 지역을 관통하는 송전·급수 설비와 원료·생산물의 신속한 수송을 가능하게 할 현대식 항만 시설을 통해 공장의 순환계와 소화계를 조직하고, 대규모 공업단지의 몸체를 구성하면서, 작은 어촌 마을에는 '흥남'이라는 이름이 부여되었다.[3] 한설야의 「과도기」에서 창선 등이 고향을 알아볼 수 없었던 것은 당연했다. 그들의 고향은 실질적으로도 명목적으로도 사라졌기 때문이다.

흥남면은 1년 만에 흥남읍으로 승격되었는데, 의미심장하게도 그 초대 읍장은 조선질소의 대표인 노구치 자신이었다.[4] 노구치와 조선

---

3) 대한제국시대까지 함흥군 동운전(東雲田)과 서운전(西雲田)으로 나뉘어 있던 두 면(面)은 식민지화된 후 총독부에 의해 운전면(雲田面)으로 통합(1914)되었고, 조선질소 공장이 건설된 후인 1930년 9월에 운전면(雲田面) 중 조선질소 공장과 사택 등이 차지하고 있는 지역을 흥남면으로 분리하면서 정식 행정구역으로서의 '흥남'이 탄생했다.
4) 「흥남읍 초년 예산 26만여원」, 『동아일보』, 1932.2.19 참조.

질소는 주재소가 경찰서로 확장·개편되는 데 개입했고,[5] 조선질소의 간부들은 읍의회와 학교조합 의원 등으로 배치되었다.[6] 인구의 대부분이 공장의 노동자와 그 가족으로 구성된 지역에서 자본이 행정, 경찰, 교육 등 규율·통제 권력과 일체화되어 통치하는 도시, 따라서 그 구성원들의 경제활동뿐만 아니라 일상적 삶 전체가 자본-국가의 하나의 눈에 의해 포획된 도시를 '기업도시'라고 할 수 있을 것이다.[7] 특히 중일전쟁 발발 이후 폭약과 항공기 원료를 비롯한 군수산업부문 생산에 주력하면서 '기업도시'의 군·정·산 결합체로서의 성격은 더욱 공고해졌다.

공장과 도시가 일체화되는 방식으로 자본-국가가 노동자와 도시 구성원 들의 삶 전체를 장악한 흥남이라는 장소는 식민지 / 제국 체제의 '삶의 형식'[8]을 극단적으로 드러내준다. 이곳에서는, 새로운 물질(상품)을 개발하는 기술적 실험, 생산 효율성을 제고하기 위해 배려된 시

---

5) 「흥남에도 경찰서」,『조선일보』, 1931.1.28 참조. 또한 조선질소 흥남공장에서 노동자로 근무하다 제2차 태평양노동조합사건으로 투옥된 바 있는 이소가야 스에지[磯谷季次]는 흥남 경찰서 건물이 공장 사택과 같은 재료로 지어져 "공장의 부속물로 지어진 듯한 인상"을 주었다고 회고한다. 이소가야 스에지[磯谷季次], 김계일 역,『우리 청춘의 조선』, 사계절, 1988, 105면.

6) 손정목,「일제하 화학공업도시 흥남에 관한 연구 (하)」,『한국학보』 제16권 3호, 1990, 167면 참조.

7) 손정목은 "한 개 또는 두 개의 기업이 그 도시의 경제면은 물론이고 행정·문화·사회 전반에 점하는 비중이 커서 가히 그 기업 때문에 도시가 유지·관리되는, 그러한 도시"를 '기업도시'라고 명명하고 있다. 손정목,「일제하 화학공업도시 흥남에 관한 연구 (상)」,『한국학보』 제16권 2호, 1990, 195면 참조.

8) 이 글에서 '삶의 형식'이란 역사적으로 형성된 법적·제도적 제약과 경제적·정치적·문화적 장치들이 삶을 특정한 방식으로 구성하는 방식을 포괄적으로 지칭한다. 따라서 삶이 그것의 형태와 분리되지 않은 상태, 삶의 잠재성이 고갈되지 않은 국면을 지시하기 위해 아감벤이 사용하는 '삶-의-형태(forma-di-vita)'와는 구별된다. 아감벤의 '삶-의-형태'와 관련해서는 조르조 아감벤, 김상운·양창렬 역,『목적 없는 수단』, 난장, 2009 참조.

간-공간의 기술적 배치, 노동자와 도시 구성원 들의 삶을 규율하는 기술적 장치 등이 자본-국가의 통제 아래로 수렴된다. 통제되는 이들 측에서 보자면 어떤 공정의 도입이 어떤 질병을 낳고, 공간의 어떤 효율적 활용이 어떤 재해를 낳고, 어떤 행정조치가 어떤 구금과 추방을 낳는다.

이 글은 '기업도시' 흥남이라는 특이한 장소를 거점으로 다양한 층위에서의 기술적 실천이 삶을 재조직하는 측면을 분석하고, 식민지 / 제국 체제에서의 '삶의 형식'의 한 단면을 공장-도시와 노동의 층위에서 확인하고자 한다. 아울러 일본의 패망으로 식민지 / 제국 체제가 해체되고 한반도와 일본에 국민-국가 체제가 형성되어가는 과정에서 이 '삶의 형식'이 어떻게 재편되는 동시에 지속되는지를 고찰하고자 한다. 사실 이 작업은 흥남-미나마타의 장소성을 매개로 식민지 / 제국 시기와 국민-국가 시기의 조선(한국)과 일본을 초-경계적(trans-border)으로 횡단하며 식민지 / 제국 체제의 착취 장치와 그 유산을 고찰하는 보다 광범위한 기획하에서 이루어질 것을 요청한다. 이 글에서는 우선 조선질소 흥남공장 노동자로 근무한 경력을 가진 이북명의 소설과 당대의 신문 자료를 중심으로 식민지 / 제국 체제 기업도시의 '삶의 형식'의 단면을 파악하는 데 집중하고, 니혼질소에 의해 연결되어 있던 흥남과 미나마타의 해방(패전) 전후를 대비시킴으로써 이후의 다층적 연구를 위한 하나의 실마리를 마련하고자 한다.

## 2. 흥남, 또는 자본-국가 콤비나트

1906년 '소기[曾村]전기'라는 회사를 창립하고 가고시마[鹿兒島]현에 발전소를 세워 전기 공급 사업을 시작하면서 '기업가'로서의 경력을 시작한 노구치는 유휴전력으로 카바이드를 제조하기 위해 '니혼카바이드상회'를 설립하고 규슈[九州]의 미나마타에 그 공장을 세웠다. 뒤이어 프랑크-카로 식 석회질소 제조공법의 특허권을 구입한 후 1908년 소기전기와 니혼카바이드상회를 합병해 '니혼질소'를 세우고 유안(황산암모니아)을 생산하기 시작했다.[9] 니혼질소의 사업 확장 방법이 갖는 특징은, 외국의 새로운 특허기술을 발 빠르게 구입하고 그 기술의 '산업화'를 위해 공장과 발전소 건설을 동시병행적으로 진행하며 양자의 유기적 결합을 통해 전기화학공업을 추진했다는 데 있었다.[10] 제1차 세계대전으로 인한 호황에 힘입어 빠르게 성장할 수 있었지만 석회질소제조에 드는 비용으로 고전하던 노구치는 1923년에 새로운 기술인 카살레 식 암모니아합성법을 도입하여 비용절감에 성공한 후, 저렴한 노동력과 풍부한 자원, 수력발전에 적합한 지형을 가진 식민지 조선으로 눈을 돌려 흥남에 진출했다.[11] 니혼질소가 이른바 '신흥재벌'로서 비

---

9) 鎌田正二, 『北鮮の日本人苦難記 ─ 日窒興南工場の最後』, 時事通信社, 1970, 3~4면; 小林英夫, 「1930年代日本窒素肥料株式會社の朝鮮の進出について」, 山田秀雄 編, 『植民地経済史の諸問題』, アジア経済研究所, 1973, 149~150면; 이시무레 미치코[石牟礼道子], 김경인 역, 『슬픈 미나마타』, 달팽이, 2007, 244면 참조.
10) 小林英夫, 위의 글, 149면 참조.
11) 공기 중의 질소를 고정시키는 암모니아 합성법은, ① 공기와 물을 각각 전기 분해하여 질소와 수소를 얻고 ② 그 혼합가스를 합성 탑에 넣어 고온·고압 처리한 후, ③ 촉매를 사용해서 반응시키는 것이다. 노구치는 이탈리아의 카살레(Casale)가 개발한 신기술을 도입하기

약적 성장을 할 수 있었던 것은 말할 필요도 없이 그 사업의 기반을 식민지 조선에 둔 이후의 일이다. 1927년까지 절대적으로 비료생산에 의존하고 있던 니혼질소의 매상액이 평균 2천만~3천만 엔을 넘지 못한 데 반해, 조선 진출 후 급격한 성장을 거듭해 1935년을 전후해서는 매상이 1억 엔에 이를 정도였고, 1939년에는 2억 5천만 엔을 돌파했다.[12] 이 과정에 광업, 군수업 등 제조품목의 다양화가 있었음은 물론이다.

1930년을 전후해 새롭게 부상한 '신흥재벌'의 창설자들, 즉 니혼질소의 노구치를 비롯해 '닛산[日産]'의 아유카와 요시스케(鮎川義介, 1880~1967), '니혼소다(日本ソーダ)'의 나카노 도모노리(中野友禮, 1887~1965), '리켄(リケン)'의 오코우치 마사토시(大河內正敏, 1878~1952) 등은, 미쓰이[三井], 미쓰비시[三菱] 등의 구 재벌들이 미처 개척하지 못한 분야, 특히 중공업과 화학공업에서 새로운 종류의 사업을 창안했다. 구 재벌들이 주로 상업, 무역, 유통 등에서 출발해 기업을 확장해간 데 반해 신흥재벌

---

위해 직접 이탈리아를 방문한 것은 물론, 카살레를 일본으로 초대해 규슈의 노베오카[延岡]에 대규모 황산암모늄 공장을 건설했다. 흥남공장은 물론, 미나마타의 황산암모늄 공장도 동일한 기술에 입각해 건설(1926년)되었다. 기무라 미쓰히코[木村光彥]·아베 게이지[安倍桂司], 차문석·박정진 역, 『전쟁이 만든 나라, 북한의 군사 공업화』, 미지북스, 2009, 116~117면 참조.

12) 위의 책, 162~163면 참조. 아울러 식민지 / 제국 시기 니혼질소가 각 지역에 투자한 고정자산의 규모를 봐도 조선 진출이 갖는 중요성을 짐작할 수 있다.

| | 백만 엔 | 同上比率(%) |
|---|---|---|
| 일본 | 170 | 17 |
| 조선 | 659 | 66 |
| 만주 | 138 | 14 |
| 중국 | 29 | 3 |
| 계 | 996 | 100 |

출전 : 東洋經濟新報社, 「朝鮮産業の共榮圈參加體制」, 『季刊朝鮮』, 1943, 120면(小林英夫, 앞의 글, 144면에서 재인용).

들은 초기부터 고도의 기술집약적 산업인 중화학공업을 중심으로 거대 콘체른을 형성해 갔다. 그런 만큼 콘체른 내부의 기업결합에도 역시 치밀한 기술적 고려가 관철되었다. 자본의 유기적 구성이 고도화될 수밖에 없는 중화학공업이었기 때문에 자본투여나 생산공정의 결합 등에 기술합리성의 원칙이 철저히 우선되었을 뿐만 아니라, 상층부의 가족 소유의 회사를 중심으로 확장되어가는 구 재벌의 '이에[家] 시스템'에 도전해 '공적 소유의 주식회사' 체제를 취했다는 점에서도 기술적 결합의 특징을 찾을 수 있다.[13] 무엇보다도 신흥재벌의 창설자들 자신이 기술자였다.[14]

또한 신흥재벌들의 콘체른은 그 출발부터 '국책 사업'과 긴밀히 결합해 성장해 갔다. 신흥 콘체른의 기술적 구성이 표방하고 있던 '공적' 성격은 '국가적' 의의와 동일시되었고, 식민지 개발, 전쟁, 점령 등 일본의 제국 팽창 과정에서 발생하는 특수(特需)에 발맞춰 생산을 확대해 갔다. 중화학공업은 다량의 에너지원 보유, 도로 · 철도 · 항만을 비롯한 광범위한 교통망의 설립, 다수의 저렴한 노동력 확보 등 그 자체 사회 기반 시설의 조성 및 대규모 인구 이동과 깊이 결부되어 있기 때문

---

13) 河原宏, 『昭和政治思想研究』, 早稻田大學出版部, 1979, 58면; Hiromi Mizuno, *Science for the Empire : Scientific Nationalism in Modern Japan*, Stanford : Stanford University Press, 2009, p.51 참조.

14) 노구치는 도쿄제국대학 전기공학과, 아유카와는 도쿄제국대학 기계과, 오코우치는 도쿄제국대학 조병학과(造兵學科)를 졸업했고, 나카노는 교토제국대학 이학부 조수를 역임한 바 있다. 기술자 = 자본가라는 새로운 존재의 등장은, 1930년대 중반 이후 식민지 / 제국 체제 내부에서 발생한 과학개념의 변형("문화과학'에서 '자연과학'으로") 및 그러한 변형을 이끈 '시국적' 상황과 뗄 수 없이 결합되어 있다. 특히 '주식회사'의 형태는 전시체제기의 '과학주의 공업'이 표방하고 있던 '반(反)이윤의 공적(국가적) 기업'이라는 모델과 이어질 수 있었다. 실제로 노구치는 "영리를 위주로 하지 말고 국가적 견지에서 사업 경영을 할 것"을 신조로 가지고 있었다고 전해지기도 한다. 栗原彬, 「水俣病という身体 : 風景のざわめきの政治學」, 『內破する知―身体 · 言葉 · 權力を編みなおす』, 東京大學出版會, 2000, 34면.

에, 그 출발부터 국가의 재정적·행정적 지원을 요구하는 산업부문이었다. 신흥재벌들은 식민지 조선과 대만, 만주국 등지의 개발 과정에 참여하면서 비약적으로 확장되어왔으므로 군·정·산 결합을 떠나서는 결코 형성될 수 없었다고 해도 과언이 아니다. 그중에서도 노구치의 니혼질소는 일본정부와 조선총독부의 전폭적인 지원 속에서 인력, 토지, 자원을 손쉽게 장악하며 '동양 최대'라고 자부하는 거대한 화학공업 복합단지를 흥남 일대에 구축할 수 있었다.

일본 신흥 재벌 기업들이 가지고 있는 기술적 결합과 국책적 결합이라는 두 가지 특징은 노구치의 니혼질소가 구축한 식민지 기업도시 흥남에서 극단적인 형태로 드러난다. 우선 흥남 공업단지에서 기술적 결합은 거대한 규모에서 시간-공간의 재구성을 초래했다. 니혼질소는 1926년 조선수전주식회사를 설립하고 1929년부터 13만kw의 전력을 제공할 수 있었던 부전강(1932년 완공) 수력발전소를 비롯해, 장진강(1938년 완공), 허천강(1941년 완공) 등에 연달아 발전소를 세우고 흥남 공장지대로 막대한 전력을 끌어왔다. 이들 압록강 상류의 수력발전소들은 서해 쪽으로 흘러가는 강을 막아 인공 호수를 만들고 산맥에 터널을 뚫어 그 반대편인 동해 쪽으로 강물이 떨어지게 함으로써 큰 낙차를 이용해 전력을 얻는 방식을 채택했다.[15] 이 전력으로 흥남비료공장(1927년 시공, 1929년 1기 완공)에서 질소비료를 대량생산하고 화약, 액체연료, 마그네슘, 알루미늄 등의 분야로 흥남 일대에 기업연합을 확장시켜 갔던 것이다. 이렇듯 흥남은 수력발전소로부터 저렴하고 풍부

---

15) 손정목, 「일제하 화학공업도시 흥남에 관한 연구 (상)」, 『한국학보』 제16권 2호, 1990, 204~206면 참조.

한 전기를 송전받기에 상대적으로 가까운 위치에 있을 뿐만 아니라 동해를 통해 일본 및 해외로 비료의 수송 및 수출을 용이하게 할 수 있는 최적의 장소였다. 또한 동북 산악지방은 다양한 공업원료로 활용될 수 있는 지하자원의 풍부한 매장지이기도 했다. 흥남이라는 장소는 원료 공급지 및 발전시설과 긴밀하게 연결될 수 있었기 때문에 공장지대의 부지로 선정될 수 있었고, 그런 의미에서 조선질소를 중심으로 한 기업연합은 단순히 관련된 기업과 공장들이 밀집해 있는 흥남읍의 범위를 초과해 송전선과 급수 파이프와 철도와 항구로 이어져 있는 한반도 동북의 광범한 지역을 거대한 생산현장으로 변형시켰다고 할 수 있다. 니혼질소의 기술적 실험은 공기로부터 질소를 추출해 비료로 가공하는—공장 내부에서 행해지는—새로운 생산기술의 적용에만 그쳤던 것이 아니라, 생산 효율성 제고를 위한 기술적 배려에 입각해 식민지의 공간을 격렬히 변형시킴으로써 그 공간들이 가지고 있던 지속성(durée)을 뒤바꿔 놓는 데까지 이르렀다.[16] 이 실험은, 한설야의 「과도기」에서 볼 수 있었듯이, 많은 뿌리 뽑힌 자들을 파생시켰다. 한편에 발전소, 철도, 도로, 공장이 만들어낸 새로운 지도에 의해 축출되는 이들이 있는가 하면, 다른 한편에는 국경과 지역을 넘어 토목공사현장과 공장지대로 이동해오는 노동력들이 있었다. 특히 후자의 경우가 대규모의 인구이동을 초래했다. 1929년의 대공황 이후 급증한 식민지 유휴노동력이 중국, 일본 각지에서 오는 구직자들과 함께 흥남 일대에 산업예비군의 저수지를 형성하기도 했거니와,[17] 중일전쟁 발발 이후 군

---

[16] 동력, 원료, 생산수단, 유통기구의 긴밀한 연결로 이루어진 이 새로운 '지도'의 효과는 강력한 것이어서, 오늘날에도 흥남은 질소비료공장을 비롯하여 북한 화학공업의 중심지로 남아 있다.

대에 징집되어 간 일본인 노동자들의 빈자리를 채우기 위해 조선 각지에서 노무동원을 실시하면서 노동력의 이동이 일반화되었다. 특히 인구 또는 노동력의 이동 및 관리는 니혼질소의 '국책적 결합'으로서의 성격과 결부되어 있다.

'흥남'이라는 장소 자체가 니혼질소의 진출에 의해 생성되었음은 앞절에서 언급한 바 있지만, '기업도시'로서의 흥남의 급속한 성장에는 특히 총독부의 전폭적 협력이 전제되어야 했다. 수력발전소 개발허가부터 공장부지 매입 과정에까지 총독부 행정 권력과 경찰의 지원은 다분히 '내부자'의 그것이었다.[18] 흥남면이 만들어진 지 겨우 1년 만에 "총독부와 도와 군당국으로서 사무관 래왕이 빈번하더니"[19] 흥남읍으로 승격(1931.10.1)되었고, 조선질소의 대표이자 흥남읍장인 노구치와 총독부의 공조하에 '흥남도시계획'이 추진되기도 했다. 자본가가 행정

---

17) 특히 1929년 세계대공황 직후의 실업사태가 대규모 산업예비군을 형성했음은 주지의 사실이거니와, 취업을 희망하는 이들이 규모가 큰 흥남질소비료공장으로 몰리는 것은 당연했다. 「직공 50명 모집에 응모자 2천여 명」, 『동아일보』, 1931.6.19; 「인부 80 채용에 2천여 명이 쇄도」, 『조선일보』, 1931.6.20; 「朝鮮 직공모집 응모 6배 초과」, 『동아일보』, 1933.4.9 등 참조. 취업 희망자들의 쇄도가 계속 이어지자 질소비료공장에서는 "본 공장에는 이미 잇는 직공도 정원을 초과할 지경이니 먼 지방에서는 본 공장을 상대로 구직하러 오는 이 없도록 일반은 주의하라"는 공고문을 공장 앞 게시판에 붙여 놓을 정도였다. 「'각지 노동자여 예는 오지 마라' 흥남 조질회사의 게시」, 『조선일보』, 1932.1.19.
18) 공장 부지를 마련하는 과정에서도, 공장을 중심으로 흥남도시개발을 추진하는 과정에서도 행정당국은 철저하게 조선질소의 이해를 대변했다. 예컨대 흥남도시개발을 위한 부지를 확보하는 과정에서 행정당국은 해당 지역의 지주들에게 일정비율의 토지를 '기부'하도록 강요했고, 기부를 거부하는 지주에게는 거액의 수익세를 지불하게 하는 압박을 가하기도 했다. 「垈地 기부가 문제」, 『조선일보』, 1931.3.29. 또한 흥남 지역에 화약공장을 신설하기 위해 약 50만 평의 부지를 확보하려 할 때도 흥남경찰서장이 직접 지주들을 설득하기도 하고, 토지 매도에 불응하는 지주에게는 토지수용령을 적용하겠다는 위협을 가하기도 했다. 「흥남 화학공장 용지 매수교섭의 좌절」, 『조선일보』, 1934.12.7; 「흥남 화약공장 기지매수 발표」, 『조선일보』, 1935.2.3 등 참조.
19) 「흥남을 읍으로 승격」, 『동아일보』, 1931.9.18.

권력까지 함께 장악하고 있던 흥남은 말 그대로 '노구치 왕국'이었다. 이곳에서 자본의 '국책적 결합'이란 단순히 국가의 주문에 의해 생산이 진행된다거나 군수품의 독점적 생산을 허가받는다거나 하는 특수한 계약관계만으로는 설명될 수 없다. 전기, 비료, 철강, 연료, 폭약 등, 거의 모든 산업부문의 생산능력뿐만 아니라 국가의 전쟁수행능력까지 결정할 수 있는 기간산업을 담당하고 있는 자본, 동시에 행정 권력까지 장악해 해당 지역의 개발과 변형에서 인구의 이동과 편성에 이르기까지 직접 조작의 주체가 되는 자본, 그리하여 '자본의 영토'와 '국가의 영토'가 하나의 신체 위에 고스란히 덧씌워져 있는 장소, 이것을 **자본 – 국가 콤비나트**라고 명명해도 좋을 것이다.

흥남 조선질소의 자본-국가 콤비나트는, 흥남을 중심으로 하는 조선의 동북지역을 **실질적으로** 포섭하고 있었다. 발전소, 탄광, 공장, 철도, 항만 등의 네트워크에 의해 그 지역과 그 지역의 생명은 자본-국가 콤비나트 "내부로 용해"[20]된 것이다. 다시 말해 니혼질소 재벌이 흥남에 '진출'했다기보다는 흥남이 식민지 / 제국 체제의 자본이 구성한 자본-국가 콤비나트로 '용해'된 것이다. 흥남의 공기는 질소를 얻기 위한 것으로만, 개마고원에서 압록강으로 흐르는 강물은 전력을 만들어내기 위한 것으로만, 단천은 마그네슘의 원료를 캐내기 위한 곳으로만, 그리고 인간의 신체는 노동력을 착취하기 위한 것으로만 흥남의 자본-국가 콤비나트와 연결되었다. 그 이외의 것은 전적으로 배제되거나 아무래도 상관이 없었다.

---

20) 栗原彬, 앞의 글, 28면. 뒤에서 검토하겠지만, 공간과 생명에 대한 이와 같은 방식의 장악이 '미나마타병이 존재하는 세계'를 만들어낸다.

## 3. '태양 없는 거리'[21]의 삶

함흥 출신이자 흥남의 조선질소 비료공장 건립 초기에 공장 노동자로 약 3년간 근무한 경력을 가지고 있는 이북명은 자신의 경험에 기초해 흥남 공장 안팎의 삶을 다룬 일련의 소설들을 발표한 바 있다. 그중 대표작이라 할 수 있는 「질소비료공장」은 조선질소 공장 유안계에서 4년간 아무 문제도 일으키지 않고 묵묵히 일해 왔지만 폐결핵에 걸리자마자 회사 측으로부터 '노동부적격자'로 분류되어 해고당하는 상황에 처한 문길이라는 인물을 통해, 자본의 비인간적이고 부당한 처우에 맞서 노동자 계급의 단결과 투쟁의 당위성을 역설하는 서사로 이루어져 있다. 조선질소 공장의 노동자는 콘베이어 시스템을 도입해 인건비를 삭감하고자 하는 회사 측의 이른바 '산업합리화'에 의해, 공장의 유해한 환경으로 인해 질병을 얻었음에도 불구하고 노동력의 '정상적인 사용'이 불가능하다는 이유로, 그리고 회사 측에 대항해 노동자들의 요구를 단합된 목소리로 수렴하려는 '불온한' 조직활동을 도모했기 때문에, 언제든 해고되어 공장으로부터 추방될 수 있었다. 「질소비료공장」의 서사는 이렇듯 노동자들이 처해 있는 열악한 환경과 부정의한 현실을 폭로하고 그들의 계급의식을 자각하게 하는 방향으로 직조되어 있다. '노동부적격자'로 판정되어 해고당한 수십 명의 노동자들 중 한 명

---

21) '태양 없는 거리'라는 표현은, 일본 프롤레타리아 작가 도쿠나가 스나오[德永直]가 자신의 경험에 기초해 인쇄공들의 파업투쟁을 다룬 대표작 『태양 없는 거리(太陽のない街)』(1929)에서 가져온 것인데, 1930년대 조선의 신문·잡지 등에서도 공장지대 또는 노동자 밀집 지역을 지칭하는 비유어로 빈번히 사용되곤 했다.

인 문길은 이 부당한 처사를 비판하는 삐라를 산포하는 일에 관여했다는 이유로 검거되어 취조를 받다가 폐결핵이 악화되어 끝내 숨을 거두게 되고, 이에 동료들은 문길의 장례식을 메이데이 시위와 결합시켜 노동자들의 단결된 힘을 과시하고 저항의 미래를 예감하게 한다.

　해고 위협, 노동운동 탄압, 사용자들의 감시와 폭력, 노동자의 죽음, 계급적 분노, 해방의 예감 등으로 이어지는 서사는 식민지 / 제국 시기 노동소설이 가지고 있는 익숙한 구조에 해당된다고 할 수 있을 것이다. 그러나 몇 가지로 유형화될 수 있는 프롤레타리아소설의 서사구조를 포착하고자 하는 것이 아니라면, 더욱이 자본-국가 콤비나트로 구성된 흥남이라는 장소의 특이성을 이해하고자 한다면, 이북명의 일련의 소설들에서는 노동현장에 대한 묘사 또는 그곳에서 발생하는 에피소드들이 더 많이 주목되어야 할 것이다. 이렇게 볼 때 가장 먼저 주목되는 것은 무척이나 반복적으로 묘사되는 저 많은 '소음'과 '악취'일 것이다.

　　유안 직장은 회전하는 기계의 소음과 벨트의 날개치는 소리로 으르렁 으르렁 신음을 했다. 아스팔트 지면과 콘크리트 벽이 지진 났을 때처럼 진동했다. 암모니아 탱크에서 새어 나오는 기체 암모니아는 눈, 목, 콧구멍을 극심히 파고들었다. 포화기(飽和器)에서 발산하는 유황 증기와 철이 산화하는 냄새와 기계오일이 타는 악취가 그리 넓지도 않은 직장 내에서 화합(化合)하여, 일종의 이상한 독취(毒臭)를 직장 내에 떠다니게 하고 있었다. 유안 직장에서는 목이 아프고 콧물이 흐르고 눈에서 눈물이 나와도 어찌할 수 없었다. 직공들은 거즈로 마스크를 만들어 했지만, 그까짓 것은 억수같이 비가 쏟아지는 날의 찢어진 우산과도 같은 것이었다. [22] [23]

아마도 이 '소음'과 '악취'에 대한 묘사 이상으로 이북명의 '공장체험'을 입증해주는 부분은 없을 것이다. 질소비료공장은 무엇보다도 귀와 코와 눈과 목을 강하게 자극하는 감각적 고통을 떠올릴 때에만 하나의 장소로 성립될 수 있다. 더욱이 거대한 기계들의 무거우면서도 냉정한 운동과 화학적 합성 과정에서 파생되는 유해물질들이 주는 이 감각적 고통은 지나가지 않고 축적되며, 신체의 안팎을 공격한다. 「질소비료공장」의 문길이 공장생활 4년의 대가로 폐결핵을 얻은 것처럼 「출근정지」의 창수도 3년 만에 폐결핵에 걸린다. 「암모니아 탕크」의 동제는 탱크 청소 작업 중 질식하고, 「기초공사장」의 봉원은 기중기의 핸들에 가슴을 가격당하며, 「출근정지」의 창수, 응호, 성삼은 암모니아 탱크의 폭발로 형체도 없이 산화되고 만다. 이들은 "전쟁할 때의 하졸과 같이 공포 속에서"[24] 노동하고 있다.

실제로 수력발전소 건설에서 흥남의 공업단지 구축에 이르기까지,[25] 그리고 질소비료공장에서 화학합성물을 생산하는 과정에서[26]

22) 李兆鳴(李北鳴의 오식 — 인용자), 「初陳」, 『文學評論』 臨時增刊新人推薦号, 1935.5, 2면. 「初陳」은 1932년 5월 29일 『조선일보』에 연재를 시작하고 이틀 만에 게재 금지된 「질소비료공장」이 일본어로 번역되어 일본 내지에서 발표된 것이다. 남원진이 엮은 『이북명소설선집』(현대문학, 2010)에는 1958년 북한에서 발표된 개작본이 실려 있다. 1930년대의 경험적 지평을 이해하기 위해 이 글에서는 1935년의 일본어판을 주텍스트로 삼는다.

23) 흥남 공장지대를 배경으로 하는 그의 소설들은 거의 대부분 '소음'(소리)과 '악취'로 시작한다. 「질소비료공장」 이외에 「암모니아 탕크」(『비판』, 1932.9), 「기초공사장」(『신계단』, 1932.11), 「인테리」(『비판』, 1932.12), 「오전 3시」(『조선문단』, 1935.6) 등 참조.

24) 이북명, 「암모니아 탕크」, 『비판』, 1932.9, 115면.

25) 부전강, 장진강, 허천강 등 험준한 산악지대에서의 무리한 댐공사, 터널공사 등으로 수천 명의 노무자들이 목숨을 잃었다고 전해지며, 심지어는 회사 측에서 미리 사망신고서를 3만 매 인쇄해 놓았다는 증언도 있다. 손정목, 「일제하 화학공업도시 흥남에 관한 연구(상)」, 『한국학보』 제16권 2호, 1990, 218-221면 참조.

26) 「분리기 폭발로 사상자 7명」, 『조선일보』, 1931.3.31; 「흥남질소공장 참사자가 속출」, 『조선일보』, 1931.4.26; 「'탕크'의 폭발로 직공 2명 즉사」, 『조선일보』, 1932.4.26 등 참조.

무수히 많은 사고가 있었다. 아울러 갖가지 질병이 창궐하기도 했다. 유독가스와 각종 미세 화학물질들 속에서 일하는 노동자들에게 호흡기 질환이 빈번히 발생한 것은 물론,[27] 공업단지 형성 이후 5년여를 지난 시점부터 흥남 일대에 원인을 알 수 없는 질병과 전염병이 창궐하여 흥남은 "전염병 도시"[28] 또는 "병마의 도시"[29]로 불릴 정도였다. 기자의 상식으로도 "흥남은 다른 지방보다 특수지대로서 즉 비료공장의 유산 등 냄새와 제련소 연기 해변의 부패물 악취 등등으로 항상 주민으로 특수한 공기를 호흡"[30]하고 있음은 알 수 있었으나, 정확한 원인규명 작업은 이루어진 바 없다.[31]

바닷바람에 실려오는 은은한 갯내음과 함께 물가에 밀려오는 잔물결의 규칙적인 선율이 들려오면, 언덕을 넘어 들려오는 유산공장의 광석분쇄기 죠크랏샤와 로울러 크랏샤의 노호와 같은 울림과 부두에 있는 커다란 짐승같은 크레인 소리가 무감정한 끈질김으로 그 물결소리를 삼켜버리곤 했다. 지금 생각해 보면 그것은 이른바 '공해'였는데, 식민지의 자연과 인간에 대한 방약무도한 도전을 알리는 최초의 예고였다고나 할까. 바닷물에는 공장폐수와 불탄 광석 찌꺼기가 아무런 거리낌도 없이 흘러 다니거나 내버려져 있었다.[32]

---

27) 호흡을 힘들게 하는 유독가스와 작업복을 녹이는 황산에 노출된 질소비료공장의 노동자들은 그곳을 "살인공장"이라고 부르곤 했다. 磯谷季次, 앞의 책, 65면 참조.
28) 「흥남 일대에 전염병」, 『조선일보』, 1936. 2. 10.
29) 「흥남 지방에 소아 사망 격증」, 『조선일보』, 1936. 2. 12.
30) 「흥남 일대 소아병 만연」, 『조선일보』, 1934. 1. 21.
31) 신문에 보도된 이상질환 중 가장 특이한 것은 다음의 사례이다. 1934년 9월에서 10월까지 한 달여 만에 일본인 자녀들이 다니는 흥남소학교 학생 4명이 갑자기 기절하여 24시간 만에 사망한 사건이 발생한 것이다. 조선질소부속병원 원장이 검진하기도 했지만 병명도 판명하지 못한 채 유행성 척수막염으로 추측할 뿐이었다. 「정체모를 유행병 흥남에 대창궐」, 『조선일보』, 1934. 11. 3.

"유산계에서 태우는 유화 철광의 독특한 냄새가 해풍에 불리어서"[33] 공장 바깥의 흥남 주민들까지도 감각적 고통을 공유하게 되는 사태는 의미심장하다. 유독가스가 공장 담을 넘어 흥남 일대에 퍼져나가듯이, 흥남은 공장 안팎이 분리될 수 없는 장소였던 것이다. 이는, 공장이 존재함으로써 공장 바깥의 공간이 언제나—이미 공장과의 관계 속으로 진입해 있다는 의미에서도 그러하지만, 공장 안의 삶과 바깥의 삶이 실질적으로 하나의 시선 아래로 포섭되고 있다는 의미에서도 그러하다. 인구의 거의 대부분이 노동자와 그 가족으로서 그들의 생계가 공장에 긴박되어 있는 도시,[34] 기업이 노동자에게 '구매권'을 판매해 공장 내에서 쌀, 의복, 잡화 등 생필품을 구입하게 만드는 곳,[35] 자본가가 출생과 사망신고서를 받는 곳, 경찰이 임금협상 테이블에서 자본가의 대리인을 자처하는 곳,[36] 자본-국가 콤비나트가 구축된 흥남은 공장으로부터 발원하는 하나의 시선에 의해 포착된다.

그러나 이렇게 동일한 시선과 각종 유해물질이 담장을 넘어가고 있음에도 불구하고, 다른 의미에서 공장 안과 바깥은 철저하게 분리되어

---

32) 磯谷季次, 앞의 책, 66면. 이와 함께 「각 어장에 대타격 흥남공장의 배수유독으로」, 『조선일보』, 1939.6.7 참조.

33) 이북명, 「인테리」, 『비판』, 1932.12.

34) 1930~1932년경에는 흥남 공장 노동자 6천여 명에 흥남 인구 약 3만 명이었고, 1945년 8월 시점에는 공장 노동자 4만 5천여 명에 흥남 인구 약 18만 명으로 증가했다. 불확실한 추정이지만, 공장 노동자 1명에게 3~4명의 부양가족이 있다고 계산한다면 흥남 인구 거의 전체가 조선질소에 생계를 의존하고 있다고 봐도 무리는 아닐 것이다.

35) 조선질소는 생필품을 판매하는 '흥남공급소'라는 부속기관을 설치해 이곳에서만 사용할 수 있는 구매권을 발행한 후 그에 해당하는 금액을 급료에서 제외하는 방식으로 '소비'까지 장악하고자 했다. 흥남지국—記者, 「흥남조질공장의 직공생활 탐사기」, 『조선일보』, 1931.9.20 참조. 이 구매권 제도는 흥남 소상인들의 비난 여론에 부딪혀 1933년 말에 폐지되는 것으로 보인다.

36) 흥남 제련소 노동자들이 임금인상을 요구하며 파업을 단행했을 때 마침 출장 중이었던 제련소장을 대신해 경찰서장이 임금인상을 약속하고 작업을 재개시키기도 한다. 「제련소 직공 파업 사건」, 『조선일보』, 1934.10.5 참조.

있다. 공장은 적색노조를 조직하려는 '불온한' 세력을 차단하고, 노동 능력을 상실한 '노동부적격자'를 추방함으로써 자본-국가 콤비나트의 심장을 '위생적인 생산현장'으로 보존하고자 한다. 이와 같은 '공장 = 요새'[37]는 마치 주권권력의 통치모델[38]을 작동시키는 듯하다. 공장 = 요새는 그 일대의 자연공간을 발전소, 탄광, 공장, 항만으로 이어지는 네트워크의 기술적 조직 내부로 용해시키며, 인간의 삶은 노동과 질병·재해와 추방의 순환 과정 내부로 포획한다. 공장 = 요새는 그 주변에 수많은 산업예비군들을 포진시켜 값싼 노동력의 저수지를 보유하고 그들을 노동 = 삶의 세계로 유인하지만, 실제로 공장 = 요새 안에서 보장받는 노동 = 삶의 세계란, 불구자, 병자, 사망자를 낳는 노동 = 죽음의 세계를 공장 = 요새 바깥으로 끊임없이 배출·추방함으로써만 유지될 수 있는 것이다. 기업도시 흥남은 공장 = 요새가 살리는 도시이자 공장 = 요새가 죽이는 도시이다.[39]

---

37) 이 대목에서 공장(factory)이라는 단어 자체가 유럽 식민주의 기획의 발명품이라는 수잔 벅-모스의 지적을 음미해보는 것도 좋을 것이다. 영국의 맨체스터가 산업도시로 도약하기 수세기 전에 생겨난 최초의 '공장'은 아프리카 연안의 항구들에 진출하기 위한 발판으로 마련된 포르투갈의 페이토리아(feitoria), 즉 원주민과의 교역소였다. 영국에서는 이러한 의미에서 공장이라는 용어를 채용했다. 공장은 외국이나 식민지에 있는 무역회사로서 칙허장에 의해 독점을 허가받았고, 칙허장에 따라 대리인들이 회사 본부이자 창고, 도매주문 처리 센터로 기능하는 이 외국 기지로 파견되었다. "공장은 부동산을 요새와 공유하며, 식민지 전쟁에서 필수적 역할을 담당하는 제국 기획의 대리인이었다." 수잔 벅-모스, 김성호 역, 『헤겔, 아이티, 보편사』, 문학동네, 2012, 142~143면.
38) 미셸 푸코, 오트르망 역, 『안전, 영토, 인구』, 난장, 2011 참조.
39) 어쩌면 식민지 / 제국 시기 자본-국가 콤비나트의 통치성은 오늘날 그 포섭의 영역이 너무나도 깊고 넓어 오히려 무감각해진 '재벌'의 효과를 새삼스럽게 자각하게 해 줄 수 있을 것이다. 더 이상 순수하게 '자본'으로만 정의할 수 없는 '재벌'의 효과는 단순히 문어발식 경영 확장과 부의 집중에 있는 것이 아니라 삶 / 죽음의 관장에 있는지도 모른다. '재벌'은 실제로 병을 주고 약을 준다.

# 4. 해방 / 패전과 흥남-미나마타, 또는 생산과 죽음

중일전쟁 발발 후 자연과 생명에 대한 착취가 총체적으로 이루어지던 흥남의 자본-국가 콤비나트에서는 태평양전쟁이 발발한 후 미군의 폭격의 위협 속에서 막바지까지 자원 및 노동력 동원이 이루어졌다. 특히 '산업보국대'라는 이름으로 남선(南鮮)의 농촌지방으로부터 강제 노무동원이 행해졌고, 징용령이 선포된 후에는 학생, 수인(囚人), 포로 등까지 동원되었다. 그러나 결국 1945년 8월 15일 일본의 패전과 더불어 조선질소, 나아가 만주국과 남양까지 전개해갔던 니혼질소 콘체른은 몰락하고 만다. 식민지 / 제국 체제 내에서 만들어질 수 있었던 자본-국가 콤비나트는 체제의 몰락과 운명을 같이 할 수밖에 없었다. 8월 26일 새벽 소련군 입회하에 흥남공장노동조합장 임충석의 이름으로 공장이 접수되었고 당일부터 일본인의 공장출입이 금지되었다.[40] 함흥형무소에서 석방된 정치범들을 중심으로 8월 16일에 급히 조직된 '함경남도인민위원회좌익'이 '함경남도공산주의자협의회'로 확장·개편된 후 그 하부의 대중조직 중 하나인 흥남화학노동조합이 공장 운영을 담당하게 되었다. 자본-국가 콤비나트의 공장 = 요새는 그것이 요

---

40) 그러나 10월부터 일부 일본인 기술자 및 인부가 공장에 다시 들어가게 된다. 이는 북조선임시인민위원회의 '산업재건'과 소련군의 '전후처리'의 방향조정과도 관련이 있는 것으로 보인다. 점령 초기 소련은 일제가 북한지역에 남긴 산업 설비를 철거해가려 했고 일부 철거가 이루어졌지만 1945년 가을 무렵 스탈린의 명령에 의해 북한 산업 설비를 보전하는 방향이 확립되었다. 木村光彦·安倍桂司, 앞의 책, 229~230면 참조. 한편 해방 직후 공장에서 축출되었다 다시 복귀한 일본인들은 조선인과 완전히 역전된 지위에 처해지게 되었다. 손정목, 「일제하 화학공업도시 흥남에 관한 연구 (하)」, 『한국학보』 제16권 3호, 1990, 215면 참조.

새 바깥으로 철저히 배제하고자 했던 힘들에 의해 접수되었고, 그들을 추방했던 자들이 추방당했다.

그러나 해방 직후의 혼란 속에서 조업 중지 상태에 있던 많은 공장들을 정상적으로 가동시키기 위해서는 그동안 공장의 기술전문분야를 독점하고 있던 일본인들을 잔류시켜 기술과 지식을 전수하도록 해야했다. 그리하여 조선공산당 함흥시당부 일본인부에서 '전문기술부회'를 조직하고 일본인 고급기술진을 설득해 공장 재건과 기술 전수에 참여하게 만들었다.[41] 이후 1946년 8월에는 일본인 기술자를 확보하기 위한 북조선임시인민위원회의 「기술자 확보에 관한 결정서」(1946.8.7)가 채택되면서 고급기술의 이전작업이 보다 본격적으로 진행되기도 했다.[42] 그러나 제2차 세계대전 종전 후의 혼란스러운 국제환경에서 물자, 전문 기술인력 및 노동력이 턱없이 부족했고, 따라서 해방 전의 생산수준에 도달하기 위해서는 상당한 시일이 필요했다.[43]

---

[41] 磯谷季次, 『朝鮮終戰記』, 未來社, 1980, 180~183면 참조. 1946년 1월 말 시점에서 함흥일본인위원회가 파악한 일본인 기술자 현황은 다음과 같다. 같은 책, 180면.

| | | | | | | 내역 | | | | | | | | | | |
|---|---|---|---|---|---|---|---|---|---|---|---|---|---|---|---|---|
| 전기 | 기계 | 토목 | 건축 | 광산 | 야금 | 응용화학 | 조선 | 양조 | 축산 | 수산 | 임업 | 농업 | 약학 | 의학 | 요업 | 합계 |
| 145 | 141 | 108 | 218 | 16 | 3 | 5 | 1 | 3 | 22 | 11 | 49 | 48 | 18 | 65 | 12 | 870 |

물론 이들 중 대부분은 기술동원을 거부한 채 조선을 탈출해 일본으로 돌아갔다. 그러나 흥남공장에서는 최고 기술진 일부가 기술동원에 참여했다. 의미심장하게도 이때 흥남공장에 상당기간 머물렀던 기술진 중에는 후일 일본원자력연구소 이사장을 역임(1968~1978)한 무네카타 에이지(宗像英二, 1908~2004), 그리고 미나마타병 환자가 다수 발생하던 시기 신니혼질소주식회사(칫소) 미나마타공장장이었던 곤 기치로(昆吉郎, 1913~2001) 등이 포함되어 있었다.

[42] 木村光彦·安倍桂司, 앞의 책, 237면 참조

[43] 북한의 전반적인 공업 생산 수준은 1948년까지도 해방 전의 정점으로 복귀할 수 없었다. 기무라 미쓰히코와 아베 게이지는 그 이유를 총력전 이후의 소련의 심각한 물자 부족과 그에 따른 북한 지원 부족, 국공내전 중인 중국 지역으로부터 원료 수입의 두절, 남선 출신 노동

해방 직후 이북명은 구(舊) 니혼질소로부터 접수한 발전소, 공장을 배경으로 다시 몇 편의 소설을 쓴 바 있다. 그런데 해방 후 소설에서 흥남은 1930년대 그가 묘사했던 흥남의 완전히 **정반대 편**에 자리 잡고 있었다. 앞 절에서 살펴 본 것처럼, 흥남 공장지대를 배경으로 한 그의 식민지 시기 노동소설은 파업, 태업, 조직운동 등의 흔적을 담으면서도, 기본적으로 공장을 죽음을 낳는 곳으로 묘사했다. 그곳의 노동자들은 질병, 사고, 재해 등에 노출되어 있었다. 그런데 놀랍게도 해방 후 흥남의 공장에는 희망이 충만하다. 무엇보다도 '주인'이 바뀌었고, 따라서 공장을 매개로 직조되는 사회적 관계가 바뀌었기 때문이다.

1947년 9월 『조선문학』 창간호에 발표된 「노동일가」는 생산성 향상이라는 목표를 둘러싸고 소영웅주의적으로 개인적 경쟁에 몰두하는 이달호라는 인물과 자신의 노동이 '전체' 속에서 어떤 의의를 갖는가를 잊지 않는 김진구라는 인물 사이의 대조를 통해 사회주의적 노동윤리의 모델을 제시하고 있는 소설이라고 할 수 있다. 흥미롭게도 이 작품의 서사는 식민지 시기 그의 대표작 「질소비료공장」과 유사하게 점심시간 무렵의 공장 안에서 시작된다. 식사 후 왁자지껄하게 노래를 부르고 담배를 피우며 한담을 나누는 노동자들의 표정은 매우 밝다. "증산 경쟁에 일분일초를 아껴가면서 돌격을 감행하고 있는 그들"의 "표정에는 우울도 고민도 없다. 다만 혈색 좋은 얼굴에는 무한한 행복과

---

자들의 귀환에 따른 노동력 부족 등에서 찾는다. 위의 책, 287면 참조. 더욱이 한국전쟁 발발 직후인 1950년 7~8월 중 4차례에 걸쳐 집중적으로 이루어진 미군의 폭격으로 인해 흥남 공장지대는 거의 초토화되었다. 흥남에서의 화학비료 생산능력은 1958년에 이르러서야 한국전쟁 직전의 수준으로 회복된다. 손정목, 「일제하 화학공업도시 흥남에 관한 연구 (하)」, 『한국학보』 제16권 3호, 1990, 217면 참조.

희망의 빛만이 아롱지고 있다."[44]

스스로 역사를 만들어가는 주체라는 의식은 이들에게 "얼굴이 양초
빛 같이 희고 광대뼈가 도드라지고 뼈만 남게 여윈"[45] 모습이 아니라
"혈색 좋은 얼굴"을 부여했고, 3교대로 새벽에 근무하다 감독의 눈을
피해 잠을 청하던 지친 노동자[46]를 서로 더 많은 생산을 위해 "일분일
초를 아껴가면서 돌격"하는 노동전사로 탈바꿈시킨다. 일본 재벌의 공
장을 접수해 그 '주인'이 됨으로써 민족모순과 계급모순을 단번에 극복
해버린 이 노동자들은 새로운 국가를 만드는 과정에 주체적으로 참여
하며 '명랑한 노동'으로 잠을 설친다.[47] 그리하여 "숨막힐 것 같은 소
음과 악취 속에서 11시 경부터 기계실에 걸려 있는 기둥시계바늘만을
쳐다보며 점심시간을" 기다리다가 "아직 20분이나 남았나"[48] 하며 한
숨을 내쉬던 식민지의 노동자는, 이제 오후 근무가 시작되는 "1시까지
에는 아직 17분이나 남았"[49]음에도 불구하고 경쟁적으로 작업에 뛰어

44) 이북명, 「노동일가」, 남원진 편, 『이북명소설선집』, 현대문학, 2010, 211면.
45) 이북명, 「출근정지」, 『문학건설』, 1932.12, 9면.
46) 이북명, 「오전 3시」, 『조선문단』, 1935.6.
47) 이 '명랑성'은 해방 직후의 그의 소설이 식민지 말기 국책문학의 성격을 갖는 '생산소설'들과
   어떤 점을 공유하는지 확인할 수 있게 해주는 부분이기도 하다. 전시 체제의 총후보국에 협
   력하며 '생산'의 당위를 자연화하는 내용의 소설들(「형제」, 「병원」, 「철을 파내는 이야기(鐵
   を掘る話)」 등)에는, 노동이 '국가'의 틀 내부에서의 개인 / 전체의 윤리적 대립구도로 환원
   됨으로써, 계급모순의 맥락이 들어올 틈이 존재하지 않는다. 이곳에서 노동은 (민족적 차이
   를 괄호에 넣은) '전체'를 위한 자연과의 투쟁이라는 추상적 순수성의 영역에서 진행되고,
   따라서 명랑할 수 있다. 이 시기 이북명 소설에서 노동이 갖는 성격 변화에 대해서는 김종
   욱, 「노구치콘체른과의 관계를 통해 본 이북명의 소설세계」, 『국어국문학』 155호, 2010,
   295~298면 참조. 물론 계급적 적대를 삭제한 채 자연화된 노동의 신성성과 명랑성이 민중
   들의 삶의 파괴를 완전히 은폐할 수는 없었다. 서영인, 「일제말기 생산소설 연구」, 『비평문
   학』 41호, 2011, 164~166면 참조. 그러나 해방 후 ─ 계급모순은 물론 ─ 민족모순까지 떨쳐
   버린 서사 속에서 생산의 절대성은 더욱 강화된 것으로 보인다.
48) 이북명, 앞의 글, 1935.5, 3면.
49) 이북명, 앞의 글, 2010, 218면.

드는 노동자로 변모한다. 이 두 노동자는 똑같이 시계를 바라보고 있지만, 노동의 시간 속에서 휴지(休止)를 기다리는 시선과 휴식 시간에서 작업을 기다리는 시선은 극단적 대칭을 이룬다. 이북명에게 홍남이 식민지 시기와 해방 후 정반대의 자리에 놓이게 된다는 것을 이러한 시선의 위치에서 확인할 수 있다. 식민지 시기 조선질소 공장에서 노동은 서둘러 해방되어야 할 굴레였지만, 해방 후 홍남지구 인민공장에서는 노동이 곧 해방이었다. 식민지 시기 홍남에서 공장 = 요새가 강박적으로 지키고자 한 '위생적인 생산현장'은 이제 '해방 북조선' 전체로 확장되었다. 그리하여 식민지 시기 이북명 소설에서 그토록 반복적으로 묘사되었던 '소음'과 '악취'는 완전히 사라진다.

> 피대 도는 소리, 기계가 회전하는 소리, 마치로 철판을 두드리는 소리, 그라인더에서 바이트를 벼리는 소리, 전기 기중기가 육중한 철재를 물고 왔다 갔다 하는 소리, 소리, 소리 …… 처음 듣는 사람들에게는 귀청이 떨어질 듯이 요란한 소리였으나 이 공장 동무들은 그 소리를 생산부흥의 노래로 여기고 있다.[50]

해방과 함께 '감각'도 재분할되었다. 후각은 완전히 마비되었고 소음은 노랫소리로 들린다. "선반공장의 역학적 기계 배치는 현대미의 한 개의 대표적인 표현"으로서의 "기계미!"[51]로 파악된다. 노동과 생산의 시간으로 충만한 공장에서 삶과 노동의 결합은 기계에 의해 구현된다.

---

50) 위의 글, 235면.
51) 위의 글, 224면.

삶과 노동의 분리를 위무(慰撫)하던 노동요는, 삶 = 노동의 세계에서는 기계 소리가 대신한다. 그 자체 노동의 산물인 기계가 아름답다.

그렇다면 저 '소음'과 '악취'는 어디로 갔는가? 그것은 해방 / 패전과 함께 현해탄을 건너 미나마타로 간 것으로 보인다.

해방 후 북한에서 식민지 / 제국 체제의 공장 = 요새가 붕괴됨으로써 오히려 전 사회로 확산된 삶 = 노동의 극단적 세계가 만들어졌다면, 국민-국가 내부에서 여전히 공장 = 요새를 유지하고 있던 패전 후 미나마타에서는 삶과 노동이 분리된 또 다른 극단의 세계가 그대로 지속되어 갔다. 이곳에서 노동은 삶과 행복하게 조우하지 못하고, 노동자들은 "자기소개서에서 '나는 살인공장의 노동자다'"[52]라고 쓴다.

일본 패전 후 조선을 떠난 조선질소의 간부, 기술자, 노동자들의 적지 않은 부분이 니혼질소에 다시 복직하여 미나마타공장으로 이동했다. 1946년 2월부터 미나마타공장에서 아세트알데히드를 생산하게 되는데, 이 공정에 참여한 기본 인력이 바로 흥남의 용흥공장에서 항공연료 등을 생산했던 그룹이었다. 중국공산당의 성립, 미소대립의 격화 등에 의해 미국의 대일정책이 이른바 '역코스'로 전환된 이후 대공(對共) 방위선으로서 일본의 재군비화 및 공업화가 추진되면서 니혼질소는 식민지 / 제국 체제 붕괴로 인한 엄청난 손실을 딛고 다시 일어설 수 있었다.

이 무렵 미나마타 지역 어민과 그 가족들 중 중추신경장애 증세를

---

52) 야마시타 요시히로[山下善寬], 「질소회사 노동자와 미나마타병」, 하라다 마사즈미[原田正純] 편, 한국환경보건학회 역, 『미나마타학―끝나지 않은 수은의 공포』, 대학서림, 2006, 111면.

보이다 사망에 이르는 이상 현상이 나타나기 시작했다. 공식적인 첫 환자는 1956년에 출현한 것으로 기록되어 있으나, 추적조사에 따르면 이미 1941년부터 유사한 이상 증세를 보인 환자들이 있었다.[53] 1956년 이후 환자가 대량으로 발생했고 환자 자신과 의사 대부분은 공장폐수를 의심했지만, 니혼질소—1950년에 신니혼질소비료주식회사로 명칭을 바꾸고 1965년에는 다시 '칫소(チッソ)'로 개칭한다— 측에서는 1968년 일본 정부에 의해 미나마타병의 원인이 "신니혼질소 미나마타공장의 아세트알데히드 초산설비 내에서 생성된 메틸수은화합물"의 중독[54]임이 공식적으로 인정될 때까지 그 연관성을 부인해 왔다.

아세트알데히드의 제조기술은 니혼질소 미나마타공장에서 이미 1930년에 완성되었고, 그 기술자와 숙련공들을 흥남으로 이주시켜 1941년에 용흥공장 제1호기를 건설, 운전을 개시했다. 그 성과는 예상에 훨씬 못 미치는 것이었다.[55] 공정 과정에 다수의 숙련공이 필요했지만 이미 전쟁동원에 의해 유지되는 공장에서 단순노무, 잡역에 소용되는 조선인들 이외에 숙련공을 확보하기 어려웠을 뿐만 아니라, 촉매로서 요구되는 다량의 수은을 충당하기도 불가능했기 때문이다. 그러나 1950년대의 미나마타공장과 비교할 수는 없지만, 이미 식민지 흥남의 용흥공장에서 항공연료로 사용할 이소옥탄을 카바이드로부터 인조 합성하는 과정에서 촉매로 수은과 망간이 사용되었으며, 원가가 비싸다는 이유로 수은을 회수하는 작업이 이루어지기는 했지만 버려지

53) 栗原彬, 앞의 글, 45면 참조.
54) 하라다 마사즈미[原田正純, 김양호 역, 『미나마타 병』, 한울, 2006, 137면.
55) 大島幹義, 『プロセス工學』, 科學工業社, 1959(原田和明, 「水俣秘密工場」, 『世界の環境ホット ニュース(GEN)』577号, 2005.4에서 재인용).

는 수은이 성천강을 따라 바다로 흘러가는 일이 다반사였다.[56] 니혼질소에 의해 식민지 / 제국의 공업도시로서 이어진 흥남과 미나마타는 이미 '최초의 공해병'을 공유하고 있었는지도 모른다. 그러나 해방 후 북한 사회를 충만하게 만든 삶 = 노동의 세계는 이 공해병, 죽음의 흔적을 말소시켰고, 구 식민본국에서 지속된 공장 = 요새는 그 주변에 죽음을 배출해내고 있었다.

## 5. 살리는 기술, 죽이는 기술

식민지 / 제국 체제가 만들어낸 자본-국가 콤비나트로서의 재벌은 전쟁, 식민지 및 점령지 개발과 더불어 거대한 규모로 성장해 갔다. 니혼질소는 식민지 / 제국 체제와 그 운명을 함께한 자본-국가 콤비나트의 대표적인 사례라고 할 수 있을 것이다. 니혼질소에 의해 '점령된' 흥남과 미나마타는 식민지 또는 주변부에서 공장 = 요새에 의해 총체적으로 삶이 포획된 장소의 이름이다. 흥남 못지않게 미나마타도 "칫소

---

56) 1945년 중학생으로 흥남 용흥공장에 노무 동원되었던 한만섭의 회고(http://blog.naver.com/PostView.nhn?blogId=hmansop&logNo=60154285735), 그리고 역시 용흥공장에서 공원으로 근무했던 일본인의 구술자료(岡本達明·松崎次夫 編,『聞書水俣民衆史』, 草風館, 1990) 참조. 일본인 공원은 이렇게 회고하고 있다. "폐액(廢液)은 처음엔 전부 흘려버렸습니다. 커다란 배수구를 만들어 성천강에 흘려보냈지요. 성천강에서 바다로 갑니다. 나중에 망간회수공장이 생기고 나서는 금속수은을 회수했습니다. 하지만 고장도 잦았고, 이래저래 폐액은 적잖이 흘러나갔죠."

(チッソ)라는 영주에 종속되어 있는 마을"[57]이었다. 흥남과 미나마타는 자본-국가 콤비나트의 공장=요새가 삶과 죽음을 관장하는 주권권력처럼 자리 잡고 있는 장소의 이름이다.

자연 사물들은 그것이 생성된 장소의 맥락으로부터 분리되어 공장=요새 안에서 인위적으로 합성되고 가공됨으로써 가치를 창출하는 새로운 물질로 부활한다. 그리고 기본적으로 기계장치들의 연쇄에 의해 진행되는 공정(工程)의 시간에 따라 3교대로 불려온 인간들은 공장=요새의 24시간을 빈틈없는 노동의 시간으로 채운다. 이 생산의 가치를 훼손시키거나 이 노동의 시간을 중지시키는 모든 요소들은 공장=요새 바깥으로 축출된다. 여기에는, 생산 과정에 참여했으나 결과물에서는 배제되는 모든 — 인적·물적 — 폐기물들과, 노동의 시간을 절단하며 들어오는 이질적이고 불온한 휴지(休止)들 — 예컨대 사고(事故), 선동, 사보타지, 스트라이크 등 — 이 속한다. 하지만 공장=요새가 폐기하고 추방한 것들, 생산과 노동의 시간-공간에서 떨어져 나가 방치된 것들이 다시 돌아온다. 때로는 혁명적 노동운동가의 모습으로, 때로는 질병과 죽음의 모습으로. 이 '돌아옴'의 두 양상을 해방/패전 후의 흥남과 미나마타에서 확인할 수 있다.

북한의 경우 식민지/제국 체제의 자본-국가 콤비나트와 공장=요새는 해방된 민족의 사회주의적 국가 건설 기획에 의해 붕괴되었다. 공장=요새가 추방했던 자들이 다시 돌아와 공장을 새로운 국가 건설

---

57) 하라다 마사즈미[原田正純], 앞의 책, 32면. 이러한 묘사는 아마도 칫소의 경영자들이 "식민지 조선 흥남의 풍경이라는 가공의 현실을 살고 있었기 때문에 지역주민, 공장노동자, 미나마타병 환자에 대해 식민지 종주국과 같이 행동"했으리라는 판단과도 이어져 있을 것이다. 栗原彬, 앞의 글, 61면.

을 위한 생산력 강화의 과정에 복속시켰다. 그러나 국가에 의한 공장의 장악은 오히려 국가 전체가 공장 = 요새가 되는 결과를 낳은 것으로 보인다. 그리하여 삶과 노동의 행복한 결합을 추구했던 기획은 삶 자체를 노동으로 — 삶 = 노동으로 — 전환하는 결과를 낳은 것으로 보인다. 삶 = 노동의 세계에는 현창(顯彰)되거나 기념되는 죽음, 즉 삶 = 노동의 세계를 뒷받침해주는 죽음이 있을 뿐, 삶 = 노동의 흐름을 멈추게 할 동시대적 죽음에게는 자리가 없다.

그런가 하면 전후 일본의 미나마타의 경우엔 식민지 / 제국 체제가 붕괴되었을 때 그 체제의 공장 = 요새가 국민-국가 내부에 여전히 자리 잡을 수 있음을 보여준다. 특히 전후복구와 고도성장의 긴급성은 공장 = 요새의 작동 방식이 일종의 내부 식민화를 통해 유지될 수 있는 환경을 형성했다. 미나마타병이란, 식민지 / 제국 체제의 공장 = 요새, 그리고 공장 = 요새가 존재함으로써 유지되는 식민지 / 제국 체제의 (재)생산 시스템이 오랫동안 방출해 왔던 죽음이 비로소 표면에 떠 오른 사태에 불과하다. 게다가 공장 = 요새 안과 바깥의 삶을 하나의 시선 아래 두려고 하는 자본-국가 콤비나트의 존재는 이 사태를 직면하는 것조차 어렵게 한다.[58]

그러나 '칫소'가 저 죽음에 대한 책임을 인정한다 할지라도, 미나마타병 환자들에 대한 보상과 재발방지 대책이 마련된다 할지라도 공장 = 요새의 작동 방식이 사라지지는 않는다. 실제로 좁은 의미에서의 직

---

58) 그래서 미나마타병 환자와 그 가족들이 '칫소'에게 유해물질이 함유된 폐수의 방류 중지를 요구했을 때, "공장배수를 멈추는 것은 공장을 파괴하는 것이고 시를 파괴하게 된다"며 시, 시의회, 상공회의소, 농협, 칫소 노조, 지역 노조가 모두 미나마타병 환자들에게 등을 돌리기도 했던 것이다. 위의 책, 85면 참조.

접적 '피해자'로 국한시킬 수 없는 공해병 환자 인정을 둘러싸고 여전히 일본에서 소송이 진행되고 있다는 사실에서도 볼 수 있듯이 '칫소'의 보상 및 책임과 관련된 문제조차 해결되지 않은 상태이며, (탈)냉전과 글로벌화의 변화된 환경 속에서 이른바 '공해 산업'이 부단히 후진국으로 이전되거나 후진국의 노동자들이 선진국 '공해 산업'의 생산력을 담당하는 등 공장 = 요새는 오히려 새로운 장소적 특성을 띠면서 확장되고 있다. 아울러 지난 2011년 3월 11일의 동일본대지진과 직후의 원전사고에서 드러났듯이, 그리고 최근 한국 내에서도 빈번히 발생하는 화학공장의 유독가스 누출 및 폭발사고에서 나타나듯이 자본-국가 콤비나트와 공장 = 요새는 여전히 그 주변에 죽음을 방출하고 있다. 공기에서 질소를 추출한 후 암모니아합성법을 통해 비료를 생산하는 방법을 최초로 개발하여 식량생산량을 비약적으로 증대시키고 노벨화학상을 수상한 프리츠 하버(Fritz Haber, 1868~1934)가 제1차 세계대전 중 생화학무기 염소가스를 발명해 5,000여 명에게 죽음을 선사하고 15,000여 명을 중독시킨 전범이기도 하다는 사실은 단순한 우연적 아이러니는 아닐 것이다.

이 글은 식민지 / 제국 체제의 자본-국가 콤비나트와 기업도시의 공장 = 요새가 어떤 장소적 특성을 지니며 '삶의 형식'을 주조해갔는지에 대해 주로 흥남이라는 기업도시를 중심으로 대략적 윤곽을 그려보았다. 따라서 이 글은 과제를 해결하기보다는 이후 보다 구체적으로, 또한 다층적으로 접근되어야 할 과제들을 더 많이 내포하고 있다. 우선, 이 글에서는 자본-국가 콤비나트라는 용어로 일종의 이미지를 제시하는 데 그쳤지만, 니혼질소가 구성한 조선-일본 사이의 자본과 노동의 순환체계를 보다 구체적으로 파악하고 개념화해야 한다는 과제, 그리고 그를 통해 식민지와 식민본국 사이의 차이를 무화시키는 것이 아니라 식민지 / 제국 체제의 차별구조를 오히려 분명하게 파악해야 한다는 과제를 남기고 있다. 또한 역시나 이 글에서는 하나의 에피소드처럼 제시하는 데 그쳤지만, 오늘날에도 '공공성'의 가상을 만들어내고 있는 과학기술의 국가주의를 자연파괴 및 공해병과의 연관 속에서 역사적으로 보다 치밀하게 탐구해야 한다는 과제가 남아 있다. 그리고 세 번째로, 노동자 도시로서의 흥남에서 만나거나 스쳐간 프롤레타리아 문화의 네트워크를 파악해야 한다는 과제가 있다. 포괄적 의미에서의 이 프롤레타리아 문화란 좌익노조 운동의 네트워크 또는 프롤레타리아문학(예술)운동의 네트워크를 통해서 아시아 지역을 가로질러 전파되고 형성되어간 것으로, 공장 = 요새가 주조하고 있던 것과는 다른 의미에서의 '삶의 형식'과 관련되어 있다. 마지막으로 흥남과 미나마타의 해방 / 패전 이후, 즉 사회주의 북한과 냉전 자본주의 일본에서의 식민지 / 제국 체제의 유산과 그 변형을 동아시아 정세의 거시적인 변화 과정 속에서 포착해야 한다는 과제도 함축되어 있다. 기존의 역사 및 문학사의 시간적 · 공간적 구획들에 다른 분할선들을 기입하고자 하는 이 모든 과제에 도전하기 위해 초경계적이고 초학제적(trans-disciplinary)인 접근이 관철되어야 함은 물론이다.*

---

* 이 논문은 2013년 『사이 / 間 / SAI』 14집에 게재된 논문을 재수록한 것임.

# 제2부

---

# 과학 수용 이후의 한국문학

허병식 : 한국 근대문학에 나타난 과학의 표상 | 조형래 : 두 '신문', 과학 개념의 정착과 암면으로의 소행 | 이학영 : 김동인 소설에 나타난 복잡성의 인식 연구

# 한국 근대문학에 나타난 과학의 표상

**방법으로서의 객관주의와 그 저항**

허병식

## 1. 물리(物理)와 심리(心理)

찰스 스노는 과학적인 것과 문학적인 것의 '두 문화'가 존재한다고
지적하면서, 그 둘 사이의 거리에 대해서 다음과 같이 말한 바 있다.
"과학적 문화(science culture)에 속하는 사람들을 제외한다면, 서구의 지
식인들은 산업혁명을 이해하려고 힘쓰지도 않았고 원치도 않았으며,
또 할 수도 없었다. 하물며 그것을 받아들일 턱도 없었다. 지식인, 특
히 문학적 지식인(literary intellectuals)은 말하자면 타고난 러다이트들이
었다."[1] 스노는 영문학의 대작을 읽은 적이 없는 과학자들을 경멸하
는 지식인들에게 열역학 제2법칙을 설명할 수 있는가를 묻고 그것을

---

[1] C.P. 스노우, 오영환 역, 『두 문화』, 민음사, 1996, 34면.

이해하는 것이 셰익스피어의 작품을 읽는 것과 동등한 무게를 지니는 일이라고 말한다. 스노의 의도는 과학과 문학으로 나누어진 두 문화 사이를 중재하기 위한 것이고 그것들이 접속하도록 만들 때 비로소 창조적 문화형성이 가능하다는 주장으로 이어진다. 그러나 과학과 문학으로 대표되는 두 문화 사이의 거리를 인식하는 것은 근대 이후의 과학이 지니는 이미지를 추적하기 위해 무엇보다도 중요한 조건일 것이다. 스노의 언급을 떠올리지 않더라도, 근대 과학혁명의 기초를 이루었던 뉴턴의 기계론적 세계상과 그 과학주의에 대한 낭만주의 시인들의 저항에는 '두 문화'의 인식론적 차이와 이에 대한 반응이 분명하게 드러나고 있다. 화이트헤드가 주장한 것처럼, 19세기의 문학, 특히 영국의 시문학은 인간의 미적 직관과 과학의 메커니즘과의 부조화를 증명한다.[2)]

마루야마 마사오는 후쿠자와 유키치의 실학이 지닌 사상사적 의의를 "道理에서 物理로의 전회"라는 테제로 구체화하고, 그것이 에도 막부의 체제학이었던 주자학으로부터의 해방의 측면에서 중요한 의의가 있다고 지적했다. 도리에 종속되어 오던 물리를 도리의 지배로부터 해방한 후쿠자와의 실학은 객관적 자연계에 대한 탐구의 길을 열었다는 점에서 사실상 사양의 과학적 세계관에 부합하는 것이었다. 니시 아마네는 후쿠자와 실학의 이러한 핵심 원리인 '도리에서 물리로의 전회'를 완성하여 근대적 사유의 기반이 되는 합리주의적 사유를 완성한 것으로 평가된다.[3)]

---

2) 화이트헤드, 오영환 역, 『과학과 근대세계』, 삼성출판사, 1990, 128면.
3) 김성근, 「니시 아마네[西周]에 있어서 '理' 관념의 전회와 그 인간학적 취약성」, 『대동문화연

니시 아마네의 도리(道理)와 물리(物理)의 구분이 중요한 것은, 그것이 근대 일본에서 자연현상과 인문·사회현상의 인식방법에 차이가 있다는 것을 처음으로 인식한 사건이기 때문이다. 그는 1874년에 간행된 『백일신론』에서 다음과 같이 말하고 있다.

오늘날 누구든 道理라고 말한다면, 임금을 섬겨 충성을 다하고 부모를 섬겨 효를 다하는 道理, 또한 비가 내리는 道理와 해가 비치는 道理를 모두 道理라든가 理의 당연한 발로라든가 자연의 이치[理]라고 말하며, 조금도 그 사이에 차이가 없는 것처럼 말하나, 여기에 하나의 구별이 있다는 점을 말하지 않으면 안 된다.[4]

쓰지 데쓰오에 따르면, 니시 아마네는 이치[理] 가운데 구별하지 않으면 안 되는 두 종류의 방식이 있는 것을 이야기하면서 그것을 '물리'와 '심리'라고 명명했다. 물리와 심리 사이의 구별을 철학적으로 해명하려 한 니시 아마네는 물리란 천연자연의 이치[理]이고 심리는 단지 인간인 한 수행해야 할 도리[理]라고 말하면서, 그 본질적 차이는 "물리는 아프리오리로서 선천의 이치[理]이고, 심리는 아포스테리오리한 것으로 후천의 도리[理]"라고 말했다. 이러한 니시의 논법은 자연과학뿐만이 아니라 그것의 다른 편에 인문과학과 사회과학이 존재한다는 것, 그리고 일본의 학문의 중심에도 그것을 성립시켜야 한다는 것에 초점을 맞추고 있다. 이는 아직 일본에 성립되어 있지 않던 인문 사회과학

---

구』 73집, 2011, 204~205면.
[4]  辻哲夫, 『日本の科學思想－その自立への摸索』, 中央公論社, 1973, 106면.

의 특질을 이른바 미지의 것으로 설명하려고 했던 니시의 노력을 보여
주고 있다.[5]

물리와 심리의 구분에서 유의해야 할 것은 단지 두 문화로서의 물리
와 심리를 구분하는 것만이 아니다. 물리와 심리가 구분된 이후, 자연
과학의 방법론과 체계를 통해 심리가 인문과학으로 새롭게 재편된 과
정을 이해하는 것이 중요하다. 메이지 초기의 문명개화를 향한 노력은
서구에서 발생한 근대 과학의 세계상을 수입하여 그것을 사회체계와
교육시스템으로 확립하는 작업이었다. 그 과정에서 자연과학의 합리
적 체계를 가져와서 그것을 아직 존재하지 않는 인문과학으로 정립시
키는 것은 근대 일본의 사회시스템 정립에 중요한 영향을 미쳤다. 근
대 과학혁명 이래의 기계론적 세계상을 자연과학의 영역을 넘어 사회
와 인간의 연구에 적용한 것이 메이지 초기 주요한 지식인들의 사회구
성과 교육정책에 나타나고 있다.[6]

한국이 경험했던 근대 과학과 문학의 위상 또한 이와 다르지 않을
것이다. 한국의 근대계몽기가 서구의 근대 사상과 문명에 대한 강렬한
동경의 형식을 지니고 있었던 시기라는 점은 잘 알려져 있다. 그러한
근대계몽기의 문명의 표상이 곧 과학기술이었음을 짐작하기는 어렵
지 않다. 근대 계몽기의 신문 매체와 학회지들은 계몽의 요구를 완성
하기 위해서 서구의 근대적 제도를 소개하면서, 각종 과학기술과 문물
의 중요성을 일깨우고 있다. 중화라는 낡은 세계 인식의 틀에서 벗어

---

5) 위의 책, 106~108면.
6) 角谷昌則, 「近代科學と教育政策－教育令を中心して」, 『國立教育政策研究所紀要』第134集, 156~157
   면 참조.

나서 서구 문명의 밝은 빛을 통해 현실의 뒤처짐을 극복하려던 근대계몽기의 노력은 1900년대 이후의 이광수 세대에게도 연면히 이어지고 있다.

1900년대의 조선 유학생들이 일본에서 배운 것은 이러한 자연과학과 그것으로부터 정초된 인문과학이라는 학문의 분류체계였을 것이다. 류근은 교과의 종류를 윤리, 어학, 작문, 지리역사, 수학, 물리 화학, 동물학 식물학, 습자 도서, 체조 수공, 음악의 열 가지로 나열하여 설명한 후, 다음과 같이 인문학과 과학을 구분하고 있다.

> 以上에 擧ㅎ 바 敎科가 頗히 繁雜ㅎ나 其 大體의 性質을 論컨더 可히 二種에 分ㅎ지니 一曰 人文者니 卽 人間活動에 關ㅎ 者 是오 一曰 自然者니 卽 自然現象에 關ㅎ 者 是라. 黑排梯派가 人文者로 交際의 興味를 養ㅎ고 理科(卽物理化學의 類라)로써 經驗의 興味를 養ㅎ다 ㅎ고 因ㅎ야 人文者는 又可曰 倫理者오 理科者는 又可曰 實用者라.[7]

학과를 분류하면 두 가지로 나뉠 수 있는데, 이는 인문과 자연이며, 인문자는 윤리이고 이과자는 실용이라는 주장은 자연과학과 인문과학의 구별에 해당하는 내용이라 볼 수 있다. 일본 대학의 교육학 강의를 역술한 「교육학원리」에서 보여준 자연과학과 인문과학의 구별과 분과학문의 체계에 대한 학습은 1905년에서 1910년에 걸쳐 다양한 학회지를 통해 광범위하게 소개되었다.[8] 이를테면, 『대한학회월보』에

---

7) 류근 역술, 「교육학원리」, 『대한자강회월보』 제7호, 1907.1.25, 35면.
8) 1900년대 학회지를 중심으로 과학과 그것을 정당화하는 분과학문 체계의 정립과정을 설명

실린 한 논설은 철학과 과학의 구분에 대해 다음과 같은 설명을 보여
주고 있다.

> 哲學이라 홈은 形而上卽 無形호 思想과 心理學과 갓튼 거시요. 科學이라
> 홈은 形而下卽 有形호 物理學과 理化學과 가튼 거시니 上古學術이 發達치
> 못호얏슬 時代에는 宇宙의 所有호 現象은 極히 神奇호고 極히 異常호야 凡
> 人의 智識으로는 能히 解釋지 못홀 줄노만 知호야 物理學과 化學가튼 것도
> 一種의 哲學으로만 知호지라 假量 譬喩홀진더 火가 燃燒홈도 人의 智識으
> 로 知치 못홀 神秘的 現象이라 호더니 近世科學의 進步됨을 因호야 火가
> 燃燒홈은 炭素라는 것과 酸素라는 거시 化合호거시라고 解得홈과 如히 百
> 般의 現象이 神秘的 或은 哲學的 說明을 脫호야 科學的 說明을 得홈이라.
> 過去 二三世紀에 歐洲 智織 發達의 歷史를 究見호즉 特히 科學이 哲學에
> 比호면 幾十倍ㄴ 進步된는 줄을 確信홀지로다.[9]

형이상과 형이하의 구분으로 철학과 과학을 나눈 필자는 특히 과학
이 발달하지 못하였을 때에 우주의 신비와 자연의 현상을 해석할 수
없는 것으로 판단했지만, 근대 과학의 진보로 인해 자연의 현상을 해
석하고 그것을 철학으로가 아니라 과학으로 설명할 수 있게 되었다고
주장하고 있다. 이는 "人類가 智가 有함으로 科學이 생기며 또 必要한
것과 같이 人類가 情이 有할진대 文學이 생길지며 또 必要할지라"[10]라

---

한 연구로는 조형래, 「학회지의 사이언스」, 『한국문학연구』 42호, 동국대 한국문학연구소,
2012.6 참조.
[9] 李昌煥, 「哲學과 科學의 範圍」, 『대한학회월보』 제5호, 1908.6.25, 16~17면.
[10] 이보경, 「문학의 가치」, 『대한흥학보』 제11호, 1910.3.20. 본문 속에 인용되는 원문은 현대

고 문학의 가치에 대해 이야기하면서, 자연스럽게 과학과 문학의 구분을 제시하였던 이광수에게도 중요한 깨달음이었을 것이다. 「문학의 가치」나 「문학이란 하오」에서 문학의 성격과 필요성에 대해 역설하였던 이광수는 「문학에 뜻을 두는 이에게」라는 글에서는 다음과 같이 말한 바 있다.

> 대저 문학이나 예술은 문명의 꽃인데, 도덕과 지식과 부력(富力)의 기초가 없는 사회에 문학·예술만 번창한다 하면 이는 소위 枯楊生華로 그 근간의 노쇠를 催促하게 될 뿐일 것이외다. 그러므로 진정을 말하면 나는 현재 우리 조선에 문사가 많이 나기를 원치 아니하고, 과학자, 그 중에도 자연과학자가 많이 나기를 원하는 바외다.[11]

이광수의 판단에 따르면 당대의 조선은 도덕과 지식과 부의 기초가 없는 사회이므로, 이를 해결하기 위한 근간으로 필요한 학문은 문학이 아닌 과학이었다. 따라서 그는 과학에 대한 연구를 통해 민족의 갱생과 발전을 이룰 수 있다는 신념을 드러내게 된다.[12] 1910년대를 지나면서 문학과 과학, 혹은 인문과학과 자연과학의 구분과 그 쓰임에 대한 이해는 근대적 지식체계에 대한 이해의 핵심에 자리 잡고 있었다고 보아도 좋을 것이다. 그러나 문학과 문학자에게 근대 과학이 진정으로 어떤 의미를 지니고 있었는가는 분과학문의 정립에 대한 탐사만으로

---

어법에 맞게 수정함. 이하 동일.

11) 이광수, 「문학에 뜻을 두는 이에게」, 『이광수전집』 10, 삼중당, 1972, 369면.
12) 1910년대의 이광수에게서 엿보이는 인간과 세계에 대한 과학적 이해의 추구에 대해서는, 황종연, 「신 없는 자연—초기 이광수 문학에서의 과학」, 『상허학보』 36, 2012.10 참조.

해결되지 않는 여러 문제를 지니고 있다. 이 글에서는 근대 이후의 과학이 문학에 어떠한 영향을 미쳤는가 하는 점과 물리와 심리의 사이에서 심리의 세계, 그중에서도 문학에 투신하기로 결정한 사람들이 바라본 과학의 세계가 어떠한 이미지를 지니고 있었는가 하는 문제에 대해 살펴볼 것이다.


## 2. 과학혁명과 과학적 방법


근대 과학의 기원에는 과학혁명이라고 불리는 획기적 변화가 있었다. 과학혁명이란 16세기에서 17세기에 이르는 시기의 서구 유럽에서 과학의 여러 분야에 걸쳐 일어난 급격한 변화를 지칭하는 용어이다. 천문학, 역학, 생리학 등의 과학 분야에서 광범위하고도 획기적인 전환을 가져온 이 과학혁명은 과학의 내용뿐만 아니라 과학의 방법과 목적 그리고 그것의 사회적 위치에도 커다란 변화를 가져왔고, 유럽문화 전체의 많은 사상적, 사회적 변화를 수반했다.[13] 사회와 사상과 문학에 나타난 근대적 변화를 지칭하기 위해 근대성이라는 용어를 사용하고자 한다면, 그 근대성의 진정한 시작은 과학혁명의 결과로 발생한 것이라고 말해도 좋을 것이다. 근대 과학이 문학에 미친 영향에 관해

---

13) 김영식, 『과학혁명』, 아르케, 2001, 16면.

무언가 말하고자 한다면, 먼저 기억해야 할 것은 이러한 과학혁명으로 인해 발생한 인문학과 언어의 곤경에 관한 점이다.

서구 유럽에서 과학혁명 이후에 발생한 주요 경향 중의 하나는 언어의 세계가 점진적으로 후퇴하고 그것이 지니고 있던 진리와 현실의 영역을 관장하던 힘이 쇠퇴하기 시작했다는 점이다. 1961년도에 쓰인 「언어로부터의 후퇴」라는 글에서 조지 슈타이너는 17세기까지 언어의 영역은 경험과 현실의 거의 모든 부분을 포함하는 것이었지만, 오늘날 그것은 지극히 좁은 영역만을 감당하게 되었다고 말하고 있다. 태초에 언어가 있었다면 근대 이후의 세계에는 과학이 있게 된 것이고, 과학혁명 이후에 리얼리티는 언어 바깥에서 발견되어야 하는 것이 되었다. 역사와 경제학과 철학의 법칙들은 수학과 자연 과학의 정확성의 유혹을 견뎌내지 못하였고, 미술이나 음악의 현대적 형식 또한 그러하였다.[14]

언어로부터의 후퇴라는 지식의 조건이 가져온 것은 시의 위축이었고, 시는 이제 객관적 과학의 세계에 대한 동경과 지향으로 나타나게 된다. 로버트 랭바움은 20세기 초반의 문학이, 특히 시가 극복하려 했던 전대의 경향은 낭만주의와 그것의 주관성이었다고 지적하면서, 주관적 경향을 병적인 것으로 상정하였던 괴테로부터 발원한 그러한 경향은, 1세기 후의 20세기의 시인들, 이를테면, 바이런이나 예이츠, 그리고 엘리엇을 통해서 구체화되었다고 말하고 있다. 예이츠의 마스크(mask)나 엘리엇의 객관적 상관물(objective correlative)은 모두 주관성의

---

14) George Steiner, *Language and Silence*, Harmondsworth · Middlesex · English : Penguin Books, 1967, pp.31~47.

기술을 거부하고 객관적 상황이나 사건을 통해 특정한 감정을 기술해야 한다는 요청에서 나온 것이다.[15] 그것은 20세기에 이르러 인문학과 문학에서 과학에 대한 동경이 더욱 커졌음을 증언하는 것이라고 보아도 좋다.[16]

객관적 과학의 세계를 문학이 동경하게 된 상황은, 자연과학이 객관적 지식과 보편성에 기반을 두고 있다는 믿음을 전제로 삼는다. 1930년대 이후 일본의 대학에서 폭넓게 읽힌 교양서인 『학생과 교양』에서 물리학자 이시와라 준이 강조하는 자연과학의 법칙 또한 그것이 지닌 객관적 보편성이다.

> 그러므로 과학에 관한 가장 근본적이고 중요한 성질은 객관적 보편성에 있다. 이는 실제로 과학을 어떻게 유용하게 할 것인가 하는 모든 실용성을 넘어서 존립한다. 따라서 과학은 모든 국경을 넘어 공통으로 성립하고 모든 시대의 사람들이 점차 이를 발전시킨다.[17]

자연과학이 국경을 넘어 공통으로 성립한다는 주장은 식민지 시기의 조선의 학생들 또한 받아들이고 싶어 한 명제였을 것이다. 이에 대한 논의는 식민지의 과학의 존립 양상만이 아니라, 과학 그 자체의 보편성에 대한 물음과 함께 다뤄질 필요가 있을 것이다. 그러나 이 자리

---

15) Robert Langbaum, *The Poetry of Experience*, W.W.Norton & Company.inc, 1971, pp.26~31.
16) 문학에서 엿보이는 과학에 대한 동경에 대한 논의는, 허병식, 「한국시와 과학적 상상력의 전개」, 『서정시학』 제16권, 2006 겨울호 참조.
17) 이시와라 준, 「교양을 위한 자연과학」, 가와이 에이지로 편, 양일모 역, 『학생과 교양』, 소화, 2008, 154면.

에서 중요한 것은 과학자와 비과학자가 공통적으로 강조하는 과학의 이미지가 객관적 보편성에 있다는 점이다. 그러한 과학의 이미지는 문학도 보다 객관적 관찰을 지향함으로써 과학에 다가갈 필요가 있다는 생각을 가져오게 된다.

나쓰메 소세키는 일본에서 진리를 발현하는 문학보다는 정조문학에 속하는 것이 양적으로나 질적으로 우수한 편에 속한다는 말을 하면서 이렇게 말했다.

> 왜냐하면 객관적 서술은 관찰력에서 생겨나는 것인데, 관찰력은 과학의 발전에 동반되거나 간접적으로 그 분위기에 전염된 결과라고 볼 수 있기 때문입니다. 그런데 유감스럽게도 일본인에게 예술적 정신은 남아돌 정로도 풍부한 것처럼 보입니다만, 과학적 정신은 그것에 반비례해서 크게 결핍되어 있었던 것입니다. 그렇기 때문에 문학에서도 나를 벗어난 무심한 태도로 비아의 세계를 관찰할 수 있는 능력은 전혀 발달하지 않을 것처럼 생각되는 것입니다.[18]

소세키는 과학적 정신의 결핍으로 인해 일본의 문학에서도 객관적 관찰의 능력이 발달하지 않았다는 주장을 펼치고 있다. 이후 그는 "오늘날의 문학에 객관적 태도가 필요하다면 객관적 태도를 가지고 어떠한 항목을 연구하면 좋을 것인가 하는 문제"[19]가 남아 있다고 말하면서, 소설에서의 묘사에 대한 논의를 펼치고 있다. 성격묘사나 인물의

---

18) 나쓰메 소세키, 황지현 역, 『문학예술론』, 소명출판, 2004, 272~273면.
19) 위의 책, 277면.

심리묘사에서 객관적 태도의 서술이 필요하다는 것이다. 이렇게 객관적 태도로 서술한 내용을 읽을 때, 독자들은 모르던 것을 새롭게 알게 될 것이고, 새로운 해석을 부여한 문학이 종래의 정조문학보다 오늘날 더 필요한 문학이 될 것이라는 것이 소세키의 주장이다.

'나를 벗어난 무심한 태도로 비아의 세계를 관찰할 수 있는 능력'에 대한 소세키의 주장은 소설에서의 서술기법의 문제를 제기한 것이라고 볼 수 있다. 이러한 주장과 관련하여, 소설에서의 서술기법을 가장 먼저 거론한 한국의 작가로 김동인을 들 수 있을 것이다. 김동인은 그의 「소설작법」에서 문체를 구별하여 일원묘사체, 다원묘사체, 순객관적 묘사체의 세 종류로 나누고 있다. 그에 따르면 일원묘사는 "경치든 정서든 심리든, 작중 주요인물의 눈에 비친 것에 한하여 작가가 쓸 권리가 있는" 묘사방법이고, 다원묘사는 "작품 중에 나오는 모든 인물의 심리를 통관하여 一動一精을 다 그려내는 것"이고, '순객관적묘사'란 "작자는 절대로 중립지에 서서 작중 인물의 행동뿐을 묘사하는 것"이다.[20] 김동인이 주장하고 있는 이러한 묘사의 방법은 그 구분과 상관없이 모두 소세키가 언급하였던 객관적 관찰의 능력을 통한 과학적 서술방법에 가까운 것이라고 할 수 있다. 그가 주장한 순객관적 묘사만이 아니라, 일원묘사나 다원묘사 또한 주석을 담당하는 서술자가 서술을 이끌어나가는 상황이 아니라, 한 사람 혹은 여러 사람의 시각을 통하여 사건을 관찰하게 되는 효과를 발생시키는 것이고, 이는 객관적 태도의 요구라는 근대 과학의 세계와 관련이 있는 것이기 때문이다.

---

20) 김동인, 「소설작법」, 『김동인문학전집』 11, 대중서관, 1983, 115~119면.

김동인은 『창조』 8호에 발표한 「사람의 사른 참 모양」이란 글에서 자연의 미와 인공의 미를 비교하면서, 자연의 어떠한 위대한 미라도 인간이 만들어낸 힘에 미치지 못한다고 주장하고 있다. 그리고 그 인공의 미를 대표하는 창작의 하나로 과학과 예술을 비교하고 있다.

나는 과학과 예술의 영역경계선을 珊瑚를 동물이랄지 식물이랄지 구별키 힘드는 그 이상 힘든다 생각한다.

(…중략…)

모든 과학품(이라하는 것)도 그 실로는 예술이다. 어떤 작은 과학품이던 그것은 사람의 혼연한 살아 있는 모양의 상징이다. 예술의 목적이 이것 — 사물의 살아있는 모양의 표현 — 이면 어떤 과학품이라도 不知不覺中에 예술이 되어버린 것은 정한 일이다.[21]

여기에서 알 수 있듯이, 김동인은 자연을 넘어설 수 있는 힘을 사람에게 부여해 주는 것이 과학과 예술이라고 생각하고 있다. 김동인이 '시어딤'이라는 필명으로 이 수필을 발표한 『창조』 8호의 바로 다음 지면에는 그 자신의 소설 「목숨」이 실려 있다. 그 소설에서 화자인 나는 과학자인 자신과 시인인 M의 관계를 다음과 같이 설명하고 있다.

나와 그와의 교제는, 때는 없었다. 그러나 깊었다. 나는 곤충학에 대하여 연구를 하고 있을 때에, 그는 시에 대해 대대한 천재로서, 그의 시는 때때로

---

[21] 시어딤(김동인), 「사람의사른참模樣」, 『창조』 8호, 1921.1, 26면.

신문이나 잡지상에서 볼 수가 있었다. 그렇지만, 그와 나 사이에는 공통점
이 있었다. 자연을 끝까지 개척하여 우리 인생의 정력뿐으로 된 세계를 만
들어보겠다는 과학자인 나와, 참자기의 모양을 표현하고야 말겠다는 예술
가인 그와는 참자기를 표현한다 하는데 공통점이 있었다.[22]

화자의 설명에 따르면, 곤충학을 연구하는 생물학자인 자신과 시인
인 M의 공통점은 '참자기'를 표현한다는 점에 있다.[23] 이후 작품의 서
사는 죽은 줄로만 알았던 M이 살아 있음을 알게 된 화자가 그의 병상
일기를 보면서, 의사의 오진으로 목숨을 버릴 뻔했던 사람이 삶을 즐
기는 모습에서 생명의 가치를 찾는다는 이야기로 전개된다. 참된 예술
가란 참자기를 표현하고, 제이의 자기를 만드는 존재라는 인식은 김동
인 초기 문학의 상징과도 같다.

김동인의 단편에서 저널리즘이나 사법 체제와 같은 근대적 제도에
대한 신랄한 풍자가 등장한다는 것을 잘 알려져 있다.[24] 그 풍자 속에
는 과학이나 과학자에 대한 풍자도 포함되지만, 그 풍자 속에서 구경
거리로 제시되는 장면의 주체가 누구인가에 대해서는 조금 더 생각해
볼 필요가 있다. 김동인이 제시하는 것은 종종 자신의 욕망과 이상 속
에 하나의 세계를 구축하려는 정열로 인해 불행한 운명을 맞이하게 되
는 인물들이다. 그 인물의 드라마 속에 어떤 폭로의 계기가 자리 잡고

22) 김동인, 「목숨」, 『창조』 8호, 1921.1, 28면.
23) 『창조』에 실린 소설에서 "참자기를 표현한다 하는데 공통점이 있었다"라는 대목은 대중서
관판의 전집에서는 "제이(第二)의 자기를 만들어 놓는다는 데 공통점이 있다"로 바뀌어 있
다. 김동인, 『김동인 문학전집』 7, 대중서관, 1983.
24) 손유경, 「1920년대 문학과 동정(sympathy)―김동인의 단편을 중심으로」, 『한국현대문학연
구』 16, 2004.12 참조.

있다면, 그 폭로가 목표로 하는 것은 주체를 둘러싸고 있는 특정한 제도의 모습이 아니라 그 제도 속에 자리한 주체성의 형식 바로 그것이라고 볼 수 있다. 김동인의 소설에 나타나는 인물을 통해 작가가 보여주는 것은 객관적 현실의 세계인 종교나 사법제도나 근대 주권권력이나 과학제도에 대한 비판이라기보다는 현실적으로 그런 제도 속에 갇혀 있는 존재이지만 자신의 욕망과 신념의 차원에서는 이미 그런 제도들을 넘어서기를 꿈꾸며 행동하는 개인 주체에 대한 관심이라고 보는 편이 온당할 것이다.

근대의 자율적 주체 혹은 자아 개념은 주체와 객체의 양분법을 작동시키는 원천이 된다. 주체-객체의 대립 구조는 전형적 객체로 등장하는 자연세계로부터 모든 의지와 저항권을 박탈하고 자연 세계를 효수시킴으로써 근대 과학의 형성 기반을 마련한다. 즉 인간 주체와 상관없이 떨어져서 존재하는 물리적 대상의 세계라는 객체의 개념이 성립하게 되면서 객체 세계에 대한 과학-기술적 지배가 그 목표로서 추구되는 것이다.[25] 과학과 예술을 통해 유토피아를 건설하겠다는 김동인의 주장은 결국 주관을 절대화하여 객체세계를 지배하겠다는 근대과학주의의 지배적 관념과 일치하는 것으로 이해할 수 있다. 자연을 인간의 마음대로 조작하여 그 비밀을 빼앗아내는 것을 과학의 목표라고 주장했던 프란시스 베이컨의 주장[26]에서 볼 수 있는 자연에 대한 객관적 이해는 물리적 대상의 세계에 대한 김동인의 관점을 짐작하도록 만든다.

---

25) 장성만, 「개항기의 한국사회와 근대성의 형성」, 김성기 편, 『모더니티란 무엇인가』, 민음사, 1994, 265~266면.
26) 위의 글, 267면.

## 3. 객관성의 시학

주관을 절대화하여 객체세계를 지배하겠다는 근대과학주의의 지배적 관념이 과학이라는 표상에 대한 김동인의 관점을 가능하게 만들었다면, 한국 근대문학에 나타난 과학의 표상에서 가장 먼저 거론해야 할 것은 과학주의가 가능하도록 만든 객관주의의 영향이라 볼 수 있다. 이 객관적 태도의 문학적 도입에 관한 내용은 객체세계에 대한 묘사와 서술과 연관된다는 점에서 문학에서의 리얼리즘에 관련된 논의와 밀접한 관련을 지니는 것으로 파악될 수 있다.

『천변풍경』은 도회의 일각에 움직이고 있는 세태인정을 그렸고 「날개」는 고도로 지식화한 소피스트의 주관세계를 그렸다. 그러나 관찰의 태도와 및 묘사의 수법에 있어서 이 두 작품은 공통되는 특색을 가지고 있다. 즉 그들은 될 수 있는 대로 주관을 떠나 대상을 보려고 하였다. 그 결과는 박씨는 객관적 태도로 객관을 보았고 이씨는 객관적 태도로써 주관을 보았다. 이것은 현대세계문학의 2대경향— 리얼리즘의 확대와 리얼리즘의 심화를 어느 정도까지 대표하는 것이나 우리에게 대단히 흥미 있는 문제를 제공한다.[27]

이상의 「날개」와 박태원의 『천변풍경』을 대상으로 하여 「리얼리즘의 확대와 심화」라는 평론을 발표한 최재서는 『천변풍경』과 「날개」가

---

[27]  최재서, 「리얼리즘의 확대와 심화」, 『문학과 지성』, 인문사, 1938, 98~99면.

각각 "객관적 태도로 객관을" 묘사하고, "객관적 태도로 주관을" 묘사한 작품이라고 말하면서, 이것이 현대 세계문학의 두 경향인 리얼리즘의 확대와 심화를 대표하고 있다고 주장하였다. 그가 이상과 박태원의 소설을 '리얼리즘'으로 이해한 것에 대해서는 이후 많은 논란이 있었지만, 중요한 것은 주관을 떠나 대상을 보려고 하는 태도가 리얼리즘의 방법이며, 이것이 현대 세계문학의 경향을 대표하는 것이라는 최재서의 논의 속에 나타나는 과학에의 경도에 대해 살펴보는 일일 것이다.

최재서는 이미 「문학발견시대」라는 글에서 "작가가 임이 탕진하야 고갈한 개성을 억지로 과장하야 표현하려고 애쓰지 않고 사회로 뛰여나가서 민중의 감정과 의욕과 예지를 발견하려고 애쓰는 시대"가 조선의 내일의 문학이 되어야 하며, 그것이 진정한 문학발견시대가 될 것이라고 말하면서, 이러한 의미의 리얼리즘이란 "사실적이라 하면서도 결국에 있어선 인생을 인위적으로 왜곡하는 죄를" 범하는 사회주의 리얼리즘보다 우월한 것이라 말한 적이 있다.[28] 그가 사회주의 리얼리즘을 인생의 왜곡이라고 비판하면서, 대상을 객관적으로 파악하는 것이 진정한 리얼리즘의 방법이라고 주장하는 배경에는 정신분석의 방법이라는 '과학'이 자리 잡고 있는 것으로 보인다. 「비평과 과학」에서 정신분석학자 리이드에 대해 소개하면서, 정신분석이 문학비평에 알려주는 것은 비평가가 관할(寬濶)하고 보편적 정신을 가지고 문학을 대하려는 태도라고 말하면서, "이같이 미묘착잡(微妙錯雜)한 인간생활을 표현하는 문학에 대하야 편협된 지력의 활용을 유일의 무기로 접근한

---

28) 최재서, 「문학발견시대」, 위의 책, 52면.

다면 그 결과는 실재의 왜곡 외에 아무것도 않이라는 위험을 우리에게 경고한다"[29]라고 말하고 있다.

김남천 또한 리얼리즘 논의에서 가장 중요한 것은 '몰아성'과 '객관성'이라는 것을 말한 바 있다.

작가 중심의 신변소설, 심경소설, 정치(情痴)문학, 또는 낭만주의적 개성문학 등이 개인적인 기호나 주관을 중심으로 하는 일종의 '자아문학(自我文學)'이랄 수가 있다면, 이것은 리얼리즘이나 혹은 장편소설과는 무연이다. (…중략…) 여하한 계급이나 신분의 인물도 성격도 창조할 수 있는 문학, 어떠한 사회와 인간의 생활과 마음의 세계에도 자유자재로 들어가고 나오고할 수 있는 문학, 그것은 작자의 몰아성(沒我性)과 객관성의 보지(保持)가 없이는 전연 불가능한 일이다.[30]

그에 따르면 개인적 기호나 주관을 내세우는 것이 '자아문학'이라면, 이는 리얼리즘과는 관련이 없다는 것이다. 그는 몰아성과 후안무치한 자기주관과 개인취미를 경계하고 관찰자가 관찰의 대상에 종속되는 것을 두려워하지 않는 태도가 필요하다는 것이다. 그러나 김남천이 "소설의 20세기적 실험에 대해여 맹종하고 있는 문학과 그의 작가는 하루바삐 미망에서 깨어 현실에 발을 붙여야 할 것이다"[31]라고 말하고 있는 데서 알 수 있듯이, 그의 리얼리즘론은 최재서의 그것과는 일

---

29) 최재서, 「비평과 과학」, 위의 책, 28~29면.
30) 김남천, 「관찰문학소론(발자크 연구 노트3)」, 정호웅·손정수 편, 『김남천 전집』 1, 박이정, 2000, 597면.
31) 위의 글, 598면.

치하지 않는다.

문학에 대한 논의에서 과학의 중요성을 보여주는 유력한 사례로는 또한 김기림의 시론을 들 수 있을 것이다. 김기림은 그의 「시론」의 한 절에서 다음과 같이 말하고 있다.

> 우리 시단에서 낡은 표현주의적 풍조를 일소하기 위하여는 당분간은 모처럼 대두한 이러한 새로운 기풍이 더욱 활발하게 미만하여야 할 것이었다. 우리와 같은 후진 시단에서는 피치 못할 불명예스러운 수업임도 안다. 그러나 조만간 우리 시단에서도 이 새로운 푯말을 너머서 또 다른 단계로 향하려는 의욕이 동할 것이었다. 그것은 틀림없이 객관주의적 시에의 방향이어야 할 것이었다.
>
> 여기에 와서 사물은 비로소 사물 자체의 성격이 발견되어 새로이 구성되는 시의 건축에 그 독자의 성격을 가지고 참여할 것이다.[32]

1935년에 발표된 이 글에서 김기림은 신시운동 발발 이래의 조선의 시가 주관의 영탄으로 점철된 표현주의의 시대를 벗어나지 못하였다고 지적하면서, '사물 자체의 성격'을 발견하는 객관주의적 시를 통해 새로운 시의 왕국을 건설해야 한다고 말하고 있다. 이러한 인식은 해방 이후에 쓰인 「시의 이해」에서도 이어지고 있다. 이 글에서 김기림은 시의 과학이 주는 세 가지 쓸모에 대해서 '시를 쓰는 데 도움을 줄 것', '시를 가장 능률적으로 잘 읽는 데 도움이 될 것', '시의 비평에 기초

---

32) 김기림, 「詩論」, 『김기림 전집』 2, 심설당, 1988, 119면.

를 제공할 것'이라고 말하며, "이러한 시학은 과학의 전 체계에 한 부문으로 참여할 것이며 사람의 과학적 사고방식을 길들이는 데 이바지할 것이다. 거듭 말하거니와 과학이란 실재(實在)에 대한 객관적 인식을 일반적 정식(定式)으로 체계를 세운 것임에 다름없다"[33)]고 시의 과학에 대한 정의를 내리고 있다.

김기림이 시의 과학에 대해 거듭 주장하는 것은 그것이 지닌 '과학적 정신 = 태도 = 방법'이 근대 문화를 구성하는 중요한 성분이었다는 점을 강조하기 위해서인 것으로 보인다.

> 서양적인 근대문화가 다음 문화에 남겨줄 가장 중요한 유산의 하나는 '과학적 정신=태도=방법'이 아닌가 생각한다. 과학문명은 아니다. 과학하는 정신, 과학하는 태도, 과학하는 방법이다. 과학문명, 널리는 근대문화는 물론 허다한 편견·미신·독단의 雜踏한 簇生을 만발게 하여 드디어 造花의 무리와 같이 무너지려 하지만 이러한 혼잡 가운데서도 그 가치 있는 부분을 지지해온 것은 틀림없는 과학정신이었고, 편협한 경향에서 사고를 정도로 몰아온 것은 과학적 태도였고, 정확한 해답에 가까워 온 것은 늘 과학적 방법의 혜택이었다.[34)]

근대 이후의 서양문화에서 본받아야 할 부분이 과학문명이 아니라 과학적 방법론이라고 역설하고 있는 김기림의 주장은 그것이 1940년 대를 전후한 이른바 '근대의 초극' 논쟁의 한가운데서 제출된 자연과학

---

33) 위의 글, 271면.
34) 김기림, 『김기림 전집』 6, 심설당, 1988, 53면.

에 대한 옹호라는 점에서 그 의의를 찾을 수 있을 것이다.[35]

김종한은 『문장』지에 실린 김기림의 「과학으로서의 시학」에 대한 짧은 논평에서 과학의 분야에도 신비파와 이성사의 구별이 있다는 점을 상기시키면서, "시와 같은 직관적인 예술의 창작심리의 과정에는 '이성파'적인 양식 이외에 '신비파'적인 비과학적 才分을 절대로 필요로 한다"[36]라고 평한 바 있다. 이는 과학의 객관성에만 몰두하는 과학주의 시론에 대한 문학인의 일반적 반응으로 이해할 수 있다. 김기림이 시의 과학에서 배제하고자 했던 것은 바로 이러한 '신비파'적 요소가 시에 필요하다는 인식이었고, 이를 위해 자연과학의 방법론으로 시학을 정립할 필요를 주장하였던 것이다.

최재서, 김남천, 김기림 등의 논의를 살펴볼 때, 과학이 문학 내부로 진입하는 유력한 방식으로 문학자들이 상정하였던 객관주의에 대해 이해할 수 있을 것으로 보인다. 그것은 문학이 현실을 포착하는 방법론으로서 과학이 선취하여 갖고 있다고 상정되는 어떤 방법으로 객관성을 빌려오는 것이다. 따라서 과학과 문학의 관련 양상을 고찰하며 차승기가 언급한 바와 같이, "'방법'으로서, 즉 현실 연관의 전체성을 파악하기 위한 탁월한 길로서 문학 안에 진입할 때 비로소 과학은 문학적인 것으로 존재하기 시작했다"[37]는 분석은 정당한 것으로 보인다. 이렇게 문학의 내부로 진입한 과학적인 것의 존재를 통해 문학자들은 자신들의 작업이 과학의 위상을 획득할 수 있으리라고 믿었다.

---

35) 김기림의 시론에 대한 분석으로는, 윤대석, 「김기림 시론에서의 '과학'」, 『한국 근대문학 연구』 제7권 1호, 2006.4 참조.
36) 김종한, 「예술에 있어서의 非合理性」, 『동아일보』, 1940.2.20.
37) 차승기, 「사실, 방법, 질서」, 『한국문학연구』 42집, 2012.6, 32면.

## 4. 방법과 저항—과학과 문학의 관련 양상에 대하여

"아무려나 洋人이란 치들은 입만 벌리면 과학, 과학하니 난처하다. 아닌 게 아니라 과학은 많은 경이를 가져다주긴 했지만 한편으로는 아름다운 꿈을 많이 부숴버렸다"[38]라는 주장은 루쉰의 생각만을 대표하는 것은 아닐 것이다. 앞에서 살펴본 것처럼, 서양에서 일어났던 과학과 과학주의에 대한 낭만주의적 저항은 식민지 조선의 문학자들에게도 잠재된 은밀한 욕망이기도 했을 것이다. 직관적이고 신비한 체험에 근거한 지식을 배제하고 합리성을 모델로 삼는 지식을 추구하는 과학의 이성이 문학적 감성과 온전히 공생하는 것은 불가능한 일일 것이다. 김억이 근대문예를 회고하는 자리에서 밝힌 다음과 같은 입장은 이러한 맥락을 반영하고 있다.

한 마디로 말하면 近代人의 生活은 文明的입니다, 文明的 되는 것만큼, 그 文明的 弊害를 받는 것이 썩 심하여 누구가 말한 것과 같이, 自然科學의 發展은 自然을 征服한 듯하나, 自然科學이라는 勝利者의 꽃수레 바퀴에 끌리어 가는 것은 近代人 그 自身이엇습니다. 近代人의 胸裏에는 어두움과 밝음이 섞이어 있어, 눈물과 웃음을 같이한 喜悲劇的이었습니다. '보들레르'와, '베를렌'의 詩人의 生活은 이런 것이 아니었는가 하는 생각이 없지 않습니다. 物質的 慾望이, 人工的, 機械的됨에 조차, 또는 近代人의 生活狀

---

38) 魯迅, 한무희 역, 「春末閑談」, 『노신문집』 3, 일월서각, 1987, 103면.

態에 따라 모든 刺戟으로 인하야, 早熟, 精神病者가 比較的 만케 되어 一面
으로 보면 地上修羅場은 近代人의 生活인 듯합니다.[39]

김억에게 근대의 문명은 곧 자연과학의 발전으로 인한 것인데, 그
자연과학의 승리로 인해 다가온 모든 결과는 근대인 자신의 비극이자
지상수라장이 펼쳐진 것이다. 근대 과학을 물질적인 것으로 이해하고
이에 대한 비판적 의식을 드러내는 방식은 자연과학을 대하는 문학인
들에게 매우 보편적인 태도라고 할 수 있다.

김유정이 죽기 직전에 발표한 수필 「병상의 생각」은 "학교에서 수학
을 배웠고, 물리학을 배웠고, 생리학을 배웠고, 법학을 배웠고, 그리고
공학 철학 등 모든 것을 충분히 배운 사람의 하나"이자 "놀라우리만치
발달된 근대 과학의 모든 혜택을 골고루 즐겨 오는 사람들의 하나"에
게 보내는 서간문의 형식을 띠고 있다.

> 근대과학은 참으로 놀라울 만치 발달되어 갑니다. 그들은 천문대를 세워
> 놓고 우리가 눈앞에서 콩알을 고르듯이 천체를 뒤집어 봅니다. 일생을 바
> 쳐 눈코 뜰 새 없이 지질학을 연구합니다. (…중략…) 물 속으로 쫓아가 군
> 함을 깨뜨리고 광선은 사람을 녹이고, 공중에서 염병을 뿌리고, 참으로 근
> 대과학은 놀라울 만치 발달되어 있습니다.
> 그러한 고급지식이 우리 생활의 어느 모로 공헌되어 있는가, 당신은 이
> 걸 아십니까. 당신은 얼뜬 그걸 이해하여야 될 겁니다. 과학자 자신, 그들

---

39) 김억, 「근대문예」, 『개벽』 제15호, 1921.9.

에게 불만을 묻는다면 그 대답이 취미의 자유를 말할 테고 더이어 과학에 있어 연구대상은 언제나 그들의 취미 여하에 따라 취택할 수 있다 할 겁니다. 다시 말하면, 과학을 위한 과학의 절대성을 해설하기에 그들은 너무도 평범한 태도를 취할 것입니다.[40]

김유정의 과학에 대한 비판은 김억의 물질성에 대한 비판과는 조금 다른 것이다. 김유정이 고발하고 있는 것은 근대 과학이 이룬 성취가 우리들의 생활에 밀착한 것이 아니라는 점이다. 과학을 문학의 외부에 있는 것으로 상정하고 있는 듯한 이러한 견해는 앞에서 살펴본 것처럼 근대문학에 깊이 들어와 있는 과학의 영향을 헤아리지 못한 데서 나온 태도라고 이해할 수 있다. 과학에 대한 불만을 보여주면서도 그것을 문학 내부의 문제로 돌려서 말하고 있는 논의는 김기진에게서 발견된다.

근세기에 이르러서 과학의 발달을 따라온 생활의 기계화는 온갖 곳에 유해한 매너리즘을 일으키었다. 바꾸어 말하면 생활이 기계화되자 온갖 곳에 분열이 생겼다는 것이다. 그리하여 예술지상주의니 생활지상주의니 하는 무의미한 논의가 일어난 것이다.

그러나 마땅히 明日에 잇슬 예술은 본래의 의미를 가지고 있는 본연한 물건이다. 과학의 발달에 의하야 지배바다 오는 우리들의 생활의 기계화에 거슬러서 본래의 생명은 叛逆한다. 이 叛逆한 생명이 이기느냐 생명을 지배하는 과학이 이기느냐 인류역사에 한 에폭크를 긋는 瞠目할 시대다.

---

40) 김유정, 「病床의 생각」, 『조광』, 1937. 3.

이와 가튼 때에 당면한 오늘날의 우리들의 예술이 어째서 無見境에 피는 꽃이 될까 보냐. 우리들의 생명은 생활의 기계화에 대해서 인위적 모든 制裁와 구속에 향해서 강렬하게 叛逆한다.[41]

김기진에게 예술이란 과학의 지배를 반역하는 힘을 지닌 것이고, 이 반역한 생명 즉 예술이 이기느냐 그것을 지배하는 과학이 이기느냐의 문제가 곧 인류 역사에 중요한 변화를 가져오게 되는 것이다. 따라서 예술의 편인 작가들은 이러한 생활의 기계화에 대해서 강력하게 반역을 할 수밖에 없다는 것이다. 과학에 대한 이러한 거부의 선언은 자연주의를 고찰하는 다음과 같은 대목에서도 엿보인다.

> 자연주의는 '자연의 무관심'이라는 말을 고대로 자기의 觀照의 태도로 하여가지고, 인생을 고대로 재현하고자 하엿다. 인생을 조금도 자기의 主觀을 집어넣지 말고서 여실히 그리여 내는 것이 '眞'이라고 하엿다. 여기에서 主觀을 삽입하자는 인상주의와 소분열을 하게 되고, '과학의 미해결'에 대한 반동으로 말미암아 일어난 신주관주의 때문에 자연주의도 패배하지 아니하면 아니될 지경에 이르러 버렸다. 主觀은 독단적이나 귀납적 客觀은 진실이다! 하든, 자연주의가 패배한 원인은 '과학의 파산'에 잇다.[42]

김기진에 따르면 자연주의가 패배한 것은 지나치게 주관을 독단적인 것이라고 무시하고 귀납적 객관만을 좇은 때문이다. 그리하여 자연

41) 김기진, 「너희의 良心에 告發한다」, 『개벽』 제50호, 1924.8, 45면.
42) 김기진, 「今日의 文學·明日의 文學」, 『개벽』 제44호, 1924.2, 45면.

주의의 패배가 곧 과학의 파산으로 이해되는 것이다. 앞서 살펴본 근대문학에서 과학의 영향이 객관주의에 대한 경도로 나타났던 것을 떠올려본다면, '과학의 파산'을 선언한 김기진은 문학의 내부로 진입한 과학을 다시 바깥으로 몰아내는 것이 문학의 임무라고 판단하고 있었는지도 모른다.

이원조는 비평의 활력이 부족하다는 진단을 내리며 그 원인에 대해 다음과 같이 말한다.

> 그러나 우리가 일찍이 비평이라 불러온 것이 거의가 다 주관적인 인상비평에 지나지 못하는 데 비해서, 마치 새로운 철학이 과학의 과학으로서 선언하듯이 신흥 문학비평이 문학의 과학으로서 출발한 것, 다시 말하면 신흥 문학비평이 항상 객관적인 과학적 견지를 떠나지 않았다는 것은 어떠한 의미에서든지 우습게 알 수 없는 일이라고 아니할 수 없을 것이다.[43]

이원조는 "신흥문학비평은 객관성이 고조하는 과학적 태도이면서도 오히려 주관성을 등한히 하므로 도리어 복잡한 인간관계를 다루는 비평이 생경한 공식들이 된다는 것이니"라고 말하며 문학비평이 객관성에 함몰되어버린 사실을 지적하고 있다. 인간관계를 대상으로 삼는 문학비평에서 주관적 생활감정이 등한시된다면 그것은 하나의 공식론에 불과할 뿐, 문학의 발달을 가져올 수 없다는 것이다. 그는 문학이 실증적 자연과학에 해소될 수는 없는 것인데, 그 이유는 문학이 주로

---

43) 이원조, 「비평의 잠식」, 양재훈 편, 『이원조 비평선집』, 현대문학, 2013, 119면.

감정의 세계를 그 태반으로 하고 있기 때문이라고 주장한다.

문학과 과학이 관련을 맺는 가장 의미 있는 방식이 과학이 선취한 객관적 방법론을 문학에 도입하는 것이라는 가정은 문학의 묘사와 리얼리즘에 대한 이해에서만이 아니라 문학 속에 나타난 '과학'의 이미지를 구축하는 데도 많은 영향을 미쳤다. 그러나 과학이라는 외부의 존재에 대한 낭만주의적 저항이 그런 것과 마찬가지로 문학에 들어온 과학의 객관성이라는 태도에 대해서도 여전히 저항이 존재하고 있다는 것을 확인할 수 있다. 그렇다면 근대 과학이 선취하여 문학에 알려준 객관성이란 진정으로 어떠한 것인가 확인해 볼 필요가 있을 것이다.

슈뢰딩거에 따르면 '실재 세계 가설'이라고 불리는 객관화 원리는 과학적 방법의 기반을 이루는 보편적 원리의 하나이다. 그러나 그는 이 객관화 원리가 무한히 까다로운 자연의 문제를 정복하기 위해 우리가 채택한 일종의 단순화에 지나지 않는다고 주장한다. 그에 따르면 우리가 우리 자신을 세계에서 배제하여 세계와 무관한 관찰자의 역할로 물러나게 함으로써 만족스러운 세계상에 도달하는 이 원리는 두 가지 이율배반을 지니고 있다. 그 하나는 우리 자신의 정신적 자아가 배제된 세계 모형 속에 직접적 감각이 존재하지 않는다는 것이고, 다른 하나는 물질이 정신에, 반대로 정신이 물질에 작용하는 지점을 우리가 알지 못한다는 것이다. 결론적으로 슈뢰딩거는 주관과 객관의 장벽은 애초부터 존재하지 않았다고 말하고 있다.[44]

애초부터 주객의 분리가 발생하지 않은 사태라고 말하는 것은 매우

---

44) 에르빈 슈뢰딩거, 전대호 역, 『생명이란 무엇인가, 정신과 물질』, 궁리, 2007, 193~208면.

급진적인 견해라고 할 수 있을 것이다. 보다 온건하게 과학적 방법의 역사를 검토한 한 과학철학자는 과학의 방법론에서 경험주의와 자연주의가 타협할 수 없는 긴장을 이루고 있다고 말한다.[45] 그가 말하는 경험주의란 우리가 세계에 관한 그림을 구성하고 이해할 수 있는 것은 인간의 경험을 통해서만 가능하기 때문에, 세계 속에서 인간이 특별하고 특권적인 위치를 차지하고 있다는 견해이고, 자연주의는 인간과 인간의 역량은 객관적 자연의 질서에 속하고 우리는 인간과 세계의 관계를 그러한 질서에 적합한 용어로 설명해야 한다는 견해이다. 인간의 주관을 강조하는 것과 객관적 세계를 강조하는 것이 모두 과학의 방법에 속해 있다는 이러한 설명은 과학과 문학의 관련 양상에 대해 다시 사고할 것을 요구한다. 김남천은 '발자크 연구 노트 4'의 제목을 「체험적인 것과 관찰적인 것」으로 정하고, 자신의 문학적 행정을 체험에서 관찰로의 이동으로 설명하면서 이렇게 말한 바 있다. "그렇기 때문에 체험적인 것은 어느 때에나 관찰적인 것 가운데 혈액의 한 덩어리가 되어 있을 것을 믿는다. 이렇게 보아올 때에는 체험과 관찰을 대립되는 개념으로 보기보다는, 체험의 양기(揚棄)된 것으로 관찰을 상정하는 것이 오히려 정당할는지도 알 수 없다."[46] 체험과 관찰이 문학과 과학의 방법론을 의미하는 것이 아니라 애초부터 각각의 방법론 속에 모두 내재해 있는 두 가지 질서라면, 과학과 문학의 관련 양상은 결코 일방적 영향 관계로 파악될 수는 없을 것이다. 문학이 과학의 외부로 나아

---

45) 배리 가우어, 박영태 역, 『과학의 방법』, 이학사, 2013, 474면.
46) 김남천, 「체험적인 것과 관찰적인 것(발자크 연구 노트 4)」, 정호웅·손정수 편, 앞의 책, 610면.

갈 수 없는 것처럼, 과학 또한 문학 속에서 체험을 의미 있게 만드는 하나의 방법으로 존재할 때 그 의미를 확보할 수 있게 될 것이다.*

---

* 이 논문은 2014년 『한국어문학연구』 62집에 게재된 논문을 재수록한 것임.

# 두 '신문(新文)', 과학 개념의 정착과 암면(暗面)으로의 소행(溯行)

『신문계』를 중심으로

조형래

## 1. 1910년대 실용과학 본위의 과학 인식

1910년 8월 22일의 한일합병은 과학의 제도화와 관련하여 중요한 전환을 가져왔다. 조선총독부의 상공국과 철도국, 통신국, 학무국을 중심으로 한 일본인 테크노크라트들이 관련 정책의 전면에 나서게 된 것이다.[1] 실제로 합병 직후(합병 조약문이 표방하고 있었던 것과 달리) 조선인 관리의 채용이나 증원은 거의 이루어지지 않았던 반면 일본인 관료 인원의 경성 유입은 급증했던 만큼, 기존에 조선인 관리의 협조에 의

---

1) 김근배, 『한국 근대 과학기술인력의 출현』, 문학과지성사, 2005, 143면.

존했던 영역까지 내지인 출신들로 점진적으로 대체되었던 것은 자연스러운 수순이었다.[2] 그들이 제정을 주도한 '조선교육령'의 세부규정은 "생활의 실제에 적용", "실업", "실제생활에 수요", "이용후생" 등의 용어를 채택·첨언하고 있는 것이라든가 교과목의 개편 및 재규정 등을 통해 알 수 있는 것처럼 관련 교과의 실용적 성격 및 생활에서의 활용 측면 등을 강조했다. 동시대 『매일신보』의 기사들에서도 '과학'이나 '이과' 등을 표제로 내세운 사례를 찾아보기 어려운 반면 '공업'이나 '실업' 등을 키워드로 삼고 있는 경우는 무수히 발견된다. 실업교육을 위주로 한 교육시정의 원칙은 언론 전반에도 관철되고 있었으며 소수의 당국자 및 전문가 들에 의해 주도되었다. 이에 입각하여 경성공업전문학교의 설립 및 각급 기술교육 관련 기관의 개교 등이 입안되었으며 숭실전문과 연희전문 등에 관련 학과가 설치되기 위한 준비 등이 진행되었지만 1915년경 이전까지는 학제 개편의 영역을 제외하면 통감부 시기에 마련된 과학 정책의 기반이 유지되었다.

종래 미디어를 통해 과학 관련 논의 및 그것에 참여했던 조선인 지식인 대부분은 상당기간 동안 이 과정에서 유리되어 있었다. 『매일신보』와 같은 소수의 지면이 남아 있었지만 각종 학회지를 통해 문필 활동을 전개하는 일은 과학과 관련하여 중요한 실천의 형식이 되지 못했다. 하지만 조선에 있어서 과학 및 관련 산업의 발전이 가져올 미래에 대한 믿음이 회의되지 않았다는 사실만큼은 전시대와 같았다. 다케우치 로쿠노스케[竹內綠之助]가 주관했던 잡지 『신문계(新文界)』는 이러한

---

2) 다카하시 소지, 이규수 역, 『식민지 조선의 일본인들─군인에서 상인 그리고 게이샤까지』, 역사비평사, 2006.

사정과 관련하여 특별한 의미를 갖는다. 무엇보다도 그 표제부터가 새로운 문(文, 문명·문화)의 세계를 의미하는 '신문계'인만큼 취지에 해당하는 「신문계론」에서 "학계(學界) 정도를 일변하여 물리화학과 격치경제(格致經濟)와 천문지문의 필요한 학술로 사해동포를 교육하며 오주종족(五洲種族)을 함영(涵泳)하여 일신월신(日新月新)에 진보케 하면 차는 화유(化囿) 중 인민이 신문계에 안녕행복을 향(享)할지로다"[3] 라고 명시하고 있었던 것처럼, 기하대수, 물리화학, 격치경제, 천문지문 또는 이화동식(理化動植) 등으로 대표되는 신학문에 대한 지향을 확실하게 선언하고 있었으며 과학 관련 지면을 지속적으로 마련했고 조선인 필자를 다수 참여시켰다. 특히 「신문계의 정의」를 통해 다음과 같이 선언하고 있는 것은 의미심장하다.

신문계가 현출함이로다. 오인을 문화 중에 제진(齊進)코자 하여 기(其) 문자는 인구(茵舊)하고 기 체용(體用)을 유신(維新)케 함이니 언문의 태이(太易)함과 한문의 태난(太難)함을 절충교용(折衷交用)하면 이자불이(易者不易)하고 난자부난(難者不難)하여 구시대와 여(如)히 시동촌부(市童村婦)의 비야(卑野)한 처지에 매몰함이 무(無)하고 총준영매(聰俊英邁)의 협소한 범위에 근출(僅出)함이 무하여 가송호설(家誦戶說)의 보통적 재료가 되니 편막편리막리(便莫便利莫利)의 신문이 아닌가. 차(此) 신문을 이용하여 시서논맹(詩書論孟)의 경골적(硬骨的) 의미를 포함하여 막담적(莫噉的) 상태를 주거(做去)함이 아니오, 이화동식(理化動植)의 실지적(實地的)

---

3) 「신문계론」, 『신문계』 제1년 제1호, 1913. 4, 5면. 모든 문헌의 인용은 원문의 의미를 해치지 않는 범위 내에서 현대어로 고쳤다.

형용(形容)을 시험하여 자오적(自娛的) 기술을 강구하니 사문(斯文)의 의
(義)가 하여(何如)하며 사문의 용(用)이 하여하며 사문의 실(實)이 하여한
가. 비특(非特) 차(此)에 자국(自局)함이 아니라 가지이(加之以) 현대문명
제국의 언어문자와 기계리예(機械利銳)와 물화미려(物華美麗)가 학술로
발명하고 문예로 수선(修繕)한 개개적(個個的) 호호(好好) 소식을 유입하
여 미증문(未曾聞)의 기담(奇談)과 절장견(絶將見)의 신술(神術)을 분예
(奮泄) 우(又) 천발(闡發)하여 조선 금일 초안(初眼)에 광채를 첨사(添射)
케 하니 신외우신(新外又新)이 일신(日新)하고 인사물태(人事物態)가 취
신(就新)하는 동시에 지역수신(地亦隨新)되는 고로 특지(特地)를 이용하
여 신문사를 건설하며 사처(四處)에 전달하여 신문계를 배치(排置)하여 일
단문풍(一團文風)으로 진애(塵埃)를 소진(掃盡)하고 면목(面目) 유신(維
新)한 별계(別界)를 환성(幻成)하였도다.

금일 오인이 차(此) 신문(新文)을 독(讀)하고 차 신계(新界)에 유(遊)하니
문명의 진전이 하(何) 정도(程度)에 불급(不及)하며 하 거리에 부달(不達)
하리오마는 근재자면재자(勤在玆勉在玆)하여 분각(分刻)의 시간을 천금
과 여(如)히 적용(適用)하여 정익구정(精益求精)의 의(義)를 강론(講論)하
노라.[4]


언문 = 국문과 한문을 절충한 신문(新文)을 통해 "이화동식(理化動植)
의 실지적(實地的) 형용(形容)을 시험하여 자오적(自娛的) 기술을 강구"하
고 "현대문명 제국의 언어문자와 기계리예(機械利銳)와 물화미려(物華美

---

4) 「신문계의 정의」, 『신문계』 제1년 제8호, 1913.11, 3면.

조형래_두 '신문', 과학 개념의 정착과 암면으로의 소행 201

麗)가 학술로 발명하고 문예로 수선(修繕)"하며 "신외우신(新外又新)이 일신(日新)하고 인사물태(人事物態)가 취신(就新)하는 동시에 지역수신 (地亦隨新)되는" 식으로 언어문자를 기반으로 하는 과학의 실제적 적용 이 현대문명 전반을 구축하는 다양한 부문의 창달로 이어지며 궁극적 으로 인사 및 지역 전체의 혁신을 가능하게 한다. 「신문계의 정의」에 나타난 이와 같은 인식은 신문이라는 '문(文)'의 토대가 이화동식-기계 리예로 표현되는 사이언스 및 테크놀로지와 같은 '이(理)'의 영역의 전 제로 간주하는 관점에 기초해 있다. "신문사를 건설"하고 "신문계를 배 치"하고 있다고 명시하고 있는 것처럼 『신문계』는 신문-과학-신문계 의 건설 간 불가결한 연관을 상정하는 이와 같은 생각에 입각하여 많 은 지면을 해당 부문에 할애했던 잡지였다.

물론 창간 이후 상당기간 동안 과학을 포함한 분과학문에 대한 지식 을 소개하는 체제에 있어서 전시대 학회지 및 『소년』의 그것을 상당부 분 답습·종합하고 있었던 것도 사실이다. 특히 「생리(生理)」, 「생리신 설(生理新說)」, 「식물연구」, 「위생학강화(衛生學講話)」 등의 초창기의 연 재나 「동물계」, 「광물」, 「광물계」, 「지리문답」, 「지문학문답(地文學問 答)」 등의 기사들의 표제는 명백히 전시대 학회지의 체제를 계승한 것 이었다. 그것도 배재, 이화, 보성 등의 사립학교 교사들이 과학 관련 기 사들의 필진으로 기용되고 있었던 만큼 그 내용에 있어서도 과학에 관 한 상식을 소개하거나 화학, 물리, 생리 등 각 교과 과정의 내용에 관한 개괄적 설명을 제공하는 식의 수준을 크게 넘어서지 못했던 것이 사실 이다. 뿐만 아니라 초창기부터 국어(일본어) 및 영어 회화 관련 지면을 마련해놓았을 뿐 아니라 실생활에 바로 적용 가능한 「실용시문(實用時

文)—서식(書式)」, 「부기(簿記)」 또는 「상업부기」에 관한 기사를 지속적으로 연재하는 식으로 실용 본위의 성격을 강하게 표방하고 있었던 만큼 『신문계』의 기사들이 당대 과학 담론에 중대한 영향을 미쳤을 리는 만무했다.

다만 『신문계』는 사이언스의 역어로 '과학'의 우세가 어느 정도 확고해지는 과정을 제시하고 있다는 점에서 중요한 의미를 갖는다. 과학은 여전히 학문 일반을 가리키는 용어로 사용되는 경우가 있었지만 점차 실용과학과 관련된 의미로 한정되는 경향이 현저해졌다. 이과 또는 이학과 같은 용어의 의미 또한 제한되었고 과학과 혼용되는 사례도 줄어들었다. 그것은 앞서 총독부의 실용 위주의 정책 및 시정과 관련하여 『신문계』의 과학 관련 기사가 '응용과학', '실용과학' 위주로 편성되었다는 사실과 맞물려 사이언스 개념이 테크놀로지와 관련되면서 나타난 변화였다. 실제로 전시대 유학생 학회지의 경향을 계승하여 그 창간호에서부터 '응용과학'이라는 표제하에 석류황 제조법에 대해 소개하고 있는 기사가 있으며 수륙양용자동차 및 전기자필기의 발명에 관한 기사 또한 연이어 게재하고 있다. 특히 전기자필기에 대한 기사에서 정의되고 있는 과학의 의미는 주목을 요한다.

근세는 과학시대라 함이 무의(無疑)하도다. 거금(距今) 백여 년 이래로 이학(理學) 즉 이상주의가 쇠하고 기학(氣學) 즉 물질주의가 성하여 세계 명사의 뇌는 태(殆)히 과학에 경향(傾向)하여 신(神)을 노(勞)하고 사(思)를 고(苦)한 효과(効果)로 제반 기묘한 기계가 점차 완비하는 차시에 오인의 비상한 편의와 이익을 여(與)함은 일촌 단설(短舌)의 장황한 설을 득할

바이 무(無)하거니와[5]

서구의 사상체계에서 중요하게 활용되던 근본개념들을 중화 체제에서 보편적으로 통용되던 용어로 대치하고자 했던 시도는 역사적으로 빈번했지만 이상주의(idealism)와 물질주의(materialism)를 각각 이학과 기학이라는 성리학적 이원론의 핵심 개념으로 지칭하고 과학을 후자에 배치한 것은 확실히 특기할 만한 사실이다. 아울러 과학을 인간의 편리를 위한 '제반 기묘한 기계' 즉 문명 이기의 창출과 직결시키는 이와 같은 생각은 『신문계』 전반에 걸쳐 고수되고 있었다. 그리고 인간의 비상한 편의와 이익을 도모하는 이 기묘한 기계의 시대적 총아로 간주되었던 것은 비행기였다. 예컨대 『신문계』의 제2호의 서두에는 「세계의 비행기와 세계의 비행가」라는 표제의 도판이 실려 있다. 여기에는 유럽 최초로 비행에 성공한 브라질 출신의 비행가 산토스 두몽(Santos Dumont), 그리고 라이트 형제와 치열하게 경쟁했던 것으로 알려진 글렌 커티스(Glenn Curtiss) 및 그들이 고안하고 탑승했던 비행기들의 사진이 게재되어 있었다. 발명된 지 이제 막 10년이 지난, 하늘을 나는 첨단 기계라는 피사체를 청년 학생층으로 상정된 독자 일반에게 환시(幻視)하는 지면을 서두에 배치하고 있었던 것은 과학으로 대표되는 '새로운 문명 / 문화'의 세계로 도약하고자 했던 『신문계』의 지향을 잘 보여준다. 「학생시대 이상의 몽(夢)」이라는 제목의 삽화에도 비행기와 자동차, 연기가 피어오르는 공장들의 캐리커처가 빠지지 않고 있었던

---

5) 「진기한 전기자필기(電氣自筆機)」, 『신문계』 제1권 제1호, 1913.4, 15면.

것처럼 이것은 일회적 언급에 그치는 것이 아니었다. 필명부터 "사이
(언스)생(サイ生)"인 논자는 「항공기관의 각 종」이라는 기사에서 항공기
관을 기구와 비행기의 두 종으로 크게 구별하고 각각의 비행원리와 하
위 범주에 대해 〈연식(軟式) 비행선〉, 〈자유기구(自由氣球)〉, 〈복엽비행
기〉 등의 도판을 곁들여 소개하고 있었다. 심지어 조류나 곤충이 아닌
비행이 가능한 날다람쥐나 박쥐 등의 각종 동물의 비행하는 모습과 원
리를 비행술 연구의 자료로 삼아야 한다는, 항공역학과 동물학의 결합
에 입각하여 저술된 「비행술 연구 자료의 동물」(『신문계』 제2권 제4호,
1914.4) 같은 기사가 게재되기도 했다. 동시대 『매일신보』 역시 비행기
관련 기사와 도판을 다수 게재하고 있었지만 일간지의 특성상 대부분
관련 단신에 그쳤고 『신문계』처럼 다량의 지면을 할애할 수는 없었다.

비행기나 자동차(「자동차는 문명적 교통기관」, 『신문계』 제2권 제1호, 1914.1),
무선전신(태화산인, 「무선전신의 장래」, 『신문계』 제2권 제10호, 1914.10), 활동사
진(「활동사진의 발명 유래」, 『신문계』 제1권 제2호, 1913.5) 등으로 대표되는 이
'기묘한 기계'를 운용 가능하도록 하는 문명의 에너지원, 석탄, 석유, 천
연가스(天然瓦斯) 등에 대한 관심도 여러 호에 걸쳐 지속적으로 나타났
으며 '발전기'의 구체적 원리에 대해 도판을 곁들여 설명하는 지면도 있
었다(유전(劉銓), 「발전기」, 『신문계』 제2권 제9호, 1914.9). 뿐만 아니라 수륙양
용자동차, 전기자필기처럼 당시에는 미처 실용화되지 않았거나 이제
막 개발 단계에 머물러 있었던 진기한 신발명 및 발견, 신기술 또한 예
컨대 「신발견 라지우무 금속의 화(話)」(최찬식, 『신문계』 제2권 제4호, 1914.4)
나 「공주철도(空走鐵道)의 모형 성공」(『신문계』 제2권 제9호, 1914.9)의 경우
처럼 별도 지면을 통해 소개되는 경우도 있었지만 해외의 기상천외한

뉴스들을 간략하게 게재했던 '동서문명' 같은 지면을 통해 정기적으로 종합되기도 했다. 이처럼 『신문계』는 신발명·발견 및 테크놀로지의 실용화에 대한 지속적 관심을 표현하는 데 있어서 종래의 그 어떤 신문이나 잡지보다도 적극적이었다.[6] 실용과학 또는 응용과학의 표제하에 서구문명이 낳은 비행기로 대표되는 진기한 기물(奇物)을 '신문'을 통해 언표하고 전시하는 것. 이것이야말로 과학의 진흥을 통한 신문계의 건설이라는 당초의 취지와 목적에 부합하기 위한 구체적 방편으로 제시되고 있었다고 해도 과언이 아니다. 종래의 학회지들이 인식과 이해의 방식 즉 과학적 방법을 합리적·경험적으로 혁신하고 계몽하는 데 주력했던 데 반해 『신문계』에 이르면 과학의 구체적 적용과 그로 인한 결과가 보다 중요해졌던 것이다.

그리고 과학이란 문명개화와 자주독립의 사명하에 국민 일반 모두가 그 도입과 보급, 일상적 적용을 위해 동참해야 하는 대상에서 마땅히 소수 전문가들이 전담해야 하는 영역으로 이행되었다. 예컨대 앞서 「세계의 비행기와 세계의 비행가」의 도판이 비행기와 발명가를 함께 배치하고 있는 것에서 알 수 있는 것처럼 테크놀로지는 전문 지식과 불가분적 관계에 있으며 그것이 없다면 운용 불가능하다. 종래에 세계적 지식 중 하나로 '소년'이라면 필수적으로 수득해야 했던 화학이라는 학문 역시 『신문계』 제5호에 게재된 「제19세기의 화학」을 거치면 19세기 화학의 발전을 주도했던 화학자들의 전유물이 된다. 요컨대 『신문계』가 상정하고 있었던 과학의 상은 과학자 등의 전문가에 의해 고

---

6) 한기형, 「근대잡지와 근대문학 형성의 제도적 연관」, 한기형 외, 『근대어·근대매체·근대문학』, 성균관대 대동문화연구원, 2006, 295~301면.

안된 문명생활을 위한 기물로 표상되고 있었으며 명백히 그것을 위한 실용과학을 지향했다. 이 점에서 과학으로 대표되는 신문(新文)이란 '소년'을 통해 대표되는 국민 일반에게 촉구되는 것이라기보다 특별한 재능과 취미를 지니고 매진함으로써 특정 분야의 전문가를 지망하는 소수의 개인 내지는 학생에 의해 연구·견인되어야 할 것으로 제시되고 있었다고 해도 과언이 아니다. 실제로 『신문계』라는 잡지 자체가 과학 영역을 포함한 일체를 교양과 계도 수준에서만 취급하고자 하는 근대 계몽기 학회지의 '학원(學園)'적 성격을 가지고 있었다는 사실을 감안한다면, 그러나 이 당시 비행기, 무선전신, 자동차와 같은 기물(奇物)은 어디까지나 그 지면에서 대개 '학생시대 이상의 꿈' 단지 그것을 위한 대상으로만 한정될 수밖에 없었다. 오히려 이 모든 것들은 나아가 당대 조선에 결여되었던 영역을 부단히 환기하는 기표들이었다.

그럼에도 불구하고 『신문계』에서 문명의 인공적 기물을 발명·제작하는 데 기여하는 과학의 실용적 측면 및 이를 가능하게 하는 전문가 개인의 역할이 강조될 수 있었던 것은 동시대 일본의 과학 개념을 둘러싼 지적 전환과 무관하지 않은 것으로 보인다. 다이쇼기에 들어서면서 일본에서는 과학이라는 용어가 통용되기 시작했으며 다나베 하지메[田邊元]나 데라타 도라히코[寺田寅彦] 등에 의해 과학의 학문적 성립 근거와 본성 및 일본적 수용의 문제 등이 본격적으로 심문되었던 것으로 알려져 있다.[7] 특히 다나카다테 아이키쓰[田中舘愛橘]는 1915년 6월

---

[7] 물론 다나베나 데라다 등이 『과학개론』(1918)이나 「물리학 서설」 같은, 해당 주제에 관한 본격적 저작을 출간했던 것은 1910년대 후반의 일이다. 하지만 이는 과학 개념의 정착이 이루어진 다이쇼 초기의 분위기를 일정부분 반영한 것이며 당시 이루어졌던 관련 논의를 대표하는 것으로 보인다. 橋田邦彦·武谷三男, 「第十一章 技術」, 辻哲夫, 『日本の科學思想』, 中

13일 귀족원 의원들을 대상으로 '항공기의 발달과 연구의 상황'이라는 제목의 강연을 했는데 과학 연구에 매진해야 하는 전문연구자의 학문적 윤리와 신조의 문제를 거론하면서 서구과학의 정수가 이러한 학문의 정신으로부터 연유했다는 점을 역설한 바 있다.[8] 사실상 과학자의 실천을 일종의 무사도나 유교적 윤리에 유비하여 이해하고자 했던 이와 같은 시도는 전문연구자들의 자기 인식 및 사회적 위상을 상당 부분 고양했을 뿐 아니라 궁극적으로는 과학적 방법과 정신 및 과학 그 자체의 위의를 강화하는 데 중대하게 기여했다. 이는 1910년대 일본에 있어서 과학의 위상이 확고해지고 대학을 포함한 학제를 중심으로 하위 분과의 전문분화가 정착되는 등 서구 근대 과학의 수용이 일정 부분 완결되었다고 믿어졌던 역사적 사정과 무관하지 않다. 특히 해당 분야에 종사하는 전문연구자의 지위 격상이 이루어지는 과정에서 서구 근대 과학을 정초한 갈릴레이나 뉴턴 등의 진리 추구에 있어서 철두철미한 비타협적 태도에 관한 여러 예화가 그 모범적 근거로 제시되곤 했던 것으로 보인다.[9] 물론 식민지 조선에서 이와 같은 과학을 둘러싼 전환이 직접적으로 영향을 미쳤다거나 또는 조선인 전문연구자들이 출현하거나 육성될 수 있는 여건이 조성되었다고 단정하는 것은

---

央公論社, 1973, 194~196면.

8) 브뤼노 라투르에 따르면 오로지 과학을 비롯한 학문 자체에 몰입하는 전문연구자의 상은 아르키메데스로부터 연원한, 역사적으로 대단히 유서 깊은 것이다. 그러나 아르키메데스와 히에론 왕의 관계 및 그가 발명한 기계가 시라쿠사를 포위 공격했던 로마군을 효과적으로 방어했다는 기록을 놓고 볼 때 그 불편부당한 열정에 사로잡힌 과학자의 상 자체가 그 기원에서부터 정치의 문제와 무관하지 않았다는 것이 라투르의 기본적 관점이다. 브뤼노 라투르, 홍철기 역, 『우리는 결코 근대인이었던 적이 없다』, 갈무리, 2009, 273~278면. 한편으로 브뤼노 라투르, 이세진 역, 『브뤼노 라투르의 과학인문학 편지』, 사월의책, 2012, 26~34면도 참조.

9) 橋田邦彦·武谷三男, 앞의 책, 194~202면.

어불성설일 터이다. 그러한 한계에 대해서는『신문계』의 필진을 포함한 조선인 자신들이 누구보다도 통절하게 자각하고 있었던 것도 사실이다. 다만 교육 과정 및 과학 일반에 있어서 그 실용적 성격을 중시했던 당대의 상황에서 특정 전문분야에서 일가를 이룬 과학자나 발명가의 소개에 상당 지면을 할애했던『신문계』 전반의 기조 배후에는 역시 서구과학의 수용이 일단락되었다고 여겨졌던 다이쇼 일본의 전문연구자 위주의 과학자상이 자리하고 있었다고 해도 과언이 아니다. 그것은『신문계』의 여러 기사에서 이러한 각 분야 전문가의 상이 학생 일반의 교양 증진 및 학업 면려에 있어서 마땅히 지향해야 할 이상으로 권면되고 있었던 사실에서 단적으로 드러난다.

## 2. 조선의 과학사상 – 조선 과학의 과거와 현재

그런데『신문계』1914년 9월호는 과학호(科學號)라는 타이틀하에 특집을 마련하고 있다. 발행 ○주년 기념호 외에는 별다른 특별호를 간행하지 않았던『신문계』의 체제상으로도 이례적일 뿐 아니라, 구한국 시절을 포함하여 미디어가 과학이라는 제호하에 해당 영역을 특권화하고 지면을 할애하여 조명한 전대미문의 사례였다. 「과학호 발행의 동기」, 「인류생활과 과학」, 「조선의 과학사상」, 「일년생에 불급(不及)하는 아(我)의 과학관」 등의 기사로 구성된 특집은 인류-조선-아(我, 개인) 각각의 측면에 있어서의 과학의 의의와 가치에 대해 논구하고 있다는 점에서 주목을 요한다. 그리고 그것은 『신문계』가 과학에 대해 취하고 있었던 지배적 논조와 태도를 종합하는 구성이었다. 그 취지에 대해서는 「과학호 발행의 동기」에 상세히 서술되어 있다. 앞서 언급한 것처럼 『신문계』 전반에 걸쳐 과학 문명을 대표하는 새로운 테크놀로지로 각광받았던 비행기의 사례를 들어 바야흐로 물질문명으로 대변되는 신문(新文)의 세계가 도래했음을 선언하고 이를 가능하게 한 것이 바로 과학의 진보이며 "조선 천지에 문화를 조장코져 함은 과학사상을 고취함이 제일"[10]이라고 단정하고 있다. 이 글의 논지는 특히 서두의 목차를 통해 "① 비행기를 견(見)하고 과학만능을 각(覺)함 ② 과학의 발전은 제(諸) 선철(先哲)의 고심한 결과라. ③ 이십 세기는 과학의 시대라. ④ 과학의 현세(現勢)를 찰(察)하라. ⑤ 조선민족과 과학의 관계라. ⑥ 이상 오조(五條)는 종합하여 과학호 발간의 동기를 작(作)함. ⑦ 과학호는 조선의 과학 발전하는 동기가 되리라"[11]와 같이 간명하게 요약된다.

하지만 "이십 세기 금일은 과학의 시대라"고 선언하고 있는 데는 전 시대로부터 이어진 학문 일반을 과학으로 지칭하는 방식이 작용하고 있다. 그것은 일차적으로 윤리계학(倫理啓學), 물리화학, 경제·정치·법률, 문학·미술 등을 포괄하는 문명·문화, 인간생활 전반에 관련된 방대한 의미를 가진 학문 일반을 가리키는 용어로 정의되고 있는 것이다. 물론 "굉은(轟殷) 일성(一聲)으로 운표(雲表)의 표홀(飄忽)함은 노량진

---

10) 「과학호 발행의 동기」, 『신문계』 제2권 제9호, 1914.9, 2면.
11) 위의 글, 같은 곳.

(鷺梁津) 상에서 기술을 치빙(馳騁)하는 신식 비행기"[12]에 대한 찬탄으로부터 시작하여, 조선민족이 그것을 망연히 바라만 보아서는 안 된다는 문제의식으로 기사를 끝맺고 있는 데서 알 수 있는 것처럼 과학이란 서구적 근대의 진보를 견인해온 학문 일반을 지칭하는 동시에 물질문명 건설에 기여한 실용적 성격을 강조하는 용법으로 명백히 후자에 비중을 두어 서술되고 있다. 뿐만 아니라 과학 전반의 방대한 영역에 통달하는 것은 불가능한 일이므로 일정 부분 전문 영역에 대한 탐색을 추구해야 하는 한편으로 "화학을 담(談)하는 자 — 물리를 부지(不知)키 불가하고 물리화학을 설하는 자 수학을 부지키 불가하며 법률은 정치와 백중(伯仲)을 작(作)하며 경제는 재정과 표리를 성하며 동물을 구(究)할 새 식물을 또한 강(講)할 필요가 유하고 천문(天文) 지문(地文)은 상호 증좌(證左)를 작(作)"[13]하는 식으로 상호 간 긴밀한 관련을 맺고 있는 각 분야에 대한 일반적 이해를 도모하는 것이 바람직하다고 결론을 내리고 있다.

이와 같은 과학에 대한 개념 규정은 니혼대학 사범과 출신으로 『경남일보』의 사장을 역임했던 강전(姜筌) 즉 강위수(姜渭秀)가 쓴 「인류생활과 과학」에서 재차 강조된다. 특히 각 과학의 특성을 열거하고 있는 데서 과학의 전신인 만유학(철학)에 대해 17세기 이후 각 학문의 분화 및 전문화가 이루어진 결과를 받아들인 동시에 "보통으로 각 과학을 수득"하기 위해 "전문의 보통지식을 장려(奬勵)"[14]하고자 했다는 것을

12) 위의 글, 같은 곳.
13) 위의 글, 4면.
14) 위의 글, 같은 곳.

알 수 있다. 이 과학에 대한 보통 지식에 있어서 각 학문은 결과로 직결되며 바로 그것이 기존에 발명하지 못했던 것을 발명케 하고 보지 못했던 것을 보게 하여 궁극적으로 "인류생활에 대한 편익이 능히 세인으로 하여금 문명의 행복을 공향(共享)"[15]하는 데 이바지한다는 것이 이 기사의 인식이다. 그리고 오늘날 인류의 생활에 있어서 불가결한 '과학세계'는 이 '과학호'에서 "고력(高力)의 신폭발약"이나 "신식 가스(瓦斯) 발생기", "석탄이 필요 없는 기관차" 등의 신발명·발견·신기술로 들어찬 동일한 표제의 지면 '과학세계'를 통해 구체적으로 상정되고 있었다. 그러므로 『신문계』 과학호가 지향했던 과학은 학문 일반을 지칭한다고 하는 「과학호 발행의 동기」와 「인류생활과 과학」의 표면적 용법과 달리 사실상 전문화 및 실용적 성격을 전제하는 사이언스와 테크놀로지의 결합으로서의 의미를 지향했다고 해도 과언이 아니다. 요컨대 과학은 학술 일반을 지칭하는 동시에 다분히 오늘날의 용법에 근접한 의미로도 사용되고 있었던 것이다.

문제가 되는 것은 조선에 있어서의 과학적 전통의 부재 또는 낙후다. 신문화·문명 건설을 통한 조선민족의 전도 개진에 있어서 전제가 되는 과학 지식 보급의 필요성을 촉구하는 「과학호 발행의 동기」가 역설적으로 그것의 결여를 환기한다. 이 문제는 사실상 후에 협성구락부와 국민협회의 임원으로 활동하게 되는 김형복(金亨復)의 「조선의 과학사상」에서도 제기되고 있다. 물론 이 기사에서 과학이란 사실상 서구에서 연원한 신학문 일반을 가리키며 과거 조선의 전통에서 부재했던

---

15) 위의 글, 9면.

것으로 간주되고 있다. 그러나 갑신년(갑신정변)을 계기로 시세와 풍조가 일변하여 각급 학교기관이 신설되고 청년 교육이 이루어지면서 신과학 즉 각 분과학문 또한 본격적으로 유입되기 시작하여 『신문계』가 발행되고 있었던 당대에는 "후진(后進) 청년 중에는 차(此) 과학이 하허물사(何許物事)인지 부지(不知)하는 기자(其者)는 태무(殆無)함에 지(至)하였슨즉 목하(目下) 선인(鮮人)의 과학에 대한 사조(思潮)도 십분(十分) 고창(鼓脹)하였다 가위(可謂)"[16]할 수준에 이르렀다고 자평할 정도가 된다. 뿐만 아니라 도쿄 유학생 출신 대부분이 정치·법률 부문에 편중되어 있었던 과거와 달리 '농상공(農商工) 등 실지과학(實地科學)'에 뜻을 둔 청년 학생의 수가 늘어나 수원농림학교, 선린상업학교, 공업전습소 등에서 수학하는 등 과학 사조의 개혁을 도모할 기반이 조성되었다고도 쓰고 있다. 앞서 언급한 여러 기사와 함께 실용과학 본위의 지향을 시사하고 있는 「조선의 과학사상」은 『소년』의 「쾌소년세계주유시보」에 나타나 있는 전시대의 인식과는 대조적 관점에서 갑신정변 이전의 전통을 부정하는 형태로나마 나름대로 과학을 중심으로 조선의 과거와 미래를 창조·구성하려는 시도를 표제와 함께 전면에 내세운 기사라는 점에서 의미를 갖는다. 이것은 심지어 「과학호 발행의 동기」의 조선민족에 대한 서술 부분과 함께 식민자의 관점을 적용·대변하고 있었을 뿐 아니라 각급 학교기관 등의 제도화된 국가기구와의 관련성을 스스로 강조하고 있었다는 점에서 있어서도 비서구지역의 식민지에서 "만들어진 전통"이 작동했던 방식[17]과도 유사하다. 이러한 일련의 과정

---

16) 김형복, 「조선의 과학사상」, 『신문계』 제2권 제9호, 1914.9, 11면.
17) 테렌스 레인저, 「식민지 아프리카에서 전통의 발명」, 에릭 홉스봄 외, 박지향 외역, 『만들어

을 통해서 과학은 신학문 일반 및 제반 분과학문을 가리키는 용어에서 사이언스와 테크놀로지가 긴밀하게 결부된, 오늘날의 용법으로 이행해 가는 과정을 거쳤던 것이다.

　그러나 '농상공의 실지과학'에 관련된 각급 실업학교가 배출하는 인력들이 대개 기수 또는 조합의 조수나 되는 것을 희망할 뿐이었던 실정에서, 또한 "과학상에 일보(一步)라도 향진(向進)한 자와는 학리의 고론(高論)과 학술의 설명이 동일(同日)히 일언(一言)을 감발(敢發)치 못하여 아(我)는 신학문을 부지(不知)하는 자로 자처하여 (…중략…) 일과(一科)의 교수는 근(僅)히 자임(自任)할지라도 전체의 문명상식은 보통과 일년생에 불급(不及)"[18]하다는 스스로의 과학 지식에 대한 진단 앞에서, 언제나 조선의 미래를 기약하는 형태로 귀결되는 것이 일반적이었다. 최찬식이 최린(崔麟)을 비롯하여 개화파 관료 출신의 언론인 정운복, 유세남(劉世南), 이학사 유일선, 판사 출신의 변호사 최진(崔鎭), 대한의원 교수 출신의 유병필(劉秉珌)[19] 등 당대의 명사들을 인터뷰한 「명사(名士)의 과학담」 같은 기사에서 최린 역시 "조선인에 재(在)하여는 과학사상이 핍절(乏絶)한 현상에 재(在)하다 하였다 하여도 과언이 불시(不是)라 하자(何者)오"[20]와 같이 단언하면서 (법학과 같은) 전문영역에 대한 매진을 주문하고 있을 정도로 유사한 인식을 공유하고 있었다. 내부협판(內部協辦) 출신의 유세남 또한 법학의 중요성을 강조하고

진 전통』, 휴머니스트, 2004.
18) 「일년생에 불급(不及)하는 아(我)의 과학관」, 『신문계』 제2권 제9호, 1914.9, 13면.
19) 이태훈·박형우, 「한말·일제하 유병필의 생애와 의료문제인식」, 『연세의사학』 제4집 제2호, 2000.
20) 최찬식, 「명사의 과학담」, 『신문계』 제2권 제9호, 1914.9, 103면.

있었던 반면 당시 보생의원(普生醫院)을 운영했던 의사 유병필은 약간 다른 관점에서 당시의 세태를 개탄하고 있다.

　　본인의 과학이라 운(云)하는 바는 즉 보통 중등 이상의 전문과학을 지(指)함이나 전문과학으로 언(言)하면 차(此) 시대에 상조(尙早)하다 함이 실로 과격한 언사(言辭)가 불시(不是)로라 시사(試思)하라. (…중략…) 학업을 수(修)할 시(時)에 보통의 학문도 완전히 학습치 못하고 고상한 전문학과를 착수하면 기(其) 결과가 완실(完實)하다 할까 부(否)할까. 대개 생리학, 물리학 등을 공부한 연후에 의학의 전문을 수(修)치 아니하면 불가하고 식물학, 지질학 등을 선수(先修)한 연후에 농학의 전문을 학(學)하지 아니하면 불가하며 기타의 제반 전문과학이 거개 보통지식을 확실히 학득(學得)한 연후에 차제로 수업함이 가한지라. 금일의 청년 중 보통학문을 충분히 수득한 자를 기(幾) 개인이나 견(見)하였느뇨, 만약 보통지식이 무(無)한 자 전문과학을 공부코자 할지매 비단 확실한 성공을 견(見)치 못할 뿐 불시(不是)라. 반(反)히 화호(畫虎) 불멸(不滅)의 탄(嘆)을 미면(未免)할지니 금야(今也)에 전문과학을 수(修)코자 할진대 조속히 보통학과를 선습(先習)함만 부지(不知)하다 여는 단언하노라 하더라.[21]

「과학호 발행의 동기」의 결론에서 학과 일반에 관한 일반적 이해의 필요성이 언급되었던 부분은 사실상 이 인터뷰의 내용에 근거한 것이라고 해도 좋을 정도로 보다 구체적으로 제시되고 있다. 그러나 전문

---

21) 위의 글, 107면.

과학에 선행하는 보통학문 수득의 중요성에 대해 그야말로 상식적 수준에서 그러나 의사 출신답게 이과 본위로 언급하고 있는 이 문장은 결국 당대 조선의 여건상 보통-중등교육 위주의 학문-과학 교육이 이루어질 수밖에 없으며 전문 학문-과학 교육 자체가 시기상조라는 관점에 입각한 당국의 정책을 추인하고 있다. 심지어 정운복(鄭雲復)이 단언하고 있는 것처럼 현재 조선의 과학 수준은 미성숙한 상태 자체이며 철도 등의 문명의 이기는 전적으로 일본에 의존하고 있다는 주장까지 개진될 정도다. 오히려 합병 직후 경성부 관료를 역임한 유일선 같은 친일 기독교인이 다양한 학자·학파에 의한, 문·리를 포괄하는 과학에 대한 규정과 분류를 중립적으로 나열하는 식의, 과거 『수리학잡지』나 정리사 등을 통한 활동을 연상시키는 발언을 하고 있는 것이다. 그러므로 「명사의 과학담」은 이러한 관점이 당국 또는 일본인·친일 조선인 관료들에게만 국한된 것이 아니었으며 후에 3·1운동 사건의 변호를 담당했던 최진 같은 법조인, 당시 의료 관련 활동에 전념하고 있었던 유병필 등의 인사를 망라한 당대 일본 유학생 출신의 조선인 부르주아 지식인 일반에게 공유되고 있었던 인식이었음을 보여주는 단적 사례다.

그러므로 과학호 특집을 구성하고 있는 여러 기사들은 학문-과학에 대한 실용과학-보통교육 위주의, 『신문계』 전반의 논조와 태도를 지지하는 상세한 이데올로기적 근거를 제공하고 있었다. 1910년대 초기 식민지조선의 언론 상황, 특히 『신문계』에 대한 여러 기존의 연구가 지적하고 있는 것처럼[22] 이것은 사실상 총독부와 여러 경로를 통해 연이 닿아 있었던 『신문계』의 발행인과 편집진, 필진 나아가 『경남일보』의 발행인 같은 타 언론사의 임원도 함께 당국의 과학 교육 정책과 보조를 맞추고 있었던 결과다. 여기에 전시대 서우학회 등의 학회 활동에 적극적으로 간여했던 것으로 알려져 있는 일본 유학생 출신의 법학사와 이학사 등이 자신이 학습했던 과학 또는 학문에 대한 지식을 동원하여 『신문계』의 논리를 추인하고 있는 형국이 되고 있는 것이다. 여기에 전시대 대한제국의 학술·교육 정책 그리고 일본제국의 학제 전반에서 통용되고 있었던 지식체계 일체가 가치중립성의 외장(外裝)과 함께 작용하고 있었음은 물론이다. 그것이 기본적으로 장차 조선이 비행기와 같은 물질문명의 상징을 실제로 제조할 수 있도록 하는 독자적 역량을 육성하는 데 있어서 필수불가결한 전제가 된다는 믿음 또한 회의되지 않았다는 것도 분명하다. 심지어 이러한 비전은 전쟁에 동원되는 첨단 테크놀로지까지 정당화하여 선망의 대상으로 간주하도록 할 만큼 강력한 것으로 작용했다.

금일의 전쟁은 가히 과학의 전쟁이라 하여도 실로 과언이 불시(不是)로다. 작전의 계획과 교전의 술책도 과학적 지식으로써 차(此)를 행하는 바이 다(多)하거니와 지어(至於) 군사용품하여는 하자(何者)든지 거개 과학의 산출품이 아닌 자 무(無)하니 차를 일일이 설명키는 난(難)하거니와 대략 군함, 대포와 여(如)히 중요한 자(者)로부터 비행기를 항행(航行)하여 폭탄을 투하하는 자, 수뢰(水雷)를 부설하여 적함을 침몰하는 자, 무선전선을 사용하여 군사통신을 전하는 자, 탐해등을 조(照)하여 적의 내습을 지

---

22) 한기형, 「무단통치기 문화정책의 성격─잡지『신문계』를 통한 사례 분석」, 『한국근대소설사의 시각』, 소명출판, 1999; 이경훈, 「『학지광』과 그 주변」, 한기형 외, 앞의 책, 376~377면.

(知)하는 자, 자동차를 구(驅)하여 군용품을 운수(運輸)하는 자, 야외병원을 설하여 부상병을 치료하는 자, 기외(其外)에 세세밀밀(細細密密)한 기구가 총시(總是) 과학의 소산물이라. 연즉 금일의 전쟁은 과학의 전쟁이 불시여(不是歟)아.[23)]

　"금일의 전쟁"은 우승열패와 자연도태에 따른 사회진화론적 생존경쟁에 의한 것이 아니다. 그것은 "과학의 전쟁"이다. 즉 국민 전체의 낙후한 정신의 일신과 개조를 통한 문명개화·부국강병과 같은 모토에 달려 있는 것이 아니라 이제 액면 그대로 물질문명에 기초한 사이언스의 테크놀로지에 의해 좌우되는 것이다. 이처럼 『신문계』는 사실상 기사와 도판을 막론하고 그 과학 관련 지면 전반에 걸쳐서 그야말로 가치중립적 수사를 통해 사이언스와 테크놀로지에 입각한 물질문명의 최종적 승리를 선언하고 있었다. 그리고 학문 일반에서 사이언스와 테크놀로지의 결합으로서의 실용학문을 지칭하는 방향으로 경사되어 갔던 이러한 일체의 과정을 거쳐 과학이라는 용어는 오늘날과 같은 용법으로 재편되고 있었다고 해도 과언이 아닌 것이다.

---

23) 최찬식, 「과학의 전쟁」, 『신문계』 제2권 제12호, 1914.12, 15면.

# 3. 과학이라는 용어의 정착과 『신문계』의 과학자상

하지만 공교롭게도 『신문계』가 제안한 과학에 대한 비전은 근본적 모순을 내포하고 있었다. 이미 노량진 상공에 비행기가 날아다니고 경부 철도가 질주하는 것 등이 기정사실화된 테크놀로지의 발전상은 비단 『신문계』나 『매일신보』등 여타 미디어의 지면에서도 사진을 포함한 도판을 통해 구체적으로 가시화되고 있었다. 이것이 확실히 과학 나아가 기계공학의 전문적 영역에 속한다는 사실을 『신문계』의 편집진 역시 모르지 않았다. 보통사람이라면 범접하기 어려운 첨단 과학의 산물 내지는 해당 분야의 전문가의 상을 제시하면서 청년 학생으로 대표되는 특정한 조선인들로 하여금 이에 부합하는 문명적 자격 내지는 전문 지식의 수득을 촉구하고 있었던 것도 사실이다. 그런데 『신문계』가 제시한 비전이 총독부의 정책에 호응하기 위해서 해당 전문 지식의 전제로서 일반-보통학문 교육의 중요성을 합리화하고 설파하는 데 초점을 맞추고 있었다는 것은 앞서 설명한 바와 같다. 이것은 과학의 전문 영역을 '내지인'에게 의존하고 있는 현실을 인정하면서 동시에 이러한 상태를 지양해야 한다고 주장하는 이율배반적 태도에 기초해 있었다.

이러한 과학의 전문화 지향이라는 이상과 일반-보통학문 교육 위주의 현실 사이의 괴리는 그러나 '조선교육령'에 포함되어 있었던 전문학교 관련 규정이 역시 총독부의 내지인 관료들에 의해 실현되고 있었던 1915~16년간에 이르러 해소된다. 특히 경성공업전문학교의 설립은 조선민족의 식민화에 관한 기만적 성격과 다양한 한계가 지적되고 있음에도 불구하고[24] 조선에서의 과학 관련 정책의 시행 및 전문가의 육성에 관한 『신문계』 같은 미디어 및 여러 다양한 경로를 통한 요청에 당국이 일정부분 호응한 결과라고 할 수 있다.

　경성공업전문학교의 설립이 전적으로 총독부에 의해 주도되었으며 그 과정에 조선의 지식인이 개입할 만한 여지가 없었다는 사실은 잘 알려져 있다. 실제로 1916년 4월 경성공업전문학교의 개교에 임박하여 당시 총독부 학무국장 세키야 데자부로[關屋貞三郎]가 조직구성 및 방침을 밝히고 조선인에 대한 수학상의 편익을 보장한다는 내용의 담화를 발표하기도 했다.[25] 심지어 데라우치 총독은 개교식에 참석하여 경성공업전문학교의 설립이 조선의 학문 및 교육 발전을 완성하는 중요한 계기가 될 것이라는 내용의 고사(告辭)를 통해 생도들을 격려한 바도 있다.[26] 그러나 이러한 발언을 지지하는 근거나 주장의 형식은 앞서 설명한 『신문계』의 논조와 사실상 거의 대동소이했다고 해도 무방하다. 이는 무엇보다도 총독의 고사(告辭)가 논지의 대부분을 의존하고 있는, 개교의 취지와 의의를 설명하는 『매일신보』의 사설에서 단적으로 드러난다.

　　본교 교육의 강령은 ① 조선교육령에 기(基)하여 공업에 관한 전문교육을 수(受)하는 처(處)로 조선공업의 진보발달에 필요한 기술자 우(又)는 경

---

24)　경성공업전문학교의 설립 경위와 운영 및 그 역사적 성격에 대한 상세한 논의는 김근배, 「제 5장: 일본인 위주의 공업전문학교」, 앞의 책을 참조할 것.
25)　「전문학교에 대하여 ─ 관옥(關屋) 학무국장 담(談)」, 『매일신보』, 1916.4.9.
26)　「사내총독(寺內總督) 고사(告辭) ─ 공전(工專) 개교식에서」, 『매일신보』, 1916.4.26.

영자를 양성함이 본지(本旨)오. 부속 공업전습소에는 공업에 종사할 도제(徒弟)를 양성함. ② 공업의 발달은 국운의 융흥(隆興)에 공헌하는 바 ─ 파대(頗大)하여 차(此)의 경영은 단(單)히 종래의 경험에 뢰(賴)함으로써 족(足)하다 아니하고 능히 학리(學理)에 기(基)하여 실제에 적합케 함을 요(要)하는 고로 공업교육은 수(須)히 정확한 일신(日新)의 과학을 기초로 하고 실지에 활용할 기술을 연마하여 국산(國産)의 진흥발달에 효의(效意)하기를 기(期)할 것이오, ③ 교수(敎授)는 도연(徒然)히 고원(高遠)한 학리에 치(馳)함이 없이 간명을 위주하고 실지에 유용한 지식을 수(授)함과 공히 기능(技能)의 습숙(習熟)에 효의하여 실습을 상(尙)하고 실험을 중히 하여 응용자재(應用自在)케 함을 기할 것이오, ④ 공업에 종사하는 자는 근면불태(不殆)하고 신용을 중히 하고 질서를 상(尙)함은 최(最)히 수요(須要)한 사(事)에 속한 고로 생도의 훈육에 용력(用力)하여 기 덕성을 함양함에 노력할지오. ⑤ 전문학교는 고등의 학술기예를 교수하는 처(處)라. 고로 생도로 하여금 극히 기본력을 수(守)하고 언행을 신(信)하며 각근(恪勤) 자중(自重)하여서 일반 국민의 의표(儀表)되게 함을 기할 것이라

(…중략…)

유래 조선의 공업이 위미부진(萎微不振)하더니 당국에서 견(見)한 바 유하여 공업전습소를 설치하고 유위(有爲)의 청년을 양성하여 공업의 전도를 개척함이 이(已) 유년소(有年所)러니 본년도부터 공업전문학교를 신설하여 조선의 공업발전에 일(一) 신기원을 작(作)할 뿐 아니라 실로 조선인민의 부서(阜庶)를 치(致)할 대복음이 강(降)하였다 하리로다.[27]

---

27) 「사설 : 경성공업전문학교」, 『매일신보』, 1916.4.14.

이러한 사설의 논지는 사실상 『신문계』 관련 기사들을 관통하고 있는 논리의 반복이자 행정의 규칙 내지는 강령으로 잘 정리되어 있는 종합이라고 해도 과언이 아니다. 과학의 전문화라는 지향이 반도 공업의 진흥이라는 구체적 목표로 직결되고 있는 만큼 새롭게 대두된 공업이라는 단어가 기존의 비전에 관한 용어를 대체하고 있을 뿐이다. 세키야 학무국장이 담화를 통해 선발에 있어서 조선인 우대의 원칙을 천명하고 있었으며 학칙에도 그렇게 규정되어 있었던 만큼 사실상 1910년대 전반기 『신문계』를 통해 나타난 조선인에 대한 과학 전문교육의 필요성에 대한 요청에 대해 당국이 정책적으로 호응하려 한 흔적도 엿보인다. 이에 『신문계』는 종간 전까지 지속적으로 지구라든가 월세계, 금성과 화성, 혜성 등의 천체 및 그 운동에 관한 천문학 및 동·식·광물학에 관한 상식이라든가 앞서 언급한 바와 같이 스티븐슨이나 마르코니, 뢴트겐, 뉴턴과 같은 발명가나 과학자 등의 간략한 생애를 소개하는 등 과학에 관한 일반 보통 지식 내지는 교양을 함양하는 지면을 꾸준히 할애하고 있었다. 뿐만 아니라 '전기의 사진 전달'과 같은 신기술뿐 아니라 심지어 제1차 세계대전에서 사용된 독일군의 독가스 같은 문명의 이기에 관한 기사 또한 계속해서 게재되었고 전기화학공업을 대표로 하는 공업 부문에 대한 대략적 개요[大要]를 소개하는 식으로 새롭게 대두되기 시작한 공업이라는 용어의 중요성을 강조하는 기사도 출현했다. 기구(氣球)에 사용되는 가스라든가 석유의 생성원리 같은 현상의 원리를 해명하는 기사가 실리기도 했다. 그러나 경성공업전문학교의 개교 이후 『신문계』 내에서 과학 관련 전문 지식의 중요성을 강조하는 기사의 비중이 축소되었던 것이 사실이다. 뿐만 아니라 이후

『신문계』의 후신 격이라고 할 수 있는 『반도시론(半島時論)』에 이르면 이제 교양과 상식에 관한 일반적 내용이 아예 배제되었을 뿐 아니라 조선 공업의 현황을 진단하고 그 미래를 전망하는 관련 논설들이 게재 되는 식으로 '조선 공업'이라는 범주가 기정사실화되고 있었으며 실업 관계 논설이 지면의 대부분을 차지하게 되는 식의 결정적 전환이 나타 났다.[28]

『매일신보』의 사설도, 『신문계』의 여러 기사도 공히 조선의 과학 또 는 공업의 미래를 담당하게 될 기술자 또는 경영자 지망의 생도들에게 학문에 임하는 태도를 주문하고 있었던 것 역시 흥미롭다. 「사설 : 경 성공업전문학교」와 데라우치 총독의 '고사(告辭)'는 근면성실, 신용과 질서 준수 등 프로테스탄트적 금욕주의에 입각한 학업 정진의 자세를 촉구하고 있다. 더 나아가 『신문계』의 경우는 이미 창간 초기부터 지 속적으로 「학술연구의 취미」라든가 「과학 연구의 방법」 등의 기사를 통해 과학 연구와 학습을 위해 요구되는 구체적 태도와 방법을 제시하 고 있었다. 특히 와트와 마르코니, 라이트 형제의 오랜 세월에 걸친 부 단한 연구와 한결같은 정진의 태도를 '학술'의 모범적 사례로 거론하고 있는 「학술연구의 취미」의 서두는 다분히 의미심장하다.

연구가 무(無)하면 학술이 활용이 되지 못하고 취미가 무(無)하면 인생

---

28) 『반도시론』은 창간호부터 농상공부 장관 오하라 신조[小原新三]의 「반도산업의 현황과 공 업의 장래」라든가 이왕직 차관 고쿠분 쇼타로[國分象太郞]의 「공업 상으로 관(觀)한 금일의 반도」(『반도시론』 제1권 제1호, 1917.4) 등의 논설을 중점적으로 게재하고 있었으며 동화 생(東華生)의 「반도 공업의 기왕 급(及) 장래」(『반도시론』 제1권 제3호, 1917.6)와 같은 기 사가 수록되기도 했다.

이 존재키 어려우니 부득불 존재를 희망할진대 취미를 요득(料得)할 것이오. 취미를 요득코자 할진댄 학술을 연구할 것이니 학술의 연구는 일조(一朝)와 일석(一夕)에 완결하는 사(事)가 아니라 수(水)에 침(浸)하고 산에 상(上)함과 같이 일보(一步)를 진(進)하여 이보(二步)를 전진할 방향과 묘리(妙理)를 요득하고 일층(一層)을 상(上)하여 일층을 갱상(更上)할 계급(階級)과 절차를 주상(注想)하여 침침상상(浸浸上上)하여 목적지에 도달한 후에 일보일층을 부진(不進) 불상(不上)한 하륙(下陸)의 인(人)을 회착(回着)하면 장거리에 원격(遠隔)함이 소양(霄壤)의 현절(懸絶)함과 여(如)하니[29]

이 기사에 따르면 위대한 발명은 일생에 걸친 시행착오를 반복한 끝에 이루어지는 것이다. 그러므로 학술 연구의 성과는 신중과 인내를 겸비한 단계적 노력의 소산인 만큼 일생을 통틀어 정진해야 할 필요성에 대해 역설하고 있다. 앞서 『매일신보』의 사설에 제시되어 있는 학업 정진의 이상적 모델을 사전에, 보다 근본적인 형태로 선취하고 있는 이 '주장'이 증기기관, 무선전신, 비행기와 같은 문명 이기의 발명을 중심으로 한 실용과학을 대상으로 하고 있다는 사실에 대해서는 두말할 필요가 없다. 그런데 이 기사에서 '연구-학술-취미-인생'으로 이어지는 도식을 전제하고 이것이 다시 나무의 뿌리-물-꽃과 과실의 관계로 유비되고 있는 것도 흥미롭다. 특히 취미라는 용어는 그 표제에서부터 학술연구와 관련되어 제시되고 있는데, 아직 그 용법이 미처 확

---

29) 「학술연구의 취미」, 『신문계』 제1권 제2호, 1913.5, 2면.

정되지 않았던 상황이었던 당시로서도 이례적으로 미적 판단이 아닌, 오히려 학술 및 연구의 결과가 가져올 것으로 기대되는 복리 및 편익과 관계되는 의미로 사용되고 있다.[30] 그러나 "신발명의 원인도 소고(溯考)하면 하사(何事) 하물(何物)을 물론하고 접촉하는 동시에 범연(泛然)히 간과치 아니하고 원료와 응용의 이유를 상구(詳究)함에 기인함이라"와 같은 발상과 착안에 대한 의지를 중시하는 부분이나 특히 학술 연구 및 발명에 일생을 걸었던 개인들의 포기하지 않는 열정을 강조하고 있는 문장은, 과학을 비롯한 학술 연구라는 영역이 비단 '근면불태' 같은 금욕주의적 윤리관 및 경험을 해석하고 종합하는 가치중립적 이성의 권능에만 의존하는 것이 아니라는 사실이 의식되어 있다는 점에서 의미심장하다. 이는 「신문계의 정의」에서 우연찮게 나타나고 있는 "자오적(自娛的)" 같은 단어라든가 권두언이나 편집후기에서 통용되고 있었던 취미 관련 용어들과 함께 주목을 끈다. 특히 「명사의 과학담」에서 정운복 역시 "기(其) 일과를 택(擇)하여 극도에 달하도록 진선진미(盡善盡美)"하여 "인촌(燐寸) 일개(一個)를 제조할지라도 타인의 불급한 처(處)에 급(及)하며 타인의 불능한 자(者)에 능하여 기(其) 학력과 기술이 지장(持長)함에 지(支)"해야 한다고 주장하면서 '진선진미'의 추구로 비유되는 학업 면려에의 열의 및 실제 사물을 제조하는 데 있어서 누구도 범접할 수 있는 독창적 기술의 경지[31]를 강조하고 있는 것도 이

---

30) 문경연은 「학술연구의 취미」를 1910년대 취미 개념의 도입과 연동하여 논의하고 있지만 이 기사에서 사용되고 있는 '취미'는 다소 이질적 의미를 담고 있다. 「식민지 근대와 '취미' 개념의 형성」, 『개념과 소통』 제7호, 2011.6, 50~51면.

31) "과학은 제반 학문을 분류하는 자라. 기(其) 과학 중에 여하한 과학이든지 기(其) 일과를 택(擇)하여 극도에 달하도록 진선진미(盡善盡美)케 함이 가(可)하니 고자(古者) 도한(屠漢)이 일조(一朝)에 해(解) 십이반(十二牛)마는 징사(徵事)도 역사상에 일담을 득하였은즉 차(此)

러한 부분과 관련하여 흥미롭다. 「학술연구의 취미」와 정운복의 논의가 설정하고 있는 전제는 인간 내부의 비과학·비합리적 요소에 의해 추동되는, 우연적 발상과 열정에 의한 과학의 진보의 문제에 대해『신문계』의 편집진들이 부분적·간접적으로나마 어느 정도 의식하고 있었다는 사실을 반증한다. 그러나 이는 후의 「과학 연구의 방법」이 제시하고 있는 객관적 방법과는 대조되는 것이다.

"과학은 보통의 지식과 3개의 이점(異點)이 유하니 즉 비평적, 계통적, 총괄적이라. 과학자는 사실을 불매(不浼)하고 필히 비평적, 연구적 태도로써 완미(玩味)코저 하며 산만한 지식에 만족을 불취(不取)하고 필히 사실을 계통적으로 정리하여 최후에 전체를 총괄로 위(威)치 아니하면 부지(不止)하니 차(此)를 행함에는 일정의 논리적 방법 즉 일정의 순서를 추리함이 필요하도다"[32]와 같이 전제하고 유추, 귀납, 연역 등의 추론 방식을 소개한 후 "예리한 안광(眼光)", "논재(論在)의 모집", "실험", "측정", "논재의 정리", "가설", "상상", "총괄 및 법칙"으로 이어지는 진리 확정의 체계와 형식을 제시하고 있는 것이다. 이를 통해 "오인의 경험적 사실을 최(最)히 간단, 완전히 하고 차(且) 정확히 기재"[33]하는 과학의 목적이 실현 가능해지며 궁극적으로 박물학 시대(관찰기록의 시대)-물리학 시대(총괄 완성의 시대)로 진화해온 과학의 역사에 있어서 "차

는 기(其) 기술의 지장(持長)을 표창(表彰)함이라. 시이(是以)로 과학을 면려(勉勵)하되 고상한 철학 이학 등에만 지(止)할 자―불시(不是)오, 지어(至於) 인촌(燐寸) 일개(一個)를 제조할지라도 타인의 불급한 처(處)에 급(及)하며 타인의 불능한 자(者)에 능하여 기 학력과 기술이 지장(持長)함에 지(至)할지면 자연히 문명한 지위에 가립(可立)할지니 고로 문명한 인류가 되고자 하는 자는 조속히 과학을 면려함만 불가하다 하노라 하더라." 최찬식, 「명사의 과학담」, 『신문계』제2권 제9호, 1914.9, 96~97면.
32) 「과학연구의 방법」, 『신문계』제3권 제2호, 1915.2, 11면.
33) 위의 글, 16~17면.

등 기재 사실 중에서 진리를 추출함을 과학이라 칭할" 수 있고 따라서 "총괄 및 법칙"으로 대표되는 불가결한 형식을 거쳐야만 비로소 오늘날의 진보한 과학에 의한 진리 확정이 가능해지는 것이라고 확언되고 있다. 물론 「과학연구의 방법」은 가치중립적 수사에 입각하여 과학적 방법에 대한 개괄적 내용을 순서대로 나열하여 정리하고 있는 무미건조하고 단순한 형식의 기사에 지나지 않는다. 하지만 적어도 과학이라는 용어가 인간 경험을 해석하는 주지적·합리적 체계에 의한 가치중립적 진리 확정의 형식으로서 오늘날의 의미와 유사하게 통용되기 시작했던 전환의 계기와 기원을 보여주는 기사라는 점에서 문제적이다. 이는 과학 및 그 방법론을 "공장"이나 "제조", "건설공사"와 같은 수사를 통해 형용하고 있는 데서 알 수 있는 것처럼, 사이언스와 테크놀로지가 공업 같은 실용 본위의 문제로 수렴되는『신문계』전반의 논조와 맞물려 확립된 것이었다. 뿐만 아니라 과학연구의 메커니즘에 있어서 '상상'의 효용에 대해 강조하고 있는 부분은 사실상 「학술연구의 취미」나 「명사의 과학담」에서의 정운복의 담화를 구체화하고 있는 것이라 할 수 있다.

기(旣)히 가설은 상상에서 건설됨을 구하였으나 실로 과학연구 상 상상작용의 효과는 위대한 것이라. 딘달 씨는 운(云)하되 인지(人智)에는 일종의 팽창력이 유(有)하나 여(余)는 차(此)를 창조라 하니 차력(此力)은 인(人)이 사실상 침사(沈思)할 시(時)에 약여(躍如)히 활동하는 바이라 함은 자미(滋味)를 소창(素彰)함이라. 상상적 침사가 현금(現今) 미지의 문제를 해결함에 지(至)할는지도 부지(不知)하겠도다. 사실의 단서가 몰유(沒有)

하여 상상을 회전(迴轉)하는 중가경(中可驚)할 중대한 결론을 우연히 득(得)하니 즉(卽) 제일에 결론을 작(作)하고 제이에 증명을 기함이라. 고디 교수는 법칙은 상상력이 부(富)한 창조적 정신의 사상에 불외(不外)한다고 하고 딘달 씨는 낙하하는 임금(林檎)으로 운동되는 천체에 사고가 급(及)한다함은 상상이 최(最)히 극단됨을 사(思)함이니 실로 뉴턴의 법칙은 전 우주에 적용된 것인데 시간과 공간을 초월하는 일대 상상력의 결과이라 하나 실상 천재의 상상력은 여하한 방법 수단을 능경(凌驚)하는 것이오, 톰슨 교수가 「켈빈 경의 생애」라 하는 서중(書中)에 관찰, 경험, 분석, 추상, 상상 등은 총(摠)히 필요하나 차를 진(盡)키 불능하니 오인은 대저 차등은 치지(置之)할지라도 천재의 직각(直覺)이라 하는 것이 필요함으로 사유할지니 분석학자며 논리학자의 조련된 능력은 물론 중요하나 예술가의 내재적 능력이 유력함으로 인(認)한다 하니 과학적 연구에 직각적 상상력이 중요함을 설출(洩出)함이로다.[34]

과학적 사유와 방법에 있어서 인간의 창조성, 상상적 침사, 천재의 직각적 상상력이 분석학자나 논리학자로서의 능력 못지않게 중요하다는 단언이 출현한 것은 중요한 변화였다. 그것은 과학의 객관적 정의와 체계, 계통, 진리확정의 형식을 불편부당하게 분석·통찰하려는 주지적 태도와는 질적으로 구별된다. 그것은 예술가의 직관과 유비될 수 있는 개인의 주정적 속성이 과학의 진리탐구에 있어서 필수불가결한 요인으로 제시된 사례였다. 물론 「학술연구의 취미」도, 「과학연구의 방

---

34) 위의 글, 같은 곳.

법」도 일회적 기획에 그친 것이었으며 당대에 그리 중요한 영향을 미쳤다고도 할 수 없었지만, 단지 문명의 이기를 생산할 수 있는 실용과학 내지 전문 학문 및 해당 분야에 대한 근면성실한 정진에 주로 초점을 맞추고 있었던『신문계』전반의 기조에 비추어 보편타당한 진리에 이르기 위한 과학의 합리적 체계 및 진리 탐구를 위한 상상 내지 직관과 부단한 열정 등의 요소가 아울러 강조되고 있었던 것은 흥미롭다.

따라서『신문계』의 편집진은 당대 조선에 과학에 기초한 물질문명 및 공업을 대표로 하는 실업을 위한 토대와 여건이 불충분하게나마 일정부분 마련되었다고 판단했던 것으로 보이며 이러한 인식은 자연스럽게『반도시론』으로 이어졌다. 대개 미래를 기약하는 형태로 나타나기는 했지만, 1915년을 전후한 시기 조선 물산 공진회의 개최라든가 경성공업전문학교의 개교 등이 조선의 과학과 그것에 기초한 공업의 미래를 전망하기 위한 실질적 근거로서 전제되고 있었던 것이다. 가령「신문계」의「전기화학공업에 취(就)하여」와「전기화학공업의 추세」와 같은 기사는 전시대『대한자강회월보』의「공업설」과 달리 더 이상 공업의 필요성에 대해서 절박하게 역설하지 않는다. 단지 조선의 미발달된 부분에 대한 보완을 요청한다는 인식하에 그 도입 자체가 이미 당연시되고 있을 뿐이다. 뿐만 아니라 이미 일본에서 유학한 바 있었던『신문계』필진 대부분의 선진 문명생활 체험과 맞물려 조선에 있어서의 물질문명의 도래와 지배는 이제 거역할 수 없는 대세 내지는 상수로 간주되어 갔다고 해도 과언이 아니다.[35] 다른 한편으로 제1차 세계

---

[35] 가령「우리 반도의 신 광명」같은 기사에서 제시되고 있는 조선의 미래에 대한 낙관적 비전은 일정 부분 이러한 인식에 기초하고 있다.『신문계』제3권 제1호, 1915. 1.

대전이 초래한 참화와 파탄[36] 및 그 반대급부로서 일본의 역사상 유례없는 경제 호황은, 과학이라는 용어의 의미가 정초되는 순간, 곧바로 과학 및 그것이 선사할 것으로 기대되었던 물질문명을 종래와 변별되는 관점에서 상대화하여 간주할 수 있게 되는 인식론적 전환의 근거와 토대를 제공했다. 요컨대 적어도 『신문계』의 지면에 한정해서 보자면 이제 막 일본제국의 판도 내부로 편입된 1910년대 중엽의 조선에 있어서 과학 및 공업의 발전을 통한 물질문명의 창달은 요원한 것이 아니었으며 아직 실현되지는 않았지만 기정사실화된 미래로 제시하고자 했던 의지가 우세했던 것으로 보인다. 다만 세계적 추세의 신기술을 체득하여 해당 분야의 전문가를 지향하는 개인들의 근면성실 및 열정, 창조적 상상력 등 인간의 다양한 측면에 걸친 속성이 아울러 요구되고 있었던 것이다. 그리고 바로 이러한 실업의 토대에 입각하여 이제 과학입국이라는 절대적 당위성만을 문제 삼는 것이 아니라 과학을 통해 진리에 도달하기 위한 주지적 체계와 형식에 대해 심문하고 이를 통해 궁극적으로 성취될 수 있는 구체적이고도 다양한 가능성을 타진하는 식의 분리까지도 가능해진 것이다. 이러한 과정을 거쳐 과학이라는 용어는 적어도 『신문계』의 지면상에서만큼은 학술 일반으로부터도, 공업을 비롯한 실업과도 구별되는 독자적 의미를 획득하게 되었다. 물론 이는 어디까지나 일본의 식민지로 전락한 조선의 낙후한 현실, 대한제국 시기 및 통감부 정책의 유산, 총독부 당국의 교육학술

---

36) 그러나 「전시(戰時)의 런던(倫敦)」과 같은 기사는 세계대전이라는 혼란의 와중에도 차질 없이 운용되고 있는 전차, 비행기, 박물관 등을 통한 문명의 일상생활을 도판까지 곁들여 구체적으로 시각화하고 있기도 하다. 『신문계』 제3권 제12호, 1915. 12.

정책, 과학의 제도화를 전적으로 식민자의 권력과 담론, 실제 관련 정책 등에 의존하지 않을 수 없었던 현상, 일본인 테크노크라트 및 조선인 이데올로그들의 과학에 대한 이해와 그것에 작용한 당대 일본제국의 지식체계 등의 요인이 복합적으로 작용한 결과였다는 것을 부정할수는 없다. 그리고 무엇보다도 1910년대 중반부터 본격적으로 부상하고 있었던 청년·자아·취미 등의 키워드와 관계되는 새로운 인간 이해의 방식과도 직간접적으로 연동되기 시작했다.


## 4. 과학에 대한 상대화와 암면(暗面)으로의 소행(溯行)


이와 같은 물질문명 도래의 기정사실화와 관련된 변화는 당대 미디어의 지면을 통해서도 확인된다. 『신문계』와 『반도시론』에서 과학 관련 기사의 비중이 서서히 축소되어 갔던 대신에 청년 담론이나 취미 관련 기사, 인생주의·자연주의 문학론 등이 그 자리를 대체했던 현상, 그리고 최남선이 간행했던 『아이들보이』나 『청춘』 등의 잡지가 전시대의 『소년』에 비해 과학 관련 테마를 다루지 않았던 것 등은 이러한 변화를 단적으로 예증한다.[37] 그러나 무엇보다도 과거 지고의 선

---

[37] 1910년대 조선에서 발생한 과학 개념의 정착 그리고 그것이 리터러처의 역어로서의 문학 개념의 도입 과정과 관련되어 있었던 양상을 고찰하는 데 있어서 『청춘』과 『학지광』에 대한 검토는 필수적이다. 예컨대 『청춘』 제1호(1914.10)의 「백학명해(百學名解)」 같은 기사에서 '과학'은 '학문 일반'과 명확하게 분리된 것으로 정의된다. 이것은 장응진의 「과학론」 등

으로 간주되었던 물질문명 자체를 상대화하려는 시도가 『신문계』를 비롯한 여러 미디어의 지면을 통해 출몰하고 있었다는 사실은 의미심장하다. 심지어 「근대인의 물질욕과 정신관」 같은 『신문계』의 기사는 근대 물질문명과 도시생활 나아가 과학 자체를 상대화하고 그 전망 자체를 비관하기까지 했다는 점에서 특별한 주목을 요한다.

근대정신의 일(一) 요소된 과학적 정신은 물질주의를 생(生)하고, 차(此) 물질주의는 물질문명을 촉(促)하며, 차 물질문명은 진(進)하여 물질주의를 고취함으로 인하여 근대인의 생활이 비상히 물질적으로 변화됨은 환연빙해(煥然氷解)하리라. 인생의 과학화는 동시에 인생의 물질화됨으로 근대인의 생활상 중심은 물질생활됨이 분명하도다. 그러나 일방으로 인생의 물질욕의 성(盛)함이 극하되 차에 반(伴)하여 차를 충(充)할 방법이 뇌무(賴無)하니 즉 맬서스의 인구론에 의하여 관할진대 인구는 차등급수(이, 사, 팔, 십육으로 차제 배수가 되는 보합(步合))로 증가하되 식물(食物)은 등차급수(이, 사, 육, 팔 십과 여(如)히 초수(初數)와 차수(次數)의 차(差)가 긍상(恆常) 일정한 수를 시(示)하는 보합)로 증가한다 하는 통계가 유(有)

의 기존 과학 관련 논설 대부분에서는 찾아볼 수 없는 개념적 분리이며 이후 『신문계』의 과학이라는 용어의 채택과 통용에 있어서도 적지 않은 영향을 끼친 것으로 보인다. 또한 『학지광』 제8호(1915.3)에는 전영택의 「과학과 종교」라는 기사가 게재되어 있는데 과학이 이룩한 성취와 한계를 아울러 조명하고 있는, 당시로서는 보기 드문 이해를 제시하고 있다. 『신문계』에서 이루어진 과학 개념의 상대화는 동시대에 유학생들에 의해 이루어진 과학에 대한 이해의 변화와 결코 무관하지 않은 것으로 생각된다. 『신문계』에 나타난 과학 개념의 정착 및 상대화의 과정은 1910년대 중반 『청춘』과 『학지광』 등의 여타 매체를 통해 나타나고 있었던 일련의 변화와 보조를 맞춘 것이었다고 할 수 있다. 그러나 지면 관계상, 그리고 무엇보다도 『신문계』가 1910년대 과학 개념의 변화 및 문학 개념의 출현에 있어서 중요한 전환의 한 계기를 제시했다는 판단하에 해당 매체의 과학 담론을 집중적으로 검토하고자 한 이글의 문제의식에 입각했을 때 이러한 문제를 본격적으로 다루는 데는 여러모로 한계가 있다. 추후 발표할 해당 주제에 관한 논문을 통해 별도로 논의하도록 하겠다.

한즉 차(此)를 유(由)하여 관(觀)하면 인구의 증식과 반(伴)하여 물질이 증식되지 아니한즉 금자(今玆)에 생활곤란이라는 돌적성(突賊聲)의 인인구구(人人口口)로부터 출(出)케 됨이 아닌가. 조반석죽(朝飯夕粥)만으로도 함포고복(含哺鼓腹)의 태평가를 창(唱)함이 오히려 가(可)하겠으나 사실상 기연(其然)치 아니라고 익히 근대인은 물질욕에 함(陷)하여 또한 생존경쟁이 일심월성(日甚月盛)하는 현상에 지(支)함이니 같이 오인의 심신에 피로를 생(生)케 아니하리오.[38]

과학은 물질주의-물질문명-물질적 생활-물질욕이라는 연쇄를 초래하며 이로 인해 근대인의 심신 피로라는 곤경, 즉 정신병과 신경쇠약을 조장한다. 특히 2절 '도회의 발달'에서 "근대인의 피로를 촉(促)한 바 특수의 원인은 도회의 발달에 재(在)하다 할지라. 과학의 진보와 공히 각종의 기계가 발명되었으며 수(隨)하여 기(其) 결과 공업이며 상업은 비상히 진보되었으되 농업은 차제(次第)로 퇴폐되었느니라"[39]와 같은 문장에서 알 수 있는 것처럼 과학은 농업의 도태를 가져와 다수의 개인을 전원으로부터 유리, 도시로 집중시켜 '도회병'이라는 병폐를 낳았던 근본 원인으로 거듭 지목되고 있다. 심지어 '도회병 = 정신적 불구자'라는 극단적 소제목하의 3절에서도 단적으로 드러나는 것처럼 도시에서 근대인은 격렬한 생존경쟁으로 말미암아 심신이 피로·쇠약게되고 사망률 또한 급증하며 물질문명의 인공적 세계 속에서 자연에 대한 저항력 또한 감소하게 되는 등 소위 '도회병'에 시달린다. 그것은 신

---

38) 항소자(恒笑子), 「근대인의 물질욕과 정신관」, 『신문계』 제3권 제12호, 1915.12, 17면.
39) 위의 글, 18면.

체의 질병과 마찬가지이며 심지어 도시에만 국한되는 것이 아니라 근
대인 대부분이 처해 있는 병적 상태다. 이 모든 문제를 초래한 근본 원
인이 바로 과학인 것이다. 그러므로 「근대인의 물질욕과 정신관」에서
과학은 더 이상 물질문명을 통한 구원과 해방을 보장하지 않는다. 오
히려 그것은 인간을 정신적 불구에 이르게 하는 것으로 간주되고 있
다. 이러한 논의가 『신문계』의 여러 논설에 나타난 과학에 대한 관점
과 판이하게 대조된다는 것은 말할 필요도 없다.

주목해야 할 점은 이와 같은 근대인의 정신적 곤경에 대해 명철하게
파악할 수 있는 근거로 다름 아닌 문학·문예가 거론되고 있다는 사실
이다. 이 글에 따르면 "금일의 문학은 거의 도회 혹은 신경쇠약의 문
학"[40]일 뿐이다. 번스(쌔안스)나 워즈워스(와쓰와쓰)로 대표되는 전원문
학은 이미 그 의미를 상실했고 독일의 향토예술 또한 단지 도회생활의
피로에 대한 반대급부로서 망향의 전원에 대한 회향의 정서를 통해 간
신히 명맥을 유지하고 있는 것에 불과하다. 오히려 "노루짜우" 즉 막스
노르다우(Max Simon Nordau)가 "즉 심신 공히 상태를 실(失)하여 광인과
여(如)한 성질을 환작(幻作)"한다고 비판하면서 "고등변질자" 내지는
"정신적 불구자"로 지칭했던 작가들이 득세한다.

피(彼)는 근대 생활의 피로로부터 생(生)한 변질자 즉 데카당은 위선(爲
先) 제일 육체로부터 불완전하다 창도(唱道)하였도다. 즉 안면(顔面), 두개
(頭蓋)가 좌우(左右) 불평균하게 발육한다. 우(又)는 이(耳)의 형(形)이 불

---

40) 위의 글, 18면.

완전하다. 우(又)는 안(眼)이 사시(斜視)된다 하는 등으로 자세히 조사한 바를 발표하고 거의 불구 아닌 자 없다 하였도다. 종(從)하여 정신이 불구적 상태를 양출(讓出)함도 물론의 사실이라. 피등(彼等)은 자아의 염(念)을 강하므로 방임(放任)하여 하사(何事)에 물론하고 자아중심이 되어 비상히 방자하며 또한 의지가 약하므로 일시 충동에 동요되어 파(頗)히 몰상식함과 공(共)히 도덕적 관념이 박(薄)하여 선악의 차별까지도 무시하고자 하며 또는 비상히 정서가 동요되기도 이(易)하여 애자(睚眦)에 노(怒)하며 일소에 희(喜)하나니라. 당자(當者) 기인(其人)은 기(其) 감정이 예민(銳敏)됨을 자과(自誇)하면서 속인(俗人)의 불가해의 사실이라 하고 득의양양한 자 불소(不少)하도다. 동시에 피는 오만(傲慢)함으로 자량(自量)하는 바이 없이 소허(少許)의 타격에 향하여도 필경 낙백상혼(落魄傷魂)되어 세상을 염오(厭惡)하며 인생을 비관함에 함(陷)하고 또한 우주인생을 극(極)히 공포하는도다. 항상 나타(懶惰)하고 무원기(無元氣)함을 불면하는 동시의 자기의 운명을 주저(呪咀)하며 또는 범속(凡俗)을 안하(眼下)에 치(置)하고 초연(超然)한 기개(氣槪)가 유(有)함과 여(如)함도 불무(不無)하며 또한 단편적 공상에 탐혹(耽惑)되어 만반의 사정에 회의적 경향이 강한 동시에 사물에 대하여 의혹(疑惑)을 포(抱)하여 기(其) 근저 탐구에 천식(喘息)하다가 여의(如意)치 못하면 번민(煩悶)을 야기하여 불안의 심적 상태를 양출하는 바이로다. 실로 차가 근대에만 특유한 심리상태라 여(余)는 단언하노라.[41]

---

41) 위의 글, 19~20면.

문명의 피로로부터 연유한 근대인의 심신(心身) 양면의 '변질' 그것
은 저자가 명시한 대로 노르다우의 저 유명한 『타락』(퇴화, Entartung,
Degeneration)(1892)에서 온 것이며 데카당스에 대한 비판이다. 1914년
일본에 『현대의 타락(現代の墮落)』[42]이라는 제목으로 번역되었던 만
큼, 세기말의 퇴폐주의가 인간의 육체적·정신적·도덕적 퇴화를 초
래한다는 노르다우의 핵심적 논리를 고스란히 반복하고 있다고 해도
과언이 아니다. 비록 부정의 대상으로 간주되었으나마 김억이 『학지
광(學之光)』에 상징주의로부터 영향을 받은 여러 논설을 게재한 것[43]
보다 약간 앞선 시기에 데카당스라는 용어가 거론된 사례일 터이며 또
한 이광수가 「문사(文士)와 수양(修養)」(『개벽(開闢)』, 1920.8)을 통해 퇴폐
주의에 대한 비판을 수행하면서 『타락』의 논리로부터 직간접적으로
영향을 받았던 것보다도 앞선다.[44] 무엇보다도 노르다우의 논의를 빌
려 비록 병리로 지적하고 있을지언정 세기말 상징주의문학의 중요한
특성을 정확히 포착하고 있다는 점에서 중요하다. 그것은 요컨대 자아
중심의 주정주의에 입각한 위악과 퇴폐에의 지향이자 반세속주의에
입각해 있지만 동시에 도시·물질문명과 같은 근대적 조건과 불가분
적이다. 그리고 이것이 초창기 한국 근대문학의 전개에 있어서 상징주

---

42) ノルドー(マックス·ノルダウ), 中島茂一 譯, 『現代の墮落』, 大日本文明協會, 1914. 「근대인의
  물질욕과 정신관」에 나타난 인간 병리에 관한 기본적 생각의 골자는 츠보우치 소요가 썼던
  『現代の墮落』의 「서(序)」의 서두에서도 확인된다. 물론 이 글과 『타락』의 번역 사이의 관계
  에 대해서는 보다 심도 있는 논의가 필요하다. 특히 '타락'으로 번역된 'entartung'에 대해 굳
  이 '변질'이라는 용어를 채택하고 있는 것도 흥미롭다. 다만 1914년경을 전후한 시기 일본에
  서 이루어진 노르다우의 번역 그리고 조선에 있어서의 소개에 있어서는 별도의 논의가 요
  구된다.
43) 구인모, 「『학지광』 문학론의 미학주의」, 동국대 석사논문, 1999, 17~20면.
44) 이재선, 「이광수의 사회심리학적 문학론과 '퇴화'의 효과—「문사와 수양」을 중심으로」, 『서
  강인문논총』 제24집, 2008.

의·미학주의로부터의 영향과 관련하여 중요한 의미를 갖는다는 것
은 말할 필요도 없다.

　과학은 도시생활과 물질문명을 통한 근대인의 타락과 퇴화를 가져
왔다. 과거의 전원문학은 이러한 현상의 반대편에 위치했으되 당대의
데카당스문학은 그러한 인간의 병적 상태와 긴밀하게 관계된다. 인간
과 그 표현으로서의 문학은 근대 과학이 초래한 문제적 상황과 결코
무관하지 않다. 『근대인의 물질욕과 정신관』이 노르다우의 논의를 불
충분하게나마 빌려 내리고 있는 판단을 요약하면 이것이다. 이러한 관
점에서 보면 과학은 결코 전가의 보도가 아니게 된다. 하지만 "원래 의
사임으로 병리학 상 문제를 전제로 하고 성(盛)히 근대문명을 공격하
였도다. 그 의론(議論)이 너무 유물적, 교리(巧利)적 또는 상식적으로 화
(化)하여 필경 건전 중독에 함(陷)하였으나 과학을 근거로 하고 세기말
의 퇴폐적 경향을 해부함이 극히 명쾌할 뿐 아니라 또한 기(其) 요지를
득(得)"[45]하였다고 밝히고 있을 뿐 아니라 특히 근대인의 병적 상태에
대해 "신경이 병적으로 과민하게 됨으로 각종의 자극이 신경을 병적으
로 인도하는 바이라. 격렬한 생존경쟁 리(裡)에서 악전고투하는 바 근
대인은 피로를 피하기 위하여 인공으로써 심신을 자극하는 동시에 묘
○(鼎○)케 하며 또는 너무 앙분(昻奮)케 하기 위하여 각종의 부자연한
수단을 강구"[46]한 끝에 술과 담배, 아편이나 해시시 같은 극단적 자극
제를 추구하는 형태로 끝없이 증폭된다는 식으로 '신경과 자극'에 관한
생리학적 수사를 통해 설명하고 있는 부분에 이르면 노르다우의 논리

---

45)　항소자, 앞의 글, 19면.
46)　위의 글, 21면.

를 추인하게 되는 근거가 어디에서 연유한 것인지는 비교적 명확해진다. 앞서 여러 차례 언급한 것처럼 이 글이 분명 과학을 근대인이 당면한 곤경의 근원으로 상대화하고 있으며 당대의 수준에서 대단히 급진적 비판을 가하고 있는 것은 사실이다. 그럼에도 불구하고 이러한 논리를 추인하는 맥락과 근거 및 인간과 사회에 대한 이해의 방식은, 문제를 진단하고 파악하며 해명하는 과학적 방법과 결코 분리될 수 없다. 명백히 진화론을 전제하고 있으며 맬서스의 인구론에 관해 수학적 설명을 동원하여 설명할 뿐 아니라 본래 의사 출신인 노르다우의 논의를 병리학의 수사를 통해 요약하고 있는 등 근대인의 정신 병리를 지적하는 데 동원되는 과학적 근거(당대에 과학으로 여겨졌던)는 「근대인의 물질욕과 정신관」을 구성하는 핵심적 논리를 지탱하고 있다. 과학에 의해 초래된 문제는 과학이 아니고서는 파악될 수 없다. 이 글이 과학에 대해 취하고 있는 태도는 확실히 이중적이며 양가적이다. 과학 관련 문제를 취급하는 동시대의, 그리고 『신문계』의 여타 논설에 비해서도 확실히 이채로운 관점이었다. 심지어 이 글에 따르면 인간을 육욕과 관련하여 설명하는 관점 역시 근대에 들어 지배적인 것으로 되었다.

　　낭만주의의 시대에는 인인(人人)이 몽중(夢中)생활을 영(營)하여 이상
　　우(又)는 공상을 지(持)하였도다. 이럼으로 정신계에 일종의 열락의 국(國)
　　을 천성(椿成)하고 자락(自樂)함을 득하였으나 기(其) 몽(夢)이 파(破)하고
　　소위 사바(沙婆)세계의 현실로 환귀(還歸)하면 실로 적막한 심사를 금치
　　못하리라. 이럼으로 육감상 쾌락을 식(食)하여 자기의 적막을 위자(慰藉)
　　코져 하는 바이 아닌가. 사실상 육(肉)의 쾌락성욕과 반하는 쾌락에 중대

한 의미가 포함함은 근대에 비로소 생(生)한 바이오. 결코 고래로 유(有)한 바이 아니로다. 고래로 수욕(獸慾)이라 칭하고 극히 무시(蔑視)하던 자가 근대인의 생활에 대하여 무상의 위자물(慰藉物)이 되었으니 실로 이것이 문명의 여택(餘澤)인가 혹은 죄인가? 제군 — 제군도 양찰(諒察)함이 있을지라. 근대문예의 재료로 하여 여하히 육욕이 중대함으로 처리됨을 지(知)할지라 하노라.[47]

낭만주의가 몽상과 이상, 공상의 세계에서 자족하는 인간의 열락을 중요한 테마로 취급했다면 그 꿈의 세계는 이미 파국에 봉착했다. 그러므로 이제 (과학이 초래한) 도시생활 및 물질문명과 밀접한 인간의 육욕이라는 자연 그 자체에 직면할 필요가 있다. 이것이야말로 근대 문예의 재료이며 동시에 독자 제군의 과제다. 이러한 문제의식은 비단 「근대인의 물질욕과 정신관」에서만 표명되는 것이 아니다. 오히려 바로 이전에 게재되어 있는 백대진의 논설 「현대 조선에 자연주의 문학을 제창함」에 있어서도 유사한 전제와 관련 용어, 결론이 공유되고 있다.

문명의 혜택으로 인하여 오인의 생활이 상하의 계급을 물론하고 극도로 물질화하였으며 극도로 과학화하여 물질주의가 현실생활에 대한 이상이 되어 생존경쟁, 적자생존의 자연율이 발현된 소위 이십 세기가 아닌가. 우리 반도로 이십 세기의 문명을 시(是)함으로 인(認)하고 착착 이십 세기의 반도를 작(作)하고자 하는 금일에 예술도 또한 이십 세기화의 예술이 없지

---

47) 위의 글, 21면.

못한지라. 그러하나 아직도 시대에 부적(不適)한 구문학이 반도에 기치(旗幟)를 수(樹)할 뿐으로 현대 실생활에 대한 문학은 기(其) 영(影)이 없으니 실로 탄식하는 바이라. 요컨대 구문학은 몽상적, 공상적, 낭만적, 환영적 문학으로 결코 이십 세기 금일에 적(適)한 문학이 아니오.

    (…중략…)

  물질문명의 여택으로 생존경쟁이 일로 심하고 월로 성(盛)하여 자(玆)에 생활난이 생하였으며 이 생활난이 곧 물질욕으로 인하여 우리 인생에 무한한 비애, 절무한 퇴패(頹敗) 곧 인생에 대한 암면(暗面)이 발현되게 되었도다. 이 암면을 묘사할 자이 곧 신문학자오, 일로 인하여 생활 일반, 오인의 사상계를 묘사할 자이 우리 신문학자로다. 대범(大凡) 자연주의 문학이라 함은 소위 현실을 노골적으로 진직(眞直)히 묘사한 문학이니 차에는 허위도 무(無)하며 또한 가식도 무(無)하며 공상도 무(無)한 문학이 곧 자연주의 문학이라. 금일 반도 사회에 기(其) 결함이 얼마나 되며 실생활에 기(其) 암면이 얼마나 되느뇨.[48]

물질문명으로 인한 생활의 물질화-과학화는 곧 인간이 생존경쟁-적자생존이라는 자연의 이법 및 물질욕으로 지칭되고 있는 동물적 본성으로부터 결코 자유로울 수 없는 존재라는 치명적 진실을 드러냈다. 요컨대 생활난 속에서 제각기 이전투구처럼 하지 않을 수 없는 인간은 결국 동물과 다르지 않다. 그러므로 더 이상 (명백히 낭만주의문학을 가리키는)구문학이 표방하던 몽상과 공상, 환영의 세계와 결별해야 한다.

---

48) 백대진, 「현대조선에 자연주의 문학을 제창함」, 『신문계』 제3권 제12호, 1915. 12, 15~16면.

오히려 이러한 진실의 각성으로 말미암은 인생의 "무한한 비애, 절무한 퇴패(頹敗)"와 직면하지 않으면 안 된다. 인생을 위한 문학, 그것은 다름 아닌 사회의 결함과 인생의 암면이라는 근대에 들어 새롭게 발견된 인생과 사회의 자연을 있는 그대로 묘사하는 데 있다.[49] 이것이야말로 「근대인의 물질욕과 정신관」이 제시했던 근대 문예의 재료이며 백대진이 구상했던 '자연주의문학'의 비전이었다.

그러나 앞서 언급했다시피, 어떤 형이상이나 도덕, 몽상의 개입도 없이 이러한 인간과 사회의 자연으로 간주되는 대상의 발견과 대면, "진직"한 묘사에 입각한 자연주의문학을 가능하게 했던 전제는 다름 아닌 과학이었다. 그리고 「근대인의 물질욕과 정신관」에서도 명시되어 있는 것처럼 그러한 발견은 비교적 최근, 다름 아닌 근대에 들어서 이루어졌다. 그런데 공교롭게도 백대진이 자연주의문학을 제창했던 것은 「과학연구의 방법」을 통해 '과학'이라는 조선어의 용법이 어느 정도(오늘날 통용되는 의미로) 확정된 지 불과 10개월 후의 일이었다. 식민지 조선에서 과학과 문학은 사실상 거의 동시적으로 정초되었다고 해도 과언이 아니다. 그것은 과학이 초래했다고 여겨지는 여러 문제를 직시함으로서 해소 내지는 보완하고자 하는 데 기여할 것으로 구상되었지만 동시에 과학의 혁신이 없었다면 성립 불가능한 관점에 기초했다는 점에서 배리적이면서 동시에 상호보완적이라는 이율배반을 내

---

49) "현대는 물질주의 곧 맷터렐리즘의 시대"와 같은 유사한 전제를 공유하고 있는 백대진의 또 다른 논설, "인생을 위주하는 문학은 시적이 아니라 소설적이니 즉 건실한 사상이 있고 도저(到底)의 시대안(時代眼)이 있는 바 소설가를 ○○하는 바이로다"(「신년 벽두에 인생주의 파 문학자의 배출을 기대함」, 『신문계』 제4권 제1호, 1916. 1. 13, 16면)와 같은 단언은 인생과 사회에 대한 "진직"한 묘사가 가능한 형식에 대해 「현대조선에 자연주의 문학을 제창함」이 제시했던 비전의 연장선상에 있는 것으로 간주해야 할 필요가 있다.

포한 상태로 정초되었다. 『신문계』에 제시되어 있었던 과학도, 문학도 식민지 조선의 현실에서 아직 그 구체적 육체를 확보하고 있지는 못한 관념적 상태에 머물러 있었으며 항소자와 백대진이 개진했던 논의의 원천과 비전도 아직 불분명했지만 이와 같이 상호 불가결한 관계로 입안되었던 '두 신문(新文)'이 이후 과학과 문학을 둘러싼 지배적 관점과 경로를 결정하는 데 중요하게 기여했다는 사실만큼은 분명하다. "초기 이광수의 작품을 기점으로 한국문학은 과학에 대하여 충정과 반심을 함께 가지기 시작했다"[50]는 단언은 맞다. 그리고 항소자와 백대진 같은 프로토타입의 사례를 통해 확인할 수 있는 것처럼 1910년대 식민지 조선에 도래한 '신 없는 자연'의 문학적 원천이 복잡다기했다는 것도 진실이다.*

---

50) 황종연, 「신 없는 자연—초기 이광수 문학에서의 과학」, 『문학과 과학 1—자연·문명·전쟁』, 소명출판, 2013, 57면.
*  이 논문은 2013년 『민족문학사연구』 51집에 게재된 논문을 일부 수정한 것임.

# 김동인 소설에 나타난 복잡성의 인식 연구

이학영


## 1. 들어가며 – '예술'과 '과학'의 거리


김동인은 문예지 『창조』의 발간을 주도하고, 거기에 「약한 者의 슬픔」(1919.2~3), 「마음이 옅은 者여」(1919.12, 1920.2 · 3 · 5), 「목숨」(1921.1) 등의 소설을 잇달아 발표함으로써 본격적으로 문학 활동을 전개한다. 고전소설이나 통속소설과 구별되는 이른바 '순문예', '참 예술'의 개척자로서 남다른 긍지를 지녔던 사람답게 그는 이 시기에 쓴 여러 글에서 소설의 예술적 가치와 문명화 과정에서의 예술의 기여에 대해 역설한다. 그는 예술의 가치에 대한 자신의 관점을 드러내는 하나의 방법으로 '예술'과 '과학'의 친족성에 관한 논의를 펼친다. 1921년 1월, 『창조』 제8호에 실린 「사람의 사른 참 模樣」이란 글은 그 대표적인 사례로서 주목할 필요가 있다. 거기에서 그는 '과학'과 '예술'은 서로 구별할 수 없을 만큼 유사하다는 일견 의아해 보이는 주장을 편다. 자연물이나 자연적 조건에 대한 불만에서 비롯된 그 양자는 "사롬의 사라잇는 모양의 表現"[1]이라는 결정적 공통점을 지닌다는 것이 그가 제시한 근거의 골자이다. 이 글에 등장한 "科學品"이라는 용어는 "連絡船", "飛行船", "無聲銃"뿐만 아니라 "바늘, 지팽이, 펜" 심지어 "大道"와 "公園"에 이르는 거의 모든 실용적 인공물을 지시하고 있다. 이러한 사실로 미루어보면, 이 글에서 '과학'은 자연에 대한 체계적이고 이론적인 연구나 지식을 뜻하는 자연과학(natural science)이나 좁은 의미의 과학(science)보다는 그 과학의 생산적 차원의 응용을 뜻하는 과학 기술(scientific technology), 혹은 그것을 넘어서 과학 기술을 포함한, 물적 재화를 생산하는 생산 기술 일반을 뜻하는 기술(technology)에 가까운 의미로 쓰이고 있음을 짐작할 수 있다.[2] 그렇다면 "모든 科學品(이라ᄒᆞ는 것)도 그 實노는 藝術이다"라는 선언적 문장 속에는 당시 문명을 이끄는 첨병으로서의 권위를 지닌 '과학'을, 실용적 기술과 미적 기술(fine art)이라는 뜻이 복합되어 있는 예술(art, Kunst) 본래의 의미를 매개로 잡아당겨, 그 자신의 미학적 사상 속에서 동화시키고자 한 의도가 깔려있다고 볼 수 있다.

과학을 기술에 가까운 의미로 해석하고 그것과 예술의 친족성을 강조함으로써 김동인은 표면적으로 과학 기술 문명에 대한 동경과 테크놀로지 유토피아에 대한 기대를 드러낸다. 즉 유사 이전부터 사람은

---

[1] 김동인, 「사람의 사른 참 模樣」, 『창조』 8, 1921.1, 26면.
[2] 김동인은 '과학'과 '과학품'이란 용어를 에피스테메(epistēmē)가 아니라 테크네(technē)에 가까운 의미로 사용하고 있다. 즉 그것은 응용과학이나 과학기술을 포함한 인간의 도구 제작 기술에 관한 지식과 그에 따른 생산물 일체를 뜻하는 개념에 가까운 것으로 보인다.

자연과 "亂戰"을 벌여온바, 다양한 "과학품"을 만들어 추위, 더위, 어둠과 같은 자연의 "武器"를 "防禦"하거나 자신에게 유리하게 "利用"하여 자연을 "썩구려첫"을 뿐만 아니라, "소리"와 "精神放散" 같은 문명의 해로운 부산물을 제거할 수 있는 "黑靴", "지팽이" 등의 새로운 발명품을 만들어 이상적 세계에 가까이 다가섰다는 인식을 보여준다. 이처럼 그는 인간에게 적대적인 자연을 인간의 의지로 무력화하고, 그것을 공리적으로 개조한 인공적 세계 속에서 낙원의 이미지를 발견하고 있었다. 이러한 생각은 과학을 통해서 자연을 지배한다는 베이컨의 사상과도 통한다. 베이컨에게 과학자가 노동 없이도 물질적 풍요를 누릴 수 있는 이상 사회를 건설할 주체였던 것과 마찬가지로 이 글에 부조된 과학자 역시 변덕스럽고, 냉담하고, 비호의적인 자연에 대항하여 인간의 공리 증진에 앞장서는 휴머니즘적 사명을 지닌 영웅이라 할 수 있다.

그런데 과학자들의 작업이나 과학의 성과를 단순히 인류의 공리 증진이라는 차원에서 평가하는 것에 그치지 않고, 자연이라는 질료에 인간적 형상을 부여한 일종의 예술적 성취로 해석하는 데에서 김동인의 독특한 관점이 드러난다. '과학'은 부지불각 중에 '예술'에 동참하며 그렇기 때문에 '과학자'는 심층적 의미에서 '예술가'라는 것이 그 관점의 요체이다. 예술가들이 종이와 화판과 악보 위에 상징적으로 하고 있는 창조 행위를 과학자들은 자연을 대상으로 실제적으로 하고 있다는 시각에서 보면 예술과 과학은 마치 쌍둥이처럼 유사한 활동이 된다. 실제로 이 글에서 현해(玄海)를 자유롭게 누비는 고려환(高麗丸)이나 대마환(對馬丸)과 같은 연락선은 일본의 동희궁(東熙宮)을 화려하게 장식하고 있는 목각 당사자(唐獅子)나 봉황(鳳凰) 장식과 거의 같은 위상을 지닌 것으로 설명된다. 그와 동시에 게곤폭포[華嚴瀧]와 주젠지호[中禪寺湖], 후지산[富士山] 등의 대자연은 그것들과 대립되는 위상으로 나타난다. 그리하여 이 글에서 '과학자'는 여느 '예술가'와 마찬가지로 자연의 무질서 위에 인공의 질서를 구축하는 창조적인 주체, 요컨대 특수한 종류의 '예술가'로 재해석된다.

자연과 인공(人工)을 구분하고 인공물 안에 과학과 예술의 산물을 모두 포함시키는 분류 방법이야 그리 특이할 것이 없지만, 과학과 예술의 친족성, 혹은 본질적 동일성을 상정하고 그 근거를 "참 자기"나 "생명"의 표현에서 찾는 것은 분명 김동인의 미학적 사상에 접속되어 있는 독특한 관점으로 보인다. 그의 예술관은 「小說에 대한 朝鮮 사람의 思想을」(『학지광』 17, 1919.1)과 「자기의 創造한 世界—톨스토이와 도스토예프스키를 比較하여」(『창조』 7, 1920.7)에 집중적으로 피력되어 있다. "예술이란 자아적 사랑이 낳은 '자기를 위하여 자기가 창조한 자기의 세계'"[3]라는 정의는 이른바 '자아주의'에 입각한 그의 예술론을 압축적으로 드러낸다. 예술을 예술가 자신의 표현으로 보는 관점, 즉 예술을 '본능'이나 '생명'으로 표상되는, 한 인간의 내부에 있는 자연적 요소를 극대화하여 자아를 함양하고 표현하는 활동으로 보는 관점에서 우리는 김동인의 낭만주의 예술론을 확인할 수 있다.[4]

---

3) 김동인, 「자기의 創造한 世界—톨스토이와 도스토예프스키를 比較하여」, 『김동인 전집』(이하 전집) 16, 조선일보사, 1988, 152면. 원문은 『창조』 7(1920.7)에 수록되었다. 앞으로 이 판본에서 인용할 경우 괄호 속에 원문의 수록지와 발간 연월을 병기한다.

4) 황종연은 김동인 소설의 사상적 원천으로서 낭만적 개인주의에 주목하고, 기타무라 도코쿠[北村透谷]에서 시라카바파[白樺派]에 이르는 일본문학의 낭만주의적, 이상주의적 조류, 그리고 아리시마 다케오[有島武郎]의 '애기주의(愛己主義)'가 그의 미학적 사고에 영향을 주었음을 논한 바 있다. 황종연, 「낭만적 주체성의 소설」, 『탕아를 위한 비평』, 문학동네, 2012, 428~434면.

서울과 원산 등지로의 여행 체험을 기록한 「행복」(『조선문단』 12, 1925.10)
이라는 수필은 그 낭만주의적 시선으로 경험적 차원에 존재하는 삶의 구
체적 양태와 과학기술의 산물들을 포착하고 있어 자못 흥미롭게 읽힌다.
여기에서 인간의 내부에 존재하는 근원적 창조력과 추동력은 '젊음'이
라는 형이상학적 힘으로 명명되고 있다. 그 '젊음'은 홍수로 집과 세간
을 잃고도 아이를 보며 웃는 어린 어머니에게서도 현현되고, "雄壯한
물"을 내려다보자 일종의 대결 의식으로서 "죽을 마음"이 돌연 일어난
작가 자신에게서도 현현된다. 그것은 일체의 자연적 소여를 극복하려
는 정신이고, 자연에 맞서 무모한 도전을 감행케 하는 인간 내부에 있
는 비합리적 힘이다. 그리하여 선천적 수영 능력이 없는 유일한 동물
이지만 그러한 조건을 극복하고 어느 동물보다도 자유롭게 해수욕을
즐기는 인간이 "젊음의 상징"으로 부각된다. 이와 같은 맥락에서 과학
기술의 산물들, 즉 높은 하늘을 정복한 비행기와 험한 물을 정복한 배
가 칭송된다.[5] 이 글에서 김동인은 새벽 세 시 반에 캄캄한 평원을 달
리는 열차 안에서 잠든 사람들을 바라보면서 "왼宇宙를 정복한듯한快
感"을 느낀다. 그는 이 쾌감을 "참 행복"이라고 표현하고 있는데, 이 고
양된 감정은 분명 온갖 세속적 가치를 초월한 혼의 자유로움을 만끽하
고 있는 낭만적 예술가의 자아가 자신의 내부에 지닌다고 믿는 창조력
을, 어둠을 뚫고 불티를 날리면서 거침없이 전진하는 기차에 의해서
구현된 과학기술의 힘과 동일시했기 때문에 얻어진 것이다. 이처럼 김

---

5) "내눈에 비초인 그하눌은 '이제 몇해를 지나지못하여 사람의게 정복바들' 그런 하눌이엿섯
　다. 하눌이 노파? 그러면 거기까지 올라갈리게를 만들뿐이다. 하눌이 노파? 그러면 그것을
　찌려부실 뭉치를 發明할 뿐이다. 이리하여 왼宇宙는 사람의 발아래 업듸일날이 멀지 아늘
　것이엿섯다. 과연 사람의힘은 올진뎌." 김동인, 「행복」, 『조선문단』 12, 1925.10, 89면.

동인은 '예술'과 '과학'의 본질적 유사성을 찾고, '과학'을 '예술'의 언어로 묘사함으로써 당시 '과학'이 가지고 있던 문화적 권위를 적극적으로 '예술' 쪽으로 끌어오려고 했다.[6)]

창조적인 자기실현이라는 낭만주의적 목표를 지상 과제로 삼고 있던 김동인은 이와 같이 과학을 예술의 권역 내로 동화하려는 시도를 보였지만, 그와 동시에 그 양자 사이의 괴리와 반목에 대해서도 날카롭게 의식하고 있었던 것으로 보인다.[7)] 물론 과학기술은 자연에 자신을 새기려는 인간의 거대한 창조적인 충동을 만족시키는 데 도움을 준다는 점에서 분명 낭만주의적인 기획에 부합하는 일면을 지니고 있지만 과학이 발견하리라고 장담하는 사물의 본성과 그 항구적 구조는 자

---

6) 김동인은 창작방법론을 담은 글을 여러 편 남겼는데, 거기에서는 철저한 구상과 설계 아래에서 제품을 완성해가는, 자연의 조작자로서의 '과학자'의 시선을 느낄 수 있다. 그가 창조활동의 이상적 주체로서의 예술가를 '신'이나 '인형조종술사'로 비유하면서 그들의 예술적 역량을 자신이 창조한 세계에 대하여 발휘하는 무소불위의 권능과 동일시했음은 널리 알려져 있다. 나중에 그는 그러한 권능을 실현시킬 수 있는 소설 작법의 핵심적 방법론으로 "순화(純化)"(「창작수첩」, 전집 16, 430면(『매일신보』, 1941.5.25・28~31))를 제시하는데, 그것은 무한히 복잡한 세계에서 "통일된 연락 있는"(「소설작법」, 전집 16, 166면(『조선문단』 7~10, 1925.4~7)) 사건을 추출해내고, 복잡다단한 사람의 성격을 단순화하는 방법을 뜻한다. 여기에서 우리는 소설은 무질서한 '자연'에서 추출해낸 하나의 인공적 '질서'라는 김동인의 탈사실주의적이고 추상주의적인 예술관을 확인할 수 있다. 그러한 관점 속에는 소설이란 '감동'을 생산해내는 일종의 조작 시스템으로서 모순이나 우연성이 끼어들어 그 작동을 방해하지 않도록 완벽하게 제작되어야 한다는 과학자의 시선이 번득인다.

7) 평론가로서 『창조』의 동인으로 영입된 임노월은 김동인과 유사하게 과학과 예술을 자연에 대항하고 거기에서 벗어나려는 활동으로 보고 있으나 그에 비해 더욱 노골적으로 자연을 적대시하고 있다. 다음과 같은 구절은 그의 이러한 시각을 명백히 보여준다. "우리는 예술과 과학에 의하여 자연이란 마수에서 벗어났다", "자연은 실로 본질적으로 불완전하고 무의식적 맹목적 현상에 불과하다. 그는 不絶히 낭패하며 모순하며 해학을 농하는 저능아이다. 항상 잔인한 유희를 좋아하는 不逞漢이다." 임노월, 「미지의 세계」, 박정수 편, 『춘희(외)』, 범우, 2005, 173~174면. 그는 예술지상주의적 입장을 강하게 드러내면서 과학이 예술을 모방한다는 견해를 피력하기도 한다. "藝術至上主義는 科學이 驚異를뵈이기前에 벌서 奇怪한風景을創造하지안엇느냐, 이點으로보아서 藝術至上主義는 科學보다 훨신압섯다. 科學은 이제비로소藝術를模倣하랴고한다." 임노월, 「藝術至上主義의 新自然觀」, 『영대』 1, 1924.8, 19면.

기실현의 의지를 속박하고 왜곡하므로 낭만주의자들이 근본적으로 동의할 수 없는 전제이다.[8] 실제로 김동인은 과학의 대상인 자연을 인간에게 적대적이거나 생명이 없는 질료로 간주함으로써, 그러니까 자연과 인간의 거리를 한껏 벌려놓음으로써, 인간을 과학적 분석이 닿을 수 없는 안전한 곳에 위치시키고 있음을 볼 수 있다. 과학이 인간의 생명이나 맛의 영역에서 지배권을 행사하려고 했을 때, 그가 내보이는 명백한 거부감을 우리가 나중에 다룰 「목숨」이나 「K박사의 연구」 등의 소설에서 확인할 수 있다. 그에게 있어서 낭만적 주체성의 근원지인 예술가의 자아는 분열되고 반사회적 성격을 띨망정 환원 불가능한 개별성과 초월성을 잃지 않는다.

김동인은 인간에게 유리한 방향으로 '자연'을 조작하고, 유용한 도구를 제작하는 과학기술의 활동에 지지를 보내지만, 그것이 인간성을 훼손하거나 낭만적 주체성에 위협이 될 때에는 그것을 신랄하게 비판한다.[9] 특히 과학과 상식, 과학과 경험이 서로 충돌할 때, 김동인은 상식

---

8) 낭만주의가 과학에 관해 취하는 일반적 관점을 18세기 말에서 19세기 초에 유럽에서 전개된 낭만주의의 사상적 성격을 논한 이사야 벌린의 저작에서 확인할 수 있다. 그에 따르면 낭만주의는 사물의 본성과 구조, 그리고 가치와 정치, 도덕과 미학에 관한 객관적 기준이 존재하며 우리는 거기에 따라야 한다는 관점을 뿌리째 흔든다. "과학은 순종이며, 사물의 본질에 인도를 받는 것이고, 대상에 대한 면밀한 주의이자, 사실로부터 일탈하지 않는 것이고, 이해와 지식과 적응이다. 낭만주의 운동은 이와는 정반대를 선언"한 것이다. 이사야 벌린, 강유원·나현영 역, 『낭만주의의 뿌리』, 이제이북스, 2005, 194면.

9) 테크놀로지에 대한 유럽 낭만주의자들의 반응을 간단히 일괄적으로 말하기는 어렵지만, 산업화, 도시화, 기계화가 심화되면서 기술 문명에 대한 무조건적 기대나 예찬보다는 대립이나 반동, 도피적 면모를 띠는 경우가 많았던 것으로 보인다. 낭만주의자들은 대체로 기술 문명이 유포한 물질적·기계적 자연관을 거부하고 유기체적, 초월적 자연관을 형성해간 궤적을 보인다. 윤효녕·최문규·고갑희, 『19세기 자연과학과 자연관』, 서울대 출판부, 1997, 98~101면. 그런가 하면 전기는 인간과 자연의 교감을 가능케 하는 매개체로 간주되어 낭만주의자들의 환영을 받기도 했다. 이호규, 『테크놀로지와 낭만주의』, 커뮤니케이션북스, 2008, 64~73면.

과 경험의 손을 들어준다. 가령 그는 마음에 없는 남자에게 정조를 잃은 한 여자가 여자의 신체에는 생리적으로 경험한 남자의 피가 섞인다는 학설을 믿고 자살을 했다는 이야기를 들어 학자들의 학설이란 만인에게 통용되는 절대적 진리가 아닐뿐더러 오히려 예외적인 경우에나 통용되는 것이 대부분이라 "世上 普通의 常識으로서는 이를 단지 實驗室意見쯤으로 한 參考꺼리로나 보아 둘 것이지 이것을 그대로 삼켰다가는, 不幸한 결과가 생기기도 쉬울 것"[10]이라고 경고한다. 또한 그는 노루피와 인삼의 효과가 과학자들에게 근래에 들어서야 승인된 예를 들면서 "數千年間의 經驗에 의지하여서" 명약이라고 전해오는 것들을 모두 거부하고 말려는 현대과학, 특히 신의학(新醫學)의 태도를 비판한다. 신의학은 "自己가 아직 究明치 못한 部分은 깨끗이 舊藥에게 依賴하고 自己는 徐徐히 그方面의 硏究를 거듭하여야"[11] 한다는 것이다. 과학에 대한 김동인의 이러한 비판 아래에는 절대적이고 전체적인 진리에 대한 회의가 깔려 있는 것으로 보인다. 즉 그 비판들은 "眞理라 하는 것은 결코 '單一物'이 아니다. '一面의眞理'는 認定할수 잇지만 '全般的眞理'라는 것은 存在키 매우 어려운 者이다"[12]라는 생각과 닿아있다.

이와 같이 김동인은 과학에 대해서 양가적 입장을 취하고 있으며 그것은 그의 문학이 드러내는 복합성[13]의 심층적 차원이라고 할 수 있

---

10) 김동인, 「實驗室意見」, 『매일신보』, 1935.8.8.
11) 김동인, 「試驗官과 經驗」, 『매일신보』, 1935.9.17.
12) 김동인, 「眞理」, 『매일신보』, 1938.11.8.
    김동인은 1920년대 중반에 발표한 수필 「겨울과 金東仁」에서 이미 "만인에게 공인되는 진리는 없다"는 의견을 피력한 바 있다. 김동인, 「겨울과 金東仁」, 『동아일보』, 1925.3.16.
13) 그동안 김동인 문학 세계는 자연주의, 유미주의, 낭만주의, 낭만적 리얼리즘 등과 관련하여 논의되어왔는데, 이처럼 문학적 성격을 규명하기 위해 동원된 사조와 미학적 개념의 다양함만 보더라도 김동인 문학이 지닌 이질적이고 복합적인 성격을 짐작해볼 수 있다. 강인숙,

다. 그는 한편으로 결정론적 시각으로 인물과 사건을 묘사하며 자연주의적 경향의 작품을 썼지만, 인간의 자유의지, 특히 창조적 자아의 초월성에 대한 믿음을 강하게 지니고 있었기 때문에 근대 과학이 유포한 기계론의 이념적 베일이나 과학주의적 사고방식에서 얼마간 거리를 두었던 것으로 보인다. 그 결과 그의 소설들은 근대 과학이 배제하고자 했던 우연성, 불확실성, 예측불가능성, 미결정성 등이 인간의 삶에서 얼마나 큰 몫을 차지하고 있는지 보여주고 있다. 그것은 무수한 요소들이 상호작용하여 빚어진, 각 부분의 총화 이상의 현상들이 지닌 속성으로서 복잡계의 일반적인 특징[14]이기도 하다. 그런 의미에서 김동인의 소설에서는 복잡성의 통찰을 찾아볼 수 있다고 하겠다. 이 글은 김동인 소설에 나타난 복잡성 인식의 양상을 살펴보고, 근대의 자연과학이 사물을 보는 방식에 제기된 하나의 성찰로서 그러한 인식이 지닌 의의를 고찰해보고자 한다.

---

「김동인과 자연주의」, 전집 17; 김은전, 「김동인과 유미주의」, 같은 책; 윤홍로, 「낭만적 리얼리즘의 전개-김동인論」, 같은 책; 황종연, 앞의 글 참조.
14) 복잡계(complex system)는 일반적으로 "무수한 구성요소로 이루어진 한 덩어리의 집단으로서, 각 요소가 다른 요소와 끊임없이 상호작용을 함으로써 전체적으로는 각 부분의 움직임의 총화(總和) 이상으로 무엇인가 독자적인 행동을 보이는 것"으로 정의된다. 요시나가 요시마사, 주명갑 역, 『복잡계란 무엇인가』, 한국경제신문사, 1997, 22면.

## 2. 환경 결정론과 낭만적 주체성으로의 초월

　모두가 알다시피 과학기술을 통해 인간이 자연의 주인이 될 수 있다는 생각은 서구 문명이 오랫동안 품어 온 야심 가운데 하나다. 자연에서 무질서와 불확실성, 모호함을 몰아내고 인간이 조절할 수 있는 질서를 만드는 데 필요한 확실하고 명확한 지식을 제공한 것은 데카르트와 뉴턴 이래의 서구 자연과학이었다. 물리학과 화학은 그러한 지식의 전형으로 평가되었는데, 이들이 대표하는 이른바 단단한 과학(hard science)은 현상의 명백한 복잡성 이면에는 절대적 질서가 존재하고, 그 법칙을 수식으로 표현할 수 있으며, 미래의 현상을 예측할 수 있다는 인식론적 믿음을 지니고 있었다.[15] 그리하여 과학적 인식이란 흔히 복잡하게 결속되어 있는 존재들을 분리하여 가장 단순한 요소들로 환원하고, 그 수량화된 실체를 지배하는 기계적 규칙을 공식화해야 한다는 '단순성 패러다임'[16]과 동일시되었다. 프랑스의 수학자인 라플라스는 이 단순화 패러다임이 낳은 기계적이고 결정론적인 우주의 모습을 이른바 '라플라스의 악마' 속에 인상적으로 압축해놓았다. 그는 1814년에 발간된 한 에세이에서 자연을 조절하는 모든 힘과 함께 자연에 있는 모든 입자의 순간적 위치와 운동량을 아는 지적 존재가 있다면, 그는 이 우주의 전 역사를 알 수 있다고 썼던 것이다.[17]

---

15) 페르 박, 정형채·이재우 역, 『자연은 어떻게 움직이는가?』, 한승, 2012, 25~27면.
16) 에르가 모랭, 신지은 역, 『복잡성 사고 입문』, 에코리브르, 2012, 16~18면.
17) 존 그리빈, 김영태 역, 『딥 심플리시티』, 한승, 2006, 36면.

이와 같이 근대 자연과학은 연결된 것을 나누고(분리), 다양한 것을 통합하고(환원), 구체적인 것을 수학적으로 추상화(일차원화)함으로써 세계에 질서를 부여하고 무질서를 추방하고자 했다.[18] 그리하여 기계적 우주의 이미지가 만들어졌고, 그것은 많은 문화 속에 침전되어 사람들이 사물을 보는 방식에 커다란 영향을 미치게 되었다. 기계론적 세계관과 그것을 구성하고 있는 중요한 개념 가운데 하나인, 선형적이고 가역적인 결정론은 '시계장치 헤게모니'[19]로 불릴 만큼 지배력을 얻게 되었다. 기계적 우주론의 신봉자들은 '라플라스의 악마'가 상징적으로 보여주듯이, 과학의 발전이 인간에게 신적 전지성(全知性)과 완벽한 예측가능성을 약속해주는 것처럼 여기기도 했다.

단순성 패러다임 속에서 수행된 서구 과학은 특권적인 신의 눈에 위치한 주체가 그와는 독립적으로 존재하는 객체를 있는 그대로 설명할 수 있다고 여겼기 때문에 객관적 지식을 얻기 위해서는 일종의 '잡음(noise)'에 불과한 현실의 주체를 철저하게 제거해야 한다고 생각했다. 자연이 스스로 말하게 하려면("let nature speak for itself") 그 앞에서 자신을 철저히 지워야한다고("self-abnegation") 믿었던 것이다.[20] 복잡성의 철학을 전개하고 있는 에드가 모랭은 복잡성은 관찰자와 관찰 사이에 맺어진 관계의 불가피성을 인정할 때 인식하게 된다고 말한다. 복잡성의 개념 속에는 우리의 계산 능력을 벗어나는 상당히 많은 양의 단위와 상호작용, 불확실성, 미결정성, 통일 불가능성, 우연성, 말로 할 수 없

---

18) 에드가 모랭, 앞의 책, 90~91면.
19) 스티븐 켈러트, 박배식 역, 『카오스란 무엇인가』, 범양사출판부, 1995, 198면.
20) George Levine, *Dying to know : scientific epistemology and narrative in Victorian England*, Chicago : The University of Chicago Press, 2002, p.3.

는 것에 대한 인정 등이 모두 포함될 수 있다.[21] 이 모든 복잡성의 양상은 인간에게만 유효할 뿐 신적 존재는 볼 수 없는 것이다.[22] 그러니 신의 눈을 동경한 서구 과학이 오랫동안 복잡성을 발견하기 어려웠던 것은 어쩌면 당연한 일이다.

　모든 자연 현상을 공식화하려는 결정론적 단순화의 욕망을 적극적으로 수용하여 자연주의 소설론을 펼친 작가는 에밀 졸라이다. 그는 '유전'과 '환경'의 상호작용이 사람을 형성하는 모든 것이라는 19세기 결정론자들이 지니고 있던 견해[23]를 소설 창작의 방법으로 공식화했다. 그는 「실험소설」(1880)에서 소설가도 실험의 방법을 창작 과정에 도입하면 과학자의 일원이 될 수 있다고 주장한다. 그러니까 소설이 기지의 자연 법칙을 적용하여 사회 속에 놓인 정념의 메커니즘을 밝히는 데 기여해야 하고, 이 '실험소설'을 통해서 "우리는 정념을 자유자재로 다루고, 조절하고, 또는 적어도 가능한 한 가장 무해한 것으로 만들 수 있을 것"[24]이라는 이야기이다. 졸라는 분리, 환원, 추상화하는 단순화 프로그램에 소설이 동참할 경우 사회 속에 놓인 정념이라는 '자연'을 인간에 의해 조절이 가능한 영역으로 바꿀 수 있다고 믿었던 것이다.

---

21)　에드가 모랭, 앞의 책, 145~146면.
22)　요시나가 요시마사, 앞의 책, 54~55면.
23)　모리스 라킨, 전수용 역, 『결정론과 문학─19세기 사실주의 문학에 나타난 인간과 사회』, 이화여대 출판부, 1993. 334면.
24)　에밀 졸라, 유기환 역, 「실험소설」, 『실험소설 외』, 책세상, 2007, 39면. 졸라는 비유가 아니라 직설적인 뜻에서, 소설은 과학이 되어야 한다고 주장한다. 자연과학의 실험 방법을 엄밀하게 소설에 도입하자는 졸라의 주장은 작가의 경우 결과에 대한 수동적 관찰자가 될 수 없다는 점 등 여러 가지 논리적 모순을 지닌 것이다. 「실험소설」의 의미와 한계에 대해서는 정명환, 『졸라와 자연주의』, 민음사, 1982, 212~234면 참조.

개화기 이후 과학 담론에서 어렵지 않게 찾아볼 수 있는, "知自然科學者는 無敵이라"[25]는 식의 과학만능주의적 사고방식이나 과학의 효용적 가치에 대한 강조[26] 아래에도 과학기술을 통해 모든 현상의 주인이 될 수 있다는 믿음이 깔려 있다고 볼 수 있다. 그리고 과학기술의 힘으로 개인과 공동체에 닥친 위기를 해결해가는 과정을 담은 『철세계』(1908)나 『비행선』(1912) 등의 번안된 과학소설에서도 단순성의 신화에 대한 상상적인 공명을 찾아볼 수 있다.

하지만 졸라가 소설가도 과학자가 되어야 한다고 선언한 지 약 40년 후에 김동인이 '예술가로서의 과학자'론을 펼친 것은 단순성의 신화에 대한 공명이라기보다는 낭만적 주체성의 반향이라고 보아야 할 것 같다. '과학자'가 주체를 점점 무화시키더라도 모든 현상이 결정되어 있는 투명한 세계를 향해 맹목적으로 전진한다면 '예술가'(소설가)는 무엇으로도 환원 불가능한 주체를 증명하기 위해 복잡성의 왕국을 찾아 나아간다. 어떤 의미에서 예술가(소설가)는 항상 미결정 상태의 어둠을 필요로 한다.

그동안 「감자」, 「태형(笞刑)」, 「광염소나타」, 「김연실전(金姸實傳)」 등은 환경과 유전이 한 인간을 어떻게 파멸로 몰아가는지를 추적하는 결정론적 사고방식이 뚜렷하게 드러난 소설로 주목[27]되었다. 김동인의 중심적 관심사인, 인간의 자기실현이라는 관점에서 보면 자기의 온전한 실현에 영향을 미치는 모든 외적 요소들이 그에게는 환경이라고 볼

---

25) 서춘, 「自然科學을 배호라」, 『청춘』 13, 1918.4, 30면.
26) 한영주, 「계몽·경이·효용―『소년』과 『청춘』에 나타난 근대 자연과학의 삼면상」, 권보드래 외, 『소년'과 '청춘'의 창』, 이화여대 출판부, 2007, 153~157면.
27) 강인숙, 앞의 글, 234~237면.

수 있다. 그런 맥락에서 「약한 者의 슬픔」과 「마음이 옅은 者여」 역시 결정론적 시선을 확인할 수 있다. '약한 자'나 '마음이 옅은 자'란 바로 자기 자신의 자율성을 확보하지 못하고 환경에 의해서 타율적으로 이끌려가는 존재를 의미한다. 「약한 者의 슬픔」은 부모를 여읜 19세의 여학생인 강 엘리자베트가 사랑하는 상대인 이환과 사랑을 이루지 못하고, 그녀가 가정교사로 있는 집의 주인인 K남작에게 겁탈을 당하여 임신을 하고, 그 책임을 요구하는 재판에서 패배하는 일련의 몰락 과정을 그리고 있다. 이 소설이 엘리자베트를 초점자(focalizer)로 설정하여 그 내면에서 포착하는 것은 자기 정체성의 기획과 실현에 능동적으로 참여하는 데에 실패하는 주체의 모습이다. 그녀의 모든 행위는 "이 일을 하면 남들은 나를 어찌 볼까" 하는 질문에서 결코 자유롭지 못하다. 그녀의 반응은 주로 "어찌할꼬, 어찌할꼬" 되뇌며 망설이는 결정불능의 상태에 빠지거나 '조선 제일의 미인'과 '사교계의 꽃'을 꿈꾸는 공상의 세계로 도피하다가 결국은 상황논리나 즉흥적 감정에 자신을 맡겨버리는 양상을 보인다. 결국 점차로 그녀는 권력 질서에 의해서 활성화되고 조작되는 치욕스러운 정체성, 이를테면 '매춘부', '상것', '정신이상자' 등의 오명에 속박된 채 존엄성을 지킬 수 없는 무력한 주체의 모습을 드러낸다. 그녀의 정체성은 전적으로 위선적인 K남작과 재판소로 표상된 근대적 지배 권력이 자아낸 상징적 거미줄에 의해서 결정되는 것으로 보인다.

그런데 여기서 주목해보아야 할 점은 엘리자베트가 그러한 타율성에 대한 자각에 이름으로써 권력 질서라는 환경의 결정론적 속박으로부터 탈출하는 것으로 급격한 전환이 이루어진다는 사실이다.

'만일 약한 자는, 마지막에는 어찌 되노? … 이 나! 여기 표본이 있다. 표본 생활 이십 년(그는 생각난 듯이 웃으면서 중얼거렸다) 나는 참 약했다. 일 하나라도 내가 하고 싶어서 한 것이 어디 있는가! 세상 사람이 이렇다 하니 나도 이렇다, 이 일을 하면 남들은 나를 어찌 볼까 이런 걱정으로 두룩거리면서 지냈으니 어찌 이 지경에 이르지 않았으리요! 하고 싶은 일은 자유로 해라. 힘써서 끝까지! 거기서 우리는 사랑을 발견하고 진리를 발견하리라!' (…중략…)

'그렇다! 내 앞길의 기초는 이 사랑!'

그는 이불을 차고 벌떡 일어나 앉았다. 그의 앞에는 끝 없는 넓은 세계가 벌려 있었다. 누리에 눌리어 살던 그는 지금은 그 위에 올라섰다. 그의 입에는, 온 우주를 쳐누른 기쁨의 웃음이 떠올랐다.[28]

이 대목은 엘리자베트가 자신의 행로와 정체성을 결정해온 환경의 힘들을 자각하고, 그 자각을 통해서 초월적 자유를 얻는 장면을 보여준다. 이로써 「약한 者의 슬픔」은 누리에 눌리어 살던 존재가 자신이 약하다는 사실을 깨달음으로써 온 우주를 쳐 누른 기쁨을 얻는 이야기가 된다. 그런 까닭에 엘리자베트는 셰익스피어가 〈햄릿〉에서 말한, 연약성의 대명사와도 같은 존재(Frailty, thy name is woman!)보다는 파스칼이 『팡세』에서 그려낸 생각하는 갈대로서의 인간, 즉 우주에 비해서 한없이 연약한 존재인 동시에 생각하는 힘에 의해서 우주보다 높은 위대함도 함께 지닌 존재에 가까워진다.

---

28) 김동인, 「약한 者의 슬픔」, 전집 1, 61~62면(『창조』 1~2, 1919.2~3).

그런데 여기에서 환경의 힘을 자각하고, 자신의 연약성을 깨달은 존재인 엘리자베트가 선포하고 있는 '누리'에 대한 승리란 객관적이고 현실적인 조건의 개조나 변혁을 뜻하는 것이 아니라 주관적이고 초월적인 자율성을 얻는 것을 뜻한다. 그러한 낭만적 주체는 세속적 가치와 권력의 논리에 의해 지배되고 있는 현실 사회를 등지고 자신의 자유로움을 향유할 무대로서 예술을 선택한다. 실제로 엘리자베트의 파스칼적 자각은 "이 문제를 두고 논문 비슷이, 소설 비슷이 하나 지어 보고 싶은 생각"[29]과 함께 이루어진다. 한편 「마음이 옅은 者여」에서도 이른바 '연애만능주의'에 들려 파멸의 구덩이에 빠진 주인공 K가 죽음의 문턱에서 신비로운 초월적 경험을 통해 삶의 환희를 느끼는 장면이 두 번 그려지는데, 그 경험은 모두 강물, 바람, 소나무, 그리고 기차의 바퀴 소리가 만들어내는 "오-케스트라 합주"[30]를 듣는 미적 경험으로 표현된다. 이와 같이 낭만적 주체의 초월적 운동은 예술적 충동을 낳거나 그것과 구별되지 않고 뒤섞인다. 바로 이 초월적 자율성을 향한 낭만적 주체의 의지가 과학적 공식이나 학설이 사상하는 복잡성의 진실을 하나의 미학적 모형으로 담게 되는 원동력이 된다고 할 수 있다.

---

29) 위의 글, 57면.
30) 김동인, 「마음이 옅은 者여」, 전집 1, 72면(『창조』 3~6, 1919.12~1920.5).

## 3. 공식(公式)의 신봉자로서의 의사와 과학자에 대한 풍자

김동인의 단편소설 가운데는 의사와 발명가를 포함한 넓은 의미의
과학자가 작중인물로 등장하는 경우[31]가 드물지 않게 존재한다. 그
가운데 곤충학자와 시인이 각각 외부 이야기와 내부 이야기의 화자로
설정되어 있는 「목숨」은 김동인 소설에서 과학자와 예술가 표상이 지
닌 의미 관계를 살펴볼 수 있다는 점에서 주목할 만한 작품이다. 배가
부르는 이상한 병에 걸린 시인 M이 병원에 입원했다가 죽을 고비를 넘
기고 퇴원할 때까지 적은 '감상일기'의 전문이 내부 이야기를 구성하고
있고, 곤충학자 W가 죽은 줄 알았던 M과 재회하여 그 일기를 읽고 소
회를 나누는 장면이 외부 이야기를 구성하고 있다. 이 소설은 앞서 살
펴본 「사람의 사른 참 模樣」과 나란히 『창조』의 같은 호에 실려 있는
데, 과학자와 예술가의 공통점이 곤충학자 W의 입을 통해서 다시 한
번 말해진다. 즉 "자연을 끝까지 개척하여 우리 인생의 정력뿐으로 된
세계를 만들어 보겠다는 과학자인 나와, 참 자기의 모양을 표현하고야
말겠다는 예술가인 그와는, 참 자기를 표현한다 하는 데 공통점이 있
었다"[32]는 것이다. 그러니까 W는 "포충망과 독호를 가지고" 진귀한
벌레들을 채집하며 곤충의 분류학적 체계를 완성하는 일에 정력을 쏟
는 중이며, M은 자신의 "발랄한 생기, 힘, 정력"을 "詩에 대한 천재"로

---

31) 중심인물이든 주변인물이든 과학자가 등장하는 김동인의 소설로는 「목숨」(1921), 「거치른 터」
(1924), 「정희」(1925), 「K박사의 연구」(1929), 「신앙으로」(1930), 「太平行」(1929, 1930), 「발가
락이 닮았다」(1932), 「붉은 산」(1932), 「蒙喪錄」(1934) 등이 있다.
32) 김동인, 「목숨」, 전집 1, 153~154면(『창조』8, 1921.1).

발휘하고 있던 중에 목숨이 위태로운 상황에 처한 것이다.

M의 수기 한 부분에는 담배가 "생리학상의 위생"에 해로울지 몰라도 "심리학상의 위생"에는 좋다는 내용이 등장하는데, 이 소설에서 의사들은 오로지 생리학상의 위생에만 관여하는 존재로 그려진다.[33] 또한 하나의 환자에 대해서도 한 사람은 죽음을 선고하고 다른 사람은 치료할 수 있다고 주장할 만큼 그들의 진단은 서로 다르다. 결국 M이 수술을 받은 후 건강을 되찾음으로써 원장 S의 진단은 오진이었음이 드러난다. M은 서양인 의사인 이 원장 S의 거동에서 풍기는 교만함을 다음과 같이 풍자적으로 묘사하고 있다.

> 가븐가븐 가만히 나는 것은, 어젯밤에 고향에서 올라온, 나의 어머니다. 대진(代診)의 발소리도 난다. 마지막은 독일 학자와 같이 뚜거덕뚜거덕 하면서도 질-질 끄는 소리는, 코 위에 안경을 주어붙이고, 그 안경이 내려지는 것을 두려워하는 듯이 머리를 잔뜩 젖히고, 한 손은 사무복에 넣고, 한 손은 저으면서 오는 양인(洋人)인 원장의 발소리다. 나는, 그 발소리를 들을 때마다 눈살이 찌푸려지는 것을 깨닫는다. 발소리뿐도 교만하게 울린다.[34]

M은 소학교 때의 친구인 대진(代診) R의 도움으로 수술을 받고 완쾌될 수 있었지만, M의 수기가 진정으로 말하고 있는 것은 사람의 목숨이란 교만한 의사들의 이해, 즉 생리학적 이해 너머에 놓여있다는 점

---

33) 김동인은 한 수필에서 연초의 다양한 효용을 들면서 연초가 인체에 미치는 영향을 종합하면 사람의 수명에까지 좋은 영향을 줄 것이라는 주장을 펼친다. 김동인, 「연초의 효용」, 『매일신보』, 1935.7.9.
34) 김동인, 「목숨」, 전집 1, 166면(『창조』 8, 1921.1).

이다. 그곳을 이 소설의 표현을 따라 "심리학상의 위생"이나 "정신적 위생"이라고 부를 수도 있을 것이다. 실로 M에게 아픈 몸의 현실은 "갈색 악마"로 호칭되는 존재와의 내적 대결에 있음을 볼 수 있다. "악마"는 스스로를 "사람의 精", "사람의 본능"이라고 밝히는데, 이 모호한 존재와의 복잡한 갈등과 교섭에 의해서 그의 목숨의 양상이 결정될 것임이 암시된다. 결국 사람의 목숨은 의사도 자기 자신도 예측할 수 없는 어둠 속에 놓여진다. M의 수기를 읽고 난 곤충학자 W는 곤충이나 짐승은 "빛으로 살로", "체질로써" 목숨을 보증할 수 있지만 사람은 무엇으로도 그럴 수 없음을 깨닫고 무상함에 잠긴다. 여기에서 우리는 '자연'과 달리, 과학의 메스를 허락하지 않는 '인간'의 예외적 위치를 마련해두고 있는 김동인의 태도를 엿볼 수 있다.

김동인이 보여준, 오만한 의사나 환자의 개별성을 무시하는 의술에 대한 비판은 그의 진료 경험에서 겪은 실망에 토대를 두고 있을 가능성이 높다. 실제로 그는 신경쇠약과 불면증을 앓았으며, 극도의 불면증에 시달려 몸이 쇠약해진 한때는 '베로날'이라는 수면제를 너무 많이 먹어서 5일 동안 꿈과 생시를 구별하지 못하는 혼수상태로 지낸 적도 있다고 한다.[35] 「목숨」과는 10여 년의 격차가 있기는 하지만, 「의사원망기(醫師怨妄記)」라는 수필에서 김동인은 의사-환자 관계에서 자신이 겪은 불만스러운 경험들을 기록하고 있다. 의술을 인술(仁術)로 여기기보다는 영리 추구의 한 수단으로 여기는 듯한 의사들의 행태라든가 환

---

[35] 김동인, 「昏睡 五日 半」, 『조광』, 1938.7. 김동인은 1925년에 쓴 한 수필에서 자신이 매해 겨울 겪었던 병의 이력을 소개하고 있는데, 여기에는 치아 문제, 폐첨 카타르[肺尖加答兒], 디스토마, 편도선염 등이 열거되어 있다. 김동인, 「겨울과 金東仁」, 『동아일보』, 1925.3.16.

자를 사물화하는 대학부속병원의 진료법[36] 등이 고발되고 있다. 그는 특히 불면증 치료에서 극히 예외적 사례를 마치 모든 환자에게 일률적으로 적용할 수 있는 공식인양 "마치 留聲器과 가티 同一한소리만 되푸리"하는 의사들의 태도에 대해서 분개하고 있다.[37] 그런가 하면 돌아가시기 직전의 어머니의 병상을 지키며 있었던 일을 소설화한 「몽상록(蒙喪錄)」에는 서양-여성 주치의의 "무지스런 처방" 때문에 어머니의 죽음이 앞당겨진 사건이 담겨져 있다.[38]

「K박사의 연구」는 인간의 목숨과 마찬가지로 미각의 영역 역시 과학적 공식으로 결정될 수 없음을 보여준다. 이 소설의 주인공인 K 박사는 사람의 대변에 남아 있는 자양분을 추출해 식품으로 만드는 연구에 매진한다. 그의 연구는 상당히 합리적 동기를 지닌 것으로 제시된다. 사람은 기하급수적으로 증가하고, 식량은 산술급수적으로 증가한다는 멜더스의 이론에 따르면 식량은 점점 부족해질 것이고, 이에 대응하자면 인구의 증가를 억제하거나 식량의 생산을 늘려야하는데, 이미 있는 인명을 줄이거나 출산을 제한하는 것은 고식책에 불과하니 새로운 식량의 원료를 발견해야 한다는 것이다.[39] 그리하여 그는 과학

---

36) "珍問쑘이 끝난 뒤에는 나는 진찰대 위에 올라 누웠다. 십 여인(그 방에 있던)의 학생이 나의 몸을 주무르기 시작한다. 어떤 학생은 내 배를 긁었다. 어떤 학생은 내 발을 긁었다. 다리를 위 아래로 훑어도 보았다. 입 속도 보았다. 전등을 켜 대이고 눈도 뒤집어 보았다. 서로 의논을 하여 가면서 미상한 곳이 있으면 교과서를 펴보아 가면서 이 커다란 모르모트를 이리 굴리고 저리 굴렸다." 김동인, 「醫師怨妄記」, 『김동인 전집—평론·수필』(3판) 10, 홍자출판사, 1968, 232면(『동광』, 1932.4).

37) "過去 健康時에 一日 八時間以上을 잠자든 사람이 지금은 그러치 모하게 되엇다 하면 이는 어듸까지던지病의 狀態이지 '에듸손'이 一日四時間式잣다하여 그 사람에게도 勿憂를命하는 것은 無理한 말이다." 김동인, 「잠」, 『매일신보』, 1937.12.31.

38) 이 서양-여성 주치의는 가사 상태에서 막 깨어난 어머니의 특수한 상황을 전혀 개의치 않고 단지 "자양분"이 많다는 이유로 평소와 똑같이 질긴 음식들을 기계적으로 처방하기도 한 것으로 그려진다. 김동인, 「蒙喪錄」, 전집 3, 226면(『조선중앙일보』, 1934.11.5~12.16).

의 힘으로 인분을 환원하고 조작한 결과 "건락(乾酪), 전분, 지방 등 순전한 양소화물(良消化物)로 만든"40) 새로운 식품을 만드는 데 성공한다. 문제는 "비위"라든가 맛은 단순히 음식물의 물질적 조성에 의해서만 좌우되는 것이 아니라 "마음상"이라는 복잡한 요소가 개입되어 있다는 사실에 대해 K 박사가 맹목적이라는 데에서 발생한다. 시식회에 참석한 손님들은 처음에 그가 발명한 음식을 대체로 맛있게 먹었지만, 그 원재료를 알고 난 뒤엔 모두 그것을 게워내고 만다. 조수 C가 그에게 "세상사는 그렇게 공식(公式)대로 되는 것이 아니"라고 말할 때 그는 단순화에 기초한 과학의 한계에 대해서 말하고 있는 셈이다.

이 소설은 과학자 스스로도 물질과 미각 사이에 놓인 '마음'의 작용을 깨닫게 되는 계기를 결말의 에피소드로 제시하고 있다. K 박사는 소고기인 줄 알고 먹은 음식이 사실 개고기라는 것을 알게 되자마자 모두 토해버리고 만다. 그는 소나 돼지나 개나 더럽기는 매한가지겠지만 자신이 유독 개고기에 대해서는 비위가 상하는 이유를 '과학적'으로는 설명할 수 없었던 것이다. 그가 인분으로 음식을 만드는 연구를 중단하고 '전자와 원자의 관계'를 연구하기 시작했다는 것은 과학의 힘이 무력해지는 지대에 대한 시인을 의미한다고 하겠다.

김동인이 교만한 의사나 과학자의 무력성을 드러내면서 거부하려

---

39) 부족한 식량을 보충하기 위하여 화학적 공정을 통하여 새로운 음식물을 만들거나, 폐기물을 음식물로 변형시킨다는 기사는 1910년대 후반부터 어렵지 않게 찾아볼 수 있다. 예를 들어서 도축장에서 폐물로 버리던 동물의 혈액, 지방(脂肪) 등을 음식물로 만든다든가,(극광, 「최근의 문명소식」, 『학지광』14 · 15, 1917.11, 1918.3) 효모를 활용해 '인조육(人造肉)'을 만든다는 소식(비타민, 「(科學魔力)人造肉 이야기」, 『별건곤』18, 1929.1.1)을 전하고 있는 기사가 대표적이다. 특히 효모를 활용해 만든 '인조육'에 관한 이야기는 「K박사의 연구」를 구상하는 데 직접적인 영향을 주었을 가능성이 있다.
40) 김동인, 「K박사의 연구」, 전집 2, 74면(『신소설』, 1929.12).

했던 것은 인간 전체를 공식이라든가 학설로 환원하여 단순화하고 마치 그 공식이 실재인 양, 보편적 진리인 양 간주하는 태도라고 할 수 있다. 그는 이와 마찬가지의 논리로 새로운 법률을 비판하고, "아리따운 인정과 의리가 그 속에 풍부히 숨어" 있는 과거의 『형법대전』을 예찬한다. "넷적法律은 사람의게 附隨되여 이섯는데, 지금은, 도리혀 사람이 法律에 附隨되엿"[41]다는 것이다. 김동인은 「약한 者의 슬픔」, 「피고(被告)」, 「명문(明文)」, 「罪와 罰」 등에서 실체적 진실과는 거리가 먼 재판의 결과들을 보여줌으로써 근대 사법 제도가 죄에 대해서 적절하게 벌할 수 없다는 것, 그것이 전제하고 있는 죄와 벌의 계량성, 예측가능성 등은 일종의 허위라는 것을 강조한다.

한편 「거치른 터」에서는 집에 실험실을 차려놓고 인쇄술과 관련한 발명에 힘쓰던 S가 완성을 목전에 두고, 작은 실수로 "청화수소"에 중독이 되어 허망하게 목숨을 잃는다는 일화가 담겨 있다. 그의 실수란 사실 "유청산 포테슘"이란 약병의 뚜껑을 열어 놓은 채, 건조한 방에 습도를 높이기 위해 물을 끓인 것으로서, 두 개의 우연한 사건이 만나 치명적 효과를 만든 것이라, 그의 죽음은 실수에 의한 것이라기보다는 조문에 쓰인 것처럼 "숙명이라는 커다란 힘"[42]에 의한 것으로 설명될 수도 있다. 「목숨」의 의사 S와 「K박사의 연구」의 K 박사가 연구 대상의 내밀한 복잡성 때문에 과학의 힘의 한계에 봉착한 경우라면 「거치른 터」의 S는 그를 둘러싸고 있는 환경의 복잡성 때문에 과학의 의지가 꺾인 경우라고 말할 수 있다. 그렇다면 김동인의 소설 세계에서 숙

---

41) 萬德(김동인), 「法律」, 『영대』 4, 1924. 12, 69면.
42) 김동인, 「거치른 터」, 전집 1, 283면(『개벽』, 1924. 2).

명이나 우연성으로 그 모습을 드러내는 환경으로서의 '자연'이 지닌 복
잡성을 살펴볼 필요가 있다.


## 4. 카오스적 복잡성에 대한 한 통찰 – 비극적 세계관과 나비 효과


김동인의 소설에서 우리는 운명의 압도적 위력을 깨달은 인물의 슬
프고 두려워하는 표정과 자주 만나게 된다. 「약한 者의 슬픔」의 엘리
자베트가 거미줄에 걸린 파리에서 자신의 존재를 볼 때, 「눈을 겨우 뜰
때」의 금패가 황금빛 별들이 반짝이는 무궁한 하늘을 바라보며 사람
은 한갓 바다에 빠진 조그만 벌레에 불과하다고 생각할 때, 「배따라
기」의 뱃사공이 회한 섞인 목소리로 "그저 운명이 데일 힘셉데다"라고
말할 때, 그러한 표정은 역력히 드러난다. 이들은 모두 한 개인의 의도
와 의지가 세상에서 어떻게 빗나가고 배반당할 수 있는지를 철저하게
겪은 후, 그 세상의 이치를 떠올리고 있는 중이다. 이와 같이 김동인 소
설에서 사소한 실수나 작은 사건이 발단이 되어 삶의 형태가 크게 바
뀌어 버린다든가, 뜻하지 않은 일들이 번번이 닥쳐온다든가 하는 경우
가 많은 것은 그가 특정한 종류의 세계상을 줄곧 지니고 있었기에 가
능한 일이었을지도 모른다.
　이러한 맥락에서 「태평행(太平行)」은 미완성 작품이고 그 일부는 전
해지지 않고 있지만, 우연성과 숙명을 기반으로 한 세계상을 압축적으

로 보여주고 있어 주목할 만한 작품이다. 한 마리의 범나비가 인간계에 얼마나 큰 영향을 줄 수 있는지가 이 작품의 '序篇'에 다음과 같이 일목요연하게 제시되어 있다. 청일전쟁의 승리로 일본 국민이 기뻐하던 때, 무장야(武藏野)의 한 벌판을 날던 범나비가 알을 슬어 놓았고, 거기서 깨어난 벌레 한 마리는 운 좋게 몸을 보전하여 번데기를 거쳐 새로운 봄에 다시 한 마리의 범나비로 바뀌었다. 방랑하던 그 나비가 팔왕자(八王子)의 촌락에 이르렀을 때 여섯 살 난 어린이가 그것을 잡으려고 뛰어나오다가 화로를 박차고 고꾸라지는 바람에 죽어버린다. 그 아이의 아버지였던 기관수는 아들을 잃어 넋이 나간 상태에서 열차를 운행하다가 열차사고를 내는 바람에 수많은 사상자가 발생한다. 이 때문에 또 무수한 "부산 비극(副産悲劇)"[43]이 만들어진다는 내용이다. 나비 한 마리의 "아무 뜻도 없는 소여행(小旅行)"이 인간사에 막대한 결과를 초래했다는 이 이야기가 '나비 효과(butterfly effect)'를 연상시킨다는 지적[44]은 일리가 있다. '나비 효과'는 수학기상학자인 에드워드 로렌츠가 1972년에 발표한 논문의 제목인 「브라질에 있는 나비의 날갯짓이 텍사스 주에 토네이도를 일으킬 수 있을까?」에서 따온 것이다. '나비 효과'는 보통 기후나 또 다른 복잡계에서 초기 조건에 대한 민감성을 뜻한다. 그러니까 일기 예보의 관점에서 보면 '나비 효과'란 비슷한 초기 조건을 가졌더라도 시간이 지날수록 오차가 비선형적으로 증가하

---

43) 김동인, 「태평행」, 전집 3, 16면(『문예공론』, 1929.6; 『중외일보』, 1930.5.30~9.23).
44) 신범순은 이상이 문종혁에게 구술해준 소설의 내용이 김동인의 「태평행」에 기반을 둔 것임을 밝히고, 1979년에 처음으로 '나비 효과'란 용어를 썼던 로렌츠보다 거의 50여 년 전에 김동인과 이상이 카오스적 '나비 효과'에 대한 생각을 소설로 쓰거나 구술했다고 지적한다. 신범순, 『이상의 무한정원 삼차각나비』, 현암사, 2007, 32~35면.

기 때문에 장기적 예측을 하는 것은 불가능함을 뜻한다.[45] 「태평행」에 제시된 나비의 일화에서도 이와 유사한 의미가 담겨 있다. 나비의 '소여행'이라는 초기조건의 존재 여부가 불러일으키는 결과의 차이란 실로 막대할 수 있다는 것인데 여기에서 중요하게 암시되는 것은 이 자연계에서 일어나는 사건들에 대해서 인간은 정확히 알 수도 없고, 그렇기 때문에 통제할 수도 없다는 점, 그래서 결국 그 이후에 일어난 여러 참극들 역시 궁극적으로는 인간의 이해력이나 통제력의 바깥에 놓여 있다는 사실이다. 김동인의 인물들은 바로 이 '나비 효과'가 지배하는 예측 불가능하고 통제 불가능한 우연성의 세계, 숙명의 세계에 살고 있는 것이다.

물론 초기 조건의 민감성을 뜻하는 '나비 효과'는 기상학과 같이 물리적인 계를 다루는 분야에서 만들어진 전문 용어이지만 사건의 연쇄가 조그만 변화를 증폭시키는 임계점은 인생에서도 쉽게 찾아볼 수 있기 때문에 그 핵심적 의미를 훼손하지 않은 채 인간사(人間事)에도 적용될 수 있다.[46] 카오스란 임계점이 어디에나 있다는 것을 뜻하기에, 「배따라기」, 「거치른 터」, 「태평행」과 같이 사소한 우연의 일치가 불행의 씨앗이 되어 거대한 파국을 초래할 수 있음을 반복적으로 보여주는 김동인 소설의 비극적 세계관은 카오스적 복잡성을 인간사의 수준에서 이해한 결과라고 볼 수 있다.

이 복잡성의 왕국에서 하나의 행위가 낳을 수 있는 결과는 불확실성 속으로 던져지기 때문에 행동은 항상 얼마간 도박적 성질을 갖게 된

---

45) 존 그리빈, 앞의 책, 85~90면.
46) 제임스 글릭, 박래선 역, 『카오스-새로운 과학의 출현』, 동아시아, 2013, 51면.

다. 「송동이」와 「거지」는 바로 하나의 행위가 그 의도와 괴리된 결과를 초래함으로써 발생하는 비극을 그리고 있다. 「송동이」에서 황씨 댁의 머슴인 송 서방은 활기를 잃은 어린 도련님 칠성을 위해서 장난감 총을 사주지만, 칠성이 총을 뜯어보다가 쇳조각이 튀어나오는 바람에 얼굴에 상처를 입고 만다. 그 상처가 덧나고 고름이 드는 과정을 민망스러운 마음으로 지켜보면서 그는 "그 총을 사준 것이 자기의 실수였었나 생각"[47]해 보게 된다. 그런데 더욱 큰 비극은 그가 집안에 든 두 명의 강도 중 한 놈을 맨손으로 잡아 경찰서로 보낸 일을 계기로 발생한다. 달아났던 그 강도가 다시 찾아와 복수로 칠성을 죽였기 때문이다. 불의에 손자를 잃은 마님은 "도죽놈을 잡았으믄 매깨나 때려서 보내디이"라며 그를 원망한다. 자신의 행위의 뜻과 상관없이 연쇄적으로 발생하는 비극 앞에서 그는 행위의 규준을 의심하며 당혹스러워 한다.

그런 한 가지의 일이 더 생길 때마다, 송 서방은 까맹이의 등을 힘있게 쓸면서 강도를 잡아서 경찰서로 보내는 것은 실수인가 하고는 한숨을 쉬었다. 그의 이성은 비록, 강도를 잡으면 경찰서로 보내는 것이 당연하다 하되, 현재의 이 모든 상서롭지 못한 일은, 모두가 강도를 경찰서로 보낸 때문에 생겨난 일이었다.[48]

「거지」에서 처음으로 홀로 집을 지키게 된 주인공은 표랑객이 찾아와 구걸을 하자, 부엌을 뒤져 밥과 찌개를 내어주고, 50전도 함께 적선

---

47) 김동인, 「송동이」, 전집 2, 96면(『동아일보』, 1929. 12. 25~1930. 1. 11).
48) 위의 글, 103면.

한다. 그러나 집에 돌아온 아내에게서 쥐를 잡기 위해 찌개에 "아비산 (亞砒酸)"을 섞어두었다는 청천벽력의 소식을 듣는다. 아니나 다를까 그 표랑객은 자신의 집에서 얼마 가지 못한 자리에서 죽은 채 발견된다. 그는 동정을 베풀려고 했으나 살인을 하게 된 셈이다. 그는 일기에 "동정조차 엄밀한 음미(吟味)하에 하지 않으면 안 되는 현대인은 진실로 비참하다"[49]라고 쓴다.

김동인 소설의 비극들은 줄곧 어떤 합리적 계획, 지배와 조절, 예측 가능성에 대한 믿음이 가능하지 않은 세계를 그리고 있다. 그러한 믿음은 바로 서구의 근대 과학이 품었던 믿음이기도 한데, 베이컨은 자연의 지배라는 과학적 이상이 구현된 유토피아를 '뉴아틀란티스'로 그려낸 바 있다. 김동인은 비극적 이야기들의 원천을 대동강이라고 반복하여 말해왔는데, 그렇다면 그는 대동강의 물속에 잠겨 어른거리는 '뉴아틀란티스'를 보고 있었는지도 모른다. 왜냐하면 그의 소설들의 밑바닥에는 과연 과학 공식으로 자연과 인간을 완벽하게 설명하고 지배할 수 있을까, 근대 법률 체계가 진실을 드러내고 사회를 합리적으로 지배할 수 있을까, 이성이 인간의 비합리성을 몰아내고 자아를 지배할 수 있을까 하는 의문과 회의가 짙게 깔려 있기 때문이다.

---

[49]  김동인, 「거지」, 전집 2, 294면(『삼천리』, 1931.7).

## 5. 나오며 - 낭만적 주체성의 이데올로기

김동인은 과학과 예술의 동질성이나 과학기술의 예술적 속성에 대해 이야기하고, 동시에 과학과 예술의 '악수'를 주문하기도 했지만, 창조적 자기실현이라는 낭만주의적 목표를 지상 과제로 삼고 있던 만큼 그 양자 사이의 괴리에 대해서도 날카롭게 의식하고 있었다. 실제로 김동인은 과학의 대상인 자연을 인간에게 적대적이거나 생명이 없는 질료로 간주함으로써, 그러니까 자연과 인간의 거리를 한껏 벌려놓음으로써, 인간을 과학적 분석이 닿을 수 없는 안전한 곳에 위치시키고 있음을 볼 수 있다. 과학이 인간의 생명이나 맛의 영역에서 지배권을 행사하려고 했을 때, 그는 명백한 거부감을 나타낸다. 또한 그에게 있어서 낭만적 주체성의 근원지인 예술가의 자아는 분열되고 반사회적 성격을 띨망정 환원 불가능한 개별성과 초월성을 잃지 않는다.

김동인은 인간에게 유리한 방향으로 '자연'을 조작하고, 유용한 도구를 제작하는 과학기술의 활동에 지지를 보내지만, 그것이 인간성을 훼손하거나 낭만적 주체성에 위협이 될 때에는 그것을 신랄하게 비판한다. 그 결과 그의 소설들은 근대 과학이 배제하고자 했던 우연성, 불확실성, 예측불가능성, 미결정성 등이 인간의 삶에서 얼마나 큰 몫을 차지하고 있는지 보여주는 방향으로 향한다. 그리하여 그는 교만한 의사나 과학자의 무력성을 드러내는 일련의 소설들을 썼는데, 거기에서 그가 거부하려했던 것은 인간 전체를 공식이라든가 학설로 환원하여 단순화하고 마치 그 공식이 실재인 양, 보편적 진리인 양 간주하는 태도라고 할 수 있다. 그의 소설이 보여주는 비극들은 줄곧 어떤 합리적 계획, 지배와 조절, 예측가능성에 대한 믿음이 가능하지 않은 세계의 상징적 예시들이라고 할 수 있다.

김동인의 소설들은 당시 맹위를 떨치던 과학주의적 담론에 대한 하나의 대항 담론으로서 의미를 지닐 수 있다. 하지만 그가 그려내었던 비극적 소설들은 복잡성을 주관적으로 관념화한 것이라 할 수 있다. 이때 전제가 된 예술가의 초월성은 그러한 복잡성을 구체적이고 사실적으로 드러내는 데 하나의 걸림돌로 작용한 것으로 보인다.*

---

* 이 논문은 2013년 『한국현대문학연구』 41집에 게재된 논문을 수정한 것임.

# 제3부

## 픽션의 원천으로서의 과학 지식

# 쥘 베른 소설의 한국 수용 과정

김종욱

## 1. 프랑스와의 문화적 만남

한국과 프랑스의 문화 교류는 종교적 차원에서 시작되었다. 17세기 경부터 중국에 드나들던 역관이나 양반들을 통해서 산발적으로 들어오던 서양에 관한 지식은 가톨릭 선교와 맞물리면서 적극적으로 유입된다. 1784년 이승훈(1756~1801)은 동지사(서장관)인 아버지를 따라 청나라의 북당(베이징에 건립된 프랑스 예수회 전교 본부)에 가서 프랑스 선교사 루이 드 그라몽(Louis de Grammont) 신부로부터 세례를 받는다.[1] 이 승훈과 선교사와의 만남은 실학자들의 서학 연구 모임이었던 '천진암

---

[1] 샤를르 달레, 안응렬 · 최석우 역, 『한국천주교회사』, 한국교회사연구소(분도출판사), 1980; 차영선, 「조선과 프랑스의 우호관계」, 『한국프랑스학논집』 48, 2004, 489~493면.

강학회'와 협의한 결과라는 점에서 프랑스 문화와의 접촉이 적극적이고 집단적이었음을 보여주고 있다.

이후 한국과 프랑스의 문화 교류는 가톨릭에 대한 종교적 박해의 한 세기를 경험하게 된다. 1785년 1월 을사추조 적발 사건 이후에도 가톨릭 선교에 힘쓴 결과 1831년 9월 9일에 교황 그레고리오 16세는 파리외방전교회원 브뤼기에르 주교를 조선 교구 칙임자로 임명하지만, 브뤼기에르 주교는 조선 땅에 입국하지 못한 채 만주에서 병사한다. 그후 1837년 2대 교구장 앵베르 주교가 입국했다가 1839년 9월 기해박해 때 순교하고, 1846년에는 장하상의 주선으로 마카오에 유학 갔던 세 명의 신학생 중 한 명이었던 김대건마저 순교하기에 이른다. 그리고 1866년 병인박해 때 청국으로 탈출한 리델이 텐진에 있던 프랑스 함대의 길 안내를 맡으면서 가톨릭 선교를 둘러싼 한국과 프랑스 사이의 갈등은 최악의 국면으로 치닫게 된다.

종교를 둘러싼 한국과 프랑스 사이의 대립이 완화되기 시작한 것은 19세기 말이다. 1876년 일본과 조일수호통상조약을 맺으면서 문호를 개방한 조선 정부는 프랑스와도 수호통상조약을 맺게 된 것이다. 1881년 4월 프랑스 정부가 처음으로 조약에 관심을 보인 지 5년 만에 1886년 6월 양국 전권대신 김만식과 코고르당(G.F.Cogordan) 사이에 조인이 이루어졌던 것이다. 미국이나 영국, 독일 등의 경우와는 달리 조불수호통상조약이 늦어지게 된 것은 프랑스 함대의 강화도 침략으로 막대한 피해를 입은 조선 정부의 입장과 가톨릭 선교의 자유를 주장하는 프랑스 정부와의 입장 사이에 커다란 간극이 있었기 때문이다. 결국 조불수호통상조약은 다른 국가들과 체결한 조약과는 달리 전교(傳敎)

의 자유를 묵인하는 문구를 삽입하는 것으로 타결된다.[2]

이처럼 한국과 프랑스 사이에 공식적 외교 관계가 수립되면서 두 나라 사이의 문화 교류는 새로운 단계로 접어든다. 1895년 법어학교(法語學校)[3]가 설립되고 프랑스어 사전[4]이 편찬되는 등 외국어로서의 프랑스어 교육이 활성화된다. 일본이 메이지 시기에 번역을 국가적 과제로 설정하고 학문적 역량을 집중[5]하였던 것과 마찬가지로 조선에서도 서구를 번역하고 모방하는 과정을 통해서 근대적 발전을 꾀한다. 따라서 번안·번역은 자주독립과 문명개화라는 목적을 달성하기 위한 수단으로서의 중요성을 부여받게 된다. 이런 맥락에서 프랑스문학 역시 조선에 적극적으로 소개되기 시작한다. 1906년 『조양보(朝陽報)』에 연재된 에밀 라비스(아미아르)의 「애국정신담」은 최초의 번역물이라고 할 수 있을 것이다.[6] 물론 「애국정신담」이 번역되기 전에도 『나파륜전(拿破崙傳)』, 『법국화신전사』, 『법난서신사』 같은 역사서들이 번역되었거

---

2) 최석우, 「한불 외교관계의 역사적 재조명 – 한불조약의 체결과정」, 『한국정치외교사논총』 3, 1986, 13~28면.
3) 법어학교(法語學校)는 1895년 10월 정동 프랑스공사관 앞에 있던 교관 E. 마르텔[馬太乙]의 집 식당에서 18명의 학생으로 개교한다. 그리고 1906년 1월 첫 졸업생을 배출한 후 6회에 걸쳐 이능화, 안우상, 김한기 등 26명의 졸업생을 배출한다. 1906년 공포된 '외국어학교령'에 의해 한성외국어학교에 통합되었다가 1911년에 일제의 '조선교육령'에 의해 폐교된다.
4) 1877년 9월 조선교구 주교로 임명된 리델은 국내로 들어오다가 체포되었지만 프랑스 정부의 항변으로 풀려난다. 그래서 일본으로 건너간 리델은 1880년 일본 요꼬하마의 레비인쇄소를 빌려 가톨릭 신자 최지혁의 글씨로 만든 최초의 한글 신식 연활자로 『한불자전(韓佛字典)』을 발간한다. 그리고 1901년에는 샤를르 알레베크(Charles Alévêque)가 서울프레스에서 『법한자전(法韓字典)』을 발간한다.
5) 이건상, 「일본의 근대화에 영향을 미친 번역문화」, 『일본학보』 58, 2004. 3, 443~456면.
6) 1906년 『조양보』에 연재된 것은 번역자가 밝혀져 있지 않고, 1907년 『서우(西友)』에 노백린(盧伯麟)의 번역으로 연재되었고, 1908년에는 이채우(李埰雨)의 번역으로 단행본으로 출간되었다. 이 책의 원 텍스트는 정기수에 의해서 1887년 프랑스에서 간행된 에밀 라비스(Emile Lavisse)의 Tu sera slidat로 밝혀졌다. 정기수, 『한국과 서양』, 을유문화사, 1988, 117면.

니와, 이것은 당대를 위기 상황으로 인식하고 외국의 역사를 통해서 민족사적 교훈을 찾으려는 개화기의 시대정신을 반영하고 있는 것이다.

이러한 시대정신은 프랑스의 사회사상을 언급한 여러 글에서도 확인해 볼 수 있다. 갑오개혁부터 1910년까지 신문이나 잡지에 그 이름이 언급된 프랑스 사상가들은 볼테르(Voltaire, 1694~1778), 몽테스키외(Montesquieu, 1689~1755), 루소(Jean Jaques Rousseau, 1712~1778)와 같은 18세기 계몽사상가들이다. 일본이나 미국 학자들이 쓴 역사책을 역술하거나 그것들을 참고하여 저술된 『태서신사』, 『법국혁신전사』, 『십구세기구주문명진화론』 같은 교과서용 역사책들에서도 프랑스 혁명의 정신적 토대를 마련한 18세기 계몽사상가들에게 많은 관심을 보여주고 있다. 당대의 지식인들은 독자들에게 민족적 자각을 갖게 하고 외세의 위협에 맞서 민족의 주체성을 고양하려는 목적의식을 담아낼 수 있는 대상으로 프랑스 계몽사상가들에 주목했던 것이다.


## 2. 한·중·일 삼국에서의 쥘 베른 소설의 수용


개화기에 이루어진 프랑스문학 수용 과정에서 가장 주목되는 것은 쥘 베른(Jules Gabriel Verne, 1828~1905)이다. 1907년 3월부터 1908년 5월까지 『태극학보』에 「해저여행」이라는 제목으로 『해저 2만 리(Vingt mille lieus les mers)』의 일부가 번역되었고, 1908년 11월에 회동서관에서 『철세계(鐵

世界)』라는 이름으로『인도 왕비의 유산(Les cinq cents millions de la Begum)』이 번역되었으며, 1912년 2월 5일에는 동양서원에서『십오소호걸』이라는 제목으로『15소년 표류기(Deux ans de vacances)』가 번역되었던 것이다.

쥘 베른에 대한 관심은 비단 조선만의 일은 아니었다. 당시 일본에서도 여러 사람들에 의해서 쥘 베른의 작품이 번역된 바 있다. 1878년 가와시카 주노스케[川島忠之助]가 프랑스 체재 경험을 바탕으로『팔십일간 세계일주(八十日間世界一周)』를 일본에 소개한 이후 쥘 베른의 소설에 깔려 있는 과학주의 정신을 널리 알리는 것이 근대 국가 건설에 도움이 될 것이라는 판단하에 여러 작품을 번역했던 것이다.[7] 이런 상황은 중국에서도 크게 다르지 않다. 1900년 여류시인이었던 설소휘(薛紹徽, 1866~1911)[8]가 남편 진수팽(陳壽彭)의 도움을 받아『팔십일환유기(八十日環游記)』를 번역한 후 쥘 베른의 과학소설이 연이어 중국에 소개된다.[9]『팔십일환유기』는 역술(譯述)이 유행하던 당시의 일반적 번역 태도와는 달리 M.Towel과 N.D.Anvers의 영역본에 근거하여 원문을 충실히 번역한 것으로 알려져 있다.

이 시기에 중국과 일본에서 번역된 쥘 베른의 작품을 살펴보면 다음과 같다.

<hr>

7) 윤상인,「메이지시대 일본의 해양 모험소설의 수용과 변용」,『비교문학』25, 2000, 263면.
8) 설소휘는 외국문장에 정통하여 대표적 여류번역가로 손꼽힌다. 그녀는『80일간의 세계일주』이외에도 E.T.Fowler 원작의『쌍선기(A Double Thread)』를 번역한 바 있다. 진수팽은 체신부의 관리였고, 후에는 해군사령부의 사법부 국장을 역임한 바 있는데, 일찍이 그의 형 진수동(陳秀同)을 좇아 외국에 가서 영어와 프랑스어에 능통했다고 알려져 있다.
9) 郭延禮,「20세기 초기 외국 과학소설의 번역」, 吳淳邦·左現賀·陳性希 공역,『中國語文論譯叢刊』11, 2003.7, 307면.

표 1

| 원작 | 언어 | 번역본 |
|------|------|--------|
| 기구 타고 5주간(*Cinq semaines en Ballon*)(1863) | 일본 | 『亞米利加內地三十五日間空中旅行』(井上勤 역, 繪人自由, 1883) |
| | 중국 | 『空中旅行記』(번역자 불분명, 江蘇出版社, 1903) |
| 지구 속 여행(*Voyage au Centre de la terre*)(1864) | 일본 | 『拍案驚奇 地底旅行』(三木愛花·高須治助 역, 九春社, 1885.2) |
| | 중국 | 『地底旅行』(之江索士 역, 折江潮, 1903~4 啓新書局·普及書局, 1906) |
| | | 『地心旅行』(周桂笙 역, 廣智書局, 1906) |
| 지구에서 달까지(*De La terre à la Lune*)(1865) | 일본 | 『九十七時二十分間月世界旅行』(井上勤 역, 三木佐助, 1880) |
| | 중국 | 『月界 旅行(從地球到月球)』(魯迅 역, 進化社, 1903.10) |
| 달세계 여행(*Antour de La Lune*)(1872) | 일본 | 『月世界一周』(井上勤 역, 博聞社, 1883) |
| | 중국 | 『環游月球』(周桂笙 역, 廣智書局, 1905) |
| 해저 2만 리(*Vingt Mille Lieues Sous Le Mers*)(1869) | 일본 | 『二萬里海底旅行』(鈴木梅太郎 역, 1880) |
| | | 『五大洲中海底旅行』(太平三次 역, 四通社, 1884) |
| | | 『六万英里海底旅行』(井上勤 역, 博聞社, 1884) |
| | 중국 | 『海底旅行(海底兩萬里)』(戶籍東·紅溪生 역, 新小說社, 1902) |
| 떠 있는 도시(*Une ville flottante*)(1870) | 일본 | 『大東號航海日記』(森田思軒 역, 1888) |
| | 중국 | |
| 80일간의 세계일주(*Le tour du monde en quatre-vingts jours*)(1873) | 일본 | 『八十日間世界一周』(川島忠之助 역, 1878~1879) |
| | 중국 | 『八十日環游記(八十天環游地球)』(薛紹徽·陳壽彭 역, 世文社, 1900) |
| 신비한 섬(*L'ile mysterieuse*)(1874) | 일본 | 『絶島秘事』(古茅庵流水 역, 1898) |
| | 중국 | 『秘密海島』(奚若 역, 上海 小說林社, 1905.4) |
| 인도 왕녀의 5억 프랑(*Lescinq Ceuts Millions de La Begum*)(1879) | 일본 | 『佛曼二學士의 譚』(紅㱐園主人 역, 『郵便報知新聞』, 1887.3.26~5.10) |
| | | 『鐵世界』(森田思軒 역, 集成社, 1887.9) |
| | 중국 | 『鐵世界』(包天笑 역, 文明書局, 1903. 6) |
| 15소년 표류기(*Deux Ans de Vacances*)(1888) | 일본 | 『十五少年』(森田思軒 역, 博文館, 1896) |
| | 중국 | 『十五小豪傑』(梁啓超·羅晉 역, 新民叢報, 1902) |

이처럼 일본과 중국에서 쥘 베른의 소설이 큰 관심을 끌었던 것은 서양의 과학문명을 수용하여 부국강병을 도모하려는 시대정신과 깊이 관련되어 있다. 주지하듯이 쥘 베른은 19세기 자연과학의 발흥에 따른

학문적・기술적 지식을 이용하여 과학소설이라는 장르를 발전시킨 인물이다. 따라서 서구의 자연과학을 수용하여 시대적 과제를 해결하고자 했던 동양의 지식인들은 쥘 베른의 작품을 통해서 자신들의 계몽적 목적을 달성하고자 했다. 서세동점의 위태로운 국제 정세 속에서 국가적 독립의 길을 모색해야 하는 시대적 요청이 과학소설에 대한 관심을 부채질했던 것이다. 따라서 일본에 유학하고 있던 조선인 유학생들이 쥘 베른의 소설에 관심을 가졌던 것은 별로 놀라운 일이 아니다.

쥘 베른의 소설 중에서 한국어로 번역된 최초의 작품은 『해저 2만 리』이다. 1907년 3월부터 일본 유학생이던 박용희(朴容喜)가 「해저여행」이라는 제목으로 『태극학보』에 연재한 것이다. 당시 잡지에는 '해저여행 기담'이라는 명칭으로 실려 있지만, '해저여행'이라는 단어와 '기담'이라는 단어가 서로 다른 글자체로 인쇄되어 있는 데서 알 수 있듯이 '기담'이 장르 명칭으로 사용되었던 것으로 보인다. 「해저여행」은 박용희에 의해 번역되기 시작했지만, 제6회부터 제8회까지는 '自樂(堂)', 그리고 제9회부터 제11회까지는 '冒險生'이라는 필명으로 번역되고 있다. 그런데, 번역자가 동일한 인물인지에 대해서는 판단하기 어렵다. 1908년 초 일본 유학생 단체 통합 문제를 둘러싸고 태극학회 내부에서 갈등이 일어나 박용희가 출회(黜會)당했기 때문이다.[10]

---

10) 당시 일본 유학생들은 태극학회, 대한공수회, 대한유학생구락부, 한금청년회, 광무학회, 호남학회, 대한유학생회 등 다양한 성격의 단체를 구성하여 독자적 활동을 벌이고 있었는데, 1907년부터 통합 운동이 전개되기 시작했다. 박용희는 이러한 통합운동에 참여하여, 1908년 2월 9일 대한학회 출범 당시 평의원으로 선출된다. 「太韓學會發起會 會錄」, 『대한학회월보』 제18호, 1908. 2, 59면. 그런데, 당초 통합 운동에 적극적이었던 태극학회는 내정불합으로 인하여 연합론의 무효를 선언하고, 여기에 참여했던 최석하, 최린, 박용희를 출회시킨다. "本月 十二日 總會에 本會 副會長 崔錫夏氏가 有故解任된 代에 評議員 金錫泳氏가 被撰되고 評議員 崔麟, 朴容喜, 金洛泳 三氏가 辭任호 代에 金鴻亮, 楊致中, 李道熙 三氏가 被撰되다." 「會事要

이 작품을 처음 번역한 박용희에 대해서는 잘 알려져 있지 않다. 그러나 여러 자료들을 종합해보면, 그는 1885년 7월 2일 서울 화천정(和泉町) 211-1(지금의 중구 순화동 부근)에서 태어났으며, 일본에 건너가 1906년 9월 제일고등학교에 입학[11]한 후 동경제국대학 정치과를 졸업한 것으로 보인다.[12] 박용희가 서북지방 출신의 유학생들이 중심이었던 태극학회에 가담하게 된 경위는 자세히 알 수 없지만, 1905년 초 선배 유학생들이 일본에 새로 건너오는 유학생들을 위해 일본어 강습소(東京市 本鄕區 소재)를 설립할 무렵부터 참여한 듯하다. 1906년 9월 태극학회 창립총회에서 평의원으로 선출되었고[13] 일본어 강습소를 확대 개편한 태극학교의 간사로 선임되기도 한다.[14] 박용희가 「해저여행」을 번역한 것은 태극학회에서 적극적으로 활동하던 시기였다. 그가 「해저여행」을 번역한 의도는 제1회 연재본의 서두에 실려 있는 번역자의 말에 잘 나타나 있다.

余嘗愛稗史野說其所閱眼之漢籍洋書數頗不尠而擧皆失於虛飾馳於空想
且非淫則俗至於挽回世俗之道誠無以爲料是可歎惜近讀佛國文士쉴스펜氏

────

錄」, 『태극학보』 제17호, 1908. 1, 60면. 따라서 1908년 2월부터 5월까지 『태극학보』에 연재된 것은 박용희의 번역이 아닐 가능성도 배제할 수 없다. 대한학회의 성립 과정과 태극학회의 내분에 대해서는 한시준, 『국권회복운동기 일본 유학생의 민족운동』, 『한국독립운동사연구』 제2집, 독립기념관 한국독립운동사연구소, 1988. 11, 33~64면을 참조할 수 있다.

11) 「會員消息」, 『태극학보』 제2호, 1906. 9, 59면.
12) 국사편찬위원회 한국근현대인물자료(http://db.history.go.kr/) 참조. 박용희는 1915년부터 1916년까지 경성전수학교(법관양성소에서 시작하여 경성법률학교로 발전했다) 교유를 지냈으며, 1921년 9월 14일 동아일보사 창립총회에서 감사역을 맡기도 했다. 경성방적 중역을 거쳐 1929년 2월 19일 김성수 등과 함께 중앙학원(1964년 8월 25일 고려중앙학원으로 개칭)을 설립하는 데 참여했으며, 1935년 무렵에는 합정(蛤町), 미근정(渼芹町) 총대 및 위생조합장을 역임하기도 했다. 해방 이후에는 한국민주당에 관여했다.
13) 「會員消息」, 『태극학보』 제2호, 1906. 9, 60면.
14) 「會事要錄」, 『태극학보』 제3호, 1906. 10, 57면.

所著(海底旅行)則其言論之玲瓏璀璨廻奇獻巧不啻脫乎塵臼娛悅耳目亦足
以令人有取始自閒話誘入眞理更自汎論導達哲學似虛而實非空伊完且明辨
其善惡邪正之結果間引理學之奧旨及博物之實談而縷分毫柝咸屬正雅其於
扶植世歪亦可有萬一之效故玆以半豹之見聊思一蠡之助摘其要而譯其意備
供僉眼其或勿咎則幸甚[15]

　박용희는 전래의 소설이 '허식'과 '공상'에 빠져 있음[失於虛飾 馳於空
想]을 지적하면서 이 작품이 독자들을 과학의 심오한 뜻으로 이끌고[引
理學之奧旨], 견문을 넓히는 진실한 이야기에 미치도록[及博物之實談] 하
리라고 기대한다. 다시 말하면, 번역자는 과학적 지식을 독자들에게
직접 전달하는 것이 여의치 않은 상황에서 과학소설을 통해서 독자들
의 흥미를 유발하여 자연스럽게 과학적 지식을 받아들이도록 하려는
의도에서 「해저여행」을 번역했던 것이다. "自閒話誘入眞理, 自汎論導
達哲學"라는 구절은 바로 과학소설이 가지고 있는 흥미의 요소를 통하
여 지식을 전달하려는 작가의 계몽적 의도를 보여주고 있는 셈이다.
　박용희가 쥘 베른의 소설을 번역함에 있어서 대본으로 삼은 것은 다이
헤이 산지[太平三次]가 일본어로 번역한 『오대주중 해저여행(五大洲中海底
旅行)』이었다. 상·하권으로 발행된 이 책은 총 39회로 나뉘어 있는데, 제1
회부터 제13회까지 상권에 수록되어 있고, 제14회부터 제39회까지 하권
에 수록되어 있다. 각 회에는 제목이 붙어 있는데, 이 제목들은 「해저여
행」과 대부분 일치한다. 제11회처럼 명백히 오자로 보이는 경우를 제외한

15) 「本會會員名錄」, 『태극학보』 제8호, 1907.3, 40면.

다면, 제1회와 제9회의 경우에는 글자의 순서만 바뀐 것에 불과하고, 제목이 바뀐 제4회, 제6회, 제7회, 제8회의 경우에도 의미상의 변화는 거의 찾아보기 어렵다. 일본어 번역본을 매 회 축약하여 번역하고 있는 것이다.

표 2

| 중제목 | 「해저여행」 | 『오대주중 해저여행』 |
|---|---|---|
| 제1회(제8호, 1907.3.24) | 海妖出沒浪激浪覆船 傑士艱難溟滄爲家 | 海妖出沒激浪覆船 傑士艱難溟滄爲 |
| 제2회(제9호, 1907.4.24) | 乘衆鼓勇截激浪去 怪物放光衝艦舳來 | 乘衆鼓勇截激浪去 怪物放光衝艦舳 |
| 제3회(제10호, 1907.5.24) | 主僕漂浪命如浮萍 三士投海心似鐵石 | 主僕漂浪命如浮萍 三士投海心似鐵 |
| 제4회(제11호, 1907.6.24) | 言語不通艦長空去 點心不饋壯士震怒 | 言語不通艦空去 午餐不送壯士發 |
| 제5회(제13호, 1907.9.24) | 艦長慷慨絶人間界 三士艱難落別乾坤 | 艦長慷慨絶人間界 三士艱難落別乾 |
| 제6회(제14호, 1907.10.24, 필자 自樂) | **네모統海金玉盡美** 電氣放光艦中如畫 | 金璧盡美海底欺ನ 電氣放光艦中如 |
| 제7회(제15호, 1907.11.24, 필자 自樂堂) | **詳說組成**巡機關室 遠試銃獵航日本海 | 細說組織巡機關室 遠試銃獵航日本 |
| 제8회(제16호, 1907.12.24, 필자 自樂堂) | 千尋海底提獵銃去 萬重波間着潛衣步 | 千尋海底提獵銃去 萬疊波間着潛衣步 |
| 제9회(제18호, 1908.2.24, 필자 冒險生) | 氣銃放聲忽倒巨蟹 **匍匐**躲軀巧瞞沙魚 | 氣銃放聲忽倒巨蟹 匐匍躲軀巧瞞沙魚 |
| 제10회(제20호, 1908.4.24, 필자 冒險生) | 偶視沈船思航海險 密謀脫艦待機會到 | 偶視沈船思航海險 密謀脫艦待機會到 |
| 제11회(제21호, 1908.5.24, 필자 冒險生) | **三土**上陸獵獲**末**收 蠻民襲**艇**矢石如**雨** | 三士上陸獵獲未收 蠻民襲船矢石如雨 |

그런데, 「해저여행」은 다이헤이 산지의 일본어 번역을 바탕으로 하고 있음에도 불구하고, 첨가된 부분과 삭제된 부분이 적지 않다. 이러한 면모는 당대의 번역 관행과 밀접하게 연관되어 있다. 당시 외국 소설을 번역하는 과정에서 번역자는 독자의 수준에 맞게 상당한 부분을 첨삭하여 출판하는 것은 일반적이었다. 박용희 역시 원문과는 무관하게 계몽적 의도를 달성하기 위해 자의적으로 수정하거나 첨삭하는 역술의 방식에서 벗어나지 않고 있다. "天地가 闢ㅎ여 日月이 麗ㅎ고 江山이 分ㅎ여 水陸이 定이라 天生地靈ㅎᄉ 爰司萬物ㅎ시니 宇內到處에 尠無其跡矣로다. 迨今文明이 倍進에 地理上 發見이 不知基數而十九世紀 叔世에 有一大理想的 外之事ㅎ니"로 시작하는 작품의 첫대목만 하더라도

일본어 번역본에서는 찾아볼 수 없는 부분이다. 또한 제3회 연재본 말미에는 일본어 번역본에서는 발견할 수 없는 "河馬", "海蛇", "光線 또는 半球燈"에 대한 주석이 붙어 있거니와, 이것은 자연과학적 지식을 접하지 못했던 당대의 독자 수준을 고려한 것이라고 할 수 있을 것이다.

번역에서의 수정과 첨삭은 독자의 이해 수준과 결부되어 있기도 했지만, 작가의 계몽적 의도를 반영하는 것이기도 하다. 제2회 연재본을 살펴보면 주인공 아로닉스 박사가 한국과 일본, 청나라의 해변을 돌아보면서 동양 삼국의 역사를 논하는 장면이 나온다.

如此이 린고룬號가 赤道直下 經度 百十度를 經ㅎ야 太平洋 中央를 歷探ㅎ 後 支那 日本 及 朝鮮海邊을 ──覓出ㅎ시 애氏는 심심破寂으로 콘셀 과 녯氏로 다부러 韓日 淸의 歷史를 槪論ㅎ야 曰, 져 淸國은 古來에 偉人 傑士가 不少ㅎ나 數千年間 專制之下에 士氣가 浸滯ㅎ고 民心이 離散ㅎ며 政虐吏奸에 怨情이 滿腔ㅎ야 個人的 主義에 一般 傾向혼 고로 自然 國自國 民自民ㅎ며 君自君 我自我ㅎ야 以世界 四分之一 以上 人數로 城下之盟과 發塚之辱을 不免ㅎ니 可憐ㅎ며, 이 朝鮮도 數千年來 支那風에 同化혼 바 되야 弊風惡習을 形喩키 難홀 뿐더러 終始 支那의 屬隷로 獨立의 思想을 專失ㅎ야 該國國士 乙支文德 梁萬春 金庾信 李舜臣 朴堤上 等의 精神은 小無ㅎ고 所謂 上等社會는 狐假虎勢之格으로 漁民虐氓은 目不忍見이며 所爲 事業은 買春花鬪로 子寢午起요 恐喝號令으로 討索賄賂而已며 且 其下等社會는 奔命不及으로 更無餘地ㅎ야 一同이 國民的 精神을 沒却혼 고로 往來ㅎ이 등신 一般일 뿐더러 世界潮流가 如何이 變動홈도 不知ㅎ고 但只 高談峻論으로 악가운 歲月만 虛送ㅎ니 未久에 必然 外國의 蹂躪됨은 姑捨ㅎ고 內國의 富源과 外洋의 財泉은 다ㅣ 他人의 手에 歸홀지며 非但 止此라. 如此터라

도 尙未悟覺ᄒᆞᄂᆞᆫ 時에는 滅亡의 怒濤에 卷去ᄒᆞᄂᆞᆫ 빅 되리니 哀홉다.[16)]

물론 이 부분은 원작뿐만 아니라 일본어 번역본에서도 찾아볼 수 없다. 서사적 개연성을 위해서 번역자는 등장인물들이 '심심파적'으로 동양 삼국의 역사를 논한다고 말하고 있기는 하지만, 번역자가 독자들에게 직접 조선이 처해 있는 역사적 현실을 설파하고 있다고 보는 것이 적절하다. "世界潮流가 如何이 變動홈도 不知ᄒᆞ고 但只 高談峻論으로 악가운 歲月만 虛送ᄒᆞ"는 조선의 현실을 안타깝게 여기면서, 독자가 "未久에 必然 外國의 蹂躪됨은 姑捨ᄒᆞ고 內國의 富源과 外洋의 財泉은 다ㅣ 他人의 手에 歸"하게 될 엄혹한 국제정세를 파악하도록 인위적으로 삽입한 것이다. 이러한 위태로운 상황에 처한 조선은 "獨立의 思想"이나 "國民的精神"을 고양해야만 "滅亡의 怒濤"에서 벗어날 수 있을 것이다. 박용희가 과학소설 「해저여행」을 번역한 이유가 바로 여기에 있는 것이다.

## 3. 『철세계』의 번역 과정과 그 의미

「해저여행」이 연재된 지 얼마 지나지 않아 쥘 베른의 또 다른 작품이 이해조에 의해 번역되어 출판된다. '과학소설'이라는 표제를 달고

---

16) 『태극학보』 제9호, 1907.4.24, 47~48면.

있는『철세계』(滙東書舘, 1908.11.20)가 그것이다. 일찍이 김태준은『조선소설사』에서『철세계』의 원작자를 "미국인 迦爾威尼"라고 말한 바 있다. 김태준이『철세계』의 원작자를 미국인으로 본 것은『황성신문』에 실려 있는『철세계』광고 때문으로 보인다.『황성신문』에 몇 차례(1908.12.10 / 1909.1.1 / 1909.2.2 / 1909.5.1) 실려 있는 광고에는 원저자를 "미국인"으로 밝히고 있는 것이다. 하지만, 전광용은 실증적 고찰을 통해서 이 작품의 원작이 쥘 베른의『인도 왕녀의 5억 프랑』임을 밝힌 바 있다.[17] 이에 따라 원작자의 국적 문제는 해결되었지만, '迦爾威尼'가 누구인가에 대해서는 의문의 여지가 남아 있었다. 그래서『조선소설사』를 교주한 박희병 등은 '迦爾威尼'를 원저자가 아니라 영어 번역자일 가능성을 제기한 바 있으며, 강병조 역시 '迦爾威尼'가 '篠爾威尼'의 오기일 가능성도 제기하고 있다.[18] 그런데, 이러한 논란은 읽는 사람에 따라, 혹은 지역에 따라 달라지는 한자의 발음 때문에 생긴 해프닝에 불과하다. 20세기에 접어들어 쥘 베른이 중국에서 번역·출간되었을 때 저자의 이름은 '자오스웨이얼뉘[焦士威爾奴]', '팡주리스[房朱力士]', '샤오얼쓰보네이[蕭爾斯勃內]', '자얼웨이니[迦爾威尼]', '샤오루스[蕭魯士]', '페이룬[培侖]', '판나[范納]', '웨이난[威男]' 등으로 표기되었던 것이다.[19]

일본에서『철세계』가 처음으로 번역된 것은 1887년의 일이다. 모리다 시겐(三田思軒, 1861~1897)이 '紅芍園主人'이라는 이름으로 영역본 "The Begum's Fortune"(1880)을 「佛曼二學士の譚」이라는 제목으로 번역하여『郵便報知新

17)  전광용,『신소설 연구』, 새문사, 1993, 43면.
18)  강병조,「신소설과 개화담론의 대응양상 연구」, 서울대 석사논문, 1999.
19)  다케다 마사야, 서은숙 역,『창힐의 향연－한자의 신화와 유토피아』, 이산, 2004.

聞』(1887.3~5)에 연재하였던 것이다. 그리고 9월에는 제목을 『철세계(鐵世界)』로 개제하여 도쿄 집성사(集成社)에서 단행본으로 간행한다. 이 번역본은 번역자 자신이 「범례」에서 "좌선의 연설, 인비의 혼잣말을 비롯하여 저자의 말하지 않는 데를 삽입한 것도 가끔 적지 않게 있다"[20]라고 고백하고 있듯이 당시의 일반적 번역 관행에 따라 '역술'의 방식을 채택하고 있다.

그런데, 모리다 시겐의 일본어 번역본 『철세계』는 중국과 한국에서도 번역되어 출판된다. 1903년 6월 상해 문명서국(文明書局)에서 포천소(包天笑)[21]의 번역으로 『철세계』가 출간되었다. 포천소는 만청시대에 상해를 중심으로 많은 수의 소설작품을 창작하고 외국 문학을 번역한 인물로 알려져 있다. 비록 전통적 소설 관념에서 완전히 벗어나지 못하고 있었지만, 계몽·애국의 담론을 지향하던 시대적 분위기를 포착하였고, 이를 창작과 번역을 통해 구현하고자 했던 것이다. 포천소의 중국어 번역본은 모리다 시겐의 번역본과 비교했을 때, 목차와 분량상의 차이가 있지만 각 장의 내용은 대응된다. 이러한 사실은 중국어 번역본의 「譯餘贅言」 부분에서도 확인해볼 수 있다.


是書爲法國迦爾威尼氏原著, 氏爲巴黎小說家巨子, 其所撰科學小說, 不

下十餘種, 鐵世界其一也, 僕少肄法文, 然不能譯書, 此書由日本三田思軒本

---

20) 三田文藏, 「凡例三則」, 『鐵世界』, 集成社, 1887. 1.
21) 포천소(包天笑, 1876~1973)는 강소(江蘇) 오현인(吳縣人)으로 본명은 공의(公毅), 자는 낭손(郎孫), 호는 포산(包山)이다. 청말부터 상해를 중심으로 언론계와 문단에서 활동했다. 포천소에 대해서는 민정기, 「晚淸 上海 小說作家의 性格―包天笑의 경우에 대한 검토」, 『중국소설론총』 11집, 103~114면. 현재 포천소의 중국어 번역본은 충남 천안에 있는 독립기념관에 소장되어 있다. 자료의 멸실 우려 때문에 일반에게 공개되지 않고 있음에도 불구하고 필자에게 호의를 베풀어주신 여러분께 이 자리를 빌려 감사의 뜻을 전한다.

轉譯而來, 然竊謂於原意不走一絲, 可自信也.[22]

그렇다면, 1908년 11월에 번역된 이해조의 『철세계』는 일본어 번역본과 중국어 번역본 중 무엇을 대본으로 삼았는가 하는 문제가 생긴다. 결론부터 말하자면, 이해조는 포천소에 의해 중역된 중국어 번역본을 번역 대본으로 삼은 것으로 보인다. 일본어 번역본과 중국어 번역본, 그리고 한국어 번역본의 목차를 비교해보면 이 사실은 보다 분명해진다.

표 3

| (김석희 역, 열림원, 2005) | 일본어 번역본 (모리다 시겐 역, 1887) | 중국어 번역본 (포천소 역, 1903) | 한국어 번역본 (이해조 역, 1908) |
|---|---|---|---|
| 씨의 등장 | 1. 天來の一億五百萬円 | 제1장. 外飛來之一億五百萬圓 | 제1장. 하늘로셔 날어온 일억 오빅만원 |
| 구 | | | |
| 기사 | 2. 馬克 貌剌萬(マクスブラックマン) 3. "余は決して一たひ定めたる時を変ぜる, 余は決して一たひ命めたる詞を変ぜる" | 제2장. 理想之長壽村 제3장. 日耳曼森林中躍出之怪物 | 제2장. 장슈촌(長壽村) 리샹(理想) 제3장. 일이만 삼림 중의셔 괴물 하나이 쮜여나온다. |
| 이 나누기 | 4. 薩遜人種 羅甸人種(サクソン人種 テテン人種) | 제4장. 撒遜人種與羅甸人種 | 제4장. 살손인죵과 라젼인죵 |
| 도시 | 5. 鍊鐵村 | 제5장. 嗚呼鐵血主義之鍊鐵村 | 제5장. 쇠에 피홀쥬의(鐵血主義)로 런철촌(쇠 다로는 촌)을 건설홈이라 |
| 레히트 갱 | 6. 炭酸瓦斯の淵 | 제6장. 炭酸瓦斯之淵 | 제6장. 탄산 와스의 바다 |
| 구획 | 7. 中央區 | 제7장. 中央區 | 제7장. 중앙구 |
| 동굴 | 8. "最早汝は此世に於て他신に爲すへき事あらず唯大尋常に死に就くの一事あるのみ" | 제8장. 知我秘事者死忍毗之律令也 | 제8장. 비밀스를알면 죽이는 인비의 률령이라 |

22) 包天笑, 「譯餘贅言」, 『鐵世界』, 文明書局, 1903.

한국과 중국, 그리고 일본에서 번역 출간된 세 작품의 목차를 비교해 보면, 일본어 번역본과 중국어 번역본 사이에는 적지 않은 차이가 있음에 비해, 중국어 번역본과 한국어 번역본 사이에는 차이를 거의 발견할 수 없다. 제9장과 같이 약간의 첨삭이 없는 것은 아니지만, 의미상의 변화는 거의 찾아볼 수 없다. 따라서 쥘 베른의 『인도 왕녀의 5억 프랑』(1879)은 The Begum's Fortune(1880, 영어) → 『佛曼二學士の譚』/『鐵世界』(1887, 일본어) → 『科學小說 鐵世界』(1903, 중국어) → 『鐵世界』(1908, 한국어)로 번역되었던 셈이다.

그런데, 쥘 베른의 많은 과학소설 중에서 이 작품이 차지하는 위치가 그리 높지 않음에도 불구하고, 한국과 중국, 일본에서 모두 번역된 까닭은 무엇일까? 앞서 살펴본 바와 같이 이 무렵에 쥘 베른의 소설에 관심을 갖게 된 가장 큰 원인은 근대적 과학지식을 독자들에게 알려준다는 계몽의식이었다. 중국어 번역본의 「譯餘贅言」에서 번역자가 "科學小說者文明世界之先導也. 世有不喜科學書而未由不喜科學小說者則其

輸入文明思想最爲敏捷"이라고 말한 것은 과학소설이 지니는 흥미의 요소를 통해서 서구의 문명사상을 받아들이려는 의식의 표현인 것이다.[23] 당시 『황성신문』에 실려 있는 광고에서도 이러한 수용 태도를 짐작할 수 있다.

本 小說은 化學家의 搆設宏傑과 經營慘憺이며, 慈善家의 博愛事業과 衛生制度를 ——模寫ㅎ야 令人으로 可警可懼며 可喜可悅이오니 科學 從事에 最要홀 不○라 新知識啓發에 有力훈 者니 愛讀 諸君子는 速速 購覽ㅎ시오.

그런데, 『철세계』의 수용을 근대적 과학지식의 수용이라는 계몽적 맥락만으로 한정 짓기에는 부족한 면이 있다. 쥘 베른의 원작은 5억 프랑에 달하는 인도 왕비의 유산이 "평화와 행복에 대한 인간의 꿈을 구현한 빛의 공동체" 프랑스빌과 "권력과 정복에 대한 인간의 꿈을 구현한 강철도시" 슈탈슈타트의 건설에 사용되면서 나타난 갈등 양상을 담고 있다.[24] 이러한 프랑스빌 / 슈탈슈타트, 사라쟁 / 슐체의 이분법적

---

23) 개화기에 한국의 지식인들에게 큰 영향을 미쳤던 양계초 역시 「月世界 旅行 評論」(『魯迅全集』 10, 人民大學 出版社, 1996, 152면)에서 과학소설의 중요성에 대해 언급하고 있다. "중국의 소설은 애정을 서술하고[言情], 이야기를 기술하며[談高], 시대를 풍자하며[刺時], 괴이한 것을 기록하는[志怪] 것과 같은 것들인데, 유독 과학소설은 아주 드물어 기린의 뿔과 같다. 지식이 황무하고 빈약한데, 이것은 실제로 한 측면일 뿐이다. 그러므로 만약 오늘날 번역계의 결핍된 점을 보충하며, 중국 사람들을 모두 발전하게 하려면, 반드시 과학소설부터 시작해야 한다." "그러므로 과학적 원리를 습득하고 장중한 것을 배제하여 해학스럽게 만들며, 독자의 눈길을 끌어 이해하게 만들며, 어렵지 않게 사색하게 한다면, 반드시 부지불식간에 어느 정도의 지식을 얻게 되고, 유전된 미신을 깨뜨리게 되며, 사상을 개량하고 문명을 보조한다면, 이 같은 것들이 힘을 얻을 수 있을 것이다." 이러한 맥락에서 보자면, 양계초의 사상에 깊이 영향을 받고 있던 이해조의 경우, 「小說新民論」의 영향을 받아 과학소설의 번역에 관심을 가졌음은 어렵지 않게 추측해 볼 수 있을 것이다.

대립은 프랑스와 프로이센 사이의 역사적 대립을 함축하고 있다. 쥘 베른이『인도 왕비의 5억 프랑』을 발표한 것은 보불전쟁(1870~1871)에서 프랑스가 패배한 직후였다. 프랑스 혁명 직후 프로이센은 프랑스의 식민지와 같은 상태였는데 내셔널리즘이 고양되면서 프로이센의 재상이 된 비스마르크(1815~1899)는 통일독일제국을 건설하기 위해 애쓴다. 프랑스 황제 나폴레옹 3세가 이를 반대하자 프로이센과 프랑스 사이에 전쟁이 발발하게 된다. 결국 프랑스는 전쟁에서 패배하여 막대한 전쟁배상금과 함께 알자스 · 로렌 지방을 넘겨주게 된다. 이 과정에서 프랑스에서도 내셔널리즘이 나타나 알퐁스 도데의「마지막 수업」과 같은 작품이 발표된다. 쥘 베른의 소설『인도 왕녀의 5억 프랑』은 보불전쟁 직후 프랑스에서 민족주의적 의식이 나타난 것과 무관하지 않다. 이러한 독일과 프랑스 사이의 민족 대립은 모리다 시겐에 의해서 이미 언급되고 있다.

> 此著蓋シ普仏ノ戰ノ後ニ成リ. 其意大ニ仏國人ノ心ヲ快ニスル在リ. 其曼國人(ゼルマン, 卽チドイツ)ノ刻薄嚴冷ノ風ヲ模スルニ至テ〻殊ニ怨毒ノ深キヲ見ル云云.

이에 따라 모리다 시겐의 일본어 번역본에서는 프랑스와 프로이센 사이의 민족적 대립을 단순화해 프랑스인 좌선을 인류의 평화롭고 건강한 삶을 추구하는 인물로, 독일인 인비를 인류의 파멸을 집요하게

---

24) 김석희,「해설」,『인도 왕비의 유산』, 열림원, 2005, 274~275면.

기도하는 인물로 그려낸다. 일본어 번역본의 줄거리를 살펴보자. 좌선 (사라젱)은 프랑스 파리의 의학사로서 위생회의에 참석하여 인간의 장수에 관한 논문을 발표한다. 이 사실이 신문에 발표되자 영국인 변호사 가본(샤프)이 그를 방문하여 엄청난 액수의 유산을 받게 되었음을 통보한다. 이 사실을 알게 된 독일인 화학자 인비(슐체) 역시 유산 상속권을 주장하게 된다. 결국 유산을 반씩 나누어 갖게 된 두 사람은 미국으로 건너가 각기 다른 목적에 유산을 사용한다. 좌선은 장수촌을 건설하는 데 비하여 인비는 거대한 철공장을 만들어 신무기를 대량 생산해서 인류를 정복하고자 연철촌을 건설했던 것이다. 그런데 인비의 음모는 마극(마르셀)에 의하여 저지된다. 인비가 완성한 대포가 거리 측정을 잘못해 포격에 실패하고 인비 자신도 파멸에 이르게 되었던 것이다.

모리다 시겐의 일본어 번역본은 원작에서 풍부하게 드러나는 개인적 관계들을 제거하거나 단순화한다. 원작에서는 마극이 좌선의 딸과 사랑을 이루는 것으로 그려져 있으나 일본어 번역본에서는 이 부분에 해당하는 2장, 19장, 20장이 생략되어 있으며, 좌선의 가족들, 즉 부인, 아들 옥따브(Octave), 딸 잔느(Jeanne)도 등장하지 않는다. 이 때문에 옥따브의 친구인 마극(마르셀 부루끄망, Marcel Brukmann)이 박사의 조카로 개작된다. 옥따브가 등장하는 16장·17장·18장은 축소되고, 마극과 잔느의 약혼과 결혼을 그린 19장·20장 역시 완전히 삭제된다. 이리하여 총 20장으로 구성된 원작이 일본어 번역본에서는 15장으로 재편된다.[25]

이처럼 모리다 시겐은 『인도 왕비의 5억 프랑』을 번역하면서 『佛國

---

25) 최원식, 「이해조 문학 연구」, 『한국근대소설사론』, 창작사, 1986, 42면.

二學士の譚』이라는 제목으로 프랑스와 독일 사이의 민족적 대립에 초점을 맞추고 있다. 보불전쟁에서의 패배에 의한 정신적 상처를 문학적으로 극복하고, 긍정적인 국가적 정체성을 확보하려는 쥘 베른의 작가적 의도를 살리되, 과학소설에서 흔히 나타나는 자아와 타자, 선과 악의 이분법을 일본적 맥락에서 이해하고 있었던 것이다. 서세동점의 위기 상황 속에 놓여 있던 일본 국민들에게 군사적 힘을 바탕으로 일본을 위협하는 서구 세력을 연철촌과 동일시하고, 이에 맞서 민족적 정체성을 유지해야 할 일본을 장수촌과 연관 짓도록 구성하고 있는 것이다.[26]

그렇다면, 이러한 일본적 수용과정은 중국과 한국의 경우와 어떻게 다를까? 중국어 번역본에서도 모리다 시겐의 일본어 번역본과 마찬가지로 프로이센과 프랑스 사이의 민족적 대립이 언급되고 있는 것은 사실이다.

一. 是著之成 在德法戰爭以後 其意欲大快法人之心 而書中描寫日耳曼人刻薄嚴冷之風 不遺餘力 怨毒之於人亦甚矣哉 雖然 我思之 我重思之 我刲之不痛○之不覺之支那人 以效 虎倀孤媚於彼族者 何心耶 擲筆三歎 能無凡瀾不已.

하지만, 일본이 '인비'를 서구 제국주의의 표상으로 의미화했던 것과는 달리 중국과 조선의 경우 일본을 포함한 제국주의 세력으로 의미화했던 것으로 여겨진다. 실제로 1884년 청일전쟁의 승리를 계기로 일

---

26) 杉本淑彦, 『文明の帝國』, 山川出版社, 1995, 32~33면(윤상인, 앞의 글, 279면에서 재인용).

본은 본격적인 제국적 확장의 길로 접어들게 된다. 자유민권운동이 좌절하고, 그 대신 형식적이나마 헌법, 의회 등과 같은 근대적 제도가 정착되면서 국권 신장의 이데올로기가 제국주의화되고 있었던 것이다. 이러한 변화를 보여주는 것이 바로 프로이센의 철혈재상이었던 비스마르크에 대한 새로운 관심이다. 1890년대에 접어들면서 일본에서는 비스마르크의 전기 및 정책을 중심으로 근대 유럽의 형세를 자세히 설명한 정치소설『鐵血政略』(渡辺 治 편, 전 4권, 1897)과『日耳曼政略史』(마코레, 越川文之助 역, 1896),『ビスマルック』(笹川 潔, 博文館, 1889) 등이 발행되면서 비스마르크에 대한 관심이 점증되었다. 이것은 일본이 더 이상 서구의 시선 앞에 놓인 나약한 국가가 아니라, 동양을 대표하는 존재로서 새롭게 자리매김되었음을 보여준다. 부국강병의 근대화 노선에 의해 신흥국가 건설이 가시화된 이후 일본은 서구에 대한 열등감을 동양에 대한 모험으로 극복하려는 제국주의의 길에 접어들게 되었던 것이다.[27] 이에 따라 과학소설에서 흔히 나타나는 문명과 야만의 이분법은 제국주의 이데올로기를 정당화하는 국가주의적 색채로 채색되기에 이른다. 야노 류케이[矢野龍溪]의「浮城物語」(1890)이나 오시카와 슌로[押川春浪]의『新造軍艦』(1897)이나「海底軍艦」(1900)과 같은 과학소설은 그러한 변화를 잘 보여준다.

그런데, 일본이 제국주의의 길로 접어들고 있던 그 무렵, 중국과 조선은 식민화의 위협에 처해 있었다. 그래서 중국어 번역본과 한국어 번역본에서는 '연철촌'이 비스마르크를 직접적으로 연상시키는 '철혈주

---

27) 위의 글, 267면.

의'로 번역된다. 비스마르크는 한편으로 국가 권력에 의한 강력한 산업화의 상징이기도 했지만, 다른 한편으로 타자에 대한 무력 사용이라는 제국주의적 이미지를 갖게 되었던 것이다.[28] 다음 구절을 살펴보자.

라젼인죵(법국으로서 이태리, 서반아 비러시 등 국에 퍼진 인죵이라)은 점점 쇠하여 가고 살손인죵(일이만으로서 서젼, 라위, 영국 등디에 퍼진 인죵이라)은 점점 셩하여 가니, 셩쇠지리는 턴디의 대법이요 공심이어늘, 이제 좌선이 라젼인죵을 위하여 턴디의 대법공심을 억의고 쇠하여 가는 인죵을 쟝슈하랴 하니 졔 어찌 죠물의 본의가 라젼인죵을 쟝슈케 할넌지 알며 또 어찌 죠물의 본의가 살손인죵을 변셩케하여 라젼인죵이 그림자도 업시 젼 셰계가 살손인죵이 되게 할는지 알엇시리오. 져의 법국서 자랑하는 바 녜일등 인물 라파륜의 슉딜이 하나는 영국에 줍혀가고 하나는 우리 덕국에 갓치여 살손인죵의 노예가 되엿고 아라사가 셰계 강국이라 하여도 가슬극 인죵이 오히려 츤 어름 속에 어러죽게 되엿시니(**이 글을 슈십 년 젼에 지은 고로 이쌔 아라사 형편이 그러하홈이라**) 이제 바다에는 영국이요 륙지에 는 우리 덕국이 셰계에 픠권을 줍은지라. 이럼으로 우리 살손인죵은 밍셰코 라젼인죵에게 양두하지 안을지라. 져 좌선이 만일 살손인죵 갓트량이면 내 져와 이닥지 닷투지 안니하겟시되 져는 법국사람어늘 그 재물로 쟝슈촌을 건셜하여 라젼인죵을 번셩하게 하랴 하니 우리 일이만 인죵에 날 갓튼쟈ㅣ 어찌 가만이 안져보리오. 다힝이 져와 오쳔만원을 논아 가졋시

28) 1900년 초반, 한국에서도 「비스마룩구淸話」(『조양보』, 1906.7.10~12.10), 「비스마―ㄱ[比斯麥傳]」(박용희, 『태극학보』 5~10, 1906.12.31~1907.5.21)이 연재되었고, 1907년에는 笹川 潔의 「ビスマルック」(博文館, 1889)이 황윤덕(黃潤德)에 의해 역술되어 『比斯麥傳』(보성사, 1907)이라는 이름으로 출판되기도 했다.

나 나는 이 재물로 좌선의 일을 방헌하고 기어히 살손인종 외의는 인류의
쑤리을 쓴엇시면 텬디의 데법공심을 몸 밧는 것이오 오천만원을 잘 쎳다
할지로다.[29] (강조는 인용자)

이 구절은 좌선이 건설하고 있는 장수촌을 왜 멸망시키고자 하는지
궁금해 하는 마극에게 인비가 그 이유를 답하는 대목이다. 사회진화론
의 관점에 따라 인종 혹은 종족의 우월성을 설파하고 있는 인비의 논
리는 다른 민족을 무력으로 정복하려는 침략주의적 속성을 보여준다.
따라서 인비의 몰락은 연철촌이 상징하는 무력에 의한 침략주의가 성
공할 수 없음을 암시하는 것이라고 할 수 있다.[30]

이처럼 『철세계』는 당대의 시대상황 속에서 제국주의의 침략적 속
성에 대한 비판의식을 담고 있다. 따라서 일본 제국주의가 조선을 식
민화하는 과정에서 출판금지되는 아픔을 겪게 된다. 1910년 일본이 한
국을 강점한 이후 이해조 작품 세 권이 금서 조치를 당하거니와, 하나
가 이해조의 작품 중에서 가장 정론적인 색채를 띠고 있는 「자유종(自
由鐘)」이고, 또 다른 하나는 미국의 독립영웅 워싱턴 전기를 번역한
「화성돈전(華城頓傳)」이며, 마지막 하나가 바로 이 『철세계』였다. 따라
서 『철세계』의 금서 조치는 이 작품이 당대에 지니고 있던 정론적 성
격, 곧 반제국주의적 성격을 암시하고 있다. 그 과정에서 비스마르크
의 철혈주의에 대한 동양 삼국의 차이야말로 외국 작품의 수용과정에

---

29) 이해조, 『철세계』, 회동서관, 1908, 17~18면.
30) 유철상, 「번역을 통한 '자미'와 '영향'의 재창조─이해조의 '鐵世界'론」, 『한국개화기소설연
   구』, 태학사, 2000, 226면.

서 나타나는 역사적 맥락의 중요성을 다시 한 번 떠올리게 한다. 번역의 과정 속에서 작품은 각 언어공동체가 처해 있던 시대적 상황에 따라 다른 의미를 획득하고 있었던 것이다.

## 4. 나오며

개화기에 과학소설이 큰 관심을 끌었던 것은 여러 복합적인 이유를 지니고 있었다. 과학소설은 전대의 소설과는 완전히 다른 서사적 참신성을 지니고 있었다. 잘 알려져 있듯이, 세속 세계를 지배하는 초월적 힘을 전제하고 있는 중세적 세계 인식은 세속적 공간과 초월적 공간이라는 소설적 공간의 이원성으로 나타났다. 물론 초월적 세계 질서의 영향력이 점차 감소해 가고 있는 것은 사실이지만, 영웅소설뿐만 아니라, 판소리계 소설에서도 지속적으로 영향력을 행사하고 있었다. 그런데, 개항과 함께 초월적 공간은 설 자리를 잃게 된다. 세계는 이제 지도라는 매체를 통해서 동일한 평면 위에 좌표상의 의미만을 지님으로써 초월성을 상실하고 구체적이고 현실적인 지리 위에 재구성된다. 과학소설은 이러한 초월적 공간 대신에 구체적이고 현실적인 공간 속에서 서사를 진행시키고 있거니와, 이러한 근대적 공간 인식은 과학 문명 예찬이라는 시대정신과 결합하면서 개화기 지식인들의 관심을 끌게 되었던 것이다.

하지만, 과학소설을 수용한 가장 큰 동기는 근대 과학 지식에 대한 호기심을 높이려는 작가의 계몽적 의도에서 찾을 수 있다. 서구의 제국주의 열강이 위세를 떨치고 있던 19세기 말의 국제 정세는 한·중·일 삼국의 지식인들에게 국가적 독립의 길을 모색해야 한다는 시대적 과업을 부여한다. 이를 위해 동양 삼국의 지식인들은 서구 문명의 원동력을 이루고 있는 학문적·기술적 지식을 수용하고자 노력했고, 과학소설은 이러한 현실적·계몽적 목적을 위해서 선택된 수단이었다. 이 과정에서 과학소설 특유의 도덕적 이분법은 현실 상황에 따라 다양한 의미로 변주될 수 있었다. 동양 삼국에서 『철세계』가 수용되는 과정은 바로 그것을 잘 보여준다. 특히 한국에서 『철세계』는 제국주의 비판과 분리될 수 없었거니와, 이러한 정치적 의미는 일본 제국주의의 한국 강점 과정에서 출판금지라는 억압으로 구체화된다. 이것은 과학 문명의 수용이라는 외피 아래 제국주의를 비판하던 정치의식이 더 이상 용인될 수 없는 상황에 놓이게 되었음을 보여준다. 1910년대에 접어들면서 프랑스 작가들 중에서 빅토르 위고(Victor-Marie Hugo, 1802~1885)에 대한 관심이 높아진 것은 이것을 반증한다.[31]

1912년 2월 5일에는 동양서원에서 『십오소호걸』이라는 제목으로

---

31) 최남선은 1910년 7월호 『소년』에 『레미제라블(Les Misérables)』의 한 장인 「ABC계」를 번역하였고, 1914년에는 『청춘』에 「너 참 불쌍타」라는 제목으로 연재하기도 한다. 이어 1918년에 우보 민태원에 의해 「애사(哀史)」라는 제목으로 번안되어 『매일신보』에 152회에 걸쳐 연재되었다. 1920년대 접어들어서도 『레미제라블』에 대한 관심은 사그라지지 않았다. 1920년에는 「무대극연구회」가 「희(噫) 무정(無情)」이라는 제목으로 공연하였으며, 1923년에는 민중극단이 윤백남의 각색으로 공연하였다. 또한 1922년에는 홍난파가 『애사』라는 제목으로 변개역하여 박문서관에서 출판하였는데, 대중들의 큰 사랑을 받게 되자 한문을 해독할 수 없는 부녀자들을 위한 순한글판 『쟌빨쟌의 설음』을 이듬해에 다시 출판하기도 하였다. 1926년에는 「희(噫) 무정(無情)」(금철 역)이라는 제목으로 『조선일보』에 다시 연재되기도 한다.

『15소년 표류기(*Deux ans de vacances*)』가 번역된 바 있다. 번역자로 이름이 올라 있는 민준호는 출판사 동양서원의 주인이었기 때문에 그 자신이 실제 이 작품을 번역했는지에 대해서는 분명하지 않다. 방각본 고소설을 출판하다가 점차 연활자를 도입한 신식기계로 새로운 출판물을 보급하기 시작하던 당시의 혼란스러운 출판 상황 속에서 집필자(번역자)와 교열자, 발행자의 역할은 엄격하게 구분되지 않았던 것이 사실이다. 예컨대 동양서원에서 발간되었던 김교제의 작품에서 발행인 민준호의 이름이 발견된다는 점을 염두에 둔다면,『십오소호걸』이 이해조의 번역일 가능성도 배제할 수 없다. 이런 사실에도 불구하고 잊지 말아야 할 것은 쥘 베른의 소설이 더 이상 정론적 성격을 지닐 수 없었다는 사실이다. 대중을 향한 계몽의 역할을 포기한 대신 대중의 감성에 호소하는 하위장르로 새롭게 자리 잡게 되었던 것이다.*

---

* 이 논문은 2008년『한국문학논총』49집에 게재된 논문을 재수록한 것임.

# 김동인 문학과 히스테리, 성적 상상

이수형

## 1. 변태성욕의 시대

1923년 무렵부터 '성학(性學)'이라는 이름을 내세운 '빨간 책'이 조선에 수입되기 시작한다.[1] 일본에서는 이미 1913년에 크라프트 에빙의 『성적 정신이상(Psychopathia Sexualis)』이 '변태성욕심리'라는 제목으로 번역된 이래 성과학 열풍이 불었고, 잇달아 엘리스와 프로이트 등의 저작이 번역·소개되었으며 일본정신의학회에서는 월간 기관지 『변태심리』를 간행하기도 했다.[2] 통상적으로 인정되는 성에 대한 억압 가설에 의문을 제기한 푸코에 의하면, 17세기에 성에 관한 담론의 폭발

---

1) 권보드래, 『연애의 시대』, 현실문화연구, 2003, 165면.
2) 하타노 세츠코, 최주한 역, 『일본 유학생 작가 연구』, 소명출판, 2011, 508면.

이 있었고 19세기에는 의학과 정신의학을 통해 성의 잡다한 형태가 강화되며 다양한 성적 도착 곧 변태성욕의 유형학이 확립된 바 있다.[3] 20세기 초, 일본 그리고 조선 역시 유럽에서 형성된 이러한 성과학 담론의 영향권에 포섭된 것이다.[4]

그런데 이러한 서적들이 단지 '난음방종(亂淫放縱)의 향락'을 향한 선정적이고 관음증적인 기대에 부응하는 '빨간 책'인 것만은 아니었다. "아해 바라는 사람도, 아니 바라는 사람도 보라"라는 표제로 시작하는 『남녀 생식기 도해』의 광고는 임신과 관련된 성교 및 피임법은 물론 성병 예방법과 자가 치료법까지 망라한 성 지침서로서의 성격을 강조하고 있거니와,[5] 이런 점에서 성과학 열풍은 단지 저급한 문화상품을 낳은 데 그치지 않고 당시 조선에 신체 및 성에 대한 근대적 관심을 확산시키는 데 기여하기도 했다.[6]

신성한 혈통(피)의 권위를 과시하던 귀족들과 달리 부르주아들은 생식의 문제 자체에 보다 집중했으며 따라서 성은 인구와 인체를 조절하고 규율하는 권력(인체의 해부정치와 인구의 생체정치)의 중심 표적으로 상정되었다. 그 결과 "마치 성이 중대한 비밀을 내포한다고 의심하기라도 한 듯이, 마치 이러한 진실의 산출을 필요로 하기라도 한 듯이, 마치 성을 쾌락

---

3) 미셸 푸코, 이규현 역, 『성의 역사』 1, 나남출판, 2004, 2장.
4) "이각종 씨(사회연구소장) 근대사회의 변태심리의 조사 연구키 위하여 왕복 일주간 예정으로 개성, 황주, 평양 등지에 향하야' 출발했다거나,(『동아일보』, 1920.9.16) "변태심리사에서는 위인이나 광인 또는 무서운 범죄를 짓는 자의 특수한 심리상태와 및 요사이 흔히 걸리는 신경쇠약에 대한 연구재료를 수집하여 『변태심리』라는 잡지를 간행하기로 되어 수일 내 시내에서 발행되리라"는 신문 기사는 조선의 성과학 열풍과 관련된 해프닝을 직간접적으로 보여준다. 『동아일보』, 1927.4.25.
5) 『조선일보』, 1925.6.1.
6) 천정환, 『근대의 책읽기』, 푸른역사, 2003, 199면.

의 구조뿐만 아니라 앎의 정연한 체제에 편입시키는 것이 꼭 필요한 일인 듯이, 성에 관해 많은 말을 했고 각자에게 성에 관해 말하라고 강요했을 뿐만 아니라 성의 규제된 진실을 명백하게 표명"하는 담론들이 폭증했던 것이다.[7] 이와 같은 맥락에서 조선에서도 "영어의 섹솔라지(Sexology)에 상당한 것인데 독일어로 섹쥬알위첸샤프트(Sexuallwischenschaft)라 하여 종래 의학의 일부로 연구하던 것을 분리하여 일과 독립의 전문학"으로 성립한 '성욕학'의 도입과 함께 "성욕을 더럽게 여김과 절대로 무식하게 만들려 함과 무익한 비밀주의"로 일관해 온 이전 시대와 달리 성욕의 본성을 정성스럽게 연구하고 이를 이성의 통제에 의해 바른 길로 인도하는 성교육의 중요성이 강조되었다.[8] 이제 성은 과학적 차원에서 자기 보존과 종족 보존에 필수적인 요소로 간주되기 시작한다.[9]

이처럼 근대적 의미에서 성은 은밀한 쾌락의 만족을 위한 '빨간 책'과 관련된 것인 동시에 의학 및 위생학 등에 힘입은 권위 있는 과학 담론의 영역에 속하는 것이기도 했다.[10] 물론 이 두 측면이 간단히 구분되는 것은 아니다. 『성적 정신이상』에 보고된 선정적인 사례들이 원래 의도된 학술적 목적과는 다른 차원의 흥미를 자극할 것을 염려한 크라프트 에빙이 노골적인 장면을 모호하게 은폐하기 위해 점점 더 많은 라틴어 문장을 필요로 했다는 예화가 보여주듯,[11] 어떤 의미에서 성

7) 미셸 푸코, 앞의 책, 91~92 · 162~167면.
8) 김윤경, 「성교육의 주창」, 『동광』 11호, 1927, 27면.
9) 『현대의학대사전―정신병과학 · 법의학 · 의사학 · 의사법제학 편』, 춘추사, 1929, 68면.
10) 천정환 역시 같은 맥락에서 1920년대의 성적 욕망의 급증과 이에 따른 성위생 담론의 강화를 함께 지적하고 있다. 천정환, 「관음증과 재현의 윤리」, 『사회와 역사』 81호, 2009, 45면.
11) 레나테 하우저, 「성행동에 대한 크라프트 에빙의 심리학적 이해」, 로이 포터 · 미쿨라시 테이흐 편, 이현정 · 우종민 역, 『섹슈얼리티와 과학의 대화』, 한울, 2001, 264면.

과학 나아가 권력은 사람들이 성에 대해 더 많은 관심을 갖도록 제도적으로 부추긴다.[12] 그 결과 성이 중요해지고 비밀스러워지는 만큼 사람들은 그것을 더욱더 갈망하게 된다.[13]

그런데 근대적 성과 관련하여 이와 같은 두 측면 외에 또 다른 측면을 생각해 볼 수 있다. 이때 성 담론의 생산과 유통에 있어 의학뿐 아니라 문학 역시 중요한 역할을 했다는 사실에 주목할 수 있다. 크라프트에빙은 고대 그리스에서 당대에 이르는 많은 문학작품을 참고했을 뿐아니라 그 자체로 소설처럼 읽히는, 익명의 정보원으로부터 받은 편지에서 많은 영감을 얻은 바 있으며, 이는 프로이트의 경우도 마찬가지이다. 여기서 "유전에 의한 전달과 한 개인의 기질에 영향을 주는 성 능력에 대해 혼란스러워 했을 뿐 아니라 인간의 성도덕에 관해서도 고민"하면서 "당시 유럽의 성 의식을 지배한 환상과 느낌의 대부분을 재현"했던 에밀 졸라의 소설은 특히 주목할 만하다.[14]

이러한 사정은 자연주의의 영향을 강하게 받은 일본 역시 크게 다르지 않은데, 모리 오가이의 「위타 섹수알리스」의 서두에서 주인공 가나이는 졸라의 소설의 읽으면서 다음과 같은 의문을 품는다. "가나이는 자연주의 소설을 읽을 때마다 작중 인물의 어떤 행동이나 사건에 매번 성적 관념을 연결시키는 것, 또 그 부분을 두고 평론가들이 인간 삶의 모습을 잘 묘사했다고 인정하는 것을 보며, 인생은 과연 그런 것일까, 라는 생각을 하게 되었다. 그와 동시에, 어쩌면 자기가 보통 사람의 심

---

12) 미셸 푸코, 앞의 책, 38면.
13) 피터 브룩스, 이봉지·한애경 역, 『육체와 예술』, 문학과지성사, 2000, 48면.
14) 스티븐 컨, 이성동 역, 『육체의 문화사』, 의암출판, 1996, 116면.

리 상태에서 벗어나 있어서 성욕에 냉담한 것은 아닌지, 특히 불감증이라고 할 수 있는 이상한 성벽을 가지고 태어난 것은 아닐까, 라는 생각을 했다."[15]

　유럽의 정신의학 동향에 익숙하고 독일에서 배송된 성교육 관련 보고서를 구독할 뿐 아니라 "성자로 추앙받는 수녀 중에는 실제로 성욕을 도착적 방향으로 발현한 것에 불과한 이가 얼마든지 있"을 것이고 "헌신이다 뭐다 하는 행위를 한 사람들 중에는 사디스트도 있으며 마조히스트도 있"을 수 있다고 추론할 정도로 도착적 심리에 대한 추론 능력을 소유한 주인공이 "세상 사람이 모두 색정광이 되어버리고 자기만 인간의 무리에서 떨어져 나온 게 아닌지"와 같이 지나치게 소박한 걱정을 한다는 것은 다소 어울리지 않는다. 아마도 작가는 여탕을 훔쳐보는 버릇이 있던 '뻐드렁니 가메'라는 별명의 한 남자가 여자를 뒤따라가 폭행·살해했던 사건이 널리 알려져 자연주의를 '뻐드렁니 가메주의'라고 부르던 당시 일본의 피상적 분위기를 조롱하려 했던 것으로 보인다. 모든 인생사가 성욕의 발현인 것인가? 주인공 가나이는 천재와 정신병자는 그 뿌리가 같다거나 시인과 철학자는 모조리 정신병자라고 주장하는 롬브로소와 뫼비우스의 정신병리학 이론을 살펴보기도 하고 변태성욕을 다룬 재판 기록과 의사의 자료를 참고하기도 하고 루소나 카사노바의 회고록을 읽어보기도 하지만, 만족스러운 답을 얻지 못하고 마침내 스스로 '내 성욕의 역사(vita sexualis)'를 기록하기로 결심한다.

　여기서 그의 관심이 겨냥하는 것은 '뻐드렁니 가메주의'라는 속칭으

---

15) 모리 오가이, 김영식 역, 「성적 인생」, 『기러기』, 문예출판사, 2012, 201면.

로 대표되는 선정적 측면도 아니고 법의학으로 대표되는 권력적 측면도 아니다. "하얀 종이에 까맣게 써나가다 보면 나를 알게 될 것이다"라는 것이 자신의 성욕에 대한 글쓰기를 시작하려는 「위타 섹수알리스」의 출사표라 할 수 있다. 근대의 성 담론이 인체와 인구를 규율하고 조절하기 위한 해부정치나 생체정치에 봉사해 왔던 것은 틀림없지만, 기든스가 비판한 대로 이는 어쩌면 절반의 진실에 불과한 것일 수도 있다.[16] 성은 행정 권력의 초점이 되었을 뿐 아니라 동시에 개인의 주관적인 정체성의 형성과 밀접하게 관련된 요소였기 때문이다.[17] 애초에 법의학적 (권력적) 동기에서 출발한 크라프트 에빙의 성과학이 "개인의 내적인 주관적 경험에 초점을 맞추었기 때문에 과학적인 논의 전체가 병리학적 활용에서 심리학적 프로젝트로 옮겨갔다"는 지적에서 보이듯, 성에 대한 담론은 개인의 내적 심리에 대한 탐구로 그 영역을 확장한다.[18]

## 2. 성적 퇴화와 히스테리

"성욕을 잘 조절"하여 "성욕의 근원인 정액(남자의 정충과 여자의 난자의 액)이 그 본무를 충실히 또 충분히 발휘"하는 것 이외에 성과 관련된 모

---

16) 앤서니 기든스, 배은경·황정미 역, 『현대 사회의 성, 사랑, 에로티시즘』, 새물결, 1995, 71면.
17) 성의학 담론과 '욕망하는 주체의 개인화'의 관계에 대해서는 리타 펠스키, 김영찬·심진경 역, 『근대성과 페미니즘』, 거름, 1998, 7장에서도 강조되고 있다.
18) 레나테 하우저, 앞의 글, 263면.

든 것이 비정상(변태)으로 간주되고[19] 나아가 정신병으로 진단된 배경에는 노르다우에 의해 대중화된 퇴화론(degeneration)이 자리 잡고 있었다. 19세기 중반 등장한 퇴화 개념은 후천적으로 획득된 병이나 악습 등이 몇 세대에 걸쳐 유전되면서 점진적 퇴화의 과정을 거쳐 마침내 백치나 정신박약, 기형 및 생식 불능에 이르게 됨을 경고하고 있거니와,[20] 생식 목적이 아닌 쾌락을 추구하는 성적 일탈은 퇴화의 산물이자 동시에 또 다른 퇴화를 낳는 원인이기도 했다.[21]

특히 세기말 예술을 퇴화의 대표적 증거로 신랄하게 비판해 유명세를 얻은 노르다우의 『퇴화』는 "병리학적 견지로 근대문예를 관찰하고 통쾌하게 매질(罵叱)한" 저서로 소개되었으며, "문사니 미술가니 하는 직함이 붙은 인사로 상식 결핍은 물론이고 병적으로 탈선하는 일이 많은 것은 이태리의 롬브로소의 『천재론』이 아니라도 알 것이고 막스 노르다우의 『변질자(變質者)』의 설명이 없더라도 주지하는 바"라고 그 내용이 요약되어 기사화되기도 했다.[22]

유미주의를 대표하는 작품으로 평가되는 김동인의 「광염 소나타」의 이면에서 이러한 퇴화론의 영향을 감지하는 것은 그리 어렵지 않다. 서두에서 "돌발적 변태심리" 운운하며 "방화, 사체 모욕, 시간, 살인, 온갖 죄"를 다 범한 천재 음악가 백성수에 대한 이야기를 꺼내는 「광염 소나타」는 음악비평가 K와 사회교화자의 대화를 중심으로 전개

---

19) 김윤경, 앞의 글, 29면.
20) 에드워드 쇼터, 최보문 역, 『정신의학의 역사』, 바다출판사, 2009, 163~172면. 퇴화론은 당연히 자연선택과 성선택에 의한 종족 보존과 진화를 주장한 다윈주의의 영향을 강하게 받았다.
21) 조지 모스, 서강여성문학회 역, 『내셔널리즘과 섹슈얼리티』, 소명출판, 2004, 61면.
22) 김억, 「근대문예」, 『개벽』 15호, 1921, 109면; 「예술 질병설」, 『동아일보』, 1925. 4. 19.

된다. 당장 사형에 처해질 범죄를 저지른 백성수를 위해 백방으로 탄원한 끝에 정신병원에 감금하는 것으로 타협을 본 K가 던지는 "때때로 그 뭐랄까 그 흥분 때문에 눈이 아득하여져서 무서운 죄를 범하고 그 죄를 범한 다음에는 훌륭한 예술을 하나씩 산출합니다. 그런데 이런 경우에 우리는 그 죄를 밉게 보아야 합니까 혹은 그 죄 때문에 생겨난 예술을 보아서 죄를 용서하여야 합니까?"라는 질문을 통해 「광염 소나타」가 예술지상주의나 유미주의, 데카당스, 악마주의 등의 예술관을 문제 삼고 있다는 점은 분명하다.[23] 그런데 이러한 백성수의 행적과 관련하여 감옥이냐 정신병원이냐, 곧 처벌이냐 치료냐의 문제에 얽힌 법의학적 논의는 차치하더라도,[24] 천재 예술가냐 정신병자냐라는 극단적인 이분법이 제시된 데에는 노르다우의 퇴화론의 영향이 크게 작용한 것으로 볼 수 있다.

「광염 소나타」에는 예술가의 병적 일탈뿐 아니라 유전적 퇴화 과정이 언급되기도 한다. 백성수의 아버지 역시 타고난 음악가의 재능을 지녔지만, 자신의 천분의 근원이기도 했던 "광포스런 야성" 때문에 알코올 중독 상태에서 폭행을 일삼으며 경찰서를 드나들다가 마침내 폐인이 되어 유복자를 남긴 채 심장마비로 숨을 거둔다. 세상에 알려지지 않은 그의 부친에 비해 백성수는 천재 작곡자로 이름을 얻었지만, 그만큼 더 많은 일탈을 자행했고 급기야 사형에 처해질 위기를 맞는다. 노르다우의 관점에 의하면, 아버지에 비해 예술적으로 더 진화한

---

23) 김춘미, 『김동인 연구』, 고대민족문화연구소 출판부, 1985, 4장; 이철호, 「악마를 위한 변론 −1920년대 예술가 소설과 낭만적 주체성」, 『사이 / 間 / SAI』 3호, 2007.

24) Athena Vrettos, *Somatic Fictions : Imagining Illness in Victorian Culture*, Stanford Univ. Press, 1995, p.56.

백성수는 병리적으로는 더 퇴화한 것이다.[25]

한편, 퇴화라는 병리적 상태는 히스테리와 쉽게 결합하는 것으로 알려진다.[26] 도덕적 타락, 허약함, 불임성 등을 낳는 퇴화가 히스테리나 신경쇠약과 결합한다는 것은 곧 퇴화 역시 신경성 질병의 일종으로 진단되었음을 의미한다.[27] 퇴화나 히스테리(신경쇠약)는 공통적으로 증기와 전기로 대표되는 근대 문명이 인간의 신경과 뇌를 과도하게 자극하기 때문에 발생한 질병으로 이해되었던 것이다. 이러한 신경학적 관점은 어떤 측면에서는 과학에 미달하는 유사과학처럼 보이기도 하지만, 18~19세기를 통해 인간 본성을 설명하는 새로운 이론들이 신경계를 중심으로 형성되었으며 특히 정신과 신체, 몸과 마음의 관계를 정신신체적(psychosomatic) 차원에서 이해하는 (정신)의학의 확립에 크게 기여한 바 있다.[28]

위의 의료 광고의 일부는 19세기 말 20세기 초, 성적 퇴화와 히스테리 간에 형성된 긴밀한 관계에 대한 대중적 인식의 일단을 보여준다. "남녀 생식기능 쇠약은 비참한 것이다"라는 표제 아래 "성욕 감퇴에 우는 이", "히스테리로 고민하는 부인", "정력 증진을 희망하는 이"를 대상으로 하는 광고(〈그림 1〉)에서는 생식기 쇠약증, 정력 쇠약 등의 성적

---

25) 노르다우에 의해 퇴화의 일례로 혹독한 비판을 받았지만, 에밀 졸라 또한 퇴화론의 신봉자 중 하나였다. 예컨대 『나나』의 한 장면은 주인공의 상태에 대해 "그녀는 4~5대 되는 술꾼 집안의 마지막 후예로서 육체는 조상들의 비참함과 술주정꾼의 피를 이어받은 것이고, 결국 성 본능이 신경증적인 과장으로 나타난 것이다"라고 묘사한다. 스티븐 컨, 앞의 책, 119·155면. 유전에 의한 퇴화의 필연적인 과정은 자연주의문학의 중요한 한 축을 이루는 것으로 알려져 있다.

26) Max Nordau, *Degeneration*, D. Appleton & Company, 1895, p.15.

27) 조지 모스, 「남성성과 데카당스」, 앞의 책, 317~318면.

28) Mark S. Micale, *Hysterical Men : The Hidden History of Male Nervous Illness*, Harvard Univ. Press, 2008, p.22.

그림 1.                                                          그림 2.

퇴화와 히스테리, 신경쇠약증이 동일선상에서 언급되고 있음을 볼 수 있다.[29] 한편 1892년 『내 빈약한 성기(My Poor Dick)』라는 책에 게재된 광고(〈그림 2〉)에서 전기 벨트 형태의 의료 기구가 호전시킬 수 있는 증상으로 거론되는 것은 훨씬 더 많아 무력감, 류머티즘, 신경 소모, 두뇌 혹사, 정력 감퇴, 쇠약, 불면, 소화불량, 부인병, 히스테리, 간 및 신장 질환 등 대부분 신경성으로 진단된 증상을 망라하는바, 이 역시 성적 퇴화와 신경병의 밀접한 관계를 드러내고 있다.[30]

위에서도 언급했듯이, 18~19세기에 널리 유포된 정신신체적 관점에서 성이나 생식과 관련된 퇴화는 몸의 문제일 뿐 아니라 심리적 문제이기도 했다. 단적인 예로 성적 환상에 사로잡힌 환자들을 빈번히 접한 크라프트 에빙에게 "섹스는 몸에서 '영혼'으로 옮겨갔고 더 이상 성기가 아니라 뇌에 위치하는 것"이 되고 있다.[31] 이처럼 성을 둘러싼 몸

---

29) 『조선일보』, 1932.1.28. 여기서 신경쇠약증은 불면, 권태, 냉감증, 신경 민감, 감정 예민 등을 수반하며 발광 또는 히스테리로 발전하는 것으로 설명된다.

30) Laura Salisbury · Andrew Shail, *Neurology and Modernity : A Cultural History of Nervous Systems, 1800~1950*, Palgrave Macmillan, 2010, p.ii.

과 마음의 관계에서 히스테리는 중요한 매개 역할을 수행했다. 예컨대, 의사의 목소리를 빌려 사례를 보고하는 잡지의 기사에 등장한 한 여성 환자는 "아무 까닭도 원인도 없이 심하지 아니한 두통이 나기 시작하고 숙면을 할 수가 없으며 종종 무서운 꿈이 많으며 감정적이 되고 사물에 대한 사고가 쓸데없이 많으며 정도에 넘는 기쁨과 과도한 슬픔이 생겨서 자기 역시 스스로 억제하려 하였으나 어떻게 할 수 없는 이상한 감상을 늘 가지게 되었"고 결국 심계항진과 소화불량 등의 신체적 증상을 나타내게 된다. 이와 같이 감정의 흥분성(excitability)에서 신체 증상으로의 전환(conversion)이라는 형태를 띠는 히스테리의 전형적 사례에 대한 보고서는 "일반 사회에서는 성에 대한 문제나 지식을 등한히 할 뿐만이 아니라 아주 비하시를 하나 인생의 여러 가지 문제 중에 성에 대한 문제 이상 귀중한 것은 없다. 이로 하여 일신의 흥망과 사회의 성쇠를 좌우할 수 있는 것이니 모름지기 우리는 이 성에 대한 문제를 인생 생활의 여러 문제 중에 제일 첫째로 치지 않으면 아니 될 것"이라는 결론으로 이어진다.[32]

일부 여성의 병인 동시에 귀족사회의 병이었던 히스테리가 신경성 질병으로 확대 재규정되고, 영국의 경우 모든 병의 2/3의 원인으로 히스테리가 지목되기 시작한 것은 18세기 말 19세기 초에 이르러서인바, 장애가 광범위하고 원인이 모호한 증상이 모조리 신경성으로 진단됨

---

31) 레나테 하우저, 앞의 글, 268면.
32) 「진찰실에서 본 노처녀와 히스테리」, 『별건곤』 19호, 1929, 63면. 같은 잡지의 다른 기사에서도 "근년에 정신병 환자가 증가하는 것은 일반으로 인정 (…중략…) 하여간 성욕에서 원인이 되는 정신병자가 많은 것이 사실"이라고 단언한다. 정석태, 「성욕의 생리와 심리―남녀 양성의 성욕고」, 『별건곤』 19호, 1929, 66면. 물론 "더욱 부인 중에 심한 것은 주의할 가치가 있다"고 첨언하는 것을 잊지 않는다.

으로써 히스테리 담론은 의학적으로 엄밀해지기보다 오히려 사회적 성격을 띠게 되었다.[33] 곧, 히스테리는 급격한 변화를 거듭해 신경에 과도한 자극을 가하던 당대의 사회적 조건에서 비롯된 '문명화(개화)의 병(disease of civilization)'으로 인식되었던 것이다. 이와 같은 세기말 문명 담론의 주제로서의 히스테리는 과학적으로 엄밀하게 규정된 병이라 기보다는 불안과 스트레스의 문화적 징후에 가까웠으며, 따라서 그 치유책 역시 의학의 이름으로 제안되었지만 실은 도덕적 처방의 성격을 띠었다.[34]

이러한 처방에도 불구하고 과도한 자극으로 인해 신경의 예민성이 증가하는 것은 피할 수 없는 사실이었다. 노르다우에 의하면, 이와 같은 부적절한 과민성이 히스테리의 주요 특징인바 히스테리자는 감정의 급격한 변화 및 과도한 흥분 속에서 자신이 상상한 것을 믿게 되는 암시(suggestion)에 쉽게 빠지며, 자기 암시뿐 아니라 피암시성에도 민감해 가령 소설이나 그림 속의 인물에 스스로를 이입하려는 경향을 드러낸다.[35]

자기 암시 혹은 피암시성이라는 측면과 상상하고 공감하는 능력이라는 측면이 현상적으로는 동전의 양면과 같다는 점을 감안할 때, 신

---

33) Peter Melville Logan, *Nerves and Narratives : A Cultural History of Hysteria in 19th-Century British Prose*, Univ. of California Press, 1997, p.2.

34) Elaine Showalter, *Hystories : Hysterical Epidemics and Modern Culture*, Colombia Univ. Press, 1997, p.9.

35) Max Nordau, *op.cit.,*, pp.25~26. 이처럼 노르다우는 히스테리에서의 자기 암시 혹은 피암시성에 주목해, 통상적인 비판과 달리 히스테리자들이 의식적으로 거짓말을 하는 것이 아니라 암시로 인해 거짓을 진짜라고 믿고 있는 것이라고 강조한다. 이는 노르다우의 히스테리 개념을 언급한 글에서 "인상과 암시의 감애성(感愛性)이 예민한 것"으로 요약되기도 했다. 양주동, 「예술과 인격」, 『동아일보』, 1925.7.19.

경병으로서의 히스테리는 18세기에 예찬되었던 감성의 어두운 이면이라고 할 수 있다. '감성의 세기(century of sensibility)'로 불렸던 18세기 유럽에서는 인간 본성의 핵심 요소로 이성적 능력보다 정념과 감정을 예찬하고 동정, 자비심, 공감, 박애주의 등의 감정을 도덕적 덕목으로 고평했으며, 이에 영향을 받은 18세기 후반 문학에는 감정적이고 다정다감한 인물이 넘쳐 났다. 이러한 문화는 또한 '신경의 문화(nervous culture)'이기도 했는데, 인간 본성에 대한 새로운 이론들이 신경계를 중심으로 형성되었으며 몸 전체를 거쳐 감각 정보를 전달하고 조정하는 중추신경계의 역할에 대한 인식을 통해 감성이 신경계의 고유한 속성으로 받아들여졌기 때문이다.[36]

그러나 잘 교육받고 문명화된 사람일수록 더 정련된 신경 기관과 감각 능력을 소유한다는 생각의 이면에는 감정의 과잉 및 그로 인한 도덕적 타락, 육체적 쇠약 등에 대한 불안이 감춰져 있었다.[37] 이러한 불안은 19세기로 접어들면서 현실화되어 감동의 눈물을 부끄러워하지 않던 '감정이 풍부한 남자(The Man of Feeling)'가 성격적 결함이나 의지박약 등을 드러내는 히스테리자로 재규정되고,[38] 나아가 히스테리가 개인적 문제를 넘어 국민성을 퇴화시키는 일종의 전염병으로 적대시되기에 이른다.[39]

이러한 과정은 이광수 문학의 변화와 많은 부분 조응한다. 정(情)의

---

36) Mark S. Micale, *op.cit.*, pp.22~24.
37) Anne C. Vila, *Enlightenment and Pathology : Sensibility in the Literature and Medicine of Eighteen-Century France*, Johns Hopkins Univ. Press, 1998, p.1.
38) '감정이 풍부한 남자'는 18세기 감성의 시대를 대표했던 베스트셀러의 제목이기도 하다. 유명숙, 『역사로서의 영문학』, 창비, 2009, 147면.
39) Elaine Showalter, *op.cit.*, p.64.

문학을 내세웠던 이광수 초기 단편의 주인공들은 소설을 읽으면서 등
장인물의 고통과 죽음에 공감해 망연자실한 상태에 빠지거나 히스테
릭한 울음을 터뜨리고 불면증과 몽상에 시달리는 등 다소 과도할 정도
로 예민해 보이는 감성을 부끄러워하지 않았고, 『무정』에서는 매사 자
신의 감정에 지나치게 충실하다는 이유로 신우선으로부터 아직 유치
하고 계집애 같다는 비웃음을 사기도 하던 이형식이 끝내 '호활(豪活)
하고 시원한 남자' 신우선을 감동시켜 회심의 눈물을 흘리게 할 수 있
었다.[40] 그러나 「문사와 수양」을 필두로 "도덕적 악성병", "데카당스
의 망국 정조"라는 죄목으로 퇴폐 예술가의 척결을 주장했을 때, 이광
수는 조선의 노르다우를 자임했던 것으로 볼 수 있는바,[41] 이는 「민족
개조론」과 『재생』으로 이어진다.

　이전에는 공감할 수 있는 능력의 원천으로 긍정되던 풍부한 감성이
『재생』에서는 유혹에 빠지기 쉬운 위험 요소로 간주되며, 특히 이로
인한 여성의 성적 타락이 경고되기 시작한다.[42] 『재생』에서 미션스쿨
여학생에서 부잣집 첩으로 전락하는 순영이 에로틱한 그림을 통해 성
적 유혹에 첫발을 내딛는 장면은 그림 속 인물에 자신을 동일시하는
히스테리적 피암시성에 대한 노르다우의 지적을 연상시킨다. "벽에 걸
린 나체의 미인화를 바라보았다. 그는 목욕을 하고 나오다가 불의에
사람을 만난 모양으로 하얀 헝겊으로 배 아래를 가리고 몸을 비꼬고
앉았으나, 자기 육체의 아름다움을 자랑하는 듯이 빙그레 웃음을 띠었

---

40) 이수형, 「1910년대 이광수 문학과 감정의 현상학」, 『상허학보』 36호, 2012.
41) 이광수에게 보이는 노르다우의 영향에 대해서는 이재선, 『이광수 문학의 지적 편력』, 서강
　　대 출판부, 2010, 4장 참조.
42) 김현주, 『이광수와 문화의 기획』, 태학사, 2005, 295면.

다. 순영은 그것이 자기인 것 같았다."[43]

이처럼 몸과 마음, 성과 히스테리 사이에 형성된 긴밀한 관계에 대한 담론은 1920년대 조선에서도 낯설지 않았거니와, 그 도덕적 타락을 예방하기 위해 자기 암시와 피암시성에 민감한 성격을 낳는 감정의 과잉이나 상상의 위험 등이 경고되기에 이른다.[44] 반면에 「문사와 수양」을 통해 이광수로부터 "무서운 도덕적 악성병에 걸려 있"다는 진단을 받은 "우리 문단의 젊은 문사 제씨"는 이광수처럼 감성의 승리를 선언한 적도 없지만 그렇다고 그것을 척결해야 할 병으로 매도하지도 않았다. 젊은 문사 제씨의 대표주자 중 하나인 김동인의 소설에서는 성과 히스테리, 그리고 그와 관련된 성적 상상(환상)이 빈번히 출현한다.


## 3. 성적 상상의 정신병리학


한국문학사에서 성에 대해 김동인만큼 일찍이 그리고 깊이 다룬 작가는 드물 것이다. 그중 「피고」, 「포플러」, 「큰 수수께끼」, 「최 선생」 등에 제시된 서사는 당시 신문 지면에 자주 등장했던 선정적 기사와 크게 다르지 않다. 성범죄 등의 사건을 생생하게 보도하는 신문 기사

---

43) 이광수, 「재생」, 『이광수 전집』 2, 삼중당, 1971, 48면.
44) 이는 "강력한 신경과 명징한 두뇌"를 통해 "환상과 상상력을 엄격하게 통제"하라는 도덕적 처방으로 대변될 수 있다. 조지 모스, 앞의 책, 61~62면.

는 성 담론을 확산시키는 데 크게 기여한 것으로 알려져 있는데,[45] "수일 전의 신문은 우리에게 여인의 가장 기묘한 심리의 일면을 보여주는 사실을 보도하였다", "또 한 가지 이것 역시 신문지가 보도한 여인의 기괴한 심리의 발동"로 시작하는 두 개의 에피소드로 구성된 「큰 수수께끼」는 신문 기사와의 관계를 직접적으로 드러내고 있다.

이러한 서사에서 성(욕)은 성행위를 통해 해소해야 할 생물학적 본능의 일종으로 제시된다. 이와 달리 성행위 자체보다 성적 상상이 더 중요한 서사들이 있다. 전자가 신문 기사나 성과학의 대상이라면 후자는 소설의 몫이라고 할 만하다. 『춘원 연구』를 통해 김동인은 『무정』의 이형식을 "공상의 대가"라고 부르며 "공상! 공상! 왜 작자는 등장하는 모든 인물을 이렇듯 공상 즐기는 사람으로 만들었는지"라고 조롱조로 말한 바 있지만,[46] 실은 자신의 소설에 등장하는 인물들 역시 이에 못지않게 공상을 즐긴다는 사실에 대해서는 둔감하다.

그 공상 가운데 나타난 나는 어떤 때는 우리나라에 제일의 이학자도 되어 보았다. 혹은 세계 제일의 부자도 되어 보았다. 또는 해와 달에 원정도 가 보았다. 그렇지만 그 공상의 대부분에는 나는 미인의 남편이었다. 여학생의 부러움의 푯대였다. 나는 어떤 왕의 사위였다. 여자가 섞여야만 공상의 세계가 자유자재로 전개되었다.

나는 세계에 이름난 연애소설 중에 일어로 번역된 자는 대개 보았다. 그리고 그 소설 가운데 연애에 성공한 자는 나로 치고 성공치 못한 자는 나의

---

45) 스티븐 컨, 앞의 책, 189면.
46) 김동인, 「춘원 연구」, 『김동인 전집』 16, 조선일보사, 1988, 59~60면.

사랑의 원수로 치고 말았다.[47)

「마음이 옅은 者여,」의 주인공 '나(K)'는 아내에 대한 불만으로 가족을 떠나 홀로 교사로 부임하지만 학교에도 정을 붙이지 못한다. 이때 "나의 양식은 여자들을 바라보는 것과 공상 두 가지밖에 없었다." 두 가지라고 했지만 '나'를 지탱해주는 유일한 양식(糧食)은 성적 상상밖에 없다. 머릿속으로 혹은 소설을 읽으며 성적인 상상 속에서 만족을 찾던 '나'는 Y라는 구체적인 대상에 대해서도 성적 상상을 그치지 않아 "저녁을 먹고 불을 켜 놓은 뒤에, 심심하므로 공상으로 Y의 낯을 그려 놓고 그 너무 큰 눈을 좀 작게 하고 삼각형 세워 놓은 듯한 에집트의 스핑크스와 같은 상을 달걀 모양으로 고치고, 그 공상의 상에 손으로 키스를 보내면서 혼자 사랑스러워서 웃"곤 한다.

'나'와 Y의 관계는 단지 상상에 그치지 않고 실제로 현실화되는데 「마음이 옅은 者여,」의 표면적인 서사는 Y의 갑작스러운 결혼으로 인한 '나'의 절망을 중심으로 진행되는 것처럼 보인다. 그러나 좀 더 세밀히 읽을 때, Y와의 관계가 성공적으로 지속되고 있을 때에도 '나'가 그 관계에 만족하지 못했다는 사실을 발견할 수 있다. "성적 만족이 결코 단순히 성행위를 한다는 문제가 아니라 상상과 환상의 문제"라는 점에 주목한다면,[48) '나'의 불만은 현실이 아닌 상상 쪽에서 기인한 것으로 추정할 수 있다.

그 상상은 "Y와 만나기 전엣 그 모든 로만틱한 그리움, 그것은 모두

---

47) 김동인, 「마음이 옅은 자여,」,『김동인 전집』1, 조선일보사, 1988, 66면.
48) 피터 브룩스, 앞의 책, 94면.

어디 갔는가? 우주낙관을 주창하는 그 아리따운 기생의 로만틱한 노래, 여학생들을 볼 때엣 그 로만틱한 그리움, 젊은 부부를 볼 때엣 그 로만틱한 시기, 누리를 둘러볼 때엣 그 로만틱한 슬픔, 내 앞길을 내다볼 때엣 그 로만틱한 근심"에서 보이듯, 이른바 '로만틱한' 상상이다. '나'는 심지어 "Y로 인하여 잃어버린 이 모든 로만틱한 동경"이라고까지 말함으로써 Y와의 현실적 관계가 자신의 상상을 근본적으로 방해하고 있다고 생각하고 있다.

"자기가 육(肉)의 사랑이라도 괜치 않다고 억지로 마음을 먹고 그렇게 믿으려 하였어도 여러 가지 C에게서 얻은 지식으로 자기 뇌민(惱悶)을 억지로 해결은 하였어도 또는 참사랑이 되기를 대단히 원하였어도 그의 사랑이 육적(肉的)이던 것은 그 자기도 아는 바"라는 '나'의 고백을 참고할 때, 성적 상상과 현실적 사랑 사이의 거리는 '참사랑'과 '육의 사랑' 사이의 거리, 다시 말해 정신과 육체 사이의 거리처럼 보이기도 한다. 그런데 '상상 : 현실'과 '정신 : 육체'의 관계가 전혀 연관성을 갖지 않는다고 볼 수는 없지만, 그렇다고 해서 전자를 후자로 환원하는 것은 성급한 판단이다. 이른바 정신적 사랑이 가치의 문제라면 상상적 사랑은 단지 만족의 문제일 뿐이다. 요컨대, '나'는 사랑에 대한 상상, 곧 성적 상상 속에서만 만족을 얻을 수 있으며, 그래서 상상과 현실 사이의 거리를 좁히기 위해 억지로 믿기도 하고 지식으로 해결하려고도 하는 등의 노력을 기울였지만 끝내 성공하지 못한 것이다.[49] '나'가 히

---

49) 이영아는 신여성의 경박함과 타락상, 그에 따른 배신 때문에 김동인 소설에서 참사랑이 성공적으로 형상화되지 못한다고 분석하고 있지만,(이영아, 「김동인의 참사랑론과 소설적 형상화 양상 고찰」,『문학사와 비평』8호, 2001, 221면) 성적 상상에 우선권을 부여할 경우 사랑이 성공하는 것은 현실적인 조건과 무관하게 불가능하다고 볼 수도 있다. 현실(원칙)과

스테리자라면 이는 공상을 즐기거나 소설 속 인물과 동일시하거나 급작스러운 감정의 흥분을 제어하지 못하는 등의 세부적 속성 때문만이 아니라 더 근본적으로는 상상에 근거해 현실적 관계 자체를 옭아매고 있기 때문이다.[50]

이런 맥락에서 "1920년대 초기 낭만적 사랑의 서사는 행위와 사건을 통한 인물들 간의 관계를 다루기보다는 자신의 마음 안에서 펼쳐지는 공상과 추측을 그리는 경향"을 드러내며, "연인들의 갈등은 기본적으로 자기 안에서 펼쳐지는 심리적 공상의 파노라마이거나 에피소드적 사건에 대한 과민 반응에 지나지 않는다"는 지적은 타당하다.[51] 그러나 이러한 지적을 통해 한편으로는 김동인을 위시한 1920년대 작가들이 현실을 몰각한 채 감상성과 관념성을 드러낸다고 비판할 수도 있지만, 다른 한편으로는 그들이 상상 속의 만족에 우선권을 부여하는 삶의 태도를 선도적으로 제시하고 있다는 점을 인정할 수도 있다. 뒤에서 다시 언급하겠지만 근대적 욕망의 구조에서 "욕망되는 것은 대상 그 자체가 아니라 공상하는 주체가 그것에 부여하는 상상 속의 만족"이기 때문이다.[52]

이러한 유형의 성적 상상은 서문에서 "여(余)의 자전(自傳)의 일부"라고 밝힌 「여인」에서도 찾아볼 수 있다. 김동인 판 '위타 섹수알리스'라 할 만한 「여인」의 주인공은 기생들을 인간이 아닌 인형 다루듯 자의적이고 변덕스럽게 취급함으로써 자신의 여성혐오사상을 여실히 드러

---

타협하지 않고 상상을 유지하는 것은 병리성을 드러낼 수밖에 없기 때문이다.
50) 쥬앙다비드 나지오, 표원경 역, 『히스테리의 정신분석』, 백의, 2001, 25면.
51) 이혜령, 『한국 근대소설과 섹슈얼리티의 서사학』, 소명출판, 2007, 77면.
52) 리타 펠스키, 앞의 책, 129면.

낸 것으로 평가되는데,[53] 이는 표면적으로는 틀리지 않으나 그 심층을 살펴볼 때 주인공의 심리는 남성에게서 드러나는 히스테리의 전형을 보인다.

> 소년의 꿈은 무참히도 깨어져 버렸다. 그리고, 그 받은 상처는 컸다. 이래 십수 년, 많은 여인을 보고, 많은 연애할 기회를 가졌었지만,(다만 한 번의 예외를 제하고는) 유희 기분이 안 섞인 눈으로 그들을 바라보지 않은 일이 없는 것은 모두가 그때의 그 영향의 지속이었다. (…중략…) 이렇듯, 나의 일생에 커다른 영향을 준, 빛나는 금발과 투명한 피부의 소유자 메리는 나의 생애에는 영구히 잊지 못할 꿈과 같은 심볼이다.[54]

히스테리자, 특히 남성 히스테리자는 자신에게 최초의 만족을 주었으나 지금은 상실한 어떤 대상에 대한 상상을 통해 그 상실을 보상받고자 한다.[55] 성적 관계에 있어 '궁정풍 사랑'이라는 전통적 방식은 현실에서의 불만족이라는 대가를 치르면서 성적 대상을 상상적으로 이상화하는 가장 인상적인 예일 것이다.[56] 일본에 유학하던 10대 후반의 주인공이 연모의 정을 품고 바라보기만 했던 "빛나는 금발과 투명한 피부의 소유자 메리"를 영원히 잊지 못할 사랑의 상징으로 미화하는 것은 이러한 방식의 전형적 사례이다. 「여인」의 '꿈과 같은 심볼'에 대한 상상은 「마음이 옅은 者여」의 "로만틱한 동경"과 동일한 정신경

---

53) 김윤식, 『김동인 연구』, 민음사, 1987, 28면.
54) 김동인, 「여인」, 『김동인 전집』 7, 조선일보사, 1988, 20면.
55) 브루스 핑크, 맹정현 역, 『라캉과 정신의학』, 민음사, 2002, 207~209면.
56) 세르쥬 앙드레, 홍준기 외역, 『여자는 무엇을 원하는가?』, 아난케, 2009, 231면.

제적 위상을 갖는다.[57]

다른 한편 「여인」의 주인공은 기생들에게는 "유희 기분이 안 섞인 눈으로 그들은 바라보지 않은 일이 없"다고 고백한다. 이는 통상적으로 이해되는 것처럼, 문학을 통해 신이 되고자 했던 김동인은 이에 실패하자 한낱 기생을 인형 다루듯 조종함으로써 자신의 실패를 충족하고자 했던 것인가?[58]

> 사실, 그때에 나의 신경은 여간 날카롭지 않았다. 사소한 일에라도 역정을 내었다. 친구들의 예사로이 하는 일도 모두 내게는 뜻있게 보였다. (…중략…) 동시에 옥엽에게 대한 나의 감정도, 차차 야릇하게 되어 갔다. 기괴한 시기, 기괴한 시험감, 기괴한 증오, 여기서 생겨나는 불유쾌, 반감, 이런 감정이 어느덧 나의 마음에 엄돋아서 자라났다. (…중략…) 세상의 모든 일이 이론대로만 진행되는 것이라면, 나는 그때에 두 팔을 벌리고, 그를 쓸어안았어야만 될 것이었었다. 그러나, 이상히도 비꼬아진 나의 마음은 옥엽의 그 대답의 앞에 문득 반항하였다. 나의 마음은 기쁨으로 찼다. 그러나, 나의 입에서 나온 말은, 그 반대엣 것이었었다. 나는 그를 나무랐다.[59]

'나'는 기생인 옥엽의 진심을 확인할 수 있는 기회를 눈앞에 두고도

---

57) 이러한 상상은 좁은 의미의 성적 차원에 그치지 않고 김동인 문학의 근원적 상상인 이른바 '대동강의 생리'와 맥이 닿아 있다고 볼 수도 있다. 김윤식, 앞의 책, 72~73면. 이는 "본능과 정열의 모든 요구가 만족된 상태, 인간이 감정적인 또는 에로틱한 충족 속에 존재하는 상태"에 대한 상상, 곧 "에로틱한 향락 또는 초월적인 삶에 대한 동경"으로 묘사될 수 있는, 보다 넓은 의미의 성적 상상이다. 황종연, 「낭만적 주체성의 소설 – 한국 근대소설에서 김동인의 위치」, 『탕아를 위한 비평』, 문학동네, 2012, 426~427면.
58) 한형구, 「'노리개 지배'로 나타난 엘리트 의식」, 『김동인 전집』 7, 조선일보사, 1988, 370면.
59) 김동인, 「여인」, 위의 책, 44면.

이를 지연시키거나 한 걸음 더 나아가 일부러 실패하기 위해 끊임없이 시험을 하고 마침내 사소한 사건을 계기로 그 관계를 포기하고 만다. '나' 스스로도 "괴롭고도 무거운 망상"이나 "기괴한 감정"의 표출이라고 할 만큼, 이 관계는 앞에서 언급한 관계들보다 좀 더 병적으로 보인다. 그 이유는, Y나 메리와의 관계가 적어도 표면적으로는 외적 원인에 의한 실패인 데 반해, 옥엽과의 관계는 '나' 자신에 의해 의도된 실패이기 때문이다. '나'는 왜 일부러 실패하려 하는가? 이는 여성을 기만하고 희롱하고 인격적으로 무시하는 여성혐오사상을 방증하기보다 성적 상상의 중요성을 재차 환기하고 있다. 다시 말해, '나'는 상상 속의 만족을 유지하기 위해 일부러 현실에서의 실패를 선택하는 것이다.[60]

위의 성적 상상이 남성적이라면, 여성적인 성적 상상도 찾아볼 수 있다. 남성 인물들과 마찬가지로 「약한 者의 슬픔」은 주인공 엘리자베트 역시 통학길에서 우연히 마주친 청년 이환을 대상으로 성적인 공상을 펼친다. "'그도 나를 생각하겠지' 하는 생각과 '웬걸, 내게는 주의도 안 하더라' 하는 생각이 그 후부터는 항상 그의 마음속에서 쟁투"하고 있는 엘리자베트는 "혼자 있을 때는 염세의 생각과 희열의 생각이 함께 마음속에서 발하여 공연히 심장을 뛰놀리며 일어섰다, 앉았다, 밖에 나갔다, 들어왔다"를 반복한다.

---

[60] 옥엽과의 성적 관계에서 '나'의 상상적 만족은 "압착된 정열, 펴지 못할 긴장, 발표할 수 없는 사랑, —이러한 달고도 괴로운 감정 때문에, 그것은 마치 순교자와 같은 비창한 마음으로서"와 같은 감정 상태를 통해 제시된다. '나'의 만족은 성적 관계가 현실적으로 성공하는 데 있다기보다 어떤 "달고도 괴로운" 도착적인 감정을 향유하는 데 있으며, 후자를 위해 전자는 희생될 수도 있다.

엘리자베트는 별로 안심이 되어 자리를 펴고 전나체가 되어 드러누웠다. 몇 가지 공상이 또 머리에 왕래하다가, 그는 잠이 들었다.

한참 자다가, 열한시쯤, 자기를 흔드는 사람이 있는고로 그는 눈을 번쩍 떴다. 전등 아래, 의관을 한 남작이 그를 들여다보고 있었다. 엘리자베트는 갑자기 잠이 수천 리 밖에 퇴산하는 것을 깨달았다. 그는 남작의 자기를 들여다보는 눈으로 남작의 요구를 깨달았다. 하고 겨우 중얼거렸다.

"부인이 아시면?"

'아차!'

그는 속으로 고함을 폈다.

'부인이 모르면 어찌한단 말인가? …… 모르면? …… 이것이 허락의 의미가 아닐까? 그러면 너는 그것을 싫어하느냐? 물론 싫어하지. 무엇? 싫어해? 내 마음속에, 허락하려는 생각이 조금도 없나 아 …… 허락하면 어쩠냐? 그래도 …… . (…중략…) 몇 번 거절에 실패를 한 엘리자베트는 마지막에는 자기에게 대하여서도 정이 떨어지게 되었다. 그는 뉘게 대하여선지 모르면서도 모르는 어떤 자에게 골이 나서 몸을 꼬면서 좀 날카롭게 그래도 작은 소리로 말했다.

"싫어요. 싫어요."[61]


'이환, 결혼, 신혼여행' 등으로 이어지는 성적 상상 끝에 잠든 엘리자베트에게 K 남작이 찾아온다. 이 장면은 악명 높은 "여자는 무엇을 원하는가?"라는 질문을 그대로 재현하고 있는 것처럼 보인다. 그녀는 무

---

61) 김동인, 「약한 자의 슬픔」, 『김동인 전집』 1, 조선일보사, 1988, 17~18면.

엇을 원하는가? 물론 무엇을 원하는지는 그녀 자신도 분명히 알지 못하지만 그럼에도 불구하고 엘리자베트는 "남작의 자기를 들여다보는 눈"에 드러나는 요구를 허락할 수밖에 없다(고 믿는다). 그런데 이때 남작의 요구를 허락하는 것을 단순히 성욕의 문제로 환원하는 것은 부적절하다. 여기서도 중요한 것은 생물학적인 성욕이나 성행위가 아니라 성적 상상이다. 그녀의 상상은 자신이 타자의 욕망의 대상, 곧 사랑스러운 대상이 되는 시나리오로 이루어져 있다.[62] 다시 말해, 그녀의 행동은 잠복해 있던 자신의 성적 욕망을 깨달은 결과라기보다는[63] 타자(남작)의 욕망에 암시를 받아 그 욕망의 대상으로서 연기하고자 한 결과로 보는 것이 타당하다. 이러한 상상은 병원으로 향하는 전차 안에서 "자기편으로 향한 모든 눈에서, 노파에게서는 미움 젊은 여자에게서는 시기 남자에게서는 애모를 보았다. 이 모든 눈은 엘리자베트에게 한 쾌감을 주었다"라는 장면에서 다시 한 번 확인된다.

소설의 결말에 이르러 엘리자베트는 자신의 삶을 다음과 같이 반성한다. "자기의 아직까지 한 일 가운데서 하나라도 자기게서 나온 것이 어디 있느냐? 반동 안 입고 한 일이 어디 있느냐? 남작 집에서 나온 것도 필경은 부인이 좀 더 있으라는 반동에서 나온 것이 아니냐? 병원 안에 들어간 것도 필경은 집으로 돌아올 전차가 안 보임에 있지 않으냐? 병원으로 향한 것도 그렇다. 재판을 시작한 것은? 오촌모가 말리는 반동을 받았다. 모든 일이 다 그렇다!" 이러한 반성은 주체적 자아 형성

---

62) 쥬앙다비드 나지오, 앞의 책, 159면.
63) 양진오, 「「약한 자의 슬픔」 다시 읽기—여성 육체의 재현 양상과 그 문학적 의미」, 『문학사와 비평』 8호, 2001, 162면.

이라는 일반적 차원에서도 이해할 수 있지만, 그뿐 아니라 "정서의 반동되기 쉬"운 암시성 기질이 히스테리를 유발한다는 당시의 정신의학을 반영하는 것으로 볼 수도 있다.[64) 바로 뒤에 이어지는 "이십세기 사람이 다 그렇다!"라는 엘리자베트의 단언을 참고한다면, 실은 모든 근대인은 경미하든 심각하든 히스테리자라는 결론에 이를 것이다.[65)

무엇인지 모를 꿈을 훌쩍 깨면서 순애는 히스테리칼히 울기 시작하였다. 꿈은 무엇인지 뜻을 모를 것이다. 뜻만 모를 뿐 아니라 어떤 것이었는지도 알 수 없었다. 검고 넓은 것밖에는 그 꿈의 인상이라고는 순애의 머리에 남은 것이 없다. 그는 슬펐다. 그는 무서웠다. 그 꿈의 인상이 남은 것의 변화는 이것뿐이다.[66)

「폭군」의 순애는 남편과 사별하고 남동생 P와 함께 살고 있다. 유명한 문필가였으나 육욕을 채우기 위해 순애를 학대하던 남편은 과도한 색(色)으로 인한 병으로 죽었다. 순애는 어머니같이 혹은 아내같이 남

---

64) K 남작의 변호사로부터 정신이상으로 공격받을 만큼 상당히 심각한 환각과 섬망 증상을 보이는 엘리자베트와 관련해 "무슨 덩어리가 뭉쳐서 나오다가, 목에서 잠깐 회전하다가 그 덩어리가 코와 입으로 폭발"하거나 "팔을 꼬면서 허리를 젖"히는 등으로 묘사되는 증상은 히스테리 구(globus hystericus)나 히스테리 궁(hysterical arc)을 연상시킨다. 전자는 히포크라테스 시대부터 보고된 전통적인 히스테리 증상이며, 후자는 19세기 말 샤르코에 의해 살페트리에르 병원에서 공개됨으로써 유명해졌다.
65) 일찍이 주요한 연애 중에 천당과 지옥을 오르내리는 감정의 격변을 보이던 「마음이 옅은 자여」의 주인공 K에 대해 '마음이 옅은 자 = 성격파산자 = 신경병자'라는 진단을 내리면서 동시에 주인공 '나'는 "근저 없는 자기 성격에 대하여 극히 신경이 과민"하며 "박약한 성격에 인하여 스스로 감정을 학대할 뿐"이라고 지적한 바 있다. 이런 점에서 '마음이 옅은 자' 역시 히스테리자일 것이다. 이수형, 「근대문학 성립기의 마음과 신경」, 『한국 근대문학 연구』 24호, 2011 참조.
66) 김동인, 「폭군」, 『김동인 전집』 1, 조선일보사, 1988, 179면.

동생에게 정성을 다하지만, 이를 무시하고 밖으로 나다니기 시작하는 남동생과의 갈등은 점점 심해진다. "그새 당신에게 죄를 많이 지었습니다. 염치없긴 하지만 용서해 주셔요. 순애 씨 안심하고 죽어도 좋습니까?"라는 남편의 마지막 말을 잊지 못하던 순애는 외박을 한 남동생과 말다툼 끝에 칼로 가슴을 찌른 후 필사의 힘으로 마지막 말을 남긴다. "용—우……우—용서 우—우, 용서한다. 우—."

　순애는 폭군(전제자)과 같은 남성들, 곧 남편과 남동생에게 끝까지 사랑스러운 대상으로 남아있기를 소망한다. 이러한 성적 상상이 현실을 압도하고 있다는 점에서 히스테리자인 그녀는 스스로로 하여금 더욱 타자에게 봉사하도록, 자신의 모든 존재를 희생하도록 이끌어간다.[67] 그래서 자신을 학대하던 남편이 남긴, 용서해 달라는 유언에 대해 스스로 목숨을 끊는 순간 남동생에게 용서한다고 답한다. "네 속은 네 혼자서 썩일 것이지 아무에도 말할 바가 아니다, 빨리 죽어서 썩어져라. 그러면 그때에야 너는 처음으로 너와 남의 만족을 얻게 되리라"고 상상하는, 곧 타자를 위해 자신을 희생하는 데서 만족을 찾으려 하는 순애는 극도의 우울 상태에서도 심지어 자살하는 순간에도 자신의 히스테리적 상상을 포기하지 않는다.


　이튿날 지하실에 갖다 두었던 그의 사진이며 초상은 모두 다시 내 침실에 장식되었다. 그날 밤, 거울로써 그 초상을 보매, 그는 곧 내 뒤에 서서 나를 들여다보는 것 같았다. 거울 속에 비친 그의 초상은 살아 있었다. 그의

---

67) 세르쥬 앙드레, 앞의 책, 202면.

숨은 나는 내 등에서 깨달았다. 거울 속에 비친 그는 눈까지 깜박거렸다.

나는 처음으로 사내로서의 그에게 대한 애정을 깨달았다.

그때부터 나는 시간의 대개를 거울 앞에서 보내게 되었다.

O는 내가 갑자기 몸치장을 시작한 줄 알고 이상한 웃음을 웃을 때도 있었다.

없은 그에게 대한 그리움은 내 마음속에 날이 가자 더 뜨겁게 되어 갔다. 아버지로서, 내지는 오빠로서 잊어버리웠던 그는, 그 지아버니로, 사내로 내 마음속에 부활하였다. 그와 함께 살아 있을 때에 안해로서의 따뜻한 정을 바쳐 보지 못한 내가 분하고 또 절통하였다.

사내

이런 아름답고 그리운 말이 다시 없었다. 그러나 나도 사내로서의 그를 알기 전에 그만 그를 잃어버렸다. (…중략…) '성에 눈 뜬다'는 것은 과연 이런 것인지. 고요한 밤중, 거울과 마주 앉아 그 속에 비친 그의 얼굴에서 웃음을 기다리고 있는 때 같은 때, 마음속에 뛰노는 커다란 물결은 참을 수가 없었다.[68]

역시 남편과 사별한 「거치른 터」의 영애는 2년여가 지난 어느 날 "갑자기 마음속에 일어나는 끝없는 외로움을 참을 수 없"게 된다. 그런데 위에 인용된 장면에 의하면, 영애가 "성에 눈 뜬" 것은 남편의 부재로 인한 성적 불만족 때문이라기보다는 사진이나 초상 속의 남편의 시선에서 성적 요구를 발견했기 때문으로 제시된다. 그 시선 앞에서 영애는 비로소 남성의 욕망의 대상, 곧 성적 존재가 된다. 물론, 죽은 남편

---

68) 김동인, 「거치른 터」, 『김동인 전집』 1, 조선일보사, 1988, 285~286면.

의 사진이나 초상에서 성적 요구를 깨달았다는 것은 스스로의 부도덕성을 정당화하려는 변명에 지나지 않을 수도 있으나, 중요한 것은 그녀가 자신의 성적 상상에 지극히 충실하다는 사실이다. 요컨대, 그녀는 타자의 욕망의 대상이 되고자 하는 자신의 상상을 포기하지 않았기 때문에 현실 감각을 상실한 히스테리자가 되고, 마침내 그 상상 속에서 남편의 서제 H와 불륜을 저지른 뒤 스스로 목숨을 끊는 비극적 결말을 맞게 된다.

## 4. 욕망의 근대적 구조

산업혁명에 버금가는 18세기 소비혁명의 발생을 분석하면서 캠벨은 근대적 소비의 본질적 활동이 상품을 실제로 구매하여 사용하는 것이 아니라 상품의 이미지가 제공하는 상상적 쾌락(imaginative pleasure)을 추구하는 데 있음을 강조한 바 있다. 유행의 출현, 소설의 대중화, 낭만적 사랑 등과 같은 감성적 문화의 확산과 연관되어 있는 소비혁명은 상상력에 의해 이미지를 구성하고 그 이미지들이 제공하는 쾌락을 소비하는 것에 의해 가능해진다. 다시 말해 근대적 쾌락은 (객관적) '감각'이 아니라 (주관적) '감정'을 향유의 대상으로 하며, 이때 감정은 어떤 감각 없이 단지 상상하는 것만으로도 충분히 쾌락을 줄 수 있다는 것이다.

18세기 영국의 소비혁명과 연계되고 또 소설, 낭만적 사랑, 근대적 유행의 발흥을 가져온 독특한 문화복합체는, 은밀한 몽상하기 습관의 광범위한 확산과 연계되어 있었다. 여기서 요구되는 중요한 통찰은, 개인들이 제품에서 만족을 추구한다기보다는 그 제품과 연관된 의미로부터 구성한 자기환상적 경험으로부터 쾌락을 추구한다는 것을 깨닫는 것이다. 따라서 소비의 본질적 활동은 제품을 실제로 선택하거나 구매하여 사용하는 것이 아니라, 제품의 이미지가 그 제품에 부여하는 상상적 쾌락을 추구하는 것이다. 즉 '실제의' 소비는 대체로 이러한 '심리주의적' 쾌락주의의 결과이다.[69]

반드시 필수품인 것은 아닌 재화 혹은 사치품인 재화에 대한 끝없는 욕망으로 특징지어지는 근대적 소비주의는 낭비나 사치 등을 이유로 그 비합리성이나 부도덕성을 비난할 수 있을 것이며, 노르다우 식으로 근대소비사회를 히스테리적이라고 매도할 수도 있을 것이다.[70] 마찬가지 맥락에서 생식(생산)을 위한 성행위가 아니라 성적 상상 안에서 만족을 추구하려는 경향 역시 히스테리적이라고 진단할 수 있지만, 이때 히스테리는 병이 아니라 욕망의 근대적 구조를 일컫는 중립적 용어일 뿐이다. 다시 캠벨에 의하면, 현재 시점에서는 상상으로부터 만족을 얻는 것이 지극히 당연한 것으로 간주되지만, 자기 환상적(self-illusory) 경험으로부터 만족을 추구하는 활동은 비교적 최근에 나타난 것이다.[71]

---

69) 콜린 캠벨, 박형신·정헌주 역, 『낭만주의 윤리와 근대 소비주의 정신』, 나남, 2010, 170면.
70) 실제로 소비사회가 급격하게 형성되기 시작한 19세기에는 술이 뇌에 미치는 영향과 흡사하다는 점에서 소비에 열광하는 것을 일종의 신경병으로 진단하기도 했다. 리타 펠스키, 앞의 책, 116면.
71) 콜린 캠벨, 앞의 책, 146면.

상상 속에서 감정을 즐기고 탐닉하는 장면이 김동인 소설만의 고유한 특징은 아니지만, 성과 관련된 심리를 깊이 파고들어 근대의 전형적인 성적 상상을 거의 완성된 상태로 제시한 것은 김동인의 독보적 성과라고 평가할 수 있다.[72] 또한 이러한 성적 상상은, 예컨대 소비에 동반되는 상상과 유사한 구조를 통해 근대적 욕망 전반에 적용될 수 있다. 이런 점에서 김동인 문학은 단순히 성의 문제를 다룬 것이 아니라 성을 통해 당시 형성되기 시작한 근대적 욕망의 구조를 선구적으로 형상화한 것으로 이해할 수 있다.[*]

---

[72] 김동인 소설에 나타는 성적 상상은 정신분석에서 강박증과 히스테리로 분류될 수 있다.
[*] 이 논문은 2013년 『사이 / 間 / SAI』 14집에 게재된 논문을 재수록한 것임.

# 『탁류』 속의 나쁜 피

## 채만식의 병리학적 서사에 관한 시론

서희원

## 1. "문명(Civilization)은 매독 감염(Syphilization)이라"

최명익은 작품에 사회를 조망하는 병리학적 상상력에서 출발한 질병의 모티프나 테마를 즐겨 사용한 작가로 널리 알려져 있다. 그가 1937년에 발표한 「무성격자」에서는 결핵과 암을, 1938년에 발표한 「폐어인」에서는 결핵을, 그리고 1939년의 「심문」에서는 아편 중독을 소설의 서사와 연결하며 병적 부패의 징후가 깊게 편재한 식민사회의 모습을 그로테스크하게 그리고 있다.[1] 최명익이 1939년에 발표한 「봄과 신작로」는 그의 대표작으로 꼽히는 「심문」에서 전개한 복잡한 서

---

[1] 최명익의 소설을 질병과 관련하여 다룬 연구로는 이재선의 「최명익과 질병의 서사학—결핵·암·성병의 은유론」(『현대소설의 서사주제학—문학 모티프와 테마를 찾아서』, 문학과지성사, 2007)이 유익하다.

사적 기법 — 과거와 현재의 교차와 결합, 조선과 만주 그리고 이를 연결하는 기차를 매개로 한 공간의 복합적인 전개 등 — 과 비교할 때 높은 평가를 주기 어려운 단출한 구성의 우화이다. 하지만 여기에 사용된 성병이라는 테마와 형상화는 흔히 '화류병'이라는 경멸적 별칭으로 불리던 이 질병과 관련된 당대의 과학적 상식과 과학이라는 이름으로 통용되던 세간의 유사 과학적 통념을 이해하는 데, 그리고 인간의 육체와 정신에 고통을 안겨주던 질병에 대한 비판적 이해를 검토하는 데 유익하게 읽힐 수 있는 면이 많다.

「봄과 신작로」는 "한동리에서 자라 열다섯 살 되던 지난 가을에 같이 이 동리로 시집온" 동갑내기 금녀와 유감이의 이야기를 담고 있다.[2] 금녀와 유감이는 마을 사람들에게 "색시 쌍둥이"(278면)로 불리고 있지만 성숙한 남녀의 결합으로 임신을 한 유감이와 달리 금녀는 전근대적 관습에 따라 성적으로 미성숙한 나이 어린 남편과 결혼한 상태이다. 사회적으로는 성혼한 여인의 책임을 다하고 있으나 아직 아이에 불과한 남편으로 인해 육체적 사랑을 경험하지 못한 금녀는 신작로를 따라 매일 마을의 우물가로 찾아오는 자동차 운전수와 친해지며 그의 농담과 유혹에 흔들리게 된다. 금녀에게 자동차는 느린 소걸음에 비교할 수 없을 만큼의 속도를 내는 현란한 신문명의 상징이며, 그 차를 타고 가면 닿는다는 평양은 "사꾸라"가 한창 피어 있는 화려한 욕망의 도시이다. 금녀는 평양으로 데려가겠다는 자동차 운전수의 유혹과 집으

---

2)  최명익, 「봄과 신작로」, 『조광』, 1939. 1, 277면. 앞으로 이 글에서 인용을 할 때는 본문 중에
    괄호를 치고 인용 면수만 밝히도록 한다. 그리고 표기법은 읽기의 편의를 위해 현대 표기법
    으로 바꾸어 인용하였다.

로 찾아가 망신을 주겠다는 협박을 거절하지 못하고 그와 밤을 보내지만 이 일은 성병 감염이라는 돌이킬 수 없이 참담한 결과를 만들어 낸다. "금녀는 종시 자리에 눕게 되었다. 얼마 전부터 아랫배가 쑤시고 허리가 끊어내고 참을 수 없이 자주 변소 출입을 하게 되었다. 금녀는 제 병이 무슨 병인지는 알 수 없으면서도 제가 앓는 것을 누가 알 것만이 걱정이었다."(290~291면) 금녀는 성병에 전염되고 끝내는 어떠한 치료도 받지 못한 채 "제 속옷과 바지를 갈아입히지 말고 묻어달라는 부탁"(291면)만을 남기고 죽게 된다. 소설에서 금녀의 죽음은 기르던 송아지의 변사와 함께 처리되며 송아지의 사인으로 지목된 외래종 아카시아가 모든 죽음의 곡절을 설명하는 일종의 환유로 사용된다. 즉 송아지의 배 속에서 나온 "아메리카의 소산"(292면)인 "아카시아나무 껍질"(291면)이 송아지의 사인으로 신문에 기사화되어 공론화되는 것처럼 금녀의 죽음은 "이전에 없든 병두 다 서양서 건너왔다거든"(292면)이라는 마을 사람의 말처럼 건강하지 못한 외래자에 의한 전염과 금녀의 정숙하지 못한 행위의 결과로 이해된다.[3]

하지만 금녀의 죽음에 대한 이러한 판단이 정확한 사인에 대한 이해인가에 대해서는 궁구해 볼 여지가 많다. 소설을 좀 더 주의 깊게 본다

---

3) 기존의 공동체에서는 없었던 질병이 외부에서부터 내부로 전염된다는 이러한 설명의 방식은 세균학과 같은 19세기 서양의 과학 담론을 통해 공고해졌지만 사실 이는 오래전부터 문학은 물론 정치 및 군사적인 차원에서도 널리 사용되었던 '침범의 은유'이다. Laura Otis, *Membranes : Metaphors of Invasion in Nineteenth-Century Literature, Science and Politics*, The Johns Hopkins University Press, 1999, pp.1~7. 이재선은 '침범의 은유'가 「봄과 신작로」에서 정치적으로 활용되고 있음을 주목했다. "외부로부터 침투하는 전염성의 병균이 몸을 파괴하고 만다는 이런 의식에는 식민지 근대화에 대한 비판적인 음영이 작용하고 있는 것이 사실이다. 그러나 그보다도 더 중요한 점은 '대미전쟁'(태평양전쟁)을 도발하는 일본제국주의의 반미적 선전화 선동의 병균이 이 속에 침입함으로써 마을 사람들의 의식을 오염시키고 있는 현상이다." 이재선, 앞의 책, 218면.

면 이러한 판단은 기술된 모든 문장을 읽은 독자에 의해 내려진 것이 아니라 사건의 전말과 인물의 내면에 대한 제한된 정보만을 가진 마을 사람들의 입에서 터져 나온 울분을 담은 견해라는 것을 알 수 있다. 성병 보균자—이 병이 매독인지 임질인지는 소설에 명확히 나타나 있지 않다—인 자동차 운전수가 순진한 시골 아낙에게 저지른 음행은 분명 용서받기 어렵지만 그 도덕적 죄과와 성병이라는 질병의 위험도를 혼동해서는 안 된다. 성병은 분명 당대의 기준으로는 난치병이고 그것이 지속될 경우 목숨을 잃을 수 있을 만큼의 위험성을 가지고 있는 끔찍한 전염병인 것은 분명 하지만 감염 후 병세가 빠르게 진행되어 사람의 생명을 앗아가는 급성 질병은 아니다. 게다가 금녀는 자신이 걸린 질병에 대한 정확한 명칭이나 증상에 대한 의학적 지식을 전혀 가지고 있지 않았다. 이러한 이유 때문에 그녀를 죽음으로 내몰았던 심리적 압박과 두려움을 성병 공포증(venereophobia)이나 매독 공포증(syphilophobia)에서 찾는 것은 근거 없는 판단이 될 수 있다. 오히려 그녀의 죽음에 보다 깊게 연관된 것은 그녀의 부정을 단죄하러 낫을 들고 덤벼드는 시아버지의 형상으로 소설에 제시된 가부장제 이데올로기이다. "이렇게 말하는 금녀는 누구한테 죽을지는 몰라도 죽기는 꼭 죽을 것만 같았다. 그런 짓을 하다 들키면 운전수 말대로 새서방 구실도 못하는 울램이 손에도 꼼짝을 못하고 죽을 것 같고 시어머니나 시아버지한테 코를 베이거나 인두로 지지울 것 같고 그렇지 않더라도 망신한 친정아버지나 어머니까지도 저를 죽이고야 말 것 같았다. 혹시 누가 안 죽이더라도 저 혼자 저절로 죽을 것 같기도 했다."(236면) 자신의 부정이 알려지면 주변의 모든 사람이 자신을 죽이거나 아니면 자기 스스로 죽음을 선택할 수밖에 없다고 느끼는 봉건사회의 가부장제적 질서에 대한 공포, 그리고 이러한 두려움 때문에 정상적 진료는 생각도 하지 못하고 고통과 병을 감추어야 하는 상황이 질병과 결합해 그녀를 죽음으로 내몰았다고 보는 편이 보다 정확한 소설의 독해일 것이다. 성병을 단순한 외부의 침범과 부정한 행위가 받아야 할 응분의 대가로 이해한다면 이러한 전근대적 이데올로기의 모순은 철저히 은폐된다. 「봄과 신작로」에 대한 보다 면밀한 독해가 말해주는 바에 따르자면 최명익은 성병이 외부에서 침입한 불결하고 사악한 이방인의 은유를 통해 사유되고 있다는 사실과 도덕적 타락에 대한 윤리적 징벌처럼 사용되고 있다는 것을 잘 알고 있었으며, 그것이 보다 중요한 사회적 문제에 대한 비판적 이해를 어렵게 한다는 것도 인지하고 있었던 것으로 보인다.

사실 「봄과 신작로」에 대한 일차원적 독해는 전염병, 특히 이 글에서 다루려고 하는 매독과 같은 성병에 대한 비과학적이며 그릇된 세간의 이해를 알려주고 있다. 즉 역겨운 전염병인 매독은 지금 이곳이 아닌 불결하고 사악한 외부의 장소에서 왔으며,[4] 그것의 확산에는 근대

---

[4] 수잔 손택은 질병을 은유적으로 사유하는 방식에 대한 비판적 견해를 제기한 기념비적인 저서에서 역병(매독)과 이방인을 연결하는 일반적인 이야기의 서사구조와 그 문제점을 다음과 같이 지적한 바 있다.
"역병을 다루는 흔해 빠진 이야기에는 이런 특징이 있다. 즉, 이 질병은 예외 없이 어딘가 알지 못하는 곳에서 찾아오는 질병이라는 것이다. 매독이 사람들을 감염시키며 전 유럽을 휩쓸고 다니기 시작했던 15세기의 마지막 10년 동안 매독에 가해졌던 욕설은, 무시무시한 질병을 타지에서 들어온 질병인 양 여기게끔 만들어야 한다는 요구를 가장 잘 드러내 보여주고 있다. 매독은 영국인들에게는 '프랑스 발진'이었으며, 파리 사람들에게는 '독일 질병', 플로렌스 사람들에게는 나폴리 질병, 일본인들에게는 중국 질병이었다. 그러나 광신적 애국주의의 논리적 귀결을 비웃는 농담처럼 보이는 이런 말들은 좀 더 중요한 진실을 드러내 보여준다. 즉, 상상된 질병은 상상된 외국인들과 결부되기 마련이라는 진실을. 아마도 여기에는 아주 오랜 옛날부터 전해져온 우리가 아닌 자들, 즉 이방인이라는 그릇된 개념이 도사리

자본주의 문명과 등가의 것으로 여겨진 도덕적 타락, 이를 통한 전통적 가치의 훼손, 흔히 매춘으로 비유되는 비윤리적인 성적 관계가 깊은 관련을 맺고 있다는 통념 말이다. 당대의 신문이나 잡지에 실린 기사에는 매독이 1493년 아메리카를 유럽에 알린 콜럼버스가 원주민에게 감염되어 유럽에 전파되었으며 1494년 나폴리를 침공한 프랑스 군대의 용병과 그 군대를 따라간 매춘부들에 의해 전 유럽과 세계 각지로 확산하게 되었다는 사실이 상식처럼 기술되어 있었다. 또한 당대에 유행했던 "문명(Civilization)은 매독 감염(Syphilization)이라"는 말이 상기시키는 것처럼 윤리적 관습과 제도 속에 더 이상 자아를 결박하지 않는 서양의 개인주의적 사상에 대한 엄중한 질책이나 계도의 시선이 강력하게 작동하고 있었다.[5] 성병을 신문이나 잡지에서 다룰 때 매독이나 임질 같은 병명보다는 '화류병(花柳病)'이라는 별칭을 더 많이 사용하였다는 사실은 이러한 윤리적 이데올로기의 영향을 짐작하게 한다. "화류병이란 무엇인가"라는 질문에 "이 병의 명칭은 가장 적당한 듯하다. 즉 이 병은 대다수가 화류계에 출입하는 남녀에게 발하는 연고다"라고 답을 하는 의사의 편협한 주장이 근거 있는 과학적 견해인 것처럼 실린 기사가 알려주는 바는 분명하다.[6] 성병은 개항 이후 시행된 공창제의 확산과 성업,[7] 그리고 매춘과 다를 바 없는 청춘남녀의 무절

---

고 있을 것이다." 수잔 손택, 이재원 역, 『은유로서의 질병』, 이후, 2002, 180~181면.

[5] 성병에 대한 당대의 상식과 인식을 읽을 수 있는 기사로는 「청년남녀의 위기」, 『동아일보』, 1921.5.15; 「사회의 도덕적 기초」, 『동아일보』, 1921.5.18; 「가공할 화류병」, 『동아일보』, 1922.5.1; 「매독역사」, 『동아일보』, 1924.11.9 등이 있다.

[6] 이용설, 「화류병의 원인·병세 급 치료」, 『동광』, 1927.1, 85면.

[7] 개항 이후 시행된 공창제와 청일전쟁을 통한 성병의 확산과 통제에 관해서는 신규환, 「개항, 전쟁, 성병-한말 일제초의 성병 유행과 통제」, 『의사학』 제17권 제2호, 대한의사학회, 2008을 참조할 것.

제한 성적 결합에 대한 심판이자 이것이 만들어낸 감당할 수 없는 결과라는 인식이 광범위하게 사용되었으며 대중 역시 이를 상식처럼 받아들이고 있었다는 사실이다.[8]

1920년대 발표된 현진건의 「타락자」(1922)나 이광수의 『재생』(1924~25)에 구체적으로 재현되기 시작한 성병은 성적 문란과 전통적 가치의 훼손을 보여주는 타락의 징표이자 이를 경계하고 단죄하는 사회적 징벌의 매개체로 사용되었다. 즉 이들 소설에서 성병은 은유의 방식으로 활용되었으며 이는 질병을 사유할 수 있는 과학적 방법의 보급이 아니라 질병의 영향을 은유적 동일성 속에서 오해하고 이를 정치적으로 이용할 수 있는 유사-과학적인 사고방식의 확산을 가능하게 하였다. 질병을 은유적으로 사유하는 방식은 「봄과 신작로」의 분석이 알려주는 것처럼 고통받고 죽어가는 육체가 전달해주는 의미에 대한 비판적 이해를 어렵게 만든다. 이와 비교할 때 1930년대 후반에 발표된 박태원의 「악마」(1936)[9]나 채만식의 『탁류』(1937~38)는 성병의 은유적 장막이 만들어 내는 공포, 그리고 그것에 가려져 제대로 인지되지 못하던

---

8) 성병 특히 매독과 같은 질병은 개인에게 삼중의 고통을 준다. 매독은 쉽게 완치되지 않고 서서히 진행되며 인간의 육체를 훼손시킨다. 이 시기가 지나면 매독은 몸의 전체로 퍼지며 신경을 감염시켜 인간의 정신을 파괴한다. 하지만 이보다 심각한 것은 성적 관계에 의한 전염의 과정과 이것이 공개된 이후 겪게 되는 사회적 지탄과 비난이다. 당대의 신문에는 성병에 걸린 신세를 비관하여 자살한 사람의 기사를 어렵지 않게 찾아 볼 수 있다. 이러한 이중의 고통에 더욱 노출된 것은 사회적 약자였던 여성인 것은 말할 것도 없다. 「학감부인의 자살」, 『동아일보』, 1924.12.29; 「병고로 여자 자살」, 『동아일보』, 1925.5.27.

9) 박태원의 「악마」에 대한 연구로는 이를 "근대적 의학 지식의 만연과, 그것에 필연적으로 감염되어 고통받는 인간의 모습"으로 지적한 이경훈의 「모더니즘 소설과 질병」(『어떤 백년, 즐거운 신생』, 하늘연못, 1999, 155면)과 과학의 인과율에 제약 받지 않는 질병과 감염의 운명(불운)을 '악마'로 형상화하며 "매춘이 제도화되고 성병이 창궐하는 불건강한 시대와 사회의 상징적인 이상 생성물이자 병인성 사회의 병원체인 임질이 미치는 신체적 심리 효과를 문학화하고 주체화한 작품"으로 해석한 이재선, 「「악마」─임균 전염의 공포와 데모놀로지」(앞의 책, 189면) 등이 있다.

병든 육체의 고통을 직시하고 있다. 이 중 『탁류』는 성병(매독)의 전염과 이를 통해 고통받는 등장인물의 육체와 정신이 훼손되는 과정을 통해 사회의 모순과 정치경제적 문제를 심층적으로 제시하며 이를 서사화하고 있는 대표적인 작품이다.

채만식의 대표작으로 손꼽히는 『탁류』에 대한 평가는 여러 연구자가 지적한 것처럼 발표 당시부터 지금까지 '일상의 통속적 묘사'[10]와 '현실의 객관적 재현'[11]이라는 각기 다른 기준으로 나뉘어 있었다. 류보선은 이러한 극단적인 해석의 불균형에 대해 "이제까지의 연구 중 한 부류는 미두장을 중심으로 한 식민지적 수탈 구조를 집중적으로 부각시켜 『탁류』를 높은 리얼리즘적 성취를 이룬 작품으로 평가해왔고, 다른 한 부류는 초봉의 수난이라는 신파적 요소를 집중적으로 부각시켜 『탁류』를 시대적 본질과는 무관한 통속적 세태소설로 규정해왔던 바, 이러한 태도는 『탁류』의 중층성과 복합성을 결정적으로 훼손시키는 결과를 낳고 말았던 것이다"라고 지적하며 "중요한 것은 『탁류』의 전체를 보는 것", 가령 식민지 자본주의를 지배하고 있던 "계산가능성과 교환의 원리에 의해 운영되는 자본주의적 시스템"의 재현으로 『탁류』를 읽어야 한다는 주목할 만한 주장을 내놓기도 하였다.[12] 텍스트

---

10) 채만식의 『탁류』를 세태에 대한 통속적 묘사로 읽고 있는 대표적인 연구로는 임화, 「세태소설론」, 임화문학예술전집 편찬위원회 편, 『임화문학예술전집 3 - 문학의 논리』, 소명출판, 2009; 임화, 「통속소설론」, 같은 책 ; 안낙일, 「비극성과 통속성, 그 심미적 거리 - 『탁류』의 대중문학적 성격」, 『한국문학이론과 비평』 14, 2002 등이 있다.

11) 식민지 현실에 대한 객관적인 묘사로 『탁류』를 읽고 있는 대표적인 연구로는 홍이섭, 「채만식의 『탁류』 - 근대사의 한 과제로서의 식민지의 궁핍화」, 김윤식 편, 『채만식』, 문학과지성사, 1984; 김경수, 「식민지 수탈 경제와 여성의 물화 과정 - 채만식의 『탁류』의 재해석」, 『작가세계』 2000년 겨울; 한수영, 「하바꾼에서 황금꽝까지 - 식민지사회의 투기 열풍과 채만식의 소설」, 연세대 국학연구원 편, 『일제의 식민지배와 일상생활』, 혜안, 2004 등이 있다.

12) 류보선, 「교환의 정치경제학과 증여의 윤리학 - 『탁류』론」, 『한국문학의 유령들』, 문학동

를 해석할 때 연구자의 견해에 따라 작품의 필요한 부분만 분절해서 읽는 것이 아니라 작품의 전체를 보는 것이 중요하다는 의견은 『탁류』 한 작품이 아니라 모든 텍스트에 해당하는 독해의 전제이며 기본이다. 이런 관점에서 『탁류』의 서사를 전체적으로 조망할 때 중요한 것은 일종의 상품으로 물화된 초봉의 이동과 그녀의 병든 육체를 따라 움직이는 매독의 전염이다.[13] 매독은 『탁류』에 등장하는 대부분의 인물이 걸리게 되는 질병이자 그들의 육체와 정신을 훼손하는 근원이기도 하다. 매독은 '탁류'로 표현되는 식민사회의 혼돈된 징후성에 대한 일종의 알레고리이며, 그들의 육체와 정신, 사회적 관계를 심각하게 파괴하는 실재의 질병이다. 하지만 매독을 중요한 서사의 원리나 모티프로 삼아 『탁류』를 분석한 논문은 현대소설과 질병의 관계에 대한 이재선의 일련의 연구를 제외하면 매우 드물다. 이재선은 『탁류』를 "이름 그대로 흐리고 탁한 물 흐름을 비유적 공간으로 하여, 거기에 떠다니는 병균이나 독소적 질환과 같은 인간들의 생태와 그들의 탐욕 및 그 전염의 연쇄 과정과 효과를 제시하고 있는 매우 독특한 소설"이라고 평가하며, 이 소설에 등장하고 있는 "매독은 '미두'의 투기 열풍이 일고 있는 군산이라는 신흥 도시의 사회적 광기의 유행적 질병 상태를 위한 은유로서 기능하고 있는 것"이라고 분석한다.[14] 하지만 『탁류』에서 매독을 일종의 은유로 해석하는 것은 그것이 작품에서 기능하는 서사

---

네, 2012, 557~558면.
13) 식민지 조선 사회에 도래한 자본주의적 근대세계체제의 모습을 통해 『탁류』를 분석한 류보선은 흥미롭게도 "『탁류』의 매독은 서서히 다가와 어느 순간 인간을 정신적 생활적으로 파탄시키는 세계경제체제와 흡사한 측면이 있다"고 지적하고 있으나 이에 대한 분석에 치중하지는 않았다. 위의 글, 575면 각주 17번.
14) 이재선, 「『탁류』와 도시 군산의 징후학」, 앞의 책, 156면.

적 의미의 절반만을 읽어내는 방식이라고 판단한다. 이 소설에서 매독은 단순한 사회적 욕망과 광기의 상태를 징후적으로 표현하는 은유가 아니라 실제 등장인물의 육체를 파괴하고 아울러 정신까지 훼손하여 주변의 인물들을 파멸시키고 살해하게 하는 근원적 병인으로 작동하고 있기 때문이다. 앞으로 보게 되겠지만 채만식은 매독에 대한 상당히 해박한 지식을 가지고 있었으며 이 질병이 개인의 육체적 죽음과 정신적 파괴, 그리고 사회적 몰락에 복합적으로 작용하는 사정에 대해 잘 알고 있었다. 채만식의 『탁류』를 전체적으로 읽을 때 중요한 것은 초봉(정주사 일가)의 서사가 식민지적 공간에 대한 정밀한 축도(縮圖)로 작용하고 있는가, 그리고 초봉의 몰락을 확장했을 때 그것이 식민지적 실재에 대한 이해를 가능하게 하는가에 달려있다고 해도 과언이 아닐 것이다. 그리고 이러한 확대와 심화를 연결하며 소설과 사회를 서사적으로 밀접하게 연관 맺고 있는 것이 물화된 육체(돈)와 병든 육체(매독)이다. 이 글에서는 『탁류』를 중심으로 인간의 육체와 욕망을 통해 다른 사람에게 전염되며 사회 전체를 관류하는 '나쁜 피'[15] 매독에 대하여 살펴보고자 한다.

---

15) 흔히 매독을 지칭하는 '나쁜 피(bad blood)'라는 용어는 잘 알려진 것처럼 랭보의 시집 『지옥에서 보낸 한철』에 실린 「나쁜 피(Mauvais sang)」에서 따온 것이다. 살아 있는 인간을 대상으로 한 인체 실험 중 최장기 실험으로 기록된 미국의 '터스키기 매독 연구'(1932년부터 시작되어 1973년에 종료되었다)에 동원된 환자들은 자신이 어떤 병을 앓고 있는 지 어떤 처방을 받고 있는지 알지 못했다. 이 실험에 참여한 의사들은 환자들의 증상을 설명하며 매독이라는 병명 대신 '나쁜 피'라는 은어로 이 병을 지칭했다. 터스키기 매독 연구에 대해서는 데버러 헤이든, 이종길 역, 『매독』, 길산, 2004, 57~62면 참조. 터스키기 매독 연구를 비롯한 인체 실험의 끔찍한 역사에 대한 간략한 정리로는 김옥주·황상익, 「인체를 대상으로 하는 연구윤리의 발전─'뉘른베르크 강령'에서 연구윤리심의위원회의 정착까지」(『진보평론』 26, 2005 겨울)가 있다.

## 2. 영토, 풍도, 욕망

채만식 『탁류』의 1장인 「'인간기념물'」은 영화의 부감샷(high angle)을 연상시키는 인상적인 장면으로 시작된다.[16) 소설의 화자는 "금강(錦江) ……"[17)이라는 지명에 여운을 주며 마치 "지도를 펴놓고 앉아 가만히 들여다보"는 것 같거나 "비행기라도 타고 강줄기를 따라가면서 내려다보"(7면)는 것 같은 시선으로 금강의 물줄기를 따라가며 식민지 조선의 남쪽 영토를 조망한다. 그리고 이 시선은 백제라는 옛 국명이 환기하는 역사적 감흥과 목가적 정취가 남은 옛 풍경의 맑은 물을 따라 흐르다 황해와 만나며 곧 흐려진다. 이 역사적 탁류이자 욕망의 탁류의 "남쪽 언덕"에 자리 잡은 도시가 바로 "군산(群山)이라는 항구요, 이야기는 예서부터 실마리가 풀린다."(8면) 그리곤 화자의 시선은 "'오늘'이 아득"(8면)하고 "'명일'이 없는 사람들"에 대한 간략한 설명을 거쳐 미두장(米豆場) 앞에서 "나이 배젊은 애송이한테 멱살"을 잡힌 채 "봉욕"(9면)을 당하는 정주사에게 와 닿는다(Close in). 비로소 땅으로 내려

---

16) 채만식은 영화에 대한 이해와 관심이 높았고, 영화의 기법을 소설에 자주 활용하였던 작가이다. 채만식은 1938년 발표한 한 글에서 "우리는 시방 문학과 영화와의 교섭에 관하여 여러 가지 문제에 당면을 해서 있다. ─가령 영화가 가지는 문학적 요소의 새로운 검색이라든지 문학의 개성과 영화의 성격과의 비교 연구라든지 문학이 영화에 의해서 획득할 그의 제이차 가치의 상모와 그 평가라든지 또 이미 전초적으로 저널리즘에 오르내리고 있는 시나리오 내지 오리지날 시나리오(혹왈 영화소설)의 방법론이며 그들을 맞아들일 문단의 좌석 문제라든지 ……"라고 말하며 신흥예술인 영화에 대한 관심과 흥미를 표명한 적이 있다. 채만식, 「문학과 영화─그 실천인 「도생록」 평」, 『채만식전집』 10, 창작과비평사, 1989, 138면. 앞으로 이 글에서 『채만식전집』을 인용할 때는 번다함을 피하기 위해 인용한 글 옆에 간략하게 전집의 이름과 권수만을 표기하겠다.
17) 채만식, 『탁류』(『채만식전집』 2), 창작과비평사, 1987, 7면. 이하 이 책에서의 인용은 간략하게 괄호 안에 인용 면수만을 밝히도록 한다.

온 화자의 시선은 실감 넘치는 필체로 망신당하는 정주사의 모습과 이를 구경하는 한 무리의 사람들을 묘사한다. 서술자는 봉욕을 당하는 정주사의 구겨진 모자나 의복에 대한 묘사를 중간 중간에 삽입하며 영화와 흡사한 시각적 방식으로 장면을 구성한다. 그리고 시선은 이들을 거쳐 초봉과 결혼하고 그녀에게 매독을 전염시키면서 서사에 깊게 개입하는 "××은행 군산지점의 당좌계" 고태수와 그들의 결혼을 협잡으로 깨뜨리고 초봉을 강간하여 제 여자로 만들며 소설의 결말 장면에서 초봉에게 살해를 당하는 미두장의 "중매점 '마루강[丸江]'의 '바다지[場]회'로 있는 곱사 장형보"에게 연결된다. 고태수는 "장랫장인"(11면) 운운하며 싸움에 개입하라는 형보의 밉살스러운 말에 곤란을 느끼면서도 이를 부정하지는 않고 선선히 정주사에게 다가가 싸움을 말린다. 고태수의 덕으로 봉욕을 모면한 정주사는 싸움을 구경하던 패거리에게 담배 한 개비를 청하고는 선창으로 걸어가며 맏딸 초봉이, 작은 딸 계봉이, 그 아래의 아들 형주, 병주, 아내인 유씨로 이루어진 가족의 구성과 가난을 생각한다. 정주사의 일상을 맴돌던 상념은 선비의 아들로 태어나 군서기를 하다 "미두꾼으로, 미두꾼에서 다시 하바꾼으로"(15면) 전락한 자신의 인생사로 넘어가며 죽고 싶어도 죽지를 못하는, "입만 가졌지 손발이 없는 사람" 즉 "인간기념물"(20면)이 된 신세의 한탄으로 마무리된다. 자신의 집으로 향하는 정주사의 걸음은 일본인이 사는 군산의 시내를 지나 그곳보다 "한 세기나 뒤떨어져 보"이는, "군산의 인구 칠만 명 가운데 육만도 넘는 조선 사람들이 거의 대부분 어깨를 비비면서 옴닥옴닥 모여 사는"(21면) 둔뱀이[屯栗里] 일대의 조선인 슬럼을 향한다. 그곳에서 정주사는 싸전으로 자수성가한 한참봉의 가게로 들어가 그와 그의 아내 김씨를 만나고, 한참봉과 미두장의 돌아가는 시세와 혼기가 된 초봉이에 대한 이야기를 나눈다. 소설의 서사가 좀 더 전개된 후에 알려지는 사실이지만 한참봉의 아내 김씨는 그 집에서 하숙을 하고 있는 고태수와 오래전부터 내연의 관계를 맺고 있고, 나중에 장형보의 간계를 통해 이 사실을 알게 되어 아내와 고태수를 살해하게 되는 한참봉은 이들에게 매독을 전염시키는 장본인이다.

『탁류』의 1장 「'인간기념물'」에서 작가의 시점은 식민지조선의 남도를 한눈에 조감하는 하늘에서 군산 미두장의 정주사에게로 그리고 정주사를 따라 군산 시내를 활발하게 이동하며 소설의 서사에 등장하는 주요 인물들을 독자에게 소개해준다. 동적인 1장의 시선과는 달리 2장 「생활 제일과」는 초봉이 근무하는 "제중당이라는 양약국"(27면) 내부에 고정되어 있다. 약국의 주인이자 소설의 중간에 남편을 잃고 서울로 떠난 채봉을 유혹해 첩으로 삼는 박제호가 등장하고 그의 아내인 히스테리 환자 윤희가 독자에게 소개된다. 채만식은 약국에 찾아와 "가루우유"(31면)를 사가는 손님으로 기생 행화를 등장시키고, 상품을 주문하는 전화를 통해 고태수와 정주사의 집에서 하숙을 하며 의사 시험을 준비하는 남승재를 서사에 삽입한다. 전화는 『무정』(1917)에서 기차가 하던 역할을 그것과는 다소 다른 방식으로 수행하는 흥미로운 서사적 신문물이며 과학기술이 발명한 새로운 '기계장치 신(deus ex machina)'이다. 『무정』에서 기차는 평양과 경성 간의 이동속도를 단축하며 전통적 시간의 분할체계를 붕괴시킨다. 공간은 축소되며 거리의 엄격한 분할체계는 해체된다. 또한 기차역이나 기차는 어떤 약속도 없는 사람들이 만날 수 있는 서사적으로 특별한 장소의 역할을 하였다. 전화의 기능은 이것보다 훨씬 마법적이고 강렬했다. 전화는 목소리의 전달을 통해 이곳에서 부재하고 있는 인물을 서사의 공간으로 삽입한다. 지문처럼 확연히 구분되는 성문을 통해 인물은 자신을 증명할 수 있고 전화가 놓여 있는 곳이라면 시간과 장소의 상관없이 그곳에 삽입되거나 사건에 개입할 수 있다. 실시간으로 연결되는 전화를 통해 공간의 차이는 사라지며 일면식도 없는 인물들이 수화기에서 들리는 현재의 느낌을 헤아리며 만나는 것과 다를 바 없는 대화를 나눈다.[18] 채만식은 『탁류』의 2장과 10장 「태풍」에서 전화를 소설의 서사에 능숙한 방식으로 활용한다. 특히 10장에서 전화는 고태수의 횡령을 의심하고 채근하는 긴박한 신호이자 한참봉에게 아내와 고태수의 불륜을 고발하는 장형보의 불길한 목소리를 전달하는 비밀스러운 전령의 역할을 한다.[19] 조금 과장되게 말하자면 전화는 손에 피 한 방울 묻히지 않고 고태수를 살해하는 장형보의 보이지 않는 칼이다.

많은 연구자가 소설의 첫 장면에 등장하는 금강과 군산, 미두장에 대한 서술과 묘사에 주목하였고 이것이 『탁류』의 서사적 흐름이나 주제의 형상화를 이해하는 데 있어 중요하다는 견해를 밝힌 바 있다.[20]

---

18) 무선통신이나 전화가 인간의 경험과 예술에 가한 충격과 변화에 대해서는 스티븐 컨, 박성관 역, 『시간과 공간의 문화사 1880~1918』, 휴머니스트, 2004, 169~180면을 참조할 것.
19) 채만식 소설의 특징 중 하나로 지적할 수 있는 것은 그가 축음기, 전화기, 영화, 화학약품, 현미경 같은 과학적 발명품이나 신문물을 소설에 자주 등장시킨다는 사실이며, 이를 서사적으로 능숙하게 활용한다는 점이다.
20) 소설의 첫 장면에 제시된 공간인 금강, 군산 등을 통해 『탁류』의 서사를 설명한 글로는 김만수, 「탁류 속의 인간기념물─채만식의 『탁류』를 찾아서」,(『민족문학사연구』 12, 민족문학사학회・민족문학사연구소, 1998)가 있고, 정주사의 봉욕 장면이 펼쳐지는 미두장에 주목한 연구로는 류보선, 「교환의 정치경제학과 증여의 윤리학─『탁류』론」(앞의 책); 한수영, 「하바꾼에서 황금광까지─식민지사회의 투기 열풍과 채만식의 소설」(연세대 국학연구원 편, 앞의 책)이 있다.

거의 모든 소설의 서두는 공간에 대한 묘사나 등장인물에 대한 요약적 제시, 그리고 인물들이 맺게 되는 관계에 대한 간략한 암시가 담겨 있지만 영화를 통해 널리 알려진 기법을 소설적으로 활용해 독자들에게 시각적 쾌감과 서사의 전개를 이해하는 데 필요한 정보를 제공하는 채만식의 솜씨는 실로 장인의 경지에 다다랐다고 해도 과찬이 아닐 것이다. 하지만 채만식의 소설적 기법을 제대로 감상하고 그것이 전달하는 서사적 맥락의 전체를 비판적으로 이해하기 위해서는 1장을 2장과 비교하며 읽어야 그 의미가 더욱 분명해진다. "절기는 바로 오월 초생" "시간은 오후 두시 반"(9면)에 시작하는 『탁류』의 1장 — 이 장면은 "일곱시가 거진 되어서 정주사는 탑삭부리 한참봉네 싸전가게를 나섰다"(51면)라는 언급으로 시작되는 3장의 첫 문장과 시간적으로 연결되어 있다 — 과 오후 네 시에 시작해 초봉의 여섯 시 퇴근으로 끝나는 2장은 계봉의 아침 출근으로 시작해 형보의 비참한 죽음으로 끝나는 소설의 결말부(16~19장)처럼 동일한 하루의 서사를 담고 있으며 시간적으로는 겹친다. 하지만 각 장면을 이끌어가는 인물의 서사와 이를 제시하는 기법은 대조적이다. 『탁류』의 1장이 영토를 조망하던 시선의 하강과 정주사의 움직임을 따라 군산이라는 열린 공간을 배경으로 종횡무진 이동하고 있다면, 2장의 시선은 대부분의 경우 닫힌 공간인 약국의 실내에 멈춰 있다. 1장이 정주사의 봉변과 이동을 통해 서사에 등장하는 인물을 소개하고 있다면, 2장은 초봉이 근무하는 약국에 방문하거나 전화를 거는 대조적 방식을 통해 인물을 소개한다. 1장이 "군산의 심장"(9면)이라고 말해지는 미두장을 중심으로 소설의 서사적 전개에 대한 암시와 인물들 간의 관계를 상징적으로 제시하고 있다면, 2장은 초봉이 근무하고 있는 약국을 중심으로 그녀와 관계를 맺는 인물들이 모여든다. 미두장이 물욕에 눈이 먼 인간들을 군집하게 하는 장소라면 그곳을 서성이며 투기를 하며 자신의 인생을 날리고 마침내는 딸마저 생활의 밑천이 될 약간의 돈과 교환해버리는 정주사의 타락은 이러한 공간을 살아가는 인간의 생활상에 대한 상징적 제시이다. 그리고 초봉의 청초한 육체를 탐하기 위해 그 주변으로 모여드는 인간들과 이들의 농밀한 사적 관계에 의해 전염되는 매독, 그 질병에 시달리는 병든 육체의 공간인 약국은 식민지 자본주의의 퇴폐한 일상을 재현하는 또 다른 상징적 장소이다. 정주사 일가의 몰락 이야기는 식민지적 공간에서 경험하게 되는 다양한 군상들의 고통과 전락을 압축해서 전달하는 일종의 축도와 같다. 하지만 서사의 전개와 이해를 위해 어느 정도까지는 인물을 한정하고 이야기를 편집해야 하는 소설의 장르적 특징을 생각하자면 모든 소설은 사회의 축도라고 말할 수 있다. 그렇다면 중요한 것은 이를 축소하는 것이 아니라 한정된 인물과 사건을 통해 전개된 소설의 서사가 동시대적 문제를 노출하고, 이 모순과 해결책에 대한 비판적 고민을 가능케 하는 사유로 확장될 수 있는가 하는 사실일 것이다.

또 한번 해가 바뀌어, 이듬해 오월이다.

태수와 김씨가 그의 남편 탑삭부리 한참봉의 한방망이에 맞아죽고, 초봉이는 호젓이 군산을 떠나고, 이런 조그마한 사단이 있은 채로 그러니 벌써 두 번째 제 돌이 돌아오는 왔다.

그러나 이곳 항구 군산은 그러한 이야기는 잊은 지 오래다. 물화와 돈과 사람과, 이 세 가지가 한데 뭉쳐 생명 있이 움직이는 조고마한 거인은 고만한 피비린내나, 뉘 집 처녀가 생애를 잡친 것쯤 그리 대사라고 두고두고 잊지 않고서 애달파할 내력이 없었던 것이다.

　해는 여전히 아침이면 동쪽에서 떴다가 저녁이면 서쪽으로 지고, 철이 바뀌는 대로 풍경도 전과 다름 없이 새롭고, 조수 밀렸다 썰렸다 하는 하구로는 한모양으로 흐린 금강이 쉴새없이 흘러내리고 있다. 그러는 동안 거인은 묵묵히 걸음을 걷느라, 물화는 돈을 따라서, 돈은 물화를 따라서, 사람은 그 뒤를 따라서 흩어졌다 모이고 모였다 흩어지고, 그리하여 그의 심장은 늙을 줄 모르고 뛰어, 미두장의 ×××도 매일같이 벌어지고 있다.(344면)

『탁류』15장「식욕의 방법론」의 서두에 적혀 있는 이 인용은 채만식이 가지고 소설에 대한 사유와 방법론의 핵심에 다가가는 데 중요한 참조가 되는 대목이다. 채만식은 리얼리즘을 표방하는 동시대 평론가들에게 '세속', '통속', '퇴폐'의 단어로 수식되던 작가였다. 심지어 임화는 『탁류』가 장편으로서의 "흥미가 있는 듯싶으나, 기실 자세히 생각해보면 이 작품들은 자체가 단편의 집합이었고, 흥미도 한 토막 한 토막의 시추에이션 위에 걸려 있었다"[21]고 하며 그 이유를 상업성을 추구하는 저널리즘과 문학의 결합 즉 신문소설이라는 "조선적 특수성"에서 찾았다.[22] 10년 가까이 신문사와 잡지사에서 기자 생활을 하며 현실에 대한 심층적 경험을 했던 채만식은 이러한 비판에 정면으로 반박

---

21) 임화,「세태소설론」, 임화문학예술전집 편찬위원회 편, 앞의 책, 287면.
22) 임화,「통속소설론」, 위의 책, 312~315면.

하며 자신의 창작관을 피력한다.[23] 그는 일종의 사업인 신문사나 잡지사가 작가에게 요구하는 상업적 기대는 부득이한 일이며 독자들과 평론가들이 모두 열광했던 『고요한 돈강』이나 『부활』, 『레미제라블』 같은 소설 역시 신문이나 잡지에 연재되었다는 사실을 들며 문제는 문화계의 수준 낮은 독자와 소설가, 비평가에 있음을 지적했다.[24] 채만식은 문학에서 사상성만을 찾으려는 카프계 평론가와 소설가들을 비난하며 "대부분의 독자가 일반 작품을 감상하는 핀트"가 세속적인 것에 놓여 있음을 지적하고, 소설은 "좀 더 쉬운 문장 좀 더 읽기 편한 문구로 써도 넉넉히 표현할 수가 있는 것"임을 주장하였다.[25] 오히려 채만식은 비루한 현실의 사건에서 소재를 구하는 것이 문제가 되는 것이 아니라 그것이 현실에 대한 비판적 인식과 역사적 발전을 추진할 수 있는 방식으로 주제화되는 것에 소설의 핵심이 있다고 생각하였다.[26] 그렇기에 채만식은 "위대한 문학"을 열망하는 소설가에게 필요한 것은 "소시민의 우울한 생활"을 뚫고 현실을 직시하는 "사회학자다운 관찰과 연구"라고 역설하였다.[27]

앞에서 인용한 『탁류』의 구절이 말해주는 것처럼 소설의 전반부를 채우고 있는 매매나 다름없는 초봉의 결혼, 매독환자 태수의 끔찍한

---

23) '동반자작가'라 불리던 소설가 채만식이 카프 비평가들과 벌인 논쟁에 관해서는 이도연, 「채만식과 카프와의 관계」, 『채만식 문학의 인식론적 지형도와 구성 원리』, 소명출판, 2011을 참조할 것.

24) 채만식, 「출판문화의 위기—우리 문단은 어찌 될까」, 『채만식전집』 10, 114~117면.

25) 채만식, 「문예시감(1)」, 『채만식전집』 10, 62면.

26) 채만식이 즐겨 사용한 세속적 소재에 대한 세간의 비판과 이에 대해 주제화의 방식을 강조하며 대응한 채만식의 답변은 「위장의 과학평론—기실 리얼리즘에 대한 모독」, 『채만식전집』 10, 118~132면을 참조할 것.

27) 채만식, 「소설 안 쓰는 변명」, 『채만식전집』 10, 82~83면.

죽음, 태수에게서 제호로 그리고 다시 형보에게로 넘겨지는 초봉의 전략은 "조그마한 사단"에 불과하다. 그것은 잠시나마 사람들의 말초적 흥미를 끌지 모르지만 "물화와 돈과 사람"의 거대한 결합인 도시의 잊을 수 없는 비애가 될 수는 없는 법이다. "고만한 피비린내"나 처녀의 전락은 임화가 말한 것처럼 흥미 있는 "한 토막의 시추에이션"이며 채만식이 언급한 것처럼 아직 현실이 되지 못하는 "한 개의 사건에 불과"한 것이다.[28] 채만식의 말처럼 물화와 돈을 쫓는 근대의 인간은 더 이상 외적 사실에 자신의 경험을 동화하거나 타인의 고통을 망각하지 않고 "애달파할 내력"을 상실하였다. 발터 벤야민은 이러한 "내력"의 상실을 외적 사건에 대해 공감하는 능력의 감소라고 지적하며 이를 가장 잘 알려주는 증거로 신문을 든다. 벤야민이 보기에 타인의 고통과 외부의 사건을 인간의 경험으로 돌려주는 것은 예술의 몫이며, 특히 그것과 관련된 것은 이야기이다. "신문의 본질은 독자로 하여금 그들의 경험에 영향을 미칠지도 모르는 영역으로부터 제반 사건을 차단하는데 있다. 저널리즘적인 정보의 원칙들, 예컨대 새로움, 간결성, 이해하기 쉬울 것, 그리고 무엇보다 각각의 소식들 사이에 연관성이 없다는 점은 신문의 편집 및 문체와 더불어 그러한 목적에 기여한다. (…중략…) 예전의 관계를 정보가 대체하고 그 정보를 다시 센세이션이 대

---

28) 위의 글, 84면. 채만식은 "현실이니 리얼리즘이니 하지만, 그러니 똑바른 현실을 현실대로 파악하여 가지고 그것으로 재료삼는 것이 소설을 쓰는 데 큰 기초가 되는 것이오. 따라서 중대한 소인이야 되는 것이지만, 그러나 현실을 현실대로 그려만 놓았자 그것은 한 개의 사건에 불과하오"라고 말하며 소설에서 중요한 것은 "무엇을?"의 문제가 아니라 "어떻게"의 문제, 즉 소재가 아니라 주제임을 강조한다. 하지만 그는 당대의 카프 평론가들이 주장했던 "유물변증법적 창작방법", "××××적 리얼리즘"(사회주의적 리얼리즘), "××적 로맨티즘"(혁명적 로맨티시즘)에 동조할 수는 없다고 쓴다.

체하는 과정 속에, 점차 위축되는 경험이 반영되고 있다. 이 모든 전달 형태들은 그 나름대로 이야기 형태와 구분된다. 이야기는 전달의 가장 오래된 형태들 중 하나이다. 이야기에서 중요한 것은, 정보가 하는 것처럼, 일어난 사건의 순수한 내용 그 자체를 전달하는 게 아니다. 이야기는 사건을 바로 그 이야기를 하고 있는 보고자의 삶 속으로 침투시키는데, 그것은 그 사건을 듣는 청중에게 경험으로 함께 전해주기 위해서이다."[29] 채만식이 소설가에 있어서 가장 중요한 능력이라고 강조하며 자신에게는 이러한 것이 너무나도 힘에 벅차다고 언급했던, 현실을 넘어 역사를 재현하는 소설의 동인인 '테마'의 문제, 발터 벤야민의 용어를 빌려 말하자면 단속적인 사건을 독자의 삶 속으로 침투시켜 경험으로 만드는 이야기꾼의 능력이 그가 생각했던 소설의 핵심이다. 모리스 블랑쇼의 말처럼 주제는 줄거리의 엄밀함이나 사람들의 흥미를 자아내는 소재나 사건에서 소설을 해방시키며 "전체의 은밀한 중심으로서 시종 감추어져 있을수록 그만큼 더 중요한 것이 되는 어떤 법칙에 의해 엄밀하게 질서 지워진 어떤 통일된 총체를 만들어 내"는 소설의 진정한 동력이다.[30] 그렇다면 다시 질문을 던질 수 있다. 채만식은 『탁류』에서 사용한 "조그마한 사단"들을 어떻게 소설의 주제로 형상화하고 있는가 하는 질문이 그것이 될 것이다.

　　운명은 넌출('넝쿨'의 전라도 사투리 – 인용자)이 결단코 조만치가 않다.

---

29) 발터 벤야민, 김영옥·황현산 역, 「보들레르의 몇 가지 모티프에 관하여」, 『발터 벤야민 선집』 4, 길, 2010, 185~186면.
30) 모리스 블랑쇼, 심세광 역, 『도래할 책』, 그린비, 2011, 245면.

시방 초봉이의 새로운 이 운명만 하더라도 그 복선(伏線)은 차라리 그가 어머니로서 송희를 사랑하는 죄 …… 하기야 매니애[狂]에 가깝도록 편벽된 구석이 없진 않으나 …… 아뭏든 어머니 된 죄, 그 속으로부터 넌출은 뻗어나온 것이다.

하나, 그놈을 다시 추어보면 넌출은 애정없이 사랑할 수 없다는 서글픈 인정 속에 묻혀 있는 복선의 연맥임을 알 수 있다. 그리고 다시 그 끝은, 팔자를 한번 그르친 젊은 여인이란, 매춘의 구렁으로 굴러들기 아니면, 소첩 애첩의 이름 밑에 아무 때고 버림을 받아야 할 말이 없는 위험지대에다가 몸을 퍼뜨리고 성적 직업에나 종사하도록 연약하기만 하지, 여자이기보다 먼저 인간이라는 각오와, 다부지게 두 발로 대지를 밟고 일어서서 버팅길 능(能)이 없이 치어났다는 죄, 그 죄로 복선의 끝은 면면히 뻗어 들어가서 있는 것이다.

만일 이 복선의 넌출을 마지막, 땅에 뿌리박은 곳까지 추어 들어가서 힘껏 뽑아낸다면 거기엔 두 덩이의 굵은 지하경(地下莖)이 살찐 고구마 같이 디룽디룽 달려 올라오고 있을 것이다. 이것이 한 덩이는 세상 풍도(風度)요, 다른 한 덩이는 인간의 식욕(食慾)이다.

기구한 생애가 시초를 잡고 뻗쳐나오는 운명의 요술주머니란 바로 이것인 것이다. (325~326면)


인용한 문장에서 채만식이 "넌출"이라고 부르는 서사의 선은 바로 '플롯'이다. 개별적인 '사건' 혹은 등장인물들의 고통과 전락은 신문에 연재되는 장편을 그날의 지면을 채우는 기사의 한 토막처럼 받아들이는 독자들에게 어떤 역사적 연관과 현실적 비애를 자아내지 못하는 일회분의 정보이며 센세이션으로 읽힐 뿐이다. 채만식은 『탁류』의 주인 공인 초봉이가 직면하게 되는 끔찍한 고통을 "운명"이라고 부르며 이 것이 그가 "복선"이라고 호칭하는 현실적 연관 속에서 일어나는 일련 의 사건임을 얘기한다. 그것은 애정 없는 사랑의 덧없음이며, 결혼에 실패한 젊은 여인이 사회적으로 맞이하게 되는 모멸과 유혹이며, 매춘 이나 첩과 같은 "성적 직업"밖에는 아무 것도 할 수 없는 사회적 압제이 며, 여성의 자립을 어렵게 만드는 현실적 조건이다. 채만식은 이러한 서사의 선이 그가 "거대한 파도와 같은 현실"[31]이라고 불렀던 "마지막, 땅에 뿌리박은 곳"까지 연결된다면 그것을 통해 마치 애덤 스미스의 '보이지 않는 손'이나 프로이트의 '쾌락 원칙'처럼 현실에서 쉽게 모습 을 드러내지 않는 세상의 실재적 이치("세상 풍도")와 인간의 숨겨진 욕 망("식욕")을 끄집어낼 수 있다고 생각하였다. 채만식이 인용했던 발자 크의 표현을 가져오자면 소설은 "현실의 상호관계를 바르게 기술하여 거기 덮여 있는 가공적 일류미네이션을 깨트려 그들의 세계관을 동요"시 키는 것이다.[32]

채만식이 『탁류』에서 제시한 초봉의 전락과 이동은 단속적 정보나 충격적 사건이 아니라 주변 서사인 기방으로 팔려가는 명님이의 이야 기가 함께 알려주는 것처럼 인간사의 모든 가치가 단 하나의 교환가치 로 환원되어버린 타락한 세계의 '풍도'에 대한 냉정한 몰락의 서사이 다.[33] 상품과 자본, 인간의 욕망이 한데 뭉쳐져 살아 있는 사람처럼 움

---

31) 채만식, 「소설 안 쓰는 변명」, 『채만식전집』 10, 83면.
32) 채만식, 「위장의 과학평론―기실 리얼리즘에 대한 모독」, 『채만식전집』 10, 128면.
33) 이에 대한 가치 있는 연구로는 앞에서 제시한 류보선과 한수영, 김경수의 글이 있다.

직이는 자본주의 도시는 채만식이 쓴 것처럼 "물화는 돈을 따라서, 돈은 물화를 따라서, 사람은 그 뒤를 따라서 흩어졌다 모이고 모였다 흩어지고, 그리하여 그의 심장은 늙을 줄 모르고 뛰"는, "피비린내"가 감지되지만 누구도 이를 특별하게 인지하지 못하는, 비극적 역동성으로 가득 찬 공간이다. 채만식은 『탁류』에서 초봉의 신분 변화와 이동이 있을 때마다 따라붙는 냉혹한 현금계산으로 이 '풍도'와 사건을 연결한다. 정주사는 고태수의 혼사가 들어왔을 때 그를 딸의 행복을 책임질 또 하나의 가족으로 생각하는 것이 아니라 지참금으로 인지한다. "대체 얼마나 둘러주려는고? 한 오륙백 원? …… 오륙백 원쯤 가지고야 넘고 처져서 할 게 마땅찮고 …… 아마 돈 천 원은 둘러주겠지. 혹시 몇천 원 척 내놓을지도 모르고."(134면) 정주사는 사위의 끔찍한 죽음을 알게 된 직후 "하늘이 무너진 듯 아뜩"함을 느끼지만 그것은 "날아가버린 장사 밑천"에 대한 허망함의 표현일 뿐이다.(244면) 태수가 죽던 날 형보에게 겁탈을 당하고 "곱던 무지개와도 같이 스러진 환멸"(246면)에 고통을 당하던 초봉은 몰래 서울로 떠나던 길에 한때 근무하던 약국 주인 박제호를 만나게 된다. 제호에게 결혼에 실패한 초봉은 "중년 남자다운 조심성과 압박으로부터 단박 해방"을 시켜주는 "이미 헌 계집", "임자 없는 계집"에 불과하다. 그는 히스테리 환자 윤희와 이혼을 하고 친정집의 생활까지 책임질 수 있는 "이삼십 원"(268면)의 월급을 초봉에게 제시하며 그녀를 유혹한다. 이미 약국에서 근무할 때부터 돈이 주는 "빳빳하면서도 자별히 보두라운"(46면) 매력을 체험한 바 있는 초봉은 제호가 이야기한 "생활의 설계"(269면)에 만족하며 보다 높은 가격으로의 홍정까지 생각한다. "성적 직업"과 다를 바 없는 월급 받는 첩의 생활을 지속하던 초봉은 자신을 찾아온 형보에게 분노를 감추지 못하지만 그녀를 더 놀라게 한 것은 마치 물건을 거래하듯 자신을 놓고 서로의 사연을 논하는 박제호와 형보의 모습이다. 초봉은 마치 자신이 "고태수의 물건"(325면)인 것처럼 거래되는 과정을 보고 "일종 처절한 광망(光芒)"과 "살기"(331면)를 뿜으며 "저주"와 "분노와 원한"(335면)을 쏟아내지만 딸 송희의 울음소리에 정신을 차리곤 "일찌기 제 자신에 있어본 적이 없던 하나의 용기"(339면)를 낸다. 그것은 자신이 직접 자기의 가격을 흥정하는 것이다. 말하는 상품 즉 물화된 인간이 된 초봉은 아이와 자신의 앞으로 천 원짜리 "생명보험"을 들 것과 생활비와는 별도로 자신의 월급을 "다달이 오십 원씩" 지불할 것, 그리고 친정으로 장사 밑천 천 원을 보내줄 것, "우리 친정 동생들 서울로 데려다가 공부시켜"(343면) 줄 것을 요구하며 거래를 완료한다. 초봉의 조건에 놀란 형보가 기생에 초봉을 비유하자 그녀는 "내가 기생보담 날 건 있다더냐?"(343면)라고 말한 것에서 알 수 있듯이 초봉은 누구의 아내나 첩이라는 최소한의 명분도 없는 성적 직업에 종사하는 여인으로 완전히 전락한다. 초봉은 스스로 몸값을 흥정하는 것을 "용기"라고 생각하며 체념하지만 그녀가 계산하지 못한 것이 있다. 그것은 그녀를 구매한 장형보에 의해 이루어지는 끔찍한 사용, 즉 형보의 사디즘적 착취에 의해 극도로 피폐해지는 육체와 정신이며, 그녀 자신이 그것을 견뎌낼 물건이 아니라 연약한 인간이었다는 사실이다.

초봉의 청초한 육체를 두고 벌어지는 주변 인물들의 냉혹한 현금 계산이 『탁류』의 서사를 연결하는 중요한 "넌출"(플롯)이라는 것은 이미 많은 연구자에 의해 다루어진 새로울 것 없는 주제이다. 하지만 종료된 거래가 다시 성립되기 위한 조건 즉 이미 팔려간 초봉을 다시 시장으로 내놓게 되는 일련의 사건들에 대한 지적은 거의 없다. 채만식은 이를 "운명"이라고 부르지만 여기에는 세상의 풍도와 욕망으로는 쉽게 설명되지 않는 "매니아(狂)에 가깝도록 편벽된 구석"이 존재한다. 자살을 결심한 고태수의 결혼, 장형보의 밀고와 성욕, 초봉의 자살 결심과 우발적으로 자행되는 끔찍한 살해에는 단순히 자본주의적 욕망이라는 말로 설명하기 힘든 일종의 '광기'가 흐른다. 그리고 여기에 작용하는 것이 육체와 정신의 동맥을 따라 흐르는 '나쁜 피' 매독이다.

## 3. 매독과 광기

『탁류』에는 초봉의 육체를 둘러싼 더러운 거래와 이를 통한 그녀의 전락에 가려 잘 인지되지 않는 사실이 있다. 그것은 『탁류』의 인물들에 의해 자행되는 범죄이며 이를 추동하는, 단순한 욕망이라는 말로는 쉽게 설명되지 않는, '죽음 충동'에 가까운 광기이다. "흥미의 대상인 유흥과 계집이 상해(上海)와 같이 개방"된 군산에서 "방탕의 행락"(84면)에 빠진 고태수는 자신이 근무하는 은행에서 "소절수"를 위조하는 방식으로 "'사기'와 '횡령'"(82면)을 시작하며, 이를 만회하기 위해 "치외법권이 있는 도박꾼의 공동조계(共同租界)요 인색한 몬테카를로"(72면)인 미두장에 뛰어든다. 고태수의 인생은 그가 입버릇처럼 말하는 것처럼 도주하거나 "자살"(83면)하는 것 외에는 아무 것도 남지 않은 벼랑 끝의 향연에 불과하다. 고태수는 하숙집 여주인 김씨와 다소 변태적인 불륜 관계를 유지하고 있으면서도 그의 마지막을 화려하게 장식할 환락을 구상한다. "그는 어떻게 해서든지 초봉이와 결혼이나 해서 단 하루나 이틀이라도 좋으니, 재미를 보기가 마지막 소원이요, 그런 다음에는 세상 아무것에 대해서도 미련이 없을 것 같았던 것이다."(85~86면) 사실 "재미"라고 말하고 있지만 그가 꿈꾸는 것은 이보다 훨씬 위험한 "초봉 이와의 정사(情死)"(94면)이다. 원하는 대로 초봉과의 결혼에 성공한 고 태수는 자신의 횡령이 들킬 위기에 처하자 "쥐 잡는 약"과 "과실과 과 자"(215면)를 사서 귀가한다. 그의 충동은 자신의 죽음을 훨씬 초과해 "빌어먹을 것, 그 여편네(김씨 — 인용자)까지 행화까지 다 데리고 초봉이 와 넷이서 죽었으면 십상 좋겠다"(215면)는 끔찍한 상상으로까지 확대 된다. 고태수는 행화와 김씨를 만나고 돌아온 후에 초봉이 "정사"를 거 부하면 "웃으면서 안심을 시켜 잠이 들게" 한 후 "잠이 들거든 무어 허 리띠 같은 것으로"(215면) 교살할 것을 계획하지만 그는 이 계획을 실행 에 옮기지 못한 채 불륜 현장을 목격한 한참봉에 의해 김씨와 함께 참 혹하게 살해된다.

한국문학사에서 유사를 찾기 어려울 정도의 악인으로 이름 높은 장 형보는 선천적 척추 장애인이다. "미상불 세상 사람들은 형보가 곱사 요, 또 형용이 추하게 생겼대서, 속을 주기 전에 덮어놓고 멸시를 했고, 이 멸시 속에서 형보는 자라났고, 살아왔고, 지금도 살고 있다."(316면) 사람들의 멸시 속에서 형보의 "연한 동심은 좋이 자라지를 못하고 속 으로 갈고리같이 옥고, 뱀같이 서리서리 서렸"고, 이는 "세상을 통으로 원수를 삼"는 "핍절한 양심"으로 발전해 "한 개의 천품으로 굳어져 버렸다."(317면) 서른 살 먹은 형보의 인생은 이러한 멸시와 앙심, 조실부모한 처지와 상해, 북경, 서울, 인천 등의 도시를 유랑하며 살았던 신세로 요약된다. 태수가 "초봉이와의 정사"를 상상할 때 형보는 은행에서 더 큰 돈을 횡령하자는 자신의 제안을 거절하는 태수에 대한 복수를 계획한다. 형보는 태수에게 더 많은 돈을 긁어내고 초봉이 마저 자신의 것으로 취할 생각에 태수의 범행을 은행에 밀고하거나 자살을 방조하거나 하는 것에서 더 나아가 "정거장 앞에 있는 자동전화를 이용"(223면)하여 한참봉에게 김씨와 태수의 불륜을 상세히 전한다. 그리곤 태수가 한참봉의 방망이에 맞아 죽는 그 시간에 초봉이를 처참하게 강간한다. 그 후 서울 박제호의 집으로 찾아가 초봉을 '구매'한 형보는 "흉포스런 완력다짐 끝에 따르는 계집의 굴복"이 주는 흥분 즉 "일종의 새디즘"(399면)에 빠져 지독하게 초봉의 육체와 정신을 착취하다 결국엔 초봉의 손에 처참한 죽음을 맞는다.

하지만 『탁류』의 어떤 인물보다 흥미롭고 복잡한 심리 상태를 보이는 것은 초봉이다. 그녀는 태수처럼 자본주의적 향락에 물든 것도 아니고 형보처럼 장애와 외모에 대한 세상의 멸시에 복수하려는 앙심으로 다져진 성격도 아니다. 그만큼 소설의 마지막 장면에 펼쳐지는 살인은 돌발적이며 충격적이다. 채만식은 소설의 결말을 미리 알고 있었던 유일한 사람답게 균열이 가는 초봉의 정신 상태를 소설의 곳곳에 은밀하게 노출한다. 초봉은 고태수와 혼인을 하고 열흘이 지난 아침 "다섯시 반 첫 싸이렌 소리"(200면)에 잠이 깨어 신비로운 체험을 한다. 고태수의 옆에서 잠을 깨어 앉아 있는 자신의 모습을 다른 사람이 되어 바라보는 것 같은 "환상"(202면)을 보는 것이다. "암만해도 초봉이 저는 따로 있고, 시방 저는 남인 것만 같다. 남? …… 그래 남! 나 말고서 남 …… 초봉이는, 이제 자신이 남으로 여겨지는 자의식의 분열이 무척 마음에 들었다."(201~202면) 실제의 자신은 '둔뱀이'에 사는 가족들과 함께 아침을 시작하며 승재를 맞이하고 있고 지금 이곳에 고태수와 함께 있는 사람은 자신이 아닌 남이라는 생각, 앞으로의 그녀의 삶에서 거듭되는 이러한 환상은 초봉이 승재에 대해 가지고 있던 죄의식에 대한 일종의 해소이자 참혹한 삶을 견디는 한줌의 희망으로 작용한다. 채만식은 초봉이가 스스로 생각하던 삶과 그녀가 일종의 상품처럼 거래되며 맞이하게 되는 새로운 환경에서 경험하게 되는 자의식의 분열을 "새로운 객관에 무심한 낯가림"(203면)이라고 부른다. 하지만 초봉의 삶은 그녀가 어느 순간에 적응하기도 전에 또 다른 상황으로 바뀌고 그녀의 분열은 감당할 수 없을 만큼 심각해진다. 삶의 주체로서 갖게 되는 생활에 대한 주관적 의지와 상품이라는 객체가 되어 맞이하게 되는 순응적 객관 사이의 심각한 분열 속에서 그녀는 일체의 의욕을 상실한 일종의 기계로 스스로를 인지한다. 제호의 첩이 된 초봉은 "승재가 가끔 생각나는 때 말고는 이것이고 저것이고 간에 흥분도 없으려니와 불평도 없이, 일에다가 마음을 붙여서 그날그날 지내는, 로보트 되다가 만 '사람' 노릇"(273면)을 하며 살아간다. 초봉은 스스로를 어떠한 감정의 표현도 없는 "로보트"처럼 여기고 있지만 제호는 "눈을 흘기고, 영 심하면 정말 고양이같이 달려들어서는 제호의 까부는 손등이고 빈대머리진 이마빡이고 사정없이 박박 할퀴"며 "여느 때는 들어보지도 못한 쌍스런 욕을 내갈기기도"하는 초봉의 모습에서 윤희의 "히스테리 초기"(276면) 때 모습을 본다. 제호와의 생활이 얼마 지나지 않아 초봉은 아버지가 누구인지 알 수 없는 아이를 임신하게 되고 낙태를 시도하지만 실패하고 어쩔 수 없이 아이를 출산하게 된다. 그녀는 자신을 꼭 닮은 딸을 낳게 되고 그것이 자신의 유일한 주관적 의지가 투영된 일인 것처럼 무서울 정도로 아이에 집착하게 된다. 초봉은 형보에게 팔려간 이후에도 삶의 의지를 오직 딸 송희에게서만 찾으며 그 아이를 동생 계봉에게 맡기고 자살하고 싶다는 말을 입버릇처럼 하면서 형보의 성적 착취를 견뎌낸다. 그러던 어느 날 초봉은 형보를 향해 무심코 죽여버리겠다는 말을 뱉게 되고 그 말이 주는 위험한 매력에 사로잡힌다. "죽일 생각이 나서 죽인다고 한 게 아닌데, 흔히 욕 끝에 나오는 소린데 막상 죽인다고 해놓고 들으니, 아닌 게 아니라 귀에 솔깃이 당기면서, 정말 죽여버렸으면 싶은 생각이 솟아나던 것이다. 이것은 초봉이에게 대하여 일변 무서운, 그러나 퍽도 신기한 발견이었었다."(396면) 이 인용에서 볼 수 있는, 하나의 자아에서 갈라져 나온 말하는 주체와 듣는 객체 사이의 미세한 분열은 흥미롭다. 초봉의 억눌린 자아가 말을 하고 물화된 육체가 이를 듣고 화답을 한다. 초봉에게 자살은 자아가 표출할 수 있는 최소한의 주관적 의지이며 말 그대로 자아 살해이다. 하지만 뜻밖에 뛰어나온 살의의 표현은 그녀를 압제하고 있는 객관적 세계의 파괴가 가능함을 그리고 그것이 주관적 자아의 해방을 견인할 수 있는 효과적 방법임을 그녀에게 알려준다. 초봉은 그날 저녁 약국에서 "항용 ×××라고 부르는 '염산 ×××' 한 병을 오백 그램짜리째 통으로" 사고 "교갑도 넉넉 백 개"(446면)나 산다. 그리고는 형보를 살해하려는 자신의 결심을 "자살의 서광(曙光)"(446면)이라고 생각한다.

살의가 주는 해방감과 황홀감에 젖어 밤거리를 걷던 초봉은 자신이 승재와 송희를 데리고 걸어가는 환영을 보게 된다. "번연한 생시건만, 초봉이는 제가 남이 되어 남이 저인 양 넋을 잃고 서서 눈은 환영을 쫓는다."(449면) 승재에 대해 품었던 마지막 꿈마저 사라졌다는 허탈감, 형보를 독살하려는 "무서운 독부"가 되었다는 "야속한 운명"(451면)에 대한 한탄으로 눈물을 흘리며 집에 도착한 초봉은 집밖으로 들리는 송희의 비명을 듣고는 그대로 방안으로 달려간다. 그리곤 그녀는 "완전히 통제를 잃어버린 '생리'"(456면)가 되어 감각과 의식이 상실된 상태에서 형보를 처참하게 밟아 죽인다.

항용 남들처럼 사람을 해하고 난 그 뒤에 오는 것, 가령 막연한 공포라든지, 순전한 마음의 죄책이라든지, 다시 또 그 뒤에 오는 것으로 받을 법의 형벌이라든지 그런 것은 통히 생각이 나질 않는다. 단지 천행으로 이루어진 이 결과에 대한 만족과, 일변 원수의 무사태평함에 대한 시기와 이 두 가지의 상극된 감정이 서로 번갈아 드나들 따름이다.(460면)

초봉은 인용에서 읽을 수 있는 것처럼 살인에 대한 윤리적인 고통, 시체가 주는 공포, 양심의 가책, 현실 세계의 법과 형벌이 주는 두려움에 일절 구애를 받지 않는다. 이러한 내면 상태가 알려주는 것은 분명하다. 그녀를 압제하던 객관 세계가 완전히 붕괴하였고 이와 함께 '남'처럼 여겨지던 이 현실 세계 속의 또 다른 초봉이가 겪던 두려움과 고통도 사라진 것이다. 그리고 그녀는 과거의 행복했던 나날이 만들어주는 완전한 주관의 세계, 즉 환상에 완전히 사로잡힌다. 초봉은 계봉과 함께 온 승재를 보고, 승재가 구해줄 수 있었는데 왜 조금 더 참지 못했냐는 계봉의 말을 듣고 자신이 아무런 제약 없이 과거로 돌아갈 수 있다는 망상에 빠진다. "승재가 나를 구해내 주고 그러고 다 그러기로 했다구? …… 옳아! 시방도 그러니까 나를 사랑하고, 그래서 다시 거둬 주려고 ……"(465면) 그리고는 초봉은 승재에게 자수를 하고 징역살이를 해도 자신을 받아줄 수 있냐고 침착하게 묻는다. 승재는 이 "명일의 언약"(469면)이 무슨 의미인지를 알지만 거절할 엄두를 내지 못해 다정하게 승낙을 한다. "초봉이는 저도 모르게 한숨을, 안도의 한숨을 내쉬면서 "네에." 고즈너기 대답하고, 숙였던 얼굴을 한 번 더 들어 승재를 본다. 그 얼굴이 지극히 슬프면서도 그러나 웃을 듯 빛남을 승재는 보지 않지 못했다."(469면) 소설의 마지막 구절이 알려주는 것처럼 초봉의 "침착한 태도"(468면)와 슬픈 듯 웃을 듯 빛나는 얼굴은 어떤 새로운 희망의 도래나 갈라진 관계의 회복에서 발현된 자연스러운 신체적 반응이 아니다. 그것은 초봉이가 객관 세계에 대한 일체의 감각과 의식을 상실하고 자신의 주관과 환상 속에서 제멋대로 사라진 과거의 시간을 미래와 연결하는 인간, 즉 정신분열증 환자가 되었음을 어렴풋하게 알려준다. 그렇기에 이 『탁류』의 결말은 슬프지만 두렵고 섬뜩하다.

『탁류』에 등장하는 초봉, 태수, 형보의 심리적 상태와 변태적 행동은 그들이 살아온 인생의 여정을 생각해도, 그들의 플롯과 연결된 '세상 풍도'와 '인간의 식욕'을 고려해도, 쉽게 납득이 어려울 정도로 과도하며 병적인 모습을 보여준다. 채만식도 그것을 알고 있는지 초봉의 모성애와 그것에 대한 집착으로 설명되지 않는 이러한 행태를 "매니아[狂]에 가깝도록 편벽된 구석"이라고 부르고 있지만 이는 초봉에게만 해당하는 것은 아니다. 이들이 공통적으로 보이는 불안정한 심리 상태와 분열증적 세계 인식에 대한 과학적 설명을 『탁류』에서 찾는다면 그것은 이들이 공통으로 앓고 있는 질병인 '매독'이 될 수 있을 것이다. 채만식은 『탁류』에서 매독의 전염 과정과 그 경과에 대해 상세히 기술하고 있다. 매독균은 싸전을 운영하는 한참봉에 의해 서사로 감염되고 그것은 그의 아내 김씨를 거쳐 고태수에게로 그리고 그와 관계를 맺은 행화와 형보, 초봉이를 거쳐 제호에게로 전염된다. 이러한 전염의 과정은 소설 내 서사 시간을 통해 따져볼 필요가 있다. 그것은 매독이 초기의 피부 발진을 거친 후 전신으로 퍼져 서서히 인간의 육체와 신경을 파괴하는 증상의 단계를 가진 질병이기 때문이다.

『탁류』는 『조선일보』에 1937년 10월 12일부터 1938년 5월 17일까지 연재되었다. 소설의 서사 시간은 정주사가 자신의 과거를 회상하며 언급한 "미상불 이십사오 년 전, 일한합방 바로 그 뒤"(15면)라는 구절을 통해 추론하자면 1935년이나 1936년 "오월 초생"(9면)에 시작됨을 알 수 있다. 그해 5월 말 초봉은 결혼을 하고 열흘이 지난 "유월"(200면) 초에 태수는 죽고 초봉은 "풍파가 인 지 보름이 지나고 차차 여름이 짙어오는 유월 중순"(246면) 군산을 떠나 서울로 올라간다. 그리고 그해 구월에 "분명한 임신의 징조"(277면)를 알게 된다. 채만식은 매독이 임산부에 의해 자녀에게 유전되는 것을 잘 알고 있는 것처럼 임신과 관련된 제반 사정을 상세하게 기술한다. "초봉이는 지나간 오월, 군산에서 고태수와 결혼하던 바로 전날 여자의 타고난 매달 행사 ××을 마쳤었다."(276면) "고태수와 결혼을 하고, 장형보한테 열흘 만에 겁탈을 당하고, 다시 보름 만에 박제호를 만났으니 대체 이게 누구의 자식이냔 말이다."(277면) 그리고 초봉은 다음 해 "삼월 스무날 밤이 깊어서"(288면) 송희를 출산한다. 그리고 그해 "시월"(296면) 초순에 형보의 방문을 받는다. 소설은 "이듬해 오월"(344면) 계봉이 근무하는 백화점이 쉬는 "세쨋번 월요일"의 전날인 "일요일"(386면) 밤에 형보의 죽음으로 결말을 맞는다. 『탁류』가 1935년 5월에 시작해서 1937년 5월에 끝나는 혹은 1936년 5월에 시작하여 실제 지면의 연재가 종료되는 1938년 5월에 끝나는 만 2년 동안 진행되는 서사 내 시간을 가지고 있다는 사실은 매독이라는 질병이 가진 진행의 과정과 단계를 통해 볼 때 흥미로운 추론을 가능하게 한다.

1928년 알렉산더 플레잉에 의해 푸른곰팡이에서 페니실린이 발견되고 1943년 하워드 플로니와 언스트 체인에 의해 페니실린의 상용화가 시작된 이후 매독은 완치가 가능해졌고 지금은 거의 사라지거나 질환의 위험도가 낮은 질병으로 분류되었지만 『탁류』가 연재되던 당시 매독은 난치병이며 국가에 의해서 엄중한 관리를 받는 전염병이었다.[34] 매독은 15세기 발병 이후 전 세계에 전파되며 셀 수 없을 정도의 많은 사람에게 고통을 주고 그들을 죽음에 이르게 한 무서운 질병이었다. 시간이 지나 매독이 주로 성관계로 전염된다는 사실이 알려지자 섹스는 위험한 모험이 되었고 매독은 타락한 문명과 인간에 대한 질병처럼 알려졌다. 매독이 세균에 의한 감염임을 정확히 알게 된 것은 1905년 독일 의사 에리히 호프만과 조류 기생충 전문가 프리츠 샤우딘에 의

---

34) 기사에 따르자면 1939년 매독에 걸린 일본인은 14,292명, 조선인은 43,486명, 외국인은 951명이며 그 합계는 58,729명에 이른다. 「전 인류를 좀 먹어가는 화류병의 박멸책」, 『동아일보』, 1939. 4. 10.

해서였다. 뱀과 비슷한 모양에 적혈구만 한 크기를 가진 매독균은 스피로헤타(spirochete)과에 속하는 세균인 트레포네마 팔리듐균(Treponema pallidum)으로 밝혀졌다. 매독의 전염 원인에 대한 비밀이 비교적 늦게 밝혀진 덕분에 매독의 치료는 온갖 낭설과 풍문 속에서 행해졌다. 독극물로 분류되는 수은이 공공연하게 치료에 사용되었고 시체에서 나오는 벌레를 먹으면 낫는다는 헛된 속설까지 세간에 퍼졌다.[35] 매독에 효과가 있는 치료제가 개발된 것은 1910년 독일의 과학자 파울 에를리히에 의해 유기 비소를 합성한 살바르산이 개발되면서부터이다. 살바르산은 606번의 실험 끝에 개발되었다고 흔히 '매독약 606호' 또는 줄여서 '606호'로 불리는 전신 살균제였다. 살바르산은 매독의 완벽한 치료제는 아니었으나 그 어떤 약보다 효과가 있자 환자들 사이에서 만병통치약처럼 남용되기도 하였다.[36] 매독이 무서운 것은 그것이 인간의 육체만이 아니라 정신을 그리고 성관계에 의한 전염 때문에 사회적으로도 환자를 죽음에 이르게 하는 질병이기 때문이다. 매독은 "가장 뛰어나게 자신을 은폐하는 질병"[37]으로 알려진 것처럼 실제 그것이 몸 안에서 어떤 작용을 하는가에 대해서는 일련의 증후 가운데 오랫동안 지속되는 몇몇 증상으로밖에 추론할 수 없는 질병이었다. 당대의 의학적 견해에 따르자면 매독은 세 단계의 진행과정으로 구분되었다.

　　徽毒(매독)의 경과는 제1기, 제2기, 제3기로 분류합니다.

---

35) 이영준, 「질병치료상으로 본 민간비법(미신)에 대하여 2」, 『동아일보』, 1934.11.27.
36) 매독에 대한 질병의 역사와 세균의 발견, 살바르산과 페니실린의 발견에 대해서는 데버러 헤이든, 앞의 책을 참조하였다.
37) 수잔 손택, 앞의 책, 147면.

제1기, 전염한 후 약 3주간(제1잠복기)은 하등 변화가 없으나 3주 후가 되면 매독균이 침입한 국부에(대개는 음부와 및 부근에) 소위 초기 경결(硬結)이라 하는 콩알만하게 피부의 표면상에 두드러져 만져 보면 단단하고 아프지 아니한 것이 생기나 시일이 경과하면 그 표면의 피부가 파괴되어 경성 하감(下疳)으로 변합니다. 이때에 '가래톳'이 병발하나니 화농치 아니하고 눌러 보아도 아프지 아니한 것이 그 특징인고로 이를 무통횡현(無痛橫痃)이라 합니다.

　제2기. 제1기의 초기 경결이나 또는 경성 하감은 다소의 치료에 의하여 혹은 치료치 아니하고 내버려 두더라도 자연히 흡수하여 소실하지만 감염 후 약 6주되면 식욕이 없어지고 두통이 생기고 발열하는 일이 있으며 그 후 얼마 되지 아니하여 전신의 피부와 점막에 고유한 발진이 생깁니다. (…중략…)

　이와 같이 매독이 있으면서도 외표에 나타난 증상은 없고 다만 혈청검사 성적만이 양성인 것을 잠복 매독이라 합니다. 상술한 제2기 매독 발진은 독이 완전히 전신에 만연된 증거며 매독은 전신병이기 때문에 극 초기 즉 초기 경결이 생기는 즉시로 이를 절제하드라도 후일의 전신 전염을 면할 수 없는 것은 동물시험이나 인체 경험에 의하여 명백한 사실입니다.

　제3기. 이미 말씀한 바와 같이 제2기 증상은 자연히 혹은 치료에 의하여 일시 소실되지만 치료를 아니 하였거나 혹은 치료가 불충분하였으면 약 3년 후에 제3기에 들어가 소위 호모종(護謨腫)이라는 것이 생겨 피부와 결막 뿐 아니라 골, 내장, 근육 등 어떠한 기관이나 부분을 물론하고 증식성 또는 파괴적 변화를 일으킵니다. 뿐만 아니라 나중에는 신경계통을 침범하야 마비광(痲痺狂), 척수로(脊髓癆) 등을 일어키어 발광도 하며 수족이 자유롭지 못하게 되어 아무리 건장한 사람이라도 이 세상을 버리게 되는 무서운 병입니다.

(…중략…)

'살발산' 발견 이후에 피부나 점막의 파괴적 변화를 일으키는 제3기 매독이 감소한 반면에 잠복매독과 신경매독이 증가함은 곳 이를 증명하는 바며 동경부립 신경병원의 통계에 의하면 입원한 정신병 환자의 3분지 1은 매독으로 인하야 생긴 것이라 합니다.[38]

『탁류』의 서사와 관련지어 볼 때 흥미로운 것은 매독의 2기에서 3기로 넘어가는 과정, 즉 그것이 육체의 외적인 흔적을 남기지 않고 인간의 신경이나 장기로 침투해 정신적 증상으로 발전하는 단계이다. 『탁류』의 서사가 시작되기 "여덟 달"(107면) 전에 김씨에 의해 매독에 전염된 태수는 "단단히 고생을 했고, 치료는 했어도 뿌리는 빠지지 않고 만성"(108면)된 상태이다. 태수는 매독 치료차 찾아간 병원에서 승재를 만나 "×균의 형상부터 시작하여 그 성장이며, 전염 경로, 잠복, 활동, 번식, 그리고 병리와 ××이 전신과 부부생활과 제이세랄지 일반 사회에 미치는 해독이며, 마지막 치료와 섭생에 대한 설명"(169면)까지 듣지만 개의치 않고 병을 초봉에게 감염시킨다. 초봉은 제호를 통해 자신이 매독에 감염되었다는 사실을 알게 되지만 병원이 아닌 집에서 제호가 가져온 주사와 약으로 대충 치료를 한다. 또한 형보가 매독을 치료하였다는 기술은 소설 어디에도 보이지 않는다. 이는 이들이 걸린 매독이 피부의 발진을 거쳐 각자의 신경과 장기로 퍼져가는 잠복의 형태로

---

38) 오원석, 「가공할 매독병 그 원인 치료 급 예방법」, 『동광』, 1931. 1, 73~75면.

진행되었다는 사실을 알려준다. 인용한 기사에서 제3기는 감염된 "약 3년 후"라고 적혀 있지만 이 시간은 엄밀한 과학적 계산은 아니다. 매독에 대한 전문적 지식을 모아놓은 책을 참조하자면 매독이 2기에서 3기로 넘어가며 진행성 마비(進行性 痲痹, progressive paralysis)나 척수로의 전조를 나타내는 시기는 정확히 추정할 수 없기에 단순히 "감염 후 수 년에서 수십 년 사이"라고 기술될 뿐이다. 진행성 마비의 증상은 『탁류』의 인물들이 보이는 형태를 고려할 때 대단히 흥미롭다.

> 이 무렵 환자들은 마비가 시작되기 직전, 감정의 기복이 극심해지고 전기 자극처럼 발작적인 흥분을 느끼거나 창의적인 에너지를 분출하며, 스스로가 위대한 사람이라는 환상에 취했다가도 지독한 우울증에 빠져들어 때로 자살을 택한다. 심지어는 도박 등에 거리낌 없이 돈을 쓰는 등 이상 행동을 보이는가 하면, 침착했던 사람이 감정적으로 돌변하고, 단정했던 사람이 부주의하고 게을러지며, 소심했던 사람이 공격적인 언행을 구사한다. 의사들이 단순한 피해망상증이나 정신분열증으로 오진하는 것도 이 때문이다.[39]

극심한 감정의 기복, 지독한 우울증, 자살, 도박, 감정적 행동과 공격적 언행. 태수, 초봉, 형보가 보여주는 대부분의 이상 심리와 광적인 행동은 거의 매독에 의한 '진행성 마비'의 증상과 일치한다. 흥미로운 것은 채만식이 매독이 신경에 침투해 정신병을 발생시킨다는 사실과 그

---

[39] 데버러 헤이든, 앞의 책, 384면.

것이 보여주는 다양한 증상에 대해 너무나도 잘 알고 있었다는 사실이다. 채만식은 동아일보사의 기자직을 사직한 후 1931년 개벽사에 입사해 1933년까지 기자로 근무하였다. 이 기간 동안 채만식은 『별건곤』의 많은 기사를 작성하는 데 그중에는 총독부병원의 정신병실인 일명 '동팔호실'을 방문하고 작성한 「동팔호실 잠입기―이상남녀 40여 인」(『별건곤』, 1931.4)과 경성제대 부속의원의 정신병실인 일명 '서팔호실'을 탐방하고 쓴 「서팔호실 탐방기―광인의 나라」(『별건곤』, 1932.1)가 있다.[40] 채만식은 「동팔호실 잠입기―이상남녀 40여 인」에서 정신병이 자본주의가 만들어 낸 새로운 문명병임을 확인하며 "미상불 돈은 사람을 미치게 한다"는 말로 기사를 끝맺는다.[41] 그리고 그는 「서팔호실 탐방기―광인의 나라」에서 대개의 정신병 환자들이 '조발성 치매(早發性 痴呆)'와 증세가 이보다 중한 '마비성 치매(痲痺性 痴呆, 진행성 마비)'라고 불리는 광증을 앓고 있다는 사실을 알게 되고 다음과 같은 설명을 의사에게 듣는다. "'마비성 치매'는 전부가 매독에서 온 것 입니다. 매독균이 피부 외면에 나타난 것이 아니고 뇌를 침범하면 저렇게 미치게 되는 것 입니다. 그러니 치료법에 있어서 보통 매독에 쓰는 606호나 옥도가리(沃度加里) 요법으로는 치료가 안 되는 것 입니다."[42] 이러한 제

---

40) 채만식이 개벽사에 근무하던 시절 작성한 기사의 저자는 대부분 '일기자'로 표기되어 있어 그것이 채만식에 의해 작성된 것인지 분별하기가 어렵다. 「동팔호실 잠입기―이상남녀 40여 인」(『별건곤』, 1931.4)의 경우 『채만식전집』 10에 수록되어 있지만 「서팔호실 탐방기―광인의 나라」(『별건곤』, 1932.1)의 경우는 전집에 수록되어 있지 않다. 하지만 기사의 논조나 문장이 유사하다는 점 그리고 『채만식전집』 1에 수록된 장편 『염마』에 「서팔호실」이란 제목의 장이 있는 것으로 볼 때 「서팔호실 탐방기―광인의 나라」는 채만식이 작성한 글로 보아도 문제가 없을 것이다. 「서팔호실 탐방기―광인의 나라」의 저자를 확인하는 과정에서 이도연 교수의 큰 도움을 받았다. 이 자리를 통해 감사의 인사를 전한다.
41) 채만식, 「동팔호실 잠입기―이상남녀 40여 인」, 『채만식전집』 10, 515면.
42) 채만식, 「서팔호실 탐방기―광인의 나라」, 『별건곤』, 1932.1, 33면.

반의 사실을 생각할 때 『탁류』의 인물들이 보이는 광적인 심리 상태와 행동, 그리고 이에 의한 범죄는 매독이라는 질병과 밀접한 관련을 가진 증상의 발현이라고 판단할 수 있다. 채만식에게 식민지 자본주의는 모든 가치가 돈이라는 단일한 교환 가치로 변질된 사회의 비극적인 지옥도와 다름이 없었다. 이 끔찍한 공간에서 매독은 인간의 욕망이 빚어내는 고통과 너무나도 쉽게 결합하여 인간의 육체를 파괴하고 정신을 마비시키고 살인과 같은 광적 행동으로 발현된다. "미두장은 군산의 심장이요, 전주통이니 본정통이니 해안통이니 하는 폭넓은 길들은 대동맥이다. 이 대동맥 군데군데는 심장 가까이, 여러 은행들이 서로 호응하듯 옹위하고 있고, 심장 바로 전후좌우에는 중매점들이 전화줄로 거미줄을 쳐놓고 앉아 있다."(9면) 『탁류』의 공간을 일종의 유기체처럼 비유하고 있는 채만식의 표현이 너무나도 자명하게 알려주는 것처럼 이 욕망의 심장이 추동하는 힘을 따라 혈관이 연결하는 식민지의 곳곳으로 자본의 혈액은 돌고 있다. 하지만 그것은 돈과 매독에 감염된 '나쁜 피'이며 인간의 삶과 육체는 실재적 고통의 장으로 변한다. 우리 모두 이 더럽혀진 공간에서 벗어날 수 없으며 앞으로도 살아갈 수밖에 없다는 사실은 채만식이 『탁류』를 통해 전해주는 너무나도 비극적인 현실 이해이다. 하지만 누가 희망을 노래하며 이에 대한 반론을 펼 수 있을 것인가. 채만식이 바라본 진정한 비극은 희망의 상실에 있다고 해도 과언이 아닐 것이다.

## 4. 생활하는 인간, 행동하는 인간

『탁류』에 등장하는 인물들의 외모를 묘사하는 채만식의 방법에는 그것이 단순한 인물의 인상을 넘어 소설의 결말까지 이어지는, 인물의 운명이라고 말할 수 있는 것에 대한 일종의 암시까지 포괄하는 과도한 정보를 담고 있다. 가령 초봉의 "연삽한 말소리"와 작은 귀는 정주사에게 "단명할 상"(28면)으로 인지된다. 또한 "얼굴 생김새도 복성스러운 구석이 없고 청초하기만 한 것이 어디라 없이 불안"하며, "눈은 둥근 눈이지만 눈초리가 째지다가 남은 것이 있어 길어 보이고, 거기에 무엇인지 비밀이 잠긴 것" 같은 "청승스런 얼굴"(28면)이다. 태수는 "갸름한 얼굴이 해맑고, 코가 준수하고, 윗입술을 간드러지게 벌려 방긋 웃고, 그래서 무척 안길 성 있이 생기기는 생겼어도, 눈이 오긋한 매눈에 눈자가 몹시 표독스러워 보이는"(40면) 얼굴을 가지고 있다. 형보의 외모는 이 두 사람에 비할 수 없이 추하다. "고릴라의 뒷다린 듯싶게 오금이 굽고 발끝이 밖으로 벌어진 두 다리 위에, 그놈 등 뒤로 혹이 달린 짧은 동체가 붙어 있고, 다시 그 위로 모가지는 있는 둥 마는 둥, 중대가리로 박박 깎은 박통만 한 큰 머리가 괴상한 얼굴을 해가지고는 척 올라앉은 양은, 하릴없이 세계 풍속사진 같은 데 있는 아메리카 인디안의 '토템'이다."(87면) 이 세 명의 등장인물이 『탁류』에서 어떤 운명을 맞이하는지는 충분히 살펴보았기에 이들의 외모가 소설의 서사와 어떻게 부합되는지에 대해서는 별 다른 설명이 필요 없을 것이다. 이들은 자신의 육체 특히 얼굴에 운명의 흥망성쇠가 고스란히 각인된 골상학적 존재들이다.[43] 카프의 창작방법과는 구분되는 자신만의 비판적 현실 재현을 시도했던 채만식의 소설에서 어렵지 않게 찾을 수 있는 인물의 운명과 골상학적 표상의 일치는 그의 소설에 사용된 세속적 통념을 잘 나타내주는 내면화된 장치라고 말 할 수 있을 것이다.

인물을 묘사하는 골상학적 표징을 채만식이 인물들에게 부여한 역할과 운명에 대한 신빙성 있는 정보로 읽을 때 흥미 있는 것은 『탁류』에 등장하는 오직 두 인물만이 비극적 세계 속에서 긍정성을 획득하고 있다는 사실이다. 그들은 승재와 계봉이다. 승재와 계봉은 『탁류』의 서사에 등장하는 수많은 인물 중 유일하게 돈에 구속되어 있지 않고 드물게 매독에 감염되지 않은 건강한 인물이다. 승재는 조화된 태수의 신체에 비교할 수 없을 정도로 "아무렇게나 생긴 사람이다." 하지만 승재는 "건강한 몸뚱이, 후련하게 뚜렷한 얼굴과 넓은 이마, 그리고 다시 그렇듯 맑고 고요한 눈"을 가지고 있다. 특히 "그의 눈만은 고 태수의 눈과는 문제도 안 되게 좋다. 어느 산중에 있는 깊은 호수같이 맑고도 고요하다. 무엇인지는 모르겠어도, 이 세상 좋은 것이라고는 다 그 눈에 들었는 성 싶은 그런 눈이다."(41면) 초봉이와 고태수의 예에서 볼 수 있듯이 채만식의 골상학에서 눈은 운명의 절반 이상을 알려주는 중요한 신체의 부위이다. 이에 비해 계봉의 신체에서 강조되는 것은 입과 건강한 몸이다. "계봉이는 몸집이고 얼굴이고 늘품이 있다. 아무데고 살이 있어서 북실북실하니 탐스럽다. 코가 벌씸한 것은 사람

---

43) 19세기 유럽과 미국에서 선풍적인 인기를 끌며 이후 20세기의 우생학과도 일정 부분 연결되는 유사·과학 '골상학(phrenology)'에 대해서는 설혜심, 「19세기 골상학과 여성」,(『서양사연구』 26, 한국서양사연구회, 2000)이, 이를 통해 한국소설의 타자 형상을 분석한 논문으로는 이혜령, 「타자의 무덤」(『한국소설과 골상학적 타자들』, 소명출판, 2007)이 있다.

이 좋아 보이나, 처진 볼때기에는 심술이 들었다. 눈과 이마도 뚜렷하니 어둡지가 않다. 그러한 중에도 제일 좋은 것은 그의 입이다.”(60면) 채만식의 신체 묘사에 답하듯 승재와 계봉은 어둡고 탁한 『탁류』의 공간을 활기차게 뛰어다니며 각자의 건강함으로 병든 세파를 헤쳐 나간다. 하지만 계봉이 생각하는 것처럼 그들의 세계 인식과 각자의 실천적 행동 사이에는 “세기(世紀)의 차이”(417면)가 있다. 이 표현에 근거해서 말하자면 승재는 19세기적이며 계봉은 20세기적이다.

의사시험을 “반 넘겨 패스”(63면)한 승재는 군산의 금호병원에서 의사와 다를 바 없는 역할을 하고 있다. 그는 늘상 “자연과학서류”(64면)를 읽는 것을 유일한 취미로 가지고 있는 느긋한 성격의 인물이다. “자연과학의 힘을 믿는다. 그리고 가난한 사람들의 병을 낫게 해주어 성한 사람이 되게 하는 것을 재미있어한다.”(65면) 하지만 승재는 병원에 앉은 의사의 시선으로 세상을 바라보는 사람이다. 그는 육체에 담긴 인간 감정의 복잡한 갈등이나 그것이 생활과 투쟁하는 고통스러운 현실의 실상에 대해 아주 단순한 지식 외에는 가지고 있는 것이 없다. “그는 다만 병원에 앉아 검온기를 통해서, 맥박의 수효나 청진기를 통해서, 뢴트겐이나 타진을 통해서, 주사기를 들고, 처방전을 들고, 카르테를 들고 …… 이렇게 다만 병든 인생을 대해 왔었다.”(116면) 그는 오로지 병든 육체의 고통만을 알 뿐이지 그것이 인간의 삶과 어떠한 방식으로 연관되어 있는지에 대해서는 별다른 이해를 가지고 있지 못했다. 승재가 가진 세상에 대한 이해는 대부분 『심청전』 같은 전근대적 이데올로기나 『장한몽』 같은 통속적 감정의 신파적 재현에서 가져온 것에 불과하다. 승재는 자신이 흠모하던 초봉의 혼사가 결정되자 자신을

"『장한몽』의 수일"(181면)의 입장에 놓고 초봉에 대한 아쉬움과 노여움을 생각한다. 하지만 그는 계봉에게 그것이 "짐승의 새끼를 팔아먹는"(184면) 것과 별반 다르지 않는 추잡한 거래인 것을 듣지만 그는 돈을 위해 자식을 매매하는 세속의 더러운 풍습에 분노하거나 한탄하지 않고 오히려 초봉의 모습에서 심청을 연상시키는 거룩함을 발견하며 눈물을 글썽인다. "슬픈 동화"(371면)에 근거한 것 같은 인간과 세상에 대한 감정적이고 즉흥적인 이해, 그리고 동화에 등장하지 않는 살인, 강간, 사기, 횡령, 인신매매 등이 버젓이 자행되는 냉혹한 현실 사이의 균열은 승재의 모든 서사를 설명할 수 있는 플롯의 동인이 된다. 그의 19세기적인 맑은 눈은 고통이 발생하는 구조적 모순이나 현실의 두꺼운 벽을 뚫어보지 못한다. 그는 초봉의 행위에 감격하여 태수에게 품고 있던 살의를 거두고 그의 매독을 결혼 전까지 완치시키는 것으로 자신의 사랑을 표현한다. 하지만 그의 치료가 태수를 완치시키지 못하는 것처럼, 매독의 감염에서 초봉의 거룩함을 지켜내지 못하는 것처럼, 그의 생각과 행동은 성숙하지 못한 어린아이의 즉흥적 감정의 표출과 그리 다르지 않다. 세상은 승재의 호의와 선량한 행동을 가지고는 다 치료할 수 없는 거대한 상처일 뿐이다.

　　단지 눈에 띄는 남의 불행을 차마 보지 못해 제 힘 있는껏 그를 도와주고 도와주고 하는 데서 만족하지를 않고, 그 불행한 사람들의 존재라는 것을 인식하는 데로 눈을 돌리게 된 것은 승재로서 일단의 발육이라 할 것이었다.
　　그러나 그는 겨우 그 양(量)으로 눈이 갔을 뿐이지, 질(質)을 알아낼 시각

(視覺)엔 이르질 못했다. 따라서, 가난과 병과 무지로 해서 불행한 사람이 많은 줄까지는 알았어도, 사람이 어째서 가난하고 무지하고 병에 지고 하느냐는 것은 아직도 알지를 못한다.

그렇기 때문에 소박한(타고난) 휴머니즘밖에 없는 시방의 승재의 지금의 결론은 절망적이다.(366면)

승재가 소설의 결말에 가서야 세상의 절망을 보았다면 계봉은 부모가 자식을 팔아먹는 절망과 가난의 생활 속에서 세상을 바라보고 있다. 계봉은 초봉의 결혼이 짐승을 길러 팔아먹는 행위와 다를 바 없는 역겨운 거래임을 쉽게 간파한다. 초봉의 행위에 대한 동정이 승재의 긍정을 낳는다면 계봉은 초봉을 동정할지언정 긍정하지는 않는다. 계봉은 집안을 위한다는 명분으로 자식을 팔아먹는 부모를 인정하지 않으며 자립적 의지로 스스로의 인생과 자유를 찾아 나간다. 계봉은 서울로 상경했지만 "그 지경이 된 형을 뜯어먹고, 그따위 인간 형보에게 빌붙어서 공부"를 하기 보다는 "백화점의 월급 삼십 원짜리 숍걸"(394면)로 일하는 것을 선택한다. 계봉은 추악하고 가난한 사회의 더러운 모습만을 보고 이를 절망하는 승재에게 그것이 가난한 사람의 잘못이 아니라 "분배가 공평털 않어서"(419면) 생기는 것이라고, 자본주의 사회가 가진 구조적 모순에 대한 충고를 할 만큼 냉철한 시선을 가지고 있지만 그녀의 주변에서 살아가는 사람들의 고통에 대해서는 무관심하다. 심지어 그녀는 초봉과 함께 살면서도 초봉을 고통에서 구해낼 구체적인 방도와 어떠한 실천도 행하지 못한다. 아니 보다 정확하게 말하자면 계봉은 스스로를 "행동파(行動派)"(404면)라고 부를 만큼 어떤 사회적 실천에 갈급해 하고 있지만 냉소적 방식으로 비판만 할 뿐 무엇이 진정한 행동이 될 것인가에 대해서는 어떠한 판단도 내리지 못한다. 계봉은 세상의 탁류 속에서 자신의 몸 하나는 지킬 수 있다는 "자신과 자긍"을 느끼지만 "고아답게 몸의 허전함과 그 몸의 허전한 데서 우러나는 명일의 불안"(421면)에서 벗어날 방법을 찾지 못한다.

『탁류』는 승재가 느끼는 절망과 계봉의 불안, 그리고 초봉의 살인과 광기가 뒤엉켜 있는 서사의 마지막 날 밤에 끝이 난다. 『탁류』에서 승재와 계봉의 서사만을 확장시켜 보자면 그들이 서로를 애틋하게 사랑하는 감정이 있음에도 불구하고 어떠한 조화의 결과나 암시를 제공하지 못한다는 사실은 주목할 필요가 있다. 특히 그것은 채만식이 길항하고 있던 세계관의 모습을 상징적으로 제시하는 것으로도 읽힌다. 승재가 지닌 19세기적 "소박한(타고난) 휴머니즘"과 계봉이 체득한 20세기적 개인주의는 쉽게 결합하지 않으며 "장차 어떻게 해서 둘 사이의 이 '세기의 차이'를 조화라도 시켜낼는지야 또한 기약하기 어려운 일"(417면)이다. 채만식은 『탁류』의 연재가 끝난 후 어느 지면에 꿈속에서 계봉이를 만나 대화를 나눈다는 설정의 글을 발표한다. 여기서도 승재와 계봉의 결합은 요원한 일로 기술된다.[44] 흥미롭게도 채만식은 『탁류』가 한창 연재되고 있던 1938년 1월 14일 『동아일보』에 짧은 글을 발표한다.

시절의 격동은 심하여 지상의 것이라고는 하나 없이 사개가 버그러지고 그 버그러진 틈틈으로 작열한 열풍이 스며든다. 사람의 이목은 오로지 거기

---

44) 채만식, 「『탁류』의 계봉―나보고 늙었다고 타박」, 『채만식전집』 10, 572면.

에 집중되고 생활은 분류와 같이 용솟음친다. 생리적으로는 이 공기를 호흡하면서도 그 격류와 멀리 떨어진 피안에 물러서서 육체적 실감이 없는 '과거의 행동'에 불과한 문학(행동)을 하고 있다는 마음은 통곡하고 싶다.[45]

여기서 말하는 "격류"와 이를 실천하는 현대적 행동이 의미하는 바는 명백하다. 그것은 "한 개 소시민의 우울한 생활에 비하면 거기에는 실로 눈에서 불이 번쩍 나는 다이나믹한 열(熱)과 역(力)의 작용이 있는 커다란 역사적 현실"에 대한 문학적 참여와 소설적 창작을 열망했던 채만식의 눈앞에서 펼쳐지고 있는 세계사적 변화이다.[46] 채만식이 통찰한 "시절의 격동"은 "방금 몰락하고 있는 구라파적인 자본주의와 더불어 탄생하여 더불어 성장하고 더불어 번영을 누려오던 자유주의나 개인주의"의 종언이며, "새로운 역사의 거대한 행진과 발을 맞추어" 나가는 "신동아 신질서 건설의 대업"이었다.[47] 채만식이 이러한 판단을 내리게 된 근거로 글에 제시된 것은 일본의 어떤 기업이 막대한 이윤을 창출하고 있는 회사의 특별한 기술을 국민 일상생활의 향상을 위해 사회에 공개한다는 기사이다. 채만식은 이를 두고 "황군이 불인(佛印)에 평화진주를 했을 적의 뉴스에 못지않게 쇼크를 주는 보도"라고 논평하며, 여기에서 자본주의 사회의 근원적 모순인 분배의 문제가 해소되는 것을 느꼈다는 감격을 토로한다.[48] 하지만 채만식이 염두에 두지 않고 있는 것은 전시(戰時)라는 예외상태이며, 기술의 공개가 전시

---

45) 채만식, 「통곡하고 싶은 심정」, 『채만식전집』 10, 561면.
46) 채만식, 「소설 안 쓰는 변명」, 『채만식전집』 10, 82면.
47) 채만식, 「문학과 전체주의―우선 신체제 공부를」, 『채만식전집』 10, 231면.
48) 위의 글, 227면.

물자 생산의 효율을 높이기 위한 일종의 국가적 독려에 불과하다는 사실이다. 이는 『탁류』에서 승재가 쌀 훔쳐 먹다 걸린 아버지를 구속시키지 않기 위해 '순사'가 되겠다는 소년의 이야기에 감격해 눈물을 흘리는 것과 다르지 않다. 이는 분명 "슬픈 동화"(371면)이지만 이 아픔의 근원적 해결을 신파적 분위기에 감춰진 범죄의 사정과 결과는 고려하지 않고 무조건 동정하는 방식, 범죄에 대한 사적 처벌을 긍정하는 것에서 찾으려는 것은 분명 다른 문제이다. 채만식은 실제 소설에서는 찾지 못했던 휴머니즘과 비판적 개인주의의 조화를 일본의 국가적 광기에 대한 긍정에서 찾는다. 마치 『탁류』의 마지막 장면에서 승재가 광기에 빠진 초봉의 모습을 보며 그것을 그녀에 대한 동정의 마음과 구분하지 못하고 그녀의 요청을 승낙하는 것처럼. 어쩌면 한치 앞도 볼 수 없는 역사의 '탁류'에서 가장 고통스럽게 쓸려가고 있었던 사람은 채만식 자신이었을지도 모른다.*

---

* 이 논문은 2014년 『한국어문학연구』 62집에 게재된 논문을 수정·보완한 것임.

서희원 _ 『탁류』 속의 나쁜 피  377

# 제4부
—
# 한국 과학 문화의 단면

# "나는 살아 있는 것을 연구한다"[1)]

파브르 『곤충기』의 근대 초기 동아시아 수용과 근대 지식의 형성

김성연

## 1. 들어가며

1922년, 오스기 사카에(大杉榮, 1885~1923)는 베를린에서 열리는 국제 무정부주의자대회에 참석하기 위해 상해로 가는 배편을 기다리며 고베의 호텔방에서 『곤충기』의 저자 파브르의 『자연과학의 이야기』를 번역하고 있었다.[2)] 그때 호텔 밖 거리에서는 가이조사[改造社] 직원들이 아인슈타인의 일본 강연회 전단지를 나누어주고 있었다.[3)] 당시 동

---

1) "나는 살아 있는 것을 연구한다"라는 문구는 한 파브르 평전의 부제목으로 "Ich aber erforsche das Leben"이라는 독일어 원문을 번역한 것이다. 마르틴 아우어, 인성기 역, 김승태 감수, 『파브르 평전—나는 살아 있는 것을 연구한다』, 청년사, 2003.
2) 오스기 사카에, 김응교 역, 『오스기 사카에 자서전』, 실천문학사, 2005, 354~355면.
3) 한·중·일에 불었던 아인슈타인과 상대성 이론의 유행과 그의 일본 순회강연이라는 사건이 끼친 대중적 파급, 그리고 '혁명'과 '과학'이라는 기표가 공존하던 시대에 관해서는 다음

양에는 다윈의 진화론과 아인슈타인의 상대성이론이 순차적으로 유입·공존하고 있었으며, 첨단 물질문명으로 서구의 선진성을 체험할 수 있던 동양의 지식인들은 '과학적 혁명', '혁명적 과학'이 세계의 패러다임을 바꾸고 있음을 체감하고 있었다. 과학과 예술과 사상과 정치를 완전히 분리하지 않은 지식인들이 존재하던 시대였다. 파브르『곤충기』도 그때 동양에 유입되었다.

다윈의『종의 기원』보다 대중적으로 널리 보급되어 읽혀온[4] 파브르『곤충기』는 프랑스 재야 학자 파브르가 30여 년간(1879~1910) 관찰한 기록물로 4,000여 쪽 10권 분량으로 집적된 방대한 서사물이다. 파브르의 관찰과 실험과 글쓰기의 궁극적 목적은 생명체의 본능과 생활을 탐구하는 데 있었으므로 그에게 핀셋과 해부용 칼은 보조적 도구에 지나지 않았다. 그는 '살아있는 것을 연구한다'는 자부심으로 이전의 박물학·해부학·분류학적 연구자들과 자신을 차별화하고자 했다.

이것이 내포한 사유의 문제적 지점을 환기하기 위해 여기서 잠시 푸코의 도움을 빌리기로 한다. 푸코는 1977~78년 콜레주드프랑스 강의에서 '부의 분석에서 정치경제학으로, 박물학에서 생물학으로, 일반문법에서 역사문헌학으로' 이행했던 근대 학문의 변천을 '인구'라는 주체 개념을 통해 설명한다.[5] 생물학을 예로 들어 부연설명하자면, 분류상의 특징에 집착하던 박물학적 과학은 18~19세기를 거치면서 유기체

---

의 글에서 다루었다. 김성연, 「1920년대 초 식민지 조선의 아인슈타인 전기와 상대성 이론 수용 양상」,『역사문제 연구』27호, 역사문제연구소, 2012. 4.
4) 파브르 사이트의 집계에 따르면 한국에서 1970년대부터 2006년까지 파브르 곤충기를 토대로 한 출판물은 40여 종 발간되었으나, 실제로 인터넷 서점에서 2010년까지 '파브르 곤충기'로 검색된 서적의 종류는 (전집의 경우 각 권을 별도로 계산할 때) 200여 종이 된다.
5) 미셸 푸코, 오트르망 역,『안전, 영토, 인구』, 난장, 2011, 124~129면.

의 내적 기능과 구조를 분석하는 해부학으로, 그리고 이는 다시 유기체와 환경의 관계에 대한 생물학으로 그 방점이 이동되었다. 푸코는 이른바 '개체군' 개념의 탄생이 생물학이라는 학문으로의 변동을 일으켰으며, 그것은 바로 다윈의 진화론에서 비롯되었다고 분석한다. 다윈은 개체군이 환경과 유기체를 매개한다는 사실과 함께 변이·도태 등의 변화까지 일으킨다는 가설을 제기했고, 이것이 자연 세계에 대한 박물학적 인식을 개체와 전체 환경에 관한 입체적 조망인 생물학으로 전환시켰다는 것이다. 그와 동시에 인간을 보는 관점에도 변화가 생겼고, 생산성을 전제로 한 인구 개념이 체계화되면 '영토국가'에서 '인구국가'로의 개념 전환이 이루어진다. 이것이 바로 푸코의 '생명정치(bio-politics)' 개념이 적용되는 근대 국가가 탄생하는 순간이다.

이러한 학문의 변화는 사회 주체 계급의 변화와 관련지어서도 해석해볼 수 있다. 표본 수집의 소유욕이나 전시를 통한 과시에 소용되었던 왕족·귀족 계급의 박물학적 취미는 근대 자본주의 국가 성립 이후 정치인과 경제인이 사회 핵심 세력으로 등장하게 되면서 정치적·경제적 시각으로 인간을 보는 학문과 교양에 넓은 자리를 내주게 되었다. 통치의 대상이자 노동의 주체로서 영토 이내의 '인구'가 주목되었으며 학문은 그 효율성 재고라는 요구에 맞추어 변화했다. 이국의 동식물이 (심지어 인종까지도) 경이와 경악의 대상으로 소비되며 유럽에 쏟아져 들어오던 탐험의 시대, 왕족·귀족 시대에 자연과학이 부와 명성을 안겨주는 지름길이었다면,[6] 힘의 배분이 불안정하게 된 탈봉건 시

---

6) 커트 존슨·스티브 코츠, 홍연미 역, 『나보코프 블루스』, 북하우스, 2007, 13면. 이 책은 『롤리타』의 저자 나보코프라는 작가의 인시류에 관한 업적을 추적한 글이다. 서문에는 18~19

대의 생물학 연구는 새로운 사회 조직과 질서를 모색하는 '과학적 근거'로 활용되었다. 여기서 파브르의 채집과 관찰·기록이라는 행위 역시 제국주의적 자연과학 습성에 지나지 않음이 지적될지도 모른다. 하지만 그가 취한 포즈는 다소 달랐다. 그는 한 뙈기의 뜰과 마을에서 벗어나고자 하지 않았다는 점에서 선박으로 세계를 접수하던 제국의 탐험가와 목적이 달랐고, 원시 상태나 다름없는 야생의 토지를 개발의 대상으로 보지 않고 에덴동산으로 보았다는[7] 점에서 근대 개발론자·개척자와 세계관이 달랐다.

19세기에서 20세기로의 전환기에 쓰인 파브르『곤충기』는 다윈의 진화론과 크로포트킨의 상호부조론 등이 유입되던 20세기 초 동아시아에서 적극적으로 독서되었다. 그 한·중·일 수용사에 대한 실증적 추적은 파브르『곤충기』가 동아시아의 근대 지식 형성에 개입하며 근대사의 주요 독서물로 존재할 수 있었던 사상사적 맥락을 드러내줄 것이다. 이를 통해 동아시아 근대 지식 형성의 보편성과 개별 국가 간의 특수성을 보다 선명히 파악할 수 있을 것이다. 이 텍스트는 너무 오랜 기간 학습용으로 권장되어서 그 독후 반응들은 '파브르처럼 성실하고 인내심있게 살아야겠다'거나 '꿀벌처럼 부지런하고 남을 도와야겠다', '자연을 사랑해야겠다'는 식의 교훈적인 것으로 협소하게 고정되고 말았다. 그런데 계몽적 독서라는 강박 속에서 표출된 이러한 반응이 텍

---

세기 유럽에서의 (광범위한 의미에서의) 생물학 유행을 언급하며 그것이 다분히 귀족 취미에서 촉발되었음을 표명한다. 18세기 영국 생물학자 조지프 뱅크스는 영국 국왕 조지 3세의 친구이자 당대 명사였으며, 남아메리카 식물 동물 연구를 연 "프로이센의 귀족 알렉산더 폰 훔볼트 남작은 19세기 유럽에서 나폴레옹 다음으로 알려진 인물이었다."

7) 마르틴 아우어, 앞의 책, 135면.

스트가 불러일으킨 감상과 사유의 전부였다면 이 텍스트는 100여 년 간 시공간을 초월하여 다양한 분야에서 지속적으로 호출되지는 못했을 것이다. 이 글은 텍스트가 시대에 촉발시킬 수 있는 다양한 지적 자극의 가능성과 텍스트 수용자에 의해 추출될 수 있는 잠재된 의미망들을 그 최초의 만남에 대한 탐색을 통해 독해하고자 한다.[8]

## 2. 월경(越境)하는 텍스트 – 아나키스트, 『곤충기』를 번역하다

파브르 『곤충기』는 프랑스 본토보다도 한국, 중국, 일본, 러시아에서 더욱 인지도가 높다. 그것은 한·중·일에서 고전으로 정전화되었으며 청소년 권장도서였을 뿐 아니라 교과서에 실리기도 했다. 동아시아에서 가장 먼저 파브르 『곤충기』를 번역·발간한 곳은 일본으로, 1923년 소분카쿠[叢文閣] 출판사에서 파브르 곤충기 번역본 전집이 발행되었다. 이후 1930년에는 이와나미분코[岩波文庫]와 슈에이샤[集英社]에서도 2종의 파브르 곤충기 전집 완역본(10권)이 발간되기 시작했으

---

8) 『다윈의 플롯』은 이 문제의식을 본격화하는 데 도움을 주었다. 이 저서는 다윈의 이론과 저작을 일종의 플롯으로 보며 과학 서사로서의 진술이 어떻게 다양한 사회문화적 이데올로기들을 형성하여 19세기 영미소설의 구성과 서술에 영향을 미쳤는지를 분석한다. 기원·과거 회귀의 서사가 지배적인 다윈의 진화론은 은유적이고 유비적인 새로운 용어의 고안과 성장·퇴보를 설명하는 서술을 통해 시대의 사유 구조를 변화시킬 플롯을 제공했고 그의 손을 떠난 진화론은 다양한 사회문화적 이데올로기들을 형성했다. 질리언 비어, 남경태 역, 『다윈의 플롯』, 휴머니스트, 2008.

며 이후 현재까지 다양한 출판사에서 개정 출판되고 있다.[9] 일본어로 전집이 번역되던 당시에는 영어 완역본도 아직 없었으며, 중국에서는 2001년에 한국에서는 2006년에 이르러서야 최초 완역본이 발간되었음을 고려하면 일본의 파브르 『곤충기』에 대한 관심은 유별난 것이었다 할 수 있다.

중국과 한국에 파브르 『곤충기』를 전파하는 데 결정적 영향을 미친 인물은 일본의 대표적 아나키스트 지식인 오스기 사카에(大杉榮, 1885~1923)였다.[10] 그는 에스페란티스토이자(에스페란토 학교 교장) 무정부주의자로서 중국과 한국의 에스페란티스토, 무정부주의자, 사회주의계열 인물들과도 접촉하며 영향을 끼쳤다. 중국에서는 루쉰(魯迅, 1881~1936)이 오스기 사카에 번역본 『곤충기』에 큰 호감을 표하며 번역을 기획했으나 루쉰 동생 저우쭤어런(周作人, Zhou Zuoren, 1885~1967)이 1923년 『곤충기』의 일부를 번역하는 것으로 그쳤다. 그리고 오스기 사카에의 생물학적 관심에 영향을 미친 인물은 러시아 아나키스트로 알려진 크로포트킨(1842~1921)이었다. 즉, '크로포트킨(러시아) → 오스기 사카에(일본) → 루쉰 / 저우쭤어런(중국)'[11]의 순서에 따라 생물학적 인간 이해 사상이 전파된 것이다. 당시 동아시아의 많은 진보적 지식인들은 이른바 '과학적'인 무엇을 인간 조직의 오류를 치유할 만병통치약으로 기대하고 있었다.[12] 그렇다면 '과학'에 매료되었던 20세기 초반 동양의 지식인들이

---

9) 같은 단락의 일본의 파브르 곤충기 붐에 관해서는 Peng Hsiao-yen, "A Traveling text", *Dandyism and Transcultural Modernity*, Routledge, 2010, p.142.
10) 그의 번역본은 현재까지도 재발간될 정도로 완성도가 높았다.
11) 저우쭤어런(주작인)과 루쉰의 번역자로서의 행보에 관해서는 Li Li, Daisy, "A Comparative Study of Translated Children's Literature by Lu Xun and Zhou Zuoren : From the Perspective of Personality", *Journal of Macao Polytechnic Institute*, 2009, pp.69~79.

어떤 사유와 행보 속에서 생물학에 심취했고 파브르『곤충기』라는 텍스트에 주목할 수 있었는지를 이들 세 인물을 통해 파악해보기로 한다.

오스기 사카에의 사상과 실천이 담긴 그의 저술과 번역물은 그에게 사상적으로 혹은 인간적으로 공명했던 동양 지식인들에게 적극적으로 읽혔다. 그 속에서『곤충기』가 놓인 지점을 파악하기 위해 그의 번역물 목록을 살펴보면 다음과 같다.

**표 1. 오스기 사카에의 번역물 목록**

| 출판년도 | 서명 | 저자 및 번역자 | 출판사 | 참조 |
|---|---|---|---|---|
| 1914 | 種の起源(一, 二) | チャールズ・ダーウィン著, 大杉榮 譯 | 新潮社 | 찰스 다윈의『종의 기원』번역 |
| 1915 | 懺悔錄(上, 下) | ルソオ J・J著, 生田長江,[13] 大杉榮 共譯 | 新潮社 | 루소의『참회록』공역 |
| 1917 | 相互扶助論 : 進化の一要素 | クロポトキン著, 大杉榮 譯 | 春陽堂 | 크로포트킨의『상호부조론』번역 |
| 1917 | 民衆芸術論 : 新劇美學論 | ロメン・ロオラン 著, 大杉榮 譯 | 阿蘭陀書房 | 로만롤랑의『민중예술론』번역 |
| 1920 | 革命家の思出 : クロポトキン自敍傳 | クロポトキン原著, 大杉榮 譯 | 春陽堂 | 크로포트킨의『자서전』번역 |
| 1921 | 人間の正体(民衆科學叢書, 第3編) | ハァド・ムウア 著, 大杉榮 譯 | 三德社 | Moore, John Haward(1862~1916)의『인간 정체』번역 |
| 1922 | 青年に訴ふ | クロポトキン 著, 大杉榮 譯 | 勞働運動社 | 크로포트킨의『청년에게 고함』번역 |
| 1922 | 昆虫記(1~4) | アンリイ・ファブル著, 大杉榮 譯 (2~4권은 椎名其二와 공역으로 표기됨) | 叢文閣 | 파브르의『곤충기』번역 |
| 1923 | 自然科學の話 (アルス科學知識叢書, 第1編) | アンリイ・ファブル著, 大杉榮, 安城四郎 共譯 | アルス | 파브르 저작 공역 |
| 1924 | 科學の不思議 (ファブル科學知識叢書) | アンリイ・ファブル著, 大杉榮, 伊藤野枝 共譯 | アルス | 파브르 저작 공역 |

---

12) Peng Hsiao-yen, op.cit., p.139.
13) 이쿠타 초코(生田長江, 1882~1936). 니체의『차라투스트라는 이렇게 말했다』를 번역한 번역가, 평론가.

다윈의 『종의 기원』, 크로포트킨의 『상호부조론』, 로만 롤랑의 『민중 예술론』, 루소의 『참회록』 등을 비롯한 그의 번역물은 대부분 이후 수차례 재판되며 일본 지식인 사회에 파장을 일으킨 주요한 도서들이며 현재까지도 읽힌다. 그는 문예평론가, 수필가, 시인, 언론인이기도 했으며 그의 번역 작업들은 모두 그 저술 작업과도 긴밀히 연관되어 있었다.[14] 이들 번역물은 그의 사상적 흐름 속에 중요한 자리를 차지하므로 단순히 생계형 번역을 위한 선택이었다고 보기는 힘들다. 따라서 다윈의 『종의 기원』에서 시작하여 크로포트킨의 저서를 거쳐 파브르의 『곤충기』로 흘러갔던 그의 번역 궤적은 들여다볼 필요가 있다.

오스기 사카에는 1918~19년 옥중에서 『곤충기』를 독서했으며 이듬해에 번역에 착수했다. 그가 쓴 옥중 편지에는 당시 그의 사유의 흐름이 잘 드러난다.

요즘 독서 중에, 아주 재미있는 게 있다. 책을 읽는다. 바쿠닌, 크로포트킨, 르클뤼, 말라테스카, 그 밖의 **모든 아나키스트들이 책머리에 천문에 관한 이야기를 쓰고 있다. 다음엔 동식물을 이야기한다. 그리고 마지막엔 인생·사회를 논한다.** (…중략…) 먼저 눈에 들어오는 것은 일월성신, 구름의 움직임, 오동나무의 푸른 잎, 참새, 수리, 까마귀 더 내려가서는 반대편 감옥의 지붕. 방금 읽었던 것을 그대로 복습하고 있는 듯하다. 그리고 나는 자연에 대한 내 지식이 일천한 것이 늘 부끄럽다. 이제부터는 열심히 **이 자**

---

14) 그의 저작과 번역은 쌍을 이루어 출간되기도 했다. 예를 들어 『크로포트킨 연구』를 저술하면서 크로포트킨의 『혁명가의 생각―크로포트킨 자서전』을 번역하고 종의 기원 개론서를 저술한 후, 『종의 기원』을 번역하는 식이다.

**연을 연구해보자고 생각한다.**

읽으면 읽을수록, 생각하면 생각할수록, 이 자연이라고 하는 것은 논리이다. 논리는 자연 속에 완벽하게 실현되어 있다. 그러므로 **이 논리는 자연의 발전된 형태인 인간 사회 속에도, 마찬가지로 완벽히 실현시키지 않으면 안 된다.**

또한 나는 이 **자연에 대한 연구와 함께 인류학이나 인간사에 강하게 마음이 끌리고 있다.** 이런 식으로, 학구열이 이곳에서 저곳으로 샘물처럼 끓어오르는 것이다.

형의 건강은 어떠한지? 『빵의 쟁취』 진행은 어떻게 되고 있는지? 나는 출옥하면 곧 오랫동안의 숙망인 **크로(크로포트킨)의 자서전을 번역하고 싶어 지금 열독하고 있다.**[15] (강조는 인용자)


30대 중반이던 오스기 사카에는 옥중에서 당시 아나키스트들의 저술이 보이고 있던 공통적인 서술 방식을 찾아냈는데 바로 '천문→동식물→인간 사회'로 논의가 전개된다는 것이었다. 오스기 사카에는 진화론을 번역하고 대중적으로 소개하기는 했지만 실상 다위니즘과 자본주의의 유사성을 지적했고, 오히려 앙리 베르그송의 창조적 진화론이나 톨스토이의 무정부주의적 사상에 경도되어 있었다. 자연의 논리를 인간 사회에 실현하고 싶다는 오스기 사카에의 열망은 먼저 자연과학연구에 천착한 후 이를 인류학·사회학 연구에 적용하고 싶다는 학문적 호기심을 불러 일으켰으며 '사회를 조직하는 인간의 근본 성질

---

15) 오스기 사카에, 김응교·윤영수 역, 『오스기 사카에 자서전』, 실천문학사, 2005, 251~252면.

을 알기 위하여 생물학을 익히고 싶다'라고 표출된 그의 욕망은 그로 하여금 생물학자의 저술 번역과 소개에 앞장서도록 만들었다.

생물학에서 인간 이해의 단서를 찾으려고 한 오스기 사카에의 시도는 『상호부조론』, 『청년에게 고함』, 『자서전』 등 그가 세 차례나 번역했던 크로포트킨의 저작으로부터 영향을 받은 것으로 보인다. 그는 1920년 『개조』지를 통해 이전에는 크로포트킨에 빠져있었으나 1910년대 중반부터 그 사상 수용의 득과 실을 직시하게 되어 크로포트킨 뿐 아니라 일체의 무정부주의 문서로부터 멀어져 사회학·생물학의 서적을 가까이 하고자 한다고 진술한다.[16] 그러나 언급한 1910년대 중반 이후에도 크로포트킨의 『상호부조론』, 『혁명가의 회상－자서전』(1921)을 완역하고 일본 최초의 크로포트킨 연구서 『크로포트킨 연구』(1920)를 저술했기 때문에 그 발화는 액면 그대로 받아들이긴 힘들다.[17] 혹은 오스기 사카에가 1920년 5월 잡지를 통해 크로포트킨에서 멀어졌다고 발언하긴 했지만 같은 해 1월 일명 '모리토 사건'[18] 발생으로 각종 잡지에서는 크로포트킨 특집이 마련되고 그 번역서와 저술서가 급증하는 등, 독서 유행의 한가운데 있던 마르크스의 자리를 크로포트킨이 차지하게 되는 현상 속에서 그에 관한 책 출간을 하게 되었을 가능성도 있다.

---

16) 박양신, 「근대 일본의 아나키즘 수용과 식민지 조선으로의 접속－크로포트킨 사상을 중심으로」, 『일본역사연구』 35집, 2012.6, 141면.
17) 위의 글, 141면.
18) '모리토 사건'이란 도쿄 경제학부 모리토 다쓰오 조교수가 경제학부 잡지 『經濟學研究』에 게재한 「크로포트킨의 사회사상연구」의 필자가 문란죄로 기소되고, 10월에 유죄 확정되면서 학문과 사상의 자유에 대한 토론과 함께 크로포트킨에 대한 사회적 관심이 확장된 사건을 말한다. 위의 글, 127면.

러시아 무정부주의자로 알려진 크로포트킨은 기실은 1876년 러시아에서 탈옥한 이후 영국, 스위스와 프랑스를 떠돌다가 1886년부터 영국에 망명·체류했다. 따라서 크로포트킨의 사상은 러시아에서 기초가 형성되었을지언정 영국의 지성계 속에서 발표·공유되며 전 세계로 확산되었다. 19세기 말 영국은 무정부주의를 경계했으나 여전히 귀족사회였기에 '지리학자이자 러시아 명문 귀족 출신 망명객'이라는 정체성을 가진 그를 호의적으로 받아들였다.[19] 게다가 19세기 영국은 다윈·헉슬리·스펜서 등을 통해 자연과학이 종교를 대신해 도덕과 사회질서를 책임지는 '사회과학'으로 자리 잡고 있었다. 빅토리아 시대의 영국에서 과학과 종교의 관계 혹은 충돌은 핵심 논제였고 중산 계급들도 과학에 관심을 기울이게 되었다. 크로포트킨은 이러한 사회 분위기 속에서 다양한 전문 과학 지식의 대중화를 시도했으며, 헉슬리의 사회진화론을 넘어선 견해를 발표하라는 한 지리학자의 권고를 받고 발표한 것이 상호부조론에 관한 글이었다.[20] 상호부조론은 유독 생물학을 기반으로 작성되었고 이를 계기로 그가 능통했다는 물리학·천문학 등 과학 제 분야 중에도 생물학이 대중적으로 퍼지게 된다. 그는 생물학적 연구를 통해 얻은 곤충의 질서를 인간의 도덕에 적용시키며 이타주의·동정·사랑에 기반을 둔 상호부조라는 도덕을 내세워, 다윈의 진화론적 세계 이해가 전제로 하는 적자생존의 한계를 보완하고자 했다. 또한 그는 『아나키즘과 근대 과학(*Modern Science and Anarchism*)』(London : Freedom Press, 1904)을 통해서

---

19) 이영석, 「크로포트킨과 과학―1890년대 과학평론 분석」, 『영국연구』 20호, 영국사학회, 2008, 223~225면.
20) 위의 글, 217면.

과학 교육의 가치를 강조하는 등 자연과학을 사회과학에 접목시키며 대
중의 과학화를 추진했다.

그리고 그것은 자본주의나 제국주의 원리를 비판하고자 했던 세력
에게 유용한 이론으로 적극 수용되게 된다.[21] 일찍이 유입되어 있던
크로포트킨의 상호부조론은 그다지 주목받지 못하다가 1차 세계대전
이라는 역사적 사건과 앞서 언급한 '모리토 사건'이라는 필화 사건을
계기로 일본의 식자층에 널리 알려지게 된다. 제1차 세계대전 발발 후
독일 지식인이 우승열패·약육강식의 논리로 전쟁을 지지할 때 오스
기 사카에를 비롯한 일부 지식인들은 상호부조론을 새로운 시대사조
로 적극 제시했다.[22]

오스기 사카에의 생물학에의 관심은 그로부터 10여 년 전인 20대에도
표출된 바 있다. 그는 1908년, 진화론의 대중서인 『万物の同根一族』(平民
科學 第6編, 大杉榮 述, 堺利彦 編, 有樂社, 1908)를 펴냈으며[23] 이를 펴낸 직
후 그는 기존에는 없던 세 분야, 생물학·인류학·사회학 3종의 신과학
을 상호 관계 속에서 연구하고 싶으니 돈을 좀 보내달라는 편지를 아버
지에게 보냈다. 그는 결국 수년 후 다윈의 『종의 기원』을 본격적으로
번역했고 이런 오스기 사카에에게 때마침 파브르 『곤충기』 영역본(英
譯本)인 『곤충의 사회생활』을 빌려준 것은 일본농민조합의 창설자이
자 (기독교)종교가였던 카가와 토요히코(賀川豊彦, 1888~1960)였다.[24] 두

---

21) 박양신, 앞의 글, 137면.
22) 위의 글, 144면.
23) 그가 일본에서 진화론 번역 및 소개의 최초 지식인은 아니다. 1904년에 오카 아시지로의 저
    술 『進化論講話』(1904)는 일본에서 큰 파장을 일으켰으며 이광수를 통해 조선 청년들에게도
    소개된 바 있다.
24) 같은 단락에서 『곤충기』를 매개로 한 카가와 도요히코와 오스기 사카에의 관계에 관해서는

사람은 사회주의자 동맹집회 등을 통해 만났다. 사회적 약자를 향해 눈을 돌리고 있던 카가와 토요히코는 약육강식, 자연선택설로 수용되며 메이지 이후 부국강병 슬로건의 기반이 되던 사회진화론을 그대로 받아들이고 싶지 않았고, 때마침 파브르를 발견한다. 기독교인인 그는 기독교적 신의 존재를 위협할 수 있던 다윈의 진화론보다 신적 존재를 부정하지 않은 파브르의 자연에 대한 해석에 만족했다. 파브르가 관찰하고 기록한 자연의 오묘한 질서는 창조주의 위대함을 뜻했으며 따라서 파브르가 재현한 자연의 서사는 '신 없는 자연'[25]이 아니라 '신이 창조한 자연'이었다.

카가와 토요히코는 이런 정황 속에서 파브르『곤충기』를 오스기 사카에에게 권했고, 오스기 사카에는 이 영어본에 스스로 불어본 원서를 추가 구입하여 감옥에서 독서했다. 오스기 사카에는『곤충기』1권까지만 번역하고 관동대지진 때 살해되었기 때문에 역시 아나키스트였던 시이나 소노지(椎名其二, 1887~1962)가 이후『곤충기』번역 작업을 이어받게 된다.[26] 비록 오스기 사카에가『곤충기』전집을 완역하지는 못했으나 〈표 1〉에서 볼 수 있듯이 단독 번역 혹은 공역을 통해 다양한 버전의 파브르 저작을 '과학지식총서' 시리즈로 출간해냈다. 오스기 사카에

---

다음의 글 참조. 濱田·康行, 「邦譯『昆虫記』をめぐって」, 『學士會會報』869号, 2008.3.
25) '신 없는 자연'이라는 용어는, 황종연, 「신 없는 자연―초기 이광수 문학에서의 과학」, 『상허학보』 36, 2012.
26) 시이나 소노지[椎名其二]는 이후 파브르 전기를 번역하고 개미군집을 인간사회와 비교한 저서를 번역했다. ヂェ·ヴェ·ルグロ, 椎名其二 譯, 『科學の詩人―フアブルの生涯』, 叢文閣, 1925; オウギュスト·フオレル, 椎名其二 譯, 『蟻の社會―對人間社會創成の卷』, 叢文閣, 1926. 그 역시 아나키즘에 심취했고 일찍이 미국과 프랑스 유학을 통해 농업 문제를 연구했으며 파브르 곤충기 4권까지의 번역 당시 와세다 대학에서 강의하고 있었다. Peng Hsiao-yen, op.cit., p.140.

의 부인 이토 노에 역시 그와 함께 혹은 단독으로 파브르의 청소년용 과학서를 번역하는 등 파브르 저작의 번역 소개에 앞장섰다.[27]

파브르『곤충기』와 중국과의 만남 역시 이 텍스트가 동양에서 수용 초기부터 과학 교육용으로 계몽적으로 적극 활용되고 있었음을 보여준다. 의학에서 문학으로 전공을 바꾼 루쉰은 오스기 사카에의 파브르『곤충기』를 애독했다. 그는 1924년부터 1930년대 초반까지『곤충기』의 일본어역본과 영역본을 차례차례 모았으며 이를 토대로 생물학자이자 정치가인 막내동생 저우젠런(周建人, Zhou Jianren, 1888~1984)과 번역하고자 했으나 이를 실현시키지 못하고 사망한다.[28] 곤충기는 루쉰의 둘째 동생 저우쭈어런(周作人, Zhou Zuoren)에 의해 일부 번역되었다. 저우쭈어런은 당시 자신에게 가장 큰 영향을 끼친 사상가로 크로포트킨을 꼽았으며 그의 이론을 중국에 가장 일찍 번역 전파한 사람 중 하나였다.[29] 루쉰과 그의 형제들은 중국의 과학화라는 시대적 요청 속에서『곤충기』에 관심을 보였으며 이 역시 오스기 사카에와 크로포트킨의 영향 속에서 벌어진 일이었다. 루쉰은 인간과 자연의 관계를 이해하기 위해『인간의 역사』,『과학사교편』등을 번역 소개하며 서구의 자연과학에 기댔으며 무엇보다도 과학의 대중 교육의 중요성을 주창했다.

---

27) アンリ・ファーブル, 伊藤欽二 譯,『科學知識少年少女の爲に』, 東京 : 日本評論社出版部, 1922.
28) Peng Hsiao-yen, op.cit., p.142. 1923년 루쉰은 저우쭈어런(周作人)과 절연했기 때문에 곤충기 번역을 번역가인 저우쭈어런(周作人)이 아닌 생물학자 저우젠런(周建人)과 하고자 했던 것으로 보인다.
29) 저우쭈어런에 관해서는 쑨위, 김영문 역,『루쉰과 저우쭈어런』, 소명출판, 2005, 412면.

읽을 만한 출판물이 사실 너무 부족하다. 나는 적어도 평이하면서도 재미있는 대중과학 잡지가 있어야 한다고 생각한다. 유감스럽게도 현재 중국의 과학자들은 그다지 문장을 잘 짓지 못한다. 그들이 쓴 문장은 지나치게 수준이 높고 아주 무미건조하다. 현대 브레흠[30]의 동물생활 이야기나 파브르의 곤충기와 같은 재미있고도 삽화가 많은 잡지가 필요하다.[31]

그는 실제로 곤충학·식물학 서적을 다량 구입하여 중국 아동에게 다른 세계 생물의 존재를 소개하고자 했으며 자신의 에세이에서 파브르『곤충기』를 과학적 사고의 상징적 존재로 언급하기도 했다.[32] 루쉰은 자신의 고향에 전해 내려오던 전설이 사실을 왜곡하고 있음을 증명하기 위해 파브르의 관찰기록을 인용했다. 나나니벌이 딱정벌레를 자신의 거처에 집어넣고 밀봉한 후 수일이 지나면 그곳에서 나나니벌이 나오는 현상이 목격되곤 했는데 이를 두고 중국인들은 나나니벌 어미의 '나와 같아져라'는 주술과 소망이 딱정벌레를 변신시킨 기적이라는 전설을 만들어 냈다. 하지만 파브르의 관찰에 따르면 그것은 나나니벌이 거처에 있던 자기 애벌레의 먹이로 딱정벌레를 가져다 넣어 준 것이고, 안전하게 밀봉된 곳에서 그것을 먹고 성충이 된 나나니벌이 밖으로 나왔을 뿐이었다. 루쉰은 중국인들이 이러한 사실을 알게 되었음에도 불구하고 그들 대다수는 여전히 수양자녀가 어미의 소망에 따

---

30) Alfred Edmund Brehm(1829~1884). *Brehm's Life of Animals* 등 자연사 관련 저술과 삽화를 남긴 독일의 동물학자.
31) 쏜위, 앞의 책, 412면.
32) 루쉰이 중국인을 과학화시킬 만한 적절한 텍스트로 파브르『곤충기』를 내세운 사실에 관한 내용은 Peng의 책에 상술되어 있다. Peng Hsiao-yen, op.cit., p.144.

라 그를 닮아 변신한다는 버전의 신화를 선호하고 있음을 한탄한다. 그리고 이를 과학적이지 못한 사고를 지닌 중국인의 습성에 대한 비판으로 연결시켰다. 즉 파브르『곤충기』는 미신과 민담의 비과학성을 수정해줄 만한 과학적 시선과 방법론을 갖춘 근대적 과학적 주체의 기록으로 받아들여졌다. 과학 지식의 대중화를 주창했던 이들 동양 지식인들은 대중들이 이해하기 쉽게 쓰인 텍스트인 파브르『곤충기』, 그리고 과학 지식의 대중화에 힘쓴 파브르라는 인물 양편에 공명했다.


## 3. 식민지 조선의 파브르와『곤충기』


### 1) 식민지 조선, 오스기 사카에와 크로포트킨

식민지 조선에서 초기 아나키즘 수용은 오스기 사카에와 크로포트킨을 중심으로 이루어졌다.[33] 이들의 저술과 번역물은 1920년대『공제』, 『서울』, 『개벽』, 『신생활』, 『동광』 등의 잡지를 통해 빈번히 소개되고 있었으며 그 독서 흔적을 지식인들에게서도 찾을 수 있다. 이광수는 소설『유정』에서 하르빈의 비참하고 유약한 조선 동포를 보면서 '진화론이 성경을 대신하게 된' 약육강식 세계 속의 희망으로 크로포트

---

33) 오스기 사카에는 사후에도 다윈, 스탈린 등을 다룬 동서고금 사상가 열전과 같은 기사에서 동양의 대표적 인물로 선택되기도 한다. 「동서고금 사상가열전 4」, 『신동아』, 1932.2.

킨의 상호부조론을 언급하기도 했으나 여기에서는 무정부주의적 색채는 퇴색되고 민족적 단결의 의미가 부각된다.[34] 시인 신동엽 역시 오스기 사카에가 번역한 크로포트킨의 『상호부조론』에서 영향을 받아 '전경인(全耕人) 정신'을 시세계에 담아냈다.[35] 신동엽이 오스기 사카에를 매개로 접하게 되었다는 크로포트킨은 식민지 조선에서 "과학가"인 동시에 "혁명가"[36]로 불렸다. 당시 '과학'은 '혁명적'이라는 수식어와 함께 등장하는 경우가 많았다.

이광수·안창호 등이 주도하며 수양동우회 기관지 성격을 띠고 있던 잡지 『동광』에는 '자조'와 '부조'의 사상이 공존했다. 동정하는 마음을 기반으로 '상호부조'를 권장하는 움직임은 유정한 사회를 주창한 안창호의 글과 이상적 사회를 구상한 『동광』 잡지를 관통했으며 이는 『학지광』에서 활동하던 청년 지식인들에게서도 감지되었다.[37] 『동광』은 1920년대 후반에 크로포트킨 사상 강좌를 연재한다. 그의 상호부조론, 도덕관, 문예관, 교육관 등에 관한 각 기사들은 '학술연구', '자연과학 강좌'나 '사회과학 강좌'라는 코너명을 내걸고 짧지 않은 분량으로 연재되었다.[38] 필자는 주로 류서(柳絮)와 류수인(柳樹人)을 필명

---

34) 이광수와 수양동우회에게 미친 크로포트킨의 상호부조사상에 관해서는 다음 글에서 상술된 바 있다. 이경훈, 「인체 실험과 성전―이광수의 『유정』, 『사랑』, 『육장기』에 대해」, 『동방학지』, 연세대 국학연구원, 2002, 223면.
35) 이에 관해서는 김응교, 「신동엽과 전경인 정신」, 『사회적 상상력과 한국시』, 소명출판, 2010 참조.
36) 류서, 「학술연구―크로포트킨의 문예관」, 『동광』 5호, 1926.9, 12면.
37) 이경훈, 앞의 글, 218~222면.
38) 『동광』에 실린 크로포트킨에 관한 연재물은 다음과 같다.
　　류서, 「학술연구―크로포트킨의 문예관」, 『동광』 4호, 1926.8; 류서, 「크로포트킨의 도덕관」, 『동광』 6호, 1926.10; 류서, 「자연과학 강좌―크로포트킨의 호조론개관」, 『동광』 10호, 1927.2; 방미애, 「사회과학 강좌―크로포트킨의 교육관」, 『동광』 14호, 1927.6.

으로 삼은 유기석(柳基錫)이었다. 그는 1928년 3월 상해에서 재중국 조선인 무정부주의연맹을, 1930년 봄에는 조선 무정부주의 간담회라는 연구단체를 조직한 인물로, 무정부주의자로서 크로포트킨의 사상을 적극 소개한 것으로 보인다. 상해를 활동 거점으로 삼았던 류서의 활약을 고려하면, 주로 일본을 통해 그 사상 유입을 조명한 기존 연구는 또 다른 경로를 고려할 필요가 있다.

크로포트킨은 다윈의 진화론에 영향을 받았으나 생물군의 유지와 질서의 핵심으로 적자생존, 약육강식, 자연도태보다는 동족 간의 상호부조(相互扶助)에 주목했다. 기존의 모든 정치적, 사회적, 종교적 조직들에 반대했던 그는 협동심과 사회성이라는 '본능'을 사회를 성립시키는 동력으로 보았다. 개체의 '이기'와 '이타'는 화해 불가능한 대척점에 있다기보다는 서로 긴밀히 연동되어 있음을 주장한 크로포트킨은 자신이 비판한 헉슬리·스펜서 등의 사회진화론자들과 마찬가지로 자기 주장의 근거로 생물학적·동물학적 관찰 결과를 전면에 내세웠다. 그는 인간의 협동심이 본능적 도덕임을 증명하기 위하여 교육을 받지 않은 개미·참새·미개인 등에게서도 그것이 보이는 사례를 들었고, 이러한 자연의 질서를 통해 종교나 사상서보다도 확실하게 도덕의 존재와 당위성을 설득할 수 있을 것이라 믿었다.

『동광』 잡지의 목차는 자연·인간·언어를 넘나들던 이들 사유의 연쇄 고리를 한 눈에 보여준다. 한 권의 잡지에는 에스페란토와 크로포트킨에 관한 기사와 더불어 수양, 조선어, 그리고 곤충 / 동물에 관한 기사가 실렸다.[39] 류서의 「(자연과학)크로포트킨의 부조론개관」과 이광수의 「윤치호씨」가 실린 호의 권두언인 「뱀장어와 잉어」는[40] 산란기에 각종 장애와 물결을 거슬러 상류로 올라가는 뱀장어와 잉어의 생태를 설명하면서 독자 청년들에게 이들 동물처럼 분발할 것을 촉구한다. "이것이 동물계의 원칙이라 하건대 우리 청년들 중에는 이러한 동물 고유의 집착성 의기를 가지지 못한 이가 종종 있"다고 경고하고 "청년아 우리는 뱀장어를 본받자. 우리는 잉어를 스승삼자"라고 청년들에게 당부하며 끝을 맺는다. 파브르에 따르면 권두언인 「뱀장어와 잉어」식의 서술은 "인간은 깎아 내리고 동물은 추켜올려 비슷한 접촉점을 설정해 놓고 양쪽을 동일 수준에서 보려는 것"[41]이다. 이는 파브르 시대에 '일반적으로 유행하던 고차원의 학설'로 파브르는 이러한 사고에 길들어 있던 당대 풍토를 비판했는데 이는 오늘날까지도 여전히 찾아볼 수 있던 서술 방식이다.


## 2) 서벌턴 지식인으로서의 파브르

크로포트킨은 교육론에서 이상적 지식인상에 관해 구체적으로 언급하며 "정신노동과 육체노동"을 겸하는 인간, "과학자와 기계와 노동자를 겸한 인재의 양성"[42]을 교육의 목표로 내세웠다. 그는 과학자나 예술가를 비롯한 지식인들 역시 매일 일정 시간 공장이나 전원에서 육

---

39) 「권두언 : 뱀장어와 잉어」, 『동광』 10호, 1927.2. 「탄환성 타고 월세계 탐사―과학자의 몽상 실현?」, 『동광』 14호, 1927.6; 백남두, 「곤충세계의 성쇠흥망―밀봉왕국의 팔면관」, 『동광』 14호, 1927.6.

40) 『동광』 10호, 1927.2, 1면.

41) 장 앙리 파브르, 김진일 역, 『파브르 곤충기』 1, 2006, 현암사, 162면.

42) 방미애, 「사회과학 강좌―크로포트킨의 교육관」, 『동광』 14호, 1927.6, 16면.

체노동을 해야 한다고 주장하며, 이들이 인생을 실감나게 접촉하며 생산자로서 역할을 완수하고 그 기쁨을 누리다가 40세 정도에 육체노동을 그만두고 자신의 정신적 활동에 매진하면 더 큰 발전을 이룩할 것이라는 전망을 펼친다. 파브르는 이러한 그의 이상적 지식인상에 근접한 삶을 산 인물이었다. 하지만 크로포트킨은 자연현상의 원인을 과학적으로 규명하여 다른 학문 분야 및 세계관에 영향을 미친 다윈의 공은 분명히 밝혔으면서도 파브르는 언급하지 않았는데 현재로서는 그 이유를 명확히 파악할 수는 없다. 영국에서 활동하고 있던 크로포트킨은, 영국인 다윈과의 서신교환을 통해 세간에 더욱 알려지게 된 파브르의 존재를 알고 있었을 가능성이 있으며, 만일 의도적으로 언급하지 않았다면 파브르의 비정치적 태도와 그의 저술이 공산주의의 실현 가능성을 부정하고 신의 존재는 은연중에 인정했기 때문은 아닌지 추측해 볼 수 있다. 이들의 곤충에 관한 서술은 초점이 달랐는데, 파브르는 곤충의 이기적 본능을 기록한 경우가 많았고, 크로포트킨은 상호부조를 자연의 본능으로 볼 수 있음을 지지해주는 사례만을 취사선택한 경우가 많았다.

다시 오스기 사카에의 영향력으로 돌아가면, 홍명희 역시 오스기 사카에를 매개로 파브르 『곤충기』를 받아들인 것으로 보인다. 홍명희가 자신에게 영향을 미친 독서물로 언급한 "루소의 『참회록』, 크로포트킨의 『혁명가의 지난 생각』, 오스기 사카에의 『자서전』"[43]은 공교롭게도 오스기 사카에의 저술 및 번역서에 집중되어 있었다. 오스기 사카

<hr>

43) 홍명희, 「자서전」, 『삼천리』 1호, 1929.6.

에가 감옥에서 어학 서적과 동물학, 자연과학서적을 차입해 읽었음을 편지와 자서전을 통해 밝혔던 것처럼 홍명희 역시 1930년 다음과 같은 옥중 편지를 보낸다.

> 그동안 서적 한 권 없이 가위 죽을 고생이다. 곤충학 사오기 전에 곤충기 드려보내라. 石川의 동물학 강의가 있으면 좋겠다. 독일어 자습서(아무 것 이라도) 속히 한 권 사 보내라.[44]

홍명희는 옥중 차입 서적의 대표적 장르인 외국어 교재뿐 아니라 곤충학·동물학 서적의 차입을 요구하는데, 곤충기를 우선적으로 지목한다. 이때 곤충기는 곧 파브르의 것을 뜻한다. 『곤충기』란 곧 '파브르 곤충기'인 것은, 당대 독자가 그만큼 파브르라는 인물 자체에도 공명하고 있었음을 보여준다.

파브르란 어떤 인물을 상징했는가? 파브르는 도심과 학계와 엘리트 부르주아와는 거리가 먼 인물로 알려져 있었다. 그는 시골 학교 교사이자 가난 속에서 오로지 끈기 하나로 관찰 기록의 성과를 얻어낸 자수성가형 인물로 형상화되었다. 그의 평전이나 『곤충기』는 파브르와 다윈, 파스퇴르, 존 스튜어트 밀과의 교류 장면을 통해 그들의 출신 성분이나 지위, 경제적 계급, 학문적 성향, 취향의 차이를 대조적으로 서술하고 있다. 파브르는 유명 인사인 이들과의 교류 덕분에 더욱 주목받는 측면도 있었으나, 그는 이들의 소위 분류론에 그친 지식, 엄밀한

---

44) 「在獄 巨頭의 최근 서한집」, 『삼천리』 9호, 1930.10.

증거를 제시하지 못하는 이론편향성이나, 부르주아 엘리트 근성을 강조하며 그들과 스스로 거리를 두고 있었다.[45] 농업, 공업 등 실업을 위한 실용학문이 아닌 순수학문의 교육 자체가 빈한자들에게는 사치였던 현실에서, 파브르는 성장기에 부모와도 갈등을 겪었다.[46] 그는 순수과학이 비참한 현실로부터 정신을 해방시켜주는 출구라고 믿으며 소녀들을 위한 강좌를 개설하고 어린 학생들이 과학에 호기심을 가질 수 있도록 쉽고 재미있게 교재를 저술했다.[47] 그러나 그의 다양한 계층을 향한 대중적 강의와 저술은 학문적으로 엄숙하지 않으며 사회 질서에 위협적이라는 이유로 대학을 중심으로 한 아카데미로부터 경계되었다.[48]

그는 재야에서 독학하는 연구자로서 노동자나 농부와 비견될 정도로 자연 속에서 노동(생계형 집필, 강의 및 현장 관찰과 채집, 기록)으로 청빈하게 살아갔으며[49] 도시와 귀족·아카데미의 권위적 형식을 풍자하거나[50] 농민·노동자·여성·아동에게 호의적 시선을 가지고 있었다. 이러한 그의 서벌턴적 정체성에 감정이입한 식민지 조선 지식인들이 제법 있었던 모양으로, 홍명희 이외에도 조선 최초 나비박사로 알려져 있는 석주명 역시 파브르를 의식했음을 그의 제자 김병철은 기억

---

45) 마르틴 아우어, 앞의 책, 88·110~111면.
46) 위의 책, 50~51·68~69·96~97면.
47) 그의 교과서들은 분해가 아닌 전체의 이해가 목적이었고 『파괴자들』, 『보조자들』, 『봉사자들』, 『작은 소녀들』과 같은 제호를 붙였다. 위의 책, 114~115면.
48) 위의 책, 131면.
49) 장 앙리 파브르, 김진일 역, 『파브르 곤충기』 1, 현암사, 2003, 64~65면.
50) 기사 작위를 수여 받기 위해 가야 했던 튈르리 궁전에서 그곳 사람들의 신중한 동작과 복장이 쇠똥구리처럼 보였다고 하거나 대도시의 박물관이 지루하다는 등의 표현. 마르틴 아우어, 앞의 책, 106~107면.

한다. 한국번역문학목록을 집성했으며 헤밍웨이 번역과 소개에 일조한 영문학자 김병철은 자신의 책 『한국근대번역문학사연구』[51]를 석주명에게 바쳤다. 그는 '자서(自序)'에서 1937년 송도고보 3학년 생물시간에 교사 석주명으로부터 '10년간 남들이 하지 않은 것을 하면 세계적인 인물이 된다'라는 요지의 가르침을 듣고 그것을 인생과 학문의 좌우명으로 살아왔음을 고백했다.

파브르라는 인물은 윤리적인 학자상을 상징하기도 했다. 그는 찰스 다윈뿐 아니라 그의 조부인 에라스무스 다윈이 부정확한 사실을 기록했음을 지적했다. 연구자의 성실성 즉 연구자의 윤리적 태도를 문제시하는 이러한 파브르의 포즈는 재야의 교사가 권위적 아카데미를 향해 던진 비판이자 감정적 표출로 볼 수 있다. 파브르가 당시 국가 지원 프로젝트의 책임자이던 파스퇴르의 곤충에 대한 무지함과 와인 저장고를 중시하는 호사 귀족 취미에 대해 보인 반응 역시 같은 맥락으로 볼 수 있다. 그가 권력 / 재력 없음으로 인한 현실적 곤란과 정신적 고통을 극복할 수 있는 유일한 방법은 매일의 성실한 관찰과 기록뿐이었다. 그는 천재성의 발현인 순간의 발명이 아니라 시간의 축적을 통해 인정받았으며 이러한 그의 모습은 개인의 수양과 개발이 권고되던 근대 초기에 모범 사례의 하나로 제시될 수 있었다. 노년으로 가는 과정이 쇠락이 아닌 축적과 상승이었던, 게다가 장수까지 했던 파브르는 재야 학자의 현실적 롤 모델이기도 했다.

물론 그는 시골에 은거했으나 농민은 아니었고, 노동자처럼 남루한

---

51) 헌사는 다음과 같다. "그 교훈이 나의 인생관의 지표가 된 고 석주명 스승의 영전에 삼가 이 책을 바치나이다." 김병철, 『한국근대번역문학사연구』, 을유문화사, 1975.

복장으로 종일 채집과 고된 작업을 일삼았다고는 하나 빵이 아닌 지식의 즐거움을 부르짖던 지식인이었으며, 여성을 위한 저술과 강연에 앞장섰으나 그의 두 아내는 전업주부로 충실한 삶을 살았다. 따라서 농부, 노동자, 여성이라는 이른바 사회적 약자와 함께 표상된 그의 정체성은 실체가 아닌 담론으로 형성된 것이며 재고가 필요하지만 이러한 파브르의 이미지들은 '파브르형'이라는 특정한 상으로 굳어지게 되었다. 홍명희의 아들 홍기문이 아버지에 관해 쓴 인물평은 다음의 제목으로 기사화된 적이 있는데 이는 파브르라는 기표가 조선에서 획득한 상징성을 잘 보여준다. 「洪命憙 評, 昆虫學者 '타입'과 受難의 그의 半生을」이라는 글에서 홍기문은 학자란 '뉴-톤'과 '파-불' 두 타입이 있는데, 아버지인 홍명희는 곤충학자인 '파-불'형에 속한다고 했다.[52] '파브르'라는 기표는 직분론 · 수양론이 체화된 학자적 인물의 전형을 상기시켰던 것이다.

　그러나 식민지 지식인으로서 자신의 분야에만 충실하다는 것은 간단한 문제가 아니었다. 유진오는 『화상보』(『동아일보』, 1939.12~1940.5)에서 중등실업학교 교원이자 식물채집 연구자인 장신영을 "소극적인 듯하나 여하한 역경에도 결코 절망치 않는 불굴의 정신. 사회 변동에 초월해 오즉 자기의 길을 걷는 인물"로 그리는데 이는 파브르나 석주명 류의 실존 인물을 떠오르게 하는 인물상이었다. 작가는 정치 · 사회를 외면한 채 본분에만 몰두하는 근면 성실한 식물학자 장신영을 당시 데

---

52) "아버지는 政治家라기보다 또 藝術家라기보다 오히려 '學者'인 곳에 그 소질이 더욱 만흘 줄 압니다. 가튼 學者라 하여도 學者의 속에는 '뉴-톤'타입과 '파-불'타입의 두 가지가 잇는데 아버지는 昆虫學者이든 '파-불'型에 속하는 줄 압니다." 홍기문, 「아버지 인물평 아들의 인물평」, 『삼천리』 4호, 1930.1.

카당한 지식인 예술가 실업가들과 대척점에 놓지만 기실은 장신영의 삶의 방식을 진정 위협했던 것은 전체가 아닌 개인만을 보는 삶이 옳은 것이냐를 물었던 그의 제자 조남두였다. 사회를 걱정했던, 혁명가적 기질이 있던 제자는 결국 물의 끝에 사회에서 사라지게 되고 퇴폐주의의 대명사로 형상화된 인물들은 모두 몰락하는 반면, 장신영은 조선의 식물만을 연구하는 외길을 걸어 일본의 학계로부터 인정을 받게 된다. 이 작품의 전체적 논지가 장신영을 비판하는 데 있었던 것은 아니고 오히려 식민지 현실에서 지식인의 현실 대응 방법에 대한 한 가능성을 펼쳐 보인 것이었으나, 기실은 '비정치적 전문가상'은 식민지 시기라는 역사적 특수성 속에서 비판의 대상이 될 수 있었던 것이다.

'파브르'라는 인물상은 순수학문에 매진하는 포즈를 취하지만 결국 자기계발을 통해 인정투쟁에 승리한 성공자의 상으로 수렴되고 만다. 파브르는 당시 식민지 조선에서도 자서전이 수차례 번역 소개되며 '자수성가', '성공입지'의 상징적 인물로 정착되었던 벤자민 프랭클린과 견주어 이야기해 볼 수 있다.[53] 막스 베버는 『프로테스탄트 윤리와 자본주의 정신』에서 벤자민 프랭클린의 삶뿐 아니라 설교와 사상에 '자본주의적인 것'이 곧 '윤리'가 되고, '공리주의'와 '돈벌이 그 자체가 목적인 윤리'가 공존하는 위험하고 기묘한 지점을 지적한 바 있다.[54] 벤

---

53) 벤자민 프랭클린은 미국 건국의 아버지로 추앙되는 인물인데, 정치, 경제, 과학, 언론, 문화제 방면에서 활약하며 부와 명예를 획득하고 이를 공익에 환원한 그의 업적은 성공한 프로테스탄트의 표본으로 제시되어왔다. 수양청년들에게 자수성가의 사례로 읽혔던 식민지 조선의 프랭클린 자서전 수용에 관해서는 다음의 글에서 상술했다. 김성연, 「근대 초기 청년 지식인의 성공 신화와 자기 계발서로서의 번역 전기물―프랭클린 자서전을 중심으로」, 『현대문학의 연구』 42호, 한국문학연구학회, 2010.10.
54) 막스 베버, 김현욱 역, 『프로테스탄티즘 윤리와 자본주의 정신』, 동서문화사, 2010, 28~57면.

자민 프랭클린은 시간과 신용은 모두 돈이며 돈은 번식력이 있으니, 청년들은 성실·검소·근면을 통해 출세할 수 있다는 '금욕주의적 직업윤리'를 권고하지만 막스 베버의 견지에서 그것은 세속적 금욕주의에 불과하다는 것이다. 돈과 성공을 목적으로 명시하지 않았던 파브르는 벤자민 프랭클린과 표면적으로는 대조적 인물로 보이는 듯하지만 실상은 그렇지도 않다. 파브르가 연구에 투자한 시간과 성실성의 누적은 업적이자 평판이라는 보상으로 결실을 맺었고, 따라서 그는 삶의 지난한 과정을 통해 인정투쟁에서 성공한 재야의 인물이었다. 즉, 벤자민 프랭클린이 '주류의 성공자상'이었다면 파브르는 '변방의 성공자상'으로 볼 수 있었다. 도시·대학·아카데미·정치로 진입하기를 꺼려하고 외길을 걸었다는 '재야의 파브르형 학자'는 관직 진출 및 신분 상승이 요원했던 식민지 지식인들에게 공명하는 바가 있었다.

## 4. '자연', '과학'의 이름으로 '도덕'이 되다

파브르『곤충기』의 수용 시기에 곤충을 소재로 하며 빈번히 등장한 기사들은 대체로 생산력 있는 국민과 식량의 보존을 위해 해충을 통제하고자 하는 목적이 드러나는 것들이었다. "파리를 죽이고 애기를 살구자, 파리는 우리 원수"를 표제로 하는「건강란」의 기사가 "우리 원수" 해충과 피해자인 사람을 각기 '거대한 파리'와 "애기"라는 양극단의 상징적 존재로 언어화하고 시각화했다.[55] 곤충을 질병의 근원으로 보고 해충이라고 명명할 때 곤충에 대한 연구는 박멸을 위한 것으로 수렴될 수밖에 없었다.

20세기 초 일본에서 발간되던 곤충 관련 서적들 역시 위생, 식용, 해충, 농작물 등의 제목을 달고 국익을 위해 실용적 지식을 보급하며 제작된 것이 많았다. 미지의 영토를 장악해야 했던 제국은 그 땅의 해충과 익충을 파악해야 했으며, 식량 공급과 생산성에 박차를 가하기 위해서라도 해충 연구는 필수적이었다. 1919년 『곤충학 범론』을 발간한 일본 이학박사 미야케 쓰네카타三宅恒方의 저자 서문은 곤충학을 향한 시대의 요청을 잘 보여준다. 저자는 시간도 부족하고 신경쇠약까지 걸렸으며 아들도 잃었는데, 출판사의 간곡한 청탁과 서양에 비해 유치한 분류학에 대한 책임감으로 집필을 강행했다고 고백하고 있다. 그는 이 책이 단지 곤충을 분류하는 데 그치지 않고 동물, 식물, 사람, 토지와의 관계를 연구하는 데 긴밀히 연관되어 있음을 밝혔다. 즉, 곤충학이란 국토 내의 식량, 자원, 인구를 통제해야 하는 근대 국가 체제에서 필수 학문이었으며 식민지를 영토로 접수해야 했던 제국의 필요는 그 이상이었다.

자신의 연구가 이러한 실용학문으로 수렴되는 것을 거부한 파브르 『곤충기』는 결국 "과학과 문학의 최고의 결합"[56]이라는 평가를 받게 된다. 빅토르 위고는 파브르를 '곤충들의 호머'라 불렀으며 그의 『곤충

---

55) 「(건강란)사람 잡아먹는 파리」, 『동광』 2호, 1926.6, 60~63면.
56) 「파브르 곤충기 발간에 걸고」, nichgetusho.ameblo.jp/nichgetuscho/entry/-10006316388.html (최종 검색일 2013.8.30).

김성연 _ "나는 살아 있는 것을 연구한다" 407

기』는 호머의 서사시에 비유되었다.[57] 철학적 사유와 과학적 관찰, 문학적 표현이 집적된 고급한 에세이로 고평되는 파브르『곤충기』는 그의 독서 자산의 집적물이기도 했다. 파브르의 서가에는 아리스토텔레스, 호머부터 파스칼, 뉴턴, 뒤마, 벤자민 프랭클린, 단테, 그리고 라퐁텐, 몽테뉴, 위고, 볼테르, 라블레 등의 저작들이 꽂혀 있었다.[58] 고대 그리스 로마 시대 작가부터 자연과학자, 유럽 고전 작가들의 저술까지 망라한 그의 독서 편력은 그의 사유와 실천, 글쓰기에 반영되어 나타났다.

파브르가 7~8세 무렵 라퐁텐 우화집을 선물 받았을 때 그는 사람처럼 말하는 동물들의 이야기에 매력을 느꼈다.[59] 이후 파브르는 아리스토텔레스가 예찬한 매미 요리를 직접 실습하여 그 맛을 검증하기도 하고 미신과 민담의 오류를 검토하는 등 각종 관습과 권위 있는 문헌의 진위를 경험적으로 밝히고자 했다.[60] 그 과정에서 그는 라퐁텐 우화의 개미와 매미 일화의 오류를 시정하기도 하며[61] 보다 과학적인 글쓰기의 태도를 취한다. 그런데 이러한 그의 '과학적'『곤충기』는 관찰 동기뿐 아니라 관찰 주체의 감상과 실험의 실패에 대한 기록들이 모두 담겨 있다는 점에서 근대적 학술 논문과는 거리가 있었다. 물론 당시 많은 과학자의 성과물은 예컨대 다윈의『종의 기원』처럼 서술되면서 불가피하게 관찰·기술 주체의 시선과 감상이 담길 수밖에 없었

---

57) 마르틴 아우어, 앞의 책, 157면.
58) 위의 책, 103면.
59) 위의 책, 44면.
60) 위의 책, 248~249면.
61) 파브르는 오히려 개미가 매미의 식량을 훔치러 온다는 관찰 결과를 예로 들어 라퐁텐 우화에서 나오는 게으르고 구걸자인 매미의 형상화는 왜곡된 것임을 지적한다.

으나 파브르는 이를 보다 전면화했다. 그 결과물인 『곤충기』는 관찰 기록, 일기, 자서전, 편지 등 광범위한 서사 장르를 포괄하는(심지어 위인전으로 인식되기도 했던), 문학과 과학을 넘나드는 과학 에세이였다. 곤충 세계에 대한 기록은 소설과 극 이상으로 희비극적 서사를 재현하는 것이었고 이에 문학가들은 매력을 느꼈다. 이에 그의 저작은 『이솝 우화』나 『라퐁텐 우화』보다는 과학적인, 그러나 과학 논문치고는 철학적 사유와 해석, 예술적 수사가 곁들여진 글이라는 평가를 받게 된다.

"나는 살아 있는 것을 연구한다"는 파브르 연구가 당대 차별화되던 지점을 보여주는 결정적 문구이다. 그는 해부학과 분류학적 방법이 주류였던, 따라서 그 결과는 곤충 종류 조사와 곤충 내외부 구조의 기술, 종속과목 분류하기가 전부였던 당시 과학계 동정을 비판하며 다음과 같이 진술한다.

> 나는 살아 있는 너희를 연구한다고 말이다. 그들이 너희를 공포와 동정의 대상으로 만들어버린다고 말이다. 그들은 고문실에서 작업하지만 나는 파란 하늘 아래서, 매미의 노랫소리를 들으면서 관찰한다. 그들은 세포와 원형질을 시험관에 내던지지만, 나는 너희의 본능이 최고도로 현시되는 모습을 연구한다. 그들은 죽음을 연구하지만 나는 생명을 연구한다. 그리고 장차 풀기 힘든 본능의 문제를 연구하게 될 학자와 철학자를 위해 기록을 남기고 있기는 하지만 나는 우선적으로 젊은이들을 위해서 글을 쓴다.[62]

---

62) 파브르의 진술(마르틴 아우어, 앞의 책, 132~133면에서 재인용).

그의 연구의 목적은 '본능'의 해명에 있었다. 베르그송 역시 자신의 인간 본능에 대한 생각이 파브르 곤충기에 빚졌음을 고백한 바 있다. 파브르의 저술에서 본능에 대한 정의는 찾아볼 수 없으나[63] 각종 모성과 이성애를 비롯한 사랑, 영웅의 투쟁, 직분에 입각한 노동, 생존 투쟁 서사를 통해 본능이 무엇을 할 수 있는지를 생생하게 보여준다. 본능에 대한 해명은 평등, 정의, 희생 등의 주요한 철학적 주제와 맞닿아 있다. 그는 무리해서 곤충의 본능에 대한 관찰 결과를 인간의 본능 이해에 대입하지 않았지만 그의 글은 이후 이를 위해 활용되었다. 그는 곤충의 본능이 학습 혹은 수정되지 않음을 확인했고 따라서 수십 년간 본능의 변이 가능성에 대한 실험을 지속한 그에게 우연한 작은 변화들이 종의 변형을 낳는다는 다윈의 진화론은 설득력을 가지지 못했다.[64] 진화와 퇴화·변이 등이 가능하려면 지능이 전제되어야 하는데, 파브르는 관찰 결과 곤충에게는 본능만이 있음을 밝혔으며 따라서 그는 다윈의 진화론을 부정한다.

그가 발견한 곤충 본능의 또 다른 특징은 개체는 이기적이라는 것이다. 그는 『곤충기』 1권에서 커다란 쇠똥을 굴릴 때 구조를 요청하고 협심하여 굴리는 쇠똥구리의 아름다운 협업을 찬미한 선배의 연구서를 반박한다.[65] 그의 관찰과 실험에 따르면 그들의 행위는 약탈에 불과했을 뿐이다.

---

63) 위의 책, 156~157면.
64) 장 앙리 파브르, 앞의 책, 62~63면.
65) 위의 책, 32~33면.

하지만 공동생활을 하는 노래기벌이라도 일은 각자가 할 뿐, 공동의 목적을 위한 공동의 노력은 없다. 따라서 진정한 사회는 아니다. 그래도 이웃집 동료를 마주보며 서로 격려하는 집단이라고 할 수는 있겠다. (…중략…) 마치 한 공장에서 경쟁심을 가진 많은 직공이 열심히 일하는 모습과 혼자서 따분하게 일하는 일꾼의 내키지 않는 모습이 연상된다. 벌레도 사람처럼 본보기에 자극되었을 때 자기의 활동에 더 전념한다.[66]

솔나방의 애벌레 역시 자기 자신을 위하여 일하지만 그것은 결국 다른 애벌레들을 위하는 것이 된다. "그래서 각자 열심히 일하는 것은 결국 다른 개체를 위해 열심히 일하는 것이 된다."[67] 그런데 이러한 "공산주의"적인 "애벌레의 도덕"은 그들이 성(性)과 수컷의 투쟁과 암컷의 모성에 눈뜨기 전에만 존재한다. 파브르는 "솔나방 애벌레들을 관찰한다면 우리는 평등과 공산주의 이론이 헛되다는 것을 배우게 될 것"[68]이라고 단언한다. 그에게 이른바 가족이라는 '신성한' 단위와 제한된 식량은 '개인은 전체를 위해, 전체는 개인을 위해'라는 이론을 실현 불가능하게 하는 현실이다.

또한 그는 애꽃벌에 기생하는 모기를 보면서 자본주의의 동력인 '사업'의 본성을 비판한다.

가장 약한 자에서 가장 높은 지위에 있는 자까지 모든 생산자는 항상 소

66) 위의 책, 171면.
67) 장 앙리 파브르의 진술(마르틴 아우어, 앞의 책, 231면에서 재인용).
68) 장 앙리 파브르의 진술(위의 책, 233면에서 재인용).

비자에게 약탈당한다. 동물과는 다른 특별한 지위에 있는 인간은 이런 비참한 상태에서 마땅히 벗어나야겠지만 이 사나운 욕심에 관한 한 인간은 동물보다 한 수 위다. '사업, 그것은 다른 자들의 돈이다'라고. 이 말은 모기가 '사업, 그것은 애꽃벌의 꿀이다'라고 자기들끼리 말하는 것과 같다.[69]

파브르는 공산주의의 실현불가능성뿐 아니라 봉건주의와 자본주의의 생리를 경계하기도 한 것이다. 그는 결국 참된 인간성은 아주 서서히 "양심을 통한 교육"으로 도달할 수 있는 것으로 그에게 인간 사회의 노예나 여성의 인권 유린의 역사는 극복되어야 할 대표적인 예였다.

그의 방대한 저작 속에는 다소 일관되지 않는 해석이 존재하기도 한다. 파브르는 콩바구미의 기이한 행동 사례를 통해 집단 속의 개인의 희생을 미화한다. 완두콩 하나에 여러 애벌레가 정착하게 될 때, 콩의 한가운데에 먼저 도달한 애벌레의 몸집이 좀 더 커지는 순간 다른 애벌레들은 먹는 동작을 중지하고 큰 애벌레와 다투지도 않고 죽음의 길을 택한다. 파브르는 그 현상을 두고 "나는 뒤늦게 도착한 이 애벌레들이 기꺼이 인내하며 헌신하는 모습을 사랑한다"[70]고 고백한다. 그가 헌신이라고 해석한 장면은 결국 약육강식 서사에서 약자의 자발적 소멸을 통해 투쟁이라는 갈등 상황을 제거한 버전이었다.

곤충의 본능에 대한 해석은 무엇을 인간의 본능으로 보고 정당화해야 할지의 문제로 이어진다. 『곤충기』에 따르면 개체들의 본능은 이기적이지만 자연의 전체적 조화와 질서가 유지되며, 인간은 지능을 통해

69) 장 앙리 파브르의 진술(위의 책, 235면에서 재인용).
70) 장 앙리 파브르의 진술(위의 책, 245면에서 재인용).

교육과 문명화를 이룩한다는 점에서 이들과 등가로 볼 수 없다. 파브르가 일찍이 경계했음에도 불구하고 인간 사회 공동체에게 강조하고 싶은 미덕의 근거로 곤충의 행동을 호출하는 서술은 지속적으로 존재해왔다. 앞서 언급한 1920년대『동광』의「뱀장어와 잉어」같은 글뿐 아니라 파브르『곤충기』가 독해·권고되어온 방식도 그러하다. 식민지 시기 파브르『곤충기』는 단행본으로 번역 발간되지 않고 신문·잡지에 에피소드 단위로 연재되곤 했다.[71] 조선어 번역본이 발간되지 않았던 탓에 당시『곤충기』자체의 존재감은 쉽게 파악이 되지 않으나, 그것이 미친 간접적 영향력은 간략히 언급할 수 있다. 조선 자연과학계에서는 '프랑스의 곤충에 관한 프랑스 학자의 기록이니 우리 곤충에 관한 우리 학자의 기록이 요구된다'는 식의 촉구가 반응의 주를 이루어 조선곤충학회 창설로 이어졌고「백두산 곤충기」(김중하, 『동아일보』, 1930.12.4~12.8)와 같은 '국토 여행 + 자연 관찰'이라는 실천과 글쓰기를 볼 수 있게 되었다. 일부 학교 학생들에게 곤충 채집 방학 숙제가 생긴 것도 이 즈음이다.

따라서 파브르『곤충기』의 한국 수용에 관해서는 최초 한글 번역 단행본이 발간된 해방 이후로 넘어갈 수밖에 없다. 1964년 양서각판『파브르 곤충기』감수자인 한국곤충연구소장 조복성은 먼저 이것이 최초의 한글 번역본으로서 갖는 의의를 강조한다. 그는 "제 나라 말과 글자를 가진 나라로서 파브르의 곤충기를 번역 출판하지 않은 나라가 거의 없는 오늘날, 잃었던 우리 글을 되찾은 지 이미 20년, 뒤늦게나마 몇 세

---

71) 대표적 연재물은「파불 곤충이야기」(총19회), 『조선일보』, 1931.4.2.~5.2.

기를 통해서도 얻기 어려운 이 명저가 우리 말로 번역되어" 감개 무량함을 먼저 밝히고, 곤충기 독서 권장의 목적이 비단 곤충계의 지식에 머물지 않고 자연의 섭리를 통해 풍부한 인간성을 함양하는 데 있음을 강조했다. 역자인 서울대 농대 구건 교수는 이 책을 통해 함양해야 할 "풍부한 인간성"의 구체적 항목으로 "책임을 중히 여기는 인격, 양심, 의무, 일하는 존엄성"을 지목했다. "놀고 먹는 벌레는 부지런한 벌레보다도 한층 더 괴롭고 어려운 생활을 하고 있다. (…중략…) 놀고 먹는 벌의 괴로움이 더 클는지도 모른다"와 같은 구절을 통해 역자는 근로의 미덕을 장려하고 무위도식을 경계한다. 사실상 20세기 후반부 한국에서의 『곤충기』는 국민의 특정한 미덕을 장려하기 위한 근거로 동원되어왔던 것이다.

파브르 『곤충기』가 국민의 도덕성 함양 도서로 권장되어온 한국의 해방 이후 독서문화사는 과학 이론이 곧 윤리학과 등치될 수 없음에도 불구하고 중성적 결론이 질문과 반성 없이 규범적 도덕이 되어버리고 마는 과정을 잘 보여준다. 그 제공자가 '자연'일 때, 그것은 그냥 '도덕'이 아닌 '숭고한 도덕'이 된다. 진화론이 사회진화론을 번식시킨 역사는 '역사·자연에 관한 서술적 사실'이 '규범적 법규인 도덕'으로 독해되어왔음을 보여주는 단적인 장면이다.[72] '진화의 결과로 (이기성이든 이타성이든) 어떠한 본능이 형성되었다'는 진술이 '인간은 생존을 위해 투쟁 / 연대해왔다'는 서술 이상의 윤리적 규범으로 강제력을 가지려

---

[72] 과학적 진술과 규범적 윤리를 일치시키려는 시도에 대한 비판은 뤼크 페리의 글에 잘 정리되어 있다. 장 디디에 뱅상·뤼크 페리, 이자경 역, 『생물학적 인간, 철학적 인간』, 푸른숲, 2002, 206~257면.

면 논리적 매개 고리가 필요하다.[73] 그런데 각종 주의와 사조는 근대 '과학'의 권위로 이 매개항의 빈 공간을 은폐하고 '자연'을 '도덕화'할 수 있었다. 그리고 그것은 특수한 현상은 아니었다. 서양의 많은 계몽주의 철학자들이 창조주로서의 신이나 이성을 매개로 하여 자연으로부터 도덕적 규범을 끌어내려 했던 것이다.[74]


## 5. 나오며


19세기 말에서 20세기 초반에 쓰인 파브르 『곤충기』는 절대왕권과 신권이 무너진 세계에서 자연을 인식의 토대로 삼으며 이를 실증주의의 증인으로 호출하던 계몽주의의 산물이다. 계몽주의를 거치며 '자연, 신, 도덕'의 관계는 긴밀해졌다. 자연의 질서를 초월적 지성의 작품으로 이해한다면 자연 법은 도덕적 가치를 갖게 된다. 여기에 자연과학은 객관적이며 인류 지향적이라는 인식이 더해져 자연을 탐구하는 자연과학자, 자연철학자들은 "이기심과 야만"의 대척점에 있는 "덕 있는 사람들"로 간주되었다.[75] 장 앙리 파브르는 자연과학자, 자연철학

---

73) 뤼크 페리에 따르면, 그것은 '담배는 몸에 해롭다'는 사실진술이 '금연하시오'라는 규범적 진술이 되기 위해서는 '인간은 건강한 신체를 유지해야한다'라는 가치판단이 매개항으로 필요한 것과 같다. 위의 책, 249~250면.
74) 계몽주의 시대의 이성과 자연, 신의 관계에 관해서는 토머스 핸킨스, 양유성 역, 『과학과 계몽주의』, 글항아리, 2011, 16~21면.
75) 17세기 프랑스 과학 아카데미는 과학연구자의 순수한 동기를 찬미한다. 위의 책, 23면.

자에 관한 이러한 인식적 토대 속에서 탄생했고 받아들여졌다.

파브르『곤충기』가 동양에 도착한 1920년대는 제1차 세계대전 직후로, 약육강식을 본질로 삼는 제국주의와 자본주의에 대한 비판이 일어나고 마르크스주의에 뒤이어 다양한 형태의 사회주의와 무정부주의가 지식인들 사이에서 유행하던 시기였다. 그리고 역사주의와 생물학주의적 인간 이해의 한계를 넘어서려는 지식인들의 시도가 본격화되기 이전이었다. 이러한 20세기 초 크로포트킨, 오스기 사카에, 루쉰 등의 지식인들이 생물학에 심취했거나 방대한 분량의 파브르『곤충기』를 자국의 언어로 번역하고자했다는 사실은 무엇을 말해주는가. 정치적 지식인들이 비정치적 텍스트를 손에 들게 될 때, 이들의 만남은 새로운 의미망을 창조해낸다.

파브르『곤충기』는 과학의 이름으로 국경을 넘었다. 그것은 프랑스에서 자연과학의 일종으로 인식되었으나 일본의 아나키스트를 통해 그 인물과 사상이 사회과학적으로 받아들여졌다. 이것이 중국으로 건너가서는 대중과학을 위한 계몽의 도구로 적극 수용되었으며 중국 문학자들에 의해서는 인간세계를 이야기하는 일종의 알레고리로 독서되었다.[76) 루쉰의 삼형제들이 각기 문학자, 번역자, 사상가, 생물학자, 정치가로서 활약했음은 곤충기가 '문학-과학-정치'라는 넓은 영역의 스펙트럼에서 흡수되었음을 상징적으로 보여준다. 20세기 초 식민지 조선 지식인들은 파브르의 서벌턴적 지식인으로서의 정체성과 자기 수양으로 성공에 이른 학자상에 공명했으며 조선인 자연과학자들의

---

76) 중국의 수용에 관해서는 Peng Hsiao-yen, op.cit., p.156.

활약을 자극하고 학생들에게 채집과 표본 과제를 정착시키는 데에도 일 영향을 주었다. 한·중·일 각 국가별로 파브르『곤충기』를 적극 수용한 지식인 주체의 사상적 실천적 차이에 따라 방점이 달라지기는 했지만 공통적으로 매일의 관찰과 기록이라는 실천을 통해 일상의 과학화를 꾀하도록 하는 독서물로 인식되면서 대중도서, 아동도서로 보급되어갔다.

그것은 자연과학의 이름으로 검열의 관문도 넘었다. 이는 죄수의 불온한 사상을 감시하는 감옥으로도 차입될 수 있는 서적으로 식민지 시기 옥살이를 했던 지식인들이 사전과 외국어학습서 다음으로 찾던 책이었다. 이처럼『곤충기』는 외국어 학습서와 마찬가지로 중립성을 띤 자연과학 서적의 외관을 하고 있었으나 '주의'를 가진 독자들에게는 사상적으로 독서되었다. 하늘 아래 '정치'만을 제외한 채 모든 화제를 논했다는 파브르의 저작은 바로 그가 외면한 정치 사상적 메시지의 원천으로 활용되었다. 자본주의의 경우 역시 업무 수행의 효율성을 목적으로 곤충의 무리지능을 활용하는 등 자연법칙을 경영학에 적극 활용해왔다. 실상 어떤 주의와 사상도 자연과학을 자신의 증인으로 호출할 수 있었으며 그런 점에서 자연에 관한 서술은 정치의 시녀였다. 파브르는 직접 관찰을 통해 신화·민담·전설·인간중심적 해석을 깨고자 했으나 그의 기록은 결국 또 다른 근대의 신화들에 활용되고 말았다. 방대한 에피소드 식 글쓰기인『곤충기』는 봉건주의, 국가/민족주의, 제국주의, 무정부주의, 파시즘, 공산주의, 자본주의, 과학주의, 계몽주의 등 각 방면에서 전유될 수 있었다는 점에서 범박한 의미의 다성적 대하 서사였던 것이다.[77]

여기서 『곤충기』는 곤충에 관한 기록이라는 단순한 사실에 잠시 주목할 필요가 있다. 곤충은 작고 수명도 짧다. 따라서 개체가 아닌 군집, 그리고 개체를 넘어선 종을 관찰하게 된다. 관찰자는 살아있는 이들 관찰 대상으로부터 개체성보다는 사회적 종적 보편성과 특성을 추출하게 된다. 이러한 관찰자의 렌즈의 방향을 인간에게로 돌릴 때, 인간은 '인구' 혹은 '국민'으로 인식된다. 다윈과 파브르의 서사는 각각 큰 범주에서 생물학적 유물론의 거시사와 미시사로 볼 수 있으며 따라서 그것은 서로 대화할 수 없는 상호 보완물이었다.

파브르 『곤충기』는 '타의 추종을 불허하는 관찰자'[78)]가 비정치적이고 '과학적'인 태도를 표방하며 살아있는 타자를 응시한 산물이다. 문제적 서사인 파브르 『곤충기』의 동아시아 수용사는 '문학적'으로 서술된 '과학서사'가 생명정치(bio-politics)적 색을 입게 되는 과정을 선명히 보여주었다. 익히 알려진 것처럼, 100여 년 전 "생물학이 무엇인지도 모르면

---

77) 뤼크 페리는 우리가 흔히 말하는 유물론이 역사사회적 유물론이라면 생물학주의는 자연주의적 유물론이라고 언명했다. 장 디디에 뱅상 · 뤼크 페리, 앞의 책, 178~189면. 전자가 인간 행동을 결정하는 결정적 요인으로 계급 · 교육 · 환경과 같은 역사사회적 요인에 주목한다면 자연주의적 유물론은 유전 · 본능 등에 주목한다는 것이다. 그는 비록 '생물학'과 '생물학주의'를 구분하며 생물학주의가 인종차별, 파시즘, 귀족주의, 봉건주의 등에 '과학적 근거'로 이용되며 복무했음을 비판하지만, 생물학 그 자체에 역시 유물론적, 결정론적 성향이 있음을 부인하지 않았다. 파브르는 『곤충기』를 통해 공산주의와 자본주의의 한계를 모두 비판했으며 이를 인간 이해에 그대로 대입하는 것을 경계했으나, 실증적이고 귀납적인 진술만을 하고자 했으며 생명체의 본능이 행동의 추동력임을 기록하는 등 결국 생물학적 유물론을 펼쳤다. 또한 그는 자신의 삶을 통해 교육의 가능성을 사회적 약자에게 넓히고자 했으며 실업 기술이 아닌 순수 학문, 정신적 교육을 통해 인간이 현실의 한계를 극복할 수 있으리라는 낙관론을 펼친 점에서 인간 존재가 동물적 존재로 떨어지려는 순간의 공포감을 극복하고자 했다. 자연 속의 교육, 감성 교육을 강조한 파브르의 저서는 자연주의자 감성교육자로 수용된 루소의 저술과 함께 무리 없이 읽힐 수 있었다. 이러한 요소들로 인해 파브르의 텍스트와 삶은 20세기 초 지식인들에게 중층적으로 다가갈 수 있었을 것이다.
78) 다윈이 파브르를 지칭한 용어. 마르틴 아우어, 앞의 책, 88면.

서 새 문명을 건설하겠다고 장담하"[79])며 비장하게 미국으로 떠났던
『무정』의 이형식은 결국 실험실의 화학자(『개척자』)나 인체 신비의 탐
구자 의사(『사랑』)로 돌아왔다. 생물학이 무언지 모르고 떠나 전공을 바
꿔 돌아온 이광수 소설의 주인공들은 끝내 살아있는 생명체를 연구한
다는 생물학이 무언지 모른 채 해부학적 화학적 실험가로서 자신의 입
지 영역을 좁혔다. 다윈의 진화론과 크로포트킨의 상호부조론을 동시
에 받아들였던 이광수가 애초에 생물학을 통해 도달하고 싶었던 것은
궁극적으로 인간 존재와 사회에 대한 이해였을 것이다. 이후 한 세기
동안 생명체인 타자에 관한 서사가 해석되고 전유되는 다양한 양태들
을 보건대, 우리는 여전히 '생물학'이 무엇인지 모르는지도 모른다.*

---

79) 김철 교주, 『바로잡은 『무정』』, 문학동네, 2004, 712면. 인용자가 현대어로 고침.
* 이 논문은 2013년 『한국문학연구』 44집에 게재된 논문을 재수록한 것임.

# 과학과 내셔널리즘

'해방 전후' 과학(자)의 이동과 우장춘 서사의 과학 담론을 중심으로

정종현

## 1. 보편으로서의 과학과 과학자의 조국

브레히트의 희곡 〈갈릴레이의 생애〉[1]는 객관적이고 보편타당한 과학이라는 신화를 재고하면서 '과학자의 도덕적 책임'을 환기한다.[2] 이희곡에서 과학자 갈릴레이는 죽음에 대한 공포 앞에서 자신의 학설을 철회한 나약함과 고깃국과 양질의 포도주를 즐기고 싶은 세속적 욕망

---

[1] 베르톨트 브레히트, 임한순 편역, 『브레히트 희곡선집』 2, 서울대 출판부, 2006.
[2] 뒤렌마트의 〈물리학자들〉도 과학과 과학자의 책임에 대한 문제를 제기하는 흥미로운 작품이다. 자신이 발견한 이론의 위험성을 절감하고 정신병원에 은거한 한 명의 천재 물리학자와 그런 그의 이론을 자국의 발전을 위해 사용하고자 첩보 요원으로 잠입한 두 명의 물리학자가 각각 뫼비우스, 뉴턴, 아인슈타인이라고 착각하는 정신병자로 등장하는 이 희곡을 통해서 뒤렌마트는 제2차 세계대전 이후의 전후사회 전반을 사로잡은 광기를 신랄하게 풍자하고 있다. 프리드리히 뒤렌마트, 김혜숙 역, 『뒤렌마트 희곡선』, 민음사, 2011.

을 숨기지 않는다. 그는 권력이 지식을 마음대로 사용하게 함으로써 자신의 직무를 배반했으므로 스스로를 더 이상 과학자가 아니라고 말한다. 브레히트는 갈릴레이의 입을 통해서 과학자들이 의사들의 히포크라테스 선서처럼 자신의 지식을 '인류의 복지'를 위해 사용한다는 맹세를 해야 한다고 제안한다. 그렇지 않다면 과학자들은 무슨 일에든 고용될 수 있는 재주 있는 기술자에 지나지 않을 것이라고 단언하고 있다. 사전적 의미에서 과학이란 '보편적 진리나 법칙의 발견을 목적으로 한 체계적 지식'으로 정의되며, 흔히 그것은 언제 어디서나 객관적이고 보편타당하다고 믿어진다. 그렇지만 그러한 과학을 수행하는 과학자는 역사적 인간으로서 특수한 공동체에 속해 있다. 가령, 루이 파스퇴르는 프로이센에 의해 프랑스가 점령되었을 때 본(Bonn)대학교에서 받았던 의학박사 학위를 반납하며 "과학에는 국경이 없지만 과학자에게는 조국이 있다"고 말한 바 있다.

파스퇴르가 언급한 '과학자의 조국'과 브레히트가 말하는 권력에 귀속되지 않고 '인류의 복지'에 기여하는 과학(자)은 묘한 간극을 지닌다. 자신의 국가와 민족, 나아가 인류 모두에게 '선'이어야 할 과학의 이상을 배반하는 정반대의 역사적 현실을 목격하는 것은 어려운 일이 아니다. 제2차 세계대전에서 각국은 자국의 승리를 위해 과학(자)을 총동원했다. 세계 신질서 수립을 위한 '성전'이라는 이데올로기 아래 '전시과학'이 독려된 일본이나 게르만족의 우수성을 우생학이라는 '과학'을 통해 뒷받침하며 제노사이드를 자행한 독일, 거꾸로 파시즘으로부터 세계를 구원한다는 명분 아래 이루어진 미군의 일본 원폭은 과학자의 자리와 과학의 이상이 괴리되는 지점을 보여주는 사례일 것이다. 제2차

그림 1. 식민지 시기 교토의 어느 날. 좌로부터 우장춘, 이태규, 리승기.

세계대전 이후 과학을 통한 휴머니즘 실천이라는 고전적 이상은 붕괴되었다고 말할 수도 있을 것이다.

식민지와 분단을 경험한 한국의 경우는 이 과학(자)과 국가의 문제가 보다 중층적이다. 가령, 식민지 시기 일본 국가를 배경으로 이루어진 조선인의 과학적 성취는 어떻게 이해해야 할 것인가? 위의 사진[3]은 근대 한국의 과학계를 대표하는 우장춘, 이태규, 리승기가 식민지 시기의 어느 날 교토에서 남긴 것이다. 이들은 조선인 최초의 농학박사, 이학박사, 공학박사로 주목받았고,[4] 그들의 학위취득은 민족적 성취로 당대 저널리즘에 특서되었다.[5] 이태규와 리승기는 식민지인으로는 처음으로 일본 '내지'의 교토제국대학 교수직에 임용되면서 조선인의 신화가 되었다. 이태규가 프린스턴대학에 연수를 떠나거나, 리승기가 '합성 1호' 등의 섬유를 발명했다는 동정은 조선인의 자긍심을 높이는 사건으로 실시간으로 전해

---

3) 사진은 화학박사 이태규를 다룬 대한화학회 편, 『나는 과학자이다―우리나라 최초의 화학박사 이태규 선생의 삶과 과학』, 양문, 2008, 160~161면 사이의 사진첩에서 재인용한 것이다.

4) 실제 최초의 농학박사는 1936년 우장춘보다 한 달여 앞서 홋카이도제국대학에서 곰팡이 연구로 박사학위를 취득한 임호식이었다. 최초의 이학박사는 1926년 미국 미시간대학에서 천문학으로 학위를 받은 이원철이다. 리승기가 최초의 공학박사라는 것만 사실이다. 그럼에도 이 세 사람이 각 분야별 한국 최초의 박사로 인식되어 있다는 점은 이들의 대중적 인지도를 방증하는 것일 터이다.

5) 이들의 과학적 성취와 그에 대한 보도는 식민지인들에게 깊은 인상을 남긴 것으로 보인다. 교토제대 법학부 출신의 백종원은 중학교 시절 『동아일보』에서 비날론을 발명한 세계적 과학자이자 교토제대교수인 리승기에 대한 보도를 보고 존경과 동경의 마음을 갖게 된 기억을 술회하고 있다. 백종원, 『조선사람―재일조선인 1세가 겪은 20세기』, 삼천리, 2012, 187면.

졌다. 그들에 대한 저널리즘 보도의 특징은 그 성취에 관한 과학적 설명보다는, 그 성취가 얼마나 세계적 수준이며 어떤 사회적 성공을 이루었는가에 초점이 두어졌다. 우장춘 역시 그의 농학박사 취득 등이 식민지 저널리즘에 소개되었다.[6] 그 내용은 페추니아 겹꽃, '종의 합성' 이론으로 세계 농학계에 명성을 남기고 '조선인 **최초**'로 '동양 **최대**의 농사시험장'의 '**최고** 기수'로 재직하고 있다는 것을 골자로 한다. 식민지 저널리즘은 제국의 과학계에서 이룬 그들의 성취를 조선인의 우수성을 증명하는 사례로 소개하며 민족의 집단적 긍지로 전환했다. 그들은 제국의 과학자이면서 동시에 민족의 과학자였다. 그렇지만 일본 제국의 해체 이후, 제국 / 민족이 공존했던 과학(자) 표상은 재조정된다.

우리 시대의 가장 영향력 있는 역사가 중 하나인 강만길이 자서전 『역사가의 시간』에서 서술하고 있는 「쿄오또제국대학의 두 조선인 교수 이야기」[7]는 그 유용한 사례이다. 강만길은 이 글에서 이태규와 리승기의 식민지 및 해방 이후의 이력과 체제 선택의 행로를 검토하며 그 둘을 도덕적으로 다른 형상을 지닌 과학자들로 암시한다. 강만길은 『특고월보』(소화 16년(1941) 12월호)에 게재된 지원병제 실시에 대한 여론조사에서 이태규가 "조선에도 의무교육령을 실시하고 징병제로 하면 일본 전체가 얼마나 강하게 되고 행복하게 될지 모른다"[8]라는 뜻에서 징병령을 희망하는 의견을 제시한 사실을 찾아내어 비판한다. 이러한 이태규의 행적과는 반대로 리승기는 '폴리비닐'을 군수용으로 바꾸는

---

6) 우장춘의 박사학위 취득은 일본에서도 라디오로 방송되고 신문에도 소개되었다.
7) 강만길, 「쿄오또제국대학의 두 조선인 교수 이야기」, 『역사가의 시간』, 창비, 2010.
8) 위의 글, 458면에서 재인용.

연구를 하라는 육군부의 명령을 사보타주하고, '일본의 패망을 기다리
며 연구를 지연시킨다'는 말'을 조선 동포로 가장한 헌병대 끄나풀에게
털어놓아 체포되어 1945년 8월 15일에 석방된 행적이 거론된다.[9] 해
방 이후 그들은 신생 국가 수립에 기여할 목적으로 함께 귀국하여 서
울대학교에서 동료로 근무한다. 이후 이태규는 1948년 도미하여 1973
년 귀국 때까지 미국 유타대학에서 교수생활을 하거니와 이에 대해 강
만길은 "일제강점기의 조선청년들을 징병제로 내몰아 침략전쟁의 전
사가 되게 해야 한다고 주장한 또 다른 쿄오또제국대학 교수 이태규
박사가 해방된 조국 땅에 살지 않고 미국에 가서 살게 된 일, 그러면서
도 죽어서 국립묘지에 묻힌 사실을 어떻게 해석해야 할 것인가도 역시
우리 현대사가 풀어야 할 문제"[10]라고 쓰고 있다. 강만길의 진술에서
'국대안'의 분란의 와중에 당국의 입장을 대변하다 미국으로 건너가 한
국전쟁의 전 민족적 재난에서도 홀로 떨어져 '안락한 삶'을 누리고 노
후에 한국으로 돌아온 이태규의 삶의 궤적은 도덕적 비판의 대상이 된
다.[11] 반대로 리승기는 미국의 나일론과 경합하는 세계적 발명인 합
성섬유의 개발자이면서도 자신의 과학기술이 일본 파시즘의 전쟁물
자화하는 것을 막다가 투옥되고, 해방 후 서울대학교에서 가르치다가

---

9) 리승기의 헌병대 투옥은 틀림없는 사실이지만 그것이 '폴리비날'의 군수용화에 대한 사보
   타주 때문이었는가는 확실치 않다. 당시 리승기를 따랐던 교토제국대학 법학부 학생이었
   던 백종원은 리승기와 함께 헌병대에 유치되었는데, 그것이 헌병대 끄나풀이었던 조선인이
   마루 밑에 숨어 있다가 일본의 패망에 대해 언급하는 말을 엿들은 때문이었다고 술회하고
   있다. 이에 대해서는 백종원, 앞의 책, 213~229면 참조.
10) 강만길, 앞의 책, 463면.
11) 1980년대 이래 한국 사회의 반미 내셔널리즘의 맥락에서 보자면 이태규의 이러한 형상의
    반대쪽에 핵물리학자 이휘소를 모델로 한 팩션 김진명의 『무궁화 꽃이 피었습니다』(해냄,
    1993)와 같은 대중서사가 자리한다고 할 수 있을 것이다.

월북하여 비날론을 개발, 공업화에 성공하여 '북녘 주민들의 의생활 해결에 크게 공헌'한 삶의 궤적을 통해 도덕적 정당성이 암시되는 듯하다. 특히나 자서전[12)]에서 자신이 공산주의자가 아니라고 거듭 밝히고 있는 리승기가 월북하게 된 사정, 그것이 리승기 개인만의 문제가 아니라 어떤 집단적 선택이었다면 남한 체재자는 우익, 월북자는 좌익이라는 통념이 잘못된 것일지도 모른다는 문제제기를 통해 리승기의 월북을 탈식민지 시기 남한의 반민족적, 도덕적 타락과 결부시키는 관점을 취하고 있다. 이태규와 리승기는 남북한의 대표적 국가과학자의 형상을 띠고 있고, 박정희와 김일성의 각별한 지우를 받았던 인물들이다.[13)] 강만길은 직접 언급하진 않지만, 이러한 저변의 사정은 이태규의 친일적 형상과 박정희를 결부시키고, 리승기의 민족주의적 열정과 김일성의 항일투쟁의 연관을 암암리에 작동시키는 측면이 있다. 과학자로서의 이태규와 리승기의 선택과 삶의 행로를 이처럼 민족 / 반민족의 가치판단으로 단순화하는 것이 타당할까. 강만길이 궁금해 하는 리승기의 월북 동기에 대한 과학사가 김근배의 견해는 이러한 관점을 재고할 수 있는 하나의 단서를 제공한다.

　김근배는 해방기의 과학 건설은 이 두 과학자의 개인 차원에서는 물론 국가의 차원에서도 별다른 성과 없이 수포로 돌아갔으며 이러한 난관에 봉착했을 때 과학자로서 이들이 취한 행동은 이데올로기적 선택

---

12) 李升基, 在日本朝鮮人科學者協會飜譯委員會 譯, 『ある朝鮮人科學者の手記』, 未來社, 1969.
13) 박정희는 수시로 지프차를 타고 카이스트를 방문하여 이태규와 단 둘이서만 몇 시간씩 대화를 나누곤 했다고 한다. 과학기술정책에 유난히 관심이 많았던 박정희가 이태규에게 자문을 구하던 자리였다. 김일성 역시 리승기가 조금만 아파도 산삼을 보내어 보살폈으며, 리승기는 김일성의 주석궁을 무상으로 출입할 수 있는 몇 안 되는 인물이었다고 전해진다.

이라기보다는 연구분야와 활동경력과 관련해서 그 실마리를 찾아야한다고 주장한다. 김근배는 이태규가 이미 식민지 시기 프린스턴 대학에서 2년간 연수한 경험이 있는 이론과학자이기 때문에 자신의 연구처로 세계과학을 추구할 수 있는 새로운 과학의 중심으로 등장한 미국이 적지라고 판단했고, 리승기의 경우 일본에서만 연구활동을 했으며, 전쟁이 본격화되는 시기에 지역성이 강한 일본식 과학연구의 경험을 쌓은 실험과학자였다는 점에 주목한다. 또한, 이태규는 '국대안'의 과정에서 정치가 자신이 추구하는 순수과학의 연구에 파괴적으로 작용하는 경험을 하고 '정치로부터의 자유'를 절감했으며, 리승기는 해방기 삼척북삼화학의 실패를 통해 정치의 후원 없이는 대규모 설비가 필요한 응용과학의 연구가 불가능하다고 판단했다는 것이다. 이러한 그들의 경험은 자연스럽게 이태규의 도미와 흥남화학공장 건설을 약속한 김일성의 제안을 받아들인 리승기의 월북으로 귀결되었다는 것이 김근배의 견해이다.[14] 그들의 선택은 "최소한 자신들의 연구나마 제대로 할 수 있는 곳을 찾아나서는 것"[15]이었다고 이해할 수 있을 것이다.

그동안 이태규와 리승기는 상반되는 라이벌적 특성이 강조되어온 측면이 있다. 냉전 시대 내셔널리즘과 진보가 결합된 역사관에서 보자면 이태규와 리승기의 삶의 궤적은 선악의 정치적 멜로드라마를 형성하지만 오히려 이 둘의 경험이 지니고 있는 공통의 기반에 주목할 필요가 있다.

---

14) 김근배의 이러한 견해는 다음의 글에서 반복적으로 제시된 것이다. 김근배, 「세계성과 지역성의 공존을 모색한 두 과학자」, 역사비평편집위원회 편, 『남과 북을 만든 라이벌─인물로 보는 남북현대사』, 역사비평사, 2008; 김근배, 「남북의 두 과학자 이태규와 리승기」, 『역사비평』, 2008; 김근배, 「'조선과학'의 자랑 이태규와 이승기」, 『과학과 기술』 41, 2008.
15) 대한화학회 편, 앞의 책, 89면.

李升基 : 그러기에 서로 競爭的으로 硏究해가는 것입니다. 적어도 一對 一 程度가 아니라 歐米사람이 한 가지를 發明하면 우리는 二나 三을 하도록 해야할 것입니다. 저 一 戰線서 奮戰하는 將兵과 같이 科學者들도 그들에 지지않도록 努力하고 있습니다. 戰爭이야말로 우리에게 科學精進에 좋은 機會를 주었고 重大한 試鍊이라고 할 것입니다. 勿論, 米國이나 獨逸이 먼저 發達된 것은 事實이나 日本科學文明도 그 歷史는 비록 한 世紀도 못 될만치 짧으되 그 水準이 低劣하다고는 할 수 없읍니다. 大戰이 나기 前에는 外國 科學書籍을 갖다가 飜譯하기가 바쁜 感도 있었는데 지금 서로 書籍流出入이 遮斷되었으니 서로 답답한 구석은 있으나 그것은 彼此가 똑같은 現像일 것입니다. 그러니 大戰中에 서로 硏究해서 戰爭이 끝난 後에 서로 比較해보고 누가 더 硏究하고 成功했나 하는 것을 檢討해 보는 데 科學의 勝利가 있을 것이오 또 科學의 勝利가 있는데 더 큰 勝利가 있을 것입니다. 그러므로 어느 나라에도 떨어지지 않으려고 우리 科學戰士들은 精進하고 있습니다.[16]

인용문은 1942년 교토에서 개최되었던 '三博士 座談─科學世界의 展望 : 特히 理工化學을 議題로 하야'에서 리승기의 발언의 일부이다.[17] 리승기는 '전쟁이야말로 우리에게 과학정진에 좋은 기회'를 주었으며, 일본의 국가과학이 미국, 독일을 능가하는 성취를 이루자는 취지의 주장을 펴고 있다. '전선서 분전하는 장병'과 동렬에 '과학자'를 위치시키

16) 「三博士 座談─科學世界의 展望 : 特히 理工化學을 議題로 하야」, 『春秋』, 1942. 5, 38면.
17) 이태규, 리승기, 박철재는 이른바 '교토 3인방'으로 식민지 시기부터 해방 이후까지 대중에게 한 묶음으로 회자되던 인물들이다. 춘추사 주간이 일본행의 와중에 마련한 이 좌담은 리승기의 근무처인 다카쓰키화학연구소(高槻化學硏究所)에서 진행되었다.

는 리승기의 발언은 '총후'의 '과학전사'라는 '전시과학'의 프로파간다
와 직접적으로 결부되어 있다. 서구와의 대결의식 속에서 복수의 보편
을 주창했던 당대 담론장에 기대어 보자면, 리승기의 발언은 연구를
통해 서구의 근대 과학을 넘어서는 새로운 보편성을 획득하자는 과학
판 동양론에 해당한다. 이것은 석유화학공업에 기반을 둔 나일론 섬유
를 개발한 미국의 과학에 대항하여 석탄에서 뽑아내는 인공섬유 '합성
1호'를 성공시킨 리승기의 과학적 자부심의 피력이기도 하다. 나일론
대 '합성 1호'는 미국 대 일본이 벌인 태평양전쟁의 과학적 버전이며,
이후 이것은 북한에서 나일론 대 비날론이라는 미국 중심의 제국주의
과학 대 주체과학, 북 / 미 대결의 과학적 버전으로 전환된다.

　전시과학을 배경에 둔 리승기의 발언은 강만길이 비판하는 이태규
의 기록 속 진술과 그리 먼 거리에 있는 것이 아니다. 리승기의 민족의
식과 그의 인품을 입증하는 많은 기록이 있다. 그의 인격을 폄훼하려
는 것이 아니라, 그의 과학적 성취가 이루어진 배경과 그것이 활용되
는 맥락을 재고할 필요가 있다는 점을 지적하려는 것이다. 나는 그가
자신의 연구를 통해서 헐벗은 대중들에게 염가의 피복을 제공함으로
써 의복 문제를 해결하고자 했다는 진심을 의심하지 않는다. 그 대중
은 일본 국가 안의 조선인과 일본인 및 동아시아, 나아가 세계의 다양
한 사람들을 포함할 것이다. 그렇지만 그의 과학은 일본 국가와 불가
분리의 관계 속에 있었고, 그 결과도 전시의 일본 국가로 수렴되었다.
해방 이후 그의 과학과 국가의 관계는 변형된다. 리승기의 연구는 북
한 국가와 관계를 맺으면서 공업화될 수 있었고, 민족적이고 자주적인
주체과학의 형상을 획득하게 된다. 이 과정에서 제국의 과학은 민족의

과학으로 귀환하게 되었으며, 제국 일본의 전시과학의 성과물인 '합성 1호'는 민족적 주체과학의 상징인 '비날론'으로 거듭나게 된다.

대한민국이라는 '지금-여기'의 위치에서 보자면, 제국 일본의 중심에서 활동했던 사진 속 '조선인' 과학자들 중 온전한 귀환의 서사를 완성한 사람은 우장춘이다. 리승기는 냉전 체제의 사상지리의 편제 속에서 결코 '남한'으로 귀환할 수 없는 '이데올로기적 과학'의 상징이다. 이태규는 강만길의 저서에서 암시되듯이, 그가 비록 국립묘지에 안장되어 있지만 한국 내셔널리즘의 저류에 흐르는 '검은 머리 외국인'에 대한 정서적 반감의 대상이다. 이들에 비해 혼혈인 우장춘은 일본을 '버리고' 조국 대한민국으로 돌아와 한국전쟁의 척박한 현실에도 굴하지 않고 농업의 기틀을 마련하다가 순사하면서 "조국은 나를 인정했다"라는 마지막 말을 남긴 과학자로 서사화되면서 과학 내셔널리즘의 표상으로 자리 잡았다. 이제부터 우장춘이라는 문제적 과학자의 행장과 재현서사를 통해 과학(자)과 내셔널리즘, 과학과 정치, 과학(자)의 사회적 소비 양상 등을 검토해 보고자 한다.


## 2. 제국의 과학에서 민족의 과학으로


수학 성적이 우수했던 우장춘[18]은 중학 졸업 이후 고등학교를 거쳐 교토제국대학 공학부에 진학할 계획이었다. 그렇지만 학비를 지급해

주는 조선총독부가 '도쿄제국대학 농과대학 실과'[19)에 진학하도록 지시했으며, 우장춘은 그것을 그대로 따랐다고 한다. 우장춘이 자신의 뜻대로 교토제국대학 공학부에 진학했다면 그는 상술한 리승기의 길을 걸었을지도 모른다. 훗날 우장춘은 "공학부에 가지 않기를 잘했다. 전쟁에서 사람을 서로 죽이는 병기 같은 것을 만들고 있지 않아서 좋다"[20)는 말을 그 딸들에게 남겼다. 우장춘의 말처럼 그의 농학 선택은 일본의 전쟁 수행에 동원되는 사태를 피할 수 있게 했다. 그렇다고 해서, 그의 육종학이 국가로부터 자유로웠던 것은 아니다. 육종학이라는 과학적 훈련과 연구는 도쿄제국대학 농학부 실과라는 제국의 교육제도와 국립농사시험장이라는 국가적 연구기구를 배경으로 하여 가능한 것이었다. 리승기가 일본의 고등교육을 거쳐 교토제국대학 공학부와 국가 지원의 다카쓰키[高槻] 화학연구소에서 과학적 교육과 연구 활

---

18) 우장춘의 생애를 간략하게 정리하면 다음과 같다. 우장춘은 개화파 무인으로 을미사변에 연루되어 일본으로 망명한 우범선과 일본인 여성 사카이 나카[酒井ナカ] 사이에서 1898년에 태어난 혼혈로, 아버지 우범선이 자객 고영근에게 암살된 후 고아원 생활을 거쳐 홀어머니 밑에서 고학하며 동경제대 농학부 실과를 졸업한다. 이후 일본 국립농사시험장 기수로서 근무하며 겹피튜니아 합성에 성공하여 명성을 쌓는다. '종의 합성'에 관한 논문으로 1936년 동경제대에서 농학박사 학위를 취득하고, 이후 교토의 다키이종묘주식회사에서 농장장으로 일했으며, 1945년 일본 패전 이후에는 교토에서 농사를 짓는다. 1950년 가족을 남겨두고 단신으로 한국으로 건너와 무, 배추 등의 개량과 감귤, 무병감자, 벼의 개량 등을 수행하여 한국 농업의 기틀을 마련한 후 1959년 죽음을 맞이하였다. 그의 헌신을 기려 안익태에 뒤이어 두 번째 문화훈장이 수여되었다. 우장춘은 죽기 직전 '조국은 나를 인정했다'는 말을 남긴 것으로 알려졌다.
19) 도쿄제국대학 농과대학 실과는 도쿄제국대학 농학부가 아니라 부설의 전문학교 코스의 기술자 양성과였다. 우장춘은 이곳을 졸업하여 연구를 계속해서 도쿄제국대학 농학부에서 박사학위를 취득한 것이다.
20) 쓰노다 후사코, 오상현 역, 『우장춘 박사 일대기—조국은 나를 인정했다』, 교문사, 1992, 86면. 쓰노다 후사코[角田房子]는 우장춘 관련 기록들, 가족, 친지, 동창, 제자 등과의 인터뷰 등을 포함한 포괄적 조사 결과를 『わが祖國—禹博士の運命の種』(新潮社, 1990)으로 발표하였다. 본 연구는 기본적으로 쓰노다의 평전에 크게 빚지고 있으며, 이하의 인용은 번역본을 이용했음을 밝혀둔다.

동을 했듯이, 우장춘의 과학 역시 일본적 교육 / 연구 프로그램 위에서 이루어진 것이다. 그것은 메이지 이래 일본인들에게 익숙했던 국가와 사회에 봉사하는 과학을 이념으로 하는 프로그램이었다. 국립농사시험장인 '코노스'와 그곳을 나온 뒤 근무한 다키이종묘주식회사 농장에서의 연구와 업적은 한국으로 돌아간 뒤의 우장춘의 업적과 중복된다. "다키이 시대의 우장춘의 연구는 한국에 건너간 후의 그의 업적과 이상할 정도로 중복되어" 있었으며, "다키이 시대의 연구는 한국의 농촌을 구하기 위한 준비"[21]였다. 리승기가 석탄에서 뽑아낸 제국의 섬유 '합성 1호'의 경험을 북한에서 '비날론'으로 이어가며 주체과학을 구성했듯이, 우장춘은 자신의 육종학 지식에 기반을 둔 일본 무와 배추 등의 개량종인 '농림 1호', '교토 3호' 등의 개발의 경험을 1950년대 한국에서 새로운 무와 배추의 종자 개량으로 이어갔다.

보다 주목할 점은 1950년대 한국 농업 개척의 포부가 이미 식민지 시기에 조선 농정에 대한 접촉과 직접적 개입을 통해 마련된 것이라는 사실이다. 우장춘이 식민지 조선을 방문하여 그의 이복누이 우희명의 가족과 조우했던 것은 쓰노다의 취재에서도 언급된 바 있다. 그렇지만 당시의 신문광고는 우장춘의 조선 방문이 아버지 혈연과의 만남만을 목적으로 한 것은 아니었음을 알려준다.

조선다씨이종묘주식회사(朝鮮ダキイ種苗株式會社)에서는  본사후원아래 오는 二十九일부터 사흘동안 부내 삼월(三越) 백화점에서 제三회 전선

---

21)  위의 책, 175면.

소채과실품평회(全鮮蔬菜果實品評會)를 개최하기로 되엿다. 이 품평회는
한평(坪) 원예(園藝)의 귀중한 수확을 비롯하야 각 농가에서도 쌈흘려지은
채소와 과실을 일당에 모아노코 **전시아래식량증산에매진하는 총후의진지**
**한 모습을 엿보자는 것**으로 원예솜씨나 자기집수확에 자신이 있는 사람은
만히 출품하기 바란다고 한다. 출품할 종목은 한사람이 다섯종류 이내로
하고 감자배추 무 호박 고추 콩 감 포도 배 밤 등 무엇이든지 채소나 과실
쏘는 그것의 가공품인 통조림 가튼 것도 환영한다. 출품된 물건은 **총독부**
**농산과 다케우치(竹内)기사, 농학박사 우장춘(禹長春)씨 이하 사계의 권위**
**들이 그질을 엄중 심사**한 끄테 특등부터 一, 二, 三등까지 성적 우수한 자를
결정하야 상품을 수여하고 참가자에게는 전부 참가상을 수여할 터이다.
출품희망자는 二十八일까지 삼월백화점내 품평회계로 보내오기 바란다
고 한다.[22] (강조는 인용자)


조선 다키이 종묘 회사가 주최하고 조선농회, 사단법인조선흥농회,
매일신보사, 경성일보사가 후원한 '전선소채과실대품평회(全鮮蔬菜果實
大品評會)'가 미쓰코시 백화점에서 열렸으며, 총독부의 다케우치 기사와
더불어 우장춘이 출품작의 질을 심사하는 전문가로 참석했다. '농학박
사 우장춘 씨외 전문기사 수씨'라고 명기된 옆의 광고에서 알 수 있듯이,
우장춘은 이 품평회 심사의 권위로 홍보되고 있다. 교토 본사의 종자를
가져다 팔았을 조선 다키이 종묘 회사가 이 행사를 주최한 목적은 '전시
아래 식량증산에 매진하는 총후의 진지한 모습을 엿보자는 것'에 있다.

---

[22] 「蔬菜果實品評會」, 『매일신보』, 1943. 10. 22.

영리를 목적으로 한 종묘 회사의 행사쯤으로 치부하면 그만일지 모르지만, 당시의 기업이 전시통제하에 있었다는 점을 염두에 둔다면 이 행사의 목적을 단순히 민간기업의 홍보만으로 이해할 수는 없다. 공학의 과학 지식을 통해 인간을 살상하는 무기를 만드는 것과는 차원이 다르지만, 전쟁을 수행하기 위한 식량증산에 필요한 전

그림 2. 『매일신보』 1943년 10월 19일 광고.

시과학에 동원되고 있다는 점에서는 동일한 맥락에 위치해 있다고 할 수 있을 것이다.

우장춘의 제자 현영주의 증언에 따르면, 1943년 말부터 전황이 불리해진 일본에서는 인력부족으로 종자생산량이 떨어졌고, 이것을 조선으로 운반하는 배도 부족했으며 종자를 선적한 배들이 도중에 격침되는 경우가 많아 무와 배추의 종자부족은 총독부에서도 간과할 수 없는 문제로 대두했다고 한다. 총독부에서는 조선 내에서 종자를 개발할 것을 계획하고 그 계획을 떠맡을 적당한 사람을 추천해 달라고 우장춘에게 의뢰했으며, 우장춘은 당시 경상남도 농무부장이었던 김종을 추천했다. 뒤에서 살펴보겠지만, 이 김종은 金子—이라는 일본명으로 우장춘을 식민지 조선에 처음으로 소개한 사람으로, 다키이종묘주식회사에서도 함께 근무하고 우장춘이 간행한 『육종과 원예』 편집을 담당했

으며, 이후 '우장춘박사환국준비위원회'를 구성하여 우장춘을 한국으로 초빙하는 데 결정적 역할을 한 사람이다. 김종 등은 1944년부터 총독부가 계획한 종자생산을 위한 기구조직에 착수했지만, 일본의 패전으로 중단되었다고 한다.[23)]

1943년 품평회 광고와 기사에 보이는 우장춘의 이름과 증언을 통해 확인되는 식민지 말기 우장춘의 활동은 여러 가지를 생각하게 한다. 우장춘은 총독부의 관비유학생으로 도쿄제대 농학부 실과를 마칠 수 있었는데, 국가의 장학금을 통해 습득한 과학 지식을 다시 국가에 환원하고 있는 셈이다. 우장춘은 조선을 목적의식적으로 방문했으며, 또한 이러한 방문이 조선의 농업적 현실에 대한 그의 이해와 1950년의 귀국에 영향을 끼쳤다고 추론해 볼 수 있다. 이를테면 『매일신보』의 한 기사는 1941년에 농정 시찰차 경성에 와 있는 우장춘의 동정을 다음처럼 보도하고 있다. "반도출신으로 제국의 농학계[農學界]에 큰 공헌을 하고 있는 경도(京都) 다키-종묘(種苗)주식회사의 기사장 농학박사 우장춘(禹長春) 씨는 그동안 여러 가지 저중한 연구를 발표하야 사계의 주목을 이끌고 잇는 중이거니와 동박사는 이번 조선농업의 실정을 시찰하고저 조선에 와서 지금 부내 황금정(黃金町) 二정목 영제댁에 유숙하는 중이다"라고 전하며, 말미에 "조선에 도라와 느낀 것은 조선의 농업경영은 기술적으로 철저치 못하다는 것이 가장 느껴지는 점인데 그전보다는 비약적 발달을 했다는 것을 알 수 잇습니다"[24)]라는 우장춘의 말을 덧붙이고 있다. 우장춘이 경성에서 근무하고 있던 동생 홍춘

<hr>

23) 현영주의 증언은 쓰노다 후사코, 앞의 책, 185~186면 참조.
24) 「半島農業도 進步－農學博士 禹長春氏 入城感想談」, 『매일신보』, 1941. 11. 13.

의 집에 유숙하며 조선의 농정을 시찰하고 있다는 사실을 알 수 있다. 우장춘은 조선이 여전히 철저하지 못한 농업경영을 하고 있지만, 이전 보다는 비약적 발달을 했다는 진술을 하고 있다. 실제 그는 1937년경 중국 청도에 설치되어 있는 일본의 농사시험장의 농장장 취임을 염두에 두고 시찰할 때 조선을 거쳐 간 적이 있다. 또한, 1938년경 『동아일보』에 기고한 장문의 글 「유전과학 응용하는 육종개량의 중요성−조선은 아직도 처녀시대」[25]에서 다윈, 멘델 이래의 진화론과 유전법칙 등을 설명하고 세계적 육종학의 추세와 자신의 종의 합성 이론 등을 설명하며 국가 주도의 농사시험장의 운용에 대해서 언급했다. 특히 자신이 농사시험장에 봉직하고 있을 때의 역할에 대해 적은 다음 대목은 각별히 강조할 필요가 있다.

筆者는 農林省農事試驗場에 奉職中 脂油原料인 藥種品種改良의 任에 當한 以來 世界各國으로부터 多數品種을 蒐集하여 交配實驗한 結果 最近 空前의 新優良品種으로 認知된 品種이 亦是 印度種과 日本種과의 雜種이다. 脂油原料인 某種은 日本의 年消費額 1千2百萬圓의 巨額에 達하는 水稻, 小麥에 다음가는 重要品種인 바 아직도 原料의 約 半量을 外國으로부터 收入하고 있기 때문에 **이것을 全部國産으로 充當할 必要上 今後 더욱 品種改良의 必要性을 가지고 있는 것**이다.[26] (강조는 인용자)

25) 우장춘, 「유전과학 응용하는 육종개량의 중요성−조선은 아직도 처녀시대」, 『동아일보』, 1938.1.13~14.
26) 위의 글, 1938.1.14.

우장춘은 자기에게 부여된 농사시험장의 소임에 충실하게 종의 합성 이론을 통한 품종개량을 수행하고 있으며 그 성과는 수입하는 '지유원료'의 전량 국산화를 목표로 하고 있다. 또한, 이 글의 문면으로 보자면 그러한 국산화를 가능케 하는 국가적 지원 체계의 중요성에 대한 자각은 분명해 보인다.[27] 제국 일본에 수입되는 외국산 종자를 모두 국산화하여 대체하기 위해 자신이 봉직하는 농사시험장에서 헌신하는 우장춘의 과학의 성격은 그의 '환국' 이후 1950년대 한국 사회에서 그대로 재현된다. 한국 농학계의 원로가 된 그의 제자는 우장춘의 업적을 다음과 같이 요약한다.

해방 전까지 일본으로부터 전량 들여오던 채소 종자를 우리 손으로 우량한 종자를 생산하게 했으며 육종기술을 세계 수준까지 끌어올려 오늘날에는 2천여 종의 채소 종자가 일본을 비롯한 해외시장에 수출되고 있다. 우리 식탁에 오르는 다양한 채소의 품종들은 모두 선생이 뿌리고 가신 기술의 결실이며 전국 종묘업계 일선에서 활약하고 있는 육종기술자의 대다수가 선생의 직접, 간접적 영향을 받은 사람들이다.[28]

인용문에는 일본으로부터의 과학 지식의 독립, 종자의 독립과 역수

---

27) 가령 '반민족행위자에 대한 법률'에서 기술직을 제외하는 조항을 두고 있는 것은 이러한 과학의 가치중립성에 대한 사회적 통념이 작동한 것이다. 참고로 우장춘은 단 하루 동안 친일 반민족행위자의 기준에 부합하는 고등관인 '기사' 직급에 있었지만, 기술자 제외에 해당한다. '생산보국' '식량증산'의 구호를 외치고 그러한 제국적 주체를 그리는 문예나 선전의 문장을 작성한 사람들은 '친일'의 도덕적 단죄를 받는데, 실제 그 '식량증산'과 '생산보국'을 과학과 기술로 실행하는 것은 가치중립성이 인정되는, 과학에 대한 사회적 통념은 재삼 음미해 볼 일이다.
28) 최정일(원우회 회장), 「서문」, 김태욱, 『마음속에 살아있는 인간 우장춘』, 신원문화사, 1984.

출 그리고 독자적 과학교육체계를 통한 후속세대의 재생산이라는 탈식민지의 주체적 과학에 대한 긍지가 드러나 있다. 제국의 과학으로부터 습득하였으나 그것을 극복하고 세계적 수준의 주체적 과학 역량을 확보하는 이러한 과학의 서사는 리승기의 '합성1호'와 '비날론'의 서사와 그 모형을 함께 하는 것이다. 일본 제국에서 획득한 리승기의 제국의 공학 경험이 해방기를 거쳐 북한의 주체과학으로 이어지듯이, 우장춘의 제국 농학의 경험은 대한민국의 주체적 농업과학의 수립으로 이어진다. 제국 지식의 식민과 탈식민의 궤적을 우장춘의 서사를 통해서도 확인할 수 있다.

그렇다면, 제국의 농학자 우장춘은 왜 돌아온 것일까? 당대 저널리즘은 물론 현재까지 지속되는 우장춘에 관한 재현 서사 대다수는 일본에서의 차별의 설움과 자신의 아버지 나라에 헌신하고자 하는 애국적 사명감을 그 동기로 설명한다. 이러한 설명을 비판하며 민족과 국경을 넘어 인류의 복지를 추구한 '과학 휴머니즘'을 귀국의 동기로 설명하는 견해도 존재한다.[29] 그 자신 혼혈이자 일본인 부인과의 결혼으로 형성한 그의 가족이 일본인 가정이라는 점에서, 그의 귀국 동기는 민족주의 혹은 애국주의적 맥락만으로 회수될 수 없다. 우장춘의 일대기를 검토해보면 그가 과학을 통해 사회에 기여하고자 하는 공공성의 관념을 지니고 있음을 확인하게 된다. 그것은 굳이 '아버지의 나라'인 한국에만 귀속될 것도 아니며, 그의 '어머니의 나라' 일본을 위한 공공성이기도 하다. 이러한 공공성에 대한 감각을 부계의 혈족주의로 회수할

---

29) '과학 휴머니즘' 개념으로 우장춘의 귀국을 설명하는 사례로는 김근배, 「우장춘의 한국 귀환과 과학연구」, 『한국과학사학회지』 26, 2004를 참조할 것.

수는 없을 것이다. 우장춘의 귀국의 동기가 '과학적 휴머니즘'의 발현이라는 김근배의 견해는 이러한 내셔널리즘적 과학 인식에 대한 비판적 입장을 포함하고 있다. 그렇지만 '과학 휴머니즘'이라는 견해도 우장춘의 선택을 충분히 설명하기에는 난점이 있다고 생각된다. 민족주의의 대립적 개념은 휴머니즘이라기보다는 '코스모폴리타니즘'이라고 할 수 있다. 현대 과학자들의 이동에서 볼 수 있듯이, 20세기 이후 과학자들은 자신의 연구가 가능한 국가(자본)의 지원을 따라서 내셔널리티와 무관하게 이동하고 있다. 상술한 이태규, 리승기의 이동과 마찬가지로 우장춘의 한국으로의 이른바 '환국'도 동일하게 이해할 수 있을 것이다. 우장춘이 다키이종묘주식회사를 그만둔 것은 1945년 일본 패전 직후이다. 한국으로 올 때까지 약 5년 동안 우장춘은 교토의 한 사찰의 대여지에서 개인 농사를 지으며 살고 있었다. 이런 상황에 있던 우장춘에게 '환국준비위원회'를 구성하고 국가 지원을 약속하며, 부통령이 100만 원의 지원비를 보내는 등 정부 차원에서 전달된 공식적 제안은 연구자로서의 포부를 펼 수 있는 기회로 다가왔을 것이다. 더구나 그곳은 그가 식민지 시기 방문한 경험이 있는, 과학적 포부를 펼칠 수 있는 육종학의 '처녀지'였으며 '아버지의 나라'라는 연고지이기도 했다. 한국 농업이라는 공공성에 대한 그의 헌신을 폄훼할 생각은 추호도 없다. 다만, 과학자로서의 그의 이동의 결단이 이루어진 동기가 내셔널리즘과 휴머니즘이라는 개념만으로 설명되기 어려운 것임을 환기하고자 한다.

## 3. 우장춘 재현에 나타난 귀환의 민족서사

한국의 근대 과학자 중 우장춘처럼 드라마틱한 서사를 지니고 있는 사람도 드물 것이다. 명성황후 시해사건과 연루되어 일본으로 망명하였다가 자객의 손에 죽은 개화파 무인의 혼혈아들, 도쿄제대 농학부 박사학위와 세계적 육종학 논문을 발표했음에도 국립농사시험장 만년 기수직에 머문 차별받는 '자이니치'의 형상, 홀어머니와 처자를 남겨두고 아버지의 나라로 돌아와 '조국'의 농업 발전에 헌신하고 '조국은 나를 인정했다'라는 말을 남기고 죽은 우장춘의 생애가 지닌 이야기는 내셔널리즘의 정치적 상상력을 극대화하는 것이기도 하다. 이러한 그의 생애는 구미가 당기는 서사적 소재이기도 하다.[30] 이남희의 장편소설 『그 남자의 아들, 청년 우장춘』[31]은 이러한 우장춘의 청년기의 내면을 민족주의적 고뇌의 형상으로 재현하고 있는 작품이다. 이 소설은 '우범선-우장춘' 부자의 역사적 사실을 소재로 하지만 서사의 대부분은 작가의 상상력을 통해서 재구성된 것이다.[32] 작가는 청년 우장춘을 민족주의 이념을 내면화한 인물로 주조한다. 이 소설은 우장

---

30) 2000년대 이래에도 우범선, 우장춘 관련의 서사체들이 지속적으로 생산되고 있다. 이 글에서 검토하는 역사서와 문학작품 이외에서 대표적 사례를 제시하면 다음과 같다. 고영근의 우범선 암살과 암살자와 피살자 후손들의 후일담까지 추적하고 있는 이종각, 『자객 고영근의 명성황후 복수기』, 동아일보사, 2009; 우범선 암살에 대한제국의 첩보기관인 '제국익문사'가 간여하였고, 그가 암살되지 않고 생존해 있었다고 가정하는 팩션인 강동수, 『대한제국 첩보기관 제국익문사』 1 · 2, 실천문학사, 2010 등이 그 사례이다.

31) 이남희, 『그 남자의 아들, 청년 우장춘』, 창비, 2006.

32) 우범선의 암살공범인 윤효정의 딸과 우장춘의 로맨스가 스토리의 중요한 한 축을 이룬다는 점에서 '로미오와 줄리엣'적 대중서사의 코드도 가지고 있는 소설이다.

춘이 청년기에 느꼈을 법한 고뇌와 번민을 1910년대 동경의 조선유학생 커뮤니티와의 접촉을 가상하여 펼쳐 보인다. 소설은 우장춘의 생애를 아버지의 조국에 대한 배반에 대한 자각과 번민, 그에 대한 속죄로 조선 유학생 모임에 적극적으로 참여하고 건전한 민족주의 이념을 지닌 청년으로 거듭나는 것으로 서사화한다. 청춘의 고뇌를 거쳐 우장춘은 자신의 과학이 "나의 조국, 조선을 위해" 쓰이고자 다짐하며, 수십 년의 시간을 건너 뛴 에필로그에서 한국으로 귀국하여 조국의 농업에 헌신하는 우장춘을 제시함으로써 그의 귀국을 아버지의 죄에 대한 대속으로 의미화한다. 혼혈의 정체성을 극복한 민족주의자로 우장춘을 묘사하기 위해, 구레(吳)시의 유년기, 희운사 고아원의 생활에서 민족적 핍박의 서사를 강화하는가 하면, 자신에게 들리는 소리를 그대로 재현하지 못하는 '음치'라는 장애가 조선어 학습을 방해했다는 '과학적 견해를 제출하기도 한다.[33] 우장춘을 민족주의적 기호로 주조하는 중요한 한 방식이 그를 이종사촌 구용서와 대조적으로 묘사하는 것이다. 우범선과 구연수는 을미사변에 함께 가담하고 일본 망명도 같이 한 사이이다. 구연수는 송병준의 딸과 결혼한 상태였지만 일본에서 우장춘의 어머니인 사카이 나카의 여동생과 결혼하여 구용서를 낳았다. 우범선은 암살되었지만, 구연수는 귀국하여 조선총독부 경무관과 칙임사무관에 임명된다. 그 아들 구용서도 경성중학교를 졸업하고 도쿄상대를 거쳐 조선은행 도쿄지점에서 근무를 시작하여 조선은행 고위직을 거치고 해방 이후 한국은행 총재, 상공부 장관 등을 역임하며 자유당

---

[33] 우장춘은 귀국 후 10여 년을 한국에서 보냈지만 끝내 한국어로 말하지 못했다.

정권의 실세로 자리 잡았지만, 4·19 이후 비리 혐의로 구속된 부정축

재자의 이력을 지니고 있다. 실제 구용서는 도쿄상대 재학 시 우장춘

의 집에서 기거했거니와, 소설은 유학생 모임에 적대적이고 반민족적

인 구용서의 면모와 반일적인 유학생들을 이해하는 우장춘을 대비시

킨다. 작가는 친일파 고위관료인 구연수에 대비하여 우범선을 "애국충

정이라는 열정은 있었으나 일본의 속셈을 알아차릴 이지는 없었"[34]던

인물이자, 박영효 등의 친일파 거두에게 이용당한 역사의 희생양으로

맥락화한다.[35] '우범선-우장춘' 부자를 역사의 비극적 희생양이지만

그 난관을 극복하고 민족적 의식을 회복하는 민족주의적 주체로, 구연

수-구용서를 반민족적 친일의 계보로 대별시키는 구도라고 정리할 수

있을 것이다.[36] 이처럼 이남희 소설에는 우장춘이라는 과학자를 민족

---

34) 이남희, 앞의 책, 258면.

35) 원수의 딸인 윤미려와 상하이로 사랑의 도피를 감행하려는 우장춘이 전당포에 아버지의 유물 금시계 줄을 맡기는 장면은 인상적이다. 이 금시계 줄은 박영효의 하사품으로 설정되어 있다. 전당포 주인은 이것이 금도금으로 한 푼어치 값도 없다고 말하거니와 이러한 설정을 통해서 박영효라는 개화파 거두 정치인과 일본에 이용당한 우범선이라는 형상이 주조된다. 위의 책, 303면.

36) 이남희는 소설을 끝맺치고 우장춘의 민족주의적 신념에 대해서 다음과 같이 부기한다. "우 박사가 일생 동안 단양 우씨 10대 장손이라는 자각을 갖고 살았다는 증거는 거의 분명하다. 한반도에 창씨개명의 광풍이 몰아칠 때, 명망있는 한국인이라면 대부분 무릎꿇고 성과 이름을 일본식으로 바꿀 때도, 우박사만은 끝까지 창씨개명을 거부하고 우장춘이라는 이름 그대로 부를 것을 고집했다. 세계 학계에 발표하는 논문에도 이름은 언제나 U자로 표기했다. 그 때문에 형사들의 감시를 받고, 직장에선 기사로 승진하지 못하여 만년기수라는 별명이 붙었지만 개의치 않았다." 위의 책, 324면. 우장춘이 '禹'라는 성에 대한 강한 자의식을 가지고 있었다는 것은 여러 다른 연구를 통해서도 확인할 수 있다. 그렇지만 '禹'라는 아버지면 가계의 성씨에 대한 자의식, 즉 가문의 계승자라는 감각이 그대로 조국애로 치환될 수 있는 것일까는 의문이다. 특히 그가 국제저널에 '禹'라는 표기를 쓴 것에 대해서 그것을 창씨개명을 거부한 것으로 곧바로 인식하는 것은 사실을 오도하는 것이다. 우장춘은 결혼을 하면서 자신의 자식들을 위하여 데릴사위의 형식으로 씨를 변경했다. 우장춘이 '우'라는 아버지의 성씨에 대한 강한 자부심을 고수하고 있었던 것은 사실이지만 그것을 곧바로 창씨개명의 거부와 그로 인한 경찰의 감시 및 코노스에서 만년 기수로 있었던 일이 일련의 연쇄적 사건으로 묘사되는 것은 일종의 비약이다. 창씨개명이 정책적으로 강요된 것은 우장춘이

적 영웅으로 서사화하는 중요한 코드들로 가득 차 있다. 그 코드들 하나하나에 대해 비판을 가할 겨를이 없거니와, 여기서는 이 소설이 전제하고 있는 청년 우장춘의 존재론적 고민인 그 아버지에 대한 인식에 대해서만 문제를 제기해 보고자 한다. 이남희가 보여주는 우범선과 구한말 개화파에 대한 관점은 한국 사회에서 특정한 단계에 형성된 역사적 인식을 전제하고 있다. 그것은 민중의 지지를 고민하지 않고 상층부 혁명을 통해 집권하여 개화를 이루려는 엘리트 중심의 소아병적 행동이 일본에 이용당한 것이라는 관점이다. 우범선은 그중에서도 박영효에게 이용당한 '열정만 있는' 무인이다. 이남희는 우장춘이 명성황후 시해라는 반민족적 행위를 한 아버지에 대한 트라우마와 번민을 지니고 있었다는 것을 서사의 전제로 삼고 있다.[37] 그렇다면, 실제 우장춘은 자신의 아버지를 어떻게 인식했을까. 식민지 시기 우장춘을 처음 소개한 저널리즘의 기사는 흥미로운 사실을 일러준다. 우장춘이 박사학위를 취득하기 이전인 1934년 김자일(김종)은 「육종계의 권위 우장춘씨 방문기」[38]를 남긴다. 그 자신이 '일본종묘회사'에 기수로 있었던 김자일은 우장춘의 천재(天才)를 동료기수인 '古谷春吉'에게 전해 듣고, 동경제국대학 농학부 친구들에게서 우장춘의 비범함과 일본 농림계에 있어서 '존경과 숭앙의 표적'이 되었음을 알게 되어 그 특별한 성취를 조선에 알리려고 글을 쓴다고 밝히고 있다. 김자일은 우장춘이 8엽

---

코노스에서 퇴임한 이후의 일이기도 하다.
37) 우장춘의 삶을 적극적으로 옹호하는 또 다른 글쓰기의 방식은 우범선이 실제 명성황후의 시해에는 직접적으로 가담하지 않았으며 일본에 이용되었다는 서사 패턴을 지닌다.
38) 김자일, 「육종계의 권위 우장춘씨 방문기」, 『조선중앙일보』, 1934.9.16~17. 현재 확인 가능한 최초의 우장춘 관련 기사로 쓰노다 후미코 등 대표적 우장춘 연구가들도 언급하지 않은 자료이다.

페추니아 발명으로 미국과 구라파에 알려진 세계적 학자라는 점, '동양최대를 자랑하는 동경농사시험장'의 '최고기수'라는 성취를 통해 우장춘의 업적을 서사화한다. 그의 학술적 성과가 세계적 인정을 받고 있으며, 조선인으로서 일본에서도 인정받는다는 향후 우장춘을 과학영웅으로 재현하는 데 등장하는 두 가지 기본적 문법의 원형이 보인다. 김자일은 그의 생애와 인물이 '영웅적'이라고 명명하며 그를 학술적으로 소개하기보다 생애를 통해 이를 드러내 보이는 방식을 취한다. 김자일은 다음과 같이 쓰고 있다.

> **閔妃事件이라면 누구나 모르는 이가 업슬 것이다. 그 當時 그 사건의 하나이었든 禹範善氏가 곧 이 禹長春君의 親父이다.** 그 事實의 歷史談을 여긔 쓸 必要는 업스니 別問題로 돌려노코 禹範善氏의 日本亡命으로부터 混血兒 長春君이 出生하기까지의 經緯를 **長春의 口演에 依하야** 들은대로 略述하면 이러하다[39) (강조는 인용자)

여기서 우장춘의 구술을 정리하여 자신이 적는다는 진술은 중요하다. 김자일은 우장춘에 의해 구술된 자기서사를 전달하는 방식을 취하고 있는데, 우장춘이 부친인 우범선이 연루된 사건을 명확하게 "민비사건"으로 인지하고 있다는 사실을 알 수 있다. 당대 대중들은 "민비사건"을 어떻게 인지하고 있었을까. 이남희의 전제에는 해방 이후 반일감정의 핵심코드로 정서화된 '명성황후'에 대한 고정된 인식이 깔려있

---

39) 김자일, 「육종계의 권위 우장춘씨 방문기」, 『조선중앙일보』, 1934. 9. 16.

다. 식민지 시기에도 '민비 시해 사건'은 그러한 민족적 르상티망으로
작용한 일면이 있지만, 공식적 담론과 대중서사의 심층에서는 조금 더
복잡한 맥락을 지닌 것이 사실이다. 공임순의 연구에 따르면, 식민지
시기 명성황후에 대한 역사소설 및 대중서사에서의 재현은 대원군과
짝을 이룬 부정적 젠더 표상화 속에서 망국의 한 원인으로 간주되었
다. 또한, 김옥균과 갑신정변으로 대표되는 구한말의 개화파들 — 보
다 정확히는 암살된 — 은 일종의 '형제살해'의 죄의식을 자극하며 현
실의 친일파들과 변별되었다.[40]

김자일의 글을 통해서 우리는 우장춘이 그 아버지 우범선이 일본에
망명하게 된 원인을 정확히 인식하고 있었다는 사실을 알 수 있다. 또
한 그것이 지면화되는 것에 대해서 반대하지 않았다는 사실을 통해 그
가 적어도 우범선을 '국적(國賊)'으로 명명하는 내셔널리즘의 관점과는
다른 태도를 지니고 있었다는 것을 추론할 수 있다. 오히려 그 자녀들
과 제자들은 우장춘이 자신의 아버지에 대해서 강한 자긍을 가지고 있
었던 사실을 증언하고 있다. 이 기사 이후 식민지 시기 저널리즘의 우
장춘에 대한 소개는 모두 명확하게 그가 '민비 시해 사건'의 연루자 우
범선의 아들임을 밝히며 그의 과학적 성취를 '구미'와 세계 학계의 인
정과 경탄과 맞물려서 소개한다. 『동아일보』의 「농학박사된 우씨 사

---

40) 공임순, 『식민지의 적자들—조선적인 것과 한국 근대사의 굴절된 이면들』, 푸른역사, 2005
중 4장, 7장, 8장을 참조할 것. 위의 신문 기사에서 이어지는 서사는 어머니 사카이 나카와
우범선의 결혼, 아버지의 죽음 이후 희운사의 고아생활 등이 서술되어 있다. 이후의 여러
전기들과 다른 사항은 그가 그 절에서 10여 세까지 있다가 늑막염에 걸려 죽게 된 것을 어머
니가 데리고 가 다시 소생시켰다는 대목이다. 또한 1916년 중학 졸업 이후 공학을 전공할 목
적이었으나 선배들과 지우들이 '장래 조선을 위하여 활약하는 데는 공학보다 농학을 전공
함이 좋을 것'이라는 이유로 도쿄제국대학 농학부 실과에 입학하게 되었다고 적고 있다.

일에 학위를 받아」[41]에서는 우장춘이 "민비사건(閔妃事件)으로 일본에 망명하였다가 명치 三十六년에 오항(吳港)에서 암살을 당한 구한국 시대의 육군정령(陸軍正領)으로 있던 우범선(禹範善) 씨의 장남으로 대정 十년에 동경제국대학 농과를 우수한 성적으로 졸업하고 이래 농림성 농사시험장에 근무하고 잇는 천재학자"로서 "씨의 론문은 다윈의 진화론(進化論)을 수정(修正)한 오백페-지의 방대한 연구론문인바 벌서 구미(歐米) 각국어로 번역이 되엇으며 세계 학게의 경이의 적이 되엇다"고 소개한다.[42] 「신농박 우장춘씨」, 『조선일보』(1936.5.5)에서는 "조선사람으로 최초의 농학박사가 생겻는데 그는 경성부 영락정이정목 칠십일 번지에 원적을 둔 우장춘 씨이다"라고 보도하고 있다. 식민지 시기의 우장춘 소개 기사의 특징은 이처럼 "민비사건"의 연루자 우범선의 장남임을 명확히 밝히고, 우범선의 원적지인 경성부 영락정 이정목이나, 우장춘의 원적지로 등재되어 있는 그의 이복누이의 남편(매형)의 집주소인 양주군을 명기하여 우장춘의 본적이 조선임을 밝힌다. 우범선이라는 부계와 그 자신의 본적이 '조선적'이라는 표식을 통해 우장춘이 조선의 소속임을 명확히 하고 있다. 흥미로운 것은 1934년의 탐방 기사에만 그 어머니 나카의 이름이 나올 뿐, 그외 박사학위 취득을 전하거나 1940년대 경성에 왔을 때의 기사에서도 그의 일본인 어머니에

---

41) 「농학박사된 우씨 사일에 학위를 받아」, 『동아일보』, 1936.5.7.

42) 이 외에도 「禹氏 農博논문, 구미학계에도 번역되어 호평」(『조선중앙일보』, 1936.5.16)에서도 "민비사건의 연루자로 일본에 망명했다가 오항에서 암살을 당한 우범선 씨의 장남으로 일본에서 출생해서 대정 구년 봄에 동경제국대학 농학부 실과를 우수한 성적으로 졸업하고 지금까지 농림성 농사시험장에 근무하고 있는 학자로서" 그의 논문은 "다윈의 진화론에 수정과 개척을 가한 재래의 학위논문의 레벨을 뛰어난 획시기적 연구논문인바 한 번 발표되자 구미 각국의 각 신문잡지에서 솔선하여 번역 게재하는 등 세계학계에 충동을 주게 되었다"고 적는다.

대한 언급은 부재하다. 이처럼 부계와 본적지를 강조하고 그 어머니를 지움으로써 우장춘의 조선 귀속성을 강화한다. 마지막으로 식민지 저 널리즘에서 그의 일본에서의 유년기의 성장담을 언급할 때에는 민족 적 차별 등은 드러나지 않고, 기아와 궁핍을 극복한 고학의 서사가 주를 이룬다. 우장춘은 관비유학생으로 총독부의 학비를 받았지만, 그의 고학의 서사를 강조하기 위해서 이러한 사실들은 삭제된다.

그렇다면, 식민지 시기 원형이 마련된 우장춘의 영웅서사는 그가 '환국'하는 1950년대에 어떠한 변형을 맞게 되는가를 살펴보자. 우장 춘의 귀국에 즈음하여 그의 일대기를 전하는 『동아일보』 「生物進化論 을 修正케 한 世界的植物學者 禹長春博士―代記―亡命客의 遺兒로 胎生 崎嶇한 運命의 五十三年」은 우장춘의 '귀환의 민족서사'의 전형적 사례 이다. 논의를 위해 길지만 옮겨 본다.

한말의 풍운이 급을 고하여 나라의 운명이 풍전등화와 같이 기울어지던 을미년(乙未年) 저문해 혁명지사 우(禹範善)씨는 오(吳世昌), 권(權東鎮), 박(朴泳孝), 정(鄭蘭敎) 제씨와 함께 수륙의 험로를 넘고 건너 일본으로 망 명을 하게 되었던 것이다. 이국의 하늘 밑에 의탁할 곳 없는 망명객의 신세 는 풀 위에 맺힌 이슬과도 같아 정처 없이 흐르는 동안 히로시마[廣島] 구레 [吳]항에 몸을 붙여 얼마 동안은 거하게 되었다. 그곳에서 우연한 인연으로 기구한 운명 속에서 四二二一年 四월 十五일 세기의 과학자 우(禹長春)박 사는 **외인 어머니의 몸을 빌어** 고고히 세상의 첫소리를 울리게 되었던 것 이다.

물론 망명객의 유아로써 따뜻한 보금자리가 있을 리 없어 모진 세파 속에서 아버지 품에 안겨 여섯 살이 되던 해, 우(禹範善)씨는 비참하게도 이역에서 자객의 손으로 암살을 당하여 세상을 떠나니 이때부터 우(禹) 소년의 신세에 닥쳐오는 운명이야말로 억센 파도에 몸을 실은 쪼각배 그것이었다. 몸 붙일 곳 없는 우소년은 도쿄 고이시가와구(東京小石川區)에 있는 절(寺)의 고아(孤兒)로 수용되어 **일인의 고아들 틈에 끼어 망국의 고아로 설움과 학대, 이야말로 눈물 없이는 볼 수 없는 가련한 정상**이었다. 이러한 학대 속에서 **우소년은 "그렇다. 나는 조선 사람이다. 망국 민족이다. 두고 보자. 너이 놈들이 내 앞에 머리를 숙일 날이 있을 것이다"하는 결의와 분노와 설원심에 우 소년의 가슴은 항상 불타고 있었던 것**이다.

이러는 역경 속에서도 우 소년은 소학교를 졸업하고 **아버지의 친지들의 실낫같은 동정과 원호로서** 기구한 운명의 연속선상에서 구레(吳)중학을 마치고 **동경제대 농과를 졸업**한 후 二十二세 되는 가을 당시 농림성(農林省) 농사시험장의 고원으로 채용되어 처음으로 자립자존의 첫발을 내디디게 되었던 것이다. 여기서부터 과학의 길을 개척하려는 만만한 투지와 결의로서 박사의 젊은 피는 끓고 있었다.

박사가 언제나 말하는 '짓밟히면서도 피는 길가의 민들레꽃', 이것은 그의 성격과 투지를 표현한 생활목표이었던 것이다. 박사는 수도육종(水稻育種)에서부터 시작하여 유채(油菜)를 비롯한 십(十)자화과 소채 전반의 육종(育種)생활을 계속하는 동안 화훼에 있어서 세계를 놀래게 한 더블·페투니아를 비롯하여 꽃 채송화(菜松花), 금잔화(金盞花), 판지, 금어초(金魚草), 스토크·핑카·로세아, 엽목단(葉牧丹) 등 다수의 품종을 개량하여 **세계 육종계(育種界)에 있어 미국에는 루더-버뱅크가 있었고, 소련에는 이반 미출린이 있었거니와 동양에 있어서는 우(禹)박사가 최고의 실력과**

**지위를 가지고 있던 것**이다.

단기 四二六九년 박사가 발표한 신학설 '種의 合成'(博士의 學位論文)은 유전(遺傳)육종(育種)학계의 신영역을 개척하는 동시에 따윈의 생물진화론에 일대 수정을 가하여 세계 학계를 경도시켰으며, 따라서 **박사의 이름은 세계적으로 비약하게 되었던 것**이다. 박사는 十八년 동안 근속한 농림성 농사시험장을 그만두고 교토 다키이(瀧井)농업연구소 소장으로 十년간 근속하다 해방과 더불어 조국으로 돌아올 기회를 여직 기다리고 있던 중 조국의 부르심을 받고 이번에 돌아오게 되었다 한다. 그런데 四二八二년 一월 서전(瑞典, 스웨덴—인용자)에서 개최되었던 세계유전육종학자대회로부터 특히 영예의 초청을 받았으나 '**맥**'사령부와 일본에서 보내줄리 없어 참석치 못하였다 한다. 그런데 이번 귀국 편에는 **귀중한 많은 서적과 종자를 가지고** 이달 하순에 귀국하리라 하는데 앞으로 씨의 활약이 크게 기대되는 바이다.[43](강조는 인용자)

앞서 식민지 시기와 비교하여 이 인용문에서 두드러지는 첫 번째 특징은 우범선에 대한 인식이다. 우범선은 '을미사변'을 중심으로 이해되지 않으며 구한말 개화파 '혁명지사'로 명명된다. 이승만이 우장춘을 처음 만났을 때 '네가 우범선이의 아들이냐'고 반가워했다는 증언들이 있거니와, 우범선은 제1공화국 시기에는 을미사변의 역적이 아니라 갑신정변에서부터 독립협회로 이어지는 개화파의 일원으로서 맥락화된다. 김태욱은 "내가 성재 이시영 부통령에게 직소하였을 때 부

43) 「生物進化論을 修正케 한 世界的植物學者 禹長春博士—代記—亡命客의 遺兒로 胎生 崎嶇한 運命의 五十三年」, 『동아일보』, 1950. 1. 22.

통령께서는 그가 혁명가 우범선의 아들이 아니냐 라고 하시며 노구임에도 불구하시고 정열적으로 격려해 주셨고, 드디어 우박사가 돌아올 터전을 마련하기 위하여 1천 7백만 원의 예산이 대통령 특명으로 확정되었다"[44]고 적고 있다. 집단적 주체로서 민중의 개념이 대두하고 동학혁명 등에 대한 재평가가 이루어지며 갑신정변 및 일련의 개화파들에 대한 인식은 민중과 괴리되어 있는 상층 엘리트의 소아병적 정변으로 그 평가가 전환되지만, 1950년대 상황에서는 이들 개화파에 대한 긍정적 평가가 우세하였다. 이러한 역사 인식 속에서 '민비시해'는 국모를 살해한 반민족적 행위라기보다는 부패한 왕조 개혁을 위한 개화파의 일련의 혁명적 행위의 하나로 이해될 수 있는 것이다.

식민지 시기에도 우장춘의 본적(장소)과 부계 혈연의 강조를 통해 우장춘의 민족적 귀속을 강조했음을 앞서 보았지만, 탈식민지 한국 사회에서 이것은 더욱 강화되어 갔다. 우범선이라는 혁명지사의 방랑의 길에 우연히 "외인 어머니의 몸을 빌어" 태어난 우장춘이 일본인의 차별을 받으며 자신을 망국의 국민으로 자각하고 민족적 복수를 염원하며 과학에 매진, 세계적 과학자(영웅)로 입신하여 조국으로 돌아오는 서사, 이것이 과학자 우장춘의 민족으로의 귀환의 서사라고 할 수 있을 것이다. 여기서 특히 흥미로운 것은 우장춘의 세계성을 설명하는 방식이 냉전의 세계 심상지리를 배경으로 하고 있다는 점이다. 세계 육종학계를 미국 / 소련 / 동양의 지도 속에서 재편하고 우장춘이 동양을 대표하여 세계적 권위를 획득한 것으로 설명한다.[45] 이러한 서사 속

---

44) 김태욱, 앞의 책, 30면.
45) 우장춘의 비범함을 입증하는 에피소드들 중 즐겨 언급되는 것이 미군 극동사령부의 농업담

에서 우장춘의 귀환은 조선의 독립과 부강을 염원한 아버지의 꿈을 실현시킨 것이기도 하다. 또한, 그의 귀환은 '귀중한 많은 서적과 종자'가 함께하거니와, 이러한 서사는 이후 우장춘을 지식과 종자의 독립의 상징으로 표상하는 방식으로 발전하게 된다.


## 4. '씨 없는 수박' 혹은 마술로서의 과학


우장춘을 '마술적 육종학자'[46]로 일컫는 수사는 육종학이라는 과학이 한국의 대중에게 어떻게 받아들여졌는가를 일러준다. 우장춘이 생애에 이룬 수많은 성취에도 불구하고, 대중에게 인식된 우장춘의 과학적 업적은 '씨 없는 수박'의 발명자로 요약된다.[47] 알다시피 '씨 없는 수박'은 교토제국대학의 육종학자인 기하라 히토시[木原均]가 1947년 개발에 성공했다. 기하라와 친교가 있었던 우장춘은 그 육종학적 이론

당관 이스트우드가 한국의 농업을 무시하고 수경재배를 통한 신선한 야채 공급을 압박했을 때, 그 고비용과 비효율성을 농업적 지식을 통해 비판하고 청정재배를 통해 그들의 압박을 이겨내는 이야기이다. 1990년대 이후 우장춘 생애에 충실한 아동용 전기에서 이러한 삽화는 특별히 선택되어 강조되곤 한다. 가령, 정종목, 정유정 그림, 『꽃씨 할아버지 우장춘』(창비아동문고 153), 창비, 1996에서는 이 에피소드를 길게 인용하고 "우장춘의 청정재배가 이스트우드와 미국의 수경재배를 이긴 것이다"(같은 책, 182면)라고 강조하고 있다. 우장춘 서사에서 반일과 함께 반미의 요소가 가미되는 형국이다.

46) 이경남, 「결단의 한국인(17)」, 『경향신문』, 1992. 5. 14.
47) 우장춘 사후 그에 대한 각 신문의 특집 기사들은 예외 없이 "씨 없는 수박"을 언급한다. 「21세기의 세계 (2) 농업—바다로 뻗칠 농업, 염색체 수도 인위로 조정, 종자개량에 혁명」, 『경향신문』, 1962. 6. 6에서 "우리민족의 큰 자랑인 우장춘박사의 '씨 없는 수박'" 운운은 그 사례이다.

을 알고 있었고, 그것을 자신의 농장에서 농장 직원들의 교육 등을 위해 재배했다. 물론 우장춘 자신이 '씨 없는 수박'을 자신의 개발이라고 자처한 적이 없고, 우장춘의 사후에 제자들이 그 원 개발자가 기하라라는 점을 여러 차례 밝혔음에도 한국 사회에서 '우장춘 = 씨 없는 수박의 개발자'라는 신화가 형성되어 교과서 및 우장춘 관련 전기에서 반복해서 소개되어 왔다.[48] 여기서 주목하려는 것은 '우장춘 = 씨 없는 수박'이라는 등식이 만들어지고 그것이 교과서에 실려 정전화되는 과정이다.[49] 그러한 과정의 재구는 1950년대 과학에 대한 대중의 개념과 인식의 지층을 보여주기 때문이다.

'씨 없는 수박'의 신화가 만들어진 경위를 쓰노다의 평전과 우장춘의 제자 김태욱의 회고를 통해서 정리해 보자. 1952년 흥농종묘회사에서 기하라 박사가 개발한 씨 없는 수박 종자를 수입해 와 비싼 가격에 판매하였지만, 많은 재배 농가들이 실패를 겪고 그 까닭에 대해 우장춘의 연구소에 질문이 쇄도했다고 한다. 이에 우장춘이 1953년 동래 시험장에서 '씨 없는 수박'을 재배하였고 시험장을 견학 온 농민과 학생들이 이 수박을 보고 그 경이로움을 전달하며 '우장춘 박사가 재배한 씨 없는 수박'의 이야기가 '우장춘 박사가 개발한 씨 없는 수박'으로 변

---

[48] 전 영천여자고등학교 교장인 안갑돈은 '씨 없는 수박'의 개발자가 우장춘이 아니라 기하라임을 줄기차게 주장했다. 우장춘의 제자들이 모인 '원우회'에서도 각자의 저술과 방송 등에서 이 사실을 반복하여 정정하고, 안갑돈이 교육부에 사실을 정정해 달라는 진정서를 낸 결과 1988년 교과서가 정정되었다. 이렇게 정정되었음에도, 공교육과 출판 저널리즘에 의해 대중적으로 확산된 '우장춘 = 씨 없는 수박'의 신화는 2000년대까지도 교과서가 개정되기 이전에 교육받은 세대들에게 깊이 각인되었다. 최근의 발표논문들과 저술들에서도 이러한 신화를 바로잡는 것이 중요한 내용으로 자리하고 있다.

[49] 우장춘이 '씨 없는 수박'의 발명자가 아니라는 사실과 그러한 사실이 정착하게 된 저간의 사정은 김태욱, 앞의 책, 53~66면; 쓰노다 후사코, 앞의 책, 249~260면 참조.

화한 것으로 쓰노다는 추정하고 있다. 여기에 더해서 우장춘이 소채 종자의 광고를 위해 '씨 없는 수박'을 활용하면서 그 신화가 완성된다. 김태욱은 한 농민이 농촌지도소의 지도사를 찾아가 어떤 작물을 심으면 돈을 벌 수 있는지 묻자 지도사가 '농사원에서 권장하는 작물은 절대 심지 말고, 권장하지 않는 것 중에서 적당한 것을 골라 재배'하라고 답했다는 에피소드가 있을 정도로 당대 농정의 지도사업이 농민의 불신을 받았다고 기억한다. 이런 배경 속에서 "우박사가 우량종자를 만들어 놓았는데도 농민들 중에는 이것을 믿지 못하고 일본으로부터 밀수입해 온 종자만을 구하고저 혈안이 되어 동분서주"[50]하는 상황이었다. 우장춘이 만든 종자들 역시 농민의 불신을 받고, 일본에서 밀수입한 값비싼 종자를 선호한 현실이 우장춘으로 하여금 "시골장 약장사노릇"[51]을 하게 만들었다는 것이다.

1955년 7월 30일 자 『영남일보』에는 '우장춘 박사 환영 겸 씨 없는 수박 시식회'라는 광고기사가 게재되었다. 주최가 경상북도 산업국이고, 경북 과물동업조합, 경북채소조합연합회, 경북원예고등학교 기성회가 후원했다. "육종계의 세계적 권위자인 우장춘 박사를 환영하고 과학농업의 발전상을 널리 소개하고자 씨 없는 수박 시식회를 개최하오니 다수 참석을 앙망"하며, '지방 독농가의 참석 특히 환영'이라고 적고 있다. 말미에 덧붙여져 있는 '우장춘박사 대구연락처'인 '한국농업과학협회 대구출장소'가 '개량종자보급중'이라는 광고가 이채롭다.[52]

---

50) 김태욱, 위의 책, 64면.
51) 위의 책, 53면.
52) 위의 책, 54면에서 재인용.

이 소채 종자 보급을 위한 '씨 없는 수박' 시식회는 성공했으며, 사람들은 한국에서 세계 최초의 수박 희귀종이 탄생했다고 기뻐했다고 한다.[53] 당시 이 시식회를 취급한 한 신문사의 기사를 확인해 보자.

三十일 오후 二시 五十분, 대구교외에 있는 동촌팔승관에서는 **'씨없는 수박' 시식회가 개최되었는데 동수박은 우리나라 농업계의 지보인 우(禹長春)박사가 연구하여 개량된 것으로 동석상에서 우박사는 '앞으로 五년 후면 밀[小麥] 수박의 개량종자를 국외로 수출할 수 있을 것이다'**라고 말하는 한편 '일본에서는 논 一 반보(反步)에서 현미 二석 二두를 생산하는데 우리나라에서는 一석 三두밖에 생산하지 못한다는 것은 종자개량및 재배법 개선의 시급성을 증명하는 것이다'라고 강조하였다.[54](강조는 인용자)

이날 우장춘의 강연 내용은 '씨 없는 수박'을 통해 육종학을 설명하고 과학이 결과한 개량종자의 생산성 향상과 그것이 초래할 식량증산과 국익에 대한 논의였던 것으로 보인다. 우장춘은 과학이 근대의 모든 난제를 해결할 수 있다고 믿었던 일종의 '과학계몽사관'을 지니고 있었던 인물이다. 식민지 시기 자신의 박사논문을 소개하는 전문적 글의 서두에서 우장춘은 "위대한 것은 과학이다. 정치적으로 경제적으로 온갖 사회기구란 모두가 이 과학을 토대로 한 상층구조에 지나지 않는 것이니 과학의 발달만이 엄청난 사회기구를 전복도 하고 건설도 할 수

---

53) 쓰노다는 신문에서도 '육종학의 마술사'라는 표제문으로 보도되었다고 적고 있지만, 당대 저널리즘의 기사를 다양하게 검색해 보았지만 그런 표제의 기사는 확인할 수 없었다.
54) 「오년 후면 수출 씨 없는 수박 시식회」, 『경향신문』, 1955.8.3.

있는 무한한 동력을 가진 것이다. 따라서 인류의 복리를 이 과학의 진보에 의거하지 않고 어디서 찾을 것이랴"[55]고 주장한 바 있다. 우장춘이 가지고 있었던 농민에 대한 기본적 입장은 "농민은 하처를 막론하고 보수적이며 교활"[56]하다는 근대적 계몽가의 인식이었다. 그들의 무지를 깨우치고 과학을 통한 농업입국이라는 자신의 이상을 뿌리내리기 위해서 그는 기꺼이 '씨 없는 수박'이라는 '약장수' 역할을 감수하고자 한 것으로 보인다. 우장춘의 '씨 없는 수박'은 과학의 권능을 보여주는 기적의 현현에 가까운 것이었다. 우장춘을 숭배하는 제자들의 모임인 '원우회'의 회장을 역임하고 '장춘교도'의 교주를 자처하는 김태욱은 우장춘의 '씨 없는 수박'의 시연을 자신이 본 서부활극영화에 비유한다. 아메리카 인디언 아파치족에 잡힌 백인 미남 주인공을 죽이려는 예식을 펼칠 때, 주인공이 '나를 죽이면 하늘이 당장에 벌을 내려 너희들을 몰살할 것'이라고 협박하여 인디언이 그 증거를 보이라고 요구한다. 주인공은 자신을 묶은 것만으로 하느님이 노해 반 시각 뒤에 빛을 빼앗아 가리라고 예언한다. 30분 뒤에 일식이 일어나고, 혼비백산한 아파치족 사람들은 백인 앞에 엎드려 용서를 빌고 잠시 뒤 일식이 끝난다. 김태욱이 설명하는 이 삽화는 우장춘의 '씨 없는 수박'이 지니는 의미를 적절히 포착하고 있다. 그것은 아파치 민족(농민)에게 마술적(종교적) 광휘로 비치는 일식(씨 없는 수박)이었다. '씨 없는 수박'의 시연을 통해서 우장춘이 강조하듯이, 새로운 육종학의 기술이 약속하는 미래는 '수출'을 통한 성장과 발전의 세계이기도 했다. 우장춘의 육종

---

55) 우장춘, 「유전과학응용하는 육종개량의 중요성 上」, 『동아일보』, 1938.1.13.
56) 우장춘, 「식량증산에 대하여」, 『조선일보』, 1958.1.12.

학은 이 대목에서 산업발전 및 애국과 연결된다.

새로운 근대의 신이자 산업 발전과 수출을 통한 애국의 동력으로 호명된 '과학'의 권능이 '우민'인 '농민'뿐만 아니라 위정자와 엘리트들에게도 영향을 끼쳤으며, 그러한 효과를 우장춘이 적극적으로 활용했음을 알려주는 기사가 있다. 이를테면, 이기붕에게 '씨 없는 수박'을 선물하고 있는 우장춘의 모습은 그 유용한 사례이다. 동아일보사 자료실에서 발견된 '전민회의장 이기붕가 출입인명부(前民會議長 李起鵬家 出入人名簿)'는 국회의장이자 자유당 정권의 실세였던 이기붕 집에 드나든 사람들과 선물꾸러미를 분 단위로 기록한 희귀한 자료이다. 이 자료에는 1959년 7월 24일 우장춘 박사가 '씨 없는 수박 3통'을 선물했다는 기록이 남아 있다. 자료를 면밀히 분석한 김진송에 따르면, 우장춘은 그 전에도 한두 차례 그 집을 방문한 적이 있으며, 수박 3통을 전한 날은 직접 방문 없이 선물만 보낸 것으로 확인된다.[57] 우장춘이 자유당 부패의 상징인 이기붕에게 '씨 없는 수박'을 선물로 보낸 사실을 거론하는 이유는 그의 도덕성을 흠집내기 위해서가 아니다. 우장춘의 자발적 선물인지, 아니면 이기붕의 요구가 있었는지는 확언할 순 없지만, 어느 쪽이든 적어도 '씨 없는 수박'이 희귀한 가치를 지니는 품목으로 간주되었음을 알 수 있다. 우장춘이 육종학을 통해서 수립하려한 농업의 개혁에는 기반 시설과 자본이 필요했고, 그것은 국가의 지원 없이는 불가능했다. 우장춘의 육종학 역시 응용과학연구가 정치와 맺는 관계에서 예외가 아니었다. 우장춘이 이승만의 농림부 장관직 제안을 거절

---

57) 김진송, 『장미와 씨날코』, 푸른역사, 2006, 309면.

했다는 일화와, 그가 권력욕과는 거리가 먼 사람이었다는 평가는 사실일 것이다.[58] 그렇지만, 그것이 우장춘이 정치에서 초탈한 인간이었다는 뜻은 아니다. 그는 자신의 연구를 위해서 국가적 지원이 필요했고, 그를 위해 정치의 지원을 끌어낼 줄 아는 인물이었다고 보는 편이 타당하다. 개화파 동료의 자식이라는 특별한 감정을 지니고 있었던 이승만과 부통령 이시영의 전폭적 지원을 확인할 수 있거니와, 우장춘의 이기붕과의 관계 역시 자신의 과학적 포부를 펴기 위해 정치와 맺고 있는 관련의 하나로 이해할 수 있을 것이다. 무지한 농민 대중의 계몽과, 자신을 지원해 줄 수 있는 정치적 힘을 지닌 집권자 모두에게 우장춘은 자신이 추구하는 과학의 힘과 그것이 가져올 수 있는 변화의 보증으로 '씨 없는 수박'이라는 기적의 증표를 선보인 셈이다. 그의 죽음과 더불어 이 '씨 없는 수박'의 과학신화는 국가적 공인을 획득하며, 교과서에 게재되면서 한국 과학기술의 세계성을 입증하는 '국가신화'로 자리 잡고 근 30여 년 동안 의심 없이 대중들에게 소비되었던 셈이다.[59]

---

58) 김태욱은 농림부장관 입각제의를 거절한 우장춘의 에피소드를 전한다. 우장춘이 권력욕과는 무관한 인물이었음을 알 수 있지만, 그것이 곧바로 자신의 연구를 실현시킬 수 있는 정치적 힘에 초연했다는 것을 의미하는 것은 아니다. "우박사는 대통령을 만날 때도 '고무신 할아버지'의 모습이었다"고 쓰고 있는 한국의 출판물들이 만드는 우장춘 신화에 대해서 쓰노다는 그 가족들로부터 제공받은 사진첩 등을 통해서 참모총장을 지내고 있던 이형근 등의 방문에 정장차림으로 맞이하는 우장춘의 모습 등을 전하며 사실이 아니라고 적고 있다. 쓰노다 후사코, 앞의 책, 219면. 우장춘은 이승만으로부터 가능한 많은 예산을 확보하였으며, 입영 대상자가 된 연구원들의 입대 연기를 청원하여 관철시키기도 했다.

59) 그의 죽음을 알리는 부고 뒤에 『동아일보』에서 그의 업적을 기리는 기사를 연재했다. '씨 없는 수박'을 그의 개발이라고 명시하진 않았으되, '종의 합성'을 설명하며 그 변형의 하나로 '씨 없는 수박'을 설명하고 있는 데에서도 이 신화가 대중에게 안착되었음을 볼 수 있다. 이 기사에서는 그것이 단순한 마술적 과학의 경이로서만이 아니라, 이 '종의 합성'에 의한 피튜니어 재배의 산업화가 초래한 부와 일본에서 '씨 없는 수박'이 종래의 씨가 있는 수박을 찾아보기 어려울 정도로 성공하였다고 전하며 그것을 국가적 산업의 맥락에서 접근하고 있다. '씨 없는 수박'을 과학의 마술적 속성에서 부국강병의 기술로 전환시키는 인식이 엿보인

## 5. 최근의 우장춘 서사와 과학 내셔널리즘의 갱신

우장춘을 민족주의의 표상으로 재현하는 전기들은 여전히 쓰이고
있다. 가령 육영사가 엮은 『유관순 우장춘』[60]은 일본인에 의한 핍박
과 그것을 극복한 성공한 과학자의 민족에 대한 헌신으로 우장춘 생애
를 맥락화하면서 반일 애국의 상징 유관순과 함께 배치한다. 전기『문
익점과 우장춘』[61]이 이 두 인물을 함께 배치한 편집의식에서는 일본
에서 해방된 대한민국으로 우수한 종자를 가지고 귀환하여 배추와 무
의 우량한 '종자'를 합성한 그의 행적이 금수품이었던 목화 '씨앗'을 숨
겨 들어와 고려의 백성들에게 솜옷을 입게 한 문익점과 동일하게 이해
되고 있음을 알 수 있다. 이 전기에서는 원나라 / 일본, 고려 / 신생 대
한민국, 문익점 / 우장춘이 각각 대응된다.

최근의 우장춘 서사의 두드러진 특징은 민족주의의 자기 갱신을 보
여준다는 점이다. 1990년대 중후반을 전후하여 한국에서는 기존의 폐
쇄적 민족주의에 대한 비판이 제기되었으며, 그에 대한 대응 담론으로
동아시아론 및 '열린 민족주의' 논의 등이 대두하였다. 이러한 흐름 속
에서 우장춘을 의미화하는 방식도 과거와는 달라졌다. 우장춘의 혼혈
성을 강조하여 그를 미래의 발전적 한일 관계와 문화교류의 상징으로
읽어내려는 독법이 등장한 것은 한 사례이다.[62] 그중에서도 흥미로운

다. 「인간국보 우박사의 업적 상·하」, 『동아일보』, 1959.8.12~13.
60) 육영사 편, 『유관순 우장춘』, 육영사, 1990.
61) 유한준 편, 『문익점과 우장춘』, 대일출판사, 2000.
62) 정재정, 「우장춘-'국적의 아들'에서 '홍농의 아버지'가 된 세계적인 육종학자」, 『(63인의 역

저작이 최근 출판된 이영래의 『우장춘의 마코토』[63]이다. 이 책의 추천사 「미래 한류의 열쇠, 우장춘 코드」에서 이상무는 이 책에 등장하는 우장춘의 탄생부터 그의 공적 전체를 '한일합작'의 코드로 이해한다. 혼종을 통해 생성된 우장춘이라는 코드에서 한류를 읽어내듯이, 이 책의 저변에도 보다 확장되고 갱신된 형태의 민족주의가 자리하고 있다. 이영래는 쓰노다 후사코 저작을 고평하면서도 그녀의 일본인으로서의 위치에 대한 비판을 수행한다. 그는 쓰노다가 개화파에 대해 단편적 이해를 지니고 있으며, 우장춘 육종학이 지닌 진화론과 우생학에 대한 비판적 기능에 대해서 이해할 수 없었다고 적는다. 이영래 비판의 결론은 쓰노다 후사코가 우장춘의 신화를 사실이 아닌 '만들어진 신화'로 파괴했다는 것이다. 이영래에 따르면 우장춘의 신화는 분명 실재의 역사이며 그 신화는 반드시 복원되어야 한다고 지적한다. 그렇지만 이영래의 위치가 우장춘에 대한 객관적 재현을 가능하게 하는 자리인가도 반문할 필요가 있다. '우장춘 박사 환국 추진위원회'의 탄생 비화와 그 구성원, 추진 배경 등에 대한 자료조사 등 쓰노다가 놓치고 있는 한국 측 자료를 통해 우장춘 서사를 보충하고 있는 노력은 평가해야 하겠지만, 우장춘 서사를 '한국인'의 확장된 영토로 삼으려는 정치적 의식은 문제 삼지 않을 수 없다. 우선, 이영래가 결론적으로 우장춘의 철학과 신념으로 제시하는 '마코토[誠]'에 대한 논의는 그 사례이다. 이 책의 제목이기도 한 우장춘의 '마코토'는 이황의 유교가 임진왜

---

사학자가 쓴) 한국사인물열전』 3, 돌베개, 2003.
63) 이영래, 『우장춘의 마코토』, HNCOM, 2013. 이영래의 이 책도 쓰노다 후사코의 『我が祖國』의 기본적 자료조사에 크게 빚지고 있다.

란에서 포로가 된 퇴계학파의 강항에 의해 일본에 전달되어 면면히 흐르다가 우장춘에게서 발화된 것으로 설명된다. 이영래가 우장춘이 고교 후배들에게 했던 연설에 착목하여 우장춘 철학의 핵심으로 가져온 이 마코토는 한국적 기원을 주장하기 어려운 개념이기도 하다. 알다시피 '誠'은 단지 이퇴계만의 용어가 아니다. 이 성(誠)은 양명학의 핵심적 용어이기도 하며, 일본의 메이지 전후의 유학자들이 가지고 있던 신념과 도덕의 체계와도 깊이 관련되어 있다. 이후 이 '성' 개념에 기반을 둔 '사명'이라는 관념은 일본 사회에 깊이 각인된 윤리 감각이기도 하다. 그것은 동아시아 근세 유교의 상호 작용과 공동유산의 하나라고 할 수 있다.

다위니즘적 진화론을 대체하는 새로운 발견으로 우장춘을 의미화하는 것 역시 동일한 비판이 가능하다. 이영래는 다윈의 진화론이 스펜서류의 사회진화론으로 변화하여 제국주의의 과학적 기반으로 작용했다는 점을 지적한다. 이어서 우장춘의 '종의 합성'을 이러한 진화론적 세계관을 파괴한 과학적 발견으로 의미화한다. 다윈의 진화론이 제국주의 이론의 기반이 된 것은 사실이며 '적자생존'의 다윈의 진화론과는 다른 차원의 진화의 양상을 우장춘의 이론이 발견한 것 역시 인정할 수 있다. 그렇지만, 다윈과 우장춘을 이렇게 적대적으로 대비시키는 것은 과학에서의 진화론의 역사적 전개를 자의적으로 오독하는 것이기도 하다. 우장춘의 제자인 김태욱이 스승 우장춘의 발견이 진화론의 역사에서 어떤 위치에 있는가를 설명하는 대목을 잠시 살펴보자. 김태욱은 ① 신화적 진화론 시대 ② 종의 불변설 시대 ③ 진화론의 여명시대 ④ 자연도태론 만능시대(다윈 황금시대) ⑤ 진화론 반동시대(진화불가론 시대) ⑥ 현대진화론 시대 ⑦ 진화의 지배시대로 진화론의 역사적 변천을 설명한다. ⑤ 멘델의 재발견에 의한 진화론 반동시대에 이르러 이미 돌연변이설, 종 간 교잡에 의한 잡종의 등장 등 우장춘을 앞서 다윈 진화론의 붕괴가 있었다. 돌연변이, 교잡, 격리, 자연선택 등 복합적인 것들이 진화의 요인으로서 종합적으로 사유되는 시기가 등장했으며, 우장춘의 게놈분석에 의한 종의 합성의 증명은 이 ⑤와 ⑥을 이어주는 역할을 했다. 달리 말하자면, 우장춘의 연구는 진화론의 부정이 아니라 복합적 요인에 의한 진화론의 중요 학설의 하나이다. 나아가 그것은 인위적으로 돌연변이를 일으켜 작물이나 가축의 진화를 지배하는 단계를 열어놓은 새로운 형태의 진화론의 학설인 셈이다.[64] 다윈 / 우장춘을 진화론 / 반진화론으로 범주화하며 우장춘을 반제국주의의 과학자로 의미화하는 것은 이런 점에서 자의적이다. 우장춘이 제국주의를 혐오하고 일본이 전쟁에서 패전하기를 희망했을 수 있지만, 그의 과학기술을 곧바로 반제국주의를 뒷받침하는 과학으로 등치시키는 것은 그의 혼혈성을 '종의 합성'과 등치시키는 것만큼이나 '비과학적'일지 모른다.[65]

이 글에서는 주로 우장춘이라는 인물의 태생적 조건, 그의 학문과 국가 선택의 여정, 그의 자기 서술과 사회적 소비 방식 등을 식민지 시

---

64) 김태욱, 앞의 책, 93~99면.
65) 그 외에도 우장춘의 상사 데라오와의 대립을 묘사하며 그에 의해 우장춘의 박사논문이 불탄 것처럼 암시하는 음모론적 접근이라든가, 우장춘의 '종의 합성'을 그의 혼혈적 정체성에서 기인한 필연적 연구처럼 의미부여하는 것도 과잉된 해석이라고 본다. 생물학적으로 또 당대의 담론지형에서 보자면 우장춘은 종과 종의 결합이 아니라 일본 민족과 한민족 사이의 '이족 결혼'에 의해 태어났다. 우장춘을 '종의 합성'의 결과라고 이해하는 것은 비과학적이며, 그 자체가 한국의 내셔널리즘적 과학 이해의 한 양상이라고도 말할 수 있을 것이다.

기와 해방 이후의 상황에 따라 검토해 보았다. '앎 그 자체를 위해 거의 모든 대가를 무릅쓰고 끊임없이 애타게 앎을 추구하는 찬란한 천재'로서의 과학자, 영감과 창조력이 충만한 천재(시인)와 유사한 과학자의 형상이 낭만주의 세대의 발명품이라는 사실을 일러주는 리처드 홈스의 『경이의 시대』[66]의 통찰을 빌리자면, 한국의 근대 과학자의 형상도 이러한 서구의 과학자 형상과 먼 거리에 있는 것은 아니다. 우장춘은 물론이거니와 한국의 근대 과학 주체들의 재현된 형상은 이러한 공통점을 공유하고 있다. 그 민족주의적, 애국주의적 특징까지도 어쩌면 이러한 낭만주의 세대가 구성한 과학의 이미지 중 하나라고도 할 수 있다. 특히 한국에서 과학(자)이라는 근대 주체는 식민, 제국, 민족의 자기 욕망과 여러 가지 방식으로 결합되어 왔다. 이 글이 과학(자)의 이동과 재현 서사의 성찰을 통해 근대 지식과 지식인 정체성의 특수한 한 형태인 과학자 주체에 대한 논의를 확장할 수 있는 계기가 되길 기대한다.*

66) 리처드 홈스, 전대호 역, 『경이의 시대─낭만주의 세대가 발견한 과학의 아름다움과 공포』, 문학동네, 2013.
* 이 논문은 2013년 『상허학보』 39집에 게재된 논문을 재수록한 것임.

# 과학이라는 인종주의와 복수의 지방화

### 박람회(1903, 1915, 1929)에 나타난 '적극적 수동성'과 '욕망을 동반한 거부'

신지영

## 1. 과학 산업과 인종주의 – 식민주의의 내재화와 복수의 지방화

후쿠시마 원자력 발전소 사고는 도시화 속에서 황폐해져 온 지방을
활성화하기 위해 받아들인 과학 산업 / 국책 산업이, 마을 전체를 소생
불가능하게 파괴한 사건이었다. 그리고 악화일로인 방사능 오염은 과
학 산업이 야기한 새로운 형태의 인종차별(원전 노동자, 후쿠시마 및 동북
지방 출신자에 대한 차별 및 결혼거부 등)을 예고하고 있다. 이러한 과학 산
업과 인종주의 관련성은 단지 일본만의 이야기도 또한 현재만의 이야
기도 아니다. 한국에서도 과학과 산업은 긴밀히 결합하며 지방과 도시
사이의 차별구조를 형성해 왔다. 이러한 차별구조는 경제논리에 의한
것이었으나 인종, 민족, 문명, 계급과 같은 요소들을 배경으로 작동했

다. 특히 한국을 비롯한 동아시아에서는 식민지의 경험 속에서 서양의 첨단 과학 문명을 받아들였기 때문에, 첨단 과학 문명을 중심으로 한 위계적 구조가 시각적 스펙터클을 통해 뿌리내려 왔다. 과학문명의 비극적 결말이라고 할 수 있는 원전 사고 이후 진행될 인종주의적 차별이 감지되는 상황 속에서, 식민지로부터 형성된 과학 산업과 인종주의와 관련성을 살펴볼 필요성이 요청된다.

인종주의란 생물학적 특징에 따라 민족의 우열을 나누고 그 민족 간의 불평등한 억압을 합리화하는 사고방식을 말한다. 19세기의 사회진화론은 인종이나 민족 간의 생물학적 차이와 그에 따른 정치적 경제적 문화적 지배관계를 정당화하는 담론을 과학을 빌려 정착시켰다. 2009년에 더반에서 개최된 '유엔 인종차별철폐회의(Documents of the World Conference against Racism, Racial Discrimination, Xenophobia and Related Intolerance)' 선언문에서는 과거의 노예제 및 노예무역, 식민주의, 인종격리와 대량학살, 비국민 및 외국인에 대한 혐오, 청소년을 비롯한 취약집단의 배제, 빈곤층에 대한 배제 등을 인종주의로 규정하고 이에 대한 비판을 전개한다. 그러나 국제법의 지위를 갖는 이 대회의 선언문에서 이스라엘의 시오니즘을 인종주의의 일종으로 규정할 것인가를 놓고 서방 국가들과 이슬람 세력 간의 갈등이 일어났다.[1] 이 최근의 예에서 볼 수 있듯이 인종주의가 포괄하는 범위는 매우 넓을 뿐 아니라 인종주의에 대한 비판이 오히려 인종주의인 것처럼 여겨지기도 하는 아이러니한 역전도 일

---

1) エティエンヌ・バリバール, 「人種差別主義の構造」, 鵜飼哲・酒井直樹・テッサ・モーリス＝スズキ・李孝德, 『レイシズム・スタディーズ序說』, 以文社, 2012. 원문은 프랑스어의 일본어 번역으로 필자가 이를 다시 한국어로 번역하였다. 이하 이 글에 나오는 모든 일본어 문헌의 번역은 필자에 의한 것이다.

어나고 있다. 이처럼 무엇을 인종주의라고 비판적으로 부를 것인가 하는 것은 여전히 논쟁적이다. 인종주의라는 용어를 사용해서 어떤 차별이나 억압을 비판하려 할 때에는 그 용어가 사용되는 시대성이나 장소성이 영향을 주기 때문이다. 그렇기 때문에야말로, 인종주의라는 용어를 사용할 때에는 그것을 통해 표현하려는 정치적 역사적 함의가 중요해진다.

한국에서는 인종주의 논의가 식민주의 및 근대성의 추구와 떼려야 뗄 수 없는 관계를 맺고 있지만, '인종주의'라는 용어보다는 '식민주의'와 '차별'이라는 말이 주로 쓰인다. 여기에는 식민주의가 야기한 잔재에서 벗어나려는 탈식민에 대한 강한 열망이 있다. 그러나 '식민주의'라는 말은 한국에서는 일본 / 한국이라는 관계성 속에서 주로 이야기되기 때문에 식민주의를 둘러싼 전 세계적 식민 자본주의 시장 형성과의 관련성이 충분히 인식되지 못하는 문제도 있다. 이 글은 식민지기 조선과 관련된 박람회를 통해서 식민주의와 인종주의의 관련성을 고찰함으로써 식민지적 근대성에 대한 비판적 논의를 심화시키려고 한다. 특히 인종주의와 과학문명의 스펙터클이 연관되는 지점에 중점을 두려고 한다. 동아시아의 식민주의는 서구의 첨단 과학 문명을 유입한다는 미명하에 정당화되는 경향이 있지만 바로 이러한 식민주의적 근대화의 논리야말로 비판적으로 분석해야 한다. 즉 첨단 과학 문명의 표면을 지니었는가 아닌가가 문명 / 야만을 나누는 인종주의적 논설로서 작동했다. 식민주의가 근대화론과 착종된 형태로 전개된 지점에는 바로 이 과학문명의 표피를 쓴 인종주의적 차별구조가 있었다.

식민주의 과정 속에서 작동했던 인종주의의 특질을 밝히는 일은 다음과 같은 문제를 부각할 수 있으리라 생각한다. 첫째로 동아시아에서의 인종주의는 피부색이나 생김새가 비슷하기 때문에 겉모습보다는 우생학이나 진화론과 같은 과학문명의 소유 여부와 긴밀히 관련되었다. 이렇게 과학적 표면을 갖추었는가의 여부로 작동하는 인종주의를 비판하는 것은, 곧 식민지 근대화론에 대한 보다 근본적인 비판으로 이어질 수 있지 않을까? 둘째로 식민주의의 문제는 주로 일본 대 조선의 관계 속에서 파악되지만, 식민주의는 피식민지에 내재화되어 현재적 문제들로 나타난다. 현재 한국의 이주 노동자나 이주 결혼 여성에 대한 인종주의적 차별은 이러한 문제를 반증한다. 식민주의와 인종주의의 관계에 대한 고찰은 식민주의를 내면화한 현재 한국의 인종주의적 차별을 파악하는 실마리가 될 것이다.

사카이 나오키는 '인종'이란 "생리적인 특징을 선택적이고 독단적으로 채용함으로써, 어떤 개인의 사회적인 구속을 획정하려는 제도"이며 인종주의는 "사후적으로 생리적인 특징"을 붙이기 때문에 생물학적 인종주의와 문화적 인종주의를 나눌 수 없다고 말했다. 이러한 발언은 특히 동아시아에서의 식민주의와 인종주의의 관계를 생각할 때 시사적이다.[2] 조선의 인종주의는 일본 민족과의 생리적 특질의 차이를 규정함으로써 작동했을 뿐 아니라, 서구적 근대 과학 문명을 지니고 있는가 아닌가라는 문화적 / 과학기술적 차이를 통해 작동했기 때문이다. '과학적인' 서구 문명에서 뒤떨어졌다는 점이 조선을 식민지화하는 근거가 되고, 다시금 조선 내부에 주변(지방)을 만들어내는 근거가

---

2) 酒井直樹, 「レイシズム・スタディーズへの視座」, 『レイシズム・スタディーズ序説』, 以文社, 2012, 14~15면.

된 것, 바로 이 지점에 '과학적 스펙터클'의 외장을 두른 식민주의적 인종주의가 있다. 문명화하면 식민지 / 피식민지의 위계를 넘어설 수 있을 듯이 '동화'의 환상을 주입하는 동시에 결코 넘어설 수 없는 "유동적인 차이"를 과학과 문명의 언어와 스펙터클을 빌려 만들어낸다. 이러한 메커니즘을 보여주는 것이 바로 박람회이다.

박람회는 과학문명의 완제품이 식민지의 산업 / 상업과 만나 형성된 이벤트였다. 시각적 과시 권력이자, 실질적 착취의 공간이었다. 피식민지인들은 이 박람회를 통해서 (반)강제적으로 타자를 만나고 과학문명을 경험한다. 오사카 제5회 내국 권업 박람회에서 조선인 유학생들은 일본 제국의 근대적 과학 문명만을 본 것이 아니라, 그 척도에서 한없이 뒤쳐진 미개인이 된 조선인을 보았다. 1915년 물산 공진회에서 경성 사람들은 조선이 제국 일본의 한 지방으로 변화하는 장면을 보았다. 1929년 조선 박람회에서 경성의 지식인들은 조선 속 지방민들을 만났다. 그리고 그 순간들에서 조선인들은, 근대 과학 문명에 대한 강력한 욕망과 동시에 현재 자신들은 조선인이어서도 지방민이어서도 '안 된다'는 것을 깨닫는다. '~라고 인식되는 순간'과 '~이면 안 되는 순간'이 공존한다. 또한 '~게 되고 싶다'는 욕망과 인식하는 순간과 '~게 되고 싶지 않다'는 거부가 공존한다. 이처럼 동화와 이화가 등을 맞댄 그 지점에 식민지적 인종주의가 있었다. 이것이 박람회가 펼쳐 보여주는 서구적 과학문명의 이름으로 확산된 식민주의와 인종주의적 배제의 절합점이다.

이 글에서는 이러한 문제를 과학문명에 대한 '호기심 / 욕망'과 '공포 / 거부'를 동시에 지닌 사람들의 행위성을 통해서 분석하려고 한다. 즉 우리들은 왜 '과학적인 것'(서양의 것 / 외부의 것 / 중심의 것)에 호기심을 느끼면서도 뒤로 물러서고(적극적 수동성) 거부하면서도 욕망했던(욕망을 동반한 거부) 것일까? 이 글은 이러한 작동 방식을 과학적 상공업인 박람회를 통한 '타자와의 만남', 그리고 조선의 지방화와 조선 속 지방의 주변화라는 '복수의 지방화'로 분석함으로써, 식민주의에서 작동하는 인종주의의 구조를 밝히려고 한다.[3]

## 2. '학술 인류관'(1903)의 인종전시
　　　── '박람회 = 과학문명'에서 만난 타자 속 타자들

1903년 3월 1일부터 7월 31일까지 오사카의 텐노지에서 개최된 '제5회 내국 권업 박람회'의 '학술 인류관'은 "타자를 서열화"하는 "知의 풍경"을 보여준다.[4] 특히 이 수집 / 분류 / 배열 / 전시 / 서열화는 '과학문명 = 박람회' 인종주의의 핵심이었다. 이 분류 / 전시라는 서열화는 전시대상을 서구적 과학문명을 지니고 있지 않은 야만으로 '보여줌'으

---

3) 신지영, 「외부에서 온 과학, 내부에서 솟아난 '소문과 반응'들—'적극적 수동성'과 '욕망을 동반한 거부'로 형성된 '과학적인 것'」, 『한국문학연구』 42집, 한국문학연구소, 2012년 상반기. 필자는 조선의 근대 초기에 '과학적인 것'의 수용 방식을 '소문'을 통해 드러나는 적극적 수동성과 욕망하는 거부로서 파악한 적이 있다. 그러나 여기서 다루는 1920~30년대에 걸친 박람회에는 소문과 선전이 뒤섞이면서 적극적 수동성이라는 반응양식도 복잡한 층위로 상호작용한다. 여기서는 이런 차이들을 염두에 두면서 양가적 반응이 뒤섞여 만들어져 온, 피식민지인과 피식민지인, 지방민과 지방민 사이의 잠재적 연관성도 드러내 보려고 한다.
4) 사카모토 히로코, 양일모 · 조경란 역, 『중국 민족주의의 신화』, 지식의풍경, 2006.

로써 이뤄졌다.

'제5회 내국 권업 박람회'에는 '과학적인 완제품-전기와 증기와 기계 장치'가 집결한다. 전동모터로 회전시키는 쾌회기(快回機)와 워터 슈트(water chute)가 오락거리를 제공했고, 박람회장은 철도, 전차, 도로와 연결되어 관객을 끌어 모았다.[5] 아이스크림 가게는 냉장고를 체험하려는 사람들로 북새통이었고[6] 야간개장 때에는 서양 양식으로 만들어진 각 파빌리옹이 전등 빛 속에 드러났으며, 박람회장 곳곳의 분수는 일곱 색깔로 반사되었다.[7] 정문에는 '제5회 내국 권업 박람회'라는 글자가 전등으로 반짝여, 박람회장 전체가 불야성이었다. 서구적 과학문명으로 여겨지는 기계 장치들의 향연이 박람회에 권위를 부여하고 있었다.

과학적으로 치장된 박람회는 일본이 아시아를 지배하는 주체로 보이게 했다. 박람회는 일본 국내 각 현이 참가한 농업관·임업관·수산관·공업관·기계관·교육관·미술관·동물관·수족관 등의 파빌리옹, 외국에서 온 출품물을 진열한 참고관 및 외국제품 출품관, 민간이 운영하는 파빌리옹과 음식점으로 구성되었다. 일본 각 현이 참여한 관이 "일본이라는 자기 표상을 일본인에게 표상하는 역할"을 했다면, 참고관 및 외국출품관은 박람회에 "만국 박람회적 요소를 부여"했고, "제국 일본이라는 자부심을 상징적으로 지탱"해 주었다. 그중에서도 공식 파빌리옹의 하나였던 대만관은 이 박람회를 "명실상부한 제국 박람회답게 해 주었다"고 이야기된다. 대만관은 다른 공식 파빌리옹이 서양

---

5) 요시미 순야, 이태문 역, 『박람회-근대의 시선』, 논형, 2004, 168~170면.
6) 松田京子, 『帝國の視線-博覽會と異文化表象』, 吉川弘文館, 2003, 47면.
7) 松田京子, 『博覽會三拾六年-太平洋臨時增刊号』 1卷 5号, 六々社(大阪市東區高麗高), 1903, 165~166면(松田京子, 앞의 책, 47면에서 재인용).

건축을 따랐던 것과 달리 대만 건축양식으로 만들어져 눈에 띄었다.[8] 일본정부는 외국 관객을 모으기 위해 영문 초대장 약 4,000통과 한문 초대장 약 4,200통을 발송했고, 유럽과 미국 및 기타 외국인 약 1만 4,000명, 청국인과 조선인 약 8,600명이 박람회를 구경"한다.[9] 이처럼 박람회는 과학문명국이자 식민제국으로서의 일본을 과시하기 위한 시각장치였다.

그러나 박람회에 온 조선인, 중국인, 오키나와인, 아이누인 등이 본 것은 제국 일본만이 아니었다. 식민지 지식인들은 제국 일본을 정점으로 서열화된 자신들과 비슷한 처지의 타인종들도 만났다. 특히 '학술 인류관'에는 홋카이도 아이누, 대만의 생번(生蕃), 류큐, 조선, 지나, 인도, 키린인종(爪哇) 등 일곱 종류의 토인(土人)[10]이 전시된다. 식민지 지식인들은 서구 과학 문명에 대한 열망과 거부 속에서 흔들리면서, 자신들의 민족은 그 토인들과는 다르다는 것을 증명하기 위해 항의한다. 특히 약소민족(혹은 식민지) 지식인들의 항의논리는 단순히 '전시'되었다는 것이 아니라 야만인인 기생이나 선주민과 '함께' '야만인과 같은 외관을 띠고' 전시되었다는 데 있었다.

조선 유학생들에게 미개인종의 판단기준은 식민지인가 아닌가였다. 아직 식민지가 아니었던 조선은 일본, 중국과 함께 스스로를 '동양 3국'이라는 동일한 지위에 놓는다.[11] 오키나와 지식인들이 학술인류

---

8) 松田京子, 앞의 책, 51~57·74면.
9) 위의 책, 48~49면.
10) 『東京人類學雜誌』 第18卷 203號, 1903.2.20.
11) 이 부분은 신지영, 「'대동아 문학자 대회'라는 문법, 그 변형과 잔여들」, 『한국문학연구』 40집, 한국문학연구소, 2011, 38~42면과 겹치지만 내용 전개상 필요하므로 요약해 둔다. 자세한 내용은 이 논문을 참조.

관 전시에 항의하는 논리는 일본 현에 속하는 자신들을 "대만의 生蕃 홋카이도의 아이누 등과 함께"[12] 전시해 치욕을 줬다는 데 있었다. 『류큐신보[琉球新報]』에는 이와 비슷한 논조의 기사들이 많이 실린다. 예를 들면 『오사카아사히신문[大阪朝日新聞]』에 5월 7일 자로 전문 게재 되기도 했던[13] 「우리 동포의 적(我が同胞の敵)」(1903.4.27)이 있다. 이 기사는 '동포 — 같은 胞에서 태어난 —'이라는 인종적 테두리로 오키나 와인과 일본인을 하나로 묶고, 전시된 류큐인을 '구조'해야 한다고 호소한다.

오호 통재라, 무신경한 류큐인이여! 분발하여 우리 동포를 구조하라!
또한 현을 통치하는데 충실한 당국 관리여! 일어나 우리 동포를 구조하라!

일본 본국은, 지나인과 조선인 항의에는 외교 문제로 번질 것을 우려해 바로 응하고 전시대상을 철거시키지만, 오키나와 지식인의 항의는 쉽게 받아들이지 않았다. 오키나와의 지식인들은 "지나인 및 조선인에 대해서는 각각 본국인의 항의에 응해 철거"했음에도 정작 "우리 동포를 구경거리로 만들고도, 사람들도 이를 잘못되지 않았다하고 당국자도 모르는 척하며 도리어 이를 재미있게 구경하는 듯하니, 이 어찌 극히 무정하다 아니할 수 있으랴"[14]고 한탄한다.

전시된 당사자를 대하는 오키나와인의 태도는 일본인에게 '동포'로

---

12) 「人類館を中止せしめよ」, 『琉球新報』, 1903.4.11.
13) 松田京子, 앞의 책, 131면.
14) 「人類館の不都合」, 『大阪每日新聞』, 1903.5.12.

서 다가갈 때와 사뭇 다르다. 전시되었던 오키나와인은 '창기(娼妓)'였고, 미개인처럼 보이게 전시된다. "일견 보면 어디에서 주워 온 것인지 알 수 없는 창기를 그 곳에 부속으로 진열"하여, "高麗 담뱃대라고 불리는 陶器 담뱃대와 코바잎 부채와 함께 두면, 관람자의 눈에 비친 오키나와는 아이누의 生蕃과 큰 차가 없이 보일 것"이라고 분개한다.[15] 일본인을 '동포'라고 부르며 호소했던 그들은 오키나와인 '창기'에 대해서는 '동포'라기 보다는 '동포의 치부'로 대한다. 그들이 '야만인 같은 모습'으로 전시되었기 때문이다. 이어 창기들이 이곳에 온 것은 감언이설에 속은 탓이며 "최근 박람회 개설을 구실로 박람회도 보여주고 여러 곳을 구경 시켜주고 급료도 좋은 곳에 일하게"해 주겠다며 "각 지방을 배회해 묘령의 부인을 유인하여 작부, 매음부, 방적 공장 여직공 등으로 함정에 빠뜨리는 악한"이 있으니, "촌사람들은 감언이설에 속지 않도록 부디 부디 주의"하라고 당부한다.[16] 이 언급에서는 전시된 자들을 '촌사람' 즉 지방민으로 주변화하는 담론이 엿보인다. 이처럼 타자를 서열화하는 인종주의적인 사고는 일본인 / 오키나와인 사이뿐 아니라, 오키나와 내부의 기생 및 촌사람을 서열화 / 배제하는 방식으로 식민지에 내면화된다.

중국인 유학생들은 '학술인류관'에 중국인 전시가 예정되어 있다는 것을 개장 전부터 알고 즉시 철수를 요구했다. 중국은 오랜 역사를 지닌 문명 독립국이기 때문에 열등민족으로 분류될 수 없다는 논리였다. 빠른 항의로 중국인 전시는 이뤄지지 않았기 때문에, 애초에 어떤 중

---

15) 「同胞に對する悔辱」, 『琉球新報』, 1903. 4. 7.
16) 위의 글.

국인을 전시할 예정이었는지 확인할 수 없다. 그런데 흥미로운 것은 대만 원주민인 생번 전시에 대해서는 중국인도 대만인도 어떤 비판도 하지 않는다는 점이다. 이유는 몇 가지로 추측된다.

어제 7일까지 생번, 숙번, 조선, 아이누 등 5개 종족이 도착했다. (…중략…) 도착한 인명은 다음과 같다.

류큐인 : 우시, 카메이(두 명 모두 나하의 부인으로 용모 풍채가 류구의 도시인).

**생번인 : 남편 리치요라이, 부인 쟈쓰레스, 하인 링카이킨.**

숙번인 : 남편 방화성, 부인 이빈옥.

조선부인 : 정소사, 최소사.

홋카이도 토인 : 호라, 그의 처 아루시토, 그들의 장남 우칸토구 아이누, 텐코우, 그의 처 위노미쓰.[17](강조는 인용자)

인용에서 확인되듯이 대만 원주민 생번은 '대만인'이 아니라 "생번인 (生蕃人)"이라고 표기된다. '조선부인'이라고 민족명이 제시된 것과 다르다. 따라서 중국인도 대만인도 자신들과 관계가 없는 것으로 치부했을 가능성이 있다. 더구나 당시 대만인들의 관심을 끌고 있었던 것은 공식 파빌리옹인 '대만관'이었다. '대만관'은 일본인에게는 제국 박람회의 면모를 과시하기에 좋았고 대만 총독부로서는 대만의 존재를 알리기에 좋았다. 그러나 '학술인류관'의 '생번인'이 아니라 '대만관'을 통해

---

17) 『오사카아사히신문』, 1903.3.8.

스스로를 선전하고 싶었던 대만인들의 욕망은 이루어지지 못했다. 일본 정부는 많은 사람들이 대만관을 박람하도록 하지만, 박람회를 본 일본인들에게 대만의 이미지는 여전히 '생번인'과 같은 야만과 산적이었다.[18]

한편 중국 지식인들은 생번인 전시에 대해 항의한 적은 없지만 문의를 요청한 적은 있다. '학술인류관'에 전시된 "타이완인이라는 설명이 붙은 중국 복식을 착용한 전족 여성이 실제로는 후난성 사람이라는 소문"이 돌았기 때문이다. 중국 유학생들이 확인을 요청하고 "후난성 유학생 동향회가 조사를 위해 유학생 저우홍예[周宏業]를 오사카에 파견"해서 "틀림없이 타이완인이라는 것"을 알게 되나 "문서로 된 증거를 발행하도록 요구"한다.[19] 이 에피소드는 자신들과 생번인을 구별하려는 중국인들의 의도와 달리, 오히려 문서로 된 증거를 받지 않고서는 생김새도 풍습도 비슷해 보이는 생번인과 대만인과 중국인 사이의 깊은 연관성을 폭로한다. 비슷하기 때문에야말로 이 소문은 중국인이 오사카에 사람을 파견하고 '중국인이 아니'라는 증거를 요청할 정도로 무서운 것이 되었던 것이다. 그리고 야만인이 되는 것에 대한 이러한 공포 속에서 중국-타이완-생번인의 외형적 문명화의 차이는 인종적 서열이 된다.

이처럼 각각의 상황에 따라 과학문명을 해석한 이 항의들은 문명 / 과학이라는 외피를 쓴 식민권력에 대한 저항행동이었다는 공통점을 지녔다. 그러나 그들은 같은 처지에 놓인 타인종 전시에 대해서는 비

---

18) 呂紹理, 「展示臺灣 : 一九〇三年大阪內國勸業博覽會臺灣館之研究」, 『台湾史研究』(시리즈) 第九卷·第二期, 臺灣 : 中央研究院台湾史硏究所, 2002.12, 103~144면. 자료를 알려주신 호시나[星名宏修] 선생님께 감사드린다.
19) 사카모토 히로코, 앞의 책, 96~97면.

판도 언급도 하지 않는다. 열등민족으로 구별되는 것에 대한 거부감은 곧 우등민족이 되는 것 / 과학문명에 대한 욕망과 등을 맞대고 있었기 때문이다. 식민화에 대한 거부와 과학문명에 대한 욕망이 뒤엉킨 위치, 미개인종이 되는 것에 대한 거부와 다른 민족 보다 우위에 서려는 욕망이 뒤엉킨 위치에서 타이완, 오키나와, 조선, 중국의 '지식인들'은 만나고 있었다. 따라서 식민지 지식인들의 '학술인류관'에서 나타난 인종주의에 대한 비판은 서구적 과학 문명에 대한 본질적 비판으로 나아가지 못한다. 자신들이 비판하는 그 대상이 곧 스스로 욕망하는 대상이기도 했기 때문이다. 오히려 자신의 민족이 마치 기생이나 선주민과 같은 야만인으로 그려졌다는 점에 불만을 토로함으로써 자신들 속에 기생, 선주민과 같은 인종주의적 타자를 재생산한다.

그렇다면 「학술인류관」에 전시되어 있던 당사자들은 어떻게 느끼고 있었을까? 그들은 과연 스스로를 조선인, 중국인, 대만 선주민, 오키나와인이라고 생각했을까? 먼저 학술인류관에 전시되었던 조선부인을 보자. 1903년에 전시된 2명은 기생으로 밝혀져 있다.[20] 1907년 도쿄 박람회에 전시된 '조선부인'은 정명선(鄭命先, 20세)인데,[21] "녹색 상의와 하얀 옷감에 보라색 나비 문양의 일본 직물을 입고 슬픈 노래를 부르며, 의자에 앉아"[22] 있었다는 점에서 기생으로 추측된다. 조선 유학생도 오키나와 지식인들처럼, 조선부인을 마치 동물처럼 보이게 전시했다는 점, '기생'으로 조선 전체를 대표했다는 점에 분개한다. "우

---

20) 이각규, 『한국의 근대 박람회』, 커뮤니케이션북스, 2010, 73면.
21) 임혜정, 「근대 일본의 박람회와 기생의 가무(歌舞) 활동」, 『공연문화연구』 24호, 2012, 344면.
22) 『만세보』, 1907.6.23.

리나라의 천한 일을 하는 여성 모형으로 만들었고 얼굴에는 백분과 붉은 기름으로 스며들게 칠"[23] 한 상태라는 언급들도 발견된다. 그런데 조선인 유학생 눈에 감언이설에 속아 온 불쌍한 희생자이며, 희생자이어야만 할 조선부인은 이렇게 말한다.

> 나는 본래 경상도 대구사는 여염집 사람으로 팔자 긔구흐여 엇지엇지 흐다가 이지경의 이르러스나 성은 뎡가요 나는 이십세인대 (…중략…) 흐로는 그 집 주인이 날보고 말흐기를 우리 나라 셔울의다가 박람회라 흐는 큰 물화전을 버렸는대 그곳에 가셔 슈종만 흐여 쥬면 한달에 월급을 몃십원식 쥴 터이오 구경도 잘홀 터이니 일어 잘흐는 박셔방과 한가지 드러가라 흐기에 삼월금음게 덧나셔 사월 쵸싱에 동경으로 드러와셔 여관에 한 사오일 묵다가 이곳에 드러왓삽는대 매일 아참후에 드러와셔 종일 잇다가 밤이면 나가 자고 이튼날 쏘 드러오는대 날마다 죠션 선배가 들어와셔 혹 칙망도 흐며 혹 긔유도 흐니짜 대단이 마음에 아니 되엿스나 월급을 만이 쥰다흐니 갈 마음이 업사외다 지금 유슉흐는 곳은 (하곡구셔 뎡일반디뎡 상신사 오쳐옥) (下谷西町一番地 井上神社 吾妻屋)이오[24]

그녀를 불쌍히 여기는 조선 유학생들의 시선과 돌아가라는 권유에 대해서 그녀는 돈을 많이 준다니 돌아갈 생각이 없다고 말한다. 이처럼 지식인들이 조선인을 전시했다는 것에 대해 했던 반발 / 거부는 과학문명과 박람회에 대한 욕망을 양가적으로 지니고 있어서, 조선 기생

---

23) 『태극학보』 제 11호, 1907.6.24(이각규, 앞의 책, 77면에서 재인용).
24) 「寄書一日本留낭齋生」, 『대한매일신보』, 1907.6.19.

의 행위성을 보지 못하는 것이다.

또한 타이완의 선주민족인 생번들에게 이 전시는 어떤 의미였을까? 1903년의 생번인들의 반응을 살펴볼 수 있는 직접적 자료나 진술은 찾을 수 없었다. 대신 1912년에 개최된 척식박람회에 전시되었던 생번인들을 통해 역으로 추측해 볼 수 있다. 척식 박람회는 식민지(홋카이도, 사할린[樺太], 만주, 조선, 대만)로부터 출품을 받아 이뤄진 본격적 '식민지 박람회'였다. 특히 이 박람회에는 일본 제국 속 타인종을 '초대'해 제각각 전통적인 가옥에서 숙박하도록 한다. '초대'된 사람들은 "오로크족(Orokko), 길랴크족(Gilyak), 사할린[樺太] 아이누, 홋카이도 아이누, 대만 土人(한족 복건계), 대만 蕃人(북부 산간지방) 제 종족 남녀노소 총 18인"이었다.[25] 같은 시기, 대만 총독부와 일본 총독부는 대만에서 일본의 프로파간다를 수행할 '현지 협력자'를 육성하기 위해서 선주민을 대상으로 내지 여행을 기획하고 있었다.[26] 산간부 선주민 특히 타이얄족과 부눈족의 저항이 거셌기 때문에 이를 잠재우려는 의도도 있었다. 이 기획여행의 4회째 방문객은 1912년 10월 1일부터 31일까지 일본에 오는데 타이얄족 50명으로 구성되었다. 그들의 방문기간이 식민지 박람회와 일치했기 때문에 그들은 10월 12일에 박람회장을 방문하고 그곳에 숙박 / 전시되고 있는 동족인 타이얄족과 만난다.

불가사의한 것은 '전시된 자'와 '전시를 보는 자'라는 관계로 만난 그들의 태도이다. 전시되고 있는 동족을 만난 그들은 전시되는 그들에 대해 비판도 분개도 동정심도 느끼지 않는다. 마치 일본에 거주하고

---

25) 山路 勝彦, 『近代日本の植民地博覽會』, 風響社, 2008, 51~53・57면.
26) 위의 책, 60~61면.

있는 고향사람을 만난 듯이 몸 불편한 곳은 없는지 안부를 묻고 반가워하며 "같은 고향 동지끼리의 회화만을 무람없이 나누"었고, 이 기묘한 만남에 던지는 일본인들의 시선에 아랑곳없이 "마치 대만 산중에 있는 듯이 행동"했다.[27] 이 언급은 일본인 기자의 보도이지만, '전시되고 있다'는 것에 대한 이들의 무심함은 '인종전시'라는 장의 권력구조를 무력화시키는 듯하다. '보여지고' 있다는 상황의 시각성을 무시할 때, '보여지고' / 보는 관계가 지닌 위계와 폭력은 일시적이나마 작동을 멈추고 무기력해진다. 또한 일본 내부의 선주민으로서 전시되었던 아이누인 호테네[伏根弘三]는 아이누가 식민지 상태에서 벗어나려면 교육이 필요하기 때문에 박람회를 통해 그 기부금을 호소하기 위해서 왔다고 말한다.[28] 아이누인들은 박람회라는 장의 의미를 십분 이해하고 그것을 이용하여 식민주의적 관계를 역전시킬 계획을 세웠다고 볼 수 있다.

지식인들이 지닌 과학문물에 대한 욕망은 '학술인류관'에 권위를 부여했고, 미개인종이 되지 않기 위해 발버둥친 항의는 학술인류관의 수집 / 배열 / 서열화 및 과학문명에 대한 동경을 내면화했다. 또한 돈벌이 때문에 혹은 신기한 것에 대한 호기심으로 그곳에 온 기생과 선주민은 그 호기심과 배고픔 때문에 '학술인류관'을 성립시켰다고도 할 수 있다. 그러나 다른 한편, 약소민족 지식인들의 항의는 '학술인류관'과 '제국 박람회'의 잡음이 되었다. 또한 기생들이나 선주민들이 '전시되는 대상'이 되는 것에 대해 보였던 무심함, 박람회장을 전유한 자기어필, 호기심 등은, 그들에 대한 지식인들의 동정과 제국주의의 시선이

---

27) 위의 책, 2008, 71면(「生蕃の光榮」, 『都新聞』, 1912.10.13 재인용).
28) 長谷川由希, 「アイヌ民族と植民地展示」, 『人類館, 封印された扉』, アットワークス, 2005, 82~83면.

만들어내는 인종주의적 차별에도 아랑곳없이 '학술인류관' 속에 그들의 삶의 공간을 펼쳐놓으며 지식인들과 제국주의자들을 동시에 당혹시킨다.


## 3. 물산 공진회(1915)와 '지방'
— 산업이 된 과학, 대도시가 된 경성, 지방민의 침묵


### 1) 물산 공진회와 『신문계』— 내부화된 박람회, 산업이 된 과학, 지방이 된 조선

1903년의 오사카 박람회가 조선이라는 지역 '외부'에 조선인을 전시한 사건이었다면, 이후 박람회는 조선 '내부'에서 개최되기 시작한다. 그리고 박람회에 대한 욕망과 거부를 동시에 지닌 조선 지식인들의 태도는 조선 내부에서 경성 / 지방 = 문명 / 야만이라는 구도를 재생산한다. 이는 곧 과학적 스펙터클인 박람회를 통해 일본(제국) / 경성(지방) = 경성(도시) / 지방 = 문명 / 야만이라는 인종주의적 위계를 연쇄적으로 발생시키는 것이었다. 따라서 이 절에서는 박람회 속 과학과 상업의 관련 양상 및 박람회에 사람들을 동원하는 과정을 통해 식민지에서 형성된 인종주의적 특성을 살펴보려고 한다.

박람회에 대한 조선 최초의 기사는 1884년 3월 18일 자 『한성순보』에 실린 것이다.[29] 그 기사는 박람회를 "과학이 날로 성하고, 박물관을 건

립하여 날로 부강하고 있으니 世運이 활짝 열리는 방법"이라고 소개한다. 즉 박람회는 조선 지식인들에게 근대적 지식의 차원에서도 경제적 차원에서도 욕망의 대상이었다. 박람회의 상공업적 측면은 '학술인류관'이 공식관이 아니라 오락과 여흥을 제공하기 위해 고베 쌀 상인이 기획한 곳이었다는 점에서도 드러난다.[30] 1907년 도쿄 박람회에 조선여성(기생)이 전시되었을 때 그 전시장 또한 공식관도 조선관도 아닌 '수정관'이었다. 수정관은 "관람객에게 오락거리를 제공할 목적"으로 조선 기생을 고용했다.[31] 돈 벌러 온 기생이나 선주민, 자신들을 어필하기 위해 온 아이누처럼 인종전시의 배후에는 제국주의와 자본주의가 '이동'이 일어나는 교통공간을 통해 결탁하고 있었다.

그런데 과학과 상공업이 만나는 과정에서 두드러지는 것은 "(제국 내부로의) 조선의 지방화"와 "조선 속 지방의 주변화(지방화)", 이 두 '지방화'의 동시진행이다. 박람회를 본 자 = 문명화된 인종이라는 인식이 조선 내부로 선전·확산되어 박람회를 보러 수많은 지방민들이 상경한다. 조선에서 최초로 실시된 박람회는 1907년 9월 1일에서 12월 15일까지 열린 경성박람회였다. 이 박람회는 러일전쟁 이후 조선에 대한 식민화가 가속화되는 시점에 열렸고, 전국화하는 의병투쟁을 막기 위한 것이기도 했다.[32]

박람회가 열리자 『대한매일신보』는 많은 비판을 하는데 "ᄉ업경영은 한국정부에셔 쥬쟝ᄒ엿스나 그 일체 진렬품은 특별히 일인들이 ᄀ

---

29) 이각규, 앞의 책, 7면.
30) 松田京子, 앞의 책, 131면.
31) 임혜정, 앞의 글, 344면.
32) 신주백, 「박람회―과시·선전·계몽·소비의 체험공간」, 『역사비평』 67호, 2004.

초왓다"고 꼬집는다.[33] 특히 「불놀이 구경속에 다른 불놋는 싱각이 나
는고나」[34]라는 글은 일본제국 / 조선이라는 관계성 속에서 조선 속
'지방'이 발생하는 지점을 표시한다.

구월십오일 셔울 박람회에셔 긔회식을 굉장ᄒ게 ᄒ눈디 밤놀이는 남산
에 민화를 뭇고 불놀이를 ᄒ눈지라 (…중략…)그런즁 여긔셔 우리가 눈으
로 보지 못ᄒ눈 엇던 싀골에셔 아마 오늘밤에 의병이나 일병들이 일본 사
롬의 집이나 대한사롬의 집에 불놋눈것도 볼거시 잇눈듯ᄒ도다. (단락구
분) 이ᄉ이 ᄉ방에셔 들니는 소문이 거짓말도 만커니와 일뎡코 아눈거슨
여러 디방에 불놋눈거시라 그런즉 이밤에도 이런일이 잇기 쉽도다

지금 여긔셔 우리 구경ᄒ눈 이 불은 즐거운 ᄆ음으로 놀이로 놋눈불이오
싀골셔 놋눈 뎌불은 뮈워ᄒ눈 ᄆ음으로 죽이는 불을 놋눈거시오 지금 우리
구경ᄒ눈 이 불은 박람회 사롬들이 쟝ᄉ 잘되기를 ᄇ라는 표의 불이오 싀
골셔 놋눈 뎌 불은 오래도록 쟝ᄉ 잘못될 표의 불이오 지금 우리 구경ᄒ눈
이 불은 즐거워ᄒ고 웃고 됴타ᄒ는 불이오 싀골셔 놋눈 뎌 불은 셜워ᄒ고
울고 침혹ᄒ다는 불이로다 지금 우리는 이 불구경 ᄒ 후에 우리집에 드러
가 편안이 누어 자겠스나 싀골셔는 뎌 불 후에는 제 집도 업셔지고 셰간도
업셔지고 곡식도 업셔지고 늙은이와 어린ᄋ히가 다 한디셔 한둔ᄒ여 무릅
을 노흘곳이 업고 ᄯ 얼마 못되면 엄동셜한을 당ᄒ여 이 빅셩들이 풍한을
가리울 의지간도 업고 먹을것도 업셔 굼고 얼어죽기는 의심업도다 (…중

---

33) 「(론셜)한국의 긔혁과 진힝」,『대한매일신보』, 1909. 2. 14.
34) 「(별보—경향신문 론셜을 등지홈)불놀이 구경 속에 다른 불놋는 싱각이 나는고나」,『대한
매일신보』, 1907. 10. 15.

략…) 우리눈에 이 불놀이가 황홀흐여 구경흐염즉흐중에 쇠골셔 빅셩의집
도 불붓고 셰간도 불붓는 경상을 아니 싱각홀 수 업도다

이 글은 박람회의 휘황찬란한 과학적 외관을 '불놀이'로 표현하고 그
불놀이 속에서 시골에서 번져가는 두 가지 불놀이를 언급한다. 하나는
의병들이 일본인 집에 놓는 불이고 다른 하나는 일본 병사들이 조선사
람 집에 놓는 불놀이이다.[35] 박람회의 휘황찬란한 불빛 뒤에는 분노로
가득 찬 조선 의병들의 저항의 불과, 그것을 막기 위한 일본 병사들의
불이 동시에 있다. 그리고 이 휘황찬란한 박람회의 불이 도시의 불놀이
라면 저항과 갈등의 적나라한 불놀이는 지방에서 일어난다. 이 언급은
경성박람회의 휘황찬란함 속에 감춰진 일본 / 조선, 그리고 도시 / 지방
사이의 차별적 지위를 드러낸다. 즉 과학적 근대문명의 외관을 하고 침
투해 오는 일본에 의한 조선의 지방화와, 조선 내부의 지방화, 이 두 지
방화의 동시진행을 포착하고 있다.

1915년 9월 11일부터 10월 30까지 열린 조선 물산 공진회는, 이전까
지 조선의 상품을 조선 외부로 가져가 전시했던 것과 달리, 조선 물품
을 '조선' 내부에 전시했다는 점에서 박람회 형식이 조선에 내부화된
사건이었다. 물산 공진회의 취지는 다음 인용에 나타나 있듯이 조선
총독부의 시정 5년을 과시하기 위한 행사이자, "조선에서 확산되던 소
작쟁의에 대응하기 위한 것"[36]이었다.

---

[35] 조선 의병들의 불놀이를 일병들의 불놀이와 함께 해석하도록 코멘트를 해 주신 윤대석 선
생님께 감사드린다.
[36] 신주백, 앞의 글, 375 · 377면.

壯ᄒ다 今秋에 開催ᄒᄂᆫ 共進會여, 普遍的으로 朝鮮各地의 物産을 蒐集陳列ᄒ고 各般의 施設狀況을 展示ᄒᄂᆫ 同時에 一面으로 生産品並生産事業의 優劣得失을 審査ᄒ야 當業者를 鼓舞ᄒ며 一面으론 新舊施政을 比較對照ᄒ야 朝鮮人에게 新政의 惠澤을 自覺케 ᄒᄂᆫ 同時에 此 機會를 利用ᄒ야 多數ᄒᆫ 內地人을 招致ᄒ야 朝鮮實狀을 觀察케 ᄒᆷ도 後日 朝鮮開發上 資益이 有ᄒᆯ지니 此 — 엇지 朝鮮開發上良針이 안이리오 大正四年은 朝鮮總督府始政五周年됨으로 始政五年記念의 趣旨로써 本年 秋期를 期ᄒ야 朝鮮物産共進會를 京城景福宮內에 開催ᄒ게 되엇도다[37]

홍미로운 언급은 "多數ᄒᆫ 內地人을 招致ᄒ야 朝鮮實狀을 觀察케 ᄒᆷ"이다. 조선 물산 공진회를 보여줄 대상은 내지의 일본인이었고 "총독부는 공진회라는 장을 자기선전의 절호의 기회로 인식"했다.[38] 즉 공진회는 조선 내부로 들여져 온 박람회인 동시에, 일본 제국 전체의 구도에서 보자면 '조선' 전체가 박람회장이 되는 것이었다.

조선 물산 공진회를 기점으로 '조선'을 인식하는 시공간 감각은 변화한다. 시간적으로는 총독부의 시정이 실시된 전 / 후를 신 / 구로 나누며, 공간적으로는 박람회장이 열리는 경성과 물품을 출품하는 13도 지방으로 나뉜다. 이 신 / 구, 경성 / 지방, 문명 / 야만이라는 구도의 기준이 되었던 것이 박람회라는 과학문명이었다. 박람회를 보지 못한 지방민들을 야만인으로 여기는 인종주의가 식민주의의 정책 속에서 확산

---

37) 「盛大ᄒᆫ 朝鮮物産共進會」, 『新文界—共進會記念號』, 1915.9, 28면. 이하 이 텍스트의 인용은 인용문 말미에 (공 : 면수)로 표시한다.
38) 山路 勝彦, 앞의 책, 116면.

되는 것이다.

먼저 박람회를 기점으로 분리된 시간적 구분을 살펴보자. 총독부 예
산, 지방 및 민간기부, 지방 협찬회 비용을 합해 70만 원 정도 들인 공
진회는 경복궁에서 열렸고 "개회식, 폐회식, 시상식, 10월 1일의 '시정'
기념식을 모두 경복궁 근정전"에서 벌였다[39]. 조선의 정통성을 상징
하는 곳을 박람회장으로 삼아 新政과 舊政 사이의 구분을 명확히 하려
는 것이었다. 포스터는 재래적 공간과 근대적 공간으로 나누고 어둠과
밝음을 대비시킴으로써 신정과 구정의 차이를 부각했다.[40] "明治四十
二年以前"의 물품은 출품이 금지(공 : 33면)되었던 점에서 볼 수 있듯이,
공진회는 총독부 한일 강제 병합 이후의 성과를 증명하는 이벤트였다.

공진회라는 공간은 '지방'에서 모아진 출품물을 과학적 방식(수집/
분류/배열/통계) 및 과학적 스펙터클(야간개장의 불야성, 전등장식 등)을 통
해서 보여줌으로써, 경성과 지방 간 문명화의 차이를 부각했다. 『신문
계―공진회 기념호』(1915.9)에 실린 「盛大호 朝鮮物産共進會」에 열거된
항목 중 〈시정 오년 기념 조선 물산 공진회 배치도〉 및 〈진열 후의 각
관〉 부분을 통해 전체적인 구도를 살펴보자. 13도 각 지방에서 출품한
물건을 모은 "농업, 拓植 농림, 공업, 수산, 공업, 臨時恩賜金事業, 교육
土木及 交通, 경제, 위생 及慈惠 救濟, 警察及月獄, 美術及考古資料"이 중
심이 되었고, 조선 이외 지역의 출품물을 전시한 '참고관'이 있었다. 과
학문명의 이미지를 각인시킨 것은 휘황찬란한 전등 장식이었다. 광화
문 앞 전등 장식은 "光化門前으로브터 大路廣場꺼지 其間左右에 八十基

39) 신주백, 앞의 글, 366면.
40) 주윤정, 「조선 물산 공진회와 식민주의 시선」, 『문화과학』 33호, 149면.

의 春日燈籠(日本春日神社의 燈籠)을 公費約四千五百圓으로 設備ㅎ는데 最大훈 者는 五十尺"(공: 56면)이 되었으며, "實로 正門通에 一大光彩"(공: 56면)를 발했다. "일우미네ー쉔, 써취라잇트"가 "南大門에 '祝 共進會'라 논 看板과 共히 千九百四十九燈을 點홀 터"였고, 은행 관련 광고탑이 번쩍거려 "共進會夜景이 奇絶妙絶"(공: 57면)했고, "會場內 演藝場에 三百九十燈을 點"했으며, "光化門에 八百五十三燈"이 반짝였다.(공: 57면)

1910년대는 종합 일간지들이 폐간되고 조선 총독부 기관지인 『매일신보』만이 유일한 한국어 신문으로 남아 있었다. 따라서 박람회에 대한 비판적 논설이나, 조선인과 지방민이 겪는 고통에 대한 기사를 찾기가 쉽지 않다. 그나마 1910년대를 엿볼 수 있는 자료로는 『신문계』[41]가 있다. 『신문계』는 과학호(1914.9), 조선물산 공진회 특별호 2회(1915.9~10), 소설호(1917.2)를 기획하는데, 이 특집호들을 관통하는 것이 박람회적 상상력이다. 새로운 '지(知)'인 '과학'이 수집·분류·배열을 통해 '상업·산업'과 연결되어 '실용적 과학'이 되고, 다시금 "신문"이 새로운 문학 형식으로 표현된다. 그리고 이 '신문' 속에는 공진회를 통해 발견된 조선 속 야만인 '지방'이, 신정에 의해 문명화된 '경성'과의 대비 속에서 주변화 / 희화화된다.

『신문계』는 창간호 권두언부터 실생활에 응용 가능한 과학에 지대한 관심을 쏟으며, '신문'과 결합시킨다. 『신문계』는 준기관지로서의 성격을 띠긴 했지만, "한일합방 이후 형성된 새로운 지식층을 육성하

---

41) 이유미, 「일본인 발행 미디어의 기획된 단편소설」, 『현대 문학의 연구』 41호, 2010, 87면. 『신문계』는 1913년 4월~1917년 3월까지 발행되었고, 일본인 다케우치 로쿠노스케(竹內錄之助)가 사장 겸 편집인이었다.

는 것"42)을 목표로 했기 때문에, 조선 청년 독자층을 끌어들이기 위한
다양한 근대 지식을 제시했던 것이다.

> 文도 亦是 時代를 隨ᄒᆞ야 變ᄒᆞ난 故로 上古엔 上古文이 有ᄒᆞ고 中古엔
> 中古文이 有ᄒᆞ고 現代엔 現代文이 有ᄒᆞ니 (…중략…) 스스로 新치 못ᄒᆞᄂ
> 文을 被動力으로 新케 ᄒᆞ고 스스로 行치 못ᄒᆞᄂ 文을 吸收力으로 行케ᄒᆞ야
> 日新月新ᄒᆞ고 內新外新ᄒᆞᆫ 新文으로 新半島新靑年에게 夏葛에 新節服과
> 太陽에 新光線이 身體에 便宣ᄒᆞ고 眼目에 明朗토록 供ᄒᆞ노라43)

이 '신(新)·신문(新文)'에 대한 요청과 강박을 추동한 것이 과학적 비
유, 그중에서도 '피동력'과 '흡수력'과 같은 수동적 힘이다. 외부에서 온
힘 및 그것을 받아들이는 힘에 의해서 '신문'이 가능해진다는 것이다.
「신문계론(新文界論)」에서는 "舊文界를 棄ᄒᆞ고 新文界로 進"할 것을 당
부하며 끝맺는데 "野昧ᄒᆞᆫ 社會를 一變ᄒᆞ야 文明ᄒᆞᆫ 世界"가 되게 하는 이
힘은 "學界程度를 一變ᄒᆞ야 物理化學과 格致經濟와 天文地文의 必要ᄒᆞᆫ
科學노 四海同胞를 敎育ᄒᆞ며 五洲種族을 涵泳"하는 것이다.44) 물리화
학, 격치경제, 천문지문이 '과학'의 이름으로 분류되고 과학과 상업과
신문을 결합시키는 언급들도 다수 확인된다. 창간호의 「응용과학(應用
科學)」이란 섹션에는 윤리, 응용과학, 광물, 생리 등과 '조선어에 관한
참고문자' 국어 속성, 국어 연습과 같은 언어에 대한 강습이 동시에 실

---

42) 한기형, 「근대전환기 언어질서의 변동과 근대적 매체 등장의 상관성」, 『대동문화연구』 48
집, 2004, 57면.
43) 『신문계』 1권 1호, 1913.1, 1면.
44) 「新文界論」, 『신문계』 1권 1호, 1913.1, 4~5면.

린다.[45) 또한 「主張—新文은 學海에 輪船」이란 글에서는 '신문'의 구성과 기능을 "文明津頭에 新發明흔 新文輪船"[46)에 비유한다.

『신문계』 과학호에 실린 글들에서는 과학이 상업·산업과 연결되어 실용적 과학이 되어가는 양상을 살펴볼 수 있다. 「科學號 發刊의 動機」를 보면, "朝鮮天地에 文化를 助長코져 흠은 科學思想을 鼓吹흠이 第一"이며 21세기는 "科學의 時代라"고 말한다. 이때 과학이란 "윤리철학, 물리화학, 경제와 정치와 법률 등학, 繼而文學, 美術"인데 "吾人에게 如此히 深切흔 關係가 有"한 것이 되어야 하며, 이를 위해 '보통과학'의 필요성을 강조한다.[47)

1 天文學으로서 地球의 圖形을 發見 2 地理學으로써 地球의 引力을 推測 3 宗教로써 眞理를 解釋 4 道德으로써 良心에 服從 5 政治로써 憲法을 制定 6 法律로써 自然을 推原 7 農業으로써 土壤을 改良 8 工業으로써 機械를 創製 9 商業으로써 策術을 應用 10 醫學으로써 死命을 換回 11 物理學으로써 蘊奧를 探索 12 化學으로써 變化를 窮極 13 數學으로써 玄妙를 窺知 14 美術로써 性靈을 陶寫[48)

상업과 공업은 과학의 한 분류일 뿐 아니라, 14개의 항목 전체에서 응용과 발전을 통해 거듭난다는 점이 강조된다. 또한 "物品의 優劣精粗를 比較흐야 其長을 取흐고 其短을 補흐야써 産物의 改良進步를 촉진흐

45) 「應用科學」, 『신문계』 1권 1호, 1913.1, 12~13면.
46) 「主張—新文은 學海에 輪船」, 『新文界』 1권 4호, 1913.4, 3면.
47) 「科學號 發刊의 動機」, 『新文界—科學號』 2권 9호, 1914.9, 2면.
48) 姜荃, 「人類生活과 科學」, 『新文界—科學號』 2권 9호, 1914.9, 9면.

고 販路의 擴張繁盛을 企圖ㅎ는 者"가 공진회이며 이 비교·대조 없이
는 진보도 없다[49]는 것이다. 이처럼 『신문계』에서 나타난 '과학'은 실
용적 산업·상업을 발전시키는 것으로 언급되지만, 그 배경에는 야만
/ 문명의 이분법이 있다.

따라서 공진회를 통해 확산된 과학·상업에 대한 추구는 이러한 과
학·상업에서 뒤떨어져 있는 '조선인'(일본의 지방민)에 대한 인종주의
적 비하로 나타나기도 한다. 1910년 이래로 "朝鮮靑年界의 科學에 對ㅎ
思潮"가 "著大호 發展"을 이루었다고 시작하는 「朝鮮의 科學思想」이란
글은 "大抵 朝鮮人은 虛榮心에 富흔지라"라고 말하고 그 근거로 일본
유학생도 정치와 법률을 전공할 뿐 "農商工等 實地에 關흔 科學硏鑽은
其人이 無幾"했으나, 시세추이가 변화하여 "農商工等 實地 學文에 留意"
하는 "靑年이 滋多"하게 되었던 것을 든다.[50] 심지어 "我를 今日의 觀察
로 言ㅎ면 科學의 程度가 一年生에 不及"하다고 하여, 과학을 기준으로
나이를 세기도 한다.[51] 이러한 인식은 조선 물산 공진회 특별호에서
두드러진다. "朝鮮人間에 商業이 不興"한 이유는 "公益을 蔑視ㅎ고 私益
을 是圖"한 탓[52]이라거나, "朝鮮在來의 衛生思想이 甚히 幼稚ㅎ야 外國
人의 嘲笑"를 받아 왔으므로 위생 검열에 주의하라고 말한다.[53] 이 조
선인에 대한 일본발 인종주의적 담론은, 다시금 조선 지식인에 의해
조선 내부의 지방민을 향한다.

---

49) 羅元鼎, 「共進會를 當ㅎ야 農業家 諸氏의게 警告홈」, 『新文界-共進會 記念號』, 1915.9, 14면.
50) 金亨復, 「朝鮮의 科學思想」, 『新文界-科學號』 2권 9호, 1914.9, 10~11면.
51) 東華生, 「一年生에 不及ㅎ는 我의 科學觀」, 『新文界-科學號』 2권 9호, 1914.9, 13면.
52) 球運生, 「共進會와 商業」, 『新文界-共進會 記念號』, 1915.9, 13면.
53) 金台鎭, 「共進會와 一般衛生의 注意」, 『新文界-共進會 記念號』, 1915.9, 25면.

"朝鮮物産共進會나 其實은 朝鮮農産品博覽會라 可稱홀지로다"[54]라
고 이야기하듯이, 총독부는 "각 도 부에 결성된 협찬회를 중심으로 부
군별 경쟁을 유도하고 행정조직을 통해 단체관람을 적극 조직"[55]했
다. 동시에 공진회를 보면, "實重혼 時間과 多大혼 金錢을 消費호야 各
地方을 視察홈과 大同혼 效益을 可得"할 것인데 "農民은 依然히 地方孤
立的 生産注意를 墨守호며 鎖國時代의 腐敗農法을 固執호면셔 反히 奢
侈의 風과 懶怠의 習만 發達되야 逐日衰退에 活動의 元氣가 毫無호고 又
恒常 商工者流에게 壓倒, 雌伏혼비되아 資産이 益々枯渴"하다고 지방민
을 준엄히 꾸짖는다.[56] 결국 과학적 발명품을 상업화했는가 아닌가가
도시 / 지방, 문명 / 야만을 가르는 인종주의적 기준이 된다.

> 소위 發明혼 器具로 世道에 登用됨이 小호면 僅히 鄕村에 不過호고 大호
> 여도 郡邑의 土産을 作홈에 不出호야 二十世紀文明時代로 觀之호면 千萬
> 人의 目的을 同히 호는 博覽會와 如혼 場所에 出品곳 호엿스면 其聲價의
> 色彩로 人々의 聽膜을 鼓호며 視線을 驚호야 東西洋 以外에 天涯地角꼬지
> 라도 飛寶를 作호엿슬것이 發生호엿슬지나[57]

'조선' 물산 공진회를 이야기하면서 '조선인'의 열등성을 언급하고,
지방의 출품과 관람을 촉구하면서 '지방민'의 폐쇄성을 꾸짖는 것, 이

---

54) 羅元鼎, 「共進會를 當 호야 農業家 諸氏의게 警告홈」, 『新文界―共進會 記念號』, 1915.9, 14면.
　　강조는 원문.
55) 신주백, 앞의 글, 366면.
56) 羅元鼎, 「共進會를 當 호야 農業家 諸氏의게 警告홈」, 『新文界―共進會 記念號』, 1915.9,
　　15~17면.
57) 「始政 五年記念 朝鮮物産共進會에 對혼 感想」, 『新文界―共進會 記念號』, 1915.9, 3면.

것이 공진회가 과학을 상업과 결합시켜 발명한 조선-지방에 대한 인종주의였다. 점차 제국 일본의 지방이 되어 갔던 조선·조선인들은 자신 속의 지방·지방민과 만나기 시작한 순간, 지방·지방민이지 않기 위해 노력해야 했다.


2) 「경성유람기(京城遊覽記)」와 「애아(愛兒)의 출발(出發)」
— 지방민의 경성 경험과 적극적 수동성


조선 물산 공진회는 '야만'으로 분류되지 않기 위해서 출품하고 관람에 동원된 지방민들, 그 이른바 '열등인종'에게 어떤 의미였을까? 『신문계』는 공진회에 대한 내용을 잡지에 써 "各人胸中에 意想的共進會를 俾設ᄒ야 千百의 其會를 産出"하면 정신적 / 물질적으로 만족이 있을 것이기 때문에 특별호를 기획한다고 쓴다.[58] 이 공진회 특집호(1915. 9~10)에 실린 공진회 관람기 및 소설 들은 지방민의 목소리를 징후적으로 보여준다. 『신문계』 소설호에 실린 「社會敎育과 小說」이 소설이 가장 효과적인 "社會敎育의 機關됨을 知"해야 한다고 강조하듯이,[59] 『신문계』에 실린 문학적 텍스트들은 이른바 '신문'을 실험한 것이었다. 이 '신문' 속에는 새로운 문물과 총독부의 시정을 찬미하는 내용이 섞여 있어 주의를 요한다.

여기서는 『신문계─소설호』(1917.2)에 실린 「경성유람기(京城遊覽記)」[60]

---

58) 「始政 五年記念 朝鮮物産共進會에 對ᄒ 感想」, 『新文界─共進會 記念號』, 1915.9, 5~6면.
59) 「社會敎育과 小說」, 『新文界─小說號』 5권 2호, 1917.2, 4면.
60) 「京城遊覽記」, 『新文界─小說號』 5권 2호, 1917.2, 15~52면. 인용은 원문과 대조한 뒤, 권보

와 『신문계-공진회 기념호』(1915.9)에 실린 「애아(愛兒)의 출발(出發)」[61]
을 중심으로 지방민의 조선 물산 공진회 체험을 살펴보려고 한다. 공
진회와 관련된 문학적 텍스트들은 크게 두 가지 특성을 보인다. 하나
는 구경거리·날짜에 따라 에피소드를 늘어놓는 단편소설 형태, 다른
하나는 서울 상경기다. 「애아의 출발」과 「경성유람기」는 이 두 경향을
대표한다. 「경성유람기」가 시정 5년 전후를 비교해 과학문명의 차이
를 시간적으로 보여준다면 「애아의 출발」은 경성 / 지방의 공간적 차
이를 부각한다. 따라서 「경성유람기」는 옛 경성에 살던 한학자 이승지
(李承旨)가 시골에서 살다가 오랜만에 경성구경을 하는 이야기로 구성
된다. 옛 경성 양반이 새 경성을 보고 놀라는 이야기야말로 신정 / 구
정의 대비를 효과적으로 보여줄 수 있기 때문이다. 「애아의 출발」에서
는 공간적 차이가 부각된다. 따라서 신시대의 상징이어야 할 아들(시골
청년) 대신 구세대의 상징이어야 할 아버지가 공진회를 보러 가자고 아
들을 설득한다. 이 소설에서는 시간적 차이보다 경성 / 지방의 공간적
차이가 강조되고 있기 때문이다.

「경성유람기」는 조선 물산 공진회를 직접적 배경으로 하지 않지만,
"「京城의 現狀」이라는 안내문이 소설의 외피를 쓴 것이 「경성유람기」
라고 해도 과언이 아닐 정도"이며 "「경성유람기」는 여러모로 1915년
공진회의 산물"[62]이라고 이야기된다. 실제로 「경성의 현상」은 「경성
유람기」와 서술자의 시각, 사상, 등장하는 소재에서 상당한 유사성을

<hr>

드래 발굴 소개, 「경성유람기(京城遊覽記)」, 『민족문학사연구』 16호, 2000을 따랐다. 이하
(유 : 면수)로 표시한다.
61) 「京城의 現狀」, 『新文界-共進會 記念號』, 1915.9, 71면, 이하 (경 : 면수)로 표시한다.
62) 권보드래, 「1910년대 '新文'의 구상과 「경성유람기」」, 『서울학 연구』 18호, 2002, 122면.

보인다. 「경성의 현상」은 공진회로 "一大都會地京城이 出"했다고 하며 경성의 現狀을 안내하기 시작한다. 이어 "京城의 地勢는 어떠하뇨"(경 : 71면) 식의 물음이 반복되면서 도로 및 교량, 건물, 공원, 궁성, 관청, 학교, 은행, 여관, 요리점, 연극장, 화류계, 전차를 안내한다. 끝으로 "現今의 경성은 前日의 경성과 如何하며 장래의 경성은 現今의 경성과 如何할까"(경 : 87면)라고 묻고 공진회 이래로 경성의 집이 "二段屋을 幻成" 하게 되고, 경성 시내는 "繁昌華麗"해지고, 경성 도로는 "平坦淸淨"해지고, 암흑세계이던 경성 거리는 "瓦斯電燈의 光輝가 不夜城을 作"며, 텅 비어 있던 조선 하늘에 "電信電話線이 蜘蛛網을 張"하였다고 말한다.(경 : 87면) 「경성유람기」의 작자인 壁鍾居士는 『신문계』에서 활동하면서 "신과학의 선전에 주력"했던 인물이었고, 그의 주된 관심이 "새로운 과학에 근거한 실업 발달"[63)에 있었듯이 이 글에는 경성의 과학적 발전상이 강조되어 있다.

　그런데 「경성의 현상」이 소설 「경성유람기」가 될 때 의미심장한 잉여 / 돌출 들이 발생한다는 점은 매우 흥미롭다. 「경성의 현상」에서 과거의 경성, 현재의 경성, 미래의 경성은, 「경성유람기」에서는 옛 경성의 부유한 한학 지식인이었던 이승지(李承旨)의 몰락, 원래 이승지의 머슴아이였다가 도쿄에서 유학하고 상업가가 되어 돌아온 김종성(金鍾聲), 도쿄에 유학하여 미래의 발명 과학자가 될 꿈을 안고 있는 어성용(魚成龍)이라는 인물로 형상화된다. 과거가 한학과 '문(文)'에 기댄 경성이었다면, 현재는 조선 물산 공진회가 보여주듯 상업화된 경성이며,

---

63) 위의 글, 117면.

미래는 과학적 발명으로 진보할 경성이라는 것이 이들 주인공의 이름과 몸짓으로 구체화된다. 그리고 「경성의 현상」에는 등장하지 않았던 '지방민'의 모습이, 그것을 기반으로 한 소설 「경성유람기」에서는 돌출되어 인상적으로 나타난다.

「경성유람기」의 플롯을 실제로 이끌어가는 주인공은 경성 구경을 온 시골사람 이승지다. 이승지는 기차에서 우연히 만난 김종성과 어성용에게 경성의 과학적 발전상에 대해서 끊임없이 질문하고 놀라워한다. 이승지의 질문에 답하는 김종성은 여유 있는 미소를 띠거나 담배를 피워 물면서 지식을 뽐내고 미래의 전망까지 덧붙인다. 이승지가 가장 놀라는 것은 동대문의 양쪽 성벽을 헐어 차와 사람이 왕래하도록 해 놓은 것이다. 이승지는 "實로 別有天地非人間이라, 李承旨는 精神이 恍惚ᄒᆞ야, 四面을 두리번々々々 도라보다가, 놀난 눈을, 둥그렇케 쓰고 '아, 城을 헐고, 길을 냇네그려, (…중략…) 鐵門도 쓸ᄃᆡ업는 物件이 되얏네그려'"라고 하자, 김종성은 "우슴을 머금고, ᄃᆡ답"하는 식이다.(유: 331면) 희화화되는 구태의연한 지방민 이승지와 동경의 대상이 되는 신문물의 수혜자 도시인 김종성의 대비. 이 지점에 근대 과학 문명을 척도로 신/구, 경성/지방, 일본/경성을 관통하는 인종주의와 식민주의가 뒤섞인 다층적 얼굴이 나타난다.

이승지의 근대적 문물에 대한 질문은 집요하고 광범위해서 어성룡과 한 여관에 머물면서는 밤새도록 이어진다. 그런데 이 집요한 질문을 읽고 남는 인상은 경성의 발전상이 아니라 이승지의 적극적 호기심에 동반되는 놀람과 당혹과 초조이다. 과학적 근대 문물의 발전상을 보여줘서 경성을 발전시킨 총독부 정치의 우수함을 드러내고자 하는 의도는 이승지의 놀람과 당혹과 초조로 인해 불안하게 흔들려 버린다. 「경성유람기」에 나타난 열등인종 '지방민'의 몸짓 속에 「경성의 현상」에는 드러나지 않았던 잉여가 의도치 않게 발생한 것이다.

「경성유람기」의 문답[64]은 이승지가 경성 곳곳을 구경하면서 이뤄진다는 점이 흥미롭다. 기차 / 전차를 타고 동대문을 부수고 낸 길과 자동차를 보며, 공원에 가고 변한 물맛을 맛보고 번쩍이는 전등과 활동사진관의 서양음악을 느낀다. 이는 서울 상경기의 일종인 「향로방문의생이라」조차도 문명개화에 중점을 두는 것과 다른 지점이다. 이승지는 경성이 "一幅의 別乾坤"(유 : 329면)이 되었다는 소문을 확인하러 경성에 온 것이다. 이런 이동을 통한 경험묘사 덕분에 근대 초기의 문답체에도 「경성의 현상」에도 나타나지 않았던 또 하나의 잉여가 발생한다.

李承旨 一行이, 鐘路 큰 길을 나셔니, 華麗호 商店은 좌우에 버려잇고, 거미줄 갓흔 電線은, 空中에 얼켯스며, 電車, 馬車, 自轉車 等은, 오락가락 複雜홈을 極호는지라, 시골 늙으니 李承旨는 정신이 현황호고, 눈이 어리여, 감히 한거름을 나아가지 못호는 동시에, 自動車한 치가, 붕々소리를 지르

---

64) 질문하는 이승지와 답하는 김종성이란 구도는, 근대 초기 문답체의 계보를 잇는다. 민족의 계몽을 위해 사용되었던 문답체가, 1910년대 중반에는 '민족이 빠진 채 총독부 정치의 발전상을 보여주기 위한 서사적 형식으로 차용된다. 그런데 이 문답체는 근대 초기의 문답(토론)체 텍스트인 「향객담화」(『대한매일신보』, 1905.10.29~11.7), 「소경과 안즘방이 문답」(『대한매일신보』, 1905.11.17~12.13), 문답(토론)체이면서 서울 상경기이기도 한 「향로방문의생이라」(『대한매일신보』, 1905.12.21~1906.2.2) 등과는 성격이 다른 문답체다. 기존의 문답(토론)체가 애국계몽이란 당위성이 명확함에도 문답 주체가 복수적으로 열려 있었던 데 반해, 「경성유람기」의 문답 형식은 묻는 사람과 대답하는 사람 사이의 위계가 명확하며 고정적이다.

며, 뒤에 섯던 金鍾聲은 '危殆홈이다' 소리를 지르고, 李承旨의 손을 이끄러 피ᄒᆞ는디, 李承旨는 驚怯홈을 嘆ᄒᆞ지 아니ᄒᆞ고 '이러홈 길에, 어린 兒孩들이 엇지 다닌단 말인가 猛獸가 橫行ᄒᆞ는 山峽이 危險타 ᄒᆞ얏더니, 繁華홈 世界, 京城 道路도 퍽 危險ᄒᆞ여그려, (…중략…) 닉 나히, 지금 六十餘歲가 되얏스나, 世上구경은 쳐음일세, 나도 本來, 서울 天地에 生長홈 사롬이ᄂᆞ, 그 前 셔울과, 지금 셔울이, 實로 桑田碧海ᄂᆞ 다름 업네(유 : 339면)

말로만 '들었던' 것을 몸이 '체험'할 때 일어나는 놀람과 당혹들은 과학문명의 급작스러운 변화가 삶을 파괴하면서 들이닥칠 때의 두려움을 그대로 노출한다. 피곤해진 이승지는 변화상을 외면하는 모습을 보이기도 한다. 이승지가 옥탑과 비석이 길 한 모퉁이에 있을 때와 공원 한가운데 있을 때가 다르다고 극찬하자, 김종성은 사람도 그와 같다고 말한다. 이 말에 이승지는 "아라드럿는지 몰라드럿는지, 外面을 ᄒᆞ며 다른 말을 쩌니더라"(유 : 340면)라고 묘사된다. 이승지가 가장 이상하게 느끼는 것은 물맛이다. "전일에ᄂᆞ, 물맛이 짜던니, 지금은, 山間에셔 나오는 淸洌홈 물맛이나 다르지 아니ᄒᆞ니, 市街와 人物은 變홀지언정, 물맛ᄼᆞ지 變혼단 말인가"(유 : 342면)라고 놀란다. 김종성은 위생이 철저하기 때문이라고 답한다. 그러나 이승지의 놀람 속에는 물맛까지 변한 경성에 따라가지 못하는 자의 초조와 물맛까지 변화시킨 과학발전에 대한 두려움이 공존한다. 고민 끝에 이승지는 '과학적인 것'과 혈연을 맺는 것으로 이 당혹감을 해결하려 한다. 이승지는 어성용에게 자기 딸과의 결혼을 권하고 손자는 경성에 유학을 시키기로 결심한다. 과학적인 것에 의해 열등민족으로 격하된 지방민의 해결책은 자신을 주변화시킨 그 인종주의의 핵심과 혈연적으로 맺어진다는 허구에 의해 극복된다. 과학적 인종주의를 극복하는 것은 혈연적 인종주의인 셈이다. 그런데 뒤쳐진 문명개화를 유학과 결혼으로 해결하는 방식은 사실 낯설지 않다. 이인직의 「혈의 누」(1906)도 이광수의 「무정」(1917)도 마지막은 해외 유학 및 결혼이었다. 이전 소설들에 나타난 것이 해외 유학이었다면 「경성유람기」에서는 경성 유학이 나타난다. 일본 / 조선의 차이가 아니라 경성 / 지방, 혹은 구경성 / 신경성의 차이가 강조되는 장면은 여기서도 확인된다.

한 가지 간과하지 말아야 할 것은 경성의 과학적 대도시로의 발전 뒤에는 조선의 여관업과 상업을 침투해 들어오는 내지의 상업(여관업)이 있다는 점이다. 「경성의 현상」과는 달리 주인공들이 직접 움직이는 것을 묘사해야 하는 「경성유람기」에서는 만남장소, 교통수단, 여관 등 당시 상황이 구체적으로 드러난다. 그런데 이때 언뜻 언뜻 내비쳐지는 조선인과 일본인 사이의 차별 등은 흥미롭다. 이들 셋이 만난 곳은 1914년에 완공되어 총독부 시정 5년을 상징했던 경원선 철도 안이다. 이승지는 철도를 이용하여 어린 나이에도 시골과 경성을 자유롭게 왕복하는 어성용의 존재에 놀란다. 그러나 이들이 앉아 있는 곳은 3등 칸이다. 조선인은 과학과 상업이 얼마나 발전하건 식민지적 상황에서는 2등 칸이나 1등 칸 손님이 될 수 없는 인종적 차이를 지니고 있는 것이다. 머물 곳을 묻는 이승지에게 김종성은 조선 여관은 여관이라 할 만한 곳이 없고 묵을 만한 곳은 철도여관 조선 호텔뿐이지만 비싸다고 말한다. "內地 사룸의 旅館이, 可히 留宿홀 만"하지만, "飮食과 居處가 習慣上에 不便홀진 ᄒ야"(유 : 333면) 청하기 어렵다고 말한다. 이처럼 식

민지의 열등인종인 '지방민'은 제국 / 식민지, 도시 / 지방, 문명 / 야만
이란 구조 속에서 복수로 주변화된다.

한편 「애아의 출발」[65]은 아버지가 아들에게 공진회 구경을 권유하
는 저녁나절의 풍경을 그린 짧은 단편이다. 「애아의 출발」도 시정 5년
간 경성이 얼마나 발전했는가를 보여주기 위해 문답 형식을 사용한다.
아들은 공진회의 의미, 경성 가는 법, 경성에서 닥칠 위험을 아버지를
통해 배운다. 이 부분은 마치 지방민 경성행 지침서처럼도 읽힌다. 제
목에서 나타나듯이 공진회 구경의 권유가 아버지의 입을 통해 '愛兒—
사랑하는 아들'인 일웅(一雄)혹은 가즈오(一雄)에게 전달되고, 아들의 경
성행은 "출발"로 격상된다.

앞서 언급했듯이 「애아의 출발」이 강조하는 것은 경성 / 지방의 공
간적 위계화이다. 아버지는 一雄에게 "아모리, 일만가지, 書籍을보앗
드리도, 드른것이적고, 본것이적으며, 나의抱負를쓸모잇게쓰지도못
홀쑨아니라, 도리혀그아는것으로因緣히, 生前에失敗만몸에거듭ᄒ고,
홀능ᄒ成功이란업는것"이라고 말한다. "셔울사름의子息으로너만치비
왓슬것ᄀᆺᄒ면, 그아는것이며, 그 實地에나가ᄒ는것이, 畢竟너보다월
등"할 텐데 그것은 서울 사람이 "시골사름보다보고, 드른일이만은소
닭"(애 : 103면)인 것이다. '지(知)'는 '문(文)'에 있지도 민족적 열정을 담은
'무(武)'에 있지도 않고, 과학과 상공업이 결합된 실용적 과학에 있다는
사고방식은 『신문계』를 관통하는 것이자, 조선 물산 공진회를 통해 시
정 5년의 성과를 알리려는 총독부의 논리이기도 했다.

---

65) 樂天子, 「愛兒의 出發」, 『新文界—共進會 記念號』, 1915.9. 이하 (애 : 면수)로 표시한다.

아버지의 서울행은 "우리집이, 이골중에는, 뎨일간다는소문"이 서울까지 퍼져, "이번에쏘늬가, 셔울共進會觀覽團團長이 되엿슨즉, 未久에 觀覽客을 다리고 上京"하게 되었기 때문이다. 이 기회를 맞이해 "웃물속에기고리" 같은 너를 구경시키게 되어 참 기쁘다고 말한다. "이번에 쏘"라는 말에서 보다시피 아버지는 공진회에 시골 사람들을 끌고 간 적이 있는 시골 유지다. 아버지는 공진회가 무엇이며 어떻게 경성에 가면 되냐는 아들의 물음에 당부를 섞어가며 찬찬히 대답해 준다. 몇 번이고 반복해서 나오는 아버지의 걱정 어린 당부와 설명 '너를 위한 것이다. 해야만 한다. 걱정하지 말아라, 너는 모를 것이다 너는 정신을 차리지 못할 것이다'라는 언급들을 통해 一雄은 점차 지방민·미개인으로 격하된다. 그리고 아들과 아버지의 대화는 졸음이 쏟아짐에도 마치 "누가 부탁한 듯이" 눈을 비벼 가면서 계속된다.

壁上에걸닌괘종시계은 — 흔뎜,   두뎜셍⋯⋯⋯⋯⋯⋯⋯⋯⋯셍 — 셍열뎜을쳐, 그父子의자기를직촉혼다
그父親의눈은, 데걱⋯⋯데걱ᄒ고가는時計소리와ᄒ가지, 썸벅⋯⋯〈 ᄒ기는눈을누가부탁흔듯이부비면셔, 쏘말을이어써낸다.(애 : 105면)

더욱 흥미로운 것은 아직 박람회를 본 적이 없는 일웅이를 인종주의적으로 격하할 때, 오히려 선명하게 부각되는 아버지의 두려움이다. 아버지의 당부 속에는 그가 경성에서 느꼈던 낯선 문물에 대한 두려움이 강하게 느껴진다. 대화가 진행될수록 그의 걱정과 두려움은 커지고 그는 점점 수다스러워진다. 반면 일웅이는 점차 말이 없어지고 마지막

2~3페이지 정도는 오직 긴 말줄임표만이 반복해서 나온다.

朝鮮ㅅ람이면, 누구라말홀것업시, (…중략…) 殖産興業에扶助가되도록 ㅎ게한다'

"……………………"

"니가, 너에게이말, 저말을ㅎ는것은다름안이라, 니가, 너를共進會에로 보너여, 여러가지를, 구경시키고져ㅎ야는말이다 ……元來서울은, 繁華 ㅎ곳이지만, 지금은무엇이라말홀것업시, 씀쩍이繁華ㅎ고, 씀쩍이整頓되여, 別天地非人間이되엿다, 그런중에도, 이번共進會로말미음아, 별奇奇妙妙ㅎ裝飾을ㅎ다ㅎ즉, 畢竟너ㅈ혼놈은이번에가셔, 精神을못차리겟다' (…중략…) …… 그런즉, 아모걱정홀것이업다'

"……………………"

"그런데, 늬가, 올나올것ㅈㅎ면, 일을말도만켓마는, 필경은셔울셔, 니가 몹시밧부겟길네, 지금너의게ㅎ는말인즉, 부디〳 명심히두어라'

"……………………"

"늬가, 演劇場을 아는지모르겟다마는, (…중략…)(다음 쪽까지 30줄 정도의 아버지의 당부가 이어진다―인용자) 너가, 이리말ㅎ는것은다름이안일다, 아모조록, 널로ㅎ여곰한아라도쏙〳히보도록말을ㅎ는것일다'

"……………………"(애 : 105~106면)

아버지의 초조한 당부와 일웅이의 이 끝없는 말줄임표의 대비가 의미하는 것은 무엇일까? 이 둘은 공진회를 통해 대도시가 된 경성을 조금 경험한 혹은 앞으로 경험해야만 하는 지방민들이다. 언어를 갖지 못한 지방민들은 '이야기 되는' 침묵 속에 있었고 『신문계』 필진들은 지방민들의 말줄임표를 메울 수 없었을 것이다. 과학문명 뒤에 있는 식민주의와 인종주의의 결탁과 그것이 침묵시킨 지방민들의 고통이 이 말줄임표 속에서 울려 퍼진다. 조선 물산 공진회라는 과학문명의 스펙터클은 조선 속 지방민들을 박람회로 끌어들이는 동시에 인종주의적으로 주변화했다. 그러나 「경성유람기」와 「애아의 출발」에 나타난 지방민의 호기심과 놀람, 당혹과 침묵은 과학 문명과 상업의 결탁의 논리로 작동하고 있는 인종주의와 식민주의의 폭력성을 드러낸다.

## 4. 조선 박람회(1929)와 '복수의 지방화'
— 부재하는 '조선', 이주노동자가 된 지방민

### 1) '조선'이 부재하는 조선 박람회

조선 박람회는 1929년 9월 12일부터 10월 31일까지 경복궁에서 열렸다. 박람회의 목적은 1915년 물산 공진회와 연속성을 보인다. 열린 시기가 한일합병 직후이며 시정 20주년이 되는 해라는 점이나 박람회장으로 경복궁을 선택한 것 등을 볼 때 물산 공진회와 마찬가지로 시정 20년의 성과를 선전하기 위한 것임을 알 수 있다. 그러나 조선 박람회에서는 물산 공진회와 달리 '조선의 지방화'와 '조선 속 지방에 대한 주변화' 및 그에 따른 인종주의적 차별이 심화된다. '조선'은 부재하고 지방민은 '파산'한다. 예를 들어 물산 공진회에서는 조선 외부 출품관은 '참고관' 하나였던 반면, 조선 박람회에서는 도쿄관, 오사카관, 교토관, 나고야관, 규슈관, 홋카이도관 등 일본 각 지방 및 기업, 은행, 신문사 전시관이 설치된다. 특히 만몽관, 대만관, 사할린(樺太)관 등 식민관이 조선 각도의 특설관과 공존한다. 마치 일본제국이 조선 내부로 쭉 밀고 들어와 조선 각 도의 전시관을 일부분으로 흡수한 형상이다.

조선 박람회의 특성은 첫째로 조선 박람회의 주체가 조선이 아니었다는 점에 있다. 예를 들어 조선 박람회에 만몽관이 포함된 것에 대해 중국 국민당은 기관지 『중앙일보』는 비판기사를 게재한다. "일본이 만주와 몽고를 식민지시하고 소위 조선 박람회장 내에 조선, 대만과 마찬가지로 만몽관을 설치한 것은 ××적 야심에 기초한 것으로 중국 국권을 무시하는 것이다."[66] 이 기사에서 중국 공산당은 만몽관이 개설된 것에 대해 조선이 아닌 일본에 항의하고 있다. 더구나 조선 박람회에서 무엇보다 인기를 끌었던 것은 조선의 물품이 아니었다. 특이한 냄새와 형태를 지닌 대만관과 과학적 오감으로 장식한 일본 각 지방 특설관이 인기를 끌었다. 대만관 근처에 가면 뇌(腦)냄새가 코를 찔렀고, "樟腦塔 밋헤는 芭蕉樹 橄欖등의 熱帶植物을 十坪가량의 地區에 심어 놋코 그 周圍로는 特産品 卽賣場, 파인앱풀의 試飮場等이 잇"어서, "가장 잘 特色을 낫하낸 듯"하다고 이야기된다.[67] 만몽관은 만몽의 출품물과 함께 만몽인 생활 상태를 전시했다. "女看守들에게 中服을 입

---

66) 신주백, 앞의 글, 367~368면에서 재인용.
67) K記者, 「朝鮮博覽會見物記」, 『新民』 33호, 1929.11, 28면. 이하 (K : 면수)로 표시한다.

혀" 앉혀 놓았기 때문에, "짓구진 觀覽客中에는 '니 타마나비'하고 히야까시를 부"치기도 한다.(K : 28면) 내지관은 "내지 각 현의 출품물을 수용하고 각부현별 안내를 붙여서 전국의 명산품을 한눈에 볼 수 있는 재지산업의 축도"(조 : 337면)를 제시했고 나고야관은 "번쩍이는 금고래[金鯱] 모형"(조 : 338면)과 기계를 설치했고, 큐슈관은 오키나와와 연합하여 명승지 선전 파노라마를 준비한다. 도쿄관은 "쇼윈도가 있어서 긴 자거리 같은 느낌"이 났고 쿄토관은 "飾窓에는 等身大의 특제 부인 인형에 京友仙에서 만든 조선복을 입"혀 진열하곤 고성 축음기로 기온 장단(囃子)을 틀어놓았으며,(조 : 339면) 오사카 특설관은 오색의 샹들리에를 천정에 달았다.(조 : 337면) 대만관, 만몽관 등의 이색 풍습과 제국 일본의 과학문물이 소박한 조선 특설관보다 시각적 우위를 뽐내고 있었던 것이다.

둘째로 전시물 및 전시 방식에 사용된 첨단의 과학적 효과다. 전기기계장치, 인조인간, 모형, 통계자료와 파노라마가 제시되어, 흥미를 유발하면서도 합리적으로 보였다. 교통토목건축관(交通土木建築舘)은 전화, 전신, 무전, 등대, 전송사진 등의 실물을 전시했다.(조 : 334면) 사법경무위생관(司法警務衛生舘)은 재판장, 재판관, 원고, 피고를 인형으로 재현하고 재판을 파노라마로 보여주었다. 이 파빌리옹 중 성병 비밀실은 "痲疾, 梅毒患者들의 局部를 보이는 모형"(K : 26면)을 설치하여 충격을 주었고, 기계 전기관(機械 電氣舘)에는 전기 기계 관련 물품이 모여 있어서 시각적으로 요란한 기계 소리로도 충격을 주었다.(K : 26면) 화제가 되었던 것은 오사카신문사와 마이니치신문사 공동 출품의 인조인간이었다. 박람회 주최 측은 "표정은 전부 공기 조절로 되며, 손의 동작은 마그넷(자석)과 공기의 작용에 의해 구성되어 동양적인 신비한 마음의 세계로부터 태어난 숭고한 예술품"(조 : 336면)이라고 적고 있다. 그 외에도 문화주택관은 조선건축협회의 출품으로 근대식 가정을 재현한 모델하우스가 있었으며 다양한 전시관에서 파노라마, 활동사진, 인형, 조감도, 사진 등을 활용했다. "朝鮮사람들이 近年에 統計數字를 잘 記憶하게 된 傾向은 자못 愉快히 생각하는 바"라고 이야기 되듯이[68] 다양한 통계수치를 활용해 시정 20년의 발전상을 드러냈다. 총독부가 조선의 쌀을 일본으로 가져가기 위해 심혈을 기울여 만들었던 "쌀의 관(米の館)"도 다양한 통계자료를 활용하고 조선식 어전 같은 중앙 무대에 풍년 춤을 추는 세 개의 인형을 배치해 흥미를 끈다.(조 : 333면) 식민주의적 수탈과 인종주의적 차별이 과학적 스펙터클(통계, 기계, 소리)을 통해 보이고 있는 것이다.

셋째로, 조선 박람회의 명물은 진귀한 오락거리였다. 경성 협찬회가 경영한 만국거리[萬國街]에는 아메리카, 프랑스, 인도 등에서 온 다인종들이 25개의 악기를 연주하거나 맹수인 소와 격투를 벌이거나, 특이한 춤을 추거나 하는 묘기를 보여 명물이 된다.(조 : 344면) 무엇보다 유명했던 것은 어린이의 나라(子供の國)로 국경을 따라서 철도가 깔려 있고 중앙에는 높이 50척의 장식탑이 빛났고 그 앞에는 천사의 분수가 있어 금붕어 거북 물새가 노닐었다. 안에는 "비행탑, 파도모양 circling, 코끼리 모양 미끄럼틀, 논키나토산(ノンキナトーサン, 1920년대 양철 장난감), 붉은 도깨비 청색 도깨비 철봉, 그네, 자동목마, 흔들리는 통나무[遊動圓

---

68) 咸興 金基坤,「何等 印象도 못 어덧다」,『新民』 33호, 1929.11, 37면.

朾, 정글짐, 각종 시소, 회전 플라잉 링[回轉吊環], 헬스, 경쟁트럭" 등이 있었다고 한다.(조: 343면) 그 외에 기생들의 공연이 펼쳐진 연예관(演藝館), 박람회 거리에 울려 퍼지던 방송, 철도 모형이 있는 철도성관, 활동사진관 등이 사람들을 매혹했다.

그런데 박람회의 과학적 스펙터클과 오락거리를 접한 조선인들은 그것이 조선에는 없는 것이란 인상을 받았다. 고래 뼈를 보고서는 "이런 큰 물건이 조선서도 나나요?"(K : 30면)라고 하거나, 문화주택을 보고는 "싀골 農事집에 應用을 하거나 하지는 못할 것일세"(K : 30면)라고 말하는 식이다. 조선 박람회의 식민관이 제국적 풍모를 갖추면 갖출수록, 과학적 스펙터클이 강화되면 강화될수록 역으로 강조되는 것은 조선의 지방성·부재·열등성이었다.

이 느낌을 조선인들은 조선 박람회에 조선이 없다는 말로 표현한다. 염상섭은 『조선일보』에 1929년 9월 15일, 17일~19일까지 4회에 걸쳐 「博覽會를 보고 보지 못한 記」라는 관람기를 싣는다. 박람회에 대해 불편한 감정을 노골적으로 드러내는 이 글은 "원톄 박람회니 공진회니 하는 것은 모다 그 썬세인지는 모르겟지만 조선 것을 하나씩이라도 업새는 회가 아닌가?"[69]라고 말한다. 총독부는 박람회 직영관을 대부분 조선 양식으로 통일하고 "조선의 분위기[氣分]을 내려고 노력했"(조 : 327면)다고 선전하지만, 실상은 "일본인 관람객 입맛에 맞춘 조선 양식"[70]이었다. 윤치호는 이렇게 말한다.

---

69) 想涉生, 「博覽會를 보고 보지 못한 記(3) ─ 色紙로 발른 門樓와 오리木의 石欄干, 휘장둘식 찬 억개 바람에 八字로 업는 호강을 해」, 『조선일보』, 1929. 9. 18, 3면.
70) 진윤환, 「1929년 조선박람회를 통한 지방민의 근대공간 체험」, 상명대 석사논문, 2009, 23면.

쌀은 早神力種 닭은 名古屋種으로 모다 日本名稱으로 變한 것은 勿論이며 만치 못한 朝鮮사람의 製品들도 大槪는 日本向으로 쪼 日本式으로 表現된 것이 만아 날갓치 늘근 眼目에는 이것이 모다 日本서 건너온 것 갓치 뵈임니다. 그 밧게 東京, 大阪, 이 들쓰러오고 九州, 京都 其他內地라 하는 일판이 그래로 건너온 것 갓치 陳列되여 우리의 生活環境을 날로히 ― 35 ― 위여싸고 잇는 줄을 알아보와스며 그러면 朝鮮사람은 어듸서 무엇을 하여 먹고 사는가가 새삼스리 疑心이 낫슴니다[71]

'조선' 박람회라는 이름이 붙어 있지만, 조선 물품의 이름을 일본식으로 바꾸고, '조선' 박람회 속에 조선이 아닌 것들이 주종이 되게 함으로써 제국 일본의 한 지방으로 조선을 포섭하는 것이 조선 박람회였던 것이다. 당시 총독이었던 사이토 마코토[齋藤實]와 정무총감 고다마 히데오[兒玉秀雄]가 조선 박람회의 취지를 밝힌 글을 보면, 조선 박람회는 시정 20년의 성과 과시 및 다양한 지역의 상호연계,[72] 일본인들의 관람을 통해 조선을 제국 일본의 개발지로 부각하는 것[73]을 목적으로 했음을 알 수 있다.

'조선이 없는 조선 박람회'는 수많은 문제를 야기한다. 박람회가 개최되었던 경성에서는 불심검문, 일제단속, 열차에 배치된 이동경찰, 국경경비 강화 등이 박람회가 개최되기 전부터 실시[74]되고, 박람회

---

71) 尹致昊, 「朝鮮人으로서 본 朝鮮博覽會―참으로 融世의 感이 잇다」, 『新民』 33호, 1929.11, 34~35면.
72) 齋藤實, 「朝鮮博覽會に際して」, 『朝鮮―朝鮮博覽會開設記念號』 173호, 朝鮮總督府, 1929.10, 2면.
73) 兒玉秀雄, 「朝鮮博覽會に就て」, 위의 책, 4면.
74) 특별 단속 및 경계에 대한 기사는 무수히 많은데 『동아일보』보다 『조선일보』가 더 자세하다. 『조선일보』 중 대표적인 것으로는 「조선인 총기 취체와 불량경찰의 처치. 박람회를 앞두

기간 중의 정치적인 모임이나 집회는 금지된다.[75] 박람회가 개관한 뒤에도 조선인들의 고통은 다방면에서 지속되는데 그중에서도 박람회 호황을 노려 여관을 증설하거나 개업한 사람들, 박람회에 매점을 입점했던 업자들의 고통이 심했다. 박람회가 개최되기 전, 경성 협찬회에서는 경성의 400개 여관 중 350곳을 지정하여 지방에서 오는 관람객을 받도록 하고 여관의 보수설비를 감독한다. 여관업자들은 "업는 사람은 빗ᄉ가지 내어 설비를 상당히 하고 소외금액까지 작금하야 협찬회에 긔중한 후 하로 밧비 향객의 투숙만 바라고" 있었으나, 개장 첫날부터 손님이 보이지 않았다. 각 도에서 여관을 지정하고 단체객을 데리고 갔기 때문이다.[76] 매점에서도 문제가 터진다. 경성 협찬회는

고 특별 경계, 경기도내 서장회의」, 1929.6.18, 2면; 「박람회 전취체로 유랑자 1백여 검거. 작일 시내 각서 총활동, 본적지로 환송할 듯」, 1929.6.19, 2면; 「박람회 개회중인 대관신변과 교통 엄계. 이동 경찰만을 부활시키고, 특별경계를 각지시달」, 1929.6.27, 2면; 「박람회 경계 회장내 만수백명. 서울에는 경관의 홍수가 날듯, 고등형사도 다수 배치」, 1929.7.18, 2면; 「三千警官 不足타고 市內에 四百名又增員. 회장안에 만일 백오십명 배치 박람회와 철통가튼 警戒—四十名 私服으로 移動경찰組織, 요시찰인물 감시도 한다」, 1929.8.5, 2면; 「臨迫한 博覽會와 國境의 警備, 武裝警官이 晝夜巡廻, 의주시내에 총가진 순사들, 요리점 旅館業을 더욱 警戒」, 1929.8.27, 5면; 「注意人物에게 尾行을 부처, 박람회 동안 平壤警察에서」, 1929.9.14, 2면; 「朝鮮博覽會 압두고 市內 各 署 一齊 搜索. 새벽공긔 울린 칼과 구두소리, 二十餘名을 檢束」, 1929.10.1, 2면 등.

75) 『조선일보』 기사로는 「博覽會 압두고 위험人物嚴戒. 국경과 부산방면을 더욱 경계, 京畿警察部警戒方針」, 1929.8.8, 2면; 「홍성사회단체 일절 집회 금지. 박람회를 구실로」, 1929.8.23, 4면; 「在井 사회단체 일절 집회 금지. 박람회 경계로」, 1929.8.23, 4면; 「박람회 開期中 일절 집회 취체 益甚. 강연회나 음악회 대회는 허락」, 1929.8.28, 2면; 「博覽會豫備警戒로 一日朝 市內 大搜索, 사상단체를 위시하야 각처에서, 多數靑年檢擧取調」, 1929.9.2, 2면; 「昨日부터 應援警官隊 三百名 續續入京. 박람회경계로 각도에서 오는 응원대 경기도 경찰부로 모혀서 작일 각각 긴장」, 1929.9.11, 2면.

76) 「指定旅館業者一同 大學協贊會에 殺到, 바라든 손님은 모조리 딴데로 가고 이익 보려든 것이 손해만 보게 되어, 博覽會 第二日風波 / 學生團體는 十個所만 指定 문톄의 해결할 길은 아득 協贊會의 又一失策 조선박람회(朝鮮博覽會)」, 『동아일보』, 1929.9.14, 2면. 이 외에 여관 문제를 다룬 기사들로 『동아일보』를 중심으로 나열하면 다음과 같다. 「朝鮮博覽會 旅館問題 去益紛糾, 數萬鄕客 大困境 한 군데로만 몰리어 손님은 밥을 굶고 부인 려관업자는 협찬회에 와서 통곡, 協贊會 엔 哭聲振動」, 1929.9.22, 2면; 「上京鄕客보담 收容力 三倍, 림시려관업자 더욱 곤난, 旅館問題의 又一暗礁, 朝鮮博覽會 지정여관에는 손님이 가지 않아」, 1929.9.27, 2

"박람회장 출구(出口)부근에 매뎜(賣店) 구역"을 만들어 두고, "백원 이상의 료금으로 쌍을 빌려 주어 만흔 상인이 자본을 너허 매뎜을 설치"했으나, "위치가 편벽된데다가 출구(出口)는 정문 입구로도 나갈 수 잇게 맨들어 노코 쏘한 그곳에 매뎜이 잇다는 표찰(標札)조차 업슴으로" 손님이 없었다.[77] 결국 매점업자들은 9월 28일경부터 일제 파업에 돌입한다.[78]

반면 박람회로 이익을 본 것은 화류계,[79] 철도업, 그리고 일본상인들이었다. 조선 전체 상업을 두고 보았을 때 일본인이 조선인보다 600배 우세했으며,[80] 조선 박람회로 일본 지폐가 하루 평균 3만 원씩 흘러들어와,[81] 조선인 상계는 이중의 타격을 입게 된다.[82] 『新民』(1929. 5. 10~1932. 6)은 조선 박람회에서 나타난 경성 내 조선인 / 일본인 및 경성 / 지방 사이의 불평등한 경제구조에 대해 분석적인 비판을 게재한다. 1929년 11월호 권두언은 "우리가 박람회에 품는 "希望과 勇氣는 이미 無用이라는 것을 알았"으며 "朝鮮博覽會와 朝鮮人의 相關性을 疑心"하

---

면; 「協贊會와 交涉缺裂 博覽會場內 七十餘賣店 撤市 이십팔일 정오부터 단행 解決策은 尙今杳然」, 1929. 9. 29, 2면; 「二百圓急造旅館, 破産者 續出 形便, 돈벌이 길이 파산의 길로, 收容力 超過關係로」, 1929. 10. 2, 2면; 「數千圓들여 設備 파리만 날릴 뿐, 손님에 줄어서 죽을 디경, 旅館業者의 歎息」, 1929. 10. 2, 2면.
77) 「朝博賣店業者도 京城協贊會 詰難 려관업자 문데가 해결안된 이 째 今後 進展이 注目處」, 『동아일보』, 1929. 9. 17, 2면.
78) 「朝博會場內의 七十餘賣店 撤市. 박람회 당국 무성의에 분개하여, 昨日부터 一齊斷行」, 『조선일보』, 1929. 9. 29, 2면.
79) 「秋風落寞한 旅館賣店, 料亭花巷에만 金雨 均需, 時間代만 昨年보다 八千時間增加, 박람회 바람에 돈벼락이나 마질듯이 덤비엇스나 모다 예상이 빗맛고 기생과 료리집에만 황금벼락, 朝博과 水泡된 一攫千金夢」, 『동아일보』, 1929. 10. 13, 2면.
80) 「全朝鮮 相對的 商業者 日本人이 六百倍 優勢. 박람회 손을 끌기로 우렬잇던 京城內 日鮮人 商業 比較」, 『조선일보』, 1929. 10. 20, 2면.
81) 「日本 紙幣流入 每日 平均三萬圓 朝鮮博覽會 開場以來 百二十餘萬圓」, 『조선일보』, 1929. 10. 23, 8면.
82) 「百貨店 對 一般 商店의 競爭은 逐日 熾烈化. 朝博 其他로 朝鮮人 商界는 二重打擊」, 『조선일보』, 1929. 10. 24, 8면.

게 되었다고 말하면서 이렇게 반문한다. "우리 農村의 百萬의 觀覽者들아! 朝鮮博覽會의 許多한 陳列欌 中에 그 어느 것이 그대들의 産業을 자랑하며 獎勵하며 發展케 하는 것이엇드냐?" 박람회에서 깨닫게 된 것이란 우리 자신이 "남의 장단에 춤추는 者"가 되었다는 것이라고 호소한다.[83] 류광열(柳光烈)의 「무슨 評을 하리짜」라는 글은 총독부에 대한 호의적 견해가 보이나 경제적 측면의 비판은 날카롭다. 그는 "朝鮮博覽會는 될지언정 朝鮮人의 博覽會는 아니"며, 구태여 이름을 붙이자면 "在朝鮮日本人의 博覽會"라고 말한다.[84] 더구나 박람회가 열린 해에는 "朝鮮豫算에서도 一千四十萬圓이라는 削減을 當"했다. 삭감 내역을 보면, "鐵道土木關係等 勞動者버리거리 될 데서만 골나다 하다십피하야 削減"되었고, 동시에 일자리를 찾아 도일하는 노동자에게 "日本內의 失業問題를 考慮하야 一層制限"하는 방침이 내려진다.[85] 조선예산 감축, 일본으로의 이주 노동자에 대한 통제강화 속에서 엄청난 돈을 들인 박람회가 개최된 것이다.

이런 비판들은 『신민(新民)』의 준 기관지적 성격을 생각해 보았을 때 다소 의외라는 느낌도 든다. 그러나 이경돈은 『신민』을 둘러싼 상황의 복잡성을 생각해 볼 때, 『신민』이 "다만 억압에 의한 통치 그리고 그에 대한 저항뿐 아니라 그 구도와 공존하는 혼성성에 잇닿고 있"다고 말한다.[86] 『신민』은 『개벽』과 어깨를 견줄만한 독자층을 확보하기 위해

83) 「권두언 : 남의 장단에 춤추는 사람들」, 『新民』 33호, 1929. 11, 1면.
84) 柳光烈, 「무슨 評을 하리짜」, 위의 책, 42면.
85) 李允鍾, 「緊縮政策과 博覽會」, 위의 책, 35면.
86) 이경돈, 「신민(新民)의 신민(臣民)－식민지의 여론시대와 관제 매체」, 『상허학보』 32호, 2011, 277~278면.

서 충실한 내용이 되도록 노력을 기울였고 그 결과 여러 차례 검열에 걸리기도 하는 등 1920년대 잡지로서의 입지를 굳혀 간다. 그 동력은 지방의 공민을 주요 독자로 설정한 데 있었다.[87) 창간호 「사고」를 보면 "地方支局과 分局을 募集함 詳細는 直接 又는 書面으로 本社에 問議事"라고 되어 있으며 그 옆의 "寄稿歡迎"에는 "地方改良, 農村振興에 關한 實績 記事를 더욱 歡迎"이라고 쓴 점에서도 확인되듯이 『신민』은 특히 지방과 농촌의 실정을 전달하는 데 힘썼다.[88) 창간호에서 편집자 이각종은 "生活問題를 解決하자—우리는 爲先 먹자 살고야보자"[89)라고 외친다. 이러한 현실논리는 결국 총독부 정치를 받아들이는 논리로 변형되지만, 『신민』이 지녔던 지방과 경제상황에 대한 관심은 조선 박람회에 대한 비판을 가능하게 했으리라 생각한다.

그런데 조선 박람회에 대한 『신민』의 비판은 조선인에 대한 인종주의를 내면화하고 있었다. 예를 들어 "貧窮한 朝鮮人의 産業으로 博覽會 出品에 依하야 얼마나 生色나고 刺戟을 바들는지 疑問"이라고 비판하는 동시에 "朝鮮人은 消費的 民族인 만큼" 박람회로 사치와 소비 장려를 배우게 될 것이라고 우려한다.[90) 만약 박람회에 대해 불평을 하면 "삐뚤어진 근성(ひがみこんじょう)이다, '朝鮮人으로서의 自激之心이다'"라고 이야기될지 모르지만, 실상 "일본인의 출품이 더욱 隆盛하며 朝鮮人은 손도 대어 보지 못한 鑛業, 林業, 大規模의 工業에 對한 것은 모다 日本人의 손으로 되지 안앗는가"[91)라고 말한다. 이와 같은 조선인에

---

87) 위의 글, 288~289면.
88) 「社告」, 『新民』, 1925.5.10. 띄어쓰기는 인용자.
89) 李覺鍾, 「新興民族의初發心」, 위의 책, 3면. 띄어쓰기는 인용자.
90) 李允鍾, 「緊縮政策과 博覽會」, 『新民』 33호, 1929.11, 36면.

대한 인종주의적 성격규정은 다시금 조선 속 지방민에 대한 인종주의
로 표현된다.


## 2) 선전과 뒤섞인 소문, 상업적 총동원 체제, 이주노동자가 된 지방민

조선 물산 공진회가 지방 생산물을 동원했다면, 조선 박람회는 지방
으로부터 기부금, 물품, 지방민 등을 총동원한다. 이 동원의 동력은 박
람회를 보는 것 = 문명, 보지 못하는 것 = 야만이라는 첨단 과학 문명을
척도로 한 인종주의가 작동한 결과이다. 이 분위기는 안석영의 만문만
화 「박람회광(博覽會狂)」에 잘 드러난다.

> 박람회(博覽會)다! 박람회다! 이 째를 노치면 큰 랑패다! 三十萬 서울은
> 百만 二百만이 된다 / 려관업(旅館業)이다 음식뎜(飮食店)이다 / 평양(平
> 壤)에서는 긔생들이 총동원(總動員)으로 서울에 원정(遠征)을 온단다 / 술
> 장사 밥장사 — 계집장사! 협잡패! 날랑패 부랑자! 거관등등등 (…중략…)
> 이번 박람회에 서울을 가면 그 괴상한 요디경을 사가지고 오겟다 / 이번에
> 가면 '모-던걸'인가 '모던 샏이'인가 하도 쩌드니 그것도 구경하여야 하겠다!
> '쩌스'러나 버선차라나 그것도 대톄무엔지 보아야하겠다 (…중략…) 가자!
> 가자! 서울로 — 박람회로 — 이것은 어느 시골 사람의 외침이다 (…중략…)
> 시골서울 할 것 업시 박람회만 열이면 무슨 큰 수나 날 것가티 뒤범벅이 되
> 어 펄쩍 쩌든다 / 집파라 논파라 쌀파라! 박람회를 리용하야 돈을 벌랴는 사

---

91) 柳光烈, 「무슨 評을 하리쌰」, 위의 책, 43면.

람들 (…중략…) 뎨 이차 공진회 보짜리의 눈물에 저진 쇠ㅅ푼을 노리고 잇
는 무리들! 요란한 서울의 그 두달이 지나간 뒤에 차탄(嗟歎) 비명(悲鳴)이
그들의 입에서 터저 나오지 안으리라는 것을 그 누가 보증하랴.[92]

과학문물과 호황의 기대로 무장한 박람회는 날품팔이들의 빈곤, 지
방민들의 열등감을 파고들었다. 박람회를 전후해 지방에는 소문이 쭉
돈다. 모두들 "이번 博覽會를 보지 못하면 사람갑세도 가지 못할 듯이
야단"이다. 호남 송정 공립 보통학교에서는 학부형들에게 "조선박람
회를 안 보면 사람에게 수치(羞恥)다 금전이 없스면 뎐당(典當)이라도
하야서 가 볼 가치가 잇습니다"라고 쓴 박람회 권고장을 보내 문제가
되기도 한다.[93] 총독부가 "朝鮮博覽會라는 것은 무슨 큰 數가 나는 것
가티 宣傳"을 해서, "博覽會를 보지 못하면 아조 사람 갑에도 못 가는
것 가튼 생각을 一般이 갓게 맨들어 노핫"[94]기 때문이다. "各道各邑各
里에 所謂 朝博協贊會라는 데서 이 朝博 寄附金"을 거두었는데, "農民糊
口之策이 변ㅅ치 못한 細農에게까지 半强制로 據金을 集合"하고 심지
어 "愚農級에는 甘言利說로써 誘引據出"한다. 또한 박람회 구경할 사람
중 만약 돈이 없으면 "金融組合에서 아조 低利로 融通을 하야 주겟"다
고 한다. 박람회 구경에는 평균 30~40원의 돈이 들었고 그 큰돈을 금
융조합에서 빌렸다가는 "一生을 두고 그네들은 이것을 報償하기에 全
力을 消費"하게 될 것이었다.[95]

---

92) 安夕影, 「都會風景4 — 漫文漫畵 : 博覽會狂」, 『조선일보』, 1929.6.8, 3면.
93) 「촌 면당을 내어서라도 박람회 구경을 가라. 구경을 못한 사람은 수치다, 松汀公普의 奇怪한
宣傳」, 『조선일보』, 1929.10.12, 3면.
94) 鄭秀日, 「朝鮮人으로서 본 朝鮮博覽會」, 『新民』 33호, 1929.11, 38면.

1929년에는 3년째 흉작이 계속되었고, 박람회 기간은 수확기와 일치했다.[96] 따라서 죽게 된 농민으로부터 여비를 짜내 구경 가는 것이 양심이 허락지 않는다고 거부하는 면장도 나오지만,[97] 대개는 좋은 돈벌이, 과학문명의 구경거리라는 선전을 당해내지 못한다. 부친의 돈을 훔쳐서까지 구경을 하거나[98] "박람회 구경이 하도 조타 함으로" 주인의 돈 10원을 훔쳐서 오는 지방민도 나타난다.[99] 조선 박람회를 구경한 시골사람은 100만 명으로 추산되었고, 한 명당 10원으로 계산해도 약 1,000만 원의 돈이 지방에서 경성으로 흘러들어왔다. 이렇게 말하는 사람도 있었다. "昨今 兩年의 凶作으로 죽느니 사느니 써드는 판에 피나는 一千萬圓이란 돈이 째여 나온다는 것을 생각하면 정말 몸에서 소름이 끼침니다 맛치 이왕 죽을 판이니 博覽會 구경이나마 하고 죽자는 心理들만 갓치 보입니다."(K : 23면) 농촌 경제의 파탄은 박람회 주최 측인 총독부도 우려할 정도로 심각해 상황조사를 시작한다. 납세에 영향을 미칠까 걱정한 탓이다.[100] 총독부는 각 도 경찰 부장에게 박람회 감상을 모으도록 하는데, 여기에는 농촌 속 빈부차가 드러난다. 재산계급은 박람회에서 "경이와 감탄"을 느끼지만, "일반 조선인은 경성과 박람회의 설비에 당장은 경이의 눈으로서 바라는 보나 디방의 금전은 조선으로 집중되어 갓득이나 피폐한 농촌 경제"가 더욱 열악해질

---

95) 위의 글, 39~40면.
96) 「무엇을 어들가」, 『조선일보』, 1929.9.26, 1면.
97) 「촌 백성은 굶어 죽겟는데 구경을 어찌가나, 죽게 된 농민에게 여비를 짜내어 구경을 감은 량심이 허락지 안허, 咸安 面長 觀光 謝絶」, 『조선일보』, 1929.10.1, 6면.
98) 「촌 부친의 돈 훔쳐 박람회 구경. 시내에 수배와서 엄중히 탐색중」, 『조선일보』, 1929.10.3, 2면.
99) 「博覽會 구경 하랴다 警察署 구경」, 『동아일보』, 1929.10.6, 3면.
100) 「上京客 七十餘萬名, 費用은 最少千万圓, 한 사람이 최소한도로 십원을 쓴대도 칠백만원의 비용이 든다 하야 걱정중, 財務課는 納稅團束」, 『동아일보』, 1929.10.5, 2면.

게 우려된다는 것이었다.[101)

박람회에 몰려든 것은 빚을 내며 상경한 농민뿐이 아니었다. 일자리
를 찾아 전국 각지에서 몰려든 빈농 출신도 많았다. 조선의 최초 이주
노동자는 지방민이었던 셈이다. 이것이 또한 문제가 된다. 이들은 "臨
時 土木工事로 하야 不時에 各 地方에서까지 모혀든 自由勞動者"로 박
람회 공사 중에는 그나마 일거리가 있었지만, "工事가 끚맛치자 곳 失
業者가 數千名에 達"하게 된 것이다. 더욱이 "地方農村에서 小作農"을
하던 사람이 "京城에 博覽會가 열임으로 '돈버리'가 조타는 所聞"만 듣
고 "男負女戴로" 올라왔다. 처음에는 "擔負 勞動이라도 허다가 그것조차
업서저서 失職한 數千勞動者가 博覽會구경군보다 만흘 것"이었다.[102)

그런데 박람회를 보지 않으면 사람 구실을 못할 듯이 선전한 인종주
의적 담론 배후에는 식민지적 착취가 있었다. 푼돈을 긁어 빚까지 내
면서 올라온 지방민들은 한 사람당 30전의 입장료를 냈고 이 돈은 박
람회를 주최한 총독부로 흘러들어갔다. 자연히 관람객들은 경성 조선
인 쇼핑가가 아니라 주로 박람회 매점에서 물건을 샀는데, 박람회 매
장 중 2/3는 일본인 상인이 점하고 있었다.[103) 그들이 묶는 여관도 앞
서 설명했듯이 일본 여관이 중심이 되어 있었다. 신문 잡지들은 이러
한 박람회의 경제구조에 대해서 "總督政治의 과시로서 박람회를 개최
하나 그 裏面에는 朝鮮 民의 貧困과 社會의 不安定이 內在한다"[104)고

---

101)「地方金錢이 京城에 集中 農村經濟에 大影響, 各道警察部長의 答案, 博覽會와 民心査察」,『동
　　아일보』, 1929.10.9, 2면.
102) 鄭秀日, 앞의 글, 41면.
103) 위의 글, 같은 곳.
104)「開期漸迫한 博覽會」,『조선일보』, 1929.8.29, 1면.

비판하거나, "農村에 조곰 남은 '돈'을 글거 모아다가" 박람회를 열어 "힘 안 드리고 日本商人은 朝鮮地方農村의 '돈'을 吸收하게 되는 演劇에 不過"하다고 비판한다.[105] 박람회 이후에도 실업자 증가,[106] 상인파 산,[107] 농민파산, 세금체납 등이 계속된다. "변태덕 호경긔(變態的好景氣)의 반동"으로 박람회 이전보다 훨씬 심각한 공황이 닥쳐왔기 때문이다.[108]

조선 박람회를 전후한 상황 속에서 '소문'은 총독부의 '선전'과 뒤섞였다. 빈곤하면 안 되고 지방민이면 안 되며 박람회를 보지 못하면 안된다는 인종주의가 지방민과 빈곤층을 상경 / 이주시켰다. 또한 그들이 상경한 경성은 '조선'이 아니라 제국 일본의 한 지방이기도 했다. 그렇다면 이 복수적 지방화가, 조선의 지식인과 지방민 사이에 어떤 관계를 형성했을까? 경성에 몰려든 지방민들은 경성의 풍경을 일시에 바꾸어 놓았다. 그리고 그 지방민들의 모습을 당시 식민지 지식인은 이렇게 묘사한다.

前後에서 쌩々째々하는 自動車, 電車 소리에 넉들을 일코 입을 아─버리고 눈을 둥그럿케 쓰고는 작고 四方을 휘둘너보기는 하나 엇절지 몰으는

---

105) 鄭秀日, 앞의 글, 41면.
106) 「파산 求職者 千餘名, 취직자는 겨우 사백여명, 博覽會로 京城 온 이도 多數」, 『조선일보』, 1929. 10. 5, 2면.
107) 「파산 博覽會 헛바람에 一部 商人의 破散, 巨商의 手形不渡 속출, 더욱 警戒할 今後」・「멧倍 늘린 在庫品에 賣買는 意外閑散, 商品은 안 팔리고 金利는 늘어, 恐慌을 演出한 原因」・「顧客은 늘엇스나 販賣高는 안 늘어, 작년보다 다시 세업는 것도 잇고, 第一 나은 것이 金銀商」, 『조선일보』, 1929. 10. 6, 2면.
108) 「朝博이 閉會되면 念慮되는 反動的 恐慌, 변태덕이니만큼 반동도 클 듯, 臨時雇失職者만 三千餘」, 『조선일보』, 1929. 10. 19, 2면, 이 외에도 같은 면에 「新債진 農民 六十餘萬名, 구경 오느라고 금융조합에서 빗 어든 것은 어느 째에나 갑나, 農村經濟의 大打擊」 등.

焦燥한 빗들이다. 더구나 우섭고도 危險莫甚한 것은 그분들의 電車길 橫斷光景이다. 저기서 오는 電車나 自動車를 잘 살피지 아니하고 막 건너려 할 째 쑥 다치면 기겁을 하고 뒤로 물너서는 쏠이며 몟 十名이 꾜리를 물고 건너다가 저—편 線路를 向하는 電車가 쌩ㅅ하는 소리를 내면 공연히 겁들을 내고 맛치 싀골내ㅅ물에 돌다리[石橋] 건너든 모양으로 성큼ㅅ 쒸는 양, 주루루룩 달어나는 양, 질팡갈팡으로 넘어지는 양 別ㅅ喜悲劇을 다 演出한다. 지내가면서 이 쏠들을 보다 못한 S夫人 온 저것이 무슨 쏠들이야! 하고 혀를썰ㅅ찬다. / S君 우리도 마찬가지 아니우 그러기에 싀골사람이란 말을 듯지 안소.(K : 22면)

이 글은 K 기자가 박람회를 보러 상경한 지식인 S 부부에게 박람회를 안내해 주면서 겪는 일들을 이들의 대화를 통해 보여준다. 그런데 이들 화자의 위치, 그중에서도 S 부부의 위치는 복잡하다. 이 글 전체를 관통하는 것은 박람회에 대한 비판이지만 지식인 계층인 S는 박람회를 구경하기 위해 상경해 있다. 따라서 S는 지식인이면서 지방민이기도 하다. 그러한 그의 눈에 "마찬가지"로 지방에서 상경한 '시골사람'들의 모습이 비친다. 시골사람들은 붕붕거리는 자동차와 전차 소리에 눈이 휘둥그레져서 호기심을 보이면서도, 다가가지 못하고 무더기로 몰려다니고 기겁을 하고 물러서며 마치 냇가 징검다리 건너듯 건널목을 건넌다. 그들을 본 S의 부인은 "저것이 무슨 쏠들이야!"라며 혀를 찬다. 직접 경성에서 만난 지방민들의 모습은 S 부인에게 수치를 안겨주고 지방민과 같은 인종으로 보이는 것에 거부감을 갖게 한다. 서구의 과학문명에 대한 지식인들의 욕망이 강하면 강할수록, 조선이 열등한 인종이 되거나 제국 일본의 한 지방이 되는 것에 대한 거부감이 강하면 강할수록, 지식인들은 조선 속 지방민들과 자신들을 분리시켰다.

그러나 흥미로운 것은 박람회에 대한 비판적 글과 기사 들을 보면, 총독부의 선전에 속아 빚을 져서 상경한 지방민, 일자리를 찾아온 몰락 농민에 대해서 말할 때, 지식인들의 비판이 매우 날카로워진다는 점이다. 조선의 지식인들도 일본 제국의 틀 속에서 지방민이 되어 가고 있었던 것은 "마찬가지"였기 때문이다. 제국 일본에 의한 조선의 지방화와 조선 속 지방민의 주변화의 동시진행은, 지식인들의 과학문명에 대한 '욕망하는 거부'와 촌민들의 '적극적 수동성'을 담은 몸짓들을 통해, 박람회의 과학문명과 상업에 대한 비판으로 서로 만날 계기들을 담고 있었던 것은 아닐까? 이것이 박람회에 적극적인 호기심을 보이면서도 정작 만났을 때에는 뒷걸음질치거나 몸을 다치곤 하는 지방민들의 몸짓과 절망을 깊이 들어봐야 하는 이유이며, 또한 지방민이 되길 거부하면서도 박람회라는 강제적 만남의 장 속에서 끊임없이 조선 속 지방민을 통해 자신의 근원을 인식해야 했던 지식인들의 글이 지닌 복합성을 봐야하는 이유이다.

이와 같은 복합성이 드러나는 문학 / 문화적 텍스트로는 『동아일보』에 1929년 9월 13일부터 11월 1일까지 28회에 걸쳐 연재된 만화 〈말괄량이 박람회 구경〉[109]을 들 수 있다. 이 4컷 만화는 시골 사람 털털이가 딸 까불이와 경성에 박람회 구경을 와서 겪는 어려움을 유머러

---

[109] 진윤환, 앞의 글, 43면. 이 논문은 1929년 조선 박람회의 경험을 지방민의 관점에서 파악하면서 그 실상을 보여주는 자료로서 이 만화를 발굴·제시한다. 이 글은 이 연구의 성과 위에서 만화가 지닌 복합적인 측면—지방민의 고통, 그것을 보는 지식인의 시선의 교차—을 부각해 보려고 했다.

스하게 표현한다. 시골 사람의 상경기 연재물로 2회부터는 만화 옆에 정황 설명이 붙는다. 가장 많은 분량을 차지하는 것은 과학적 문물(기차, 자동차, 전차)에 놀라고 적응하지 못해 벌어지는 에피소드다. 아버지 털털이는 시골노인으로 흰 두루마기에 갓을 쓰고 보따리를 멘 차림이다. 딸 까불이는 박람회와 경성 거리에 적극적인 호기심을 갖고 있으며 겁 없이 아버지를 리드해간다. 그러나 그들의 경성과 박물관 경험은 순탄치 않다. 3회(1929.9.15, 3면)에서 그들은 기차를 타고 경성을 향하는데 표를 하나만 사고 태워달라고 우겨거나 표를 내라고 하면 돈을 주고 산 표를 왜 내야 하냐고 따진다.(5회, 1929.9.17, 3면) 4회에서(1929.9.16, 3면)는 기차가 만원이라 자리가 없자 까불이는 짐 놓는 선반에 올라앉는다. 이런 장면들을 통해서 털털이와 까불이는 과학문명에 무지한 촌사람으로 희화화된다. 그러나 박람회 무렵에는 실제로 기차를 94량에나 증설했음에도 단체 관람객을 실어 나르기에 부족하여 지방민들은 기차에서부터 갖은 고생을 했다. 지방민의 희화화에는 박람회라는 과학문명이 담고 있는 여러 모순들이 역전된 형태로 표현되어 있는 셈이다.

털털이는 경성 거리에서 겁을 먹고 까불이의 댕기머리를 잡고 다니거나 순사에게 친구 집을 묻거나 숙박 여관에 가는 길을 잃어버리는 등 희화화되어 나타난다.[110] 그런데 실제로 경성에서는 "집일흔 시골 손님과 어린아희(迷兒)가 속출"하여 종로 경찰서에는 "'우리 아희 차저

---

[110] 털털이는 길을 잃을까 앞서가는 까불이의 댕기머리를 잡고 경성 사는 친구 쫄쫄이 집을 찾는다.(2회, 1929.9.14, 2면) 털털이는 길가 순사를 붙잡고 무턱대고 쫄쫄이의 집을 묻지만 알 리가 없다. 일단 여관을 잡기로 한 그들에게 사내들이 다가와 좋은 여관이 있다며 보따리를 달라고 하자 털털이는 '나도 다 알아'라며 거부해 도난을 면한다.(6회, 1929.9.19, 3면) 겨우 여관을 잡지만 여관 앞의 고양이를 길표지로 삼아 다시 길을 잃는다.(17회~19회, 1929.10.10~12, 각 5면)

주오 ―', '우리집 차저주세요!'" 애원하는 숫자가 일일 평균 "칠팔건 내지 십여건"에 달했다.[111] 털털이가 보따리를 내주지 않듯이 박람회장에는 소매치기가 기승을 부렸고[112] 촌사람을 대상으로 한 사기[113]도 판을 쳤다.

털털이와 까불이의 자동차 타기는 사건의 연속이다. 자동차를 타다 갓이 망가지자 운전수에게 값을 물으라고 항의하다가(7회, 1929.9.20, 3면) 운전에 방해가 되어 교통사고가 난다.(8회, 1929.9.21, 3면) 특히 모자를 둘러싼 우여곡절이 꽤 여러 편에 걸쳐 등장하는데(1929.9.24(9회)~1929.10.5(15회)까지 6회 연속) 이 과정 속에서 두드러지는 것도 교통사고다. 실제로 당시 경성에는 교통사고가 빈발했다. 지방민들이 경성의 자동차에 익숙해지지 못했기 때문이다. "뎐차 자동차가 가고 오는 혼잡한 거리에 익숙치 못한 시골구경쑨들은 좌우에서 울리는 요란한 경종(警鐘)에 정

---

111) 「失家하는 싀골사람 집일혼 아희들」, 『조선일보』, 1929.10.4, 7면. 이 외에 『동아일보』 기사로는 「雜踏한 市內에 失路老幼 續出 황홀한 박람회 구경에 눈이 팔리어 每日 五六人을 不下 박람회 구경을 하러 각디로부터 모이어 들어온 단톄와 동행가운데에 기를 이러버리고 갈바를 몰라 헤매는 사람이 하로에 적어도 오류명씩은 생기는 현상인데 그 가운대에서도 로인이 상당히 만타」(1929.9.23, 2면); 「雜遝한 人波關係로 續出하는 迷兒, 박람회에 사람이 만히 모여 卄二日만 十件突破」(1929.9.24, 2면); 「混雜한 昨今京城, 失家 鄉老 續出, 동행일코 거리에 방황하는 이, 五日 鍾路管內만 五名」(1929.10.7, 2면).
112) 『동아일보』에 게재된 소매치기 기사로는 「馬賊團을 模倣하야 소매치기團 組織, 조선박람회로때를 맛난 소매치기 朝博機會로 活動中 被捉 소매치기」(1929.9.14, 2면); 「雜遝한 鄉客으로 驛內에 失物 山積, 구경도 조치만 실물을 주의 取扱者도 頭痛中, 博覽會期間中」(1929.9.15, 2면); 「째만난 소매치기 街頭 車中에 橫行―혼잡한 틈을 타서 소매치기 횡행 뎐차승에 도난이 더욱 만흔 모양, 주머니를 注意注意」(1929.9.20, 2면); 「朝博開場後 盜難이 激增, 박람회 전보담 이할이 격증, 鍾路署 搜索에 多忙 도둑·도난·분실」(1929.10.14, 2면).
113) 사기 기사로는 『동아일보』 중에는 「博覽會賣店을 口實로 約婚處女賣却, 장사하겟스니 몸을 빌리라하야 결혼 약속한 처녀를 속이어 팔아 檢事는 懲役二年求刑」(1929.11.17); 「博覽會鄉客雜遝을 機會로 各樣各色의 贓物 심지어 바늘까지 위조해 警察은 嚴重團束」(1929.10.9, 2면). 『조선일보』 중에는 「博覽會를 機會로 不良 徒輩 跳梁, 어리석은 촌사람을 속여 각금 일어나는 사긔사건, 觀光客의 注意 必要」(1929.10.8, 7면).

신을 차리지 못하고 뎐차 자동차가 진행하는 압흘 갑작이 횡단"했다. 1929년 9월 26일 하루에 일어난 교통사고만 쳐도 전차 탈선, 버스에 친 사람, 전차에서 떨어진 사람, 버스와 전차 충돌, 짐차와 전차 충돌 등 다수였다.[114] 한 신문 기사는 "사람의 물결에 교묘히 숨은 유혹의 마수는 남모르게 움즉이고 잇는 모양"[115]이라고 묘사한다. 봐야만 사람 구실을 할 수 있다던 박람회장에서 지방민들은 정신을 차릴 수가 없다.

박람회에서 만나는 과학 문명들은 그들에게 익숙한 것들로 해석된다. 싸이렌 소리를 듣자 "이키, 이게 무슨 소리야 박람회 방기 쇄고다"(24회, 1929.10.24, 5면)라고 하거나, 모형을 처음 본 까불이는 나중에는 여간수를 사람으로 착각해 만져보는 실수를 하기도 한다.(26회, 1929.10.26, 5면) 27회(1929.10.31, 5면)에서는 어린이의 나라에서 메리고라운드, 말, 비행기, 기차 등을 타는 경험을 한다. 그러나 이 박람회의 진귀한 과학문명의 경험은 그들에게 큰 감흥을 주지 않았던 모양이다. 다음은 그들의 마지막 대화다.

> 1컷   인제는 나가는 판일세 / 털털이 : 아 — 고만이란 말이야?
> 2컷   까불이 : 이이가 아주 엉털이로 구경을 시켜 주엇나봐!
>        엉털이 : 이 — 아니다 아니야 잇는대로 다 봣다
> 3컷   까불이 : 박람회 구경 잘하고 갑니다.
>        털털이 : 쑤중 들을라 잠자코 가자

---

114) 「雜遝한 街頭에 混亂한 交通 二重三重의 威脅와 恐怖─行人을 싸도는 電車, 自動, 自轉車」, 『동아일보』, 1929.9.28.
115) 「人波過中에 숨은 魔手, 入京客 失踪者 續出」」, 『동아일보』, 1929.9.30, 2면.

4컷    까불이 : 아버지, 아, 이걸 보라고 시골서 서울 까지 끌고 왔소

　　　털털이 : 할말 업다 어서 가서 로자빗 갑흘 준비나 하자.[116]

　첫 회에서 활기에 차 박람회 구경에 나섰던 까불이는 회가 거듭될수
록 실망을 감추지 못하고 불만을 안고 돌아간다. 총독부는 박람회를
보지 않는 것 = 미개한 열등인종이라는 선전을 통해 지방민들을 상경
시켜 돈을 벌고 그들에게 박람회의 스펙터클을 보여줌으로써 협조를
얻어내려고 했을 테지만, 이 만화 속 지방민들은 쉽사리 협조할 것 같
지 않다. 만화가는 대도시에 적응하지 못하는 지방민을 희화화하지만,
동시에 지방민의 적극적인 호기심이 길 잃음, 교통사고, 놀람, 실망, 파
산으로 귀결되어 버리는 과정도 보여주고 있다.


## 5. 계속되는 '봇다리 타령'


　자본주의 사회에서 과학이 삶의 일부가 되기 위해서는 산업이나 상
업와의 결합을 거치게 된다. 전자생활용품이나 컴퓨터 핸드폰의 기종
이 바뀌는 것이나, 에너지원이 석탄에서 석유에서 원자력으로 변화하
는 과정이 보여주듯이 과학은 산업·상품이 되지 않고서는 우리에게

---

116) 〈말괄랑이 박람회 구경 28회〉, 『동아일보』, 1929. 11. 1, 5면.

도달하지 않는다. 식민지기 과학문명의 유입이 식민주의 및 인종주의와 떼려야 뗄 수 없는 관계를 맺었던 것은 이러한 메커니즘의 초기 형태를 보여준다. 식민지기 과학문명의 유입과 상품화는 일본에 비해 조선을, 경성에 비해 지방을, 열등한 위치에 놓는 인종주의 — 복수의 지방화 — 를 통해 식민주의적 착취의 근거를 마련했다. 이 복수의 지방화 — 식민지의 지방화 및 식민지 속 지방의 주변화(지방화) — 는 상업과 손잡은 과학이 '지방적'이라고 이야기되는 것들을 어떻게 인종주의적으로 배제함으로써 착취하는 이론적 근거가 되어 왔는가를 보여준다. 또한 복수의 지방화 속에서 피식민지인과 피식민지인, 상경한 지방민과 지식인 들이 박람회장에서 서로 어떤 인종주의적 관계를 형성했는가가 그들의 거부를 동반한 욕망과 적극적 수동성이라는 몸짓들을 통해서 나타난다.

1903년 제5회 내국 권업 박람회는 식민화의 대상지역들을 과학문명의 상징인 박람회의 체계를 통해 수집·배열·서열화함으로써 우등인종과 열등인종을 나누는 것이었다. 이러한 '학술인류관'의 인종전시에 대해서 중국, 조선, 오키나와 지식인들은 항의했고 그것은 민족을 초월한 동시적 저항행동이 되었다. 그러나 그들이 지닌 과학문명에 대한 욕망은 자신들 내부의 기생이나 선주민을 타자화시켰다. 반면 전시된 당사자들은 박람회에 대한 호기심이나 돈벌이의 절실함과 함께 인종주의적 시선에 아랑곳하지 않는 무관심을 보여준다. 그들의 이 수동적이면서도 적극적인 삶에 대한 호기심과 배고픔에 근거한 의지들은, 인종전시의 의미를 무력화시키는 장면을 연출하기도 한다. 이처럼 지식인들의 욕망을 동반한 거부가 만들어낸 동시적 항의행동, 피식민지

지방민들의 적극적 수동성을 띤 몸짓들은, 서로 뒤섞여 일본 제국 박람회에 흠집을 낸다.

1915년 조선 물산 공진회는 일본 제국 속에서 조선 전체가 '조선관'이 되는 것과 같았다. 조선 물산 공진회에는 조선 13도의 물품이 수집·배열·서열화되었고 과학은 상업·산업과 결합했다. 그런데 제국 일본에 의한 '조선의 지방화'는 곧 조선 속 지방의 발견과 동시에 진행되었고, 조선과 조선 속 지방은 동시에 인종주의적으로 격하된다. '경성유람기'와 '애아의 출발'은 총독부 시정 5년의 성과를 보여주려는 의도와는 달리 이러한 박람회 앞에 선 지방민의 놀람과 당혹과 초조, 침묵을 보여준다.

1929년 조선 박람회는 '조선'이라는 이름을 달고 있지만 사실 조선이 '부재'한 박람회였다. 조선 박람회에는 식민지관과 일본 지방관이 설치되어 제국 일본의 위치를 과학적 장치들과 함께 부각하고 있었다. 전시형태는 첨단의 과학문명을 뽐냈으나 경성 내 조선인과 일본인 사이의 경제적 불평등은 심화된다. 소문은 선전과 뒤섞였고 빈농은 일자리를 찾아 지방민은 근대문물을 찾아 상경했고, 그 결과는 대량 실업자의 발생 및 지방경제의 파탄으로 이어진다. 이처럼 조선 박람회에서는 '조선'의 지방화와 조선 속 '지방'의 주변화가 동시에 심각해졌다. 따라서 박람회에 대한 욕망을 지닌 지식인들이 박람회를 보지 못하면 사람 구실을 못할 것이라는 선전에 속아 (반)강제적으로 상경한 지방민들과 만났을 때, 식민지 지식인들은 지방민들을 희화화하고 배제한다. 그러나 지식인들의 박람회 비판이 날카로워지는 것은 바로 이 배제의 대상인 지방민들의 위치에 서서 발언할 때이기도 하다.

주머니헐고 밧을어더 / 농사라고 지엇더니 / 가물옴에 다태우고 / 논바
닥엔 몬지로다 / 서울구경도 조타는데 / 박람회까지 열린단다 / 이래저래
화나는판에 / 금융조합 빗을어더 / 가슴에다 표부치고 / 깃째보고 싸하와
서 / 긔차타고 쌩쌩차에 / 며츨동안 다녓더니 / 허어이것 큰일낫다 / 이봇
다리 텅볏고나 / 이빗저빗 어이할고 / 어든돈도 다싸벅고 / 춧석춧석 흔들
면서 / 나려가는 이봇다리[117]

　　이 타령에서 나타나듯이 1929년 조선 박람회 속 지방민은 들뜬 선전
에 속아 온 빈농이자 농사도 지을 수 없게 되어 일자리를 찾아 온 날품
팔이 이주 노동자이기도 했다. 그들의 목소리는 오직 '이야기된' 형태
로 남아있다. 박람회를 보지 않으면 사람도 아니란 소문에 빗겨서 경
성에 올라와, 길을 잃을까 깃발 따라 이리저리 끌려 다니다 돈 잃고 길
잃고 아이 잃고 정신 잃고 교통사고에 몸 다치고, 노잣돈까지 날린 그
들에게 "求景한 所得은 무엇이냐"라고 물으면 그들은 "아모것도 모르
겟고 다만 宏壯한 것을 보앗다"고 대답하며, "第一印象깁흔 것이 무엇
이냐고 무르면 '人形'과 '模型'에 對한 것을 말'했다.[118] 조선 박람회의
과학적 장치들과 대도시 경성의 변화상은 그들에게 그저 "굉장한 것"
일 뿐이다. 이 "굉장한 것"이라는 말 속에도 표현된, 수동적이면서 적
극적인 놀람·절망·침묵 들은, 첨단의 과학상업이라는 표면적 정당
성을 통해 확산된 박람회의 인종주의를 역으로 비춘다.

---

117) 蘆汀, 「봇다리 타령」, 『동아일보』, 1929.10.13, 4면. 김재철(金在喆)의 작품으로 추측된다.
　　김재철은 최초로 「조선연극사」(『동아일보』, 1931.4.15~7.17)를 쓴 인물이다.
118) 柳光烈, 「무슨 評을 하리까」, 『新民』 33호, 1929.11, 45면.

1903년 오사카 박람회의 '학술인류관', 1914년의 조선 물산 공진회, 1929년의 조선 박람회. 이 과학문명의 외피를 쓴 식민지적 인종주의는 끝없이 반복된다. 이렇게 1940년 조선에는 시정 30년을 기념하는 '조선 박람회'가 다시금 개최된다. 제도적으로도 제국 일본의 한 지방으로 분류된 조선에서는, 피식민지 지식인들의 '욕망을 동반한 거부'도, 전쟁 동원의 대상이 된 지방민의 '적극적 수동성을 띤 몸짓'도, 다시금 시작된다.*

*　이 논문은 2013년 『한국어문학연구』 61집에 게재된 논문을 재수록한 것임.

# 마술을 부리는 과학

일제시기 아동과학잡지에 나타난 과학의 권위와 그 창출방식

한민주

## 1. 어린이 전문 과학 잡지 『백두산』의 등장

근대에 이르러, 과학은 조선의 역사와 문화, 자연현상을 이해하는 주된 관점으로 그 위상을 확립하였다. 서구와 일본으로부터 이입된 과학이 민족의 문명화와 근대화를 가능케 해줄 것이라는 조선인들의 믿음은 사회 전반에 지배적 사고방식으로 자리 잡아 갔기 때문이다. 문명화한 서구 문화의 모델을 참고해 볼 때 과학은 "人類를 生產의 苦役에서 解放하고 其他 氣候 距離等 여러 가지 自然의 束縛에서 解放하여 安全하고 開暇한 또는 컬추어 있는 生活"[1]을 식민지 조선인에게 꿈꿀 수 있게 했다. 그러므로 낙후한 조선의 현실을 개선하고 개조하고자

---

1) 김창세, 「과학과 종교—과학적으로 알고 종교적으로 행하라」, 『동광』, 1927, 56면.

했던 민족계몽주의자들에게 과학은 복된 미래의 청사진을 그릴 수 있
는 희망의 도구로 인식되었을 것이다. 이처럼 근대 민족 국가의 진흥
을 향한 과학적 민족주의의 열망은 민족의 미래를 책임질 과학의 주체
로 '소년'을 호출하였다. 이미 정론화되어 있듯이, 근대 '소년'은 비록
문명화되지 못한 미성숙의 상태이지만, 근대적 교육을 통해 미지의 세
계를 개척해나갈 수 있는 가능성의 존재로 인식되기 시작했다. 필연적
으로 근대의 과학교육자와 지식인 들은 어린이에게 과학에 대한 욕망
을 심어 줄 방법을 고심할 수밖에 없었을 것이다.

　비로소 1930년에 어린이를 전문적 대상으로 삼은 과학 잡지 『백두
산』이 출간된다. 『백두산』의 창간 취지는 민족의 미래를 책임질 조선
어린이를 위한 교육기관 가운데 가장 요긴하고 필요한 '이과연구기관'
이 부재하다는 문제의식에서 비롯되었다. 과거에는 특별한 존재로 인
식되지 못했던 어린이를 하나의 독자층으로 규정하며 그에 적합한 읽
을거리가 있어야 한다는 인식은 근대적인 것이었다. 게다가 과학적 지
식을 연령별로 대상화하고 분류하여 어린이 전문 과학 교육의 필요성
을 인식하였다는 점은 당시로서 획기적 기획이 아닐 수 없었다.[2] 이
시기는 민족의 성산(聖山)으로 알려진 백두산의 신비스러운 베일이 일
본지질학자에 의해 벗겨지며, 과학의 '눈'이라 비유할 수 있는 카메라
를 통해 대중에게 사진으로 공개되던 시점이기도 하다.[3] 이때 제공된

---

2) 근대 대중 과학 문화에 있어서 어린이의 과학을 성인의 것과 따로 분류하고 본격적으로 어
　린이를 과학 지식의 독자로 삼기 시작한 것은 1920년대부터이다. 이때 대중잡지와 신문에
　서는 '어린이 과학', '아동과학', '애기 과학', '꼬맹이 과학', '소년과학', '유년과학' 등의 분류
　지표를 사용하기 시작했다.
3) 「科學의 메쓰에 解剖될 白頭聖山의 神秘, 日本의 地質學者가 私財 던저 火山巖硏究, 渤海國版
　圖의 地質도 調査」, 『동아일보』, 1933.12.8. 사실 백두산이 대중에게 사진으로 공개된 것은

사진·삽화는 대상에 대한 경외감을 고무시키는 본질적 특성과 과학적 기획의 의도를 담고 있기에 바라보는 독자에게 경이의 감각을 전달하였다. 보는 행위와 경이의 감각은 밀접한 관련이 있다. 과학 지식을 배우는 데 있어서 '보기'의 중요한 역할은 근대 일본에서도 강조되었던 바이다. 히로미 미즈노의 주장에 따르면, 근대 일본에서 출판된 대중 과학 잡지 속의 과학은 경이의 감각을 상품으로 포장하였다. 잡지 편집자는 과학을 배우려는 대중의 욕망을 필연적으로 고려할 수밖에 없었던 것이다.[4] "데이호에는 말할 수 업시 신기한 사진 아름다운 사진 유익한 사진 자미잇는 사진으로 일제히 발표하겟음니다. 지금부터 미리 미리 주문 하시기 바랍니다"[5]라는 광고성 문구는 아동 독자층을 고려한 근대 조선의 대중매체에서도 쉽게 찾아 볼 수 있던 현상이다. 실제로 『백두산』 창간호에는 '백두산 화보(畵報)'라는 제목 아래 천지와 고산식물 등의 사진이 다수 실려 있다. 백두산은 아동 독자들의 보는 행위를 통해 호기심과 탐험의 대상이 되었던 것이다. 그 이후 백두산은 '과학'의 지표를 달고 과학적 탐험의 대상으로 자리 잡게 된다.

자연을 탐험의 대상으로 간주하고 관찰하는 태도는 대상을 깨우치고 발굴해야 할 미개한 것으로 치부하는 계몽의지와 맞물려 있다. "표지는 녯적 석긔시대(石器時代) 쇠로 옌장을 만들쭐 몰으고 돌[石]노만 옌장을 만들어서 쓰든 때인데 벌거버슨채로 고기를 잡아다가 구어서 먹

---

1920년대부터였다. 그러나 각종 순례기와 기행담의 등장, 관광과 여행의 대상으로 공개되었던 1920년대 백두산의 이미지가 1930년에 이르러 과학적 대상으로 취급되었음을 강조하고 싶다.

[4] Hiromi Mizuno, *Science for the Empire : Scientific Nationalism in Modern Japan*, Stanford UP, 2009, pp.144~145 참조.

[5] 『백두산』 창간호, 1930.

는 모양입니다"라는 『백두산』 표지화의
설명에서 보이듯이, 관찰과 탐험의 대상
에 대한 발견은 '문명'과 '야만'이라는 비교
구도 속에서 이루어지고 있다. 이러한 기
획의 표지화는 야만을 바라보는 근대 문
명의 시선 주체로 어린이 독자를 상정하
여 그들에게 근대적 시선을 훈련시키는
기능을 한다. 그러한 시선 속에서 과학적
방법으로 사는 사람은 문명한 사람이고,
비과학적 방법으로 살거나 미신으로 사는
사람은 야만인으로 분류된다. 이처럼 야
만인의 범주에 속하는 미신, 요술, 마술은

그림 1. 『백두산』 창간호 표지화, 1930.

근대성의 안티테제로서 해석되어 왔다. 그런데 근대 대중 과학 담론,
특히 어린이 과학 담론에서 마술이 안티테제처럼만 작용하지 않았다는
점은 주의 깊게 살펴봐야 할 지점이다.

　근대성 그 자체도 마술적 형식을 빌려 근대인을 매혹하고 추동해왔
다. 이러한 특성이 어린이의 과학 지식을 형성하는 데도 긴요하게 작
용하였다고 볼 수 있다. '백두산 화보'와 함께 실린 최남선의 글에서,
백두산이 '갸륵한 산'인 이유는 높이가 높고, 몸집이 크며, 경치가 출중
하다는 점에 있었다. 이처럼 어린이 잡지에서는 '소년과학화보'의 형
태로 "세계제일(世界第一)"[6]이라는 의식의 강조와 그 사실에 대한 경이

---

6)　〈세계에서 제일 오래된 건축 피라미드, 세계에서 제일 아름다운 건물인 인도의 타지마할의
　　영묘, 세계에서 제일 길다란 성벽 만리장성, 세계에서 제일 높은 탑 에펠탑, 세계에서 제일

의 동원을 위해 삽화를 이용하였다. 그러한 종류의 삽화에는 "뱀을 잡아먹는 뱀"의 사진이나 "마마자국 모양"의 달 사진 같은 각종 '진기화보'나 야만인들의 기괴한 풍속, "세계에서 제일 큰 꽃「라홀레씨아」의 흉물스러운 모양"[7] 같은 이상한 동식물의 세계, 북극·남극 사막처럼 이상스러운 곳, 그리고 새로운 문명의 산물들을 찍은 사진이 포함되었다. 근대인들이 '호기심'을 통해 지식의 형식으로서 불가사의한 대상을 수집하는 행위를 정당화해왔듯이, 근대 어린이의 과학 문화 속에서 진기하거나 종교적이고 영적인 것은 어린이의 호기심을 이용해 근대 지식의 형태로 치환되었던 것이다.

경이롭고 기괴한 것들이 새로운 지식으로 치환되는 문화는 어린이의 세계 인식에도 전환을 가져올 수밖에 없다. 루이스 캐럴 작『이상한 나라의 앨리스』를 패러디한『웅철이의 모험』(주요섭, 『소년』, 1937.4~1938.3)에서 소년은 '시계토끼'를 만나 갑자기 몸이 작아지며 신기한 나라들을 모험한다. 동화 속 주인공이 갑자기 작아지거나 커지면서 겪게 되는 그로테스크한 몸의 변화는 소실점의 변화를 동반하며 세계 인식의 전환을 경험하는 계기가 된다. 아이들은 불가능한 것, 초현실적인 것을 상상해내는 요술적 존재와 같다. 이러한 아이들의 특성을 프로이트는 고대 애니미즘이 근대에 새롭게 출현하는 형태로 이해하고 있다.[8] 따라서 현실 세계에서 이러한 몸의 변화는 전복 가능성의 의미를 띨 수

길다란 다란)(「(새지식)世界第一, 課外地理」, 『어린이』, 1927.4, 19면), 〈세계에서 제일 작은 기차, 눈꼽재기만한 책, 세계에서 제일 큰 책〉(『소년중앙』 1권 1호, 1935.1), 〈세계제일 큰 비행기 작은 비행기, 세계 제일 큰 사진기계 작은 사진기계, 세계제일 큰 짐승, 세계제일큰 자전거〉(『소년』 1권 1호, 1937.5, 6~8면) 등의 삽화가 각 잡지의 창간호에 실리고 있었다.
7) 이덕봉, 「이상야릇한 식물이야기」, 『소년중앙』, 1935.3, 54면.
8) 지그문트 프로이트, 윤희기 역, 『무의식에 관하여』, 열린책들, 1998, 48~49면 참조.

도 있다. 하지만 앨리스나 웅철, 두 어린이 모두 '시계토끼'라는 상징적 시간 속의 모험을 끝내고 꿈에서 깨어나 현실로 귀환하는 동일한 구조를 취하고 있다는 것은 매우 의미심장하다. 이 과정 자체가 미성숙하고 미개한 어린이를 근대적 주체로 구성하는 경로로 읽히기 때문이다. 비록 캐럴의 작품이 이성의 질서에서 벗어나 난센스의 세계를 바탕으로 판타지를 구축하고 주요섭의 작품이 판타지의 세계를 통해 현실풍자로 이어지는 특성을 지녔을지라도 두 작품 모두 어린이의 상상을 통해 이성적 질서에 대한 전복을 허용한 뒤 다시 현실로 귀환하는 서사구조를 취하고 있다. 이처럼 어린이문학은 아이들이 근대적 정체성을 확립하도록 과학과 환상의 경계선에 무대를 허용하며 결국엔 이성의 논리에 종속되는 서사를 창조하였다고 할 수 있다. 이는 근대 과학과 문학이 과학적 합리성을 넘어서는 어린이들의 세계를 통제하는 방식으로 작동하고 있었음을 유추케 한다.

근대 과학은 판타지, 재미와 경이로움으로 어린이에게 전달되었다. 일례로, 『백두산』의 편집인은 "최신 과학을 주로하야 절대로 쉬웁고 자미잇고 유익한 잡지 백두산을 발행"하려 하였다. 따라서 과학 교육은 어린이의 호기심을 이용하여 경이로 가득한 과학을 제공할 뿐 아니라 교육 과정을 촉진하고 조장하는 다른 보조 프로그램과 시각적 도구의 활용이 요구되었다. 과학 "지도자는 이 어린이의 경험을 교재(教材)로 하야 여러 가지 방식으로 그들을 기쁘게 할 것입니다. 그 방식으로는 회화식(會話式), 유희 창가, 율동(律動), 수공(手工), 작난, 즘생[家畜] 기르는 것들입니다."[9] 이처럼 어린이를 대상으로 한 근대 과학 교육은 특별히 '재미'와 과학을 연결하려 노력하였다. 과거에 어린이들은 어른과 함께 어울려 놀거나 저희끼리 모여 어른과 똑같은 놀이를 하였다.[10] 그런데 근대에 이르러 어린이에게는 어린이만의 놀이가 필요하다는 인식이 싹텄다. 근대 민족 국가의 성립과 함께 형성된 아동에 대한 새로운 기대와 인식은 아동의 놀이 영역에 대한 근대화를 추구하기에 이르렀던 것이다. 그러한 인식 가운데 모색된 어린이의 과학적 유희 방법은 근대 지식에 대한 오락적 접근을 가능케 했다.

이 글은 어린이를 대상으로 발행한 『어린이』(1923~32), 『아희생활』(1926~44), 『소년』(1937~40)과 당시의 언론 매체인 신문 기사의 '어린이란'에 초점을 맞춰, 1920~40년대 근대 대중문화 속에 나타난 아동 과학의 대중화 방식과 그 이데올로기를 연구하려 한다. 이는 곧 어린이 담론이 대중적 과학 이미지 산출에 어떻게 기여했는가를 탐구하는 것이다. 따라서 이 글은 대중적 차원에서 과학을 정착시키고 보급하기 위해 과학 이미지를 창조하는 가운데 어린이 담론이 어떻게 활용되었는가를 살필 것이다. 근대 어린이 독서물에 나타난 과학 이미지의 특성을 살피고 분석하는 것은 발간 주체인 잡지가 지향한 근대의 아동 기획의 방향을 보여주는 동시에 근대성, 과학, 어린이에 대한 당대 사회의 인식을 읽어내는 작업이라 할 수 있다. 따라서 이 글은 근대 아동과학교육의 대중화 방식을 과학 지식, 과학 서사, 과학 유희(오락)의 차원으로 살펴볼 것이다. 이는 근대 어린이에게 과학에 대한 욕망을 심어주었던 방식의 분류체계이다. 지식과 서사, 유희의 방식으로 어린이에게 전달되었던 과학적 수용 양상의 특징을 살필 수 있을 것이다. 또한 이 글은 근대 과

---

9) 강순애, 「원아자연과학에 대하야」, 『아희생활』 9권 1호, 1934. 1, 41면.
10) 필립 아리에스, 문지영 역, 『아동의 탄생』, 새물결, 2003, 131~159면 참조.

학과 마술 간의 관계를 살핌으로써 근대 과학의 형성 과정에 마술이 어떠한 역할을 하였는가에 대한 고찰이 될 수 있다. 과학의 도입은 세계 이해 및 인식 방식에 중대한 인식론적 단절을 가져왔으며, 자연의 마법으로부터 벗어나려는 탈마법화의 담론과 실천으로 이어졌다. 그런데 모더니티의 영역에 왜 마술성을 부활시켰을까. 아동심리학자들의 연구에서 이미 밝혀졌듯이, 마술은 어린이 사회를 이해하는 데 중요하다. 이 글은 근대 어린이가 과학을 학습하는 데 있어서 마술을 활용한 이유를 규명해 보려 한다. 이를 통해 식민지 조선에서의 과학과 마술, 그리고 근대 주체의 형성 관계를 살펴 볼 수 있으리라 짐작되기 때문이다. 이 글의 이러한 접근은 어떻게 과학의 권위가 현대에까지 보편화되었는가에 대한 이해의 단초를 제공할 수 있으리라 여겨진다.


## 2. 경이(驚異)를 동원한 지식의 재발견


1920~40년대 어린이 과학 담론을 형성했던 주된 과학 기사는 '계절 과학'의 성격을 띠었다. '봄과학', '녀름知識', '녀름理科', '가을과학', '가을 知識', '겨울과학'처럼 계절의 변화에 따라 화제를 정하고 그에 관련한 과학 지식을 전달하는 형태였다. 자연히 '어린이 기상학(氣象學)'적인 부류의 지식들이 다수를 차지하였다. 또한 바다, 산, 동물과 식물의 세계를 다루거나 지구, 별, 달 등 '소년천문학'적 내용들로 장식되었다.

이처럼 어린이 잡지에서는 경이의 대상인 자연을 관찰하고 연구하여 얻은 자연과학적 지식을 주로 소개하고 있었다. "대자연 가운데 안기여 맑은 공기를 힘껏 마시고 빛난 해볓에 거을니여 몸이 제절로 튼튼하게 하고 식물과 동물에 대한 친밀을 꾀하야 관찰역을 기르며 마음대로 뛰고 노래 부르는 중에 위대한 과학자"[11]가 될 수 있다는 기대감이 포함되어 있던 것이다. 자연 관찰이라는 과학적 태도의 강조는 어린이의 일상과 관련된 자연과학 지식들의 전달로 이어졌다. 아이들은 이 과정에서 근대 과학의 대상으로 자연과 일상을 발견하게 되었다.

소년의 일상을 과학적 일상으로 변화시키기 위한 문화적 기획은 잡다한 과학 지식을 정보의 형태로 전달하기 시작한다. 『어린이』의 경우, '일상과학', '일상지식', '궁금푸리', 『소년』에는 '소년지식', '소년수첩', '지혜주머니'란을 마련하여 단편 과학 지식과 생활에 유용한 정보들을 제공하였다. 이러한 단편 지식 유형은 "한 사람 한가지식, 간단하게 무르시오, 한번 읽고 또 읽으시오"[12]라는 주의사항을 명시하며, 문답풀이 형식으로 이루어졌다. "자상히 아르섯슴닛가? 자상히 아섯스면 당신 동모에게 이약이를 한번해보시고 모르겟스면 한번만 더 넑어보십시오. 그리고 다시 넑어도 모를 곳이 잇스면 학교 선생님께 엿주어보십시오"[13]라는 결말부의 마지막 당부는 앞부분에 설명했던 지식의 차후 학습 방법까지 제시하고 있다. 게다가 각 어린이 잡지에 마련된 '질문실'란은 "이과에 대한 것이면 무엇이든지 무르시오," "학교에서

---

11) 이덕봉, 「(유년과학)여름철의 자연」, 『아희생활』 7권 7호, 1932.7, 33면.
12) 「(일상과학)理科敎室」, 『어린이』, 1925.9, 42면.
13) 三山人, 「(가을 知識)단풍과 락엽이약이」, 『어린이』, 1924.10, 23면.

배혼 것도 모르는 것 잇스면 무르십시오. 학교에서 배혼 것 아니라도 가르켜 드립니다"라며 어린이들과 하나의 지적 소통의 장을 형성하였다. 근대 어린이 잡지는 사교육적 기능까지 담당하였던 것이다. 사실 독자에게 근대적인 지적 욕망을 채워준다는 점에서 어린이 잡지는 '학교'보다 더 큰 기능을 하였다.[14] 이러한 분위기 속에서 근대의 어린이들은 어린이 잡지를 통해 문답풀이 형식으로 궁금증을 해결하고 전국의 어린이 독자들과 과학지식공동체를 형성하여 소통하였다. 『백두산』은 "여러분의 연구하신 것을 발표하시오"라는 '독자연구실'란을 마련하여 어린이들이 스스로 연구하고 실험한 얘기들을 전국의 어린이들과 소통할 수 있게 하였다. 게다가 질문자와 해결자가 단문장으로 묻고 답하는 형식의 질문란들은 속성으로 아이들의 궁금증을 해결해주는 근대적 방식이었다. 이렇게 잡지를 통해 전달되는 '신지식'은 어린이들의 커뮤니케이션을 통해 근대 지식 공동체를 형성하였으리라 짐작된다.

어린이 과학 담론에 있어 또 많은 비중을 차지했던 주제는 '위생학', '의학' 영역에 해당한다. 이런 부류의 기사들은 어린이 신체에 대한 과학적이고 합리적인 관리를 강조하였다. "사람의 몸은 만사의 근본이다. 몸이 건강치 못하면 만사는 쉬게 된다. 아모리 큰사업을 할만한 재조를 가젓스며 지식을 가젓스며 큰 능력을 가젓슬지라도 (…중략…) 몸이 건강치 못하면 정신에까지 영향이 밋치게 된다"[15]라는 사유는

---

14) 근대 어린이에게 학교의 정규 과정으로 이루어졌던 과학교육은 초등과 3학년부터였으며, 『初等理科書』, 『普通學校理科書』의 내용은 간단한 식물학, 물리학, 농학의 정보를 전달하는 수준이었다.
15) 전흥순, 「(수양)어린이의 위생」, 『아희생활』 3권 11호, 1928.

어린이의 정신적 '수양' 쌓기와 직결되었다. 이러한 신체와 정신 교육의 연동은 신체 관리를 통해 정신을 제어하려는 규율과학의 이념이 반영되어 있던 것이다. 따라서 『아희생활』은 '소년절제'란을 연재하며, 소년절제회라는 수양프로그램[16]을 소개하기도 하였다. 그리고 의학, 위생학에 관련한 '소년건강독본', '계절 위생', '체조법' 등이 각 잡지에 빠지지 않고 연재되면서 어린이에게 과학적이고 합리적인 방법으로 생활하기를 촉구하였다.

그렇다면 근대 어린이들이 접했던 과학 지식은 어떤 방식으로 지식체를 형성하였을까. 그 첫 번째는 신화와 속담, 민담 등의 허구성을 폭로하며 새로운 지식을 형성하는 방식이었다. 인간은 어느 곳에서든지 그를 놀라게 하는 대상과 조우하게 되고, 그가 전에 알고 있던 것으로부터 다르거나 새롭다고 판단되는 것에서 놀라움을 겪는다. 일반적으로 "경이의 재현은 새로운 것과의 조우 징후로 간주되는 심신적 반응"을 일컫는다. 그러나 경이는 새로운 것과의 조우에서 얻어지는 감정적 반응만이 아니라 인지적 자극에 따른 지적 측면도 또한 포함하고 있다. "불완전한 지식체를 수정하거나 첨가하면서 오는 충격적 행위"[17]에서도 인간은 경이감을 느낀다는 말이다. 과학 지식의 전달자는 "용은 정말 잇는 동물인가?" 그리고 "인어라는 이상한 일홈을 동화나 노래가튼 속에서 자조듯기는 하지만 한번도 눈으로 본적이 업슴니다"[18]와 같이

---

16) 허길래, 「소년절제회푸로그람」, 『아희생활』, 1933.2, 42면.
17) Jonathan P.A.Sell, *Rhetoric and Wonder in ENGLISH Travel Writing, 1560~1613*, Ashgate, 2006, pp.3~4 참조. 베이컨은 경이를 '깨진 지식(broken knowledge)'으로 정의하기도 했다.
18) 「(과학지식)龍!龍이약이」, 『어린이』, 1928.1, 21면; 천웅규, 「人魚(인어)란 무엇인가」, 『어린이』, 1928.1, 46면.

과거 정보에 대한 재수정의 계기를 마련한 뒤, 어린이에게 객관적 사실을 제공하였다. "속담에 선녀가 무지게를 타고 나려온다는 말이 잇습니다. 이것은 무지게가 대단히 보기 좃코 아름다운데서 나는 말이오. 그러하나 실상은 선녀도 업는 것이고, 선녀단기는 다리도 업는 것이오, 그 무지게는 다만 적은 물방울이 모힌 것일 뿐입니다"[19]나 "그런대 둥근달속에 보이는 계수나무는 정말 계수나무일가요. 그 이약이를 합세다. 달속에 계수나무처럼 보이는 것은 나무가 안이라 실상은 깁흔구렁이랍니다 (…중략…) 이말이 미덥지안커든 이사진[第一圖]을 자세드려다보십시오. 크듸큰 망원경을 대고 박힌달[月]사진입니다"[20]와 같은 형식으로 전래동화나 민담의 세계는 과학적 사유에 의해 파헤쳐졌다.

두 번째로 어린이가 과학 지식을 수용하는 방식에는 '공포'의 심리가 매개되었다. 일차적으로 공포는 무지(無智)에서 발생하는 것으로 이해할 수 있다. "옛날에는 어린이는 고사하고 어른들까지 이 천둥과 번개불을 하눌에 어떤 무서운 귀신이 잇서 심심하면 사람을 놀래 주려고 작난을 하는 것이라해서 몹시 무서워서 꼼짝을 못하엿습니다. 그러나 이는 당치도 안은 거짓말이고 다소 위험은 하나 그럿케까지 무서워할 것은 업다는 것이 지금의 과학으로 잘 증명하고 잇습니다."[21] 과학 지식을 전달하는 계몽주의자들은 조선사람들의 무지가 빚어내는 참상을 비판하며 공포를 조성하였다.[22] 뿐만 아니라 어린이 잡지나 신문

19) 「理科敎室」, 『어린이』, 1925.9, 42면.
20) 「아름다운 가을달 계수나무 이약이─科學新知識」, 『어린이』, 1925.10, 12면.
21) 「(소년과학)여름하눌의 괴물(怪物) "천둥"과 "번개불"이야기─이것은 구름 속 전기(電氣)의 작난」, 『매일신보』, 1936.8.2.
22) 「(녀름智識)모긔와 파리─이럿케 놀랍게 색긔를 칩니다」, 『어린이』, 1925.6, 24면 참조.

의 한 귀퉁이를 차지했던 '멘탄테스트'는 "여러분의 머리가 좋은가 나쁜가, 어디 한번 시험해 보겠습니다. 다음 문제를 삼분 안에 할 수 있나 없나 다들 한번 해보십시오"[23]와 같은 형식으로 어린이, 더 나아가 그 가족의 지식수준을 지속적으로 점검케 하였다.

어린이의 '시초', '기원', '근원'에 대한 탐구 열망은 공포와 맞물려 있다. "나는 누구지", "어디에서 왔지", "이 세상은 언제 생겼고 맨처음에는 엇더햇슬가"[24] 같은 근원적 질문에서 발생하는 공포는 정보의 유무에서 파생될 수밖에 없다. 그러한 무지의 공포를 제어하기 위해서는 근원에 대한 정보를 얻어 궁금증을 해결해야 할 것이다. 따라서 어린이 잡지에는 과학의 발전과 역사, 진보의 궤적을 설명하는 과학 지식들이 많은 부분을 차지했다. "기차의 시초는 이랫다, 비행기의 시초는 이랫다, 자동차의 시초는 이랫다, 기구의 시초는 이랫다"[25]와 같은 「시초이야기」, 배의 역사, 목욕탕의 역사, 그리고 비행기, 기차, 전등, 성냥 등 최신 발명품이 되기까지의 역사를 밝히는 「까지이야기」 등이 세밀한 삽화 이미지들을 제시하며 계속 연재되었다. 근대의 과학적 권위를 증명하는 발명품들이 어떻게 탄생한 것이며 또 어디서 그런 무서운 힘이 나오는가를 알려 과학에 대한 열망을 어린이에게 심어주고자 하는 것이 이러한 글들의 목적이었을 것이다.

왜 어린이들은 공룡에 열광하는가. 이 지구에 맨 먼저 살던 가장 오래된 그리고 가장 큰 동물인 공룡에 대한 관심은 근·현대를 아우르는

---

23) 「數學精神檢査」, 『소년』, 1939. 2, 37면; 「動物精神檢査 동물멘탈테스트」, 『소년중앙』 제1권 7호, 1935. 7, 29면; 「정신검사, 이것은 시계, 3분 안에 대답할 것」, 『소년』 1권 7호, 1937. 10, 36면.
24) 심형필, 「(과학지식)天地開闢」, 『어린이』, 1928. 1, 39면.
25) 「과학大화보」, 『소년』 1권 2호, 1937. 5, 5~8면.

536  문학과 과학 II

어린이들의 큰 특징이라고 할 수 있다. "엄청 나게 큰 나무들과 삼림이 무성한 속에서 사람들이 살지 안코 우리가 지금 상상도 하지 못할 큰 동물들이 횡행을 하고 약육강식을 하여 살든 것을 지금 우리가 생각한다면 이상스러운 일입니다." 그러나 과학은 커다란 공포(恐龍)를 주는 '괴물'의 정체를 폭로하여 두려움을 없앨 수 있는 유일한 방법으로 기능한다.[26] 사실 알고 보면 그 괴물의 정체는 세상에서 가장 큰 고래이거나 공룡 같은 것들이다. "그러면 이도깨비라는 것은 정말로 있는것인가 또 어떤 것을 도깨비라고 불렀으며 그정체는 무엇인지를 상식적으로 말하야 이후로는 그저 도깨비라면 무서워하지만말고 그에 대하야 흥미를 가지고 그것이 무슨 까닭으로 그렇게 되는지를 면밀히 조사하고 관찰하야 종국에 그 정체를 밝히는 태도를 가지는데 한 참고가 되도록 하려합니다."[27] 이처럼 진기하고 불가사의한 것에서 오는 공포는 과학의 탈마법화에 의해 폭로될 수 있다는 믿음이 강하게 자리잡고 있었다.

"사진은 백만년 전의 큰 도마뱀의 뼈를 파낸 것입니다. 얼마나 엄청나게 큽니까. 이 뼈는 지금 백이의(白耳義) 서울 '브랏셀' 박물관안에 노혀잇습니다"[28]라는 설명과 함께 '소년과학화보'에 실린 공룡의 사진은 근대 어린이들에게 경이감을 안겨주었을 것이다. 그런데 어린이는 사진을 통해 박물관 관람자의 시선으로 공룡의 뼈를 관찰하게 된다.

---

26) 황갑수, 「(동물기담)심야의 괴물」, 『소년』, 1940.2, 68면; 양미림, 「바다의 괴물」, 『소년』, 1940.12, 42면; 고마부, 「(소년과학)옛날에 괴물」, 『소년』, 1940.12, 54면.
27) 유찬식, 「(소년과학)도깨비이야기」, 『소년』, 1940.9, 26면.
28) 「(소년과학 화보)뱀을 잡아먹는 뱀, 집채만한 도마뱀, 달의 마마자국은 별똥 떨어진 자리, 지문」, 『조선일보』, 1938.12.4.

그림 2. 『소년』, 1940.12.

뿐만 아니라 이 한 컷의 사진에서 보이는 공룡 이미지는 멸종된 고대 생물을 현대에 부활시키는 과학 기술의 위대함을 드러내는 것이었다. 마찬가지로 식민지 조선에서도 지면(地面)에 노출된 공룡화석은 고생물연구의 중요한 재료가 되어 학술조사와 발굴대상이 되었다. 따라서 일반 신문 기사에서는 공룡화석을 학술상의 대발견으로 평가하는 사실적 내용들이었다.[29] 그러나 '어린이란'에 마련된 공룡의 설명은 약간 다른 점이 발견된다. "여러분, 대체 이 공룡이란 동물은 어떻게 생겼을까, 궁금하지 않습니까. 그러면 우의 그림을 보십시오. 물론 이 그림은 공룡의 뼈다귀만 가지고서, 대강 그린 그림입니다. 보기에도 이상하지 않습니까. 우선 사람의 키와 공룡의 키를 대어 보십시오. 굉장하지 않습니까."[30] 이 기사 내용에서 확인할 수 있듯이, 공룡화석에

---

29) 「前世紀의 유물인 공룡화석, 몽고에서 발견」, 『동아일보』, 1923.6.19; 「천만년전의 동물, 공룡의 알을 발견하엿다」, 『동아일보』, 1923.10.1; 「머리만으로도 —톤이나 되는 공룡」, 『동아일보』, 1933.12.28.

대한 사실적인 묘사에 그치지 않고 그림과 같은 공룡이었으리라는 상상을 통해 대상을 재현하고 있던 것이다. 이런 점으로 미루어 볼 때, 아이들에게는 과학적 대상에 대한 '상상력'과 '창조성'이 더 요구되고 있었음을 짐작할 수 있다. 식민지 대중의 과학수용에 '어린이'라는 대상이 개입되었을 때 과학은 상상적 유희로 전화하는 과정을 한 단계 더 거쳐야 했던 것이다.

1930년대 후반 일본의 군국주의적 성격이 강화됨에 따라 어린이 독자들은 잡지에서 자연과학적 대상물과 문명의 산물 그 이상의 것, 즉 전쟁 과학의 산물을 보기 시작했다. 1939년부터 어린이 잡지를 비롯한 모든 매체에 「소년총후미담」, 「전선미담」이 연재되고, 전시 과학의 성격을 띤 글들이 실린다. 태평양전쟁의 전과(戰果)를 알리는 지식들이 연재되면서 새로운 지식의 형태로 전달되고 있었다.[31] 또한 "전쟁은 발명의 어머니"[32]라는 사유 방식의 확장은 최첨단 과학무기를 어린 독자들에게 '상상'하도록 하였다.[33] 그 결과, 100년 후의 미래전쟁을 꿈꾸고,[34] 먼 미래의 지구와 달의 위성구조를 추측하며[35] 미래를 설계하는 상상력이 어린이들에게 새로운 과학 지식체의 형성 동인으로 자리 잡았다.

---

30)  고마부, 「(소년과학)옛날에 괴물」, 『소년』, 1940.12, 54면; 「(어린이 일요)미국텍사스주에서 발견된 '공룡'의 발자국, 120만년전에 살든 파충류」, 『동아일보』, 1939.8.20.
31)  「(소년세계지식)我國의 二倍半占據」, 『소년』 3권 7호, 1939.7, 15면.
32)  「전쟁은 발명의 어머니」, 『소년』, 1940.3, 62면.
33)  홍이섭, 「軍艦이야기」, 『소년』, 1940.5, 52면.
34)  유성팔, 「백년후의 空中戰」, 『소년』 3권 4호, 1939.4, 56면.
35)  「먼 미래의 지구와 달」, 『소년』 2권 6호, 1938.6.

## 3. 두려움 없는, 이성적 영웅의 탄생과 제국주의 프로젝트

1920년대부터 근대 조선의 대중 과학 교육을 위해 '과학동화'가 창작되었다. 박세혁의 과학동화 「백돌이의 학교」(『중외일보』, 1928.3.31)는 과학적 방법으로 학생들을 규율하는 학교의 모습을 재현하고 있다. 교사는 학교용 라디오 수화기로 수업을 하고 구멍으로 학생들을 통제 관리한다. 그리고 그 학교의 학생들은 공중 운동장에서 '공중비행기'라고 하는 것을 어깨에 달고 새처럼 이리저리 날아다니며 운동시간을 즐긴다. 이처럼 순수창작 동화 속에 과학 지식의 대중화의식을 투사하는 경우가 있는가 하면, 서구의 과학동화 창작물을 번역해서 싣는 경우가 존재했다.[36] 또한 염근수는 민담이나 전설과 과학 지식을 결합해서 동물의 세계나 각국의 풍속, 지리 등을 이해하기 쉽도록 설명하고 있다. 현덕의 「조그만 발명가」(『조선일보』, 1939.4.23)는 어린이의 기차 만들기 과정을 그대로 동화화하였으며, 이정호나 은영호는 과학적 발명의 예화들을 이야기로 창작하였다.[37] 이러한 과학동화는 분명한 과학지식 전달이나 과학 대중화 효과를 노렸다고 볼 수 있다.

어린이 잡지에서 과학 지식과 함께 실려 있는 서사는 탐정소설, 과학소설, 모험소설, 모험만화, 모험실담, 세계일주기나 순례기, 여행기등 어린이의 모험심을 자극하기 위한 것들이었다. "만일 천하의 지식

---

36) 강선주, 「(과학동화)금유리창 달린집」, 『조선일보』, 1936.3.30.
37) 이정호, 「(어린이 차지-동화)우연한 발명」, 『중외일보』, 1930.4.20; 은영호, 「(소년과 발명) 타진하는 법 이야기」, 『동아일보』, 1938.3.27; 은영호, 「(소년과 발명)청진기 이야기」, 『동아일보』, 1938.3.13.

을 모두 자기의 것으로 만들어 일좌초시(一座超視)한 경지에 앉아서 사회의 일체 범죄를 해결하고 타인의 직업, 지위, 비밀 등을 한번 보아 알아낼 정도가 된다면 그 얼마나 유쾌한 일이랴. 탐정소설을 애독하는 사람들은 사실 누구나 이 같은 탐정취미를 가지고 있다"[38]는 근대 탐정소설에 대한 조선 작가의 인식 속에는 과학적 지식에 대한 동경과 열망이 반영되어 있다. 이처럼 근대에 있어 '과학적 교양의 방편으로 여겨졌던 탐정소설은 "불가해한 범죄나 미궁에 빠진 사건이 이성적 영웅에 의해 논리적으로 해결되는 과정을 그린 대중소설의 일종으로, 과학적 지식과 이성의 힘으로써 세계를 해석하고 인간의 삶과 역사를 보다 나은 방향으로 발전시킬 수 있다는 이성중심주의 내지 계몽주의"[39]를 드러내고 있다. 같은 맥락에서 1920~40년대 소년탐정소설과 탐험·모험서사는 근대 어린이의 이성적인 주체 성장 기획을 도왔다.

어린이 잡지에는 남북극에 대한 탐험기사들과 『신빠드 航海記』, 「(표류기담)바다에서빠저서 흘러단기기 멧백날, 소년 로빈손」(『어린이』, 1924.8)과 같은 해외 모험소설들이 번역되어 실렸다. 또한 『어린이』의 편집인인 방정환은 『(탐정소설)동생을 차즈려』(1925.1~10), 『칠칠단의 비밀』(1926.4~1927.11), 『소년삼태성(少年三台星)』(1929.1), 『(신탐정소설)소년사천왕』(1929.12~1931.1)을 같은 잡지에 연재하였다. "탐정소설의 아슬아슬하고 자미잇는 그것을 리용하야 어린사람들에게 주는 유익을 더 힘 잇게 주어야 한다"는 방정환의 생각은 "남남끼리면서 어린네동무가 못된 사람들의 한떼와 어우러저서 번갯불 가튼 활동을 하면서 깻긋한 우정과 굿센 의리를 세워나가는 이

---

38) 안회남, 「탐정소설 3」, 『조선일보』, 1937.7.15.
39) 슬라보예 지젝, 김소연·유재희 역, 『삐딱하게 보기』, 시각과언어, 1995, 106면.

약이"로 재현된다. 소년들의 탐정과 모험은 "여러분도 이 탐정소설 속에 나오는 소년들과 가치 씩씩하고도 날째고 밋을 만한 일꾼이 되어야 아니함닛가"[40] 처럼 소년운동과 민족운동으로 승화시키는 과정이다. 이처럼 방정환의 탐정소설은 '인천소년회'와 '동화회(童話會)' 같은 소년운동의 정신을 어린이에게 촉구하는 계몽의 도구로 기능하고 있었다. 어린이들은 탐정소설과 모험소설을 읽으면서 보이스카웃 같은 소년단체의 덕목을 배우고 간접적 체험을 할 수 있었던 것이다. 또한 소년회의 실천성[41] 강조는 어린이 개인의 신체를 합리적으로 규율할 뿐 아니라, 조직적 소년운동에 열중하도록 분위기를 조성하였다. 러시아의 '소년탐험군'[42]에 대한 『어린이』의 연재는 이를 잘 반영하고 있다. 게다가 잡지는 "얼골은 보지도 못하고 『어린이』로 하야 생각을 통하고 정드려 온동모에게 보이기 위하야 각각 사진을 내여보이기로 하십시다"[43]라며 어린이의 사진을 싣고, '어린이라디오', '少年談話室', '우리들차지'란을 통해서 지방소년단체소식을 전하기도 하며 어린이 개인과 '소년회' 사이의 소통을 꾀하였다. 이런 특성은 『아희생활』의 '절제회'나 『소년』의 '히틀러유겐트' 같은 소년단체의 강조와 맥락을 같이 한다.[44] 근대 조선에서 민족과 제국을 위한 소년단의 모델을 러시아나 파시스트 청소년단인 히틀러 유겐트에서 찾았던 것은 소년이 부국강병을 이룩하고 국민 국가를 수비할 이상

---

40) 북극성, 「(신탐정소설)소년사천왕」, 『어린이』, 1929.9, 34면.
41) 송진우의 글(「벽에써붓치고 實行할 것」, 『어린이』, 1929.1, 45면)은 소년들의 규율과 실천성을 강조하는 요건들이 제시되고 있다. "一. 조선(朝鮮)과 밋 조선사람을 사랑할 것. / 一. 항상 부지런하고 수고스러운 습관(習慣)을 지을 것. / 一. 항상 신체(身體)를 깨끗이 할 것."
42) 보빈쓰까야, 길동무 역, 「(특별기사)소년탐험군이약이」, 『어린이』, 1926.6, 56~70면.
43) 『어린이』, 1926.7, 71면.
44) 양미림, 「본받을 히틀러 유겐트와 뭇솔리니 청소년단」, 『소년』, 1940.1, 58면.

적인 존재로 부상했기 때문이었다.

어른들을 대상으로 한 탐정소설과 달리 소년모험탐정소설류는 소년을 결집시키고 제국주의적 비전을 심어주는 특징을 지녔다. 따라서 국가적 차원의 교육 캠페인으로서의 과학 옹호와 그 교육 대상으로서의 어린이를 염두에 둔 모험 서사는 과학적 관찰과 탐험의 중요성을 부각했다. 『소년』에 연재된 「남극빙원과 싸우는 소년」의 과학적 탐험은 제국 건설의 주요 목표를 받아들이고 실현하기 위해 의도된 것이었다. 주인공 '심플'은 소년단원이자 자연과학을 연구하는 학도로서 과학의 힘을 빌려 남극대륙이라는 미지의 세계를 탐사하여 과학문명의 우수성을 전파한다.[45] 이때 현대문명의 힘을 이용해 야만의 땅 남극을 연구하겠다는 소년의 인식은 팽창주의적 제국 이데올로기에 부합한다. 소년의 과학적 사유는 제국 주체의 생산의 필수요건이 되고 있는 것이다. 모험 서사에서 남극과 같은 야만적 풍경을 재현하는 효과는 문명한 세계의 주인공을 모험하기 전보다 더욱 강력하고 영웅적인 주인공으로 만드는 데 있다. 따라서 '심플'이 남극에 당도하기까지 거치는 생소한 지역의 경험과 남극의 기후, 지형, 생태 등에 관한 자연과학적 지식의 정보전달은 제국주의적 비전이 투사된 것이라 할 수 있다.

소년모험탐정소설은 소년의 두려움, 공포를 없애는 과정을 재현하고 있는 특징을 지녔다. 어린이들의 모험과 탐험을 다루는 서사들은 호기심과 모험심을 서사적으로 교육시키는 장르로서, 공포를 조성하지만 이내 그 공포를 극복해 나가는 과정을 재현한다. 이들의 두려움은

---

45) 김혜원, 「(冒險實譚)南極氷原과 싸우는 少年」, 『소년』, 1940.2 참조.

어떻게 극복되는가. 그들은 어떻게 두려움 없는 민족과 제국의 소년이 되는가. 방정환의 탐정소설에는 '귀식갓흔재조', '귀신갓흔 계책', '귀신 가튼 사람'처럼 '귀신갓흔' 혹은 '귀신가튼'이라는 수식어가 난무하고 있다.[46] 귀신에 직면한 듯한 경이의 순간은 이성과 합리성이 인간을 둘러싼 세계를 이해하는 데 부적합한 도구임을 보여주는 두렵고 공포스러운 장면이다. 그런데 방정환 소설에서 소년은 남들이 눈치 채지 못할 만큼 기발한, 즉 귀신같은 꾀와 지략으로 위기의 순간을 넘기고 사건을 해결한다. 그들이 꾀의 방편으로 선택한 '변장'의 위장술은 근대적 탐정술의 하나였다. 이처럼 '귀신'은 불가사의한 요술의 세계이면서도 과학적 세계를 의미하기에 이중성을 지닌다. 그러므로 소년탐정소설에서 공포의 조성과 추방은 동시적으로 이루어진다. 공포의 조성은 이미 과학적 합리에 의해 추방될 것이라는 잠재태를 지니고 있던 것이다. 모험 서사는 위협과 위험의 상황에서 싸우는 방법을 어린 독자에게 가르치기 위해 공포와 경이를 조성하지만 그것은 과학적·합리적 관찰과 추론으로 벗어나는 과정을 재현하고 있다. 사실 탐정소설에서 마련된 위협적이고 공포스러운 순간들은 어린이의 모험에 대한 욕구와 과학적 권위에 대한 욕망을 충족하기 위한 좋은 기회로 작용했다. 따라서 근대 모험서사에서 어린이들은 합리적 지략과 꾀를 이용해 위기를 극복하거나 과학으로 무장된 '탐정'의 수하가 되어 위기를 극복한다.

그렇다면 소년모험탐정류의 소설에서 두려움 없는 소년을 창조하기 위해 어떤 방식으로 과학의 권위가 재현되었는가를 살펴봐야 할 것

---

46) 북극성, 「소년사천왕」, 『어린이』 7권 9호, 1929. 12, 41면.

이다. 주요섭의 '소년모험소설' 『?』(『아희생활』 6권 4호, 1931.4)에서는 과학에 대한 개인의 야심이 빚어낸 괴물성을 문제 제기하며 과학의 공적 권위를 강화하고 있다. 경원선 급행열차가 갑자기 사라지는 사건이 발생한다. 이 차안에 탔던 창제와 보훈 두 동무를 찾아보기 위하여 회복, 명욱, 춘화, 영식 네 소년은 탐험의 길을 떠난다. 그들은 기차가 없어진 검불랑역과 세포역 중간의 굴속에서 다행히 비밀통로를 찾아 '도록광이'란 사람의 비밀왕국 안으로 들어가게 된다. 소년들은 한번 쬐이면 만물을 녹여버리는 이상한 광선을 발명하여 천하의 왕이 되려는 음모를 꾸미고 있는 도록광이의 부하가 되어 그의 계획을 파괴하려 한다. 이 소설에서 도록광이의 비밀발명품인 '투명 옷'이나 '무서운 광선'이 사회적으로 문제가 되었던 신출귀몰한 사건의 근원이었음을 밝혀 낸 것은 소년들의 탐정행위에 의해서다. 게다가 소년들은 광선총을 만들기 위해 광선의 원료로 많은 사람이 죽어야 하는 끔찍한 실험이 계속되고 있다는 놀라운 사실까지 폭로한다. 또한 "아 얼마나 두려운 일입니까? 얼마나 악한 일입니까?"라는 소년의 탄식은 과학의 효용성에 대한 반성적 성찰이다. 분명 과학은 그 쓰임에 따라 상반되는 효과를 발휘한다. 『?』는 이 놀라운 과학의 힘이 개인의 이익을 위한 것이 아니라 공공의 과학이 되어야 함을 주장하며, 그것을 지켜야 하는 임무를 소년에게 부여하고 있다. 이처럼 근대의 과학적 상상력은 매혹(열망)과 공포의 변증법 속에서 길항하고 있었다. 그 길항 속에서 과학의 권위는 더욱 강화될 수밖에 없었던 것으로 여겨진다.

또한 과학의 권위는 타자화를 통해 더욱 강화된다. '모험탐정소설'로 연재된 『백두산의 寶窟』(계영철, 『소년』, 1940.1~8)의 주인공 '현리'는 잃어버린 동생 '현구'를 찾아 네 명의 친구들과 함께 백두산을 탐사하다가 세상에 알려지지 않은 백두산의 '적동색왕국'을 발견한다. 그들은 미개한 '적동색인간'들을 '총'이라는 과학기술의 힘으로 제압하고 잔인한 '국왕'과 사악한 '요파'를 없애 적동색왕국을 문명화한다. 적동색(赤銅色)으로 표현되는 야만인들은 총을 '마법의 총'으로, 그리고 그것을 소유한 문명인들을 '마술사'로 간주한다. 이러한 재현은 과학화되고 기술화된 근대 문명인을 주술화, 마법화하고 있는 것이다. 그러나 이 소설에서 정작 예언을 담당하고 있는 원주민들의 요파는 사악한 인물로 재현되면서 마술적 세계의 부정적 측면을 상징하게 된다. 따라서 『백두산의 寶窟』은 전근대적인 마술의 세계를 탈마법화하는 동시에 과학의 세계를 재마법화하는 현상을 재현하는 것이다.

그리고 근대 과학의 권위가 강화되기 위해서는 '민족'과 '국가'라는 토대가 반드시 필요하다. 따라서 탐정소설에서 어린이들은 개인과 민족 국가를 위해 과학을 지키는 수호천사로 나선다. 『백두산』에 실린 '소년과학탐정소설' 『딱터 金』(니코라이 朴, 2권 2호, 1931, 198면)은 '一名 地球引力消滅機'라는 부제를 달고 있다. 탐정소설 첫 회는 김박사가 30년 동안 엄청난 금액을 투자해가며 비밀리에 제조한 '지구인력소멸기'가 분실되는 사건에서 시작한다. 분실된 발명품의 위력이란 "이 긔계만 잇스면 지구의 인력을 업새는 까닭에 달나라 별나라를 마음대로 탐험할 수가 잇다는 것이다." "그리하여 전 조선 이천만 동포는 누구를 물론하고 김박사의 이 긔계가 성공되기를 바라고 잇섯든 것이다. 그리고 적지 안은 돈을 모와서 성공하도록 하엿섯다. 실노 이것은 조선의 보배엿다."[47] 그런데 이 '민족의 보배'를 감쪽같이 잃어버린 것이다. 불행 중

다행으로 인력기는 없어졌지만 '설명 해설도본'은 김박사의 수중에 남아 있었다. 따라서 사건 전개는 육혈포로 위협하며 비밀설명서를 갈취하려는 악한의 무리와 이를 지키려는 탐정과 소년의 서사적 대결로 진행된다. 그런데 김박사 밑에서 30년 동안이나 일하다 사건이 발생하던 날 사라진 청지기 '류춘산'을 아버지로 둔 '순남'은 스스로 탐정의 수하가 된다. "내 재조를 부려서 그여히 아버지를 구원하고 긔계를 차저"오겠다는 소년의 결심은 민족의 보배인 발명품을 찾는 동시에 사라진 아버지의 누명을 벗기는 이중의 효과를 낳는다. 소년에게 과학을 수호하고 아버지를 지키는 일은 같은 경로를 거치는 것이었다. 『백가면』(김내성, 『소년』, 1937.6~1938.5)에서는 아이들을 데리고 곡마단 구경을 갔던 조선의 발명가 '강영제' 박사가 귀가 도중 의문의 존재인 '백가면'에게 납치당한다. 이에 강영제 박사의 아들 '수길'과 친구 '대준'은 조선의 유명한 탐정 '유불란'에게 도움을 요청하여 사건을 해결하려 한다. 소년들과 스파이들이 벌이는 대결은 강박사의 발명품인 "이상하고 신통하고 무서운 기계"의 원리를 적어 놓은 비밀수첩을 확보하기 위한 것이다. 소년이 아버지를 찾는 행위는 전쟁의 승패를 가르는 무기과학을 지키는 일이기도 하다. 이처럼 소년탐정소설류에서 '적'으로부터 아버지와 과학, 더 나아가 국가를 수호하는 것이 동시적 목표로 진행되고 있었다.

우연의 일치일지 모르겠으나, 『백가면』의 연재가 끝난 2년 후, 『소년』에는 『백가면』에 등장했던 이 '무서운 기계'의 상상력을 그림으로 재현한 〈남철의 꾀〉(4권 1호, 1940.1, 14면)가 게재된다.

---

47) 니코라이 朴, 『딱터 金』, 『백두산』 2권 2호, 1931, 199면.

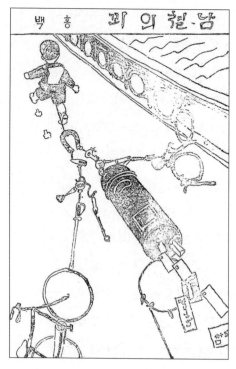

그림 3. 홍백, 〈남철의 꾀〉(『소년』, 1940.1).

여러분은 보통학교 이과(理科)교과서에서 자석(磁石) 소위 지남철이라는 것을 배웠을 것이며 따라서 자석이 쇠(鐵)를 빨아드리는 힘을 가졌다는 사실도 배웠을 것입니다. (…중략…) 만일 전자석에다 강렬한 전긔를 통한다면 어떻게 될 것인고? (…중략…) 크고도 무거운 철분(鐵分)을 흡인할 수가 있지 않은가? (…중략…) 그러고 과연 그와같은 긔계가 성공만 한다면 어떠한 결과를 맺을 것인가? (…중략…) 자장(磁場-지남철 긔운이 떠돌고 있는 곳)이 미치는 한도(限度) 내에 있는 쇠라는 쇠는 모조리 끌리어 올 것이 아닌가? (…중략…) 그러고 가령 그런 긔계를 미츠코시같은 높다란 곳에다 만들어 놓는다면 장쾌하리라. 쇠로만든 물건은 무엇이든지 획획 날아올것이 아닌가? (…중략…) 자전거가 날아오고 구두징이 빠져나가고 전차의 선로(線路)가 공증으로 우불꾸불 춤을추면서 날아올라오는 가장 유쾌하고도 무서운 광경을 강박사는 혼자서 상상하며 빙그레 웃었을 것입니다.[48]

홍백이라는 만화가가 그린 〈남철의 꾀〉는 지남철의 원리를 이용하여 쇠를 잡아당기는 과학적 산물의 가공할 파괴력을 어린 독자들에게

[48] 김내성, 『백가면』, 『소년』, 1938.1, 83~84면.

시각적으로 재현하고 있다. 마치 비밀스러운 힘의 작용처럼 '자기(磁氣)'의 교류는 연결되어 전 세계의 쇠를 잡아당기고 있다. 자기의 교류들이 그물망처럼 연결되어 있는 우주는 하나의 거대한 유체이며, 한쪽에서 어떤 사물을 조작하면 교류를 통하여 그와 연결된 다른 사물이 조작될 것이라 믿는 이 그림의 상상력은 의사-과학적이며, 마술적이다. 이처럼 마술, 신비주의, 그리고 과학의 결합은 근대를 재마법화할 뿐 아니라 과학의 위대함을 조성하는 효과를 거두었다. 뿐만 아니라 세계의 모든 철을 끌어 들이는 무기에 대한 욕망은 1940년대 당시의 태평양 전쟁을 통한 제국주의적 이데올로기와 동궤에 놓여 있던 것이다.

한편, 어린이문학에 등장했던 과학 서사는 어린이에게 유토피아적 비전을 제시했다. 허문일의 과학소설 「(火星小說) 天空의 勇少年」(『어린이』, 1930.9, 24면)은 별박사가 발명한 비행기를 타고 우주를 여행하던 소년이 지구라는 행성에 도착해서 보게 되는 공포스러운 장면에서 중단된다. 지구에서는 신기한 기계의 발명으로 인해 전쟁이 일어났던 것이다. "똑가튼 비행선이지만 쓰기에 달렷습니다. 잘못쓰면 그러케무서운 전쟁쌈무긔(武器)로 씨웟지만 또 잘쓰면 이러케 귀하고 반가운 손님 대접을 밧습니다."[49] 따라서 1920~30년대 초반의 어린이 과학 담론은 과학이 세계 평화에 기여하도록 조성되었다. 세계평화의 과학을 꿈꾸는 『어린이』의 이념은 다윈의 진화론과 다른 입장에 선 '상호부조론'적 세계관과 결합한 서사를 구현하며 하나의 과학적 유토피아상을 제시한다. 1930년대 사회주의에서 수용하였던 크로포트킨의 '상호부조

---

49) 막동이, 「세계평화가 어떠케되나」, 『아희생활』 5권 1호, 1930.1, 22면.

론'은 동물의 세계를 이해하는 소년의 과학에도 반영되고 있었다. "소위 령장이라는 인물들이 조그만 감정으로 서로 싸우고 또는 커다란 전쟁을 일으키어 죽이고 뺏고하는 것을 보면,"[50] "종족은 달지만 서로서로 도아주고 새이조케 지나는 동물들이 만타는 것은 과학재료로 연구해보아도 가장 흥미잇는 문제요 또는 인간생활과 대조해 보는 것도 또한 의미잇는 일"[51]로 받아들이게 된다.

1930년 후반의 과학적 상상력은 100년 후의 공중전(空中戰)[52]을 예견하며 새롭고 상상적인 무기와 미래 전쟁을 향해 점차 방향 지어졌다. 또한 "인력을 끊어버리는 굉장한 발명이 완성되어서 그것을 이용한 공중호텔이 하늘꼭대기에 나타"나고, "로봇제조공장"과 "텔레비죤시대," "전기로잡는 고기"처럼 편리하고 윤택한 '100년 후'의 세계를 상상하여 그린다.[53] 이 또한 근대 어린이에게 과학이 제시하는 또 다른 유토피아의 세계였을 것이다. 『웅철이의 모험』은 유토피아 국가에 토대하고 있다. 웅철이는 법이 통치하고, 계층화되어 있어 겁쟁이 그림자밖에 살 수 없는 '해나라'에서 원숭이 과학자들이 발명한 '로켓트'를 타고 아이들만 사는 '별나라'에 도착한다. 어린이에게 유토피아로 제시되는 별나라는 부가 공평하게 분배되며 인종적이고 계급적인 충돌이 없다. 그런데 그러한 이상적 나라로 갈 수 있는 도구는 놀라운 과학 기술로 발명된 '로켓트'였다.

50) 신영철, 「동물의 相互扶助—새이조혼악어와 좀새」, 『어린이』, 1932.6, 60면.
51) 손성엽, 「(소년과학)동물은 싸우기만 하는가」, 『어린이』, 1932.5, 13면.
52) 유성팔, 「백년후의 空中戰」, 『소년』 3권 4호, 1939.4, 56면.
53) 「백년후의 세계」, 『소년』 1권 1호, 1937.4, 64~67면.

## 4. 실험과 마술, 하이브리드들의 증식

서구문명의 이입에 의해 식민지 조선에 정
착한 근대 과학은 어린이가 흥미를 느낄 수
있도록 가공되었다. 그러한 수용 방법의 고민
은 어린이들의 놀이 활동과 연동할 길을 모색
하기 시작했다. 근대 국가의 과학 문화 확립
을 위해서, 어린이가 요술과 마술, 실험을 활
용하여 과학적 활동을 실행하는 것은 앞서 설
명했던 경이의 감각이나 관찰만큼 굉장한 파
급효과를 낳았던 것으로 보인다. 사진은 『백
두산』 주간 염근수가 발명한 '근수식 三千里'
라는 퍼즐이다. 이 장난감은 근대 어린이 과
학의 특징을 잘 담아내고 있다. 추리를 통한

그림 4. 『백두산』 창간호 삽화.

퍼즐의 조립과 지리학적 지식을 동원하여 하나의 지도를 완성하는 놀
이 과정은 민족과 국가적 차원에서 개인을 넘어서는 제의적 행위이다.
장난감은 그 유희 과정에서 민족적 이상을 어린이에게 주입하는 이데
올로기적 산물로 기능했던 것이다. 따라서 "작란감이 어린 아해의 지
능발달과 신체훈련에 큰 관계를 갓고 잇"[54]다는 근대 교육적 통찰과
아이들의 근대적 놀이 행위가 바로 과학 활동의 연장으로 이어진다는

---

54) 「작란감에 대한 주의 멧가지−이것의 선택은 어머니가 하라」, 『조선일보』, 1930.6.29.

관념이 가정상식으로 자리 잡기 시작했다.[55]

일반화되어 있듯이, 규칙을 지닌 게임은 놀이 가운데 어린이에게 사회화 과정을 학습할 수 있게 하여 성장의 가능성을 일깨워준다. 게임 규칙은 어린이 규율로 이어지고, 유희를 통한 훈육이 가능해진다. 근수식 삼천리의 경우처럼 근대 과학 교육은 놀이 가운데 어린이를 규율하고 훈련하려는 의도가 지배적이었다. "간간히 국경디방이나 혹은 게으른 집안에서는 어린애를 세수도 안씻기고 보내는 것을 보앗습니다. 그럼으로 이런 유희를 더 똑똑이 아주머리에 박히도록 가르치고 실지에 직히도록 할 것임니다"[56]라는 염근수의 발언은 그를 잘 입증한다. 이처럼 근대 어린이의 놀이는 규율의 성향을 강하게 내포하고 있으면서도 놀이적 경험이 제공하는 판타지로 인해 제 기능을 다할 수 있었던 것이다.

각 대중매체의 어린이 '과학란'과 '오락란', 즉 '오락실', '日曜娛樂室', '우슴단지', '손재주'는 미로 찾기, 말뜻풀이, 숫자그림, 글자 맞추기뿐 아니라 손장난 등 다양한 실험과 수공(手工)의 오락거리를 제공하였다. 퀴즈풀이 형식의 오락거리는 같은 호에 정답을 실어주는 것이 아니라 다음 호에 풀이를 실음으로써 아이들 스스로 사고하는 습관을 기르도록 하였다. 뿐만 아니라 오락거리로 제공된 문제를 맞혀 사진부록이나 시계, 망원경 같은 상품을 받을 기회도 매회 주어졌다. 이 밖에도 '척척 문답'이나 '재미난 문답' 같은 게재란에서 어린이들은 재치와 유머, 상

---

55) 「(가정)아이들은 소꿉질에서 사회를 배운다―이중에서 발명가도 생깁니다」, 『동아일보』, 1938.4.21.
56) 염근수, 「반드시 가라칠 어린이유희」, 『동아일보』, 1926.8.25.

상력을 동원한 근대적 유희 형식을 훈련받았다. 이처럼 근대 어린이에게 제공됐던 '신유희(新遊戲)' 역시 학습의 연장으로 기능했다. 근대의 어린이 독자들은 대중매체를 통해 과학적 지식을 놀이로 경험하였던 것이다.

과학 유희적 차원에서 가장 인상 깊은 대목은 1920년대부터 40년대까지 어린이란에 '요술', '마술'이 끊이지 않고 일관되게 등장하고 있었다는 점이다. 맨손에 불 붙이는 법이나 칼로 찔러도 죽지 않는 사람의 이야기는 경이적이다. 근대의 어린이란에는 이러한 마술을 하나의 실험적 유희로 설명하는 데 심혈을 기울였다. 당대의 아동과학 담론에서 '요술'과 '마술', '이과실험'이란 용어는 분류되지 않고 혼용되었다.[57] 어린이를 대상으로 한 잡지와 신문에는 '자미잇는 理科遊戲', '자미잇는 理科實驗', '소년오락실', '요술주머니', '자미잇는 유희', '우리 오락실', '요술', '요술학교', '어린이 日曜', '여름실험실' 등의 게재란이 마련되어 실험으로서의 요술이 연재되었다. 또한 요술을 제재로 한 아동극[58]이나 '少年奇術大會'[59]란을 통해 각종 요술 방법을 소개하였다. 그런데 대부분의 내용이 화학을 이용해서 요술부리는 법[60]과 같이 이과실험에 대한 것이었다. 이러한 게재란의 취지는 "과학적으로 훌륭히 실험할 수 잇스면서도 재미잇고 신기한 것"[61]을 소개하는 데 있었다. 왜냐하

---

57) 손성엽, 「(理科實驗)구리철로 불끄기−열의 傳道」, 『어린이』, 1931.5, 36면의 실험, 설명, 그림.
58) 신고송, 「(아동극)요술모자」, 『소년』, 1937.4, 70면
59) 「'少年奇術大會' 매듭풀기 / 구멍뚫린손 / 풀리는 끈 / 종이우물 / 꼬부랑길 / 성냥개비요술」, 『소년』 2권 2호, 1938.2, 52~55면.
60) 「(우리 오락실)화학요술, 깨끗한 손이 씻으면 더러워」, 『동아일보』, 1938.10.2.
61) 「(理科實驗)긔그묘묘합니다!」, 『매일신보』, 1937.12.5.

면 "요새세상이 옛날보다 훨신훨신 나진 것은 다 이 이과의 학문이 무척 진보된 덕택입니다. 비행기나 라디오도 다 요즈음 된것들입니다. 이러한 이과의 학문이 어떠케 진보되고 어떠케 응용되는가를 알기위하야 이 『少年實驗室』을 자미부쳐 읽어주십시오"[62]라는 이과의 중요성을 깨달은 민족적 자각에서 비롯된 것이다. 따라서 각 대중매체에 연재되는 '소년실험실'류는 진보를 상징하는 이과 학문의 학습 장(場)으로 기획됐던 것이다. 그렇다면, 이과 실험의 교육에 왜 마술이 동원되었던 것인가. "아모리 유익한 공부라도 엥간히 자미가 업서서는 잘배워지지 아니합니다. 그래 우리 『어린이』에는 특별히 녀름동안에만 자미잇는 학교 『요술학교』를 설시하고 아모리 더웁고 아모리 졸리운 때에라도 자미잇게 유익하게 물나 화학 갓흔 어려운 공부를 쉬웁게 저절로 되게 하여 드리기로 하엿습니다. 남이보면 신긔한 요술, 알고보면 물리학 공부, 신긔하고 자미잇는 중에 어려운 공부가 저절로 됩니다."[63] 이처럼 마술의 목적은 쉽고 재미있게 실험의 중요성을 내면화시키는 데 있었던 것이다. 이로 미루어 볼 때 근대의 요술, 마술은 어린이 과학 교육의 효과를 최대화할 수 있는 방법론으로 제시되었던 것이다.

1920년대부터 식민지 조선에서는 전근대적 마술이 근대성의 산물로 재발명되어 대중문화로 확산되기 시작했다. 근대성과 관련된 담론들은 그것의 반대항으로 마술을 위치지어 스스로를 규정하려 하였고, 그 과정 속에서 마술은 재발명되었다. 마술쇼는 과학적 혁신과 근대적 이성을 지지하는 것으로 작용했다. 근대의 마술가들은 자신의 화려한

---

62) 「(소년실험실)눈의 요술」, 『소년중앙』, 1935.4, 85면.
63) 「(夏期講習)요술학교—물리, 화학」, 『어린이』, 1926.6, 46~48면.

마술쇼에서 새로운 기술과 새로운 종류의 쾌락을 대중화했다. "이 기술은 삼십만 '볼트'의 뎐력이 인톄를 통하야도 사람에게는 관계가 업다는 것을 실험하는 것인바 진공관에서 자색광선의 나오는 것과 방뎐(放電)되는 것과 기타 여러 가지의 진귀하고 황홀한 면이 재래의 기술과는 다가티 보기 어려운 것이라 하겟다."[64] 또한 마술은 마술사의 능숙한 손 기술을 요구하며, 그의 초자연적인 것과의 접촉을 주장하는 실천에 따라 청중에게 쾌락이 부여된다. 그래서 마술사의 희귀한 기계장치는 '실험'을 통해 자연의 불가해한 자질을 가시화하는 역할을 하였다. 근대 조선에서 '기술단(奇術團)'은 정기적으로 순회공연 행사를 가졌으며, 각종기술, 요술, 최면술, 무용, 가극 등을 개연하였다.[65] 여자 마술사로 유명했던 '천화일행' 같은 경우는 1924년부터 줄곧 흥행을 거둔다. 1920년대 당시 일본인이나 서양인의 마술을 보고 신출귀몰한 재주로 느꼈던 조선인들에게 마술은 과학적 기술을 응용한 근대성의 한 표상이 되었다. 그래서 "심오한 재조를 가진 김문필군이 서울에 도착하엿는데 군은 스물세살때에 로국으로 건너가서 각 유명한 긔술단을 따라 불란서파리에서 최면술과 긔술을 배호고 구주각국과 멀니 남으로 인도까지 순유"[66]한 국제적 대가로 소개되기도 하였던 것이다. 이와 같이 대중 과학의 측면에서 마술은 환상과 쾌락을 동반한 유희적 향유물로서 기능하였다.

신기한 요술과 실험은 삽화를 함께 게시하면서 실행 방법과 그에 대

64) 「天華一行 名物인 科學的 奇術」, 『동아일보』, 1929.5.12.
65) 「조선극장에 天勝, 십오일부터 개연」, 『동아일보』, 1923.6.11.
66) 「조선인 初有의 세계적 奇術師―로국류학의 김문필씨」, 『동아일보』, 1924.6.30.

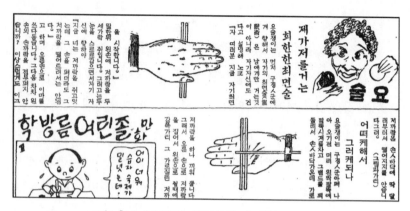

그림 5. 「요술, 제가 저를 거는 희한한 최면술」, 『조선일보』, 1937.8.1.

한 과학적 원리를 설명하는 형식으로 진행되었다. "보는 사람마다 하
품을 하고 깜작놀내도록 이상스럽고 재미잇는 리과요술하나가르켜
드리겟습니다"라는 말로 서두를 시작하여, 준비물과 실험 내용을 서술
하고, "뜨거운 물속에서 금붕어가 죽지안코 헤염처 단인단말이 웬말입
니까"라는 실험 내용에 대한 놀라움을 극적으로 조성한 뒤, "그러나 알
고보면 조금도 이상한 일은 안입니다"라는 말로 극적 긴장감을 해소하
며 원리 설명으로 이어진다.[67] "어떠케해서 그러케되나"[68]라는 합리
적 이유를 설명하는 가운데 요술조차 과학적 행위가 되고 있는 것이
다. 게다가 실험은 단순히 설명에 그치지 않고 독자에게 "당신도 해보
십시오"[69]라는 말과 함께 실험 내용을 제시하는 형식이어서 어린이
독자에게 함께 행동하기를 촉구하며 실험의 재연 상황을 조성하고 있
다. 아래의 인용문은 마술쇼의 공연성이 재현된 대목이다.

---

67) 「(자미잇는 이과유희)끌른 물속에서 금붕어가 노라」, 『조선일보』, 1937.10.3.
68) 「요술, 제가 저를 거는 희한한 최면술」, 『조선일보』, 1937.8.1.
69) 「신긔하고 자미잇난 꼿빗 實驗」, 『어린이』, 1925.4, 13면.

당신도 해보십시오.

에헴 에헴 방중에 안즈신 십만명독자여러분! 나는 오늘 긔렴여흥으로 다른데서는 듯지도 보지도못하시든 아조 신긔한 요술을 한가지보여드리겟습니다. 여러분중에 손수건을 가지신이는 한분이 하나씩 두분만 잠간 동안 빌려주십시오. 코뭇은 것은 말고요. 깻긋한 수건을 주십시오. 하하하 — 네 — 고맙습니다. 또 한 개 누구던지 또 하나만 빌려주십시오 네 — 감사합니다. [70]

마술쇼는 하나의 극처럼 공연성을 지녔기에 적극적인 독자 호출과 공감의 구축이 가능하다. 또한 마술은 관람자를 속임수라는 게임 속에 참여케 만드는 플롯의 구조를 감추면서 작동하기 때문에 '구조적 놀라움'이 존재한다. 사실상 아무런 수수께끼도 지니지 않았는데도 불구하고, 독자들이 허구적 진실의 무대에 서도록 극적 구조가 조성되는 것이다. 이러한 구조 속에서 어린이를 행위자(마술사)로 만들고, 동시에 과학의 주체(과학자)로 만들 수 있던 것이다. 또한 마술사는 어떤 의례와 공식을 유지하도록 희망할 수 있다. 마술사의 속이는 힘은 마술 행위를 하는 그 순간 그를 지적 진보의 우선적 대행자로 만들며 사회적 권위를 부여받게 한다. 어린 아이는 자신을 마술적으로 강력하다고 상상할 때, 어떤 공포에도 맞설 수 있는 용기가 생기는 것이다. 어린이의 마술과 요술에 대한 비이성적 믿음은 전지전능한 사고를 향한 욕망의 표현이라고 추정해 볼 수 있다. 더욱이 마술이란 과학과의 유사성을

---

70) 「하기쉬운 신긔한 요술」, 『어린이』, 1926.3, 54~56면.

지닌 채 신비주의를 실현하려는 희망으로 구성되어 있기 때문에, 근대의 어린이들은 초자연적 마술과 과학의 경계에서 자신의 욕망을 실현할 수 있다고 믿었을 것이다.

그런데 마술사의 재빠른 손 기술과 초자연적 힘에 대한 거짓 믿음을 내포한 마술의 비밀을 폭로할 수 있는 진실의 힘은 과학에 부여된다. "누구나 생각해 보드라도 신출괴몰한 그 재간을 히안타(?) 안홀 수는 업슬 것입니다. 어떠케 해서 그러케 되나 / 무엇일까요 얼른 아러보십시오. 그러나 실쌍은 신출괴몰은커녕 아조 우수운 롱간입니다,"71) "보는 사람은 속도 모르고 더욱 신통하게 압니다,"72) "알고보면 조이싱겁지여"라는 표지어들은 마술적 경이가 합리로 설명될 수 있음을 보여준다. 비밀에 몰두하는 마술과 대조되게, 과학은 초자연적 미스테리, 불가사의 같은 비밀에 접근해서 그를 밝히려 하는 특성을 지닌다. 근대 세계에 수수께끼와 불가사의 같은 이타성을 불러오지만 그것은 과학에 의해 설명 가능한 것이 되었다. 과학으로 더 이상 설명할 수 없는 것은 '없다'라는 유일무이한 세계 인식이 지배하고 있던 것이다. 한편으로 근대 대중 과학 문화 속에 마술, 요술을 소환하여 미신을 비롯한 다원적 세계를 허용하는 듯 보이지만, 사실 과학의 신으로 수렴되는 세계상을 구성하고 있었다고 볼 수 있다.

미신과 마찬가지로 마술도 흔히 야만인, 위험, 위협, 거짓을 의미하는 면에서 타자성으로 사용되었다. "지금 우리가 말하는 마술이니 기술이니 또는 요술이라고 하는 것이 발달한 것은 十八세기 이후의 일이

---

71) 「요술—금시 있던 것이 감쪽같이 없어져. 어떻게 해서 그렇게 되나」, 『조선일보』, 1937.8.15.
72) 김학서, 「(課外理科)신긔한 요술」, 『어린이』, 1925.4, 36면.

엇습니다. 즉 지금으로부터 약 일백오십 년 전 가량입니다. 왜 그러냐 하며 그때부터 심리학 물리학 등의 학문을 응용하기 시작한 까닭입니다. 그리하야 사람들의 눈을 속이기 시작한 것입니다."[73] 그런데 마술을 불합리와 사기로 취급하는 담론들은 두려움과 섞여 있다. 마술에 대한 유럽의 식민지 담론을 살펴보면 토착민에 의해 잠재적으로 동원된 '비밀스러운 힘'에 대한 공포와 만날 수 있다. 마술은 유럽인들의 입장에서 환영이나 사기를 동시적으로 환기하는 데 기여했다. 따라서 식민지 정책은 우선 마법사를 처벌하고 인습을 타파하는 형식으로 이루어졌다.[74] "요지음 마산지방에서는 자칭관음보살(觀音菩薩)이 집혓다는 한 요녀가 들어와서 사람의 병은 무슨병이던지 다 곳친다고 가진 요술을 피어 사사스러운 가정 부녀들을 여지업시 속이고 二원 이상 五원 십 원식을 사취한 독갑이의 사실을 백주(白晝) 마산 한복판에서 발견한 경찰은 방금 요녀를 인치하고 엄중한 치조"[75] 중이라는 기사처럼, 근대 식민지 조선에서도 마술응용의 사기가 횡행하였다. 따라서 일반 대중에게 마술과 요술은 '사기'로 인식될 수밖에 없었다.[76]

일제 식민지 정책의 일환으로 '무속'과 '민속신앙'을 미신타파의 명목으로 통제하였다는 역사적 사실을 상기해 볼 필요가 있다. 근대적이고 합리적인 지배이념을 제시하기 위한 식민지 정책은 그 대타항적 토

---

73) 「기술, 요술은 언제부터 시작됏나一총 한방으로 양초 二百에 불을 켠 이야기」, 『동아일보』, 1934.12.2.
74) Birgit Meyer · Peter Pels, *Magic and Modernity : interfaces of Revelation and Concealment*, Stanford UP, 2003, pp.130~140 참조.
75) 「虛無孟浪한 妖術로 金品을 多數騙取 馬山署에서 嚴調中」, 『매일신보』, 1938.9.28.
76) 「魔術應用의 詐欺, 시골 사람의 집판돈을 사취」, 『동아일보』, 1923.5.27; 「마술사기一사건예 심종결」, 『동아일보』, 1924.7.13; 「인명을 저주하는 가경할 미신」, 『동아일보』, 1927.8.5; 「假催眠術師 구백원 詐取一벙어리를 낫게한다하고」, 『조선일보』, 1928.10.11.

대로서 원시적 마술을 요구했던 것이다. 원시 미신의 '비합리성'과 실천은 일본의 근대적 제도가 갖는 합리성을 설명하기 위해 필요했다. "요술행위에 의한 소위 전기료법이니 지압이니 정신 요법이니 비파(枇杷)이니 등의 요법으로 말미암아 위해와 여러 가지의 폐해가 돌발하야 불의의 재변을 당하는 일이 (…중략…) 허다하므로 총독부위생과에서는 이것을 그대로 둘 수 없다하야 작년 연말 경부터 조선에 잇는 그들의 실정을 조사하는 동시에 이들의 감독과 취체를 엄밀히 하고저 요술행위취체령(妖術行爲取締令)을 초안하야 심의하기로 되엇다."[77] 이처럼 일본의 식민지 정책은 조선의 문화를 분류하고 규율하고 정화하는 방향으로 실현되었다. 식민지 조선의 미신 타파는 근대화 담론의 컨텍스트에서 출현한 하나의 정화작업이었던 것이다. 따라서 '미신에서 과학으로'라는 프로파간다는 미신타파강연회와 법적 규제 등을 통해 강화되었다. "현대문화의 도달한 수준이 공인하는 보편타당적인 관념은 오직 과학적 진리뿐"[78]이라는 과학주의의식이 팽배했기 때문이다. 그러나 과학주의적인 여러 의도와 기획으로도 여전히 포섭되지 않는 부분이 또한 마술과 같은 초현실적 영역으로 남아있었다. 따라서 근대의 과학 정책은 최면술같이 여전히 과학적으로 판명되지 않은 불가사의한 것들을 '과학의 무한한 응용 가능성'으로 수렴시키고 이해하기 시작한다.[79] 마술은 '혼종'된 '의사-과학'으로 간주되며 여전히 근대에 출

---

77) 「위험한 特殊療法 療術取締令作成—施術者가 으사보담 훨신 만하, 人命의 피해도 不少」, 『동아일보』, 1935.1.31.
78) 「현대와 미신—동양사회의 특질 2」, 『조선일보』, 1940.4.3.
79) 「능률을 증가식히는 최면술의 이용—최면술을 리용하야서 일을 하면 평시보다 기막힌 능률이 올나가: 과학자의 실험증명」, 『동아일보』, 1927.6.9.

현할 필요가 있었기 때문이다. 이처럼 식민지 정책상 미신, 요술, 마술을 '사기'로 분류하며 타파하고 정화해야 할 것으로 인식했으면서도 근대 조선의 대중과 어린이들에게 적극 허용 권장될 수 있었던 데서 식민지 과학의 단면을 엿볼 수 있다. 마술이 제공하는 즐거움과 쾌락은 근대 과학의 작위적인 혼종을 내면화하며 통제에 대한 지각을 은폐하기에 매우 적합했던 것이다.

어린이들은 모든 사물에 생명이 있다고 생각한다. 피아제(Jean Piaget)가 밝혔듯이, 어린이에게는 사춘기가 될 때까지 물활론적 사고가 남아 있다.[80] 이처럼 상상적 존재, 마술, 그리고 초자연적인 것에 대한 어린이의 사고 문제는 지난 수년간 지속적으로 탐구되어 왔다. 어린이는 발전 단계에 있어서 점차 초자연적 가능성이나 마술적 사고를 이용하는 경향이 있다. 하지만 그들은 점차 세계를 이해하기 위해 규율적, 과학적, 이성적 개념을 채용하게 된다. 근대 사회는 어린이들의 이러한 특성을 활용해서 환상, 요술, 마술로 다양한 가능성의 세계를 상상하게 하며 리얼리티의 일반적 경계를 넘어설 수 있도록 허락하지만, 결국 하나의 세계, 즉 과학이 통제하는 세계로 수렴시켰다고 볼 수 있다.

---

80) 브루노 베텔하임, 김옥순 · 주옥 역, 『옛이야기의 매력』 1, 시공주니어, 2002, 78면.

## 5. 믿음의 발전, 모형보국(模型報國)의 경로

근대 과학은 세계에 대한 '공포'를 가공하는 방식으로 어린이에게 접근하였다. 공포를 조성하는 마술적 힘과 공포를 추방할 수 있는 과학의 힘, 그 두 힘 사이의 길항 속에서 미성년의 어린이가 계몽적 주체로 거듭날 수 있었다. 그러한 사회화 과정은 아이들을 문명의 시선이자 제국주의적 비전을 내면화하도록 교육시키는 것이기도 하였다. 근대는 과학으로 수렴되지 않는 공포스러운 것들을 추방하고 세계를 정화하는 이성적 기획을 추진하였다. 자연히 근대 어린이에게 과학에 대한 욕망을 심어주는 노력들 또한 과학의 타자성을 정복하는 과정이 되었다. 이와 같이 근대 과학의 권위는 미신이나 마술 같은 타자성을 정복하는 시도 속에서 강화되었다. 역으로 근대 과학의 권위를 강화하기 위해 마술 같은 타자성을 근대에서 재발명했던 것이라 볼 수도 있다.

어린이는 자기 힘으로 할 수 있는 것이 별로 없다. 그리고 이 점이 어린이를 매우 실망케 한다. 따라서 신비스럽고, 불가사의한 것들을 통제할 뿐만 아니라 눈부신 문명의 발전을 실현시킨 과학이 아이들에게 전지전능한 신으로 자리 잡을 수 있었던 것은 어쩌면 자연스러운 현상일 수도 있다. 게다가 과학적 유희의 학습은 어린이에게 자신의 사소한 성취가 중요한 의미를 지녔다고 믿도록 용기를 주었다. "우리 조선의 어린동모들도 항상 쓸데업는 작란에만 열중하지 말고 엇더한 사물이든지 볼 때에는 머릿속에 생각하매 내가 무엇이든지 만드러내야만 하겟다는 생각은 항상 두워야 하겟습니다. 여러분의 머리로써 생각하는 것은 압날의 조선을 새로히 건설하게 되는 것이라고 하겟습니다."[81] 이와 같이 과학적 이상주의는 피식민 조선의 어린이들을 '민족'과 '제국'이라는 이념적 집단으로 구성해내는 데 중요하게 기능하였다. 아이들은 '근수식 三千里' 같은 장난감을 조립하고 공작하는 가운데 자신의 이상과 꿈이 실현될 수 있다고 믿어 의심치 않았다.

근대의 교육자들은 오락기능을 통해 어린이 과학 교육의 학습 효과를 높이는 방법으로 '과학수공(科學手工)'에도 관심을 갖게 된다. 1920년대부터 40년대까지 어린이 잡지에 '少年手工', '수공실', '수공시간', '종이장난', '조히접기', '취미의 과학', '과학수공', '과학수공교실' 등의 게재란이 마련되었고, 활동사진기나 팽이, 보트, 그릇 만들기, 종이접기 등을 만드는 방법과 도해(圖解)를 게재하였다. "작란감은 다 되엿지만 이일이 작란에만 끗치고 말면 별로 유익할 것이업스닛가 이제 엇재서 그림이 움즉이는가 그 까닭을 알기 쉽게 설명"[82]하는 가운데 오락적 수공은 과학과 연결되고 있었다. "몇가지 아르켜드릴터이니 그대로 자미붓처맨들어보시고 또 여러분의 의견으로 이 보다도 더 새롭고 자미잇는 것을 터득해내이도록 하십시오"라는 행동의 촉구는 연구와 발명열의 조성이기도 하였다. 아이들이 하고 있는 유희는 "자미잇게 할 수 잇는 유익한 연구요 또 手工"[83]이었던 것이다.

과학은 예능과와 결합하여 하이브리드를 증식시켰다. "여러분! 학

---

81) 「(아동 페지)과학적 머리는 새세상을 건설한다, 어릴때부터 엇더한 방면이든지 연구성을 길녀 새것을 발견하자」, 『조선일보』, 1933.6.25.
82) 「(科學手工)쉬웁고 간단한 작란감, 活動寫眞機械맨드는 법」, 『어린이』, 1925.12, 32~35면.
83) 「(少年手工)최신식 팽이맨드는 법―당신도 이러케맨들어 가지십시오」, 『어린이』, 1929.2, 30면.

교에서 배우는 학과중에서 수공이나 리과가 제일 자미잇지안습니까. 그 리과에서 배운 증기(蒸氣)나 전기(電氣)의 지식을 응용하야 여러 가지 모형(模型)이나 완구(玩具)를 만드는 것은 학교에서 배우는 것보다 더 자미잇습니다."[84] 따라서 1930년대 '발명학회'의 발명정신 고취와 더불어 어린이들은 발명의 일환으로 모형 제작에 관심을 갖게 된다. 그런데 '소년수공'은 1930년대 초반까지의 성격과 달리 1930년대 후반부터 '신병기공작대(新兵器工作隊)'를 생산하는 이데올로기적 성향을 지닌다.[85] 1939년 총독부의 교육정책은 조선의 수공 교육 강화를 위해 수공과목을 가설하여 새롭게 교과서를 편찬한다. 그래서 각 학교와 언론에서는 학생들에게 비행기, 배, 전차 등의 모형 만드는 방법을 알려주며, 모형 제작에 열을 올리도록 조성하였다. 일본에서도 1941년 초등학교령에 의해 예능과에 '공작(工作)'이 등장한다. 공작을 통해서 '황국민'과 같은 의식을 함양하고 '과학하는 마음'을 신체에 있도록 하기 위한 셈이었다. 군사 교재의 목적상 '공작' 교육의 주제가 군함, 전차, 신병기와 같은 것일 수밖에 없었다.[86] 이처럼 모형방독면이나 전차(戰車), 군함(軍艦), 비행기의 모형 제작은 1940년대 당시 조선의 초등학교 교과서에도 등장했다.[87] 식민지 조선에서도 1941년에 "초등학교(國民學校)에 예능과(藝能科)가 생기는 것을 기회하야 수공(手工) 모형(模型)을

---

[84] 「조금만 생각하면 이러케 자미잇는 模型이나 玩具를 만들 수 잇습니다」, 『매일신보』, 1935.10.13.

[85] 일제 말기에는 모형항공기의 이론과 공작 방식에 대한 책들이 다수 보급되었다. 『新兵器工作隊―子供の科學技術』(足立乙市, 乾元社, 1944)나 『學童用模型飛行機とグライダーの作り方』(鈴木正五, 과학교재사, 1941) 같은 책, 그리고 어린이 잡지인 『子供の科學』의 영향을 받았다.

[86] 早川タダノリ, 『神國日本のトンデモ決戰生活』, 合同出版社, 2010, 170면.

[87] 황종연, 「황국신민으로 거듭나기」, 『한국미술 100년』, 한길사, 2006 참조.

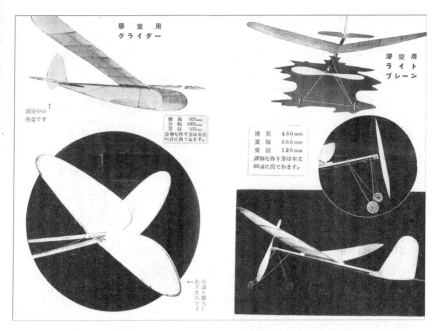

그림 6. 『學童用模型飛行機とグライター─の作り方』, 鈴木正五, 과학교재사, 1941.

만들게"[88] 하였다. 이러한 학과 편성은 학생들에게 모형 제작에 더 전
문성을 기하도록 요구하였다.

일제 말기 어린이들은 국방기술보급책의 일환으로 각 학교에 마련
된 '국방훈련부' 혹은 수공 시간을 통하여 모형비행기 제작에 열중하였
다. 수시로 모형비행기 제작강습회와 모형비행기경기대회가 개최되고
'모형비행기연구회'[89]까지 출현하면서 "소국민의 항공열을 고조"[90]시
켰다. 전시기의 모형비행기 제작을 통해 어린이에게 이입된 '과학하는

88) 「모형비행기제작 咸南北敎員들에 二日間강습」, 『매일신보』, 1941. 4. 24.
89) 「明日을 준비하는 大空의 勇士들─科學館에 모형비행기연구회출현」, 『매일신보』, 1941. 8. 18.
90) 「大空을 征服할 熱意─모형비행기회에 사백여명참가」, 『매일신보』, 1941. 5. 2.

마음'[91]은 애국주의와 직접 연결되었다. "금후의 우리나라를 떠메인 여러분 가운데서 훌륭한 비행사가 만히나야 우리나라의 하늘국토를 지켜서 새로운 동아공영권을 확보해갈 것입니다. 열심히 모형긔의 연습을 해서 우리나라의 훌륭한 용사되려 내긔를 하십시오."[92] 이처럼 어린이가 열심히 모형비행기를 연구하고 제작하는 행위는 과학을 통해 민족에 봉사하는 애국심의 표현이 되었던 것이다. 어린이들이 만드는 모형은 단순히 현재의 공간에 정주해 있는 작은 물건이 아니라 제작자의 세계관이나 미래적 비전을 표상하는 것이다. 모형은 미래적 시간성을 내포하고 있기에 어린이들이 모형을 만드는 행위는 새로운 세계의 창조와 동일한 가치를 지닌다. 따라서 모형을 제작하는 어린이의 손은 천지를 창조하는 권능의 손으로 치환될 수 있다. 어린이들은 전쟁 무기의 모형을 제작하는 가운데 제국적 주체로 탄생할 수 있었다.

민족 국가를 현재보다 더 향상 발전시키기 위해 "발명에 눈뜨자"[93]나 "과학을 알고 기술을 배우고 그리하여 좋은 사람이요 또 쓸모 있는 사람이 되기로 하자"[94]는 어른들의 당부는 가족의 비전을 제시할 가장의 역할을 떠맡았던 당시의 피식민지 소년[95]들이 처한 현실적 조건에 잘 부합했던 것이 아닐까. 근대 조선의 어린이가 지녔을 자기 보존 본능과 민족 보존 본능은 과학이라는 초인적 힘이 자기를 지키고 있다는 믿음으로 쉽게 전이되었던 것은 아닐까. '우승열패'의 진화론적 사

---

91) 「창공을 달리는 과학하는 마음」, 『매일신보』, 1941.6.28.
92) 「푸른 하늘의 꿈 모형비행기를 만드러 항공정신을 길릅시다」, 『매일신보』, 1941.6.23.
93) 「압날을 위한 새해선물 어린이에게 보내는 어른의 말슴 2」, 『동아일보』, 1931.1.2.
94) 「새해에 어린이들에게 한말슴」, 『아희생활』, 5권 1호, 1930.1, 32면.
95) 박숙자, 「아동의 발견과 모성 담론─1920년대 아동문학 작품을 중심으로」, 『어문학』 84집, 2004, 262~265면 참조.

유에 의한다면, 근대 어린이들은 마술과 과학 사이에서 '믿음의 발전'을 도모했던 것이다. 이와 같이 근대 어린이 과학교육은 세계 전체가 보이지 않는 신비한 힘으로 가득 차 있다고 생각하는 어린이의 애니미즘적 믿음을 과학에 대한 믿음으로 전이시키고 집단의 이념(민족 / 제국)을 투사하는 방식으로 이루어졌다. 과학을 민족 발전의 원동력으로 생각했던 근대의 계몽주의자들은 어린이 과학 교육프로그램으로 마술적 유희를 활용했다. 근대인은 계몽된 통제를 위해 마술을 불러내는 경향이 있다.[96] 같은 맥락에서 근대 대중 과학 문화 역시 마술을 부활시켜 과학의 괴물성은 은폐한 채 대중이 물질문명의 진보에 경주하도록 편성되었던 것이다.*

---

[96] Randall Styers, *Making magic : Religion, Magic, and Science in the Modern World*, Oxford UP, 2004, p.14 참조.
* 이 논문은 2013년 『사이 / 間 / SAI』 14집에 게재된 논문을 재수록한 것임.

# 필자 소개 (게재순)

**황종연**(엮은이) 현 동국대학교 국어국문학과 교수. 저서로『비루한 것의 카니발』,『탕아를 위한 비평』,『신라의 발견』(편저),『문학과 과학 I −자연, 문명, 전쟁』(편저) 등이 있다.

**김철** 연세대학교 대학원 국어국문학과 박사. 현 연세대학교 국어국문학과 교수. 저서로『「국문학」을 넘어서』,『「국민」이라는 노예』,『식민지를 안고서』,『복화술사들』,『문학 속의 파시즘』(공저),『해방 전후사의 재인식』(공저) 등이 있다.

**이철호** 동국대학교 대학원 국어국문학과 박사. 현 동국대학교 교양교육원 교수. 저서로『영혼의 계보 −20세기 한국문학사와 생명담론』,『센티멘탈 이광수−감성과 이데올로기』(공저) 등이 있다.

**손유경** 서울대학교 대학원 국어국문학과 박사. 현 서울대학교 국어국문학과 교수. 저서로『고통과 동정』,『프로문학의 감성구조』,『식민지 근대의 뜨거운 만화경』(공저) 등이 있고, 번역서로『지금 스튜어트 홀』이 있다.

**차승기** 연세대학교 대학원 국어국문학과 박사. 현 성공회대학교 동아시아연구소 HK교수. 논문으로「문학이라는 장치−식민지/제국 체제와 일제말기 문학장의 성격」,「내지의 외지, 식민본국의 피식민지인, 또는 구멍의 (비)존재론」,「'비상시'의 문/법−식민지 전시 레짐과 문학」, 저서로는『반근대적 상상력의 임계들』등이 있다.

**허병식** 동국대학교 대학원 국어국문학과 박사. 현 동국대학교 문화학술원 연구교수. 논문으로「식민지의 접경, 식민주의의 공백」,「가라타니 고진과 한국 근대문학의 종결(불)가능성」등이 있다.

**조형래** 동국대학교 대학원 국어국문학과 박사. 현 명지대학교 강사. 논문으로「소년의 과학」,「효풍과 소설의 경찰적 기능」,「학회지의 사이언스」등이 있다.

**이학영** 서울대학교 대학원 국어국문학과 박사과정 수료. 현 홍익대학교 강사. 논문으로「서기원 소설에 나타난 자부심의 발현 양상 연구」,「표상의 폭력과 증언의 윤리−김연수론」등이 있다.

**김종욱** 서울대학교 대학원 국어국문학과 박사. 현 서울대학교 국어국문학과 교수. 저서로『한국소설의 시간과 공간』, 『한국 현대소설의 서사 형식과 미학』, 『한국 현대문학과 경계의 상상력』, 『소설 그 기억의 풍경』, 『텍스트의 매혹』 등이 있다.

**이수형** 서울대학교 대학원 국어국문학과 박사. 현 명지대학교 국어국문학과 교수. 문학평론가. 논문으로 「근대문학 성립기의 마음과 신경」, 「1910년대 이광수 문학과 감정의 현상학」 , 저서로 『문학, 잉여의 몫』, 『1960년대 소설 연구—자유의 이념, 자유의 현실』, 『이청준과 교환의 서사—복수의 정신경제학』 등이 있다.

**서희원** 동국대학교 대학원 국어국문학과 박사. 현 동국대학교 문화학술원 연구원. 논문으로 「제국과 주체의 변증법」, 「한국 근대 유행가에 표상된 '신라' 담론」, 「'조선의 미래' 혹은 문명과 과학의 서사」 등이 있다.

**김성연** 연세대학교 대학원 국어국문학과 박사. 현 연세대학교 비교사회문화연구소 전문연구원. 저서로 『영웅에서 위인으로』, 논문으로 「'그들'의 자서전—식민지 시기 자서전의 개념과 감각을 형성한 독서의 모자이크」, 「근대의 기적 서사 『헬렌켈러 자서전』의 식민지 조선 수용—'불구자', '성녀'가 되다」, 「'새로운 신' 과학에 올라탄 제국과 식민의 동상이몽—퀴리부인 전기의 소설화를 중심으로」 등이 있다.

**정종현** 동국대학교 대학원 국어국문학과 박사. 교토대학교 인문과학연구소 포스트닥터. 현 성균관대학교 동아시아학술원 HK연구교수. 저서로 『동양론과 식민지 조선문학』, 『제국의 기억과 전유』, 『신남철 문장선집』 1, 2 (엮음) 등이 있다.

**신지영** 연세대학교 대학원 국어국문학과 박사. 도쿄 외국어 대학에서 포스트 닥터. 현 쓰다주쿠 대학교·무사시 대학교 강사. 저서로 『不(부) / 在(재)의 시대—근대 계몽기 및 식민지기 조선의 연설·좌담회』, 『만국의 프레카리아트여 공모하라!—일본 비정규 노동운동가들과의 인터뷰』(공편), 번역서로 『저 여기 있어요』, 『주권의 너머에서』 등이 있다.

**한민주** 서강대학교 대학원 국어국문학과 박사. 현 홍익대학교 강사. 논문으로 「일제 말기 전선 기행문에 나타난 재현의 정치학」, 「인조인간의 출현과 근대 SF문학의 테크노크라시—『인조노동자』를 중심으로」, 저서로 『낭만의 테러—파시스트 문학과 유토피아적 충동』, 『권력의 도상학』 등이 있다.